Peter von Tramin / Die Herren Söhne

Peter von Tramin

Die Herren Söhne

Metroverlag

Inhalt

Vorwort von Richard Tschugguel 6

Kapitel eins Phase acht 11
Kapitel zwei Phase zwei 35
Kapitel drei Phase drei 54
Kapitel vier Phase vier 97
Kapitel fünf Phase eins 135
Kapitel sechs Phase fünf 175
Kapitel sieben Phase sechs 219
Kapitel acht Phase sieben 241
Kapitel neun Phase neun 295
Kapitel zehn Phase elf 316
Kapitel elf Phase zwölf 343
Kapitel zwölf Phase zehn 378
Coda 407

Nachwort von Manfred Müller 412

Vorwort

Das Vorwort ist »Arbeit wie an einem Fleckerlteppich«, denn Peter von Tramin hat, wie er meinte »keine Biographie aufzuweisen«. Mit 13 war er ein beliebtes Modell für Strickzeitschriften, weil sein »hübsches Bubengesicht so gut in Pullovern wirkte«. Als der Verfasser dieses Vorworts dieses Alter erreichte, ist Onkel Peter – noch nicht einmal 50-jährig – gestorben; »zu spät geboren, zu früh gestorben«, so der damalige Präsident des PEN-Clubs, Erik Wickenburg in einem Nachruf (Tramin war 1963 zum damals jüngsten Mitglied des österreichischen PEN-Clubs gewählt worden, damit war er »offiziell« in die Literatur aufgenommen). Dieses Alter, 13, markiert auch die erste Veröffentlichung Tramins: »Die Befreiung der Königskinder. Ein Zwergenmärchen«. In seiner Schulzeit kam er »tangential« mit dem Schriftstellerkreis um die Zeitschrift »Neue Wege« in Berührung. »Ich hab nicht dazugehört, aber ich bin dort vorgekommen, gelegentlich.« 1958 veröffentlichte er den Science-Fiction-Roman »Herr über 1000 Gehirne« unter dem Pseudonym Peter von Kleynn. Erst fünf Jahre später aber, 1963, erschien jener Roman, der ihn mit einem Schlag bekannt machen sollte: »Die Herren Söhne«. Im selben Jahr erhielt Tramin bereits den Förderungspreis des Bundesministeriums für Unterricht und Kunst für einen Erzählzyklus mit dem Titel »Pentade« (großteils in dem Erzählband »Taschen voller Geld« 1970 veröffentlicht), aber nach allgemeiner Meinung der Literaturkritik war damit eigentlich der Roman gemeint. In den folgenden Jahren wurden einige Erzählungen Peter von Tramins in »Wort in der Zeit«, »Literatur und Kritik« sowie in der »Süddeutschen Zeitung« veröffentlicht, er lieferte auch Beiträge für Anthologien. 1967 erschien sein zweiter Roman, »Die Tür im Fenster«, mit dem Tramin allerdings nicht so großen Erfolg hatte wie mit seinem Erstling. Das von ihm gemeinsam mit Carl Merz für die Josefstadt verfasste, jedoch nie aufgeführte Drama »Der Basilisk bleibt nicht im Brunnen« ist in Wiener Mundart verfasst. In der Folge arbeitete Peter von Tramin an einem sehr umfangreichen Roman, der den Titel »Die Attentäter« tragen sollte und der »das namentlich im Gefolge von radikal-anarchischen Jugendrevolten entfachte Wiederaufflackern des Faschismus in Europa zum Thema haben sollte«.

Tramin führte ein Tagebuch, nach seinen Worten eher ein »Arbeitsbuch«, in dem er sich Stichworte, Textproben, erzählerische Versuche notierte und im Rahmen dessen er sich mit Formproblemen oder erzähltechnischen Überlegungen auseinandersetzte. Die Niederschrift der zur Veröffentlichung bestimmten literarischen Texte erfolgte nach einem genau geregelten Ablauf, vom Autor selbst als Mischtechnik bezeichnet: Die erste Fassung des Textes schreibe er mit der Hand, »weil das mehr zum kontrollierten Schreiben zwingt«. Hierauf wurde das handschriftliche Konzept korrigiert und dann auf Tonband gesprochen; mithilfe des Tonbandes erstellte er die erste maschinschriftliche Fassung des Textes mit Dreizeilenabstand, um dann als nächsten Schritt die letzten interlinearen Korrekturen am Typoskript anbringen zu können. Dann erst verfertigte er die Reinschrift.

Alle vier Hauptträger der Handlung des Romans »Die Herren Söhne« heißen Peter, gehören zu der »jeunesse dorée«, halbstarke Intellektuelle, Söhne wohlhabender Aristokraten und Bürger, die eine Art Schönbrunner wienerische »dolce vita« mit bösartigen, erbarmungslosen und verbotenen Spielen führen. Angelpunkt der Handlung ist »Schwarzer Peter«, ein Kartenspiel, das ungeahnte Ausmaße erfährt, als der Pik-Bube auf mysteriöse Weise aus dem Kartenspiel verschwindet. Der Roman bietet sich zunächst als die gesammelten Aufzeichnungen des Peter von der Schwengkh dar, einer Hauptfigur des Romans, der sich sofort nach der krisenhaften Eskalation des Geschehens Urlaub genommen hat, um sich zu seinem Onkel Albert in die Steiermark zu begeben, wo er Tag für Tag im Salettel an seinen Aufzeichnungen arbeitet. Im Schreiben versucht er, die Vergangenheit mit der größten Genauigkeit zu rekapitulieren, um sich auf diese Weise darüber klar zu werden, ob er am Verschwinden seines ehemaligen Schulkollegen Peter Fechtner mitschuldig ist oder nicht. Er wird dadurch zum peniblen Chronisten der Ereignisse, in die Fechtner, Schwengkh und vor allem noch zwei andere Schulkollegen involviert sind: Peter von Schelnhausen (»Schelle«) und Peter Graf Chensky (»Leihmeister«). Nur jene Handlungselemente und Aspekte gelangen ins erzählerische Blickfeld, die insoweit bedeutsam sind, als das das Geschehene für Schwengkh selbst Wirklichkeit und Bedeutung erlangt. Er spricht etwa von zwei weiteren Klassenkameraden lediglich als von »den zwei Irgendwelchen«. Andere beschreibt er als quasi gesichtslos. Ist der »einmal fortgegangen, hat er keins mehr (Gesicht), so scharf du auch nachdenkst. Vor einer etwas stärker gemusterten Tapete wird er unsichtbar«.

Die gleichen Spieler, die das Schwarze-Peter-Spiel bestreiten, bestimmen auch die Konfiguration der Romanhandlung: Hier bilden sie zwei Gruppen, die die zwei Achsen der Fechtner-Schelnhausen-Handlung bilden; die Hauptlinie der Erzählung repräsentiert das gegnerische Paar Schelnhausen versus Fechtner, flankiert durch das kontemplative Paar Leihmeister und Schwengkh. Schelnhausen traktiert Fechtner, und Chensky ist aktiv, indem er ständig zur Intervention aufruft und auch selbst interveniert; auf der passiven Seite verharren Fechtner und Schwengkh in Untätigkeit.

Der Roman enthält einige – zumindest unter den Paradigmen der 60er-Jahre – gewagte Szenen, die laut damaliger Rezeption des Werks Stil haben, und es lasse »eine ungemein hellhörige Intelligenz« die Szenen »psychologisch subtil« (Wolfgang Kraus) werden. Verwässerungsvorschläge, die »Die Herren Söhne« um Grade salonfähiger gemacht hätten, wurden von Tramin mit einem gewissen Lächeln abgelehnt, mit dem er in der Retrospektive sagte: »Der Mensch hört nicht mit dem Nabel auf; auch Lektoren müssen das einsehen.« Schelnhausens Seelenleben wird weitaus genauer als das der anderen Akteure ausgebreitet, und er ist auch der einzige, dessen Sexualleben durchleuchtet wird. Hier finden sich viele der von der Kritik so heftig inkriminierten Stellen, denn Schelnhausens sexuelle Gewohnheiten sind nicht ganz a la bonne régle, Version 1963 in Wien: Ihn bindet nicht nur ein sadomasochistisches Verhältnis an eine überdies verheiratete Frau, zugleich unterhält er eine homosexuelle Beziehung zu einem ehemaligen Schulkollegen.

Deutlich verwahrte sich Tramin gegen offensichtliche Schlussfolgerungen: »Denn wir vindizieren jedem Kunstwerk Eigenständigkeit von seinem Autor, und haben es immer so gehalten. Die Exegese des Werkes durch biographische Topfguckerei gehört zu jenen germanistischen Ohnverschämtheiten, mit denen wir nichts zu schaffen haben wollen.« Und Tramin weiter: »Wirklich geschehen sind nur die absurden Dinge, mit Ausnahme einer Randfigur sind alle anderen frei erfunden.« Aber wir wollen dennoch in den Topf gucken: Bei dieser Randfigur handelt es sich um den Lehrer, der ganz schlecht wegkommt. Tramins Klassenkollegen haben ihn gleich erkannt, was unter anderem daran liegen könnte, dass dessen Name nur sehr geringfügig verändert wurde.

Trotzdem waren die Versuche, die Romanfiguren mit tatsächlich existierenden Persönlichkeiten der Wiener Gesellschaft zu identifizieren, zahlreich. Ein Reporter eines deutschen Nachrichtenmagazins deutete ihm recht unverblümt an, dass Leugnen nur Schwierigkeiten bereite, ein Detektivteam würde der Wahrheit schon auf die Spur kommen. Daraus wurde natürlich nichts. »Ich bin ein neugieriger Mensch und gleichzeitig diskret.«

»Ich verstehe bestenfalls noch einzelne Menschen und deren Reaktionen. Vor jedem Kollektiv verstumme ich.« Am eigenen Leib durfte ich das als Kleinkind erfahren: Exposition Familienfeier in Sievering: Ich störte die Erwachsenengesellschaft mit einem Spielzeughubschrauber, der recht viel Lärm produzierte. Onkel Peter beugte sich langsam zu mir runter, freundliche Augen hinter Brillengläsern, und in einem permissiven Tonfall begann er eine Spontangeschichte zu erzählen, von der ich nur noch weiß, dass es um ein anderes, also zweites Fluggerät und dessen spektakuläre Begegnung mit dem ersten – also dem Hubschrauber – ging. Auf indirekte Art verleitete er mich dazu, das zweite Fluggerät zu verkörpern, und die Begegnung der zwei Flugkörper endete spektakulär in einem Crash: Ich setzte mich auf den Urheber des Lärms und Ruhe war.

Den »Gelegenheitsdragoner« sah ich einmal in der offenbar für Fuchsjagden vorgesehenen Adjustierung, wobei die knallrote Jacke hervorstach. Tramin legte stets auf Eleganz oder gepflegte Lässigkeit allergrößten Wert, ebenso wie die Herren Söhne. Äußerliche Toilettefehler würden in deutlich fühlbarer Verbindung mit charakterlichen Mängeln stehen, weswegen auch ein schlecht gebundenes Frackmascherl eine Katastrophe von nicht geringem Ausmaß darstellen würde.

Tramins Position in der Schriftstellergemeinde wurde vor allem nach dem Tode seines Mentors Doderer schwächer. Mit »statt solipsistische Sprachversuche zu betreiben, solle man sich lieber mit dem Leben, so wie es sich bietet, einlassen« hat er ein deutliches Statement zu innersprachlichen Experimenten abgegeben. Seine Enttäuschung über die ihm gegenüber eingenommene vehement intolerante Haltung einiger Autorenkollegen war herb. Ohne Umschweife kann gesagt werden, dass er »geschnitten«, als unmodern und nicht mehr ernst zu nehmend abqualifiziert wurde. Jedem Leser, jeder Leserin des Gedichts »Augenspiel« Ernst Jandls, das dieser nach Tramins Tod verfasste, erhellt hierzu einiges. Tramin hielt an seiner weltanschaulichen und literarischen Position fest, wodurch er zu einer anachronistischen Figur wurde, er fiel quasi aus der Gunst der Zeit. Freilich wurde Tramin an anderer Stelle als »Wanderer zwischen den Zeiten« charakterisiert, somit seine Isolation zu einem Ausdruck souveräner Unabhängigkeit stilisiert und ins Positive gewendet. Allgemein gelobt wurde hingegen sein literarisches Talent; die für einen so jungen Autor doch sehr ungewöhnliche Perfektion wurde von der Kritik wiederholt hervorgehoben: »Man hat den Eindruck der absoluten Mühelosigkeit, als sei das Erzählen einer Geschichte, das Schreiben eines Romans die leichteste Sache der Welt« lobte etwa Wolfgang Kraus das literarische Raffinement Tramins.

Die Aufmerksamkeit aller Rezensenten richtete sich auch auf die wienerisch gefärbte Sprache, die den Roman auf weite Strecken bestimmt. Es handelt sich dabei aber nicht um den dialektal gefärbten restringierten Code niederer Schichten, sondern um das nonchalante Schönbrunnerisch der traditionsbewussten höheren Gesellschaftsschicht. Es ist der larmoyante, elegant-mokante Tonfall der Wiener Aristokratie, die den Roman sprachlich charakterisiert.

»Sujet kann alles sein. Erst in der Besonderung durch die Form mag eine Geschichte entstehen.«

Ausdrücklich gedankt sei an dieser Stelle Frau Magistra Karin Claudi für die großzügige Gestattung der Nutzung einiger Teile der wissenschaftlichen Arbeit »Auf der Suche nach der literarischen Identität – Peter von Tramins ›Die Herren Söhne‹«.

Richard Tschugguel,
im Juli 2011

Kapitel eins Phase acht

1

Man fängt am besten, heißt's, beim Anfang an. Aber wenn man nicht weiß, wo und wann der Anfang gewesen ist?

Ich fahr zum Beispiel einmal mit dem Schelle in der Straßenbahn, da sind wir in die fünfte oder sechste Klasse gegangen, am Vortag einer Schularbeit war's, das weiß ich noch genau, und bei der Bellaria steigt zufällig der Fechtner zu uns ein. Unsere Fahrkarten waren längst markiert. Also stellt er sich zu uns, schaut jedesmal nicht hin, wenn der Schaffner kommt, tut einfach so, als ob er zu uns gehört und also auch eine Fahrkarte hätt', erweist seine Überlegenheit, indem er nicht einmal verschwörerisch blinzelt, kurz, fährt nonchalant schwarz und tut das gewissermaßen demonstrativ auf Kosten unserer Selbstachtung: Zahlt's nur, ihr Dummerln, ich, der Fechtner, hab so was nicht nötig.

Aber ein paar Stationen später, der Schaffner klopft grad zum fünftenmal mit der Zange auffordernd gegen das Fenster der Wagentür, da fragt der Schelle plötzlich sehr laut und verwundert: »Sag einmal, Fechtner, jetzt fahrst du schon seit der Bellaria mit und hast dir noch immer keine Karte gekauft. Möchtst du am End gar schwarzfahren?«

Bis zur Urania hat er wollen, der Fechtner, aber schon bei der nächsten Station ist er freiwillig ausgestiegen, sehr geschwind, sehr blamiert und überhaupt nicht mehr nonchalant: Der Schaffner hat ihm gleich allerhand erzählt, und ausführlich. Ich hab nicht gewußt, wo ich hinschauen soll – der Schelle hat nur gegrinst.

Aber das kann doch nicht der Anfang gewesen sein? Ein paar Tage nachher haben sie sich doch wieder vertragen, der Fechtner und der Schelle?

Oder hat's vielleicht erst mit den Nichtwitzen angefangen? Das war schon später, in der Maturaklasse, und die Nichtwitze waren natürlich eine Erfindung vom Schelle. Ein Nichtwitz ist ein Witz ohne Pointe, und der Witz beim Nichtwitz besteht darin, daß das alle wissen, bis auf einen. Der eine war selbstverständlich der Fechtner. Der Schelle erzählt also: »Kommt ein Mann in eine Drogerie, verlangt ein Packl Hustentee. Der Drogist steigt auf eine Leiter, holt den Hustentee aus dem letzten Ladl links oben hinten. Danke, sagt der Mann, zahlt und geht. Kommt ein hübsches Mädchen ins Geschäft, sagt, sie braucht eine Tuberose. Was wollen S' haben? fragt der Drogist erstaunt. Eine Tuberose, sagt das Mädchen. Steigt der Drogist wieder auf die Leiter, macht wieder das letzte Ladl links oben auf – macht's aber g'schwind wieder zu.« Bedeutungsvolle Pause. Dann mit Betonung: »Und in dem Augenblick – in *dem* Augenblick kommt ein Geldbriefträger bei der Tür herein.« Wir fangen alle wie die Hyänen zu lachen an. Und der Fechtner? Der lacht auch. »Sag einmal«, sagt der Schelle nach einer Weile zum Fechtner, »worüber lachst du eigentlich?«

Der Fechtner aber stottert und weiß es nicht.

»Weil du ein Depp bist«, sagt da der Schelle. »Schau lieber z'haus im Lexikon nach, was eine Tuberose ist, bevor du über was lachst, was du nicht einmal verstehst!«

Der Fechtner hat tatsächlich nachgeschaut. Was an einem Nichtwitz komisch ist, weiß er bis heute nicht – wenn er überhaupt noch etwas weiß. Wenn nämlich der Chensky recht hat mit seiner Vermutung, daß – dann –.

Nein, so geht es nicht.

Ich fang lieber am Anfang vom Schluß an; gut ein paar Jahr später also; mit dem Begräbnis des Hubert »Hubsi« Lerch, denn da waren alle vier Peter wieder beisammen:

der Peter »Schelle« Schelnhausen,

der Peter Fechtner,

der Peter Chensky, genannt der Leihmeister

und ich: Peter Schwengkh.

Aber das, merk ich grad, ist auch noch zu wenig an Voraussetzung – weil noch andere da waren, und sehr da waren bei und nach dem Begräbnis; auch wenn einer nur dabeisteht oder dabeisitzt und nichts sagt, ist er wirksam; aber die diesbezüglichen restlichen dramatis personae haben sogar ziemlich viel gesagt, und auf eine Weise – doch das würde jetzt schon zu weit führen.

Wenn man den Chensky fragt, wer da war, ganz gleich, bei welcher Gelegenheit, sagt er immer: »No, alle halt.«

Das sind stereotype Worte, freilich, aber nur, wenn man sie niederschreibt. Akustisch jedoch – welch unendliche Vielfalt vermögen sie auszudrücken! Und erst sehen solltest du ihn dabei, den Leihmeister: das sozusagen präzis gezogene Gesicht, dem jeweiligen Falle haarscharf angemessen; die unverwechselbare, ausgewogene, nuancenreiche Geste – da weißt du es sofort, weißt alles, weißt es ganz genau; direkt aufzählen könntest du die Namen, und ohne einen auszulassen, so illustrativ ist sie.

Ich hab aber leider keinen Gestus, sondern nur meine Füllfeder, einen Haufen unbeschriebenes Papier, viele Schwierigkeiten, muß es billiger geben, muß es mit einer Aufzählung der sonstigen Mitwirkenden bewenden lassen.

Fang ich da mit Null an, ist es zwangsläufig gleich der Losert, der zuerst drankommt. Irgendein Gesicht wird er schon haben, freilich – aber das merkt man nur, wenn man ihn ganz genau anschaut; ist er einmal fortgegangen, hat er keins mehr, so scharf du auch nachdenkst. Vor einer etwas stärker gemusterten Tapete wird er unsichtbar.

Ferner: Haber-Fritz, der Diplomkaufmann. Seine Schwester sieht ihm ähnlicher als er sich selbst, oder auch: Schelnhausen ist Schelnhausen und Haber ist sein recht unartikulierter Prophet.

Weiters: Günther Vierl, der unvermeidbar Wiederkehrende, mit furchtbarem Haftvermögen und stets blühendem Wimmerl im Nacken ausgestattet. Wenn starke Männer erbleichen, ist dies meist auf ihn zurückzuführen; in ihm wohnet die Penetranz, und vor ihm her hüpfet die Angst, wie es im Buche Hiob ungefähr heißt.

Und als Draufgabe, die sich aber ausgezahlt hat: der Rudi Feigel mit seiner Lilo Schmel; wer sie anschaut, sagt der Chensky, weigert sich zu glauben, was er sieht.

2

Vom Büro bin ich damals nicht und nicht fortgekommen, das ist ja immer so, und mit Blumen ist es daher auch nichts gewesen; die hätt ich wohl gestern schon besorgen müssen. Aber erstens weiß ich leider nie, welche Blumen bei dieser oder jener Gelegenheit in Anwendung kommen, und zweitens verschieb ich solche Sachen immer so lang, bis es bestimmt zu spät ist, bis alle Geschäfte zu sind, zum Beispiel.

Der Hubsi, zu dessen Begräbnis ich auch zu spät gekommen bin, hat einen Autounfall gehabt. Er ist mit dem Wagen und einer Empfehlung vom Schelle nach Gmunden gefahren, damit er seinen Job wiederkriegt, hat mir der Chensky am Telefon erzählt. Auf schnurgerader Strecke ist er gegen einen Baum gefahren – kein Mensch weiß, wieso. Der Wagen vom Schelle ist ausgebrannt.

Es regnet dünn und hartnäckig. Die Herren vor der Aufbahrungshalle haben schwarzglänzende Regenschirme aufgespannt, und ich weiß nicht gleich, ob das überhaupt das richtige Begräbnis ist, weil ich niemand erkenne. Die Leute ohne Regenschirm drängen sich im Vorraum zusammen. Ich sehe noch immer kein einziges bekanntes Gesicht; es kommt mir sehr unwahrscheinlich vor, daß ein Mensch wie der Hubsi so viele Hinterbliebene hat – da steh ich auf einmal in dem freien Raum vor dem Sarg und den Kränzen, der Pfarrer spricht bereits, irgendwo wird geweint, geschluchzt, dennoch ist es so still, daß man durch das offene Tor den Regen tropfen hört. Weihrauch und Kerzen. Die schwarzen Uniformen der Männer von der Bestattung riechen aufdringlich nach Gruft, alten Kränzen, Tabak und saurem Gulyas. Endlich bemerk ich ein paar Klassenkameraden, die ernsthaft, mit dem Hut in der Hand, in ihren tropfenden Mänteln herumstehen.

»Servus, Much – servus, Peter«, flüstere ich nach links und rechts. Sie grüßen wispernd zurück, mit kaum bewegten Lippen. Der Peter, der rechts neben mir steht, ist der Fechtner, Dr. merc.; der Peter Schelnhausen, ebenfalls Dr. merc., steht am Ende der Reihe, er ist der einzige, der den Kopf nicht gesenkt hält. Den Peter Chensky seh ich nirgends. Was übrigens der Pfarrer dort vorne zusammenredet, ist schrecklich; ich trau kaum meinen Ohren: Er tröstet uns damit, daß wir unseren Hubsi ja demnächst im Himmel wiedersehen werden. Dann meint er weiter, daß wir stark sein sollen, denn in Wirklichkeit wär's eigentlich gar kein Unglück, daß der Hubsi nach dem Unfall gestorben ist. »Ich habe mit dem Arzt gesprochen«, sagt er. »Er hat mir mitgeteilt, daß selbst bei einer körperlichen Gesundung unseres lieben Dahingegangenen sein

Geist nicht mehr derselbe gewesen wäre.« Und später: »Seid froh, meine Lieben, daß euch das erspart worden ist: Wir dürfen ihn dadurch als den guten, tüchtigen Menschen, als den aufopfernden, lieben Sohn und aufrechten Christen im Gedächtnis behalten, als den wir ihn alle gekannt haben. Immer fröhlich, hilfsbereit, tüchtig in seinem Beruf –« und so weiter. Es ist nicht zu glauben; ich schau nur so.

»Orsch! Orsch!« sagt der Much entsetzt neben mir.

»Das gibt's doch gar nicht!« flüstert der Rudi Feigel hinter mir.

Es gibt es doch.

Drüben, auf der anderen Seite, wo die Familie steht, brechen gleichzeitig zwei Frauen in ein ganz entsetzliches Weinen aus, schrill aufsteigend aus gleichmäßigem Wimmern, gellend, gläsern, schneidend, unsinnig – mir rinnt's buchstäblich kalt über den Rücken. Sogar dem Pfarrer verschlägt's die Rede. Die eine Frau ist die Mutter Hubsis. Ihr Mann hält sie am rechten Arm. Er schwitzt vor Verlegenheit und hält ihr sein Taschentuch hin, weil ihres zu Boden gefallen ist. Die andere ist die Hilda Krimml, die Braut vom Hubsi. Sie steht abseits von der übrigen Familie; der Fritz, recte Diplomkaufmann Friedrich Haber, hält sie. Sie ist weit nach vorne gebeugt und schreit wie wahnsinnig, schlägt mit den Händen um sich – der Fritz redet verzweifelt auf sie ein. Der zartfühlende Herr mit den weißen Beffchen weiß nicht, was er tun soll, und die Szene erstarrt zu permanenter Entsetzlichkeit.

Wie das vorbeigeht, weiß ich nicht; eigentlich geht's auch nicht vorbei, sondern geht nach schauerlichen Ewigkeiten, als sich die zwei Frauen endlich beruhigt haben, nur weiter. Gott sei Dank macht's der Pfarrer aber jetzt kurz, und die Menge setzt sich bald darauf in Bewegung.

»Hörst, Peter«, sagt der Chensky, den ich erst draußen entdeck. »Ach eingedenk dessen, daß du selber ein Erangele bist – aber ich glaub, mir steht noch immer das Hirn! So was von negativer Delikatesse wie das Referat von dieser unbeschreiblichen Tabernakelwanzen da drinnen hat mein erstauntes Ohr wirklich no net einmal von einem katholisch Geweichten vernommen.«

Ich überhör das. Der Chensky, der mit vollem Rechte der Leihmeister heißt, hat einen Trenchcoat an, der mir bekannt vorkommt. »Den Hansi Bohusch hab ich drin nicht gesehen«, sag ich und hab mich nicht geirrt.

»Der ist in Italien«, erklärt der Chensky ungerührt. »Sein Mantel ist mir also sicher auf mindestens zwei Monat, und dann brauch ich ihn nicht mehr. Den Mantel. Aber für morgen abend tät ich ein Paar Lackschuh brauchen – was hast du für eine Schuhnummer? Die vom Vierlinger gehn nicht, der hat Schweißfüß.«

»Ich auch«, sag ich brüsk. Der Leihmeister hat einmal drei Wochen lang eine Krawatte von mir in Gebrauch gehabt. Dann hat er mich gefragt, ob ich einen guten Kunststopfer kenn und hat sie mir wieder zurückgegeben. Sie war in der Mitte auseinandergeschnitten. »Ist mir gestern bei der Gaby passiert, auf der Party. Andenkensammlerin, weißt – ich hab ihr das Andenken aber wieder weggenommen. Ich geb immer alles wieder zurück, was ich mir ausleih, das ist mein Stolz.«

Jetzt kommen die letzten Onkel und Tanten aus der Aufbahrungshalle, und wir warten auf die Träger mit dem Sarg. Der Pfarrer wartet, die Eltern vom Hubsi; die Hilda Krimml erscheint, links den Fritz, rechts den Vierlinger. Der Schelle steht herum, der Feigel, der Much Heinberger und noch ein paar von der Klasse. Wir geben uns stumm die Hand. Endlich formiert sich der Zug. Man glaubt gar nicht, wie groß so ein Friedhof ist, und wie weit man da gehen muß. Vorn sieht man den Sarg, auf dem das mit Lederriemen festgeschnallte Metallkreuz über den Kränzen hin und her schwankt.

Auf dem Kiesweg geht's noch, aber dann müssen wir mitten in ein aufgeweichtes Gräberfeld hinein, mit neuen Grabsteinen und offenen Grabstellen, zwischen denen ein paar Bretter herumliegen. Die paar Bretter helfen nicht viel; man sinkt bis zu den Knöcheln in die nasse Erde ein. Schließlich, wie ich schon glaub, wir sind mindestens dreimal um den ganzen Friedhof gegangen und fangen gerade mit einem vierten Umgang an, wird endlich das Kreuz abgeschnallt und der Sarg in einen Erdschacht hinabgelassen. Dann redet der Pfarrer wieder etwas, was ich Gott sei Dank nicht versteh, weil ich so weit weg bin. Wir stehen zwischen den Gräbern im Gatsch herum und haben die Hüte abgenommen. Ein junger Mann in Ledermantel turnt mit Gipsfuß und Blitzlicht zwischen Schaufeln, Brettern und aufgeworfnen Erdhügeln und macht ununterbrochen Aufnahmen.

Schließlich erteilt der Herr mit dem weißen Beffchen den Segen, alles, was unter den Leidtragenden katholisch ist, bekreuzt sich andächtig, und der Vierlinger fängt in seiner diskreten Art zu kassieren an, weil er derjenige war, der unseren Kranz besorgt hat.

Vor mir steht der Schelle. Er macht der Frau Lerch sein Buckerl und nimmt ihre Hand, murmelt etwas, dann steigt er über ein paar Wasserlachen, kriegt vom Totengräber eine Schaufel Erde, zahlt ihm einen Schilling dafür und turnt zum nächsten Lehmhaufen, auf dem die Hilda Krimml steht; der Fritz hält sie und tröstet irgendwie an ihr herum.

Der Chensky leiht sich noch geschwind einen Schilling von mir aus, dann bin ich dran mit meinen Kondolenzen. Die Frau Lerch bring ich noch glücklich hinter mich, aber der Totengräber kostet mich fünf Schilling, weil ich kein Kleingeld mehr hab; das hat der Chensky. Ich werf meine Schaufel Erde auf den Sarg und klettre zur Hilda hinauf. Der Fritz stellt mich vor, und ich murmel etwas.

»Wir sollten uns eigentlich wieder einmal zusammensetzen«, sagt der Losert, Dr. phil., nachher, der ewige Zweitbeste in der Klasse, der Beste war ja immer der Peter Fechtner. »Du nimmst mir das Wort aus dem Mund«, sagt der Feigel. »Ich möcht nämlich auch ganz gern wissen, wie das eigentlich passiert ist mit dem Hubsi. Ich weiß nur, was mir der Vierlinger erzählt hat.«

»Der Haber-Fritz müßt auch kommen. Der und der Schelle« – ich zeig auf den Schelnhausen – »sind ja die besten Freund vom Hubsi gewesen.«

Der Schelle zuckt die Achsel. »Gut. Aber wenn schon, dann gleich heute abend. Und natürlich nicht alle. Den Fritz ruf ich daheim an und sag ihm, wo wir hingegangen sind. Er muß zuerst die Hilda Krimml nach Haus bringen.«

Der Peter Fechtner, ein paar Schritt hinter uns, streitet mit dem Vierlinger, weil der auch von ihm Geld für den Kranz haben will. Der Fechtner gibt ihm keins, weil er ausgerechnet hat, daß der Vierlinger bei seiner Kassiererei schon mindestens sechzig Schilling verdient hat. Der Chensky geht neben den beiden und senkt rasch den Kopf, wie ich mich nach ihm umschau. Er hat nicht auf das aufgepaßt, was die zwei sagen, sondern auf die Einschränkung vom Schelle gehört, will das aber nicht zeigen.

»Also habts ihr Zeit heute abend?« frag ich, mich wieder umwendend. »Ja«, sagen alle, bis auf den Fechtner, den Vierlinger und den Chensky.

Der Fechtner streitet verbissen und todernst, und der Vierlinger schaut, die Arme auf dem Rücken verschränkt, beleidigt zu Boden.

»Kommst du auch, Peter?« frag ich den Fechtner. Daß der Chensky kommt, versteht sich von selbst, und den Vierlinger braucht man nicht erst zu fragen.

»Natürlich kommt der Fechtner«, erklärt der Losert. »Was, Fechtner?«

Der Fechtner schaut den Schelnhausen an und sagt nichts.

»Du, Schelle«, sagt der Chensky, »du hast zuerst gesagt, daß nicht alle kommen sollen. Wie hast du das gemeint, Herr Doktor?«

Der Schelnhausen grinst. »So, wie ich's gesagt hab, lieber Chensky.« Er spitzt überlegend die Lippen und streicht die Strähne Haar, die ihm immer in die Stirn fällt, mit der Zigarettenhand zurück. »Es wäre doch sinnlos, jetzt, fast sechs Jahr nach der Matura, eine Klassengemeinschaft zu konstituieren, die's vorher nie gegeben hat, meinst du nicht auch? Sollten wir uns statt dessen nicht lieber nur auf die paar vernünftigen Menschen beschränken, mit denen man reden kann? Also vielleicht auf dich, meinetwegen, den Schwengkh, den Haber-Fritz, den Much Heinberger?«

Er macht eine Handbewegung, die den Losert, den Feigel und auch zwei andere einschließt, und deutet dann noch extra auf den Chensky.

Dem Fechtner kann man buchstäblich beim Nachdenken zuschaun; auf ihn hat der Schelle nicht gezeigt. Der Fechtner ist blaß geworden und hat ganz schmale Augen – aber er sagt nichts.

3

Im Café Riebel besteht die Versammlung einstweilen nur aus dem Vierlinger, den zwei Irgendwelchen, dem Losert, dem Much, dem Chensky und mir. Ich frag den Chensky, was aus dem Fechtner geworden ist; der hat ihn nämlich im Wagen mitgenommen, während ich mit dem Vierlinger gefahren bin, nicht ohne vorher von ihm aufgefordert worden zu sein, vorm Einsteigen mir meine Schuhe ordentlich abzuputzen, damit ich ihm seinen Wagen nicht schmutzig mach.

»Der Fechtner kommt nicht.« Der Chensky dreht seinen Kopf einmal bestimmt hin und her. Er schaut mich an, will etwas sagen, zuckt aber dann die Achsel. »Hat wahrscheinlich zu Haus noch was zu arbeiten, der Herr Exportleiter. Es eignet ihm nämlich die enervierende Angewohnheit, mit Arbeit stets so unbeschreiblich eingedeckt zu sein, daß ihr euch das gar nicht vorstellen könnts.«

Jetzt muß der Chensky dem Losert erklären, wo der Fechtner Exportleiter ist. Der Fechtner sei schon fast so was wie ein Prokurist in einer großen Armaturenfabrik, erzählt er also. Der Losert, der noch immer irgendwo ununterbrochen irgendwelche Kurse macht, weil er nicht weiß, was er mit sich und seinem Doktorat anfangen soll, ist tief beeindruckt.

Der Much, der ein Stück mit dem Schelle gefahren ist, sagt plötzlich: »Der Schelnhausen wird wohl auch nicht kommen.« Der Chensky schaut ihn schief an und redet sofort weiter, aber jetzt über den Hubsi, nicht über den Schelle – und auch das mit Zurückhaltung: Er tut so, als wär der Hubert Lerch gar nicht längst aus seiner Firma hinausgeflogen, und erwähnt auch die Hilda Krimml nicht – daß sie in anderen Umständen ist, hat ohnehin ein jeder gesehn –, er sagt auch nichts davon, daß es der Schelle war, der dem Hubsi ursprünglich den Job verschafft hat. Der Hubsi Lerch, erklärt er den Anwesenden, die das alles nicht wissen, sei bei einer Rationalisierungsfirma gewesen und habe da einen Haufen Geld verdient.

»Wie lang hat er das schon gemacht?« fragt der Vierlinger.

»No, so seit einem, anderthalb Jahr vielleicht«, sagt der Chensky und nimmt sich eine Zigarette aus meinem Etui. »Er hätt's dort noch weiter bringen können. Was du in einer solchen Stellung in erster Linie brauchst, ist nämlich eine gut funktionierende Pappulatur, blöd darfst du natürlich auch nicht sein; dann mußt noch gut ausschauen, sicher auftreten und mit Statistiken und so fachmännisch umwacheln können. No, so was hat der Hubsi doch schon immer aus dem Handgelenk g'macht.«

»Ja, der Hubsi –«, sagt einer von den zwei Statisten. Und jetzt fangen alle an, in Schulerinnerungen zu schwelgen, die Patres Professores kommen ausgiebig dran, und alle blöden Witz werden wieder erzählt, die man ihnen angetan hat und die sie einem angetan haben, und alles hört sich schon ganz vertrackt so an wie ein wirkliches Klassentreffen am xten Jahrestag der Matura. Und die wiederauferstandne Schulsprache feiert fröhliche Urständ; genau das kommt zum Vorschein, was wir bisher so glücklich haben vermeiden können: eine Klassengemeinschaft. Alle führen sich auf wie Schüler der Unterstufe, nur ordinärer, und wie dann endlich der Haber-Fritz auftaucht, der die Hilda Krimml nach Haus gebracht hat, findet er eine kreuzfidele Gesellschaft vor.

Der Fritz schaut sich nervös um. »Wo ist der Schelle?« fragt er und setzt sich ungern nieder.

»Nicht da. Er kommt auch nicht«, sagt der Much.

»Dann geh ich«, sagt der Fritz. »Ich bin nur gekommen, weil ich geglaubt hab, daß der Schelle da ist; ich hab mit ihm –.«

»Wart doch ein bißl«, unterbricht ihn der Chensky plötzlich, »sonst versäumst am End noch was Interessantes. Schau, wer da kommt! Unser Veigerl, und gleich mit der Seinigen!«

»Ich hab schon 'glaubt, ihr seids doch noch woandershin 'gangen«, sagt der Feigel, während wir aufstehen. Dann stellt er uns vor und sagt – sieben sind wir, die wir die Ehre noch nicht hatten – siebenmal das gleiche: »Fräulein Lilo Schmel, meine Verlobte.«

Die Schmel, mager zum Fürchten, schrecklich viel Zähn, die sie immer alle herzeigt, kommt mir gegenüber zu sitzen. Der Rudi Feigel setzt sich zufrieden daneben, schaut aus wie ein abgelutschtes, bebrilltes Marzipanschweinderl, auf das sich jemand noch extra draufgesetzt hat; alle Prüfungen hat er mit mehrstimmig genügend gemacht, aber immerhin suo anno. Da sitzt er, das Gerichtsjahr glücklich hinter und die zukünftige Rechtsanwaltpraxis – seine Lilo ist die einzige Tochter eines Anwalts – in Griffnähe neben sich.

»Na so was«, sagt der Chensky ernsthaft, »da schau ich aber! Eine Verlobte hast auch, Herr Doktor? Du bist mir aber einer! Da läuft er um, studiert und studiert und macht Gerichtspraxis und solche Sachen, und auf einmal kommt man drauf, er ist gar nicht so einer, sondern ein ganz anderer!«

»Sind Sie die Tochter von dem Rechtsanwalt Dr. Schmel?« fragt der Fritz, der selbst ein Rechtsanwaltssohn ist, und zugleich mit ihm fragt der Vierlinger: »Haben Sie denn den Hubsi gekannt?« Und diese Lilo bringt es fertig, beiden gleichzeitig eine Antwort zu geben, und das hört sich ungefähr so an: »Ich mach nämlich auch Jus, wie der Rudi – ich mein, er ist ja schon fertig – ja, der ist mein Vater, ich hab ihn, den Hubsi, auf der Uni kennengelernt, Sie sind der Sohn vom Dr. Haber aus der Westbahnstraße, nicht? Der Hubsi hat doch früher auch Jus studiert, ich habe ihn gut gekannt, wir waren zufällig im gleichen Paukkurs, und er ist doch ein Schulfreund vom Rudi gewesen.« Dabei schaut sie vom Vierlinger zum Haber-Fritz und von dem zum Rudi Feigel und lächelt ruckweise.

»Ich werd gleich ganz wahnsinnig«, sagt der Chensky halblaut. Worauf sich ihm die Schmel sofort strahlend zuwendet und konversationsweise danach forscht, warum er eigentlich, wie sie vom Rudi weiß, sein Studium aufgegeben hat, wo er doch so enorm begabt ist. Aber beim Leihmeister hat sie kein Glück.

»Wieso?« fragt er ganz erstaunt, der Chensky. »Ich hätt das Studium aufgegeben? Ist ja gar nicht wahr. Ich wär schon längst Doktor, wenn s' mich nur in Ruh gelassen hätten, die engstirnigen Moralphilister, die. Aber wenn's einen einmal relegieren, hilft ihm der beste Wille nichts.«

Der Schmel verschlägt's die Sprach, was eine Wohltat ist. Der Losert ist so verblüfft, daß er dem Chensky tatsächlich hineinfällt; er fragt ganz entsetzt: »Ja, um Gottes willen, Leihmeister, das hab ich ja gar nicht gewußt! Was hast du denn angestellt?«

Der Chensky zuckt traurig die Achsel. »Ich? No, was ma' halt so macht, wenn's einem fad ist. Debauchieren und debordieren. Widernatürliche Beziehungen zu mein' Ordinarius hab ich unterhalten, seine Frau ist uns draufgekommen und hat mich wegen Ehestörung angezeigt.«

Die Schmel weiß nicht, wohin sie schauen soll, der Feigel wird bös, und der Chensky nimmt ein Stück Zucker und wirft's ihm an den Kopf.

»Hörts auf!« schreit der Vierlinger empört und springt auf. »Ich bitt euch!« sagt er beschwörend. »Hört auf!« sagt er und wird hochdeutsch. »Wir wollen doch nicht vergessen, weshalb wir hier beisammen sind! Bitte, Leihmeister, entschuldige dich bei Fräulein Schmel; und dann möchte ich euch einen Vorschlag machen.«

»Ich genier mich eh!« sagt der Chensky mürrisch.

»Chensky!« sagt der Vierlinger entrüstet.

Daraufhin erhebt sich der Leihmeister, macht eine ernste Verbeugung, sagt mit tiefer Stimme: »Gnädiges Fräulein, ich bitte um Verzeihung. Ich hab's nicht so gemeint. Haben Sie Mitleid mit einer gescheiterten Existenz«, und setzt sich wieder nieder.

»Also, ich hätt einen Vorschlag zu machen«, wiederholt der Vierlinger rasch, bevor die Schmel, so oder so, was sagen kann. »Nämlich wegen dem Schelle und wegen dem Fechtner – denn die zwei sind anscheinend wirklich bös aufeinander. Sollten wir nicht versuchen – schließlich sind wir doch alle in der Schule gute Freunde gewesen, so etwas bindet, ich möchte fast sagen, so was verpflichtet – also, sollten wir nicht versuchen, die beiden wieder zu versöhnen?« Er schaut, beglückt über seinen Einfall, strahlend in die Runde. »Wißt ihr was? Ich ruf die zwei an und bitt sie hierher –.«

»Du bist ein lebensgefährlicher Irrer«, sagt der Chensky ganz leise.

Er und der Vierlinger sehen einander sekundenlang in die Augen. Der Feigel murmelt unbehaglich, ohne aufzusehen: »Setz dich nieder, Vierlinger, die Leut schaun schon her.« Der Losert, ängstlich, um zu vermitteln, macht einen Vorschlag: »Der Vierlinger könnt zuerst nur einen anrufen, den Schelle oder den Fechtner –.«

»Nimm das zurück, Chensky«, sagt der Vierlinger mit zitternder Stimme.

»Setz dich sofort nieder, Vierlinger!« zischt jetzt auch der Haber-Fritz. »Seid ihr zwei denn wahnsinnig geworden!«

Er steht halb auf, packt ihn hinten am Sakko und zieht ihn auf seinen Sessel zurück. Der Vierlinger plumpst nieder, springt aber sofort wieder auf und rennt davon.

»Orsch, Orsch!« meint der Heinberger erschrocken.

»Ich glaube, das beste ist, wir gehen«, sagt der Feigel jetzt mit betonter Verachtung in der Stimme; die Schmel soll nur sehn, wie fein er ist, nicht ein Wort wird er über unser unglaubliches Benehmen verlieren, sondern sich nur stillschweigend zurückziehen und uns Rüpel einfach sitzenlassen – die beiden Statisten, die so feinfühlig sind wie er, stimmen erleichtert zu. Der Heinberger ist natürlich dagegen, aber es nützt ihm glücklicherweise nichts; der Feigel, die Schmel, die zwei Irgendwelchen verabschieden sich umgehend mit förmlichsten Verbeugungen und hören nicht auf ihn.

»Ich hab einen schweren Fehler gemacht«, murmelt der Chensky. »Ich hätt mich bei diesem Vierl tatsächlich entschuldigen sollen. Das wär das taktisch Richtige gewesen. Denn so ...« Er schaut mich traurig an. »Denn so – weißt, was dieser Mensch jetzt machen wird? Er telefoniert mit dem Schelle, sag ich dir, und penzt ihn, er soll ins Café Riebel kommen, der Fechtner wär ohnehin nicht hier; und dann ruft er den Fechtner an und bestellt ihn auch hierher, weil der Schelle eh nicht dasein wird –.«

»Der Vierlinger ist schon zurück«, sag ich.

Der Chensky dreht sich nicht um. »No, sag schon dein Sprüchel auf, du psychologischer Oberbuchhalter!« seufzt er resigniert.

»Du kannst mich nicht beleidigen, Chensky«, sagt der Vierlinger. »Ich hab den Schelle und den Fechtner angerufen, alle zwei, verstehst du; sie werden beide in einer halben Stunde dasein.« Er lächelt überlegen. »Der eine wie der andere sind doch normale Menschen; ich bin überzeugt, daß sie ihren Streit schon längst überhaben, nur sind sie stolz, und keiner will den ersten Schritt zur Versöhnung tun. Also hab ich den ersten Schritt für sie getan –.«

Er hätt noch weitergesprochen; der Chensky hört ihm gewissermaßen mit verhärteter Geduld zu, aber der Losert unterbricht ihn erstaunt: »Hast du dem Fechtner gesagt, daß der Schelle kommt? Hast du dem Schelle gesagt, daß der Fechtner kommt?«

»Nein«, antwortet der Vierlinger und lächelt selbstzufrieden, »natürlich nicht, denn sonst hätten die beiden –.«

»Siehst es, siehst es«, sagt der Chensky melancholisch.

»Woher hast du das gewußt?« fragt der Losert verblüfft.

Der Leihmeister zündet sich mit der Gelassenheit eines Menschen, der sich mit einer Niederlage abgefunden hat, meine letzte Zigarette an.

»Das, Verehrtester, hab ich im Urin gespürt.« Er nimmt einen tiefen Zug und wedelt matt mit der Hand. »Herr von Vierl, Se derfen Ihnen nunmehr wieder setzen«, sagt er. »Trinken S' ruhig Ihr Schalerl Kaffee aus, aber dann verschwinden S' prestissimo, und zwar mit dem Much. Losert, du gehst auch, sei so lieb. Ich möcht mit dem Schwengkh allein sein, wenn die beiden kommen.«

Ja, und so unglaublich es klingt, in fünf Minuten sind wir, der Chensky und ich, tatsächlich allein.

»Also«, sag ich auffordernd, als er nichts anderes tut, als geistesabwesend mit dem Zeigefinger in meinem leeren Etui herumzufahren.

Aber er will mir noch nichts sagen; erst montiert er einmal, ganz automatisch, die fehlenden Zigaretten. Ich laß mir also vom Ober zwanzig »Old Splendor« bringen.

»Du mußt mir«, sagt er dann, »helfen, den Schelle und den Fechtner auseinanderzuhalten – ich hab dir noch sehr viel zu erzählen, Peter, die ganze G'schicht von dem Magnetophonband zum Beispiel – vorige Woche, bei der Gaby, hat der Schelle den Fechtner damit auf eine Art ruiniert, also das glaubst nicht. Die Zetterln damals in Grinzing sind direkt harmlos dagegen, sag ich dir. Früher hat der Fechtner mir wenigstens geglaubt, wenn er seine seelische Notdurft an mir verrichtet hat. Aber seit dem Tonband glaubt er mir nicht mehr – du mußt wissen, daß der Hubsi der einzige war, nach der Münzer-Party, der dem Fechtner beweisen hätt können, daß nicht ich, daß der Schelle lügt – und nun liegt er draußen am Friedhof – aber wir haben jetzt nicht mehr viel Zeit«, sagt er plötzlich eilig. »Willst du mir helfen oder nicht?«

»Ja, aber –.«

»Bon. Ich placier mich jetzt hier in den Winkel, wo man mich vom Eingang aus nicht sehn kann, und du setzt dich gleich neben die Tür. Es müßt ja mit dem Teufel zugehn, wenn die zwei zur gleichen Zeit kommen täten. Also, den ersten, der kommt, den packst du und sagst –.«

»Schau«, unterbrech ich ihn und nehm ihm eine von meinen eigenen Zigaretten weg, »glaubst du wirklich, daß man so eine Explosion dauernd hinausschieben kann? Ich glaub nicht an dilatorische Lösungen.«

Der Leihmeister grinst schwach. »Bei uns in Österreich sind überhaupt nur dilatorische Lösungen möglich, alles andere geht daneben, das solltest du eigentlich sogar dem Geschichtsunterricht eines Euchar Thai entnommen haben können. Das einzige Mal, wie wir wirklich gleich was 'tan haben, hat's sofort einen Weltkrieg 'geben – aber geh jetzt, wir haben wirklich nicht mehr viel Zeit, ich erzähl dir morgen alles. Der erste, der kommt, also –.«

Aber es ist schon zu spät: Der Teufel hat seinen ganzen Schwanz drin. Der Fechtner und der Schelle kommen gemeinsam herein; sie haben sich draußen vorm Café getroffen.

»No, servus«, sagt der Chensky und, resigniert: »Jetzt kannst schon bleiben, Peter, jetzt können wir nix mehr machen. Das ist höhere Gewalt.«

Die zwei kommen auf uns zu, zuerst der Fechtner, der den Mantel noch anhat; der Schelle wird von der Garderobiere aufgehalten und kriecht mit sorgfaltigen Bewegungen aus seinem Trenchcoat. Der Fechtner gibt mir und dem Chensky die Hand. »Seid ihr die letzten?« fragt er und schaut sich um. »Sind die andern am End schon 'gangen?«

»Ja«, sagt der Chensky. »Wir haben auch grad gehen wollen.«

»Aber der Vierlinger –?«

»Der Vierlinger ist ein Depp. Er hat dich *und* den Schelle angerufen. Komm, wir gehn, ich sag dem Schelle einfach, du bist nur gekommen, um mich abzuholen.«

Der Fechtner, der einen ruhigen Eindruck macht, grad ein bissl bleich ist er, sagt ganz erstaunt: »Chensky, spinnst du? Verstehst du nicht, daß ich diese Gelegenheit wahrnehmen muß?« Er zieht sich den Mantel aus, hängt ihn über einen Sessel und setzt sich. Der Chensky will was sagen, macht aber den Mund wieder zu, weil der Schelle sich nun seiner Garderobe entledigt hat und an unseren Tisch tritt.

»Servus, Chensky, servus, Fechtner, servus, Schwengkh«, sagt er, gibt keinem die Hand, steckt die Zigarette zwischen die Zähne, was ihn nicht wesentlich am Sprechen hindert, nimmt Platz und reibt sich gemächlich die Hände. »Ich sehe mit Freude, daß unsere übrigen, doch eher mehrminder geistig bloßfüßigen Schulfreunde das hierortige Tschoch bereits verlassen haben –.« Der Schelnhausen bricht ab und lächelt. Der Fechtner wartet, zieht seine Pfeife heraus, stopft sie und zündet sie an; nur wenn man genau hinschaut, merkt man, daß er den Pfeifenkopf umklammert hält, als wär der eine feste Stütze und Kraftquelle.

»Kontuszowska«, sagt der Schelle zum Ober. »Ihr auch?« fragt er uns. Wir haben nichts dagegen.

»Na also«, sagt der Schelle und schaut uns nacheinander an, seine Locke aus der Stirn werfend. »Dieser Vierlinger, nein, dieser Vierlinger! Er hat mir tatsächlich verschwiegen, daß unser Fechtner auch dasein würde –.« Er lächelt den Fechtner an. »Wahrscheinlich, weil er glaubt, wir wären verfeindet«, erklärt er ihm liebenswürdig.

Der Fechtner sagt nichts.

»Der Vierlinger ist ein Fall von mens non sana in corpore non sano«, meint der Chensky schnell. »Sag einmal, Schelle, kannst du uns nicht erzählen, wie das mit dem Hubsi seinem Unfall eigentlich wirklich war? Der Haber-Fritz ist gleich wieder gegangen, und der Vierlinger hat überhaupt nichts gewußt –.«

»Lenk doch nicht ab, Chensky«, sagt der Schelle. »Der Hubsi ist tot und auf dem Friedhof. Ihm kann man nicht mehr helfen. Dem Fechtner kann man zwar wohl auch nicht mehr helfen, aber vielleicht sollt ich ihm abschließend doch noch was dazu sagen.« Er schaut nachdenklich die Glut seiner Zigarette an. »Ich hab seit der Party bei der Gaby, vorige Woche, lang und gründlich nachgedacht über dich, Fechtner –.«

»Wie wär's, wenn du ihn zur Abwechslung einmal in Ruh lassen möchtest?« unterbricht ihn der Chensky. »Das wäre zum Beispiel das einfachste und gleichzeitig was Originelles und Neues, glaubst nicht auch?«

»Sei still«, sagt der Fechtner, »laß ihn ausreden.«

»Danke«, nickt der Schelle und schaut bekümmert aus. »Sag einmal, Fechtner, damals, auf der Party bei dir, nach deiner Klausur, da hab ich dich gefragt, ob du mich für deinen Feind hältst, und du hast ja gesagt. Jetzt sei einmal ganz ehrlich: Hältst du mich noch immer für deinen Feind?«

Der Fechtner, die Augen niedergeschlagen, gibt ihm nicht gleich eine Antwort. Dann zündet er sich mit zitternden Fingern die ausgegangene Pfeife an. »Nein«, flüstert er.

»Das sollte mich freuen«, seufzt der Schelle, »freut mich aber nicht länger. Denn jetzt weiß ich gar nicht mehr, ob ich die Verantwortung auf mich nehmen darf, dir überhaupt noch was zu sagen.« Er hört auf und tut so, als ob ihm das alles furchtbar unangenehm wär.

»Red schon«, sag ich, »solang er dich reden läßt!«

»No gut«, sagt der Schelle seufzend. Dann drückt er seine Zigarette aus und zündet sich eine neue an. »Denkst du eigentlich manchmal auch noch über unsere Diskussion über die Freiheit nach, die wir seinerzeit auf der Maturafeier beim Haber-Fritz gehabt haben, Peter?« Der Fechtner sagt nichts.

»Ich seh schon«, sagt der Schelle, »dir geht das genausowenig aus dem Kopf wie mir. Ich glaub, dort ist der Schlüssel zu suchen. Dort bist du der Schwarze Peter geworden.«

»Ich hab die Karte nicht verschwinden lassen«, sagt der Fechtner leise.

»Ich auch nicht«, sagt der Schelle. »Chensky, Schwengkh, das ist jetzt so lange her, daß ihr es ruhig zugeben könnt –.«

»Ich war's nicht«, sagt der Chensky.

»Ehrenwort?«

»Ehrenwort.«

»Und du, Schwengkh?«

»Ich war's auch nicht. Auch Ehrenwort.«

Der Schelle trommelt mit zwei Fingern auf den Tisch. »No ja«, sagt er, »no ja. Ich glaub, ich bin vom Thema abgekommen. Freiheit. Wir haben uns damals geeinigt, daß Freiheit darin besteht, Entscheidungen treffen zu können. Sich wählen zu können, wie Sartre sagt. Aber ich will jetzt nicht wieder mit dem ganzen Pallawatsch anfangen. Bleiben wir bei den Entscheidungen. Die Entscheidung schlechthin ist die Alternative. Was ist aber die Alternative schlechthin?«

»Hör auf, Schelle«, sag ich, »das geht zu weit! Das ist jetzt schon kein Witz mehr!«

»Nein. Das ist kein Witz mehr. Die Alternative, weiterzuleben oder Selbstmord zu begehen, ist niemals ein Witz gewesen«, sagt der Schelle ernst. »Wenn der Fechtner sich so gern mit der Freiheitsfrage beschäftigt hat, so war das symptomatisch. Nur hat er das nicht gewußt. Und ich auch nicht, damals. Aber jetzt bin ich leider zu der Überzeugung gekommen – nach allem, was der Fechtner angestellt hat, und insbesondere nach der letzten Szene bei der Gaby, deren unfreiwilliger Zeuge ich wurde, daß er sich unbewußt längst fürs zweite entschieden hat. Denn er wählt dort, wo's drauf ankommt, immer nur Situationen und Personen, bei denen er in eine Niederlage geraten muß. Das bedeutet, daß er über kurz oder lang auch einmal die Person oder Situation wählen wird, die ihn endgültig vernichtet. Damit ist seine selbstmörderische Wesensmäßigkeit schon festgestellt. Ich hab immer wieder probiert, ihm das vor Augen zu führen, ohne es direkt aussprechen zu müssen, damit er sich und damit seine Grundeinstellung vielleicht noch geraderichten könnt. Er hat's nicht getan, was ich auch versucht hab. Alles war vergeblich. Meine Mittel sind daher erschöpft respektive untauglich geworden.« Der Schelle zuckt die Achsel. »Ich habe den Fall Fechtner abgeschlossen.«

Daraufhin steht der Fechtner auf und nimmt die Pfeife aus dem Mund. Er klopft sie ruhig in den Aschenbecher aus, nimmt seinen Mantel, legt zehn Schilling auf den Tisch, dreht sich um und geht. Ganz ruhig und gemächlich. Nur einmal rennt er gegen einen Tisch, als ob er blind wär, und fällt fast um. Dann tritt er durch den Windfang hinaus, ohne noch einmal zu uns herzusehen.

»Schelle –«, sag ich, und dann weiß ich nicht gleich weiter, denn mir steht das Hirn. »Warum tust du das eigentlich?« frag ich endlich.

»Warum? No, weil er mich seit fünf Jahren andauernd sekkiert, wegen so einem blöden Büchel.« Er grinst. »Irgend so ein amerikanisches Pocket-Book, das er mir einmal geliehen hat, das ist der Grund. Anfangs hat mich das nur mild irritiert, weiter nichts, aber später hat er dir doch glatt fünfzehn Schilling fünfzig dafür haben wollen! Kannst du dir das vorstellen?« Er macht einen tiefen Zug von seiner Zigarette, streicht das Haar aus der Stirn und schaut uns belustigt an. »No, seitdem hat er mich halt interessiert«

»Interessiert?« frag ich. »Und deine ganze Philosophiererei?«

»Ist natürlich ein Blödsinn. Das kannst ihm auch ruhig sagen. Weil er's dir nämlich ohnehin nicht mehr glauben wird. Soweit hab ich ihn schon lang.« Er lehnt sich zurück und bewegt die Lippen, als ob er etwas nachrechnen würde, die Augen auf die Decke gerichtet. »Ich geb ihm noch zirka ein Vierteljahr, bis er sich umbringt«, murmelt er dann.

»Wie?« sagen Chensky und ich gleichzeitig.

Der Schelle beugt sich vor. »Ja«, sagt er triumphierend, »ein Vierteljahr, mehr nicht. Du hast mir vorige Woche bei der Gaby vorgeworfen, hochverehrter Leihmeister, daß mein Witz keine Pointe hätte. Ich hab dir geantwortet, daß sie mir schon noch einfallen wird, die Pointe. Und vorhin ist sie mir eingefallen: sein Selbstmord, ganz einfach.«

Er steht auf. »Den Kontuszowska zahl ich. Gute Nacht.« Er grinst. Seine Zigarettenhand streicht die Haarsträhne zurück; sie fällt ihm sofort wieder in die Stirn. Dann dreht er sich um und geht – und ich muß plötzlich an das denken, was er im Stiegenhaus zum Hubsi Lerch gesagt hat, nach der Party beim Fechtner, was ich damals nicht verstanden hab und jetzt auch nicht versteh, aber eine halbe Sekunde lang begreifen werde, am Michaelerplatz nach der Hochzeit der Renate Erber, wenn's schon zu spät sein wird und alles zu Ende.

4

»Weißt«, sagt der Leihmeister nach längerer Pause; wir stehen längst vor dem Café Riebel auf der Straße, »die G'schicht zwischen dem Schelle und dem Fechtner, die ist jetzt wirklich kein Witz mehr, die ist, glaub ich, tatsächlich lebensgefährlich geworden. Nach *dem* Auftritt heut wirst sogar du das nicht abstreiten können, mein lieber Interventionsfeind. Da braut sich was zusammen, und noch dazu was Endgültiges, von dem ich aber auch schon gar nichts weiß; seit der Party bei der Gaby läßt mich der Schelle nämlich überhaupt nicht mehr zuschaun. Fangen wir also von vorn an. Wir müssen vorn anfangen, weil wir anders den Schelle nicht verstehen können, weil wir nicht so narrisch sind wie er, und auch nicht so narrisch geworden wie der Fechtner, der sich einfach abschlachten läßt. Jetzt muß unbedingt was g'schehn, sag ich. Fangen wir also an. Und vorn.«

»Da?« frag ich. »Auf der Straße?«

»Bist du vielleicht allein zu Haus?« fragt er zweifelnd.

»Nein«, sag ich. »Meine Mama ist noch da, meine Großmama und meine Tante Carla.«

»Die täten bestimmt alle auf uns herumsitzen«, meint der Chensky mißtrauisch.

»Die schlafen schon«, sag ich. »Es ist Viertel zwölf vorbei.«

»Großmütter, Mütter und Tanten schlafen nie, wenn s' schlafen sollen«, sagt der Chensky bestimmt.

»Und was ist mit deiner Wohnung?« frag ich. Ich war noch nie bei ihm und bin neugierig; ich hab ihn nur ein paarmal zu Haus angerufen.

»Der Woiwod schläft überhaupt nie«, erklärt der Chensky düster, »der ist schon zu alt dazu, gehn wir lieber in die Hélène'.«

»Aber –«, sag ich.

»Schau«, sagt er und beginnt ein düsteres Bild zu entwerfen. Der Woiwod – von dem ich weder weiß, wie er wirklich heißt, noch, warum ihn der Leihmeister so nennt – ist so etwas wie sein Erzieher und Vormund.

Der Vater vom Chensky ist Industriesachverständiger und nur ganz selten in Wien. Er verdient sehr viel, aber unregelmäßig, denn der Chensky weiß nie, wann das Geld kommt, das ihm sein alter Herr schickt. Und dabei wär es wichtig für ihn, den Monatstag genau zu wissen, weil nicht nur er auf sein Taschengeld wartet, sondern auch der Woiwod, denn der Betrag, den dieser von dem Papa Chensky kriegt, ist so ziemlich sein einziges Einkommen. Aber nicht nur Woiwod und Chensky jun. stellen dem Geldbriefträger nach und Berechnungen an, wann der wohl kommen wird, sondern auch die Eiserne Mizzi tut das, wie die Betreuerin dieses eigenartigen Haushalts genannt wird. Wer aber von den dreien das Glück hat, den Geldbriefträger schließlich zu erwischen, kassiert gleich alles – man hat sich in vertrauensvolleren Tagen mit gegenseitigen Inkassovollmachten ausgestattet, die man jetzt nicht zu widerrufen wagt, erläutert der Chensky – und hält seinen Erfolg möglichst lange geheim. Wenn sich dann herausstellt, wer diesmal eingestrichen hat, gehen die zwei Enttäuschten immer gemeinsam auf den Besitzer los, ob das jetzt der Leihmeister selber, der Woiwod oder die Eiserne Mizzi ist

Erhalten bleibt dieser scheinbar so unhaltbare Zustand aber durch ein System von Erpressungen einerseits und ontischer Abhängigkeit andererseits: Der Peter Chensky ist dem Woiwoden ausgeliefert, weil er sein Studium an den Nagel gehängt hat, was der Papa nicht erfahren darf; der Woiwod wieder, der doch eigentlich auf den Leihmeister aufpassen sollte, ist dem Chensky jun. ausgeliefert, weil er sein jeden Monat neu zu eroberndes Taschengeld nicht verlieren darf; der Eisernen Mizzi schließlich ist es unmöglich gemacht, ihr Heil anderswo zu suchen, weil sie im innersten Mark ihrer umfangreichen Person ein treuer Sklave der Chensky-Dynastie ist und bleibt, komme, was da wolle, eine Einstellung, die ihr die alte, hochselige Erlaucht, der Großpapa des Peter Chensky, schon in bildsamen Kindertagen unschwer einzuimpfen vermocht hat: »Weißt, wenn so ein böhmischer Dienstbot einmal Tradition von jeher und in der x-ten Generation, gewissermaßen stets als Beikost, bekommt, so assimiliert er die und wird von ihr durchwachsen, wodurch aus einer x-beliebigen Mařenka, Maruša oder Manča eine ganz bestimmte Mizzi, zum Beispiel eine Eiserne Chensky-Mizzi wird«, sinniert der Leihmeister. »Gleichwie durch die Durchwachsung des Specks durchwachsener Speck entsteht, der wohl noch immer Speck ist, aber nicht mehr Speck schlechthin, sondern sozusagen eine Spezialanfertigung, die nicht mehr für schlichtere Kochzwecke verwendet werden darf. Eine Eiserne Mizzi wird sich daher auch nicht für gemeine Zwecke eignen, sondern nur mehr für ganz spezielle – für Chensky-Zwecke in unserem Falle; sie bleibt, Gott sei Dank, was sie ist, und will's gar nicht anders, wenn sie's vielleicht auch manchmal anders möcht – wenn sie sich wieder einmal über den Woiwoden zu sehr giften muß, zum Beispiel, oder aber auch über einen hloupý uličnik, einen gewissen dummen Lausbuben, unter welcher Bezeichnung sie mich gelegentlich zu verstehen liebt, brüllend behauptend, daß sie lieber den prokleté comunistiy, die jetzt im guten, alten Stammschloß herumsitzen, die Schuh putzen möcht, als für den Woiwoden und mich den Hausdeppen zu machen für nichts und wieder nichts und kein Geld.«

Alle diese zeitweisen Ausbrüche aus ihrer Leibeigenschaft – die nur im Rahmen des Sprachlichen und Akustischen stattfinden, denn an Fakten und Zuständen wird dabei nicht gerüttelt – können aber unangenehm genug sein, weil sie sich mitunter über Tag und Nacht erstrecken, erklärt mir der Chensky und zählt, gewissermaßen als Illustration, folgende Beispiele auf: »Das fünfmalige Aufreißen einer Türe und Anschreien des Dahintersitzenden in Abständen von zehn Sekunden, die Lärmveranstaltung in der Küche vermittels lautstarker Kochutensilien, der Vortrag von Beschimpfungen, Drohungen und Geldforderungen, die Bereitung des Abendmahls und Servierung desselben unter Versalzung der Gerichte und Versteckung des Stoppelziehers und Bieröffners, der grollende Rückzug in die Schlafkammer, die Abwartung der dritten Stunde nach Mitternacht sowie die schlafberockte Hervorbrechung und Invasion woiwodischer und meiner Ruheräume und Lichtanschaltung, Wegziehung von Polstern und weitere Ausschüttung wortreicher Schalen des Zorns –.« Der Chensky seufzt tief. »Du verstehst«, sagt er und hebt bedauernd die Achseln.

»Ich versteh«, sag ich.

»Also gehn wir in die ›Hélène‹«, meint er abschließend befriedigt.

5

Die »Hélène« ist ein Lokal, das nur aus zwei aneinandergereihten winzigen Räumen besteht; vorn ist die Bar, wo immer dieselben fünf Habitués sitzen, und hinten ist ein heimeliges Barockstüberl mit weinroten Wanddraperien und schweren, dunklen Vorhängen, zwei guten, schon fast schwarzen Holländern in blinden Goldrahmen, drei niedrigen dunkelbraunen Tischen, ein paar O-beinigen Polstersesseln und einem Radio, das man abdrehen kann, weil die Stammgäste sich ohnehin immer draußen an der Bar aufhalten. Bei der »Hélène« hat man seine heilige Ruh, und das ist das Schöne an ihr.

Da sitzen wir also, rauchen viel, trinken aber anfangs nur wenig, und ich denk darüber nach, wie seltsam das ist, wie verschieden sich die

Leut entwickeln, nach der Matura, die vorher doch irgendwie vom gleichen Holz waren. »Schau dir nur einmal den Feigel an«, sag ich. »Der und der Fechtner haben immer die besten Zeugnisse gehabt in der Klasse, und was ist jetzt der eine und was der andere! Und beide waren's dieselben Streber!«

»Ja, und beide fangen noch immer mit F an, aber damit sind die Gemeinsamkeiten auch schon erschöpft«, sagt der Chensky. »Die zwei sind sonst grundverschieden, denn der Feigel ist blöd und der Fechtner sehr intelligent – in allem, was er angreifen kann; er möcht am liebsten überhaupt der Materialist und Positivist schlechthin sein, weißt du. Ist dir eigentlich noch nie aufgefallen, daß er keine Phantasie, daß er überhaupt keinen originalen Humor hat? Daß er, bei al 1cm praktischen Mißtrauen, dennoch autoritätsgläubig ist, daß alles das, was die Mehrheit in erworbenen Titeln würdigt, in publizierten und allgemein angenommenen Werken wie in selbstverdientem oder geschickt vermehrtem Geld sieht, auch für den Fechtner das Alpha und Omega seiner Weltanschauung darstellt? Verstehst du also, was es für ihn bedeutet haben muß, den Schelle, diesen Pseudophilosophen, mit dem gleichen Doktorat, das er selbst hat, aber summa cum laude gekrönt zu sehn, noch über dessen sieben Bemmerln? Dieser Fechtner ist direkt ein geistiger Demokrat, diese Wahrheit muß einmal ausgesprochen werden, ein ganz kommuner Materialist, kein echter! Vorn leugnet er standhaft und unter sorgfältiger Vermeidung jedes Wortes und Begriffs, die mit Transzendenz zusammenhängen, alles, was außerhalb der Reichweite seiner zehn Finger liegt, und hinten läßt er sich dafür damit gleich freiwillig klistieren, bis es ihm den Darm zerreißt – in seinem Fall eben von dem philosophischen Zauberdoktor, dem Schelle.«

»Von dem haben sich aber auch noch andere klistieren lassen, um deinen schönen Vergleich zu gebrauchen. Der Hubsi zum Beispiel, früher«, sag ich.

»Ja. Und dasselbe gilt jetzt für den Haber-Fritz. Nur paßt bei dem mein Bild noch viel schöner, als dir wahrscheinlich bekannt ist. Aber den Haber heben wir uns für später auf, denn der wird, glaub ich, unsere Waffe sein, mit der wir dem Schelle schon noch seine psychologischen Mordpläne durchkreuzen werden – dem narrischen psychologischen Philosophen, dem. Du weißt doch, daß der Herr Doktor Schelnhausen erst ein Semester nach dem Fechtner promoviert hat?«

»Ja.«

»Weißt auch, warum?«

»Nein.«

»Weil er mehr auf der Philosophischen in der Uni herumgesessen ist und da sogar einmal ein aufsehenerregendes Referat gehalten hat, statt auf der W. H. Prüfungen zu machen. So was war für den Fechtner natürlich nur eine reine Blödheit. Der Schelle, der daraus ersehen hat, daß man den Fechtner nicht widerlegen, sondern nur schlagen kann, hat daraufhin – ich möchte fast sagen, justament – ebenfalls seinen Dr. merc. gemacht – zwar ein halbes Jahr später, dafür aber mit Auszeichnung. Wodurch uns Menschen mit einem weiteren Horizont zwar nichts bewiesen ist, einem Fechtner aber schon. Er hat's mir selber erzählt. Daß ein unpraktischer, philosophierender Nichtstuer, und noch dazu ausgerechnet der Schelle, so was zusammenbringt, hat ihm seine Weltanschauung schwer beschädigt. Der Fechtner hat mir da direkt leid getan.«

»Und der Schelle hat dich interessiert«, sag ich spöttisch. »Drum bist du auch bei dem herumgesessen und hast ihm zugeschaut. Siehst, das kann ich fast noch verstehen. Aber Mitleid mit dem Fechtner –? Du hast doch sonst so selbstsichere Leut, die nur mit gesundem Hausverstand und nicht mit wirklichem Verstand ausgerüstet sind, wie der Fechtner früher einer war, auf den Tod nicht leiden können? Wieso dann deine Freundschaft mit ihm?«

»Nix: Freundschaft«, sagt der Chensky, »nur Mitleid.« Ich schau ihn nur an.

»Durchschau mich nicht! Das kann ich nicht leiden!« grunzt er da.

»Pardon.«

»Außerdem ist der Fechtner nicht ganz so gewesen, wie du ihn schilderst. Seine Selbstsicherheit war nur eine scheinbare, wie sich's immer, wie sich's jetzt wieder erwiesen hat. Weil sie nämlich sehr enge Grenzen aufweist. Sie bedeckt diesen Fechtner nicht ganz. Der Stoff hat nur für ein ziemlich enges, rundum zu kurzes Jackerl gereicht, und unten läuft er überhaupt ganz ohne Hosen herum«, erklärt der Chensky.

»Aus diesen Umständen also beziehst du dein Mitleid?« frag ich spöttisch. »Dann hast du ja nur Mitleid mit ihm, weil du dich ihm überlegen fühlst! Ja, Peter, du hast ja Minderwertigkeitskomplexe!«

Der Chensky grinst. »Freilich. Wie wir alle. Aber ich kultivier die meinigen wenigstens. Ich betreue sie pfleglich. Und wenn jetzt noch der Kampf Mann gegen Mann dazu nötig sein soll, werd ich das auch nicht auslassen.«

»Und ich soll da mitmachen?« frag ich.

»Ja«, sagt er. Und dann lang nichts. »Weißt, weil's mich jetzt«, seufzt er, »nämlich allein wirklich so gar nicht mehr richtig freut.«

Kapitel zwei Phase zwei

1

Peter von Schelnhausen stieg zwei Stockwerke des engen Stiegenhauses gedämpften Schrittes empor. Am Absatz des dritten wandelte ihn, wie immer, beinah das Bedürfnis an, sich auch noch die Schuhe auszuziehen, um an der Wohnungstür, an welcher das schlichte Schild »Nakladal« angebracht war, mit sozusagen gesteigerter Lautlosigkeit vorüberzuschleichen. Doch wußte er, daß selbst solche auf die Spitze getriebene Vorsicht vergeblich gewesen wäre.

Nun war Frau Josefa Nakladal zwar nicht die hierorts amtierende Hausmeisterin, wie Schelnhausen selbstverständlich vermutete, doch eignete ihr immerhin die Begabung, stets zu Hause zu sein, wenn er Gisela Trubisch besuchte. Sie verstand es außerdem jedesmal, ihre Tür im psychologisch wirksamsten Moment jenen bewußten Spaltbreit zu öffnen, der, zusammen mit dahinter nun mißtrauisch-funkelnd auftauchenden Äuglein, ein echtes Charakteristikum des Hausmeisterischen ist. Dennoch war Frau Pepi schon deshalb keine Hausmeisterin, weil ihre Spionagetätigkeit nur einem einzigen Menschen galt, der freilich nie mehr kommen sollte; auch Schelnhausen, dem sich, wie allen anderen Blickgestochenen, die Kopfhaut prickelnd zusammenzog, wurde sozusagen bloß nebenbei ertappt, wie die anderen treppauf, treppab Passierenden auch. Josefa Nakladal war eine unglücklich, weil verlassene Liebende.

Peter von Schelnhausen huschte lautlos vorbei, und schon wurde die Tür leise knackend geöffnet. Er spürte zwischen den Schulterblättern scharf den Doppelstich enggesetzter Augen, fluchte unhörbar und beschleunigte seinen Aufstieg.

Frau Nakladal jedoch, Eheweib des höheren Magistratsbeamten Heinrich Nakladal, welcher sie fast jeden Samstag ehelich und zärtlich zu lieben pflegte, Besitzerin eines nach einer Erbschaft sehr beachtlich gewordenen Sparbuchs, schloß die Tür und ging ins Zimmer zurück. Sie wußte genau, wohin Schelnhausen seine Schritte lenkte. Diese Hur, dachte sie. Diese Hur verdient so einen Mann ja gar nicht, wie meinen Viktor. Wie der arme Bursch nur wieder ausschaun wird, wenn er herunterkommt! Er hat schon recht gehabt, mein Viktor, daß er sie sitzen hat lassen, diese Hur! Aber daß er sich um mich auch nicht mehr kümmert – schon war sie tief in bittersüßen Erinnerungen.

Die Wohnung, an deren Tür das blinde Messingschild »Viktor Trubisch« befestigt war, lag im nächsten Stock und bestand neben einem finsteren, schlauchartigen Vorzimmer und anderen dunklen Räumlichkeiten noch aus einem sehr großen und sehr hellen Wohnzimmer, das von Gisela Trubisch als einziges von all den Kammern und Kabinetten tatsächlich besessen, beschlafen und für denjenigen Teil ihres Lebens herangezogen wurde, den sie bereit und imstande war, in eigenen vier Pfählen zu verbringen. Denn im eigentlichen Schlafzimmer stand nur verfallenes, dunkelbraunes Meublement um das Wrack eines großen Doppelbettes, dessen niedergebrochenes Gestell von einem wirren Haufen zerrissener Matrazen von derselben verblichenen Farbe übertürmt wurde, wie sie die zerschlissene Seidentapete der Wände aufwies. Und Staub und Staubgeruch herrschten auch in der schmalen Nebenkammer, von der ein hohes französisches Fenster auf den Balkon hinausging. Hierher reichte wenigstens ein schmaler Ausläufer Leben, eine kleinere Enklave im Verfall neben der Hauptenklave des Wohnraums, denn der Balkon wurde öfter benützt.

So wie des Nachts der gelbe Lichtkreis einer Stehlampe dem daneben Sitzenden und Lesenden in einer Sekunde ihn unversehens antretenden Verfremdens – ein winziges Geräusch hat ihn aus seinem Buch gescheucht – als eine plötzlich ins Engste gerückte Insel der Sicherheit erscheint, hinter deren beklemmend naher Küste das weitere Heim zwar noch beziehungslos, abstrakt gewußt, aber nun als ein feindlich, unheimlich Gewordenes empfunden wird, so wurde der einzige Wohnraum dieser alten, verwinkelten Wohnung durch die nicht sehr umfängliche Lebensaura der hier nur aus einladungstechnischen Notwendigkeiten hausenden Gisela Trubisch ganz scharf aus den übrigen verfallenden oder schon gestorbenen Kammern und Kabinetten herausgeschnitten.

Für einen Raum reichte ihre sachlich-dingliche Influenzkapazität und auch noch für ein, zwei Nebenenklaven – diese Vorwerke wurden aber nur aus prosaischsten Bedürfnissen gehalten. Gisela lebte eng, lebendig, sauber und hell mitten im großräumigen, staubig verschatteten Toten und besaß nur solche Dinge wirklich, die ihr in Armweite lagen. Ihr Mann, der getrennt von ihr lebte, hatte die Wohngruft im vierten Stock seinerzeit von irgendeinem Onkel geerbt. Gisela fand sich, als Viktor Trubisch sie verließ, mit dieser Behausung in einen ihr nicht gemäßen Besitz geraten; er war ihr so ungefähr und peinlich zugefallen, wie sie selbst einst ihrem Vater, einem Prinzen Craillsperg, ungefähr, peinlich und ungemäß zugefallen war. Doch stellte ihr nunmehriges Binnenwohnen keine Beschränkung dar, sie war keineswegs aus Resignation dazu gelangt, sie hatte sich vielmehr nach Prüfung der Gegebenheiten, um ihre Mittel wissend, nur bestmöglich eingerichtet.

Die Regel, daß jeder Mensch in diejenigen Umstände hinein und den Eltern geboren wird, welche die einzigen richtigen und zukommenden für ihn sind, traf zwar auch auf Gisela Trubisch zu. Allerdings gerade in der ebenso seltenen wie notwendigen Ausnahme davon, die jedes Gesetz aufzuweisen hat und erst als menschlich-richtig bestimmt. Nur ideologische Forderungen wollen keine Ausnahmen kennen und erweisen schon dadurch die Unsinnigkeit und Unmenschlichkeit jeder Ideologie. Etwas hatte Gisela, die Ausnahme, aber dennoch vererbt bekommen: das Vermögen nämlich, Dinge und sachliche Zustände so zu belassen, wie sie eben waren. Sie kam mit ihnen zurecht. Es quälte sie nicht, »hier nichts tun zu können«, aus dem einfachen Grunde, weil sie dies gar nicht wollte noch dessen bedurfte. Tiefes Wasser kann zweifellos Gefahr bedeuten. Der Vernünftige meidet es oder lernt schwimmen. Es statt dessen überhaupt abzuschaffen, »etwas dagegen tun«, will nur ein Wahnsinniger. »Revolutionäre Ideen«, die es nie verfehlen, immer die eigenen, subjektiven Unzulänglichkeiten durch Eingriffe im niemals ungestraft beeinflußten Objektiven kompensieren zu wollen, wobei das Mißverhältnis von Aufwand und Zweck stets das beste, leider häufig übersehene Indiz derartiger Propositionen darstellt, werden nur von Weltverbesserern, den gefährlichsten Irren, die es überhaupt gibt, hervorgebracht.

Gisela unternahm niemals den jedenfalls vergeblichen Versuch einer auch in die Nebenräume geweiteten Ordnung. Einfluß nahm sie bloß auf Menschen, nicht auf Dinge. Denn mit Lustgewinn, um es geradeheraus zu sagen, vermochte sie nur in menschlichen Spannungsfeldern zu leben. Hier gedieh sie.

Gisela Trubisch verbrachte den größten Teil ihres Lebens als Gast, als erfolgreicher und immer wieder eingeladener Gast.

Es konnte nicht ausbleiben, daß sie in einer Gesellschaft, die fast ständig überschaubar bleibt, weil immer wieder in sich selber zurücklaufend, über kurz oder lang auch auf den jungen Freiherrn von Schelnhausen treffen mußte. Gisela Trubisch besiegte ihn, nahm ihn gefangen und übte ihre so gewonnene Gewalt über ihn auf höchst eigentümliche Weise aus.

Der Wohnraum im vierten Stock des alten Hauses war hell. Die Fenster standen offen, und die warme Luft eines um Wochen verfrühten Sommers schlug in fast körperlichen Wellen ins Zimmer herein. Tief unten toste beharrlich und dumpf die Straße.

Auf dem Teppich lag, lang ausgestreckt, in einem Rechteck Sonnenlicht, Peter von Schelnhausen, flach auf dem Rücken, in jeder Hand eine Hantel, sein Kopf, seine Arme hoben sich, der Oberkörper krümmte sich empor, die Beine schlugen in der Schere auseinander, die Fersen lösten sich vom Boden, dann saß er, hielt noch sekundenlang die Gewichte über sich und legte sie dann zur Seite. Damit hatte er sein Pensum beendet. Es ist den vernünftigeren Body-Building-Programmen eigen, daß sie nie länger als eine halbe Stunde jeden Tages in Anspruch nehmen.

»Schön ist das«, sagte Gisela. »Schön bist du. Ich liebe deinen Körper.«

Sie lag, eng in ihrem Schlafrock zusammengerollt, auf der Couch und sah ihm zu. Peter war nackt bis auf eine schmale, schwarze Badehose. Seine Haut glänzte von Schweiß. Er ließ die Hanteln liegen und stand langsam auf.

»Gisela«, sagte er. »Du ...«

Die Trubisch seufzte. »Nicht schon wieder, Peter. Laß mich doch. Ich will dich, deinen Körper, nur sehen, weiter nichts, das hab ich dir doch schon hundertmal gesagt! Wenn du mehr willst, darfst du nicht mehr kommen.«

Schelnhausen ging langsam auf sie zu, bis er hart an der Couch stand. Sie zog die Knie unter den Körper, ballte ihre kleinen Fäuste, richtete sich halb auf und lächelte böse.

»Ich tu dir wieder weh, wenn du's versuchst, probier's also nicht!« Sie wartete, plötzlich am ganzen Leibe zitternd vor Zorn.

»Du hast gesagt, daß – vielleicht später –«, stotterte er.

»Oh, du Narr, du Narr!« schrie sie und sprang auf, lief in bestrumpften Füßen wütend im Zimmer hin und her, den Schlafrock eng um sich gerafft. »Was hättest du denn davon! Sag, was hättest du denn davon!«

»Dasselbe, was du davon hast, mich nackt zu sehen.«

»Du siehst mich jedesmal im Badeanzug, wenn wir miteinander baden gehn!«

»Das ist nicht dasselbe!« keuchte er.

»Du bist kindisch, kindisch, kindisch!« schrie sie. »Er macht mich noch wahnsinnig, dieser Mensch! Du bist ja gar nicht nackt!«

Schelnhausen setzte sich auf die Couch nieder; seine enge Dreieckshose schnürte schmerzhaft.

»Ich geb dir mein Ehrenwort, ich rühre dich nicht an – heute«, würgte er und sah mit bettelnden, feuchten Augen zu ihr auf.

Sie blieb plötzlich stehen, blickte ihn an, aus schmalen Lidern, mit zusammengepreßten Lippen und zitternd niedergezogenen Mundwinkeln. »Wenn ihr – du und deine Freunde – übt – turnt ihr da in – Badehosen?«

»Nein.«

»Ich hab's gewußt! Ich hab's gewußt!« schrie sie. »Ihr seid Schweine! Schweine seid ihr! – Steh auf!«

Folgsam, ohne zu zögern, erhob er sich.

»Geh zurück auf den Teppich!«

Sie wich ihm aus und stieg auf die Couch; sie tanzte wild auf der wippenden Polsterung herum, ließ sich niederfallen und lachte. Wälzte sich umher, blickte ihn wieder an, wurde ernst, schwieg sekundenlang. Betrachtete ihn mit huschenden Augen.

»Also gut!« murmelte sie; kehlig, gedehnt: »Du darfst hersehen. Aber du mußt die dumme Hose auch ausziehen. Du darfst diese gräßliche Hose nie wieder mitbringen, verstehst du? Aber vergiß nicht, daß du mir dein Ehrenwort gegeben hast.«

Schelnhausen rührte sich nicht. »Ich werde es nicht vergessen.«

Da warf sie sich auf der Couch hin und her und strampelte ausgelassen mit Händen und Füßen. »Bitte, liebes Peterle, liebes, süßes, starkes Peterle, zieh dir doch die Hose aus, die böse, schwarze Hose«, kicherte sie, rollte sich geschmeidig aus dem Schlafrock, richtete sich auf, kniete in Hemd, Höschen und Strümpfen, wippte auf der federnden Unterlage. Schelnhausen griff langsam an die rechte, an die linke Hüfte und hakte die Daumen in den Gummizug; sein Kehlkopf war in ununterbrochener Bewegung. »Nein«, sagte er tonlos. »Du zuerst.«

Gisela sprang auf, drehte sich, wandte ihm den Rücken zu. »Ja, mein Peterle, mein schönes, starkes, braves Peterle, gleich, gleich«, lachte sie über die Schultern. Geschwind fielen alle Hüllen, wirbelnd fuhr sie wieder herum, ließ sich auf die Couch niederfallen, zog die Beine eng, verbergend, an sich; die Knie schoben die Brüste empor.

»Deine Brüste«, stammelte Schelnhausen.

»So besser, Peterle, willst du sie so sehen?« lachte sie, zog in kurzem Ruck die Schultern zurück. Die Brüste schnellten über die Knie; rosig stachen die kleinen, harten Beeren.

»So, Peterle, mein liebes, süßes Peterle«, schnurrte sie. »Jetzt fort mit dem dummen Höschen, weg damit, wirf's auf den Boden und spring darauf! Spring, Peterle, spring!«

Er gehorchte ihr; die Badehose fiel zu Boden; er trampelte wie wahnsinnig darauf herum, trat das schwarze Fetzchen weiter, näher zu der Couch.

»Mach Kniebeugen, Peterle, Kniebeugen, langsam, ganz langsam – nicht näher kommen!« kreischte sie.

Er trat schluckend zurück, machte keuchend eine tiefe Kniebeuge, kam stolpernd wieder hoch, fand nur breitbeinig das Gleichgewicht und erstickte fast im Speichel, der ihm in die falsche Kehle gekommen war. Er hustete brüllend, die Fäuste seitwärts gestreckt – nun schwang sein Körper; seine Hüften zuckten krampfhaft.

»Gehört das auch zum Body-Building?« schnurrte sie. »Macht ihr das auch, wenn ihr gemeinsam turnt?«

»Nein!« schrie er, versuchte, seinen Körper ruhig zu halten; es gelang nicht.

Sie ahmte spöttisch, im gleichen Rhythmus, seine Bewegungen nach, keinen Blick von seinem Körper wendend, kurz zuckte ihre Zunge hervor, zuckte über die Lippen, das spöttische Lächeln verschwand, ihre dunkelblauen Augen wurden tiefdunkel, starr.

»Nicht, Peterle, nicht! Versuche nicht aufzuhören!« keuchte sie und warf den Kopf zurück; und nun begann sich ihr Körper, im Takt mit seinen Bewegungen gleichsam aufzutun; die Arme zuerst; sie schlugen auseinander, mit Fingern, die sich hilflos lösten und schlossen; der Kopf rollte hin und her. »Peter«, stöhnte sie, »ich sehe dich, ich sehe dich genau, du darfst nicht näher kommen, du darfst nicht aufhören! Hörst du, wenn du näher kommst, trete ich dich, so, siehst du, mit dem Knie! Ich schwöre es dir! Du kannst mich nicht – du darfst nicht – aber hör nicht auf! Nicht aufhören! – Jetzt Peterle, jetzt! – Aber bleib, wo du bist!«

Sie wölbte den Rücken und warf die fest zusammengepreßten Knie auseinander.

Schelnhausen stand, als könne er nie wieder seine Beine bewegen, mit unverrückbaren Augen, deren brennende Lider sich nicht mehr schlossen; seine feuchten Fußsohlen spürten jedes Haar des Teppichs; der Rhythmus, der seinen Körper hin und zurückwarf, hatte sich selbständig gemacht; seine Arme schlotterten kraftlos, der Mund hing ihm halb offen; er sah – er sah –. Jetzt. Jetzt brach's aus ihm heraus, zuckend, und ins Leere. Blond war sie, Gisela, golden war ihr langgliedriger Körper, flach wölbte sich der Bauch nach innen, obwohl sie den Rücken hohl bog, schmal waren die langen, zu weißen Fäusten gekrampften Finger an schlanken Händen, hohe Beine zuckten starr in auseinandergeworfenen Knien, greifende, gelenkige Zehen spreizten sich.

Peter von Schelnhausen brach in die Knie, ein furchtbarer Ekel stemmte sich in seinem Magen hoch.

Josefa Nakladal glitt durchs Vorzimmer zur Tür, harrte sekundenlang mit schmalen Lidern und öffnete behutsam. Diesmal aber erzeugte die wiederum geglückte Ertappung keinerlei Wirkung. Peter von Schelnhausen schlich apathisch vorbei und treppab. Den hat sie heute aber wieder hergerichtet, dachte Frau Nakladal erregt, diese Hur, diese verfluchte Hur, die. Sie ging zum Sofa, setzte sich unglücklich nieder, nahm ein Lesezirkelheft auf, blätterte darin, las nicht. Viktor, dachte sie. Mein Viktor – warum ist sie nur nicht auch ausgezogen, wie du? Vielleicht könnt ich dich dann vergessen, mein Liebling, müßt net immer nur aufpassen auf deine verfluchte Hur von Frau. Frau Pepi seufzte zitternd.

Vor drei, nein, vor vier Jahren war es geschehen, daß die große Liebe in ihr Leben getreten war. ---

Herr Heinrich Nakladal schlief. Frau Josefa Nakladal war wach. Jemand rüttelte draußen am Türschloß.

»Heinrich!« flüsterte Frau Pepi, in kerzengerader Angst im Bette sitzend.

Herr Nakladal schnarchte. Sie rüttelte lange vergeblich. Ihr Gemahl, der an Einbrecher nur glaubte, wenn er über sie in der Zeitung las, anderswo kamen sie, davon war er insgeheim überzeugt, gar nicht vor, war nicht leicht zu erwecken.

Es dauerte geraume Zeit, bis er, in Schlafrock und Furcht gehüllt, im Vorzimmer stand, die unter Faustschlägen zitternde Tür anglotzte und das Schloß klirren hörte.

Der Einsturz eines wesentlichen Fundaments seiner Weltanschauung äußerte sich in mehrmaligen krampfhaften Schluckbewegungen.

»Ich ruf die Polizei an!« rief Herr Nakladal mit unsicherer Flüsterstimme, gewann wieder Herrschaft über seine schreckgedörrten Stimmbänder und rief nochmals, diesmal lauter: »Ich ruf gleich die Polizei an, wenn Sie nicht sofort gehen!«

Geräusch und Fluchen verstummten.

»Warum?« fragte der vor der Tür erstaunt.

Herr Nakladal erkannte die Stimme sofort. Er öffnete erleichtert, sein Weltbild gerade und fester als zuvor, denn der Mann vor der Tür war der Mieter der Wohnung oberhalb.

Viktor Trubisch war im Frack und sehr betrunken. »Der Schlüssel paßt nicht«, verkündete er bekümmert.

»Sie wohnen einen Stock höher, Herr Trubisch«, erklärte Heinrich und erbot sich als guter Nachbar, den Verirrten heimzuleiten. Das Angebot wurde höflich, aber unbestimmt abgelehnt. »Sehr lieb, aber es geht schon«, murmelte Viktor Trubisch. »Entschuldigung! Ich bitt tausendmal um Entschuldigung wegen dieser Störung! Gute Nacht. – Es geht schon«, sagte er zuversichtlich und klammerte sich am Türstock fest. Es ging aber nicht. Erstens, weil der Schlüssel nicht mehr aus dem Schloß wollte, zweitens, weil er sich, nur unter Zuhilfenahme von Werkzeugen aus dem ihm nicht gemäßen Loche entfernbar, später als so zugerichtet erwies, daß er einen Stock höher, auch in seinem angestammten Schlitz, seine Funktion nicht mehr erfüllen konnte, und drittens, weil es niemanden gab, der von innen hätte öffnen können – Gisela war nicht zu Hause, war wieder irgendwo eingeladen.

Herr Trubisch war während all dieser Schlüsselbemühungen, die er sehr bald den Nakladals allein überlassen hatte, längst auf einem Küchensessel eingeschlafen. Man bereitete dem hoffnungslos Ausgesperrten schließlich ein Notbett auf dem Speisezimmersofa.

Am nächsten Morgen mußte der höhere Magistratsbeamte, wie an jedem Werktag, den Gott werden ließ, ins Amt. Herr Viktor Trubisch, ein selbständiger Erwerbstätiger, durfte seinen Rausch ausschlafen. Frau Pepi nahm sich Viktors hilfreich an und betreute seinen Kater pfleglich – Viktor erwachte um elf Uhr, unrasiert, im verdrückten Frack, und dennoch ein schöner Mann. Als seine Lebensgeister völlig erwacht waren, begehrte er Frau Pepi, die zwar bereits etwas mollig, damals aber noch durchaus wohlgeformt war. Er erhielt sie. Seitdem liebte sie ihn. Es war dies eine durchaus einseitige Liebe, und sie währte nicht lang, denn Viktor Trubisch begehrte und erhielt Frau Pepi in den folgenden Wochen grad noch ganze viermal. Dann war es von seiner Seite aus – aus. Von ihrer Seite aber nicht.

Frau Josefa Nakladal legte ihr Lesezirkelheft zur Seite und begann zu weinen.

2

In diesem Frühling des Jahres 1955, der beinahe den noch gar nicht fälligen Sommer vorwegnahm, strebte Peter Fechtner, cand. mere., mit souveräner Ruhe und unaufhaltsam auf den »Diplomkaufmann« zu, während ein anderer Peter namens Schelnhausen weder in Studienbelangen noch sonst als ein Mensch von ausgeglichener Gemütsart bezeichnet werden durfte; was das Streben des zweiten Peter anging, so war dies vielmehr weder ruhigsouverän noch auf Studienfortgang gerichtet und schon gar nicht unaufhaltsam, weil Gisela Trubisch, die langgliedrige blonde Hexe, wie es sich eben wieder erwiesen hatte, vor ihm ein rotes Haltesignal noch wirksamer zu schwingen verstand als irgendein Blockwart das seine auf nächtlichem Gleis.

Die Hochschule für Welthandel zu Wien, vor der stehend wir Peter von Schelnhausen eine Stunde nach seiner Flucht aus dem alten Haus am Neubaugürtel wiederfinden, sieht eher einem Flugplatzgebäude als einer Hohen Schule ähnlich und erhebt sich in Glas und Beton.

Peter betrachtete seine Alma mater voller Abscheu und Erleichterung und ging auf sie zu, mit unsicherer Hand die Strähne aus der Stirn streichend, und mit leerer Luft in den Kniekehlen.

Jede Niederlage ist in erster Linie eine moralische. Schelnhausen, der deswegen dringend einer Rückgratsteifung bedurfte, flüchtete sich instinktiv auf ein Gebiet, auf dem er sich sicher wähnte, wo dererlei also am ehesten zu erlangen war: in sein vernachlässigtes Studium. Nicht in der Verfassung, tatsächlich zu lernen, schützte er sein Streben nach Wissenschaft bloß vor. Eine solche Schutzschicht ist natürlich sehr dünn und überaus leicht zu beschädigen. So kam ihm denn auch der Vorsatz, an einer der zahlreichen Weisheitsbrüste seiner Alma mater zu saugen, immer mehr abhanden; er schwand rapid im Verhältnis zur körperlichen Annäherung an ihr spirituelles Heim.

An der Schwelle angelangt, wußte er eigentlich bereits viel Besseres und nicht gar so Unbequemes anzufangen, als es das nun drohende Im-Hörsaal-Hocken war. Was ihn jetzt ins Haus hineintrieb, war tatsächlich nur mehr das Trägheitsgesetz des Starrsinns, der hier an Stelle des mittlerweile gänzlich erloschenen Studiendranges trat. Als es dann bergauf gehen sollte, nämlich die Stiegen empor, reichte es dazu fast nicht mehr; Schelnhausen blieb, am ersten Treppenabsatz angelangt, stehen – beinahe. Der Fuß, den er niedersetzte, schon das Drehen in der Ferse, erster Ansatz zum Umkehren, drückte weiter zum Schritt. Oben im Stock standen ein Mädchen, Hubert Lerch und Peter Fechtner. Das Mädchen war hübsch. Nußbraune Augen, dunkelbraunes Haar; sie war klein und hatte ein wenig zu kurze Beine. Ein ganz kleines bißchen aus dem Kuhstall, dachte Schelnhausen. No ja, der Hubsi. Der hat für so was einen unfehlbaren Griff. Der Hubsi hat sie, und dem Fechtner gefällt sie.

Die drei begannen, ihn hinaufzuziehen, gerade als sein Vorwärtsbewegen am toten Punkt angelangt war, ohne daß sie etwas davon merkten – sie hatten ihn noch gar nicht gesehen.

Lerch lehnte am Pfeiler des Stiegenhauses; sein Sportsakko stand offen, die in explosivem Grün und Rot karierte Weste war selbstbewußt vorgeschoben und leicht angehoben von dem bereits ein wenig prominent gewordenen Bauch; er stak in diesem und in der Hüfte wie in permanent gewordener Grundhaltung der für ihn charakteristischen Jitterbugpose, auch die angehobenen Unterarme – er stützte sich mit den Ellbogen gegen die Mauer –, die abwärts gefallenen Hände, deren Finger sich spreizten, schienen im Ansatz der nachlässig-zupfenden Bewegung erstarrt, mit der die Tanzpartnerin beim Boogie zu ihren rhythmisch abgesetzten Halbdrehungen und ganzen Rundruckungen angeworfen wird.

Hubsi stemmte sich mit der rechten Fußsohle von der Mauer ab, als er Schelnhausen erblickte, und ging auf ihn zu. Das Mädchen und Peter Fechtner sprachen angelegentlich miteinander; Peter lachte und suchte irgend etwas in einem dicken Pack Skripten und Bücher, der so unhandlich war, daß er ihn kaum umgreifen konnte; er schüttelte den Kopf.

Schelnhausen, der Hubsi begrüßte und nachher einige schlampige Halbsätze nachschob, was der angehende Jurister denn hier auf der W. H. treibe, sah nach Peter Fechtner und haßte den in diesem Augenblick aufs abgründigste, und der äußere Anstoß dazu war merkwürdigerweise dessen Unbeholfenheit, mit der er den unhandlichen Stapel von Büchern und Skripten manipulierte, der ihm ständig zu entgleiten drohte. Der Gegensatz reizte ihn ungemein, der Gegensatz, der darin lag, daß Fechtner den Stoff äußerlich nicht bewältigen konnte, den er geistig vollkommen beherrschte, und daß sich Fechtner deshalb gar nichts daraus machte, hier ungeschickt zu erscheinen, weil er es nur scheinbar war.

Jetzt fiel Fechtner ein Buch herunter, er bückte sich, ungeschickt, aber unbefangen, hob es auf, öffnete es und hatte gefunden, was er suchte.

Er ist wie mein liebes Brüderlein, dachte Schelnhausen und spürte einen Stich, der doppelt tief ging, da er sich, in dieser Sekunde einer jener unbegreiflichen, augenblicklichen Positionswechsel, auf der Seite seines Bruders wußte, sich mit diesem plötzlich verwandt spürte, weil er die Fechtnerische Aufführung als ungemäße Nachäffung einer möglichen Facette einer adligen Haltung empfand.

Hubsi war das genaue Gegenteil von Fechtner. Lerch handhabte kompetent Dinge, von denen er eigentlich nichts verstand. Lerch erschien nie ungeschickt, weil er es sich nicht leisten konnte. Mit dessen selbstsicherer Dummheit konnte man etwas anfangen.

»Glauben Sie wirklich?« fragte das Mädchen besorgt.

»Ja. Jedenfalls«, erwiderte Peter Fechtner bestimmt.

Schelnhausen hatte keine Ahnung, worum es ging. Er empfand nur, daß Fechtner sicher war, und spürte das als persönliche Beleidigung.

»Servus, Peter«, sagte er.

Fechtner sah auf und lächelte. Er schob den Packen Bücher unter den linken Arm und gab Schelnhausen die Hand. Hubsi Lerch lehnte sich wieder gegen den Pfeiler und wedelte mit der Zigarettenhand von Schelnhausen zu dem Mädchen und zurück. »Thesi, das ist der Baron Peter Schelnhausen, Peter – Fräulein Thesi Ledenig.«

Sie gaben einander die Hand. Die Hand des Mädchens war ein wenig feucht.

Schelnhausen lächelte. »Ich freue mich sehr, Fräulein Ledenig«, sagte er und wurde von ihr sofort in die Diskussion einbezogen. Dies war für Schelnhausen selbstverständlich, es war immer so. Es wäre wegen der Klausur, für die sie leider gar nichts gelernt hätte, sagte sie, der Hubsi habe aber gemeint, vielleicht könne sie Herr Fechtner noch ein wenig einpauken. Herr Fechtner hielte dies jedoch für sinnlos, weil der Termin der Prüfung schon in den nächsten Monat falle; das wäre zuwenig Zeit, um den Stoff auch nur oberflächlich durchzunehmen, und wenn sie durchfiele, müsse sie zurück nach Graz.

»Ja, was machen wir denn da?« murmelte Schelnhausen. Er bot ihr eine Zigarette an, gab ihr Feuer und begann selbst zu rauchen.

»Kannst *du* nicht ein bißl mit der Thesi lernen?« fragte ihn Lerch.

»Ich steig erst im Herbst«, schüttelte Schelnhausen den Kopf.

»Ja«, sagte Fechtner, wie abschließend, »es tut mir also sehr leid, Fräulein Ledenig, aber für den Junitermin seh ich schwarz. Ich würd an Ihrer Stelle nicht antreten.«

»Trittst du an?« fragte Schelnhausen.

Fechtner nickte.

»Sag einmal –«, begann Lerch, aber Schelnhausen winkte ihm ab.

»Ihr müßts mich entschuldigen«, sagte Fechtner. »Ich muß noch in die Stadt. Auf Wiedersehen, Fräulein Ledenig – servus, Hubsi, servus, Schelle. Übrigens, Schelle, hast du schon das Buch ausgelesen?«

»Welches Buch?« fragte Schelnhausen.

Thesi Ledenig seufzte. »Hubsi, ich glaube, es ist besser, wenn wir auch gehen; ich muß zu Mittag zu Hause sein.«

»Das Pocket-Book, das ich dir vor drei Monaten geliehen hab.«

»Wenn ihr die Klausur gleichzeitig machts«, sagte Hubsi nachdenklich und rührte sich nicht von der Stelle, »könnt man da nicht ein bißl –.«

»Schummeln, meinst?« lachte Fechtner. »Nein, das ist zu gefährlich. Peter, ich brauch das Buch noch nicht; ich will nur nicht, daß du darauf vergißt.«

»Ah, so!« sagte Schelnhausen. Er griff in die Tasche und hielt Fechtner den Autoschlüssel hin. »Geh, Peter, tu mir einen Gefallen. Wenn du ohnehin in die Stadt mußt, nimm meinen Wagen und park ihn vor der Bank und gib den Schlüssel beim Portier für mich ab. Wenn du besonders nett sein willst, kannst du Fräulein Ledenig vorher nach Hause bringen.«

»Ich möchte wirklich nicht –«, sagte Thesi Ledenig.

»Aber selbstverständlich, gern«, lächelte Fechtner und nahm bereitwillig den Schlüssel.

Hubsi Lerch runzelte die Stirn und sah zu Schelnhausen; der schüttelte fast unmerklich den Kopf.

»Hubsi, wir wollten doch –«, begann Thesi hilflos, sah zu Schelnhausen. »Wir können doch nicht Ihren Wagen – während Sie mit der Straßenbahn –.«

Schelnhausen lächelte. »Aber nein. Ich müßt sonst extra hierher den Wagen abholen kommen, weil ich nachher mit einem Bekannten fahren muß. – Der Peter tut mir wirklich einen Gefallen damit, wenn er den Wagen nimmt ...« So ging es hin und her, angefangene Sätze, die sich schwer oder gar nicht hätten vollenden lassen, Wiederholungen, Einwände und ungenügende Erklärungen; dann gingen Fechtner und Thesi gemeinsam die Stiegen hinab, und Lerch und Schelnhausen blieben zurück.

»Warum hast du den Wagen hergeliehen?« fragte Hubsi.

»Damit er Thesi nach Hause bringen soll. Ich hoffe, du bist da nicht allzu stark engagiert?«

Hubsi grinste. »Nein. Aber ...«

»Aber sie schon. Das hab ich mir gedacht. Hast du was anderes, Besseres, oder befindest du dich – no, sagen wir – augenblicklich in Notstand?«

Hubsi lachte. »Ich hab schon noch was anderes, Besseres.«

»Sehr gut. Dann würde ich vorschlagen, die Ledenig einmal vorläufig dem Fechtner anzupendeln. Es sollte dies nicht schwer sein, wenn er nämlich den Eindruck gewinnen könnte, daß er sie dir ausspannen kann. Denn das mit der Klausur ist sehr interessant. Und dein Vorschlag, daß Peter dieser Thesi beim Schwindeln helfen könnt, eröffnet einige vielversprechende Perspektiven. Dafür fahr ich gern mit der Straßenbahn.«

Hubsi Lerch wurde ärgerlich. »Entschuldige, Peter, aber ich bin mit der Thesi nicht hierhergefahren, damit du ...«

»Du bist mit ihr hierhergefahren, damit ihr der Fechtner Peter hilft ...«

»Ja. Aber nicht ...«

»Laß mich aussprechen!« sagte Schelnhausen scharf.

Hubsi Lerch ließ ihn aussprechen. Er ließ ihn immer aussprechen. Und schließlich stimmte er ihm zu. Wie stets.

3

Kommerzialrat Richard Freiherr von Schelnhausen öffnete, als die schwere Limousine hielt, sofort den Schlag und duckte flink auf den Gehsteig hinaus; der Chauffeur war wie immer zu spät dran, um vor seinem Herrn die Tür aufzureißen. Zwar fuhr der getreue Putzek fast ebenso schnell wie sein Chef zum Wagen hinaus, um nach der Klinke der hinteren Tür zu schnappen, aber er wußte, daß sein Versuch, dem Entspringenden beim Entspringen behilflich zu sein, scheitern würde, wie er immer scheiterte, weil der alte Kommerzialrat seinen Vorsprung als Passagier stets wahrnahm. Doch Putzek wußte, was sich gehörte, und unternahm deshalb seinen Versuch immer wieder, und weil der Baron ebenfalls wußte, daß sein Fahrer es wußte, wäre es ihm nicht im Traum eingefallen, etwa »Bleiben S' doch ruhig sitzen, Putzek« zu sagen. So betrieben die beiden ihr Spiel schon seit vielen Jahren und in gegenseitiger Hochachtung.

Schelnhausen querte eilig den Gehsteig, seine Mappe unter den Arm gepreßt, den Mantel flatternd offen, und trat durchs Portal in die Bank: Da aber wurde die Klinke seinem Zugriff entzogen, denn der hier amtswaltende Herr Vesely verstand sich aufs »Türschnappen« besser als Putzek, und das war nur natürlich, weil der Portier nicht wie der Chauffeur durch die Stillegung eines Motors in seiner Handlungsfreiheit beschnitten war.

»Grüß Sie, Vesely, was machen heut die Zähn? Besser, besser, hoff ich«, sagte Schelnhausen und war an ihm vorbei, durcheilte das Foyer und stürmte die Direktionsstiege empor. Die einladend aufgerissene Lifttür wurde ignoriert, aber nicht der Gruß dessen, der sie aufgerissen hatte – auch das gehörte zum Zeremoniell.

»Grüß Sie, grüß Sie!« rief der Kommerzialrat.

Der Portier und der Fahrstuhlführer lächelten einander verständnisinnig an. Dann glitt Vesely in seine Loge, um zu telefonieren.

Einmal, vor Jahren, kurz nach dem Kriege, hatte der Portier Dienst gemacht mit einem Gesicht wie ein Fußball und einer weißen, oben gezipfelten Binde, die ihm das Aussehen eines Osterhasen verlieh. Seitdem war der Baron der Meinung, daß Vesely an chronischen Zahnbeschwerden litte, und war von dieser Meinung nicht mehr abzubringen, obwohl der Portier längst keinen eigenen Zahn mehr besaß, sondern Prothesen trug und auch mehrmals Gelegenheit gefunden hatte, diese Tatsache dem Kommerzialrat mitzuteilen.

»Fräulein Mehrsack«, sagte der Portier in den Hörer, »der Chef ist gerade gekommen.«

Fräulein Elfriede Mehrsack war die Sekretärin des Barons, sie saß in der Direktionskanzlei vorm Eingang ins innerste Heiligtum. »Danke, Herr Vesely«, sagte sie, drückte die Gabel des Apparates nieder, behielt aber den Hörer am Ohr. »Der Chef ist im Anmarsch«, sagte sie über die Schulter zu Direktor Seizman und begann zu telefonieren: Kassenleitung, Effektenabteilung, Kreditbüro … Seizman stöhnte. »Er hätt doch erst morgen aus Deutschland zurück sein sollen!« beschwerte er sich und begann seinerseits eine fieberhafte Fernsprechbenützung. »Herr Soldern! Was ist mit den Zessionsständen? Wie soll ich die Hauptdebitoren a jour kriegen, wenn ich von Ihnen noch immer keinen Stand habe!« Er schüttelte ungeduldig den Kopf. »Der Chef wird in fünf Minuten dasein! Geben S' mir einstweilen Zirkasummen und schicken S' mir die Auszüge gleich, wenn's fertig sind, herauf, ja? Also – Alten und Compagnie – wieviel?« Er zog seinen Notizblock heran und begann, eifrig zu schreiben. Die Tür flog auf. »Grüß euch Gott, alle miteinander!« rief Richard von Schelnhausen und durchlief die Antecamera. »Liebes Mehlsäcklein, die Herren in zehn Minuten!« Und verschwunden war er in seinem inneren Sanktum.

Draußen, außerhalb der wuchtigen Mauern des Bankgebäudes, war der heimliche Feiertag, der zwischen dem betriebsamen Mittag und den noch zögernden Nachmittagsstunden dann und wann abwärts gleitet im Staubgold schräger Sonnenstrahlen, aus der Reinheit eines hochgespannten, atemlosen Frühlingshimmels herabgestiegen und breitete sich nun behutsam aus. Er lief die enge Straße der in sich zurückgetretenen hohen Häuser an blinkenden Fensterscheiben entlang, wahrnehmbar nur dem weit aufgetan Müßigen. Trippelnde Tauben und in leere Winkel verbohrte eigensinnige Windstöße, die dem Spaziergänger warm um die Knöchel fuhren; Staub und Papierfetzen jagten in raschelndem Tanz im Schatten- und Sonnengefleck beharrlich im Kreis.

Alexander von Schelnhausen ging die Straße entlang, die Augen zu Boden geschlagen, den Zeitplan des bevorstehenden Nachmittags überdenkend. Er suchte nach einer genauen Definition seines ersten Programmpunktes, dem Besuch der Bank seines Vaters, und fand plötzlich zu seiner Verwunderung, daß diese sich in ganz wenigen einfachen Worten darstellte: ich will die Bank heute mit neuen Augen sehen, richtig sehen, damit ich zu Papas Vorschlag ja sagen kann. Er blieb überrascht stehen. Auf diese Weise, hintenherum, muß ich entdecken, daß ich meinen Entschluß schon gefaßt habe! dachte er und mußte lächeln. So sorgfältig habe ich mir diesen Nachmittag eingerichtet, und zu keinem anderen Zweck als um zu meinem Entschluß zu kommen! Und jetzt muß ich draufkommen, daß der ohnedies schon gefaßt ist, wie hinter meinem eigenen Rücken zwar, aber doch – von mir!

Alexander hatte mit seiner Mutter zu Mittag gegessen, die in einem Restaurant in der Stadt mit einer Freundin verabredet war. Er hatte sich früh verabschiedet. Er wollte in die Bank gehen und dann sogleich nach Haus. Alexander freute sich auf die stille schlafende Villa in Hietzing, auf die Kühle des Badezimmers, aufs Einfahren in frische Wäsche. Er würde gemächlich die Bücher zurechtlegen, die Treppe hinunterschlendern, quer durchs leere, sonnenwarme Eßzimmer, durch die breiten Fenstertüren hinaus in den Garten, zwei Schritte über weiße Steinstufen auf den Kiesweg hinunter, über den Rasen zum Winkel der Efeumauer, zum weißen Gartentisch. Hier würde er sitzen, verdeckt vom Gebüsch, und allein sein und schreiben und lernen, einen ganzen hellwachen Nachmittag vor sich – so hatte er seinen Entschluß fassen wollen. Und jetzt war er dieser Mühe ganz von selber überhoben. Er sah auf und befand sich im Feiertag, in diesem stillen, weiten Nachmittag; kein Fremder war er darin. Er war plötzlich frei, im wortlosen Alleinsein. Er empfand dies sehr stark, wie ein rundum auslaufendes Verstummen aller direkten Stimmen und Laute, wie ein Absinken der lästigen Gespinste und Pläne des Unmittelbaren, des zeitlichen und räumlichen Geschäftstreibens zwischen immer demselben Diesem und Jenem: bei enger, unausweitbarer ständiger Nachbarschaft nur abgeleiteter Dinge. Er wußte plötzlich um ihre Zweitklassigkeit, die eben darin bestand, daß sie abgeleitet waren, und wußte auch, daß man durchs Verschieben und Gegenüberstellen, das ihren Ursprung unberührt läßt, zu keinem wirklichen Entschluß kommen kann. Die wirklichen Entschlüsse reifen unbemerkt im Kern, es liegt nicht an uns, sie bewußt zu provozieren. Erst wenn sie reif sind, bieten sie sich uns auch auf der sekundären Ebene zum nüchternen Verstande an. Dann freilich können wir nichts mehr dazu tun – aber nur, weil wir nichts mehr dazu tun müssen.

Alexander wandte sich, um die Straße zu queren, als der Wagen seines Bruders vor ihm anhielt und Peter Fechtner ausstieg. »Grüß Gott!« sagte Fechtner.

»Guten Tag!« antwortete Alexander; sie gaben einander die Hand. Fechtner vermied es sorgfältig, den anderen direkt anzusprechen. Er hätte es nicht über sich gebracht, dem achtzehnjährigen Schelnhausen den Titel zu geben; das »Du« und das »Servus«, das er bei einem Meier oder Müller des gleichen Alters unbedenklich angewandt hätte, brachte er aber auch nicht über die Zunge.

Alexander, dem Peter Fechtner nur vom zwei-, dreimaligen Sehen bekannt war, nahm die Autoschlüssel, die ihm der andere gab. Er gab sie ihm mit umständlichen Erklärungen, die Gelegenheit nützend, sich dabei gleichzeitig auch schon wieder zu verabschieden – dies aber gleich mehrmals. Alexander sagte bloß »Auf Wiedersehn!« und wunderte sich.

»Auf Wiedersehen!« wiederholte Fechtner zum fünften Mal, hob noch einmal grüßend die Hand und verschwand um die Ecke. Schelnhausen ließ die Schlüssel am Ring um den Finger wirbeln und ging auf die andere Straßenseite. Er trat nicht durch eine der beiden Seitentüren in die Bank, sondern ließ sich durch die Drehtür kreiseln. Dabei störten ihn die Autoschlüssel. Er steckte sie in die Rocktasche und hatte sie prompt vergessen, als er im Foyer stand.

»Verehrung, Herr Baron!« rief der Portier, der sich neben der einen Seitentür postiert und hinausgesehen hatte.

»Grüß Sie Gott, Herr Vesely«, nickte Alexander freundlich.

»Lang nicht mehr die Ehre gehabt, Herr Baron«, sagte der Portier, vertraulich näher tretend. Vesely war einer, von dem man sich jederzeit am Westenknopf heran- und hinabgezogen fühlte, auch wenn er gar keinen Finger krümmte. Alexander blieb dennoch stehn. Er hatte Zeit. Das Foyer war kühl und dunkel. Vier ionische Säulen mit etwas zweifelhaften Kapitälen hielten die Decke, die im Basrelief von den sieben Tugenden sezessionistisch-allegorisch verunstaltet war. An den Wänden Marmor und schmale hohe Spiegel. Auf dem Mosaiksteinboden ein dunkelroter Läufer; er quetschte sich unter den Messingstangen der Stiegenbefestigung durch, reichte noch über zwei Stufen und endete, mit einer abgeplatteten Messingleiste angenagelt, vor den Schwingtüren des Kassensails.

Der Portier räusperte sich vertraulich. »Der Herr Kommerzialrat ist gut aufgelegt heut. Sie können sich auf mich verlassen, Herr Baron. Ich kenn doch Ihren Herrn Papa seit vierzig Jahren; ich weiß genau, wie er ausschaut, wenn man ihn nicht – na, Sie wissen schon. Heut braucht sich aber keiner vor ihm zu fürchten. Darf ich Sie bei Fräulein Mehrsack avisieren?«

Alexander trat einen Schritt zurück. Er fühlte sich zu stark gezupft. Ein Vesely will immer gemeine Sache machen; aber immer dort, wo er selber steht. Dorthin wird der andere am symbolischen Westenknopf dirigiert. Und mit großer Freundlichkeit wird dabei verfahren; wenn man beim anderen ein schlechtes Gewissen voraussetzt, das in diesem oder jenem Belang fast immer vorhanden ist, gelingt ihre Verwandlung zur Vertraulichkeit, die damit auch schon erlangt ist, gemeinhin ganz leicht. Aber schließlich gehören doch zwei dazu: einer, der sich das gefallen läßt, und einer, der es dann ausnützt, um sein Volumen, das ihm bis eben hier bemessen ist und nicht weiter, zur Anmaßung auszudehnen.

Nun, Alexander spielte da nicht mit. Er brachte den Portier schleunigst zur Schrumpfung ins gehörige Maß.

»Warum sagen Sie es ihm denn nicht selber, was Sie von ihm wollen, Herr Vesely?« fragte Alexander lächelnd. »Wenn er eh so freundliche Nasenlöcher macht?«

Die Abschwellung Herrn Veselys setzte sofort ein. »Ich will ja nichts vom Herrn Kommerzialrat, Sie haben mich mißverstanden, Herr Baron ...«

»Ich glaub doch lieber nicht.«

Ganz war er noch nicht abgeschwollen, der Herr Vesely:

»Ich hab mir nur gedacht, daß Sie ...«

»Da haben Sie sich aber geirrt, Herr Vesely. Ich will nicht zum Herrn Kommerzialrat. Ich geh nur zu meinem Vater.«

Erst als er gemächlich die Direktionsstiege hinaufschritt, fiel Alexander auf, daß ihm der Portier mitgeteilt hatte, daß Papa überraschenderweise schon aus Deutschland zurück wäre. Das sieht dem alten Herrn wieder ähnlich, dachte Alexander, gleich vom Flugplatz in die Bank zu fahren, ohne auch nur zu Hause anzurufen.

Zur gleichen Zeit, als er sich drinnen, bei seinem Vater, in einen der schweren Lederfauteuils niederließ, forderte sein Bruder die Autoschlüssel vom Portier und erhielt sie nicht. Herr Vesely, der wieder einmal alles gesehen hatte, konnte ihm aber sagen, wer sie augenblicklich besaß.

Peter vermied die Direktionsstiege. Er fuhr mit dem Aufzug. Alexander hatte beabsichtigt, dem Vater erst morgen seinen Entschluß mitzuteilen.

Peter wollte sich weder mit seinem Bruder noch mit seinem Vater unterhalten; er wollte bloß die Autoschlüssel.

Der alte Baron schließlich hatte ganz anderes im Sinn, als mit seinen beiden so unterschiedlichen Söhnen ein grundsätzliches Gespräch zu führen.

Es wurde eine sehr interessante Konferenz.

Kapitel drei Phase drei

1

Ich könnt aber auch genausogut mit dem anfangen, was an einem Donnerstag, Jahre vorher, passiert ist.

Da will ich eben ein paar Sachen für die Kathi zum Bügeln hinaushängen und find dabei zufällig die Einladung zu dieser Garden-Party wieder, auf die ich ohnehin unbedingt nicht gehen will. Der Wisch, den mir der Hansi Bohusch vor ein paar Tagen bestimmt nur aus lauter Bosheit geschenkt hat, steckt in meinem Sportsakko, und leider bin ich so blöd, ihn, statt ihn einfach wegzuschmeißen, auf meinen Schreibtisch zu legen. Ich habe die Karte eigentlich überhaupt nur deshalb angenommen, weil ich mich nicht gern für so einen bis zum Hals Zugeknöpften halten lassen will, der ich im Grund aber doch bin: Ich kann mir nicht helfen, ich glaub wirklich, daß man sich von den Gaby Münzers und ihren Lustbarkeiten ruhig zurückhalten kann, ohne etwas zu versäumen, auch wenn man das, einem Hansi Bohusch gegenüber, natürlich nicht zugeben darf, weil der einen dann gleich für einen Kümmerling hält. »Sagst ihr einfach, du kommst statt mir«, hat er gemeint und gegrinst. »Ich kann leider nicht gehen, weil ich übers Wochenend fortfahr, aber es wird bestimmt eine Hetz werden! Die Gaby schickt ihre Eltern einfach aufs Land; ihr werdets ganz ungestört sein! Also –!«, und dann hat er auch noch gezwinkert und bestimmt darauf gewartet, daß ich »Danke, nein!« sag. Aber ich hab, ohne eine Miene zu verziehen, »Danke, ja!« gesagt und den Wisch eingesteckt. Natürlich war das ein billiger Triumph, weil ich gleichzeitig gewußt hab, daß ich sowieso nicht hingeh und er das bestimmt erfahren wird.

Ich schau mir, weil ich ein ordnungsliebender Mensch und außerdem grad dabei bin, gleich auch meine übrige Garderobe an; die Kathi kümmert sich um so was nicht, die macht nichts, was man ihr nicht direkt anschafft, und dann auch nur eher unwillig und unter gemurrten Protesten – da bemerk ich, daß auf meinem weißen Smoking-Jackett ein Rotweinfleck ist. Der Fleck stört mich wirklich nicht wegen der Gaby Münzer, sondern nur, weil ich's bestimmt vergessen tät, wenn ich ihn nicht gleich entfernen laß, und weil ich außerdem weiß, daß ich das

Dinner-Jackett dann sicher doch einmal überraschend brauch, und schon steh ich wieder da und muß mir einen ganzen Abend lang die Hand auf den Bauch und den Fleck halten. Drum wickel ich das Smoking-Sakko sofort ein und geh, um es zur Putzerei zu tragen. Als ich aber ins Vorzimmer komm, treff ich natürlich meine Tante Carla. »Du gehst schon wieder weg, Peter?« fragt sie klagend.

Jetzt muß man wissen, daß ich mit lauter alten Frauen zusammenwohn, sogar die Kathi ist über sechzig; ich bin nämlich ein Spätling, um vierzehn Jahre jünger als mein Bruder Heyso, der 1944 gefallen ist. Meine Mama ist siebenundfünfzig, meine Großtante Carla einundsiebzig, meine Großmama zweiundachtzig, und die drei, samt der Kathi, haben die vorsintflutlichsten Anschauungen, halten eisern zusammen, wenn sie sich nicht gerade streiten, und erziehen andauernd an mir herum. Ich bin nämlich erst einundzwanzig. Bei einem solchen Altersunterschied ist es wirklich besser, Erklärungen überhaupt erst gar nicht zu versuchen; Erklärungen – zumindest in meiner Familie – komplizieren nämlich alles und jedes sofort in ungeahntem Ausmaße und gleich bis zur Aussichtslosigkeit.

»Ja«, antwortete ich meiner lieben Großtante also, vorsichtig, lapidar. »Ich bin gleich wieder da.«

Ich war nicht gleich wieder da. So hat sie Zeit gefunden, das Bohuschische Danaergeschenk zu lesen, das infolge meiner sträflichen Blödheit noch immer herumgelegen ist, und das Verhängnis hat seinen Lauf genommen. Vor zwei Jahren hätt ich nämlich auf den Polterabend von der Elli Rêzheghy gehen sollen und hab nicht dürfen, weil am nächsten Tag das Verdroß-Kolloquium war. Natürlich bin ich doch gegangen. Und beim Herrn von Verdroß bin ich auch nicht durchgefallen. Letzteres macht man mit Glück und ersteres so: Man trägt zunächst bereits am Vortag seinen Smoking zum Erwin Vossenberg, der gleich um die Ecke wohnt und eine Mutter hat, die über solche Sachen nur lacht und überhaupt der besten Mütter eine ist. Am nächsten Tag behauptet man am Abend, man ginge ins Kino und ist auch schon fort, sich drüben beim gleichfalls eingeladenen Erwin umzuziehen, worauf man unbehindert jeden beliebigen Polterabend besuchen kann. In der Früh kommt man dann zum Duschen und Umziehen nach Haus. Fährt daraufhin auf die Uni und macht sein Kolloquium. Basta.

Damals hat die Kathi mich mit dem Paket unter dem Arm gesehn. Heute die Tante Carla. Und zurückgekommen bin ich auch nicht gleich. An allem ist aber, wie man gleich sehen wird, der Chensky schuld. Wer steht nämlich da am Ladentisch der Putzerei und gibt drei schmutzige Hemden ab: »Schicken S' das, wenn's fertig ist, gleich zu uns hinauf in die Wohnung!«? – der Leihmeister. Und wem wird geschäftsmäßig und mit der Selbstverständlichkeit alter Übung und mit einem Lächeln darauf geantwortet: »Expreß mit Zustellung, Herr Vossenberg, wie immer!«? – auch dem Leihmeister.

»Servus, Herr von Vossenberg!« sag ich mit beißendem Spott zu ihm, wie er, ohne mich zu sehen, an mir vorbei auf die Straße will. Ihm gibt es einen Ruck, daß er von der letzten Stufe – fünf Stufen führen aus dem Laden hinauf auf die Straße – fast zurückfällt in den dunklen Wäschereikeller.

»Wartst oben auf mich, gelt?« sag ich freundlich.

»Ich wart schon«, sagt er nach einer Sekunde Leerlauf in der Mundpartie und schaut mich beschwörend an.

Ich hab mein Geschäft bald abgemacht, und sobald wir draußen und allein sind, antwortet er auf meine Frage, was er mit drei dreckigen Hemden und einem Decknamen in einer Putzerei im dritten Bezirk macht – er wohnt doch im neunten –, bereits wieder vollkommen gelassen, nur mit einer wegwerfenden Handbewegung, und fragt mich, ob ich morgen, am Freitag, etwas vorhätt.

»Da geh ich mit Mama in die Burg«, sag ich wahrheitsgemäß. »Morgen ist unser Abonnementtag.«

»Schad«, meint der Leihmeister. »Weil du doch ziemlich gut Englisch kannst.«

Wir gehen miteinander die Straße entlang und sind eben bei dem Eckhaus angelangt, in dem die Vossenberg wohnen, und da bleib ich stehen.

»Du, vergiß nicht, die Rezepisse von der Putzerei zu deiner Mama hinaufzutragen, Herr von Vossenberg!« sag ich.

Der Leihmeister macht vorsichtig einen Schritt nach vorn, schaut um die Ecke und zieht gleich wieder den Kopf zurück. »Lieber nicht«, sagt er. »Weißt was, trinken wir einen Kaffee miteinander, und dann werd ich dir erzählen, wieso es sogar ein Chensky für notwendig finden kann tiefzustapeln.« Im Café sitzt er zunächst eine Weile tiefsinnig da und rechnet sich etwas an den Fingern aus; es ist direkt unheimlich, ihm dabei zuzuschauen. Er ist recht gut angezogen, hat aber kein Geld. Das find ich bald heraus, weil ich gleich Zigaretten für ihn kaufen muß. Also diesbezüglich hat er sich wirklich nicht geändert, seitdem wir uns das letztemal, und das war, glaub ich, vor fast zwei Jahren, gesehen haben. Aber sonst hat es schon allerhand Entwicklungen gegeben bei ihm, ich fall immer wieder in die diesbezüglichen biographischen Löcher, als er dann zu erzählen anfängt, und schau nur so, was da so nebenbei alles herauskommt – bei der Erklärung seiner Hemdenmanipulationen und auch sonst. Zum Beispiel, daß er überhaupt nicht mehr auf die Uni geht, außer wenn er dort irgendwen treffen will und meistens irgendeine Amerikanerin, und daß er Wien in gefährliche und ungefährliche Bezirke einteilt, und unter den gefährlichen versteht er die, in denen Begegnungen mit solchen Leuten drohen, denen er mehr als dreihundert Schilling schuldig ist oder Schuh oder das Benzingeld für den Wagen, den er sich vor ein paar Wochen einmal von ihnen ausgeliehen hat. Aber der Leihmeister gedeiht recht gut dabei und entwickelt immer wieder neue verblüffende Ideen, wie zum Beispiel die mit den Vossenbergischen Hemden. Angefangen hat das damit, daß seine Eiserne Mizzi einen Rappel gekriegt und sich geweigert hat, die Wäsch aus der Wäscherei zu holen, wenn ihr der Woiwod oder der Leihmeister vorher nicht das Geld für die dort aufgelaufene Rechnung gibt. Jetzt hat aber der Woiwod beim Geldbriefträger grad Glück, in der Freudenau beim Totalisator aber ein paar Stunden später nur Pech gehabt, weshalb die Mizzi nichts anderes erhalten hat als bittere Worte und beinah die Tür auf die Nasen, so schnell ist der alte Herr beim Tempel hinaus und in ein Kaffeehaus gefahren. Der Leihmeister wiederum, der wohl einen Überfluß an Hemdenmangel besaß (Oh, I got plenty o' nothin' – hat er mir in diesem Zusammenhang aus »Porgy und Bess« vorgesungen), aber kein Geld, hat der Eisernen daher auch nicht helfen können und ist vor dem Dilemma gestanden, entweder mit einem dreckigen Hemd oder mit gar keinem oder im Rollpullover mit einer seiner Amerikanerinnen in die Oper zu gehen. Weil aber das natürlich genauso unmöglich ist, wie etwa darauf zu warten, daß die reinen Hemden vom Himmel fallen, hat er sich doch den Rollpullover angezogen und ist mit der Straßenbahn und auf gewissen Umwegen, die seine Gläubigergeographie zur Ursache haben, auf Hemdenborg ausgezogen, hat aber überall solche Ablehnung gefunden, daß er, glücklich im dritten Bezirk angelangt, beim Erwin Vossenberg nämlich, schon gewitzt genug war, nicht mit seinem eigentlichen Anliegen anzufangen, sondern mit irgendwelchen Belanglosigkeiten. Besonders, weil der Erwin nicht zu Haus war, sondern nur seine Mama. No, der hat er halt seine Aufwartung gemacht, im Rollpullover, aber sonst ganz Mann von Welt. Ich kann mir den Leihmeister gut dabei vorstellen. Die Mama Vossenberg war bestimmt ein bisserl verwirrt, wie er fortgegangen ist. Aber vorher hat ihr Herr Besuch noch, durch einen taktischen Rückzug ins WC, eine Minute dadurch legitimierten alleinigen Aufenthalts im Vorzimmer erreicht. Es gibt da einige Schränke und darunter auch einen Wäschekasten, an dem der Schlüssel steckt. Dieser Schlüssel wurde vorsichtig gedreht und das Sortiment schnell, aber genau gemustert, mit dem Ergebnis, daß ein Hemd des Sohnes des Hauses eine Transponierung aus dem Vossenbergischen Vorrat unter den Chenskyschen Rollpullover erfuhr, wo es zwar eine gewisse Ausbuchtung erzeugte, aber von einem unbefangenen Beschauer ohne weiteres etwa mit einem solchen Embonpointansatz verwechselt werden konnte, wie ihn zum Beispiel der schöne Hubsi Lerch tatsächlich mit sich herumträgt. Keine Tür klappte zu früh. Kein bäuchlings verborgenes Hemd wurde von mißtrauischen Müttern wahrgenommen. Chensky entschwand. Die Mama Vossenberg hat sich gewiß gewundert; später hat sie bestimmt auch darauf vergessen, als nämlich die scheinbar anlaßlosen Besuche des Leihmeisters immer häufiger und geradezu eine liebe Gewohnheit wurden. Denn ich bin sicher, daß er immer sehr lieb geplauscht hat, der Graf Chensky mit der Frau von Vossenberg: gewissermaßen als geheime Leihgebühr, und über etwas Nettes wundert man sich nicht mehr, wenn man sich einmal daran gewöhnt hat. Wenn aber bei Mama Vossenberg in den folgenden Monaten doch wieder ab und zu ein Erstaunen angekommen sein mag, so war's bestimmt nicht wegen dem Leihmeister, sondern höchstens ihres Sohnes Erwin wegen, der es auf einmal aus mysteriösen Gründen für nötig zu halten schien, seine Hemden selbst in die Wäscherei zu tragen. Aber auch da kann ich mich täuschen. Denn, wie ich die liebe Frau Vossenberg kenn, sitzt sie wohl kaum selber auf ihrem Weißzeug. Der Hausgeist nämlich, den die

Vossenbergischen haben, ist zwar auch schon über die Sechzig, aber trotzdem von jener wortlosen Verläßlichkeit, die ich bei unserer Kathi immer so schmerzlich vermisse. So kommt wenigstens einem die Überalterung der Dienstbotenschaft zugute, dem Chensky nämlich. Der Leihmeister ist schon etwas zum Verwundern, wirklich. Nur darf man ihm das natürlich nicht sagen.

»Du hast schon Tanz beinander!« sag ich also, was zwar ein bißl matt klingt, als er fertig ist mit seiner Rhetorik samt Gesangseinlagen, aber immerhin besser ist, als wenn ich gestammelt hätt: »Na, servus! Du traust dir vielleicht etwas!« Jedenfalls kriegt er keine verwunderte Runzel im alten Pokergesicht zu sehen und keinen Vorwurf zu hören. Denn das gehört sich nämlich nicht.

Der Leihmeister zuckt nur die Achseln. »Du kannst dich morgen also wirklich nicht frei machen für ein Doubledate?« fragt er. »Ich hätt da nämlich so gemini inseparabiles weiblicher, hübscher und amerikanischer Art an der Hand –.«

»Nein«, sag ich entschieden. Erstens, weil ich wirklich mit Mama in die Burg gehen muß, und zweitens, weil ich weiß, wie das ist, mit solchen unzertrennlichen Freundinnen. Eine ist immer so beschaffen, daß sie eine Brosche tragen muß, damit man weiß, wo hinten und vorn ist: nämlich die andere, für die mich so Herrschaften, wie zum Beispiel ein gewisser Leihmeister, ununterbrochen anwerben wollen.

»Nein!« sag ich noch einmal, bevor ich geh, weil er da seinen Versuch wiederholt, und frag ihn noch, weil's mir grad einfällt, wirklich aus keinem besonderen Grund, warum er eigentlich nie mehr in den Klub kommt. Aber da steht er gleich auch auf, schaut zur Seite, murmelt geschwind: »Ich werd demnächst wieder einmal fernmündlichkommunikativ in dein Leben treten! Servus, Peter! Ich hab's eilig, die Feuerwehr pfeift schon!« und verschwindet noch vor mir durch die Drehtür. Und ich muß nach Haus gehen und dem Unheil entgegen. Denn während ich da im Café die Zeit mit der gesprächsweisen Beseitigung von biographischen Löchern verbracht hab – es ist schon sieben, wie ich mit Entsetzen bemerk –, war meine Tante Carla auch nicht müßig. Zuerst hat sie – so hab ich mir das rekonstruiert – erst einmal nachgedacht, was ich wohl in dem Paket gehabt haben könnt. Dann ist ihr die Rézheghy-Parallele aufgefallen. Darauf hat es mit den Besorgnissen bei ihr schon heftig angefangen und als Ergebnis die Untersuchung meines Kleiderkastens, die Feststellung eines gewissen Smokingfehlens und die Auffindung der Münzer-Einladung gezeitigt.

Tableau.

Als ich nach Haus komm, weiß ich schon alles. Da wandert nämlich gerade meine Großmama aus, und zwar, wie immer bei solchen Anlässen, zu ihrer Freundin, der alten Generalin Dornfeld in der Wohnung unter uns, weil ihre Nerven nämlich so empfindlich sind. Von unten ruft sie dann alle zehn Minuten an, ob der Wirbel schon vorbei ist. Und die Kathi droht in der Küche, daß sie, »wann das so waiter geht, mit Ungerechtigkaiten, gleich den Přistal wird anrufen missen«, und auch da ist der Grund dafür natürlich, daß Mama wieder einmal ihre Zuständ hat. Denn, wenn Mama sich furchtbar aufregt, fallen ihr dabei so en passant auch jedesmal gleich ein paar schlecht geputzte Fensterscheiben auf und solche Sachen, an denen die Kathi zwar natürlich nie schuld ist, aber doch stets »ungerechterweise« Schuld kriegt, weil Mama bei einer solchen Gelegenheit immer alles in einem Aufwaschen macht. Und die Tante Carla sitzt im Vorzimmer neben dem Telefon, um den Hörer schon aufheben zu können, wenn's knackt, noch bevor es klingelt (weil Mama dann das Klingeln wahnsinnig macht), damit sie der Großmama Lageberichte geben kann.

»Du sollst gleich zur Mama kommen«, sagt die Tante Carla tonlos zu mir. »Wie kannst du der Mama nur so was antun –!«

Ich kann ihr nicht darauf antworten, weil grad die Kathi die Küchentür aufmacht und herausfährt wie ein Stöpsel aus einem Spielzeugrevolver, nämlich nicht ganz, sondern nur soweit das Schnürl reicht, in diesem Fall reicht's nur bis zum halben Oberkörper; überhaupt geht alles sehr schnell. »Ich kann nicht dauernd z'sammkihrn, soll sich der Herr einmal selber z'sammputzn und Aschn nicht immer am Teppich ausstrain, raucht eh sonst keiner! Ich ruf ich glaich den Přistal an!« Und schon schnalzt sie wieder zurück in die Küche.

Ich bin in wirklich höchster Besorgnis, als ich mich jetzt stumm an der Tante Carla vorbei zur Mama ins Zimmer schleich, denn der Přistal ist immer sofort da, weil er ein Taxi hat. Er hilft dann seiner ungerecht behandelten Schwägerin gleich packen, droht mit dem Arbeitsgericht, der Gewerkschaft und anderen so schönen Sachen und nimmt nicht die geringste Rücksicht auf die Nerven von Mama, sondern die Kathi mitsamt ihren Koffern; das letzte Mal auf fast einen Monat, und die Bittbriefe, sie möcht um Gottes willen wieder zurückkommen, muß immer ich schreiben, weil ich erstens über so einen guten Briefstil verfüge, weil zweitens schließlich und endlich ohnehin alles meine Schuld war und drittens, weil man so was, wie Mama sagt, von ihr nicht verlangen kann.

»Küß die Hand, Mama, guten Abend«, sag ich, als ich ins Zimmer komm.

Meine Mama legt Patiencen. Das tut sie oft. Aber sonst nicht mit so zitternden Händen und ohne wirklich hinzuschauen.

Mich schaut sie übrigens jetzt auch nicht an. Das kommt immer erst später, als Überraschungsschuß.

»Setz dich, Peter«, sagt sie.

Ich gehorche schweigend.

Mama ist noch immer im Nachmittagskostüm, Hut, Täschchen und Handschuhe liegen auf dem Sessel neben ihr. Weiß der Himmel, von wo meine pflichteifrige Tante Carla meine arme Mutter zurücktelefoniert hat.

Klapp, wird eine Karte niedergelegt. Sie liegt falsch, wie ich, vorsichtig hinschielend, bemerke.

Na ja, und dann geht's eben los. Anfangen tut's wie gewöhnlich: »Du weißt, daß ich mich nicht gern in deine Angelegenheiten misch, aber –«, in der Mitte kommen dann die massiven Vorwürfe unter endlicher Erhebung des Blicks von den Karten und Durchbohrung meinerseits damit, und das Ende sind unheilgeschwängerte Vermutungen, die diesmal ungefähr so lauten: »Münzer! Was ist das überhaupt! Weißt du das? Ich weiß es! Wie kommt dieses Fräulein Münzer eigentlich dazu, dir eine Einladung zu schicken? Wie bist du denn mit solchen Leuten bekannt geworden? Du – wirst – doch – nicht – am – Ende – dort – deine – Karten – abgeworfen haben??!!«

Was hätt ich da meiner Mama noch sagen sollen? Die Wahrheit, nämlich, daß ich die Einladung wirklich ganz contre la bonne régle gekriegt habe? Daß mir der alte Münzer überhaupt nicht bekannt ist und seine Tochter grad vom Sehen, daß mir der Hansi Bohusch den Wisch geschenkt hat, weil er selber lieber Einladungen fürs Weekend annimmt? Das möcht die Mama natürlich wieder schon glauben, aber sagen darf ich's ihr selbstverständlich nicht, denn wenn sie wüßt, daß ich mit so einem wie dem Hansi Bohusch überhaupt red, und wär's auch nur in einer Vorlesungspause, dürft ich wahrscheinlich nicht einmal mehr auf die Uni gehn. Die Wahrheit hat also keinen Sinn. Die ist immer zu unwahrscheinlich und – bei mir zu Haus – vor allem viel zu gefährlich. Ich behaupte also, daß die Einladung nicht für mich ist, sondern für einen gewissen Soundso, den ich morgen im Paukkurs treffen werd, daß ich den Wisch heute gewissermaßen als Briefträger in die Hand gekriegt hätt, weil der Herr Soundso gleich vom Land in den Kurs kommt und also durch die Post nicht mehr rechtzeitig erreichbar war, und ich tät das Ganze nur einem alten Schulkameraden zu Gefallen, der dieser Gaby bei den Einladungen hilft und der zufällig gewußt hat, daß ich mit dem Soundso im gleichen Rechtskurs bin. Und außerdem, hast du vergessen, Mama, daß wir morgen Burgtheater-Abbonnement haben? Und das weiße Dinner-Jackett, das hab ich nur zum Putzen getragen, und da ist die Bestätigung von der Putzerei, wenn du mir schon nicht glauben willst.

Wirklich, eine geistesgegenwärtige Lüge ist das einzige, womit ich mich in meiner Familie noch zu behaupten vermag. Denn ich hänge, wie so viele Freunde von mir, mit meiner Weltanschauung eigentlich in der Luft. Einerseits merke ich natürlich an allen Ecken und Enden, daß die Ansichten und Regeln, nach denen Mama lebt und denkt und nach denen ich auch leben und denken soll, einfach nicht mehr praktikabel sind, und mache deshalb stillschweigend meine Abstriche, aber andererseits darf ich dergleichen natürlich weder Mama noch mir gegenüber zugeben, weil es dann letzten Endes auf ein Desaveu von allem, was sie, ich, was wir sind, hinauslaufen würde. Mama hat es noch nicht nötig, dort stillschweigend Abstriche zu machen, wo es eigentlich bereits um die unausweichbare Verpflichtung geht, so zu sein, wie es das Prärogativ erfordert. Mama ist sechsunddreißig Jahre älter als ich. Ihre Welt ist klein geworden, aber auch noch nach zwei Weltkriegen intakt. Meine hat es in Wirklichkeit gar nicht mehr gegeben.

Am nächsten Tag, wie ich schon geglaubt hab, daß alles wieder so halbwegs gradgebogen wär, ist das durchaus nicht der Fall, sondern nur in eine andere Richtung gebogen, und zwar vom Leihmeister. Der ist nämlich, während ich auf der Uni war, hochoffiziell um Viertel zwölf in grauem Anzug und weißem (sicher Vossenbergischem) Hemd anmarschiert gekommen und hat Mama einen fast regelrechten Antrittsbesuch gemacht. Nur »fast«, aber nicht etwa, weil er vielleicht unerlaubterweise Blumen mitgebracht hätt, nein, sondern nur, weil er länger als zehn Minuten geblieben ist, aber daran war nicht er schuld, sondern Mama und Tante Carla, die ihn so lang nicht weggelassen haben, als bis er sie davon überzeugt gehabt hat, daß ich heute nicht in die Burg gehen darf, sondern mich mit ihm ein bißl um seine englischen Cousinen kümmern muß.

Um zwei, als ich zum Essen nach Haus komm, ist die Mama noch ganz aufgeregt, aber trotzdem geradezu honigsüß, und sagt: »Peter, selbstverständlich geht heute die Tante Carla mit mir in die Burg und nicht du. Es ist sehr lieb von dir, daß du wegen so einer dummen Vorstellung gleich darauf verzichten willst, die englischen Cousinen von deinem reizenden – wirklich ganz reizenden! – Freund Chensky kennenzulernen, aber du nimmst dich natürlich mit deinem Freund der beiden Damen an und verzichtest auf die Burg! Wie hast du denn dem Chensky gestern einen so selbstverständlichen Wunsch abschlagen können! Hältst du mich wirklich für so – so –, daß du geglaubt hast, ich könnte nicht auch einmal ohne dich ins Theater gehn? War sehr g'scheit und sehr lieb von deinem Freund, heut zu mir zu kommen. Die zwei Mäderln sollen ja reizend sein! Ich hätt S' ja am liebsten gleich alle miteinander eingeladen, aber dann hab ich mir gedacht, sich mit drei alten Damen hinzusetzen, die nicht einmal Englisch können, das kann man den Kindern doch nicht antun – wie heißens' denn gleich, Carla? Ah, ja, Sylvia und Constance InnesKerr, die jüngsten Töchterln von dem Viscount of Kelso; dieser Lord Kelso hat eine Cousine zweiten Grades vom Peter Chensky geheiratet, die Gidi Veldern; die Veldern haben ja überhaupt immer viel englisch geheiratet ...«

»... den Ladislav Chensky, im Jahr 33 muß das g'wesen sein, kenn ich noch aus Karlsbad; die Daisy Geroldsegg, seine Mama, hat doch immer was mit den Nieren zu tun g'habt ... ich bin ja auch immer wegen meiner Leber nach Karlsbad g'fahrn ... das war entweder auf dem Hirschensprung im Kaiserpark oder am End gar erst auf Schloß Aich –?«

Jetzt ist wieder die Mama dran: »Sag einmal, Peter, wenn du schon auf dem Gymnasium mit dem Peter Chensky zusammen warst, warum hast du dann einen so reizenden Menschen nie früher mitgebracht?«

Noch während sie reden, weiß ich, daß meine Lage hoffnungslos ist. Ich kann ihnen doch nicht erklären, daß der Leihmeister nur ein schamloser Lügenbeutel ist, der einfach aus zwei »gemini inseparabiles weiblicher, hübscher und amerikanischer Art« zwei englische Cousinen und noch dazu »pedigreed ones« gemacht hat. Der ohne zu fragen anderen Leuten die Hemden davonträgt, der Schulden hat wie eine mittlere südamerikanische Republik, ein so solides Leben führt wie fünf Gaby Münzer auf einem Haufen und nur auf der Uni ist, wenn er dort Rendezvous hat!

Das geht nicht. Schon weil die Münzerei, trotz gestern spätnachts gewährter Absolution, noch immer ein bißl nachdrückt und jeden Standpunkt unterhöhlen würd, auf den ich mich jetzt stellen müßt, um ein halbwegs erfolgversprechendes Paroli bieten zu können.

»Ja, Mama«, sag ich also ergeben, »wenn es dir also wirklich nichts ausmacht, wenn ich dich heut im Stich laß, dann will ich schon gern mit dem Chensky zusammen ein bißl Fremdenführer spielen.«

Auf der Karte, die er mir in einem verschlossenen Visitenkartenkuvert zurückgelassen hat, steht nur:

Garderobe: mittlerer bis kleiner Bieranzug.

Geld: viel.

Treffpunkt: Schani-Garten vom Hotel Regina.

Zeit: Zwanzig Uhr, punctualiter.

Servus.

2

Als ich mit dem Ringwagen am Schottentor ankomm, ist es schon ein paar Minuten nach acht. Aber ich tummel mich trotzdem nicht. Der Leihmeister soll nur warten, dieser hinterlistige Böhm, ich hab wirklich einen Zorn auf ihn. Ich geh also ganz langsam durch den Votivpark, damit ich nicht von der Währingerstraße aus komm, sondern von hinten, aus einer Richtung also, aus der mich der Chensky wohl nicht erwarten wird. Ich möcht mir nämlich zuerst heimlich seine zwei Amerikanerinnen anschaun, denn wenn sie gar zu schiach sind, laß ich ihn natürlich doch sitzen, trotz allem.

Es ist ein sehr schöner, warmer Abend, noch hell bei schon gebrochenem Licht; der Himmel wird sternklar, einstweilen hängt erst eine ganz blasse, fast durchsichtige Mondsichel im oben noch anwesenden Tag, sehr weit weg, an einem hochgeglockten, glatten Himmel. Es gibt Spaziergänger, die den Rock über dem Arm haben und in Hemdsärmeln gehn, Gruppen von Burschen, langsam schlendernd, Hände in den Taschen, Kragen offen, Krawatte auf Halbmast, Zigarette im Mundwinkel, sich laute, despektierliche Kommentare über die Breite des Weges zurufend oder Schlagermelodien pfeifend. Vor mir geht ein Mädchen in einer hellen Bluse, durch die ihre ganze Ausrüstung darunter durchschimmert, auf hochhackigen Schuhen, ein bißl einwärts trippelnd, den Arm um die Hüfte des Freundes gelegt, sein Buschhemd dabei ein wenig in die Höhe schiebend; er hält sie auch um die Taille und außerdem zwischen den dort gelagerten Fingern eine brennende Zigarette. »Dar Pepi hot g'sogt –«, läßt sie sich silbern vernehmen, während ich die beiden überhole, um weiter zu der Votivkirche hin auszubiegen.

Ich probier diese Tön auch, so heimlich hinten im Mund: »Dar Pepi hot g'sogt –«, und muß lachen. Vergeß meinen listigen Anschleichplan und geh geradewegs aufs Hotel Regina zu. Und seh den Chensky, und eine Sekunde später sieht er mich, und ich hab noch immer das Lachen im Gesicht, und er lacht auch, und mit dem Bössein ist's also aus, einstweilen wenigstens. Er sitzt allein an einem kleinen weißen Tisch, den Rock nur über die Schultern gehängt, vor sich einen kleinen Schwarzen und um sich die zartgrünaquarige Luft, die so ein Schani-Garten am Abend immer hat, wenn sich die Beleuchtung in Blattgrün und Schatten der auf den Gehsteig hinausgewanderten Spalierpflanzen fängt.

Die Pepis kommen da nicht hinein, in diesen Schani-Garten vom Hotel Regina, in dem hauptsächlich Ausländer sitzen und bessere Leut, wenn man diesen Renegaten, den Chensky, ausnimmt.

»Wo hast du sie denn, deine Cousinen?« frag ich ihn, als ich mich niedersetz.

»Servus, servus«, sagt er, fährt in seinen Rock und steht auf. »Spät bist dran, zahl g'schwind den Kaffee, wir gehn gleich, die zwei Hascher warten sicher schon.«

Ich leg stillschweigend einen Zehner auf den Tisch. Draußen hat er einen Mercedes 220 stehn, steckt den Schlüssel an, dreht sich aber noch einmal um, lehnt sich an den Wagen und wirft enthusiastisch die Arme auseinander. »Oh, but for this perfect evening!« sagt er und macht dann mit den Fingern kleine, wellenförmige Bewegungen in der Luft, als wollt er auf dem Wind Klavier spielen: »It's so warm and silky and sensuous, an evening for dreams and holding hands and laughing with a catch in your throat ...«

»Catch in your throat?« unterbrech ich ihn bitter. »Nein, Knödel im Hals! Ersticken sollst dran!« Ich geh um den Wagen und wart, bis er drin sitzt und aufriegelt, daß ich einsteigen kann. »Was heißt überhaupt kleiner Bieranzug und so?«

»Du bist so aggressiv heut«, sagt er seufzend, während wir die Währingerstraße Richtung Nußdorferstraße hinunterfahren. »Dabei will ich wirklich nur dein Bestes! – Wir fahren nach Grinzing, und bescheidenere Garderobe schien mir deshalb opportun, weil dort so eine Milli-Tant am Nebentisch ohne weiteres imstand ist, dir freundschaftlich auf die Schulter zu klopfen, daß du mitsingst, und mit einem Stück Brathendl zwischen den Fingern; das macht Fettflecken, mein Lieber! Drum hab ich gemeint, du sollst dir nicht gerade deinen besten Joschi anziehen. Für Grinzing hab ich mich deshalb entschieden, weil die zwei das erwarten – und wir wollen sie doch nicht enttäuschen? Grinzing, das gehört sich einfach, weil dort, wie jeder Amerikaner weiß, die Wiener immer hinfahren, mit dem bewußten letzten Kranl und nach Verkauf des diesbezüglichen Gewandes.«

Ich geh auf seine Blödheiten nicht ein, sondern rechne mir inzwischen eine mittlere Zeche aus, multiplizier sie mit vier und lach höhnisch.

»Ich hab aber grad hundert Schilling mit«, spiel ich meinen Trumpf aus; ich hab sicherheitshalber wirklich nicht mehr eingesteckt.

Der Chensky steigt so plötzlich auf die Bremse, daß ich schon glaub, ich flieg durch die Windschutzscheibe und sitz vorn als Kühlerfigur.

»Das ist dein Ernst nicht!« ächzt er verzweifelt.

»Mein völliger und unerschütterlicher!« sag ich. »Tut mir leid, ich hab nicht mehr. Auch zu Hause nicht.«

Der Leihmeister fängt wieder langsam zu fahren an und überlegt angestrengt, dabei halblaut, geläufig und mit großer Erfindungsgabe fluchend. Sobald wir da sind und aussteigen, ist er zu einem Entschluß gekommen.

»Macht nix«, sagt er und zuckt die Achsel, »so leicht kommst du mir nicht aus; wenn du kein Geld hast, fahren wir halt nicht nach Grinzing, sondern gehn einfach auf eine Party. Das geht notfalls auch. Die zwei werden uns zwar dann nicht für echte Wiener halten, aber das muß hingenommen werden.«

»Ohne Einladung«, sag ich, »auf eine Party? Möchtest du am End zu so einem Maturantenkränzchen in den Kursalon gehen und den ganzen Abend an einem einsamen Gin-Fizz zuzeln? Denn für mehr reicht mein Hunderter nicht.«

»Mitnichten«, grinst der Chensky. »Leider ist heut Freitag, nicht Samstag, sonst hätten wir mehr Auswahl an privaten Festivitäten, aber so fallt mir im Augenblick nur die Triumphparty vom Fechtner-Peter ein, die er veranstaltet, weil er bei der Klausur nicht durchgeflogen ist, obwohl s' ihm ein Haxel gestellt haben dabei; and a shapely one at that –.«

Ich heb drohend meine Hand.

»Und ein wohlgeformtes noch dazu«, übersetzt er schleunigst. »Übrigens sind wir schon da.« Damit und mit der Unbekümmertheit, mit der er den Wagen in der zweiten Spur der Währingerstraße parkt, die eine Schienenstraße ist, überrumpelt er mich; er ist so schnell hinter dem Rad hervor, daß ich ihm kaum folgen kann. Wir steigen ein weitgeschwungenes Stiegenhaus hinauf, es ist sehr kühl und dunkel hier, schwere Kandelaber begleiten die Treppen, überall sind große Steinvasen in Nischen und geschmiedete Geländer; das Stiegenhaus ist so groß, daß man sich wundert, wo da für die Wohnungen überhaupt noch Platz bleibt; der Aufzug in seinem Glaskäfig schaut aus, als würden sie ihn noch mit Dampf betreiben, und jetzt bleib ich stehn.

»Hör einmal, auf eine Party vom Fechtner geh ich nicht, das ist doch wohl außerjeder Frage; das tät mir noch fehlen, daß er sich dann womöglich gar einmal plötzlich vorstellen kommt bei meiner wehrlosen Familie, wenn ich grad nicht hinschau, wie ein gewisser Peter Chensky! Da könnt ich ja gleich auf die Party von der Gaby Münzer gehen, dann hätt ich, bei nachher ziemlich gleichwertigen familiären Katastrophen, wenigstens mehr davon!«

»Gaby Münzer? Du kennst die Gaby Münzer?« fragt der Leihmeister erstaunt und, wie mir vorkommt, fast ein bißl ehrfurchtsvollverächtlich. Die Ehrfurcht wie die Verachtung kann ich mir natürlich nicht gefallen lassen, und so erzähl ich ihm alles.

»Geh, zeig mir einmal die Einladung!« sagt er, und wie ein Narr zeig ich sie ihm, und er steckt sie ein.

»Übrigens«, sagt er, während er sich auf die Tasche klopft, »brauchst dich vor dem Fechtner net fürchten, wegen Revanche und so oder am End wegen einem aufgenommenen gesellschaftlichen Verkehr: was der Fechtner an diesbezüglichem Savoir-vivre hat, geht in die sprichwörtliche Nußschale, und das Praktische dabei – für uns – ist, daß er das genau weiß und nirgends hinkommt, wohin man ihn nicht extra einladet, und außerdem eine solche Einladung gar nicht erwartet.«

»Gib mir den Wisch zurück!« sag ich drohend.

»Ah, nein. Den brauchst du ja jetzt nicht mehr.«

»Du vielleicht?« frag ich und mach mich fertig zur Gewaltanwendung.

»Ja, freilich«, sagt er und drückt geschwind auf den Klingelknopf vor der Tür, vor der wir jetzt stehen und an der das gleiche Schild hängt wie unten am Haustor, so daß ich ihm keine geben kann, weil drinnen schon Schritte laut werden, die näher kommen. »Ja, freilich«, sagt er geschwind, »weil ich dich heut vielleicht noch erpressen muß, damit du mir auf die Party vom Fechtner-Peter mitgehst, denn wenn du das nicht tätest, müßt ich auf die von der Gaby Münzer gehn und sagen: Der Hansi Bohusch schickt mich, und im übrigen bin ich der Peter Schwengkh; küß die Hand, ich freu mich sehr!«. Und in dem Augenblick geht die Tür auf, und das ist sein Glück, denn wenn sie einen Moment später aufgegangen wär, hätt die Alte, die jetzt mißtrauisch vor uns steht und uns zweifelnd betrachtet und ausschaut wie eine desertierte Klosettfrau, einen Leihmeister mit einem blauen Aug gesehen und einer planierten Nasen mindestens, aber so sieht sie nur einen Peter Chensky in korrekter Pose – höflich, geneigten Kopfes mit einem »Guten Aaaabend« in seinem verdammten Lügner- und Erpressermaul, und einen Peter Schwengkh, der auf einem Fuß tanzt, daß er sein Gleichgewicht wiederfindet, weil er sich aus einem Schwinger zurückreißen muß, was nicht leicht ist, und mit erhobener rechter Faust, als würd er gleich »Rot Front!« sagen.

»Er freut sich schon so aufs Tanzen«, sagt der Leihmeister und deutet erklärend auf mich. »Er hat nur schnell noch ein bißl seine neueste Rumbafigur geübt; wir werden erwartet, Frau Haberkorn; sind S' bitte so lieb und sagen Sie Miss Cole und ihrer Freundin, daß wir schon da sind.«

»Guten Abend!« sag ich und versuch, mich präsentabler zu arrangieren; es gelingt mir nicht; die Frau Haberkorn, die überhaupt nichts sagt, schaut mich nur sehr mißtrauisch von unten nach oben an und faßt einen Schlüsselbund, den sie in der Hand hält, deutlich fester, als müßt sie sich gleich damit verteidigen, dreht sich dann aber doch zögernd um, gewissermaßen wider besseres Wissen, und trippelt davon, in die Düsternis eines finsteren Korridors hinein. »Fräulein Kohl, Sie ham Besuch«, grollt sie dann irgendwo im Hintergrund. Jetzt hören wir auf einmal ein lautes, zweistimmiges, aber unverständliches Geschnatter, kaum gedämpft durch eine Tür, dann wird's sekundenlang totenstill, und nachher geht die Tür, und aus dem Gang heraus kommen die beiden Mädchen auf uns zu.

»Schau, wie sie sich aufgeschirrt haben«, flüstert der Leihmeister, bevor er sich ins Shake-hands stürzt.

»Hi, Beulah«, sagt er dann laut, »you look terrific! But absolutely! Patsy! I'm thunderstruck! Observe me drooling at the mouth Yum, yum, my little appetizers!«

Er benimmt sich völlig unmöglich, als wäre er einem Comic strip entsprungen. Die beiden lachen. Ich werde vorgestellt.

»I'm Patsy«, sagt die zweite und gibt mir die Hand. »Sie heißen auch Peter! A bit confusing, isn't it?«

»Ja«, sag ich blöde. Ich habe mehrfachen Grund, mir blöd vorzukommen. Erstens sind die zwei wirklich hübsch, und zweitens geht wieder einmal alles zu geschwind, und ich kann kaum – ungehört – ein Wort seitwärts in das Gespräch schieben, da sagt der Chensky dreißig, während die beiden »Cousinen« kichern und schnattern, so daß ich auf mich den Eindruck eines uralten Greises mit Vollbart bis zum Knie mache, der sein Gebiß verschluckt hat und deshalb an Magendrücken und Sprachschwierigkeiten gleichzeitig leidet.

Mittlerweile hat sich auch schon unser Aufbruch vollzogen, und wir marschieren alle vier nebeneinander – so breit sind die Stufen – die Stiegen hinunter, ich ganz links, der Leihmeister ganz rechts, die Mädchen zwischen uns, aber beide nur zum Chensky hin sprechend, und das ganze Haus hallt von ihrem Geschnatter und von dem ganz eigentümlichen

Englisch, das er jetzt lauthals redet, so daß ich mir in diesem kühlen, geräumig dunklen, würdevollen Stiegenhaus wie in einer Gesellschaft von Kirchenentweihern vorkomm.

Erst als wir endlich im Auto sitzen und davonfahren, wird mir wieder ein bißchen leichter, weil der Leihmeister noch immer redet und übrigens schon berichtet hat, daß wir nicht nach Grinzing fahren, sondern auf eine Party. Ich bin direkt froh, daß er mir das Reden abnimmt, weil ich jetzt dazu komm, mir Patsy anzusehen, die neben mir sitzt, sich aber dauernd vorbeugt, damit sie ja nicht die Tuchfühlung mit ihrer Freundin verliert, die vorn neben dem Chensky sitzt; ich seh nicht mehr von ihr als einen blonden Pferdeschwanz, der ständig hin und her fliegt. Patsy ist hübsch. Sie hat eine kleine, etwas aufgestellte Stupsnase, darüber Sommersprossen, große, dunkle Augen, die ein bißchen kurzsichtig blinzeln, und kurze, schwarze Haare: einen sogenannten Bob – Pagenfrisur ungefähr. Sie hat kleine, breite Hände mit gutgepflegten Fingernägeln – nicht abgebissen und nicht lackiert. Lackiert ist nur ihr Mund – tiefdunkelrot. Sie riecht heftig nach Maiglöckchen und Frischgewaschenheit.

Diese jungen amerikanischen Studentinnen, die bei uns auf der Uni herumsitzen und in weißen Tennisschuhen und weißen Söckchen herumlaufen, sind häufig ganz frisch gewaschen und unglaublich reinlich, oder wirken wenigstens so; geradezu antiseptisch, und fast zum Fürchten in ihrer unbekümmerten Frische – Frische, das ist das Wort, das ich schon die ganze Zeit suche. Sie sind frisch und unverbraucht und gar nicht dumm und selbst für unsere Verhältnisse abnorm selbstsicher. Diese Selbstsicherheit kommt aber nicht aus der Erfahrung – ich meine jetzt nicht die gewisse Erfahrung, die haben sie schon, schließlich ist das »petting« eine amerikanische Erfindung – ich meine die Erfahrung, die man dadurch gewinnt, daß man immer wieder von Zeit zu Zeit seine Ohrfeigen bekommt, als Privatmensch und auch als Europäer, ideologische Watschen sozusagen – als Europäer, der bereits zwei Weltkriege hintereinander verloren hat, und den letzten intensiv bis in den knurrenden Magen hinein, bis auf die Bomben auf den Kopf, als Österreicher, der vielleicht schon deshalb geflissentlich alles Ideologische und Idealische meidet, weil Ideale solche Sachen sind, über die er nicht mehr unbefangen reden kann, sondern höchstens ablehnend schweigen, mit emporgezogenen Augenbrauen, mit Augurenlächeln und mit der weltmännischen Sicherheit eines Bankrotteurs, der jetzt, ohne Geld, sich nicht mehr so recht vorstellen kann, wie das war, als man noch eins gehabt hat, oder der sich das noch zu gut vorzustellen vermag ...

Diese Erfahrung haben sie also ganz und gar nicht. Ihre Selbstsicherheit kommt im Gegenteil aus einer schönen Unwissenheit, obwohl sie natürlich alles wissen, und genau, und überhaupt sehr kenntnisreich sind, und jede hinterm Haus ein Gärtlein hat, und in jedem einen privaten Baum der Erkenntnis, und alle Bäumchen schauen gleich aus, weil sie immer aus derselben, ein bißchen eintönigen Baumschule kommen, und das werden sie niemals glauben, und wenn man es ihnen beweist, lächeln sie und wissen es besser, und man tut ihnen höchstens leid. Kurz und schlecht, ich sitz da, mit meinem unsichtbaren Greisenbart, komm mir unendlich unter- und überlegen vor, rauch ununterbrochen Zigaretten und versuch herauszukriegen, was mich an dem Englisch vom Leihmeister so stört, weil ich sonst gleich an Curzio Malaparte und seine »Haut« denken müßt, und das hätt mir jetzt gerade noch gefehlt.

In gewissen, oft sehr geschickt geschriebenen Geschichten amerikanischer Magazine kommt oft so ein armer, edler Europäer von uraltem Adel vor, der alles verloren hat, inklusive sämtlicher Ideale, und der nun nichts mehr sein eigen nennt, außer einer gütigen, alten, bildhaft schönen, greisen Mutter, einem pittoreskverfallenen Stammschloß und einem weißen Ferrari-Rennwagen; und dieser edle, arme Europäer von uraltem Adel verliebt sich in seiner chaotisch-europäischen, rührend wohlerzogenen Art und Weise in diese gewisse sehr hübsche, frisch gewaschene Amerikanerin, eine Botschaftsangestellte in Paris ... und sie liebt ihn auch, und Prince und Snowwhite sind glücklich und zufrieden, werden demnächst heiraten, und innerlich und äußerlich herrscht eitel Sonnenschein. Deshalb fängt dann die Psychoanalyse an. Sie kommen darauf, daß es so entschieden nicht weitergeht. Die ersten Entfremdungen geschehen. Schließlich, wenn sie schon wirklich gar nicht mehr wissen, was sie tun sollen vor lauter seelischem Druck, greift der Autor ganz tief in seinen Überraschungssack und holt denjenigen clean cut, redblooded American Ivy-League-graduate hervor, der im Krieg Flugzeugführer war, David heißt, Pfeife raucht und der dem Prince, der im Krieg selbstverständlich Maquisard war, das Leben verdankt. Sie hatten damals eine starke Männerfreundschaft geschlossen, die es jetzt dem pfeifenrauchenden David ermöglicht, Snowwhite vor dem unglückseligen Hocharistokraten, seinem zerbröckelnden Schloß und der bildhaft schönen, greisen Fürstin-Schwiegermutter zu retten, die sich die ganze Zeit nichts sehnlicher gewünscht hat, als daß ihr Sohn eine amerikanische Botschaftsstenotypistin heiraten würde. Womit der Prince nach kurzem oder längerem Seelenkampf, innerem Monolog oder äußeren Loyalitätserklärungen, was die im Kriege besiegelte Männerfreundschaft und seine unverminderte Liebe zu Snowwhite anbelangt, unbedingt einverstanden ist, sich mit einem Lächeln in seinen Ferrari-Racer setzt und bei dem nächsten Rennen spektakulösen Selbstmord begeht, wodurch zwei andere Rennfahrer, einige Dutzend Zuschauer und eine halbe Ehrentribüne vernichtet werden und die diesbezügliche fürstliche Familie nur mehr im Weibesstamme weiterblüht, wie es in der nächsten Ausgabe des betreffenden genealogischen Taschenbuches heißen wird.

Nun pflegte der rennfahrend ausgestorbene letzte Träger seines Namens zu Lebzeiten aber eine Sprache, die zu eben diesem Zweck von Generationen amerikanischer Story-Schreiber erfunden wurde und die aus einer Mischung von archaisierendem Schulbuchenglisch, eigentümlichen französischen oder deutschen Brocken (im letzteren Fall etwa: Auf der berg Spitz midt mein lieber Fritz, yodel, yodel!) und Pennsylvania-Dutch besteht, und dieses Idioms bedient sich der Leihmeister jetzt mit virtuoser Geläufigkeit und in allen möglichen Varianten, das Material gewissermaßen völlig ausschöpfend und dazu noch übersteigernd, sich dabei ganz sicher vor einer Kulisse bewegend, die er mit Gestik, Haltung und Redeinhalten heraufbeschwört und die sich mit unwahrscheinlicher Genauigkeit mit der Pseudowelt jener Magazingeschichten deckt; er mißbraucht also eine Sprache, die an und für sich schon eine unfreiwillige und unechte Parodie darstellt, die aber jetzt ihrerseits wieder parodiert wird, und noch dazu so subtil, daß die Parodie für Beulah und Patsy nicht erkennbar wird, weil sie es ja im Grunde nicht anders wissen.

Er macht sich also einen Privatwitz, das ist das Unheimliche dabei, einen Witz, der nur ihn selber amüsiert, er benutzt die beiden Mädchen daher in erster Linie nicht als Publikum, sondern als etwas, für das ich keinen Namen habe; dies ist sehr merkwürdig und kommt mir beinahe als eine Art von Onanie vor; jedenfalls ist es aber widerlich und bodenlos gemein, was er da tut.

Wenn einer, der zu Schweinereien schon durch seine offenkundig schweinerne Beschaffenheit sozusagen von vornherein berechtigt ist, einen dreckigen Witz erzählt, kann ich darüber manchmal sogar lachen – wenn er dabei keinen Versuch unternimmt, sich mit mir in seinem Saustall zu verbrüdern, wenn aber einer, dem das Flüstern von derlei schmutzigen Scherzchen durchaus nicht ansteht, seine Stimme senkt, um denselben dreckigen Witz zu erzählen wie das A-priori-Schwein, wandeln mich immer die hochgezogene Augenbraue und Ekel an. Das Spezialenglisch von Chensky hat die gleiche Wirkung auf mich.

Wie ich bei dieser Erkenntnis angelangt bin, sind wir da und müssen viele finstere Stiegen steigen, weil der Aufzug nicht geht. Ein Mädchen mit schwitzender Nase, Glas in der Hand, öffnet uns.

»Welthändler oder Menschen?« fragt sie laut und blinzelt eulenhaft durch eine wuchtiggerahmte Intelligenzbrille. Laut muß sie fragen, weil der Lärm hinter ihr bedeutend ist.

»Letzteres, letzteres, wackere Pförtnerin«, meint der Chensky.

Sie nickt und schwankt zur Seite, und wir treten in ein Vorzimmer, in dem kein Licht brennt. Es empfängt seine Beleuchtung aus zwei Nebenräumen, deren Türen offenstehen; der Küche, in der ein Haufen Leute taumelnd um den Eiskasten versammelt sind, und dem Speisezimmer, das mit noch mehr Leuten vollgestopft ist; wenig Mädchen. Ein Haufen künftiger oder bereits seiender Diplomkaufmannen und derartiges, mit roten Gesichtern, einem Glas in der Hand, einem Sandwich in der zweiten und einer Zigarette in der dritten, umstehen, vier, fünf tanzende Paare; ein Plattenspieler plärrt amerikanische Schlagermusik. Die Luft ist zum Schneiden dick; sich eine Zigarette anzubrennen wäre Verschwendung; man bekommt auch so die Lunge voll nikotingeschwängerten Nebels. Soviel ich sehen kann, ist mir kein einziger der Anwesenden bekannt. Der Gastgeber bleibt unsichtbar. Die bebrillte Pförtnerin schiebt sich hartnäckig hinter uns drein und murmelt undeutlich. Der Leihmeister steuert uns zielsicher in das Speisezimmer, in dem die Möbel sonderbar an den Wänden nebeneinander aufgereiht sind, zerrt uns durch die quirlende Menge ins Schlafzimmer, wohl in der Hoffnung, dort den Fechtner aufzuspüren, aber da ist er auch nicht, sondern nur die Garderobe in Gestalt des elterlichen Doppelbettes, auf dem Mäntel, Hüte und Täschchen liegen, und in dem zusätzlich noch ein Pärchen sitzt, Beine untergeschlagen, Gläser in der Hand, tiefsinnig Aug in Aug.

»Om mani padme hum«, sagt der Chensky zu den beiden. Der weibliche Teil der Bettsitzer öffnet den Mund, ohne den Leihmeister anzusehen: »Du betrachtest das Problem wie immer von deinem absurden provinziellen Standpunkt aus.« Der männliche Teil beginnt in der Nase zu bohren; Chensky wendet sich ab. »So«, sagt er gewissermaßen abschließend und macht eine Geste, als möcht er seine Ärmel aufstecken, faßt Beulah und Patsy unter, »so«, wiederholt er, »auf zu den Fleischtöpfen Ägyptens! Die Schaffung einer soliden Unterlage ist vonnöten. Teure Beschließerin des Hauses –!« wendet er sich dorthin, wo die Bebrillte, die uns schiefwinklig und beharrlich auch hierher gefolgt ist, vor kurzem noch gewesen war. Sie steht aber nicht mehr da. »Begorrah!« sagt er verblüfft und schaut mich an: »Ein eigener Uhu! Wo ist er denn so g'schwind hingekommen? Er schien doch so anhänglich!«

»Ich weiß es nicht«, sag ich unlustig.

Es erscheint mir recht wichtig, jetzt den Eindruck festzuhalten, den Beulah, das Mädchen mit dem Pferdeschwanz, auf mich macht; ich krieg sie nämlich erst jetzt so richtig zu Gesicht.

Sie ist nicht so hübsch wie Patsy, sondern von derjenigen knochigen, blondhaarig-engäugigen, trockenen Sorte, aus der nach fünfzig Jahren jene unwahrscheinlich schlanken und jugendlich wirkenden Millionärsgattinnen gemacht werden, die von hinten wie Zwanzigjährige ausschauen und von vorn die Bewunderung für ihren plastischen Chirurgen erregen, den sie in Wirklichkeit aber gar nicht nötig gehabt haben. Bei dieser Überlegung fällt mir der alte, quecksilbrige Kommerzialrat Schelnhausen ein, der Vater vom dritten Peter aus unserer Klasse, den ich heute übrigens auch treffen soll und sozusagen weit ausführlicher als jemals zuvor, und er fällt mir nur deshalb ein, weil er mit diesem Menschentyp, in den Beulah einmal zweifellos hineinwachsen wird, auch verwandt ist: Er hat mit seinen sechzig Jahren Zähne, die so echt aussehen, daß sie jeder für falsch hält, obwohl sie wirklich echt sind.

Meine Unlust steigt. Der Chensky braucht mich gar nicht, der kommt auch allein mit seinen zwei Cousinen zurecht; er demonstriert das erfolgreich.

»Ich hab keinen Hunger«, sag ich und bleib unentschlossen stehen, bis der Leihmeister achselzuckend verschwunden ist und die Tür hinter sich ins Schloß wirft. Ich wart noch ein wenig länger, weil er jetzt draußen im Speise-Tanz-Zimmer mit dem »eigenen Uhu« redet, denn die Stimme dieses merkwürdigen Vogels ist nicht zu verkennen. Sie müssen knapp hinter der Tür stehen, alle vier, denn ich verstehe sie deutlich.

»Wackere Schaffnerin, wie steht's um die hierortige Speisung?«

»Was wünschen der Herr zu dinieren?«

»Noja«, sagt der Leihmeister, »lassen S' mich einmal nachdenken.«

Während er nachdenkt, schnattern Beulah und Patsy los, und der »eigene Uhu« gibt ihnen in recht geläufigem Englisch Antwort.

»Nehmen S' einen Zettel«, unterbricht plötzlich der Leihmeister das Geschnatter, »und schreiben S' auf: Caviar frais, consommé aux pommes d'amour, supreme de foie de gras au champagne, timbale de vis de veau Toulousaine et diablotins.«

Patsy und Beulah lachen. Sie wissen zwar keine zehn deutschen Worte, aber anscheinend können sie dafür Französisch, wenigstens so viel, um ein Menü zu verstehen und den Witz, der im Hause Fechtner in einer solchen Rezitation liegt. Ich versteh den Witz nicht. Der »eigene Uhu« auch nicht, denn er sagt plötzlich ganz kalt: »In der Küche gibt's noch ein paar letscherte Sandwiches –«; der Satz bleibt eine Weile in der Luft hängen, bis der Leihmeister mit seiner Begleitung kichernd abgezogen ist, und wird erst dann halblaut vollendet: »Sie Tempelschänder!«

Ich halt das nicht mehr aus. Ich mach sozusagen die Augen zu und stürz mich hinaus und ins Gewühl.

In der Mitte schwingt man unermüdlich Tanzbeine. Im Umkreis redet man laut und säuft; auch schwankt man oder sitzt auf dem Fußboden, in stumpfsinniger Konversation begriffen. Ich entdecke eine dreiviertelvolle Zweiliterflasche, die an der Wand am Boden steht, heb sie auf, hab aber kein Glas.

»Nicht diesen sauren Wein!« sagt irgendein Diplomkaufmann zu mir. »Scotch oder Gin?« fragt er weltmännisch.

»Gin«, sag ich. Er drückt mir ein leeres Glas in die Hand. »Hol ich, mach ich. Un moment.«

Er verschwindet Richtung Küche. Nach fünf Minuten bin ich sicher, daß er nicht mehr zurückkommt, und beginne, den Wein zu trinken, ziemlich schnell, damit ich den abscheulichen Geschmack nicht so merk.

In der einen Ecke des Raumes, auf einigen der spärlichen Sessel, sitzen fünf oder sechs Mädchen, was, für einen Kurzsichtigen, bei dem hier herrschenden Männerüberfluß seltsam wirken würde. Für einen Normalsichtigen allerdings nicht. Sie sind nämlich alle wahrhaftige Original-Gorgonen: ich stelle fest, daß es hier scheinbar überhaupt nur solche Mädchen gibt. Ich schieb mich langsam durch die schwankenden Tanzzuschauer, tret ein paar von den Bodensitzern beinah auf die Finger und steure auf den einzigen leeren Sessel zu. Wie ich hinkomm, setzt sich gerade das häßlichste aller häßlichen Mädchen darauf nieder. Sie ist dick. Ich habe die Flasche in der einen Hand, das Glas in der anderen und schau die Dicke an. Sie sieht nicht her und steht nicht auf. Ich trinke schnell mein Glas aus und setze mich neben sie auf den Boden. Der Wein ist noch immer sehr sauer. Ihr Elefantenbein liegt warm an meinem Oberarm. Ich lehne mich zurück und nehme allmählich einige Gesprächsfetzen auf. Die Megären, zu deren Füßen ich mich wie sühnend, wie opfernd gelagert habe, sprechen sehr laut. Wenn ich dennoch nur Teile verstehe, liegt der Grund darin, daß immer ein paar gleichzeitig sprechen.

»Mir macht das nichts aus! Ob ich ein Semester verlier oder nicht, ist mir egal.«

»Er hat eine gewisse spirituelle Qualität, die in gewissem Maße seinen Mangel an Ausdrucksfähigkeit kompensiert –.«

»Völlig egal –.«

»Das kann nicht deine ehrliche Überzeugung sein!«

»Mein Onkel ist daran gestorben. Es ging von unten nach oben, bis es sein Herz erreicht hat –.«

»Ganz egal, wirklich –.«

»Natürlich ist sie mit den Nerven fertig. Sie ist schon im vierten Monat und hat kein Geld, und er zahlt nicht.«

»Ihr Vater ist ja praktizierender Katholik. Er hat sogar irgendeine Laienfunktion –.«

»Alles nur wegen dem Fulbright-Stipendium, dem Jahr in Amerika –.«

Ich blicke auf und muß den Hals dabei verrenken. Die Nasenlöcher der Dicken sehen von meinem Stand- oder vielmehr Sitzpunkt wie schwarze Kavernen aus.

»Verzeihen Sie, ich hab Ihre letzte Bemerkung nicht ganz verstanden«, sag ich höflich.

Daraufhin sind sie eine Weile still. Der Elefantenfuß rückt von meinem Oberarm ab, so daß ich beinahe umfalle.

Es ist immer schlecht, wenn man nüchtern auf eine Party kommt, bei der schon jeder besoffen ist. Man bemerkt dann gewissermaßen alle Scheußlichkeiten doppelt, besonders, wenn es so eine pestige Party ist wie die vom Fechtner-Peter. Das einzig Positive dieses Abends wird sein, daß ich meine zwei Fünfziger unversehrt wieder nach Haus bringen werde, denk ich mir. Aber da täusch ich mich.

Ich merke mit Beruhigung, daß ich schon ziemlich betrunken bin. Das sicherste Zeichen dafür ist, daß ich zwar fortgehen möcht, aber nicht mehr will, wenigstens nicht sehr dringend; ich bin abgestumpft, aber gesammelt, und verstehe alles sehr genau, wenn auch langsam; jeden Satz so ungefähr zwei Sekunden hinterher. Das ist auch der Grund, weshalb ich erst dann bemerk, daß der Fechtner-Peter mit mir spricht, als er prüfend mit der Hand vor meinen Augen hin und her fährt.

»Servus, Schwengkh«, sagt er und hilft mir beim Aufstehen, obwohl ich gar nicht aufstehen will.

»Servus, servus«, sag ich. »Nett, daß ich gekommen bin! Willkommen in deiner Mitte! Gratuliere übrigens.«

»Danke. Der Leihmeister schickt mich.«

»Lieb von ihm.«

»Ich krieg von dir fünfzig Schilling.«

»Nein.«

»Doch. Das ist nämlich eine Bottle-Party. Ihr habt nichts zum Trinken mitgebracht, also müßt ihr blechen.«

»Das hab ich nicht gewußt.«

»Drum sag ich dir's jetzt. Brenn!«

Ich brenne.

Ich bin ja allerhand gewohnt vom Peter Fechtner, seinem Geschäftsgeist und seiner Delikatesse; er hat einmal dem Meixner-Kurt, dessen Vater ein notorischer Millionär ist, fünfhundert Schilling geliehen, aber nur unter Verpfändung von dessen Magnetophon; aber dieses Schnellsiederverfahren scheint mir doch ein bißchen hart. Ich zahl so geschwind, weil ich ihn durch wortlose, prompte Verachtung strafen will, anfangs, aber dann merk ich, als ich ihn endlich anschau, was er für ein Gesicht macht, und das ist nicht lustig.

»Hörst, das ist doch deine Triumphparty!« frag ich.

»Ja.«

Er ist ganz korrekt gekleidet, dunkler Anzug, Haar glatt gescheitelt, nicht besoffen, keineswegs derangiert. Wir stehen eng aneinander, weil rundum großes Gedränge herrscht; er riecht penetrant nach einem scheußlichen Rasierwasser.

»Warum triumphierst du dann nicht?«

Darauf gibt er mir keine Antwort. »Komm in mein Kabinett, die anderen warten schon, dort ist auch eine bessere Luft.« Er zeigt auf die Tür gegenüber dem Schlafzimmer. Sie geht gerade auf, und der Hubsi Lerch kommt heraus. »Servus, Peter«, sagt er im Vorbeigehen zu mir; der Schweiß steht ihm in Tropfen auf dem Gesicht; Rock und Weste sind offen. »Servus, ich bin gleich wieder da, es ist sehr interessant drinnen, ich geh nur g'schwind kotzen, bis der Schelle vom Telefonieren zurückkommt.«

Der Fechtner hält die Tür auf, wir gehen hinein, und er sperrt sofort ab. Interessant ist es drinnen schon, da hat der Hubsi recht. Bessere Luft ist aber keine vorhanden, weil alle rauchen; das offene Fenster, das in einen Lichthof führt, hilft gar nichts. Aber der Fechtner hat schon immer zu solchen euphemistischen Übertreibungen geneigt.

»Circle privé, nämlich«, sagt der Leihmeister, der auch schon da ist und mit Patsy und Beulah auf dem Bett sitzt.

Auf dem sitzt noch der Haber-Fritz mit einem Mädchen, welches ihm so ähnlich sieht, daß es nur seine Schwester sein kann. Sie ist es und heißt Irmi. Auf dem Schreibtisch steht ein Gugelhupf, auf dem Sessel davor, halb eingekugelt, mit großen, dummen Kuhaugen, trauert eine mittelhübsche Weiblichkeit, die, wie ich später erfahre, Lotte Luss heißt und die Gegenwärtige vom Fechtner ist. Den Gugelhupf hat sie gebacken. Er findet keinen Anklang. Sie auch nicht. Denn der Fechtner setzt sich ebenfalls auf sein Bett, und zwar neben die Irmi Haber, und legt nüchtern und mit finsterem Gesicht den Arm um ihre Schultern.

Am Fensterbrett hockt der Much Heinberger. Auf dem Ofen stehen einige Flaschen. Der Much deutet fragend darauf, aber ich schüttle den Kopf und halte die meinige fester. Schließlich hat sie mich fünfzig Schilling gekostet.

Das Kabinett ist lang und schmal; am Boden liegt ein abgetretener Läufer und ein Diwanpolster. Auf dem Diwanpolster sitzt Gisela Trubisch, schaut länglich aus, wie von Modigliani erfunden, und provoziert durch ihre bloße Gegenwart. Ihr Hiersein ist ein Schock für mich. Denn erstens ist sie um mindestens zehn Jahre älter als der älteste der hier Anwesenden, und zweitens kann ich mir durchaus nicht erklären, wieso sie überhaupt da ist. Wir grüßen einander; sie neigt den Kopf und lächelt kurz – nicht mehr. Das ist alles und genug. Besser ist unsere Bekanntschaft nicht. Ich kenne sie von überall, wo es nicht gerade fechtnerisch hergeht. Sie ist immer allerorts eingeladen und weiß jedes von jedem; man fürchtet ihr hemmungsloses Mundwerk und ihre Informationen und lädt sie dennoch immer ein. Sie ist nicht unterhaltsam, auch nicht intelligent, und findet doch stets alles heraus, versteht es außerdem ausgezeichnet, panikartige Kurzschlußreaktionen hervorzurufen und – selbstquälerische, lustbetonte Exhibitionen. Ihrem Wesen nach ist sie eigentlich parasitär: Sie hat nichts allein ihr Zugehöriges, außer ihrem Gift. Heut, vier Jahre nachher, möcht ich sagen, die Trubisch ist eine Sadistin und der Schelnhausen ein Masochist gewesen, fürchte aber, daß das eine unerlaubte Vereinfachung ist. Selbstquälerische, lustbetonte Exhibitionen, das meine ich natürlich nur im übertragenen Sinn; daß es auch im direkten gestimmt hat, habe ich damals nicht gewußt. Mir war das Verhältnis dieser Frau zu Schelnhausen und was sie mit ihm getrieben hat, damals auf dem Fensterbrett neben dem Much Heinberger, noch unbekannt; ich habe das alles erst viel später erfahren. Aber ich kann mein damaliges Wissen von meinem heutigen, vollständigeren, nicht so genau auseinanderhalten, wie es eigentlich notwendig wäre; es geraten mir immer Vorwegnahmen hinein, die für mich nur auf dem Standpunkt möglich sind, von dem aus ich dies schreibe – eine Woche nach der Hochzeit des Fritz Haber, als ein gewisser Günther Vierl schon längst seine verheerende Wirkung in meinem Heime auszuüben begonnen hatte und ich seine kindischfrechen Gemeinheiten, die ich bei unerschütterter Moral natürlich kurzerhand abzuschneiden vermocht hätte, eigentlich nur zum Vorwand genommen habe, um jetzt schon und verfrüht Urlaub zu nehmen, meinen Schreibtisch im Ministerium mit einem Schreibtisch in der Villa meines Onkels vertauschend, wo ich, von Äußerem ungestört, endlich versuchen kann, Klarheit zu finden. Der Vierlinger begeht also seine Verbrechen mit dem Fernsehapparat – und prompt wird die zwingende Notwendigkeit nach Abrückung von allem akut.

Und also sitze ich jetzt beim Onkel Albert im Steirischen und versuche, mir alles herunterzuschreiben. Ich weiß, daß ich meiner Aufgabe, die mich von einer Gelegenheit zur anderen, ihre Lösung zu beginnen und fortzusetzen geradezu gezwungen hat, ausgewichen bin. Aber weiß ich auch warum? Ich habe endgültig versagt, nur dessen bin ich sicher, weil beim Fechtner ein Schlußpunkt gesetzt wurde, hinter dem keine Prosa mehr weitergeht. Aber wieso habe ich versagt? Wo habe ich versagt? Wann hat dies alles begonnen? Es hätte keinen Sinn mehr, jetzt noch die Verantwortung auf mich zu nehmen, die ich vordem so beharrlich abgelehnt habe: erstens, weil mir der Fechtner heute genauso unsympathisch ist, wie er's mir immer war, und zweitens, weil ich bei aller Beteiligung doch im Grund stets bloß meine Neugierde befriedigen wollte – mehr nicht, weil es mir auch jetzt in erster Linie um mich und nicht um ihn geht. Die Frage ist, ob ich, der ich als einziger fähig zur Intervention gewesen wäre, deshalb auch wirklich dazu verpflichtet gewesen war.

Ich war tatsächlich durch meine äußeren Errungenschaften wie durch meine Embleme – für den Fechtner hat's ja nie andere Legitimationen gegeben – die einzige Autorität, welche die andere, Schelnhausische, aufzuheben vermocht hätte. Gleicher Stand und Wert, guter Studienverlauf, erfolgversprechende Karriere, sichere Lage im Leben – die Möglichkeiten innerer Querlagen bei äußerer Lebensglätte ist dem Peter Fechtner ja nie in den Sinn gekommen.

Ich aber habe nichts getan. Weder dafür noch dagegen. Oder ist eine Zustimmung, ein Ja ohne nähere Begründung – die hat ja der Haber besorgt, nicht ich – doch als verbindlicher Auftrag des Antwortenden an den Fragenden zu verstehen, seine schlimmsten Befürchtungen als berechtigt anzunehmen?

Es gilt jedenfalls festzustellen, was ich falsch gemacht oder zu Unrecht unterlassen habe; ich muß es tun, keine Ausrede hilft hier, auch nicht die Verteidigung, daß zum Beispiel die Party in der Party eben eine jener Situationen war, in denen alles falsch sein muß, was man tut oder unterläßt, weil dem Grundfehler, der Tatsache der eigenen Anwesenheit, nicht mehr abzuhelfen ist. Ich muß mir die Angelpunkte des Geschehens ansehen, und kein anderes Ziel als das der größten Genauigkeit darf dieses Referat, solange ich mit seiner Niederschrift beschäftigt bin, verfolgen.

3

Der Plattenspieler verstummt. Jemand klopft. Es ist plötzlich so still, daß man das Klopfen an der Türe deutlich hören kann. Lotte Luss, die Gugelhupibäckerin, steht auf, dreht den Schlüssel um und öffnet. Hinter dem Eintretenden schließt sie sofort wieder ab und steckt den Schlüssel ein. Der Eintretende ist Hubsi Lerch, bleich, aber wieder einigermaßen in der Senkrechten. »Der Schelle telefoniert noch«, sagt er. Erst aus der plötzlichen Stille und seinen Worten, die das Warten unterbrechen, bemerk ich, daß wir das tun.

Lotte Luss, rundäugig und aus schon fast apathisch gewordener Betrunkenheit gerissen, nimmt die kleine Aktion des Türöffnens zum Anlaß, dieser noch eine Aktion anzuhängen oder vielmehr eine frühere, fehlgeschlagene Aktion wiederaufzunehmen. Sie geht aufs neue mit ihrem sauber aufgeschnittenen Gugelhupf hausieren. Und zwar zu Chensky samt amerikanischer Entourage.

»Leider«, sagt der Leihmeister, nachdem er das saubere, lockere Gebäck mißtrauisch betrachtet hat, »leider hab ich lockere Mandeln. Ich würde pampfen. Letzteres ist aber mit meiner Lebenshaltung, die im wesentlichen durch rein ästhetische Richtlinien bestimmt wird, nicht in Einklang zu bringen.« – »Oh, thank you; later maybe; thank you, we appreciate it, really«, lächeln Patsy und Beulah. Sie langweilen sich nur deshalb nicht, weil der Leihmeister ständig mit ihnen flüstert und beiden fleißig in ihre Gläser nachschenkt; der Fechtner hat übrigens auch schon zu trinken begonnen; sie trinken alle Wermut. Pur, wie ich mit Schaudern bemerke. Von Chensky und den Vereinigten Staaten abgewiesen, kommt Lotte Luss zu mir. Im Kreisring des Gugelhupfes gähnt noch keine Öffnung. Ich müßt also die Finger zwischen die ohne Abstand stehenden, bröslign und zuckrigen Teile zwängen, um mir eine Schnitte zu nehmen. Da ich aber schon bei der bloßen Überlegung einer derartigen Handlung Brösel und Zucker unter den Fingernägeln spür, außerdem Gugelhupf überhaupt nicht mag und mir überdies das hingehaltene, sanftgeordnete, hausmütterliche Backkunstprodukt im höchsten Maße fehl am Platze erscheint, lehne ich ebenfalls ab.

»Aber schön ist er«, füg ich, hastig tröstend, hinzu, weil ich jetzt schon Tränen in ihren Augen zu sehen glaub. Ich hätt sie nicht trösten dürfen. Denn nun setzt sie sich neben mich aufs Fensterbrett, so daß ich den Much fast verdrängen muß; »Orsch, orsch!« sagt der empört, und jetzt schaut sie mit zitternden Lippen auf den Fechtner-Peter, der die kichernde Schwester vom Haber bereits eindeutig handhabt – aber bei sichtlich noch immer unaufgelockerter Gemütsverfassung. Er ist so verkrampft, daß ich eine Sekunde lang geradezu die groteske Vorstellung hab, er zwingt sich dazu.

»So ist er!« flüstert meine Nachbarin weinerlich.

»Stellen S' doch den Gugelhupf weg«, sag ich, um sie abzulenken. Sie tut's. Ich schenk ihr von meinem teuren Sauerampfer ein.

Der Hubsi setzt sich auf den Drehsessel vor dem Tisch und beginnt, darauf spielerisch zu rotieren, gibt's aber bald, noch eine Schattierung bleicher werdend, auf.

Das Warten dauert an.

»Ich versteh ihn wirklich nicht!« sagt Lotte Luss, ohne sich die Mühe zu nehmen, die Stimme zu senken; es ist dies, eine halbe Stunde später, auch gar nicht mehr nötig, denn draußen plärrt gleichzeitig der Plattenspieler los.

Wir warten immer noch, doch ist diese Tatsache nicht mehr so deutlich wie vorhin, beim zeitweisen Abhandensein der lautstarken Geräuschkulisse.

Diese Lotte Luss scheint mir ein Mädchen zu sein, das, im Zustand der Kümmernis, nur dann getröstet werden darf, wenn man, furchtlos, die unabwendbare Folge davon, nämlich, sie nachher auf den Hals zu kriegen, nicht scheut. So furchtlos bin ich nicht. Mein Fehler war, den Gugelhupf nicht schroff genug zurückgewiesen zu haben. Ich hör mir also eine Weile an, was sie über die Herzlosigkeit des Fechtner-Peter zu berichten weiß, bis sie einmal Atem holen muß, und dann hak ich geschwind mit einem apropos de bottes ein und frag sie, was es mit dieser Triumph-Party vom Fechtner eigentlich für eine Bewandtnis hat.

»Er hätt durchfliegen sollen«, sagt sie.

»Der Fechtner-Peter?« frag ich erstaunt.

»Ja, aber nicht am End, weil er nichts gekonnt hätt.«

Der Fechtner-Peter kann immer alles, das weiß ich, er kann nicht nur immer alles, er kann's auch noch besser. Das hat ihn schon immer unbeliebt gemacht. Und da er auch sonst einige kleine Eigenheiten besitzt, die ihn nicht geradezu sympathisch erscheinen lassen, ist es eigentlich wirklich ein Wunder, daß es ihm möglich war, so lange unbeschädigt herumzulaufen.

Also, erzählt die Luss, noch immer verzweifelt zum Peter und der Irmi Haber hinüberstarrend, es hätte da ein Mädchen auf der W. H. gegeben, Thesi Ledenig, eine mit herzlich wenig Chancen, bei einer Klausur durchzukommen. Diese Thesi wäre mit dem Hubsi Lerch gegangen, und der Fechtner hätte sie dem Hubsi, unter dem Vorwand, mit ihr zu lernen, ausgespannt. Sobald ihm das geglückt war, hat er natürlich nicht mehr mit ihr gelernt, sondern was anderes gemacht, wodurch sich die ohnehin sehr spärlichen Prüfungschancen der Ledenig weiter vermindert haben. Als sie dann endlich draufgekommen ist, daß das noch eine Katastrophe gibt, hat ihr Herr Peter Fechtner einfach geraten, nicht anzutreten. Sie hat aber antreten müssen, weil ihre Eltern sie vor die Alternative gestellt haben: entweder Prüfungserfolg oder heim nach Graz. Deshalb hat sie vom Fechtner verlangt, er soll ihr beim Schummeln helfen. Der Fechtner hat ihr das weder zugesagt noch abgeschlagen, er ist nur auf einmal nirgends mehr für sie anzutreffen gewesen. Die Ledenig hat sich aber nicht entmutigen lassen. Sie ist angetreten und hat es fertiggebracht, im Prüfungsraum den Platz hinter ihm zu erobern. So ist sie ihm im Genick gesessen und hat ihn dauernd sekkiert, er soll sie um Gottes willen jetzt nicht im Stich lassen. Die von ihr benötigte Unterstützung wäre aber darauf hinausgelaufen, daß er ihr selbst die ganze Arbeit hätte schreiben müssen, also hat er sich geweigert. Sie hat aber nicht lockergelassen und ist schließlich so laut und auffallend geworden, daß der Assistent schon geschaut hat. Deshalb hat ihr der Fechtner, Kavalier, der er ist, geschwind auf einen Zettel ein paar Richtlinien aufgeschrieben, obwohl er gewußt hat, daß es aussichtslos ist. Daraufhin hat sie ihm einen Zettel über die Schulter geschoben: Wenn du mir nicht besser hilfst, werde ich so deutlich, daß wir beide wegen Schwindeln durchfallen. – Aber so leicht fängt man einen Fechtner nicht. Der Peter hat sich nämlich einfach umgedreht, hat ihr geschwind seinen Zettel, das einzige Beweismaterial, weggenommen und ist hinaus zu dem Assistenten und hat gesagt, auf seinem Platz sieht er schlecht, ob er sich nicht ganz vorn hinsetzen kann. Und dort hat er dann die Klausurarbeit beendet. Die Thesi ist durchgeflogen und zurück nach Graz befördert worden. Der Fechtner hat ein »Sehr gut« gekriegt. Als er die Arbeit abgegeben hat und hinausgeht, er war als erster von allen Prüfungsteilnehmern mit seinen Fragen fertig, stehen draußen der Hubsi und der Schelle. Der Hubsi hat sofort gefragt: »Du bist doch nicht am End durchgefallen? Ja, beim Schwindeln darf man sich eben nicht erwischen lassen!«

»Ich bin nicht durchgefallen«, sagt der Fechtner. »Weshalb glaubst du, daß ich durchgefallen bin?«

Jetzt hat der Hubsi, aber sichtlich mühselig, zu lügen angefangen, mit »weil du jetzt schon herauskommst« und so, hat aber natürlich nicht verhindern können, daß dem Nichtdurchgefallenen ein Licht aufgegangen ist. Dieses Licht war aber so ungeheuerlich, daß er es nicht so recht hat glauben können.

»Er hat nicht glauben können, daß er diese Thesi dem Lerch nicht ausgespannt, sondern daß im Gegenteil der Hubsi sie ihm angespendelt hat? Kurz, daß der Schelle diese Ledenig-Sache mit Hilfe des lendengewaltigen Hubsi inszeniert hat, nur, damit der Peter durchfliegt?« unterbrech ich meine Berichterstatterin. »No, das ist doch offensichtlich und dem Schelnhausen durchaus zuzutrauen! Ich könnt Ihnen da was erzählen von unserer Maturafeier und einer Kartenpartie – aber, daß der Fechtner den Schelle und den Hubsi dann eingeladen hat, auf seine Party, das versteh ich nicht –.«

Doch sie hört nicht auf mich, denn jetzt ist der Fechtner mit der Irmi, eng umschlungen, nach hinten umgefallen; ihre Oberkörper werden von den davorsitzenden übrigen Bettbewohnern, nämlich vom Chensky plus USA und dem Haber, verdeckt. Man sieht nur vier strampelnde Beine.

Die Lotte Luss, bebender Lippe, springt auf. Ich trink verzweifelt direkt aus meiner Flasche, weil ich dabei die Augen zumachen kann.

»Orsch, orsch«, sagt der Much beunruhigt. Aber es passiert noch nichts, weil es jetzt wieder klopft. Sofort richtet sich der Fechtner auf, streicht sich über das Haar und ist ganz gespannt. Die Irmi taucht erst eine Sekunde später auf und hat an ihrem Lippenrot zu reparieren.

»Lotte, sperr auf«, sagt der Fechtner.

Die Luss bebt zwar noch immer an den Lippen, gehorcht ihm aber sofort, das arme Knöderl. Ich glaub, der Peter müßt mit dieser Irmi erst vor ihren Augen in das Bett gehen, auf dem er sitzt, seinen Arm um den Hals der Haberischen, aber mit verkniffenen Lippen, bevor ihm eine Lotte Luss eine zündet, ihren Gugelhupf einpackt, abfahrt und ihre Romanze als beendet betrachtet.

Der Schelle, als er bei der Tür hereinkommt, schaut nachdenklich drein. Er blickt kaum auf, als er mich sieht, nickt nur und sagt: »Servus, Schwengkh. Du bist auch da? No ja«, und beginnt sofort im Zimmer auf und ab zu gehen, vor sich auf den Boden sehend. Der Hubsi zündet eine Zigarette an, erhebt sich halb vom Drehsessel und hält sie dem Schelle hin; der nimmt sie, ohne zu danken, streicht die Haare aus der Stirn, macht einen tiefen Zug und hebt endlich den Kopf – und jetzt bleibt er stehen. Er ist sommerlich leicht gekleidet, hellgrau; gelassen, in jeder Falte des schlichten, aber sichtlich nicht billigen Stoffes bewohnt er sein Gewand: Er trägt es nicht zur Schau, er trägt es. Weiß ist der Schelnhausen im Gesicht, wie eh und je, bleicher noch als der Hubsi, dessen Teint im Augenblick doch eher schon ins zart Nilgrüne hinüberspielt. Er hält sich wie ein Athlet und hat doch nichts von der sicheren, geraden Kraft des Sportlers an sich. Er ist nicht stark, muß ich denken. Aber er kommt immer stark zur Wirkung.

»Du hast mich gefragt, warum ich diese Einladung angenommen habe«, beginnt er und schaut die Gisela Trubisch an, die langsam raucht und gelangweilt, aber geduldig ihr halbvolles Glas zwischen den Fingern dreht. Er schaut die Trubisch an, aber dennoch weiß ich, daß er zum Fechtner spricht, wie das jeder im Zimmer weiß; ich hege nicht den kleinsten Augenblick die Vermutung, daß seine Worte sie angehen; eine Tatsache, die mir nur in der Erinnerung seltsam erscheint, damals war sie es keineswegs. »Ja«, fährt der Schelle fort, »und als ich dir antwortete, daß das doch selbstverständlich ist, weil ich im Falle eines Mißerfolges deiner Klausurarbeit eine dann immerhin auch möglich gewesene Verzweiflungsparty – derlei Feste pflegst du ja, wie ich hörte, auch zu feiern – niemals besucht hätte, stelltest du als zweite Frage: ›Was heißt hier selbstverständlich?‹ Die dritte Frage war, wie sich meine Bemerkung ›Schade, daß du nicht durchgefallen bist‹ auf meine Gratulation zum Prüfungserfolg reime, wobei du ziemlich deutlich durchblicken ließest, daß du der Vermutung wärst, ich hätte durch Hubsi und dieses Fräulein Ledenig versucht, deine Klausur – no, sagen wir einmal – negativ zu beeinflussen.« Jetzt wendet sich der Schelle direkt an mich: »Ich rekapituliere jetzt hauptsächlich, um dich über unser Gespräch vor meinem Telefonat zu informieren; damit du mitkommst, lieber Schwengkh. Das ist notwendig, weil ich hoffe, daß du meinen Ausführungen zustimmen wirst, und diese Zustimmung ist wieder notwendig, weil der Peter mir mißtraut, dir aber nicht, weil er dich für normal und mich für abnormal hält; wir beide haben aus Gründen, die so lächerlich sind, daß ich sie nicht anführen will, in seiner Einschätzung das gleiche Gewicht – du kennst die lächerlichen Gründe eines Menschen, der nur ad hominem argumentiert und sich nur ab hominibus überzeugen läßt. Wenn du dich auf seine Seite stelltest, würden unsere Gewichte einander sozusagen aufheben, wodurch alles, was ich jetzt sagen werde, wirkungslos werden würde. Es soll aber nicht wirkungslos sein. Alles, was wirkungslos ist, ist sinnlos. Aber alles, was Wirkung hat, hat Sinn. Nur muß man den Sinn finden und vermitteln können. Dann kann man richtige Anstöße geben. Ich möchte dem Fechtner richtige Anstöße geben; vielleicht kann ich ihm dadurch sogar helfen. Ich versuche jetzt, ihm zu helfen. Schwengkh, hilf mir dabei. Oder: hilf uns dabei, denn dem Peter hilfst du ja damit auch. Freilich nicht so, wie er geglaubt hat, als er die Notwendigkeit entdeckte, dich aus der misera plebs« – er deutete nach der Tür, hinter welcher die Party brauste – »in den kleineren Kreis wertvoller Menschen zu holen, in welchem ich, ohne Schaden im Gedächtnis der Umwelt für ihn auszurichten, ruhig perorieren kann. Schau nicht so dumm, lieber Schwengkh, er meint das so. Er hat mir die vorhin aufgezählten Fragen schon draußen gestellt, allerdings wesentlich schlampiger, erst im Hin und Her und mit meiner Unterstützung ist es ihm gelungen, sein Anliegen so weit zu präzisieren, daß er die wortmäßige Entsprechung dazu in den eben erwähnten drei Punkten gefunden hat. Draußen aber ließ er mich keineswegs ausreden, schon weil ihn seine übrigen – no, sagen wir einmal – Gäste gleich so eigentümlich betrachtet haben, kaum daß ich ein paar Sätze gesagt hab. No ja. Das war also der Hauptgrund meiner Rekapitulation. Der Nebengrund ist der, daß ich auch den übrigen Anwesenden das Fechtner-Anliegen, wenigstens, wie sich's in Symptomen darstellt, noch einmal vorführen wollte, damit sie dem, was ich nun sagen werde, besser folgen können.«

Er nickt mir freundlich zu und beginnt wieder langsam auf und ab zu gehen, vor sich hin auf den Boden sehend. »Ich lege auf das ›Symptome‹ in unserem Zusammenhang großes Gewicht, denn etwas anderes als Symptome des eigentlichen Anliegens sind die drei Fragen nicht. Um aber dein Mißtrauen, Schwengkh, zu zerstreuen – seines kann ich nicht zerstreuen, muß ich diese Fragen, so läppisch sie sind, doch beantworten, damit wir dann endlich zu dem, was wirklich wichtig ist, gelangen können.«

Er geht zum Ofen, nimmt einen dort hinter den Flaschen versteckt gewesenen Cognacschwenker, läßt sich vom Much einschenken, trinkt und nimmt seine Wanderungen, die ihn von dem Bett bis zur Trubisch und zurück führen, wieder auf.

»Frage eins: Warum habe ich deine Einladung angenommen? Antwort: Ich mußte sie annehmen. Du hast nicht erwartet, daß ich sie akzeptieren *könnte*. Du glaubtest, über mich – über die Ledenig und den Hubsi – einen Sieg errungen zu haben. Du dachtest, deine Einladung wäre Hohn. Ich hätte nein sagen sollen, und du hättest mich ausgespottet und meine Ablehnung als Beweis meines schlechten Gewissens angesehen. Wir kommen also zu dem bemerkenswerten Fund, daß du, mein schlechtes Gewissen voraussetzend, Hohn produziert hast, um eben dieses mein schlechtes Gewissen festzustellen. No ja. Schön. Du merkst also, warum ich sagte: ›du *dachtest,* deine Einladung wäre Hohn.‹ Sie war es nicht. Sie kam aus jenen Schichten, zu denen du dir den Zugang verweigerst, sie kam aus dem unterdrückten Wissen, daß du Hilfe nötig hättest. Alle deine sogenannten Ziele hast du erreicht, und das, was noch ausständig ist, wirst du zweifellos auch noch erreichen. Dennoch bist du nicht zufrieden, und das mit Recht, weil du auf die Art, wie du's gegenwärtig treibst und immer schon getrieben hast, das Leben eines Menschen versäumst. Was dir fehlt, ist der Mut zum ungewissen, zweifelnden Schritt hinaus über die Grenze des Sicheren, der Griff ins Irreale. Das ist dein Grundproblem. Dein Hauptproblem aber ist, daß du dir dein Grundproblem nicht zugibst, ja einfach seine Existenz leugnest. Diese Unterdrückung ist die wesentliche Gefahr für dich, diese Gefahr mußt du erkennen!«

»Entschuldige, Schelle«, unterbreche ich und merke mit Unbehagen, daß meine Stimme flink und stolpernd und fast schneller als meine Gedanken läuft, »aber jetzt muß ich dich unterbrechen, weil ich das angebliche Fechtner-Grundproblem nicht ganz versteh. Erklär mir das, bitte.«

Der Schelnhausen schaut den Fechtner an, während er seine Zigarette in den Aschenbecher ausdrückt, den der Hubsi in der Hand hält. Er nimmt, wieder ohne zu danken, eine neue angezündete Zigarette von seinem Famulus und sagt: »Lieber Fechtner, verstehst du's?«

»Nein.«

Der Schelle seufzt.

»No«, sagt der Chensky plötzlich, »ich weiß schon, was du meinst, aber glaubst du nicht, daß die Beantwortung der drei Fragen durch dich eigentlich noch immer ausständig ist? Als nicht ganz so gescheiter, eher schlichter Edelmann glaub ich doch feststellen zu können, daß du die ganze Zeit ausweichst, und zwar durch Angriff. Das kommt mir unehrlich vor und eigentlich nicht geeignet, Vertrauen zu deinen Behauptungen zu erzeugen. Weder beim Schwengkh noch beim Fechtner.«

»Lieber Chensky, ich fürcht, du kannst einer weiter gespannten Periode nicht folgen, ich bin ja noch am Anfang, bei der Einleitung sozusagen, hast du das nicht bemerkt? Dein Einwand ist sinnlos.«

»Aber wirksam«, möcht ich sagen, sag's aber nicht, weil's nicht stimmt; ich merk, daß den Fechtner der Einwurf des Leihmeisters keineswegs aufgeheitert hat.

»Also«, sagt der Schelnhausen zu mir, »zum Fechtnerischen Grundproblem: Unser Freund hat einen Haufen sehr positiver A-priori-Qualitäten: eine schnell erfassende Intelligenz, ein gutes Gedächtnis, Zahlengefühl und immensen Fleiß, all das *hat* er, wie ein Mensch eine Glatze oder sehr scharfe Augen hat. Wie ein Klavier eine beschränkte Anzahl von Tasten hat. Auf diesen Tasten kann der Peter zweifellos meisterhaft spielen. Ich bin der festen Überzeugung, daß er's noch zum Virtuosen auf seiner Klaviatur bringen wird, wenn er's nicht ohnehin schon ist.

Aber das, was ich verurteile, ist, daß er gar nicht darüber hinaus *will*, er beschränkt sich auf die ihm sozusagen angeborenen Tasten. Er weigert sich, die Notwendigkeit des heroischen Versuchs zuzugeben, obwohl er um diese unbedingte Notwendigkeit, die den Menschen erst als Menschen und nicht als Herdenvieh bestimmt, durchaus weiß – sonst wäre ich nicht hier, sonst würde er mir gar nicht zuhören. – Hier wird seine Krankheit deutlich, denn er ist dennoch nicht bereit, nach der nächsten, nicht mehr vorhandenen Oktave zu greifen. Er weigert sich, die Notwendigkeit dazu anzuerkennen. Er sagt: Es gibt sie nicht. Und weiß es gleichzeitig besser. Denn es *kann* diese Oktave doch geben, nämlich, wenn man sie sucht. Nur ist der Griff danach gefährlich – wie jeder Griff ins Irrationale gefährlich ist, aber dennoch getan werden muß. Man muß dort weitergehen, wo's nicht weitergeht! Der Erfolg eines Unternehmens ist nie das Kriterium seiner Größe gewesen. Im Gegenteil: Nur der von Anfang an zum Scheitern verurteilte Versuch ist, wenn er, im bewußten Wissen um diesen Umstand, trotzdem unternommen wird und aus freiem Willen, wahrhaft groß und wahrhaft menschlich. Der heroische Versuch ist der denkbar äußerste Gegensatz des Selbstmordes, denn dieser wird unternommen, um ein Ziel zu erreichen: die eigene Auflösung. Jener aber, der von vornherein als zum Scheitern verurteilt gewußt wird, ist zielfrei, er wird nicht unternommen, *weil* er, sondern *obwohl* er erfolglos sein muß. Er stellt die bis zur gerade noch erreichbaren Spitze vorgetriebene Möglichkeit der Leugnung des Ziels in Handlungen und Unternehmungen dar. Wir sehen uns dadurch in die Lage versetzt, den Begriff ›sinnlos‹ endlich richtig zu definieren, und finden dabei, daß er einfach ein Synonym des Begriffes ›wirkungslos‹ ist. Dem Menschen geht es immer um neue Wirkungen, nicht um durchaus gewußte und deshalb vorwegnehmbare Ziele. Darum darf er sich nicht in den Grenzen seiner bereits gesicherten Fähigkeiten verkapseln, sondern muß den Griff darüber hinaus nach dem – Mißerfolg tun.« Der Schelle trinkt seinen Cognac aus und sagt, die Zähne aufeinandersetzend, als wolle er etwas abbeißen: »So erkläre ich das FechtnerGrundproblem: ›Schade, daß du nicht durchgefallen bist‹, bei nachfolgender Gratulation zum Prüfungserfolg. Denn, wer seine Klaviatur als Virtuose beherrschen gelernt hat, wie's deine Klausur erwies, Fechtner, dem ist ohne weiteres zu gratulieren. Aber wer nach der nicht vorhandenen Oktave sucht, der ist aus vollem Herzen zu beglückwünschen.« Er macht eine kleine, nachdenkliche Pause. »Leider konnte ich dich nicht beglückwünschen. Deshalb mein ›Schade, daß du nicht durchgefallen bist‹.«

»Und was wäre im Falle seiner Klausur der spezielle heroische Versuch gewesen, zu dem du ihn beglückwünscht hättest?« fragt plötzlich der Haber-Fritz und schaut, den Kopf unsicher erhebend, auf. Es sind das die ersten Worte, die ich ihn heute sprechen höre.

»Der Thesi Ledenig zu helfen«, sagt der Schelle einfach. Das ist sogar dem Much Heinberger zu arg. »Orsch, orsch!« sagt er.

Dem Schelle ist es zwar gelungen, seinen durch das Beispiel der »nächsten, nicht mehr vorhandenen Oktave« verdeutlichten abstrakten Begriff »heroischer Versuch« durch die Feststellung seiner Möglichkeit auch im Konkreten zu bestätigen, was für die Stichhaltigkeit aller gut klingenden und wirkenden Begrifflichkeiten immer entscheidend ist (für mich wenigstens), denn nur die besondere Anwendbarkeit nehme ich als Echtheits- und Wahrheitsprobe einer allgemeinen Behauptung wie eines Begriffes – aber trotzdem: Ich kann mir nicht helfen, ich habe doch und dennoch das Gefühl, der Schelle hat sich mit seinem »heroischen Versuch« nur herausgeredet.

Aber hätte ich gesagt: »Das ist doch ein Blödsinn!«, was meine feste Überzeugung war, hätte er mir geantwortet: »Das ist eine Behauptung und kein Einwand; erkläre uns, wie du zu ihr kommst«, und dann wär ich dagestanden. Denn mit der Dialektik hapert's bei mir meistens. Insbesondere, wenn ich alkoholisch so weit beeinflußt bin, daß ich unehrliche Mundargumente noch nicht und ehrliche Hirnargumente nicht mehr produzieren kann. Also sag ich, als mich der Schelle fragend anschaut, laut: »Ja.«

Der Haber wendet sich zum Fechtner, der die Irmi losgelassen hat und bloß deshalb nicht redet, weil er sich scheut, knödelhaft geformte Sentenzen von sich zu geben, obwohl er sich einbildet, daß er, verfügte er nur über genügend formulative Sprachkraft, ihn ohne weiteres widerlegen könnte – *ihn* widerlegen könnte und nicht das, was der Schelnhausen gesagt hat, welche Tatsache für den Fechtner und die Unbrauchbarkeit seiner Argumente bezeichnend ist. Deshalb sind die Grundlist und die Grundschweinerei des Schelnhausen, nämlich, daß er ungeschickt vorgebrachte Ansichten schon ihrer Ungeschicktheit wegen nicht anerkennt oder, wenn doch, sie dann einfach so lange herumrückt, bis er sie dorthin gedreht hat, wo er sie braucht, für den Fechtner nicht bekämpfbar. Der Haber schaut dem Fechtner zu, wie der zornig und erbittert, aber schweigsam in seinem Gesicht herumrudert, und übersetzt mein Ja: »Der Schwengkh hat dem Schelle recht gegeben.«

»Was noch gar nichts bedeutet, weil der Schelle erst auf eine einzige Frage Antwort gegeben hat«, fällt der Chensky ein.

Die beiden Amerikanerinnen langweilen sich nun doch, aber: Der Leihmeister hält sie fest und läßt sie nicht aus. Die Lotte Luss sitzt halbwegs zufrieden auf der Kante des Schreibtisches, neben ihrem Gugelhupf; halbwegs zufrieden ist sie, weil der Fechtner die Irmi Haber nicht mehr handhabt; sie ist ein bescheidenes Mädchen.

Der Schelle lächelt kurz. »Schön: noch zwei Fragen. Erste: Weshalb bin ich auf deine Party gegangen nach positiver Klausur, und warum wäre ich ›selbstverständlich‹ nie gegangen nach negativer. Nun, mir liegt nicht daran, deinen Umgang zu suchen, weil mir dein Typus unsympathisch ist. Aber lassen wir das einmal und beschäftigen wir uns lieber mit der nicht eingetretenen Alternative: Bei negativem Ausgang hättest du den Griff ins Irrationale ja tatsächlich getan, der Durchfall wäre dieser Griff bereits gewesen, eingetreten durch eine Hilfeleistung für jemand, dem nicht zu helfen war. Dann hättest du mich selbstverständlich nicht gebraucht, weil es dann sehr wahrscheinlich gewesen wäre, daß du dich selbst, diese Sache als Anstoß nehmend, richtig zusammengerenkt hättest. Du hättest mich nicht gebraucht, und ich hätte deine Gegenwart mit einem Gefühl der Erleichterung meiden können. Aber, da die andere Möglichkeit eingetreten ist und du dir im Gegenteil einen Pseudosieg erkämpft hast, mußte ich kommen. Schon weil's gegen deine Erwartung war, daß ich kam. Weiterhin, weil ich dir helfen muß, obwohl dir wahrscheinlich nicht geholfen werden kann. Das ist sozusagen mein ›heroischer Versuch‹. Erschrick nicht, es besteht dennoch durchaus noch Hoffnung für dich, eine geringe Hoffnung allerdings – so läuft deine Hoffnung mit meiner Verpflichtung in gleicher Richtung, und du kannst davon profitieren, auch wenn ich dir genauso unsympathisch bin, wie du es für mich bist, und trotz der Tatsache, daß du mich für deinen Feind hältst. Ich bin es nicht. Glaubst du, daß ich dein Feind bin?«

»Ja«, sagt der Fechtner sofort.

Der Schelnhausen schaut mich an: »Glaubst *du,* daß ich sein Feind bin?«

»Nein«, sag ich. Ich hab es damals wirklich nicht geglaubt. Ich hab den Schelle nur für recht überspannt gehalten.

»Siehst du«, sagt darauf der Haber zum Fechtner. Der Fritz hat anscheinend endgültig die Rolle des Dolmetschers übernommen; mir kommt vor, daß der Schelle bald nicht nur den Hubsi zum Famulus haben wird, sondern den Haber auch.

»Zweite und damit letzte Frage«, fordert der Chensky beharrlich.

Der Schelle lächelt sanft. »Lieber Leihmeister, würdest du mir diese zweite Frage noch einmal wiederholen?«

Der Leihmeister setzt an, schweigt dann aber verwirrt; offensichtlich hat er sie vergessen.

Der Schelle seufzt kopfschüttelnd. »No ja. Die erste Frage war, wie du dich erinnern wirst, weshalb ich seine Einladung angenommen habe. Ich antwortete, daß ich sie selbstverständlich annehmen mußte' schon weil ich im Falle des Mißerfolges seiner Klausur niemals gekommen wäre. Worauf seine zweite Frage erfolgte und ›Was heißt hier selbstverständlich?‹ lautete. Nun, ich glaub, ich hab auch das, zusammen mit der ersten Frage, zufriedenstellend beantwortet. Oder? Schwengkh?« dreht er sich zu mir.

»Ja«, sag ich, ihm zum dritten Mal zustimmend. Ich weiß zwar nicht, ob er recht hat, aber das ist mir jetzt ganz egal. Ich mag nicht so blöd dasitzen wie der Chensky. Ich kann ihm nicht widersprechen, weil ich nicht mehr argumentieren kann; ich bin gründlich betrunken. Das merk ich aber ganz schlüssig erst, als der Fechtner aufspringt, zu mir rennt und mich bei den Schultern packt, so daß ich auch aufstehn muß. So stehen wir, aneinandergeklammert, und schwanken hin und her, denn er ist ebensosehr betrunken wie ich.

»Glaubst du wirklich, daß der Schelle recht hat, mit allem?« fragt er mich eindringlich und ist genauso alkoholisch aufgeweicht und widerlich wie wir alle, und nichts ist mehr übrig von seiner früheren befremdlichen Nüchternheit und finsteren Wohlgeordnetheit, denn der Leihmeister hat ihn fleißig mit Wermut traktiert, er ist jetzt genauso aus den Fugen und der normalen Logik wie wir alle – mit Ausnahme des Schelnhausen natürlich, und der Giftspinne, der Gisela Trubisch.

»Wirklich?« wiederholt der Fechtner heiser. Ich spür, wie es mir kalt über den Rücken läuft, und erschrecke fast, bis ich draufkomm, daß das nur die kühle Luft aus dem Lichthof ist; das Fenster ist offen. Er ist mir sehr affrös mit seiner schweißnassen Nase und seinen häßlichen, nie ganz reinen Händen, mit denen er jetzt beschwörend vor mir herumfuchtelt. Was will er ausgerechnet von mir? Ich hab nie etwas mit ihm zu tun gehabt und auch jetzt keineswegs das Bedürfnis, etwas mit ihm zu tun zu kriegen! Natürlich spürt er das, aber gibt ihm diese Tatsache das Recht, von mir Unvoreingenommenheit verlangen zu können? Wie komme ich dazu, hier für ihn Entscheidungen fällen zu müssen! Ich weigere mich, den gerechten, alles bedenkenden Richter zu spielen!

»Ja«, sag ich giftig und verdrossen, als er mich gleich wieder packt, um *sich* festzuhalten oder um *mich* zu stützen. »Ja! Zum Teufel, natürlich hat er recht! Und jetzt laß mich bitte aus.«

Er stolpert zu dem Bett zurück, packt die Irmi und verschwindet wieder mit ihr hinter dem Leihmeister und dessen beiden Amerikanerinnen; die zwei sehen jetzt schon sehr beunruhigt aus. Das Strampeln der Fechtner- und Irmi-Beine ist beträchtlich. Eine Weile sagt keiner was, nur der Fechtner grunzt und die Irmi kichert dumm. Da steht die Trubisch plötzlich auf. »Ich möchte gehen. Das ist ja brechreizerregend! Bring mich bitte nach Hause, Peter! Ich weiß gar nicht, warum ich überhaupt deinen Vorschlag angenommen habe und hierhergekommen bin!«

Der Schelle nickt schweigend.

»Ich schon«, sagt der Chensky trocken. Und fährt fort, obwohl ihm niemand eine Antwort gibt, und am wenigsten die Trubisch, die zur Tür geht, diese aber verschlossen findet und deshalb, sich ungeduldig und giftig auf die Lippen beißend, davor stehenbleiben muß: »Ich schon«, wiederholt er, »Sie sind, verehrte Gnädige, aus dem gleichen Grund hierhergekommen, aus dem Sie dann so lange hier geblieben sind und sich das ganze Theater angesehen und angehört haben. Sie sitzen doch immer Parkett und erste Reihe.«

Mittlerweile ist auch die Lotte Luss vom Tisch gehupft und steht mit geballten Fäusten da, keuchend, und heult: »Ich möcht auch gehen! Peter, bring mich auch hinunter!«

Aber der Fechtner reißt sich nicht los. Er grunzt nur.

»Sperren Sie bitte doch auf!« sagt die Trubisch scharf zu der neben ihr verzweifelt und hilflos fäusteschwingenden Lotte Luss.

Plötzlich schreit der Fechtner ganz laut: »Er ist mir ja nur neidisch, der Schelle! Weil ich recht hab und er nicht, mit seinem ganzen gescheiten Gerede! Ich mach meine Prüfungen, aber er hat sich verbummelt! Ich bin normal innen und außen! Und er muß Body-Building betreiben, weil er sonst äußerlich genauso ein Krispindel wäre, wie er es innerlich ist! Du, Schelle, du hast den Schwarzen Peter verschwinden lassen! Gib mir das Pocket-Book zurück! Ihr könnts mich alle im Arsch lecken! Lotte, schleich dich! Ich brauch dich nicht! Ich brauch euch alle nicht!«

Noch einmal und heute zum letztenmal ereignet sich eine plötzliche Stille, in welcher der Lärm von draußen mit einem Mal ganz deutlich und fremd um uns alle im zigarettenqualmigen Raum steht.

Der Schelle spitzt die Lippen und löst sie voneinander. Das gibt ein schnalzendes Geräusch; es klingt fast wie ein Kuß.

»Ich habe den Schwarzen Peter nicht verschwinden lassen. Aber vielleicht werde ich es noch tun.«

Dann aber entsteht – endlich! – ein furchtbarer Wirbel; der Leihmeister, Patsy und Beulah reden plötzlich gleichzeitig, stehen mit ganz entgeisterten Gesichtern auf, der Haber steht auch auf und reißt seine Schwester halb empor, weiter geht's nicht, er entreißt sie mühsam, aber nur teilweise dem Fechtner, der mit dem Oberkörper auf ihr liegt; die Irmi kreischt, der Hubsi fährt grölend auf seinem Drehsessel Karussell, der Much sagt forgesetzt: »Orsch, orsch!« und hilft dem Haber bei seinem Befreiungswerk, die drei raufen schon beinahe, und die Lotte Luss sperrt nicht auf. Sogar die Trubisch zittert am ganzen Körper; die einzigen Ruhigen sind der Schelle und ich. Der Unterschied zwischen uns ist nur der, daß der Schelnhausen sehr da ist und alles höchst aufmerksam und mit huschenden Augen und grinsend betrachtet, während ich zwar auch ganz da bin, aber besoffen, und viel lieber sehr weit weg wäre.

Während der Much, der Haber, der Fechtner und die Irmi immer noch raufen und ihre keuchenden Streitrufe immer unwiedergebbarer werden, hat der Leihmeister mittlerweile der Lotte Luss den Schlüssel entrissen und aufgesperrt. Der jetzt erfolgende allgemeine Aufbruch ist unbeschreiblich und auch nur noch sehr vage in meiner Erinnerung.

Wie in einer unterkühlten Flüssigkeit, die sorgfältig vor Erschütterung bewahrt wird, der Erstarrungsprozeß hintangehalten werden kann, bis man dann endlich doch an das Glas stippt und dadurch das Ganze schlagartig in seine eigentliche, richtige Natur, nämlich in die plötzliche Erstarrung übergeht, so ging jetzt auch diese Party in der Party durch den Anstoß der Trubisch schlagartig in ihre wahre Natur über, nämlich in ihre sinnlos besoffene, die durch den langen Vortrag des Schelle sozusagen künstlich in einem eigentlich längst schon unhaltbar gewordenen Aggregatzustand gehalten worden war, nur war der Prozeß hier umgekehrt: Der flüssige Zustand ging nicht in den festen, sondern ein zwar wackliger, aber immerhin einigermaßen ruhigkompakter Redner-Zuhörer-Zustand ging plötzlich in den gasförmigen über, und daß das nicht ohne Explosion möglich war, ist verständlich.

Der Explosionsdruck spülte uns rasch, aber schmerzhaft hinweg. No ja, ich bin dann irgendwie und Gott sei Dank geistig und körperlich unbeschädigt nach Hause gekommen und bei fast noch intakter Moral. Der Fechtner aber hat an diesem Abend sowohl die Lotte Luss samt Gugelhupf als auch die Irmi Haber verloren, die er noch gar nicht gehabt hat. Fest steht aber, daß im dunklen Stiegenhaus der Schelle noch etwas zu seinem Famulus, dem schönen Hubsi Lerch, gesagt hat, ganz geschäftsmäßig nüchtern, unbeirrt in seinem dozierenden, überheblichen Tonfall bleibend, und scheinbar gänzlich unberührt von der allenthalben ins Stiegenhaus abstürzenden Party; gesagt hat er's, und ich hab's wohl gehört, während wir über die Stufen hinuntertappten, murmelnd oder fluchend, wobei sich merkwürdigerweise niemand das Genick gebrochen hat, aber auch sofort wieder vergessen, weil es damals noch keine Bedeutung gehabt hat, für mich. Denn ich war noch nicht soweit. Ich war auch nicht bereit. Bereit bin ich zwar nachher auch nicht gewesen, aber ich hätt es wenigstens sein können ... Erinnert daran hab ich mich das erstemal, als ich mit dem Leihmeister in der »Hélène« gesessen bin, nach dem Begräbnis vom Hubsi. Aber der Sinn ist mir erst so richtig aufgegangen, als der Haber die Renate Erber geheiratet hat, ausgerechnet die Renate Erber –.

»Weißt du«, sagt der Chensky so ganz nebenbei, wie wir nachher auf dem Michaelerplatz stehen, während sich drin in der Michaelerkirche, hinten in der Sakristei, die Leute und die Herren »Klassenkameraden« anstellen, dem strahlenden Brautpaar zu gratulieren, genauso, wie wir uns seinerzeit am Friedhof aufgefädelt haben hintereinander, bis zu den Knöcheln im Schlamm stehend, um der weinenden Hilda Krimml zu kondolieren und der Frau Lerch, »weißt du eigentlich, daß wir schon den zweiten auf die Verlustliste setzen müssen, nach dem ersten, dem Hubsi?«

Ich lach, weil ich denk, er macht einen blöden Witz und meint den frisch gebackenen Ehemann drinnen. Aber der Chensky schüttelt den Kopf. »Nein«, sagt er. »Ich meine nicht den Herrn Diplomkaufmann Haber. Ich meine den Herrn Doktor Fechtner.«

Ja, da erst ist es mir eingefallen, *richtig* eingefallen nämlich. Mehr: Da erst hab ich's verstanden.

»... das mit der Notwendigkeit zur Freiheit vom Ziel mag stimmen – ich weiß es nicht. Es interessiert mich auch nicht. Nur die reine, also unpraktische Logik verurteilt das argumentum ad hominem und darf nur jenes ad rem zulassen. Mir geht es jedoch nicht um Beweise, sondern immer nur um Wirkungen. Wirkungen kann man aber bei Existenzen, wie der Fechtner eine ist, nur erzielen, wenn man sich an den Menschen und seine Ansichten wendet und seinen Akzent dort setzt, wo beides klafft, niemals aber an seine Logik. Ich hab heut nur einmal unverschleiert meine Überzeugung und meine Motive ausgesprochen, nämlich, daß es mir allein um Wirkungen geht und daß ›Wirkungslosigkeit‹ und ›Sinnlosigkeit‹ begriffsgleich sind ...«

Damals, am Michaelerplatz, habe ich eine halbe Sekunde lang, im Blitz des jetzt verstehenden Erinnerns, geglaubt, ich hätte den Schelle verstanden.

Kapitel vier Phase vier

1

Der Wagen blieb vorm Haustor stehen, Fritz Haber stieg aus; die Sonne prallte ihm wie der Schlag einer flachen Hand gegen Genick und Schulter. Der Schweiß lief ihm dünn an der Innenseite seiner Arme bis zum Handgelenk. Peter von Schelnhausen hielt noch sekundenlang die Wagentür offen, beugte sich hinaus, rollte mit der Zunge die Zigarette in den Mundwinkel. Die Ärmel des weißen Hemdes waren bis zum halben Unterarm aufgerollt; die Haut seiner Arme war weiß und haarlos.

»Fritz«, sagte er halblaut.

Haber drehte sich um.

Es war später Nachmittag, trotzdem war es heiß; ein Gewitter stand bevor. Die Sonne ritt am letzten Dachfirst, weit hinten: Dort gab es den ersten Schatten. Noch war der Himmel hell, flach absteigend, weiß verwaschen; die Hitze saß tief in der Straßenschlucht, noch von keinem Regentropfen durchschlagen; aber gegen die Innenstadt stieg schon blauschwarz die Gewitterkulisse über die Häuser; der Badetag ging seinem Ende zu. Fritz hob die Hand an die Augenbrauen, um nicht geblendet zu werden. »Ja?« fragte er.

Schelnhausen sah ihn nicht an. Er blickte auf sein Bein nieder, das halb aus dem Wagen hing; er drehte langsam den Fuß im Gelenk. Der braune Halbschuh war staubig.

»Ich wollte dir nur sagen, daß du nicht kommen mußt, wenn du nicht willst.«

Fritz war verblüfft. Er ließ die Hand sinken und beugte sich nieder, um dem fast waagrecht einfallenden Sonnenlicht zu entgehen. Aus der offenen Wagentür stieg ein reinlicher Geruch nach Leder und Motor. »Warum sollte ich nicht wollen? Wenn du die fünf Minuten warten würdest, bis ich umgezogen bin, könnt ich gleich mit dir hinausfahren –.«

»Nein«, unterbrach Schelnhausen. Er zog das Bein ins Auto und rutschte hinüber, hinters Steuerrad. »Du mußt allein kommen, von selbst. Trotzdem.«

»Trotzdem?« fragte Haber; er verstand nichts. »Trotz was?«

Schelnhausen beugte sich nach links, griff nach der Klinke. »Ja, trotzdem. Servus.«

Er warf mit einem kurzen Ruck die Tür zu, der Motor schnurrte, der Wagen glitt davon. Fritz Haber starrte ihm verdutzt nach, warf dann den segelleinenen Zugsack mit den Badesachen über die Schulter und trat achselzuckend ins Haus. Manchmal spinnt er, der Peter, dachte er. Aber schon ziemlich.

Während er die Stufen hinaufstieg, suchte seine rechte Hand die Schlüssel in der Tasche, und als er sie fand, hörte er zu denken auf; nur kleine Erinnerungsbilder fuhren ihm durchs Hirn, Gesprächsfetzen, Antworten, die er gegeben hatte, und solche, die ihm leider nicht eingefallen waren, gestern bei der Feier zu Haus, heute draußen im Bad, allein mit Peter, einmal mit Peter allein, ohne Hubsi; eine rasch unterdrückte winzige, boshafte Befriedigung: Ich hab mein Diplom gemacht, Peter immer noch nicht – und schließlich: Gut, daß nur Irmi zu Hause ist.

Das alles war kein Denken; es fehlte jedes Wägen und Werten, aber er fühlte sich wohl dabei, Dkfm. Friedrich Haber – die neue akademische Würde trug sich recht angenehm. Irmi hatte ihm Visitenkarten geschenkt, Onkel Karl hatte gegrinst: Von mir kriegst du erst welche, wenn du Doktor bist! Mama mit einem Schwipserl, Peter als Gratulant – ein Phänomen unglaublicher als das andere. Sogar Papa hatte sich gefreut. Fritz grinste, als er den Schlüssel ins Türschloß steckte. Er versuchte, ihn umzudrehn, es gelang nicht. Die Tür war offen. Nun wachte er endlich auf, der frisch gebackene Diplomkaufmann. Na warte, Irmi, dachte er. Daß das dumme Mensch auch immer vergißt abzusperren. Er drückte die Tür leise auf, schlüpfte ins Vorzimmer und schwang den »Seesack« von der Achsel. Ganz oben lag die noch feuchte Badehose. Er stellte den Beutel nieder, drehte die Hose zu einer handlichen Keule, in der Absicht, sie der Schwester hinterrücks ins Genick zu klatschen.

Die Sonne malte an die Decke des schmalen Vorzimmers zwei goldene, samtige Streifen, die, mählich breiter und glanzloser werdend, bis zur Eingangstür liefen; die hohe Milchglastür, die ins Speisezimmer führte, war einen Spaltbreit offen, das Licht kam vom Balkon her. Fritz stand horchend zwischen den dunklen Biedermeiermöbeln, die sich sparsam und unregelmäßig an den Wänden reihten; dazwischen fleckte matt die helle Tapete; der Raum ragte oben gerade noch ins immer düsterer werdende Licht, unten sank er bereits in die Schatten des Abends ab; der Winkel der Kleiderablage tauchte schon tief in einen Tümpel

Finsternis; ein Teppich stand aufgerollt in der Ecke. Der Geruch von Bodenwachs und leerer Wohnung war überdeutlich.

Fritz wollte sich schon ins Wohnzimmer schleichen, als er im Schlafraum seiner Eltern gemächliche Schritte über den Parkettboden knistern hörte. Er huschte leise ins Badezimmer, das zwei Türen hatte; die eine ging ins Schlafzimmer, die andere stand offen.

Fritz trat einen Schritt näher, seine Badehose probeweise schwingend, und blieb plötzlich stehen. Decken und Polster des breiten Ehebettes waren über den Boden verstreut, die weißen Vorhänge der beiden offenstehenden Fenster schlugen lautlos flatternd in den Raum.

Irmi lag nackt auf dem verdrückten Leintuch, die Arme im Genick verschränkt, zur Decke sehend, mit angezogenen, geschlossenen Knien; braun gebrannt war der schlanke Mädchenkörper, nackter als nackt die weiß gebliebenen Gürtel um Brüste und Lenden. Fritz schloß hastig die Tür zum Vorzimmer, um den verräterischen Luftzug zu beseitigen, der die Stores bewegte, und ließ sich dann auf die Knie nieder, um lautlos auf allen vieren in den Schlafraum zu kriechen.

Plötzlich plärrte der Plattenspieler auf. Fritz hob verblüfft den Kopf. Das Gerät stand sonst im Speisezimmer; Irmi mußte es hereingetragen haben – warum lag sie überhaupt hier, nackt, allein, im Ehebett der Eltern?

»Grab your hat, don't forget your coat ...«, forderten zwei weibliche Stimmen mit lautstarker Musikbegleitung. Das Parkett knisterte unter schnellen Schritten. Fritz sah zwei nackte Männerbeine, hörte ein Feuerzeug schnappen.

»Für mich auch«, sagte Irmi.

Eine zweite Zigarette wurde angezündet.

Fritz stand auf.

»... but leave your worries, leave 'em on the doorstep ...«

Hubert Lerch, im Adamskostüm, eine Zigarette im Mundwinkel, die zweite in der linken, das Feuerzeug in der rechten Hand, ging gemächlich, mit rollenden Schultermuskeln auf das Bett zu, auf welchem Irmi lag. Er beugte sich über das Mädchen, schob ihr die eine Zigarette zwischen die Lippen und setzte sich neben sie, die Arme um sein rechtes, halb angezogenes Knie geschlungen, im Takt mit den Füßen wippend.

»Ich hab die Platte mit dem Armstrong lieber«, sagte er und tupfte ihr mit dem Zeigefinger erst auf die linke, dann auf die rechte Brust.

Irmi lachte.

Fritz legte behutsam die Badehose auf den Rand der Badewanne und setzte sich daneben auf die Kante; vor sich im Spiegel, der über dem Waschtisch hing, konnte er, als Bildausschnitt, die aufgerichteten Knie seiner Schwester sehn, die, wie die Füße Hubsis, im Takt mit der Schlagermelodie zuckten.

Der rechte, braungebrannte, bis zum letzten Fingerglied behaarte Arm Hubert Lerchs schob jetzt gemächlich ihre Beine auseinander. Die Matratze knackte, als er sich ins Bett rollte.

Fritz spürte einen heftigen Brechreiz, er wollte aufstehen, irgend etwas tun, er fühlte, wie ihm der Schweiß ausbrach, der Badewannenrand war kühl und naß, die Feuchtigkeit drang durch seine dünne Sommerhose. Er konnte keinen Blick vom Spiegel wenden. Mit seinen dreckigen Händen, mit seinen dreckigen Händen! dachte er.

Irmi lachte.

Fritz erhob sich mühsam, brachte eng sein Gesicht an den Spiegel, unter ihm tropfte der Wasserhahn. Ich möchte brechen, dachte er. Mein Gott, was soll ich tun! Dieses Schwein. Nicht einmal die Tür zugesperrt haben sie. Wär die Kette vorgelegt gewesen, hätt ich läuten müssen. Dann hätten sie sich wenigstens anziehen können. Ich muß jetzt irgend etwas tun. Dieses Schwein. Ich könnte hineingehen und schreien wie ein Wahnsinniger: Was hast du mit meiner Schwester gemacht? Der Diplomkaufmann Friedrich Haber jun. sieht also tatenlos zu, wie seine Schwester von dem gewissenlosen Weiberhelden Hubsi Lerch aufs Kreuz gelegt wird, im Bette seiner Eltern, und tut nichts dagegen – ich kann ja nicht schreien: Was macht ihr da!, wenn ich ganz deutlich sehe, was hier gemacht wird!

Außerdem ist Hubsi stärker als ich. Dieser Muskelprotz mit Spitzbauch. Ich möchte brechen, wimmerte er lautlos. Wenn ich mich wieder auf den Gang schleiche, leise zusperre und dann läute?

Hier, ganz nahe am Spiegel, konnte er die Szene vollkommen überblicken, konnte alle Einzelheiten, alle, in Zeitlupe, grinsend, vorgenommenen Bewegungen Hubsis genau erkennen und alle Reaktionen Irmis. Hubsi Lerch hatte sich mit ihr herumgedreht, nun lag er auf dem Rücken, halb auf die Ellbogen aufgerichtet. Irmi keuchte mit tanzendem Gesäß, Zigarette im Mundwinkel.

Im Takt mit der Musik tun sie's, dachte Fritz. Diese Sau, der Hubsi. Und rauchen müssen sie auch noch dazu.

Plötzlich merkte er, daß seine Übelkeit vergangen war; er merkte noch etwas anderes.

Sie ist doch meine Schwester, dachte er verzweifelt und preßte die Augen zu, ich bin doch nicht so eine Drecksau wie der Hubsi.

»Life's sweet,
just direct your feet
to the sunny, sunny side of the street.«

Vor die geschlossenen Lider fiel ein lautloser Schatten; der Wasserhahn tropfte noch immer. Es roch nach Irmis Badeseife und einem ungereinigten Zahnputzbecher.

Fritz öffnete wieder die Augen. Es war dunkel. Die Sonne ist fort, dachte er sinnlos. Das Gewitter ist da. Es wird gleich regnen. Mit beiden Händen packte er den Griff der Wasserleitung und würgte ihn gewaltsam zu; er ruckte mit verzweifelter Kraft an dem blanken Metall. Der Hahn tropfte weiter. Es wurde immer dunkler. Gegen das Blech des Fensterbretts klickten die ersten Regentropfen, der Plattenspieler schaltete sich knackend ab. Fritz hörte den keuchenden Atem seiner Schwester. In den offenen Flügeln der Fenster stand kein Lichtreflex: als wären die Scheiben hinaus in den stumpf gewordenen Spätnachmittag gefallen.

»Dreh die Platte um«, sagte Irmi atemlos. Sie machte einen kurzen, schluckenden Zug aus der Zigarette, hielt sie gleich wieder mit weit gespreizten Fingern von sich ab.

»Dreh du dich um«, sagte Hubsi.

Irmi lachte.

Im Badezimmer war es nun finster wie in einem Keller. Lerch drückte Irmi an den Schultern nieder, kniete hinter ihr und wandte sich halb. Er sah gerade nach der offenen Tür. Fritz fing seinen Blick im Spiegel auf. Lerch lächelte und winkte grüßend.

4

Als der letzte der Herren den rauchverhangenen Raum verlassen hatte, ging Kommerzialrat Schelnhausen zum Konferenztisch zurück. Die hochlehnigen Stühle standen regellos zurückgestoßen, gefüllte Aschenbecher, bekritzelte Notizblocks, Wasserkaraffen und halbleere Gläser standen und lagen verstreut auf der dunkelgrün bespannten Fläche des Tisches. Der Baron ließ die Schultern ein klein wenig vorsinken; unter dem glatten weißen Haar wurde das Gesicht müde und faltig. Die Sitzung hatte zu lange gedauert. Es war sehr schwierig gewesen, einem Verhandlungspartner wie Dr. Sella stundenlang zu antworten, auf seine Fragen einzugehen und dennoch weder zuzustimmen noch abzulehnen. Das Telegramm Dr. Schönbrods, des Syndikus, war nicht sehr aufschlußreich; es hatte keine Möglichkeit gegeben, ihn vor der Sitzung noch zu sehen. Daß sich Sarto gerade in Wien aufhielt, war ein Glückszufall, den man unbedingt ausnutzen mußte.

Der langgestreckte, eichengetäfelte Konferenzraum lag im Dämmerlicht des verfrühten Abends. In den hohen Ostfenstern stand der Himmel schwarz über dem Quertrakt des Bankgebäudes, darüber duckte sich der wuchtigromanische Turm der St.-Hubertus-Kirche unter den tief lastenden Gewitterwolken. Der Baron sah sekundenlang blicklos in den Hof hinunter, in dem sich die Wagen der Sitzungsteilnehmer nach umständlichem, dumpfem Türengeschlage langsam in Bewegung setzten. Der Portier Vesely, der das Tor geöffnet hatte, stand wartend daneben, die Tellerkappe in der Hand. Jedesmal, wenn ein Wagen an ihm vorbeifuhr, machte er eine kleine Verbeugung. Im Saldakonto wurde noch gearbeitet. Heute war großer Medio, Halbjahresabschluß. Die breiten Fenster unter dem flachen Dach des hinteren Traktes standen weit offen, starrten gelb in den immer finsterer werdenden Schacht des Hofes. Vesely setzte seine Tellerkappe auf, schneuzte sich umständlich, blickte noch einmal zum Himmel empor, der ein immer bedrohlicher werdendes Aussehen annahm, und sperrte das Tor ab. Im Saldakonto würde heut bis spät in die Nacht gearbeitet werden. Einer der hemdsärmeligen Beamten, die tief gebückt über den Buchungsmaschinen saßen, war Alexander.

Der Kommerzialrat drehte sich seufzend um. »Ach, Mehlsäckchen«, sagte er, scheinbar erstaunt, »auch noch da?« Natürlich war sie noch da. Natürlich hatte er es gewußt. Von ihm hieß es immer, er wäre mit der

Bank verheiratet. Das fünfzigjährige, farblos-verkniffene, allwissende Fräulein Mehrsack aber war mit dem Institut mehr als verheiratet. Es gab nicht wenige Herren im Hause, die das »Mehlsäckchen« – niemand anderer als der Kommerzialrat wagte sie so zu nennen – ernstlich für die platonische Idee der Bank selber hielten.

»Ich bin gleich fertig, Herr Kommerzialrat«, sagte sie, ohne aufzublicken.

»Ach, bleiben Sie nur, Mehlsäckchen.« Schelnhausen sah sie forschend an. »Oder haben Sie es etwa eilig heute?«

»Nein, Herr Kommerzialrat.«

»Na, also«, sagte er erleichtert, obwohl sie es noch nie eilig gehabt hatte. »Wissen Sie was? Wir gehen jetzt in mein Büro hinauf und machen uns ein Schalerl Kaffee. Ich kann's brauchen und Sie sicher auch. Dr. Schönbrod muß in einer halben, dreiviertel Stunde kommen. Sie wissen, was wir noch zu besprechen haben; es wäre mir lieb, wenn Sie dabei sein würden. Wenn Sie Lust haben, können wir alle drei nachher essen gehen.«

»Herr Kommerzialrat, Ihre Frau Gemahlin hat mich gebeten, Sie zu erinnern, daß Sie heute abend eingeladen sind. Fürstin Valleghi –.«

»Ich habe keine Lust, heute auf einem Empfang herumzustehen. Und noch dazu bei der Valleghi«, sagte der Baron abwehrend und griff sich müde an die Augen. »Das können Sie sich doch vorstellen, nach dieser Konferenz. Sie würde mein Kommen falsch auffassen. Mir ist es schon nicht recht, daß meine Frau geht.«

Fräulein Mehrsack band die Mappe zu; sie sah noch immer nicht auf. »Dr. Sella will den Vertragsentwurf morgen fertig zum Paraphieren haben«, erwiderte sie nach kurzer Pause.

»Sie wissen, Mehlsäckchen, daß ich ohne Syndikus keinesfalls paraphiere.«

»Dr. Sella weiß das aber nicht. Er schien der Meinung zu sein, daß die Finanzierung durch die Bank praktisch schon gesichert wäre. Er hat auch das Telegramm Dr. Schönbrods so aufgefaßt Sie haben ihm nicht widersprochen, Herr Kommerzialrat, auch keiner unserer Herren. Die italienische Mutterfirma in Mailand ist sehr gut beauskunftet; über ihre Bonität besteht kein Zweifel.« Während Fräulein Mehrsack sprach, hatte sie die Mappe aufgehoben und streng unter den Arm geklemmt; stand nun aufrecht und schmal hinter ihrem ordentlich an den Tisch geschobenen Stuhl. Sie hob langsam den Kopf und sah den Kommerzialrat an, der wieder zum Fenster zurückgewandert war, aber nicht hinausblickte, sondern mit im Rücken verschränkten Händen halb über seine Schulter sah. Ihre Blicke trafen sich.

Schelnhausen lächelte plötzlich.

»Dr. Sella war mir ein bißchen zu geschwind.«

Er wartete. Fräulein Mehrsack sagte nichts. Sie war die einzige im ganzen Haus, wenn nicht die einzige überhaupt, die glaubte, daß die Forschheit, die überrennende Geschwindigkeit des alten Mannes, die dieser stets so geschickt einzusetzen wußte, nichts als Waffe und Maske darstellte; sie glaubte das, weil er sich ihr gegenüber, wenn sie allein waren, ganz anders gab. Das schmeichelte ihr und schloß sie auf. Sie wußte zwar, daß Schelnhausen gar nicht so direkt war, wie er sich gerne gab, schränkte aber ihr Wissen mit dem Zusatz ein: den anderen gegenüber. Doch das war wieder nur Glaube, und ein falscher, wie der, den Kommerzialrat im Innersten seines Wesens für weich und lenkbar zu halten. So erreichte der Baron durch eine zeitweise Modifikation seiner Politik auch bei seiner wichtigsten Mitarbeiterin immer alles, was er wollte, durch ein unschwer anzuwendendes Mittel: Es bestand allein darin, es zu zeigen, wenn er müde war. Hier durfte er es. Hier war es richtig.

Schelnhausen drehte sich vollends um und ging mit langsamen Schritten zu dem Konferenztisch, zog einen Stuhl halb vor und ließ sich darauf nieder, den Ellbogen auf den Tisch, das Kinn in die Handfläche gestützt »Dr. Sella drängte zu dieser Sitzung, obwohl ich ihn gestern gebeten hatte, damit zu warten, bis unser Syndikus aus Mailand zurück wäre.«

»Dr. Schönbrod ist seit heute mittag wieder zurück«, stellte Fräulein Mehrsack unbewegt fest.

Schelnhausen hob lächelnd die Augenbrauen. »Gewiß. Aber das hat Sella nicht gewußt. Auch nicht, daß Herr Sarto vom Italienischen Kreditschutzverband heute nachmittag in Wien eingetroffen ist.« Der Baron zuckte die Achsel. »Ich konnte Dr. Sella die Sitzung nicht abschlagen, wir haben ihn lange genug hingehalten.«

An der Tür wurde geklopft, eine Putzfrau steckte den Kopf durch den Spalt, murmelte etwas und schepperte mit einem Kübel.

»Kommen Sie nur herein, wir gehn schon«, sagte der Kommerzialrat und erhob sich. Die Aufwartefrau trug ihren Kübel in den Raum, lehnte einen Besen gegen die Tafel und begann den Konferenztisch abzuräumen. Sie unterbrach ihre Tätigkeit einen Moment und drehte das Licht an.

Schelnhausen blinzelte. »Gehn wir, Mehlsäckchen«, murmelte er.

»Gute Nacht, Frau Kuzmich«, sagte Fräulein Mehrsack. Frau Kuzmich knurrte.

Der Kommerzialrat und Fräulein Mehrsack fuhren mit dem Aufzug ins nächste Stockwerk. Schelnhausen betätigte sich nur dann als quecksilbriger Stiegenstürmer, wenn er sich dabei beobachtet wußte.

Das Büro Schelnhausen verfehlte es selten, auf seine Besucher einen starken Eindruck zu machen. Während sich die Räume davor in nüchterner, geschäftlicher Moderne präsentierten, schien das Allerheiligste der Bank die Jahrzehnte fast unverändert überdauert zu haben. Vor der schmalen Fenstertür, die auf einen kleinen, verwitterten Steinbalkon hinausführte, auf dem sorgfältig gepflegte Topfpflanzen standen, reckte sich diagonal zur Ecke ein wuchtiger Schreibtisch, die schwarze, glänzende Platte leer bis auf die bronzene Stehlampe und den barocken Marmoraufbau des Schreibzeugs, denn das Telefon und die Schatulle der Sprechanlage waren versenkt. Davor und dahinter stand je ein unbequemer, holzgeschnitzter Stuhl mit hoher Lehne. Der tiefe Teppich war schwarz und grau, das Grau war dasselbe wie das der englischen Holztäfelung, die bis zum reinweißen Plafond reichte. Die Abschlußleiste der Täfelung verbarg die indirekte Beleuchtung. In der dem Schreibtisch gegenüberliegenden Ecke war ein altes Stehpult, das nie benützt wurde und von dem die Sage ging, daß es der Arbeitsplatz des Begründers des Bankhauses gewesen war: Robert Schelna, dessen goldgerahmtes Porträt darüber an der Wand hing. Robert Schelna, der Sohn einer sehr begüterten rheinischen Patrizierfamilie, hatte die einzige Tochter eines angesehenen Wiener Handelsherrn geheiratet und war als Heereslieferant in der zweiten Hälfte des achtzehnten Jahrhunderts mit dem Prädikat »von Schelnhausen« geadelt worden. Ein Jahrhundert später, als die dem Handelskontor angeschlossene Bankabteilung bereits eine maßgebliche Rolle auf dem Wiener Platz spielte, wurde dem Mathias Schelna von Schelnhausen anläßlich seiner Erhebung in den österreichischen Ritterstand gestattet, das Prädikat »Schelnhausen« als Familiennamen anzunehmen. Sein Sohn Heinrich

Ritter von Schelnhausen war schließlich baroniert worden. (Ein bißl langsame Barone, hat der Graf Chensky einmal nachdenklich gesagt, dem natürlich diese sehr mähliche Evolution des Adelsstandes derer von Schelnhausen ganz genau bekannt war.)

Vor dem ornamentalen Kamin, über dem als einziger Schmuck ein schräg vorgekanteter venezianischer Spiegel hing, stand eine graulederne Klubgarnitur, die sich, obwohl neueren Datums, in den grauweißschwarzen würdevollen Rahmen fügte. Der Raum wirkte sehr groß; hier standen keine Schränke; die Paneele der Holzverkleidung ließen sich öffnen; die Regale dahinter waren dem Blick verborgen. Es gab keine Uhr.

Schelnhausen ging auf das Wandfach zu, öffnete es und überließ es Fräulein Mehrsack, die kleine elektrische Espressomaschine herauszunehmen. Er setzte sich in einen Fauteuil der Klubgarnitur und sah seiner Sekretärin zu, wie sie mit geübten Handgriffen Kaffee bereitete. Er zog sein Zigarrenetui hervor, schob sich eine seiner schweren Importen zwischen die Lippen, ohne sie anzuzünden, und ließ sich tief in die Polsterung sinken; saß da, klein und müde und mit halbgeschlossenen Augen, die Hände über dem Bauch gefaltet. Er hatte heute zuviel geraucht, aber wenn auch der bloße Gedanke an einen einzigen Zug aus seiner Zigarre sofort ein Gefühl der Übelkeit in ihm weckte, so hatte er doch das Bedürfnis, die vertraute, knisternde Rolle Tabaks zwischen den Lippen zu spüren. Auch dieses Symptom war Fräulein Mehrsack bekannt. Während die kleine Espressomaschine zu summen begann, drückte sie auf den verborgenen Knopf unter der Kante des Schreibtisches, worauf das Telefon aus der Tischplatte stieg. Sie hob den Hörer ab und wählte.

»Elfriede Mehrsack«, sagte sie. »Fräulein Martha, ich möchte die Baronin Schelnhausen sprechen.«

Sie wartete und sah zu dem Kommerzialrat hinüber. Der hatte die Augen nun vollends geschlossen und rührte sich nicht.

»Mehrsack«, sagte die Sekretärin nach einer kurzen Pause noch einmal, gerade neben dem Schreibtisch aufgerichtet, schmal, schwarz und unerbittlich. »Guten Abend, Baronin Schelnhausen. Ich muß Ihnen leider mitteilen, daß der Herr Kommerzialrat gerade eine sehr wichtige Besprechung hat, die ihn verhindert, heute abend der Einladung von Fürstin Valleghi nachzukommen. Er bittet Sie, Baronin, ihn zu ent ...« Sie unterbrach sich und wartete einige Sekunden. »Nein, Frau von Schelnhausen. Der Herr Kommerzialrat läßt Sie im Gegenteil bitten, sich ebenfalls bei der Principessa entschuldigen zu lassen. – Nein, das weiß ich leider nicht. – Soll ich dem Herrn Kommerzialrat noch etwas bestellen? – Bitte, Baronin. – Darüber bin ich leider nicht unterrichtet. Dr. Sella wird jedenfalls morgen den Vertragsentwurf zum Paraphieren vorlegen. – Gute Nacht, Frau von Schelnhausen.« Sie legte langsam den Hörer auf.

»Danke«, sagte der Baron, ohne die Augen zu öffnen.

Die Sekretärin schob Schalen und Untertassen zurecht, goß den Kaffee ein und kam, in jeder Hand eine Tasse, auf das kleine Tischchen zu.

»Ohne Zucker, Mehlsäckchen?« fragte Schelnhausen.

»Ohne Zucker, Herr Kommerzialrat«, bestätigte Fräulein Mehrsack. Sie stellte die Tassen auf die Tischplatte nieder und nahm ihrem Chef gegenüber Platz. Sie saß aufrecht, ohne sich anzulehnen, die Hände auf den Armrasten des Fauteuils.

»Ich wußte nicht, daß Fürstin Valleghi eine Cousine Ihrer Frau Gemahlin ist«, sagte sie.

Schelnhausen öffnete die Augen. »Ach?« meinte er unschuldig, »habe ich Ihnen das nicht gesagt?« Er beugte sich vor und griff nach der Kaffeetasse, trank.

»Nein, Herr Kommerzialrat.«

»Nun, dann begreifen Sie jetzt, in welch unangenehmer Lage ich bin. Ich habe mit der Familie meiner Frau nie näheren Kontakt gehabt. Es soll ein großer Grundbesitz vorhanden gewesen sein, früher. Wie und mit welchen Mitteln die Valleghis in die Industrie gegangen sind, weiß ich nicht. Jedenfalls fühlt meine Frau sich ihrer Cousine irgendwie verpflichtet. Mir wäre es lieber gewesen, wenn sich die Italiener an eine von den verstaatlichten Großbanken gewendet hätten. Ich habe, offen gestanden, keine Lust, mich so stark zu immobilisieren, wie es notwendig wäre, wenn ich Dr. Sellas Kredit-Tournierungs-Programm akzeptieren würde. Außerdem –.«

Der Kommerzialrat unterbrach sich. Von der Doppeltüre tönte ein leiser Summton. Fräulein Mehrsack stand auf und öffnete.

Dr. Schönbrod trat ein und machte der Sekretärin eine kleine Verbeugung, ohne ihr die Hand zu geben. Er war groß und hager und hatte die Angewohnheit, nie denjenigen anzublicken, mit dem er sprach.

»Servus, servus«, sagte er, klemmte seine Aktentasche unter den Arm und eilte zur Balkontür, die er sorgfältig verschloß, den Vorhang zuziehend. »Es wird gleich zu schütten anfangen. Es wetterleuchtet bereits wie in der untersten Hölle. Grauenhaft. Gibt's auf deiner Bank wenigstens einen Blitzableiter?« Der Kommerzialrat machte eine halbe Bewegung, um aufzustehen. »Grüß dich, lieber Freund«, sagte er und konnte nicht weitersprechen, weil es einen Donnerschlag gab, als sollte die Welt untergehen. Schelnhausen rutschte wieder in den Fauteuil zurück. Schönbrod zuckte zusammen.

»Wir haben zwei Blitzableiter«, sagte Fräulein Mehrsack unbewegt.

Der Syndikus holte tief Atem und schüttelte sich. »Das beruhigt mich«, sagte er und schluckte seinen Schreck hinunter. Schelnhausen traf neuerlich Anstalten aufzustehen.

»Bleib um Gottes willen sitzen!« rief der Doktor. Schon während er über den Teppich ging, mit weit ausholenden Schritten, riß er seine Aktentasche auf und zog einen Bogen Papier heraus, den er mit der Rechten auf den Tisch klatschte, während er sich gleichzeitig in den dritten Fauteuil fallen ließ und mit der Linken die Brille aus der Brusttasche angelte.

»Wollen Sie eine Tasse Kaffee?« fragte Fräulein Mehrsack.

»Ja«, sagte Schönbrod, nicht aufblickend. »Ja, bitte, das will ich. – Richard, weißt du, seit wann die Italiener in Österreich registriert sind?«

»Die Tochtergesellschaft wurde vor vier Jahren gegründet. Mit überwiegend österreichischem Kapital und einer sehr geringen italienischen Beteiligung.«

Dr. Schönbrod nickte. »Das paßt. Gut – also ich war bei Sarto. Der wußte nicht viel, aber genug. Nämlich, daß Valleghi erst seit einem halben Jahr etwas mit der Firma zu tun hat. Und Sella lügt, wenn er behauptet, der Fürst wäre Hauptaktionär der Stammfirma.«

Fräulein Mehrsack machte eine rasche Bewegung.

»Ja, Mehlsäckchen?« fragte Schelnhausen mild, ohne Schönbrod zu antworten.

»Herr Kommerzialrat, ich wollte nur sagen, daß Dr. Sella bloß davon sprach, daß Fürst Valleghi die Aktienmehrheit kontrolliert.«

»Stimmt. Aber auch mit diesen Worten hat er gelogen, nur läßt sich das nicht so leicht beweisen, als wenn er behauptet hätte, der Fürst wäre Hauptaktionär – sag einmal, lieber Freund, woher weißt du überhaupt, daß Sella eine derartige Behauptung –?« wandte sich der Kommerzialrat an den Syndikus. Dr. Schönbrod nahm die Brille ab, steckte sie in die Brusttasche und lehnte sich zurück, die Fingerspitzen gegeneinander gelegt und intensiv den Plafond betrachtend. »Als ich von Sarto die Information erhalten hatte, daß Valleghi erst seit sechs Monaten in der Gesellschaft ist – eine Tatsache, die sowohl der Fürst als auch Sella sorgfältig verschwiegen haben –, war dieser Schluß naheliegend. Schließlich waren es doch hauptsächlich seine Stellung, seine persönliche Vertrauenswürdigkeit, die dich bewegen sollten, die Tochterfirma zu finanzieren, für die das Mutterhaus als Kreditbürge auftritt. Jedenfalls wurde ich mißtrauisch und fuhr sofort zu der Fürstin hinaus. Dr. Sella war aus dem Wege – nämlich hier in der Konferenz –, und die Valleghi ist wohl recht gescheit und geschickt, aber doch keine wirkliche Geschäftsfrau – na, Repräsentantin halt. Ich erbat Einblick in einige Unterlagen und erhielt ihn. Dabei fiel mir der Durchschlag eines Kontofinto-Ansuchens, gerichtet an eine österreichische Großbank, in die Hände, einen umfangreichen Eskont betreffend. Die dort aufgeführten Wechsel sind in dem Block von Sicherstellungsakzepten enthalten, die Sella nur in Summa als Aktiva bei der Tochtergesellschaft ausweist (ich habe mir zufällig die Position gemerkt); dagegen wäre ja nichts einzuwenden, da die Besicherung des angesuchten Kredits für die Wiener Niederlassung schließlich durch rein italienische Bürgschaften der Mutterfirma erfolgen soll; interessant ist nur, daß man also doch, bevor man sich an dich wendete, versucht hat, das benötigte österreichische Kapital anderswo aufzubringen, wobei die Deckung nicht von Italien aus, sondern von der Tochtergesellschaft selber erfolgen sollte, und zwar durch eben jene Sicherstellungsakzepte: Als Aussteller fungiert immer die Wiener Firma. Ich hab mir die Bezogenen abgeschrieben, die Liste liegt auf dem Tisch.«

Schelnhausen hob das Blatt auf und studierte aufmerksam die Aufstellung. »Das sind«, sagte er dann, aufblickend, »wenigstens, soweit ich die Annehmer kenne, lauter Osthändler. Einer davon ist im Zwangsausgleich. Trubisch wackelt. Das sind keine sicheren Papiere; die Summen sind viel zu hoch für diese Akzeptanten.«

Dr. Schönbrod ließ die Hände auf die Armlehnen fallen, zog das Kinn an die Brust, die Augenbrauen nachdenklich runzelnd. »Trubisch?« fragte er, als ob er an irgend etwas Unangenehmes erinnert worden wäre.

»Ja. Kolp & Co. Das ist Viktor Trubisch. Kennst du ihn?«

»Ich muß jemand dieses Namens kennengelernt haben«, murmelte Schönbrod. »Aber ich kann mich jetzt nicht erinnern.«

»Kaschierter Osthandel also«, überlegte Schelnhausen laut, den bereits anderes beschäftigte als der wacklige Herr Trubisch. »Die Tochtergesellschaft in Österreich praktisch nur zur getarnten Transitabwicklung gegründet. Direkte Finanzierung deshalb von Italien aus nicht opportun. Die Appoints hier sind langfristige Sicherstellungswechsel der Wiener Kommissionäre, die ihrerseits wieder kurzfristige Kundenwechsel nehmen – *die* müßte man sehen ... Der reelle Osthandel wird nämlich durchaus in Verrechnungsdollars abgewickelt; die Polen überhaupt geben Promissory-Notes, die noch dazu von der Staatsbank avaliert sind. Naja. Ich bin sicher, daß die Großbank, an die sich die Italiener da gewendet haben, es von vornherein abgelehnt hat, das Kontofinto zu erstellen; solche Sicherstellungswechsel sind keine Papiere, die man diskontiert.«

Schelnhausen steckte die kalte Zigarre zwischen die Lippen und schüttelte leicht den Kopf. Schönbrod beugte sich vor, um ihm Feuer zu geben, aber der Kommerzialrat machte eine abwehrende Handbewegung. »Jetzt sitzen die Italiener da, aber nicht einmal mehr auf ihren angeschwollenen Lagern in Österreich, denn auf denen sitzen die Kommissionäre, die ja die Lagerscheine gegen Ausfolgung ihrer Sicherstellungswechsel erhalten haben! Jetzt sitzen sie da und sind immobil, weil ihre Rimessen ja nicht einmal belehnbar sind; es fungiert nicht das Mutterhaus, sondern die Tochterfirma als Aussteller, und diese Neugründung ist für solche Summen natürlich nicht gut genug. Eine Weitergabe ans Stammhaus geht aber auch nicht, denn die Tochtergesellschaft muß österreichisch finanziert werden, weil ja sonst der Transitcharakter des Geschäftes verraten wäre. Deshalb soll ich der Wiener Firma einen Kredit einräumen, der in keinem direkten Zusammenhang mit der Transitabwicklung steht, da er durch rein italienische Sicherheiten gedeckt ist, damit die österreichische Tochtergesellschaft – die ja eine separate juristische Person darstellt – die Wechsel im Portefeuille behalten kann, so daß die Akzepte nicht durch eine Remittierung nach Mailand in Italien zur Ausweisung gelangen. Die Valleghis hat man mir in die Auslage gesetzt, damit ich da mitmach, weil die Großbanken nicht wollen und weil man glaubt, mich damit so unter moralischen Druck setzen zu können, daß ich meine kaufmännischen Bedenken vergesse. Das ist alles klar. Die Italiener schätzen verwandtschaftliche Bande anscheinend sehr hoch ein. Dein Besuch bei der Fürstin war eine ausgezeichnete Idee. Ich habe Ähnliches vermutet, jetzt habe ich den Beweis.«

Schönbrod machte eine kleine Verbeugung. »Danke. Aber alles das ändert nichts an der Tatsache, daß legaliter alles in Ordnung ist, wie ich dir schon aus Mailand telegrafierte. Und die Mutterfirma ist für ein Mehrfaches, als der angesuchte Kreditrahmen ausmacht, ohne weiteres gut«

»Die *Mutter*firma«, betonte Schelnhausen, »aber die Tochtergesellschaft nicht! Und von der hängt es ab, ob die Kreditrückführung termingerecht erfolgt. Die Mutterfirma ist freilich gut. Da habe ich kaum Bedenken gehabt.« Er schwieg eine Weile und zuckte die Achsel. »Deshalb konnte ich Sella auch die heutige Konferenz nicht gut abschlagen. Aber sein Kreditansuchen, das werde ich ihm abschlagen. Das Risiko ist zu groß, die Kreditdimensionierung im Hinblick auf ein derartiges Wechselpaket auf der kreditorischen Seite, ein Block, der einen so bedeutenden Teil der Aktiven ausmacht, viel zu hoch, ganz abgesehen von der Art der Besicherung, die nur sehr langwierig realisiert werden könnte. Der angesuchte Rahmen ist so bedeutend, daß er eigentlich nur von Großbanken eingeräumt werden könnte. Für Großbanken wär's trotz der brustkranken Wechsel ein Geschäft. Für mich ist eine solche indirekte Ost-Transit-Finanzierung eine Spekulation. Die Großbanken sind aber de facto verstaatlicht und können's nicht machen, weil sie gewissen Richtlinien folgen müssen. Ich kann's nicht tun, weil ich für ein solches langfristiges Projekt zuwenig flüssig bin.« Er lächelte. »Die Frage ist nur, wie sag ich's meiner Frau?«

»Und wie sagst du's Sella?« fragte Schönbrod.

Der Kommerzialrat stand auf, ging zum Fenster, schob den Vorhang auseinander, schüttelte den Kopf, ließ die Falten wieder zusammenfallen und kam zu dem Tisch zurück, ohne sich niederzusetzen. »Ach, lassen wir das jetzt. Das arme Mehlsäckchen verhungert ja schon. Und ich könnte jetzt auch einen Bissen vertragen. Es schüttet zwar noch, aber es blitzt nicht mehr. Traust du dich hinaus?«

»Ungern«, sagte Schönbrod, sich erhebend. Er machte eine Bewegung, seine Aktentasche zu schließen, und hielt plötzlich inne, öffnete den Mund, sagte aber nichts, bis sich Fräulein Mehrsack, welche die Tassen, Schalen und die Espressomaschine wegräumte, entfernt hatte. »Richard«, murmelte er, sich vorbeugend, als wolle er den Kommerzialrat am Rockaufschlag fassen, »jetzt ist mir eingefallen, woher ich den Namen Trubisch kenne. Ich habe deinen Sohn Peter einmal in der Oper getroffen, so zirka vor einem halben Jahr; wir hatten zufällig dieselbe Loge. Ich stellte ihn meiner Schwester vor, die damals grad auf Besuch in Wien war, und er mußte mich wohl oder übel mit seiner Begleiterin bekannt machen; es schien ihm das ziemlich unangenehm zu sein. Sie war sehr hübsch, aber sicher schon an die Dreißig. Ihr Name war Trubisch. Frau Gisela Trubisch.«

3

»No?« meinte Hubsi Lerch fragend, als er seinen tropfnassen Mantel aufhängte.

Peter von Schelnhausen schloß die Tür; er sagte nichts, zuckte nur die Achseln.

»Er ist noch nicht da. Wie hat er reagiert?«

Lerch grinste. »Dann kommt er auch nicht. Ich hab mich erst eine halbe Stunde später von Irmi losmachen können. Ich glaub, diesmal hast du dich verrechnet, denn eigentlich müßt er schon längst dasein. Wenn er nämlich wirklich hätt kommen wollen, heißt das.«

Peter ging voraus in die Halle. »Setz dich«, sagte er.

»Wollen wir nicht hinauf?«

»Meine Mutter ist noch da. Sie wird aber bald gehen. Wir werden in einer Viertelstunde ganz ungestört sein. Die Martha hab ich weggeschickt und ihr gesagt, sie darf erst nach zwölf nach Hause kommen.«

»Und dein Vater?«

Peter ging zur Hausbar, angelte die vierkantige Ginflasche heraus, stellte sie auf den Tisch und warf sich in den Fauteuil, die Beine kreuzend. Er zündete sich eine Zigarette an, schob die Schatulle Lerch hinüber.

Hubsi betrachtete stirnrunzelnd seine nassen Hosenbeine, zog sie sorgfältig in die Höhe und setzte sich ebenfalls.

»Papa ist auch eingeladen; Empfang mit nachfolgender, inoffizieller Geschäftskonferenz«, sagte Peter, während er einschenkte. Er lehnte sich zurück. »Erzähl.«

Hubsi schüttelte amüsiert den Kopf. »Er hat nicht einmal mit einem Ohrwaschl gewackelt, der Fritz –.« Er beugte sich vor, trank seinen Gin aus, schob Peter das Glas fordernd entgegen. Schelnhausen füllte nach.

»Also ich hab, wie du gesagt hast, die Tür offengelassen. Fritz muß so was um sieben gekommen sein –.«

»Punkt sieben.«

»Um Punkt sieben, meinetwegen. Ich hab's erst gar nicht bemerkt. Übrigens weiß Irmi überhaupt nichts davon, daß Fritz uns zugesehen hat.«

Schelnhausen, die Fingerspitzen zusammengelegt, hob fragend die Augenbrauen.

»Jedenfalls, einmal schau ich zufällig zu der Badezimmertür, die halb offensteht; da hab ich den Fritz im Spiegel gesehen. Er muß uns schon ziemlich lang beobachtet haben; er war weiß wie ein Grießkoch, Mund offen, Augen aufgerissen. Ich hab geglaubt, jetzt und jetzt läßt er einen Schrei aus und kommt hereingestürzt. Nix. Dort g'standen ist er, wie ein Aufg'hängter. Und nix hat er 'tan. Also habe ich ihm zugenickt.«

»Während?« fragte Schelnhausen.

»Während«, nickte Hubsi grinsend.

»Und dann?«

»Dann war er plötzlich nicht mehr da. Sang- und klanglos verschwunden.«

Peter nagte überlegend an der Unterlippe. Er führte die Zigarette an den Mund, tat einen tiefen Zug und begann langsam zu sprechen, durch den Rauch, den er abgesetzt aus Nase und Mundwinkel stieß. »Ich glaube, wir müssen jetzt das zweite Experiment durchführen. Fritz Haber als einen schwächlichen Scheißer zu erkennen mit einigen Latenzen zur Idolatrie ist eines. Diese Latenzen herauszubringen und zweifelsfrei festzustellen ist ein anderes. Erst dann kann man darangehen, sie nutzbar zu machen. Er muß aus seinem Schneckenhaus heraus, der Fritz, um einmal zu spüren, was das heißt, nackt zu sein. Wir werden also Experiment zwei heute noch vornehmen.«

»Wenn Fritz kommt.«

Schelnhausen rekelte sich zurecht. »Das will ich doch stark hoffen. Wenn das nicht der Fall wäre, könnt ich ihn überhaupt nicht brauchen. Ich bin neugierig, was er sich als Rechtfertigung seines Verhaltens zurechtgelogen hat.«

Hubsi Lerch war erstaunt. »Kannst du dich denn nicht mehr erinnern, wie wir uns vorher überlegt haben, was in seiner Situation das ideale Verhalten sein würde?«

»Du drückst dich ungenau aus.«

»Na, du weißt schon, was ich meine. Jedenfalls hat er akkurat das getan, was du für richtig gehalten hast. Nämlich, die G'schicht einfach zu ignorieren.«

Peter schüttelte langsam den Kopf. »Nein, sein Verhalten ist nur ein Beispiel, wie man, von falschen Prämissen ausgehend, mit Glück zu einem – aber nur objektiv – richtigen Resultat gelangen kann. Unser Fritz hat nämlich gar nicht ignoriert. Er hat bloß Ignoranz bewiesen. Er war unfähig, eine direkt bezügliche Handlung zu setzen. – Siehst du nicht ein, daß es zwei verschiedene Dinge sind, nichts zu tun, obwohl man weiß, daß man etwas zu tun vermöchte, und nichts zu tun, weil man nicht weiß, was man anders anstellen soll?«

Hubert Lerch verzog den Mund. »Na ja«, sagte er zweifelnd.

»Ich nehme an«, sagte Schelnhausen träumerisch, »daß unser Freund draußen im Regen herumrennt, um seinen Schock abzureagieren. Da bei ihm der übliche Generationskonflikt aber in unzulässiger Form ausgeprägt ist, nämlich undurchdacht und ohne Versuch einer Rechtfertigung dafür, bei gleichzeitigen Schuldgefühlen, da er außerdem bei ihm noch dazu mit idolatrischen Tendenzen gekoppelt ist und trotz allem mit Bedürfnis nach Nestwärme und mütterlichem Trost, den er bei seinen Eltern aber nicht suchen will und kann, da er weiter keinen Schoß besitzt, in den er sich als Mann flüchten könnte, bleibt ihm eigentlich kein anderer Weg als der zu mir.«

»Und du willst dich von ihm als Tröster verehren lassen.« Schelnhausen stand auf und schlenderte zum Klavier, lehnte sich daran, verschränkte die Arme vor der Brust. »Depp«, sagte er.

»Na, hörst, Peter!« begehrte Hubsi auf.

»Warum, glaubst du, will ich heute noch Experiment zwei ablaufen lassen?«

»Na, weil –«, sagte Hubsi und schwieg.

»Gerade weil ich *keine* Lust habe, Tröster zu sein. Es gibt keinen Trost. Das muß er lernen. Es gibt kein – Mitgefühl, Mitleiden. Es gibt keine Freundschaft, sondern nur Zweckgemeinschaften. Das muß man ihm beibringen. Handgreiflich. Einen Fritz Haber überzeugen keine Worte. Entschuldige diese kruden Plattheiten, lieber Hubsi, aber anderes scheinst du ja nicht zu verstehen. Ich spiele zwar gern den Tröster – diese Attitüde kann manchmal sehr wirksam sein –, ich bin aber keiner. Den Tröster zu spielen hat nur Sinn, wenn die Persönlichkeit stark ist, die beeinflußt werden soll, und nur augenblicklich in einem Schwächetief befindlich ist. Ein Schwächling in seelischer Zerfaserung braucht kräftige Ohrfeigen, wenn er gesteuert werden soll. Dem Fritz muß man die Mutterbrust abgewöhnen. Er muß bemerken, daß er derlei bei mir nicht finden kann.«

Peter unterbrach seine Darlegungen, als er sah, daß sich Hubsi erhob. Er löste sich vom Klavier und drehte sich um.

Die Halle der Villa Schelnhausen in Hietzing war der Hauptraum des Hauses. Die eine Front war von hohen Glasschiebetüren gebildet, die vom Boden bis zur Decke reichten und direkt auf die breiten, unregelmäßigen Terrassenstufen aus Naturstein führten, die in den Garten abfielen. War der Raum an dieser gläsernen Front verhältnismäßig niedrig – er stieß mit seinen blanken Seitenwänden aus intarsiertem Holz über den Hauptgrundriß des Hauses in den Garten hinaus –, so bildete den Plafond der großen Diele die Decke des ersten Stocks, dessen rundum laufender Hauptgang von einem schwarzgebeizten, geschmiedeten Gitter zur offenen Innenseite ornamental abgesichert war. Eine breite Treppe aus polierten, goldgelben Blöcken, geländerlos, ohne sichtbare Stützen, führte im Teilbogen einer Spirale von den Räumlichkeiten oben in die mit niederem, scheinbar regellos verstreutem Meublement ausgestattete Halle. Über die Stiege schritt die Frau des Hauses, Louisa von Schelnhausen. Sie reichte Hubsi mit einem Lächeln die Rechte; Lerch küßte ihr beflissen die Hand; die Baronin nickte freundlich und wandte sich an ihren Sohn.

»Ich wollte dir nur sagen, Peter, daß ich heute doch nicht zu Tante Donata fahre. Der Papa hat noch eine Konferenz, die, wenn ich die Worte Fräulein Mehrsacks richtig deute und ich glaube, das habe ich in den letzten zwanzig Jahren recht gut gelernt –, wahrscheinlich bis spät nachts dauern wird.«

»Also gehst du statt dessen zu deinem Bridgeabend«, stellte Peter scheinbar verständnisinnig fest. Er betrachtete seine Mutter mit gerunzelten Augenbrauen. Sie errötete wie ein Backfisch und warf einen schnellen Blick auf Hubert Lerch, der angelegentlich nach dem Klavier sah, wo es durchaus nichts zu sehen gab. Nur seine Anwesenheit – dabei konnte sie den Burschen nicht ausstehen – gab ihr den Mut, dem Sohn mit einer Bitte zu widersprechen.

Louisa Freifrau von Schelnhausen, geborene Valleghi, war eine Frau, die kein eigenes Wesen besaß, kaum ein eigenes Gesicht. Sie war immer noch schön im herkömmlichen Sinne; früher schlank, war auch ihre Magerkeit nicht eckig geworden. Die rund geführte Geste, die jede Deutung offen ließ, die unbestimmte, nie entschiedene Art, sich zu bewegen, die dennoch nicht hölzern wirkte, war das einzige, was man, in Abwesenheit eines Charakters, wenigstens als das Surrogat eines Chatakteristikons annehmen könnte. Vortasten, ängstlich prüfen, ausweichen, das hatte sie gelernt in ihrer Ehe mit einem Mann, dessen ständig rücksichtslos gewahrter Ellbogenbereich so groß war, daß Louisa ihre Eigenbewegungen, von allem Anfang an, auf ein Minimum hatte beschränken müssen; er ließ ihr einfach keinen Raum, auch nur zum bescheidensten Anfang eines eigenen Ichs zu finden, wie sie sich's vielleicht vor ihrer Ehe unbestimmt erhofft haben mochte. Aber es hatte nicht einmal dazu gereicht, daß sie aus dem vorgeformten Prototyp »südliche Schönheit« (welcher Begriff fast schon zu genau ist für eine Frau, deren Wesen darin besteht, keins zu haben) wenigstens zum äußeren Schein einer Persönlichkeitsbildung gefunden hätte. Richard von Schelnhausen, bei seinen immer wieder erfolgenden Ausbrüchen aus seinem Ellbogenraume, hatte jeden Ansatz dazu zunichte gemacht. Es erstaunt nicht, daß auch ihre Söhne weder physiognomisch noch habituell die ihren geworden waren, nicht im winzigsten Zuge: Sie waren von ihrem Vater und dessen Ahnen direkt zum Anfang ihrer Eigenpersönlichkeit geschritten, quer durch ihre Mutter.

Louisa bat: »Ich habe Kopfweh, Peter, und möchte mich gleich niederlegen. Es wäre sehr lieb von dir, wenn du deshalb deine Party auf einen anderen Tag verschieben würdest.«

»Das geht nicht, Mama«, sagte Peter unbewegt. »Du wirst sehen, daß Bridge eine Beschäftigung ist, die Kopfweh besser bekämpft als ein Migränemittel. Du verstehst, daß ich auf meine Gäste Rücksicht nehmen muß und sie nicht einfach wegschicken kann. Ich werde dir den Wagen holen und dich zu der Frau Generaldirektor fahren. In zwei, drei Stunden

– ich werde die heutige Angelegenheit dir zuliebe möglichst kurz machen – hol ich dich wieder ab. Mußt du dich noch umziehen? In zehn Minuten also.«

Peter lächelte seine Mutter an und ging. Hubsi Lerch starrte mit rotem Kopf das Klavier an.

»Herr Lerch«, sagte Louisa mit ruhiger Stimme, »Sie haben nicht vielleicht Martha irgendwo gesehen?«

Hubsi mußte den Blick heben; er war noch immer verlegen, aber nicht sehr es war gewissermaßen eine Formsache, etwas, von dem er erwartete, daß es von Peters Mutter erwartet werden würde, nach solchem Affront; er betrachtete Frau von Schelnhausen neugierig. Aber die Baronin hatte ihren kurzen, ausweichenden Bogen schon beendet, sie hatte akzeptiert. Wie immer.

»Leider, Baronin. Ich bin eben erst gekommen«, sagte Lerch. »Peter hat mir gesagt, das Mädchen hätte heute abend frei.« Er ließ ihr somit absichtlich die Möglichkeit, sich aus der Affäre zu ziehen, ohne weiter das Gesicht zu verlieren; hätte sie das Spiel gespielt, hätte sie jetzt antworten können: Ach ja, richtig, das hab ich ganz vergessen, oder etwas Derartiges. Lerch übersah dabei, daß jemand, der kein Gesicht besitzt, auch keins verlieren kann und also auch keine Notwendigkeit fühlen wird, eine Geste zu setzen, die doppelt sinnlos und peinlich gewesen wäre nach den unwidersprochen gebliebenen Worten Peters von vorhin, eine Geste, die sich schon im Ansatz dazu selbst aufgehoben hätte, denn eine derartige Frage wäre natürlich an den Sohn zu richten gewesen und nicht an den Gast, nicht nur aus Zweckmäßigkeit, sondern auch wenn es gegolten hätte, den Schein des Einverständnisses in der Familie zu wahren.

»Ach, Peter wird ihr freigegeben haben«, sagte Louisa.

»Nun ja, sagen Sie ihm bitte, wenn er zurückkommt, er möchte den Wagen lieber vor dem Gartentor parken; ich fahre selbst. Ich werde noch einige Zeit brauchen und will nicht wieder stören, wenn er Gäste hat. Leben Sie wohl, Herr Lerch.« Sie reichte ihm die Hand, nickte ihm zu und schritt die Stufen wieder empor. Lerch machte seine kleine Verbeugung, wartete, bis eine Türklinke meldete, daß sich Frau von Schelnhausen zurückgezogen hatte, und trat dann an die Glaswand der Diele, um hinauszublicken. Es gab nichts zu sehen als die regennassen Steine der Terrasse, die eine leere, verlassene Lichtinsel in der schwarzen Gewitternacht bildete. Der dicht fallende Regen pflanzte zuckende Büschel, kleine aufspringende Fontänen auf der Terrasse, ein blasses, hüpfendes Blumenfeld, in monotoner, schneller Gleichförmigkeit wachsend und welkend, das sich nur dann wellenförmig seitwärts verschob, wenn der stoßweise einfallende Wind die rückprallenden, prasselnden Tropfen aus der Senkrechten brachte; dann schienen die Wasserflämmchen eilfertig über die glänzenden Steine zu laufen. Lerch zog fröstelnd den Vorhang zu.

Peter kehrte nicht allein zurück, er brachte seinen Bruder Alexander mit, den er unter der Tür getroffen hatte.

»Deine Mutter hat gesagt, du sollst den Wagen am Gartentor parken«, wandte sich Hubsi, nach einer flüchtigen Begrüßung Alexanders, an Peter, »sie will uns nicht stören, hat sie gemeint. Verstehst du das?«

Peter lächelte. »Natürlich. Sie will den zweiten Ausgang benützen, damit sie nicht hier durch die Halle gehen muß.«

Alexander blickte auf, noch während er damit beschäftigt war, seine Hosenbeine hinunterzurollen. Er hatte sie draußen im Taxi hinaufgesteckt gehabt. Der vom Portier Vesely ausgeborgte Regenschirm hatte nicht viel geholfen, sein Anzug war sehr naß geworden, obwohl er über den Gehsteig und den kurzen Kiesweg durch den Vorgarten gelaufen war. »Mama wird nicht durch den Park gehen«, sagte er. »Bist du narrisch g'worden, Peter? Wegen deiner blöden Party kannst du doch nicht Mama zwingen, durch den ganzen Park zu gehen, in diesem Sauwetter!«

»Es war ihre Idee«, grinste sein Bruder. »Ich hab ja den Wagen ohnehin vorn geparkt.« Er stand da, beide Hände in den Taschen seines Regenmantels, den Hut auf dem Kopf, mit vorgekrümmtem Rücken schief gegen den Rahmen der Tür gelehnt, die in den Eingangskorridor führte.

»Zieh dich lieber aus, Peter«, meinte Hubsi und ging an ihm vorbei, zurück in die Halle, wo er sich an der Bar zu schaffen machte, »Komm herein und trink was, deine Mutter hat gesagt, sie fahrt selbst.«

»Auch gut«, sagte Peter von Schelnhausen und schlüpfte aus dem Mantel, trat die nassen Schuhe von den Fersen, stieß sie in die Ecke der Kleiderablage, hängte den Hut auf, fuhr in seine Haussandalen und folgte Hubsi in die Diele.

»Ich werde Mama fahren«, sagte Alexander und ging hinauf, um sich umzuziehen. Als er mit seiner Mutter zurückkehrte, befand sich niemand in der Halle. Im Korridor hing ein nasses Sakko, stand ein zweites

Paar Schuhe; als sie oben beim Badezimmer vorbeigegangen waren, hatten sie drinnen halblaut sprechen hören; ein weiterer Gast Peters war eingetroffen. Louisa von Schelnhausen zog fröstelnd ihren Mantel enger; sie sagte nichts. Alexander öffnete die Tür, hielt sie auf und spannte den Regenschirm. »Komm, Mama«, sagte er.

Jedesmal nach einem Zusammenstoß mit seinem Bruder mußte er an die Auseinandersetzung damals im Büro seines Vaters denken; jedesmal stach ihn die schuldig gebliebene Antwort, obwohl sein Bruder sie nicht mehr mit Worten monierte, die letzten paar Mal, sondern nur mit einem spöttischen Blick und mit zuckend gehobenen Augenbrauen. Auch das genügte.

Alexander von Schelnhausen war müde; in seiner rechten Hand, die locker das Lenkrad hielt, spürte er noch immer als motorische Erinnerung das Zucken seiner Finger über die Tasten der Buchungsmaschine; er fing sozusagen erst jetzt wieder zu denken an, nach der Arbeit des Tages, die ihm nicht erlaubt hatte, andres durch sein Hirn laufen zu lassen als Zahlen und wieder Zahlen. Man mußte sehr aufpassen und genau sein; seine Beschäftigung im Saldakonto war monoton und erforderte doch angespannte Aufmerksamkeit; für ihn jedenfalls, für den das Buchen noch kein automatisiertes Tun geworden war, wie für die anderen jungen Männer und Frauen. Und wenn er einmal so weit sein würde, daß jeder Handgriff saß, dann war auch seine Zeit an der Maschine zu Ende. Dann würde er die Arbeit eines Führers der Buchungsgruppen lernen. Dann die des Primanotenzurichters. Dann die eines anderen und wieder eines anderen Postens, bis er das Wesen des ganzen Saldakontos begriffen hatte und alles wußte, was hier zu wissen war. Als er damals seinem Vater gesagt hatte, daß er in die Bank eintreten und nicht auf die Hochschule gehen wolle, daß seine Entscheidung endgültig wäre, daß er die Absicht hätte, unten anzufangen, in jeder Abteilung arbeitend, bis er alle Sparten nicht nur oberflächlich, sondern wirklich verstehen würde, hatte Peter nur gelacht. Er hatte sein Vorhaben nicht begriffen. Er war mit seinen Fangfragen gekommen und mit seinen logischen Analysen und seinem ganzen dialektischen Rüstzeug und hatte ihm bewiesen, daß er ein vollkommener Narr wäre.

War es richtig gewesen, sich aus der Diskussion zurückzuziehen, es noch ausdrücklich aussprechend, daß er noch keine Entgegnung wüßte auf die Behauptungen des Bruders? Zwar hatte er »noch« gesagt, aber weder Papa noch Peter schienen von dieser Einschränkung beeindruckt gewesen zu sein – er hatte keine Antwort gewußt. Er hatte nur festgestellt, daß er wüßte, daß er recht und Peter unrecht hätte, und hatte gesagt, er würde die Antwort schon geben, nur nicht heute. Er konnte sich überhaupt nicht mehr erinnern, wie Peter damals seine eigene Stellung, die Papas und die seines Bruders gekennzeichnet und in Gegensatz gebracht hatte, wie es ihm gelungen war, seine Weltanschauung und Lebenshaltung als richtig hinzustellen und die des Bruders und seines Vaters als unrichtig und dumm. Aber Alexander wußte, daß Peter im Unrecht war. Und daß es galt, ihm das zu beweisen.

Alexander fuhr ruhig und sicher. Seine Mutter saß hinten im Fond und hatte die Augen geschlossen. Sie hatte Kopfschmerzen und wagte nicht, es ihrem Sohn zu sagen, weil Alexander sie sonst wieder nach Hause gebracht hätte, und dann wäre der Skandal mit Peter fertig gewesen. Die Pauli hat so eine furchtbare Art, ununterbrochen und sehr schnell zu sprechen, und es ist eine Katastrophe, wenn ich mit ihr spielen muß. Am liebsten würde ich mich in ein Café setzen und ein paar Illustrierte anschauen, aber das würde Alexander nicht verstehen; er bringt mich bestimmt bis hinauf, und allein woanders hingehen kann ich nicht, weil es so regnet, und wenn ich der Pauli sag, ich hab Kopfweh, drängt sie mir ihren Wagen auf, und dann fährt mich ihr gräßlicher Sohn nach Hause. Und dann ist die Katastrophe wieder fertig. Nein, ich darf nicht sagen, daß ich Kopfweh hab. Hoffentlich ist wenigstens diese schreckliche Frau Doktor Nohel da; heut tät ich gern mit ihr spielen, grad, weil sie einen nie spielen läßt, um gar keinen Preis, und selbst, wenn sie ein unmögliches Blatt hat, nur immer selber spielt; keiner will mit ihr spielen, weil man bei ihr einfach immer den Strohmann machen muß und außerdem ständig verliert. Also, heut würde ich gern nur den Strohmann machen und sonst nichts. Ich möchte bloß wissen, warum die Pauli diese Nohel immer einlädt, diese entsetzliche Person; ihren Mann sieht man überhaupt nie, er soll in irgendeinem Ministerium sein und furchtbar schielen, hat die Pauli einmal gesagt, er soll so stark schielen, daß ihn seine Frau nicht herzeigen will, aber sonst soll er ein ganz lieber und gescheiter Mensch sein. Donata wird mich bestimmt gleich in der Früh anrufen, warum wir nicht gekommen sind, Richard und ich, nämlich aus welchem wirklichen

Grund nicht, sie wird das so betonen, sie hat mir ja nie etwas geglaubt, und ich werde ihr wieder sagen müssen, daß Richard mir nie die Gründe für seine Entscheidungen mitteilt; das wird sie. mir schon glauben, aber nicht, daß ich es dennoch nicht weiß. »Du weißt es sicher, Louisa«, wird sie sagen, »und denk doch einmal nach! Eine Frau merkt doch so etwas, auch wenn's ein Mann nicht sagt! Was kann er denn schon für Einwände haben, dein Mann? Ich habe dir doch ganz genau erklärt, wieviel für uns davon abhängt, daß wir den Kredit bekommen! Du mußt ganz einfach mit Richard reden, und jetzt paß auf, ich werde dir noch einmal alles erklären!«, und natürlich werde ich wieder überhaupt nichts verstehen, außer daß Donata und Enzio unbedingt österreichisches Geld brauchen und die verstaatlichten Großbanken aus irgenwelchen komplizierten Gründen keine Kredite einräumen können, obwohl alles ein ganz sicheres Geschäft ist. Louisa seufzte, als der Wagen anhielt. Alexander stieg aus und öffnete ihr den Schlag. Sie standen vor dem großen Hotel in der Innenstadt, in dem Donata logierte und in dessen Bankettsaal der Empfang gegeben wurde, auf den sie nicht gehen sollte; sie war nicht einmal richtig angezogen dafür.

»Steig wieder ein, Alexander!« sagte sie hastig, »ich möchte doch nicht hierher, sondern auf den Bridgeabend bei Frau Pauli!«

»Aber Mama, du und Papa, ihr seid doch heute hier eingeladen!« sagte Alexander verblüfft. Er hatte den Schirm nicht wieder aufgespannt, weil das Schutzdach des Hotels den Eingang deckte; das Foyer war hell erleuchtet; vom Portal näherten sich der Portier und ein mittelgroßer Herr im Smoking: Dr. Sella. »Papa ist nicht auf dem Empfang! Hat dir Peter denn nicht gesagt –«, begann Louisa von Schelnhausen verzweifelt, aber es war schon zu spät.

»Küß die Hand, Baronin!« rief der Italiener, sich lebhaft verbeugend, Alexander zunickend und dem Portier abwinkend, der sich darauf undurchdringlichen Gesichts wieder zurückzog. »Küß die Hand, Baronin!« Mit diesem Gruß war Dr. Sellas Wienerisch und Deutsch allerdings so ziemlich erschöpft; er gestikulierte heftig, beglückt, nötigte Louisa auszusteigen, drückte Alexander strahlend die Hand, und alles das unter einem stürmischen italienischen Wortschwall, von dem der junge Schelnhausen kaum das zehnte Wort verstand. Nicht einmal ihre Sprache hatte Louisa ihren Söhnen zu vermitteln gewußt.

Die Lage, in der sich die Baronin befand, war so absurd, daß auch ein festerer Charakter davor zurückgeschreckt wäre, hier ein klärendes Wort zu sprechen. Frau von Schelnhausen wurde verschleppt und Alexander auch. Er mußte mit hinauf in den Bankettsaal, um der Principessa seine Verbeugung zu machen.

Es war nicht zu übersehen, daß der Empfang sich bereits seinem Ende zuneigte – die meisten Herren waren schon gegangen –, mit welchem Fiasko sich seine Auflösung vollzogen hatte, war für Alexander aber nicht erkennbar; die finsteren Gesichter der wenigen Standhaften, die noch da und dort an dem verwüsteten Büfett nach Bissen angelten, wobei sie sichtbar an anderes dachten, waren nicht aufschlußreich genug. Es handelte sich bei diesen hartnäckig Harrenden um Reste zweier Gruppen: die italienischen Herren, die sich wie schützend um Fürstin Donata Valleghi scharten, und einige wütende und besorgte Wiener Kommissionäre, die in der vagen Hoffnung warteten – Doktor Sella hatte sich nach seiner Erklärung, Kommerzialrat Schelnhausen habe abgesagt, entfernt, angeblich weil er mit Mailand telefonieren wollte –, nach der Rückkehr des Italieners die neuen Verhältnisse zumindest so weit klären zu können, um morgen imstande zu sein, wenigstens die wichtigsten Dispositionen zu treffen, welche die veränderte Sachlage erforderte. Einer von ihnen, und der Besorgteste, war Viktor Trubisch. Von penetranter Schönheit, dunkel, gleichzeitig den Typus Stummfilmstar und zeitgemäßer Manager darstellend, aber minus Glatze, minus nervösen Kettenrauchens und permanenten Kaffeetrinkens, besaß er die Physis eines antiken Athleten. Charakterlich ein Voluntarist mit großer Durchschlagskraft, kannte er keinen Zweifel an sich selbst. Nie war es er, der die Schuld am Fiasko trug, das ihn immer wieder traf, stets waren es die widrigen Umstände oder die Unfähigkeit und Unentschlossenheit seiner Mitarbeiter. Diese Einstellung hatte zur Folge, daß er dieselben Fehler immer wieder beging, daß er es nie gelernt hatte auszuweichen; wenn er um Ecken fuhr, konnte man gewiß sein, daß er sie gleich mitnahm. Solches Verfahren ist eine Zeitlang immer erfolgreich, insbesondere, wenn die Faust, mit der man unbequeme Ecken zertrümmert, noch einiges Geld zwischen den Fingern hat, aber stets wird einem solchen kommerziellen Faustkämpfer dieselbe Sturheit, die es ihm vordem ermöglichte, auf Kosten seiner Geschäftsfreunde emporzutrampeln, später zum Verhängnis. Trubischs eintönige Methode war nur bei einem einzigen Menschen dauernder Erfolg beschieden: bei seiner Frau Gisela, die ihn nicht weiter kümmerte, außer wenn er sie gerade brauchte; er pflegte sie dafür in unregelmäßigen Zeitabständen rücksichtslos zu vergewaltigen, und sie war ihm dafür bedingungslos ergeben, was sich nur aus ihrer merkwürdigen psychischen Konstitution erklären läßt. Sein sonstiger Verschleiß an Frauen war enorm. So hielt er sich für einen Casanova und war noch nicht dahintergekommen, daß sein Massenverbrauch ja gerade dadurch bedingt war, daß ihm mit dem Chevalier de Seingalt gar nichts Gemeinsames eignete. Er wußte keine Frau zu halten: In der Regel gab es pro Partnerin nur eine einzige Nacht, dann hatte er genug und sie meist mehr als das.

Gisela Korbmacher war die Ausnahme. Sie, die einzige Frau, die er befriedigen konnte, hatte er geheiratet. Aber nicht etwa aus diesem Grund: auch sein Schritt zur Ehe war nichts anderes als einer jener zeitweisen, nach oben gerichteten Trampelschritte gewesen, die, aneinandergereiht, etwa die dynamische Kurve seines Lebens überhaupt und seines Geschäftslebens im besonderen ergeben würde: ein stetig fallender Zickzack, dessen emporspringende Buckel sich zwar immer noch deutlich abzeichneten, von denen aber jeder tiefer als der vorhergegangene lag. Daß diese traurige Linie disproportional zur Schrumpfung seines ererbten Vermögens verlief, daß seine Geschäfts- und Lebenskurve auch nach dem Verlust aller Eigenmittel dennoch im Rahmen einer wackligen, aber immerhin doch noch vorhandenen Liquidität weiterzacken konnte, daran trug nur seine kraftmännliche Hammermethode Verdienst oder Schuld, mit welcher er immer neue Kompagnons so wirkungsvoll breitzuschlagen vermochte, daß sie den Unternehmungen des Herrn Trubisch so lange zuzuschießen sich bewogen fühlten, bis ihre finanzielle Beweglichkeit so weit reduziert war wie die des Herrn Viktor selbst.

Gisela Korbmacher, Tochter des Prinzen Ferdinand zu Craillsperg, schien dem stets auf Kapitalsuche befindlichen Geschäftsmann das Jawort vor Staat und Kirche wert: des kapitalkräftigen Schwiegervaters wegen, der seiner Tochter keinen geringen monatlichen Unterhalt zahlte, nur damit er sie nicht unter die Augen kriegte. Leider reagierte der Prinz auf die Nachricht von dem bevorstehenden Ehebund nicht ganz wie erwartet. Es gelang Trubisch nur ein einziges Mal, zu dem Prinzen vorzudringen, der es nicht einmal nötig gefunden hatte, zur Eheschließung seiner Tochter Stellung zu nehmen, geschweige denn bei der Hochzeit zu erscheinen. Dem Überfallsbesuch bei Craillsperg waren eine große Anzahl Briefe an den Schwiegervater in spe vorangegangen, die alle unbeantwortet geblieben waren; auf diese Tatsache wies der erbitterte Trubisch als erstes hin, als er endlich dem Prinzen gegenüberstand, bog es dann aber, durch das steinerne Gesicht des alten Herrn zum erstenmal in seinem Leben aus dem Konzept gebracht, in eine Erklärung und Entschuldigung seines unangemeldeten Kommens um. Craillsperg benötigte ganze fünf Minuten, um seinen Schwiegersohn abzufertigen. Er sprach Trubisch mit »Verehrtester« an und gebrauchte diese Anrede auf subtile Weise fast als Schimpfwort, ohne dazu erst ironisch werden zu müssen. Er erklärte, daß er nicht daran dächte, sich auch nur mit einem einzigen Groschen an der Firma des Herrn Viktor zu beteiligen, und ließ weiterhin noch einige Bemerkungen fallen, die ihn als recht gut unterrichtet über die zweifelhafte Bonität des Unternehmens seines Schwiegersohns zeigten. Er bemerkte, daß er eigentlich kaum mehr die Notwendigkeit seiner monatlichen Zuwendungen an Gisela einsähe – sie sei ja nun verheiratet und versorgt –, und brachte Trubisch, dem er weder zu Anfang noch zu Ende der fünf Minuten die Hand geboten hatte, mit den abschließenden Worten zur Tür, daß er die Überweisungen einstellen würde, wenn man ihn nicht in Ruhe ließe.

Nun, dieser Trampelschritt war danebengegangen, das gestand sich Trubisch freimütig ein, insbesondere, weil er die Schuld am Mißlingen dieses Kreditbeschaffungsunternehmens selbstverständlich seiner Frau gab – wie konnte man nur einen derartigen Vater haben, einen Vater, der weder den Anstand bewiesen hatte, die Mutter seiner Tochter zu ehelichen, noch der wichtigsten Vaterpflicht überhaupt genügen wollte, nämlich dem Manne seiner Tochter nachhaltig finanziell unter die Arme zu greifen! Nicht einmal eine Mitgift war herausgesprungen bei dieser Ehe!

Trubisch stampfte und trampelte weiter, seine Kurve entlang, die sich mählich senkte. Jetzt, im vierten Jahr seiner Ehe, die nie eine Ehe gewesen war, war er in das italienische Ostgeschäft hineingetrampelt. Leider hatte aber die Faust, die er hier, wie immer, schwang, recht wenig Geld zwischen den Fingern, somit war die einzige Geschäftsmethode, auf die er sich verstand, zum Scheitern verurteilt; selbst der momentane Buckel nach oben war in Frage gestellt: bei überall überzogenen Konten.

Trubisch, als Kommissionär der Italiener, hatte gegen Übergabe seiner langfristigen Sicherheitsakzepte Lagerscheine erhalten. Er konnte also über die nach Österreich importierte Ware verfügen, allerdings mit der Auflage, sie bestmöglich zu verkaufen. Er hatte Kundenakzepte aus dem Osten genommen, die wohl auf sehr zufriedenstellende Summen lauteten, aber leider nicht bankfähig waren; durch gewisse Restriktionen der Ausfuhrbehörden war es ihm nicht möglich gewesen, zu liefern, so daß sich der Abnehmer im Osten außerstande gesehen hatte, das notwendige Aval seiner Staatsbank beizubringen, welche unter Hinweis auf das bestehende Embargo die Bürgschaft verweigerte. All das hatte zur Folge, daß Trubischs kommissärisch übernommenes Lager wohl immer größer wurde, seine finanzielle Beweglichkeit aber immer kleiner. Im Vertrauen darauf, daß die Ausfuhrsperre wohl noch ein Vierteljahr anhalten würde – dieser Zeitraum wurde allgemein genannt –, hatte er nun zu dem verzweifelten Mittel gegriffen, den ihm überlassenen Warenbestand – über den aber bereits per Termin verfügt war – zu lombardieren. Die Lagerscheine, als Pfand für den ihm eingeräumten Kredit weitergegeben, befanden sich also nicht mehr in seiner Hand, der Kredit war übrigens auch bereits weitgehend ausgenützt; und im Augenblick bestand zu alledem noch keine Möglichkeit, das durch Kreditnahme und Benutzung aufgerissene Loch zu stopfen. Nun, Trubisch als unerschütterlicher Anhänger der alten Weisheit »kommt Zeit, kommt Rat« hatte die unmittelbare Notwendigkeit dazu im Augenblick nicht empfunden.

Aber dann war's heute Schlag auf Schlag gekommen. Den ersten Hieb auf die Gürtellinie hatte ihm der östliche Handelsattaché mit der Erklärung versetzt, daß der so lange in Schwebe gewesene Handelsvertrag endlich ratifiziert werde und somit die Aufhebung des Embargos bevorstünde; es könne sich nur mehr um Tage handeln. Es war das ein schwerer Schlag, aber er ging noch nicht ins Leben: Trubisch war noch so weit flüssig, daß er imstande war, wenigstens einen Teil des Lagers wieder auszulösen, um seinen ersten Lieferungsverpflichtungen nachkommen zu können. Gleichzeitig würde er schleunigst das nötige Aval auf seine Kundenrimessen einholen lassen – das würde die östliche Staatsbank nun nicht mehr verweigern –, um nachher die Wechsel zum Eskont einzureichen. Von dem Erlös konnte er einen weiteren Teil des Lagers freibekommen, zur Auslieferung bringen und so fort. Freilich waren sowohl Lombard als auch Diskontkosten ziemlich hoch, und es war sehr die Frage, ob er mit dieser Methode der Abwicklung auch nur die Abdeckung seiner eigenen Besicherungsakzepte erreichen würde, geschweige denn den durch die Auflage des »bestmöglichen Verkaufs« nötigen Überschuß, von einem eigenen Profit gar nicht zu sprechen. Trubisch machte also schon dieser Schlag schwer zu schaffen, das k. o. stand aber wenigstens nicht unmittelbar bevor und war vielleicht – wer weiß – sogar noch abwendbar. Mit Glück ließ sich am Ende möglicherweise doch noch ein Profit erzielen. –

Aber dann hatte Sella mitgeteilt, daß Kommerzialrat Schelnhausen nicht erscheinen würde. Jeder der Anwesenden wußte, was das bedeutet: Die Kreditverhandlungen der Wiener Niederlassung der Italiener waren im letzten Augenblick gescheitert. Die dieser naheliegenden Erkenntnis folgende Konsequenz war für die übrigen Kommissionäre sehr unangenehm, für Trubisch war sie vernichtend: Die Italiener würden es sich nicht leisten können, die durch das Embargo angeschwollenen Lager als tote Kapitalsbindung zu halten. Nun, und dann hatte es Dr. Sella ausgesprochen: Die Kommissionäre wurden aufgefordert, die Lagerscheine gegen Retournierung ihrer Sicherstellungswechsel an die Wiener Niederlassung der Italiener rückzuübertragen, da man sich nunmehr, zur Überbrückung, leider vor der Notwendigkeit sähe, auf die Lager zeitweilig einen Warenkredit aufzunehmen. Dem diesen Ausführungen folgenden aufgeregten Wortsturm war Dr. Sella, der einen angegriffenen Eindruck machte, ausgewichen, indem er sich zurückzog, um einige dringende Anrufe vorzunehmen; er würde den Herren nachher wieder zur Verfügung stehen, und man würde sich schon über einen Modus einigen, der –.

Zurück blieb Fürstin Valleghi, die mit gequältem Lächeln und nichtssagenden Erklärungen die aufgebrachten Wiener Kommissionäre zu besänftigen suchte, und die übrigen italienischen Herren, die nach einer kurzen Weisung Sellas die mißlungene Veranstaltung allmählich aufzulösen trachteten, was ihnen auch teilweise gelang; die Heimgeschickten begannen, sich scharenweise streitend zu entfernen. Die Hartnäckigen blieben, und Viktor Trubisch auch, obwohl der zweite Schlag durchaus alle Symptome eines Genickschlags mit sich brachte; nein, dieser Viktors

Nacken wies keinerlei Härte mehr auf, er war gründlich weichgeklopft. Trubisch hatte es gelernt, andere warten zu lassen, aber nicht, selber zu warten; der sich endlos hinziehende, abbröckelnde Empfang war eine Tortur gewesen, die ihn langsam, aber sicher mürb gemacht hatte; ein Hämmerer wie Trubisch gibt keinen brauchbaren Amboß ab.

Viktor Trubisch trank das halbe Glas lauwarm gewordenen Weins aus und schüttelte sich. Er stellte den Kelch nieder und ging quer durch den Saal auf die Principessa zu, die noch immer von ihren schützenden Paladinen und gegen sie ankämpfenden Wiener Herren umringt war; nicht, um sich an der schleppenden, aussichtslosen Diskussion zu beteiligen, sondern weil er es nicht mehr aushielt, allein in seiner Ecke.

Sella war nicht telefonieren gegangen. Er war die läuferbelegten Marmorstufen hinuntergelaufen, verzweifelt hinaus in die Nacht, in den Regen starrend, krampfhaft versuchend, einen klaren Gedanken zu fassen.

Dann kam die Freifrau von Schelnhausen. Das konnte nach ihrer vorherigen Absage nur eins bedeuten: Der Kommerzialrat war in seinem Entschluß wieder wankend geworden. Weshalb? Dr. Sella, mit neuerwachter Energie, trat wieder in Aktion.

Für Alexander war der Empfang, auf den er so überraschend geraten war, eine große Enttäuschung. Er hatte nichts anderes geglaubt, als seine Mutter zum Hotel zu fahren und dann sofort zurückzukehren. Aber während sie zu dritt durch die mäßig belebte Hotelhalle gingen, über die breite Freitreppe hinauf in den leerliegenden, hell erleuchteten Gang, dachte er schon an das Bevorstehende wie an ein Abenteuer aus der großen Welt. Obwohl in Verhältnissen aufgewachsen, die wahrlich nicht ärmlich genannt werden können, obwohl er seit seiner Kindheit gewohnt war, sich in einem Rahmen zu bewegen und mit Menschen zu verkehren, die Außenstehende ohne weiteres mit dem Begriff große Welt in Verbindung brachten, mit einem Begriff, dem alle Halbempfindungen und Gefühlsresonanzen unterlegt werden, die aus den retuschierten Bildberichten der Illustrierten, aus den verfälschenden Kulissen des Films und aus den Reklamezeichnungen stammen, welche das zu verkaufende Produkt durch den Glamour einer mondänen Sphäre an den Mann zu bringen suchen, obwohl er also das Stratum kannte, wie's nur der kennt, der dazugehört, glaubte er doch, daß über seiner Societät unbedingt eine höhere stünde, die er nur noch nicht kennengelernt hätte – im uneingestandenen Kinderglauben, daß die Menschen seiner Schicht in Paris, London oder New York vielleicht doch besser wären, sich richtiger bewegten, gemäßer anzögen und gescheiter sprächen. Und wenn es ein Glied gab, das herüberreichen mochte aus der wirklich großen Welt in dieses Wien, das – in seinen Augen – ein Dorf geworden war, so mußte es doch die Welt des Big Business sein, das über Grenzen und Kontinente greift und in Zahlen und Daten denkt, die kleinliches, würdeloses Krämertum unmöglich macht durch seine Größe selbst, in deren Nachbarschaft und Wirkung zu agieren es doch schon monumentaler Charaktermaße und Wohlabgewogenheit in jedem, auch im kleinsten, äußersten Belang bedurfte.

Alexanders Bedarf an Dekor war groß, zu groß wie bei manchem jungen Mann seiner Klasse, der seine romantischen Hosen noch nicht ausgewachsen hat. Wohl wußte er schon, daß es keine leeren Äußerlichkeiten, keine nichtssagenden Symptome und keine grundlosen Embleme gibt, noch hatte er aber nicht entdeckt, daß die naturalistischen Abweichungen vom romantischen Ideal das Ideal nicht aufheben, sondern nur Ausgestaltungen eines vorweggenommenen Bildes sind, das noch der Details ermangelt hatte, Details, deren allmähliche Einfügung erst die überraschende Erkenntnis erlauben wird, daß es die geforderte höhere Societät gar nicht zu erreichen gilt, weil man sich ohnedies in ihr befindet, und nur die herabsetzende Intimität, mit der die eigene Welt gekannt wird, bei ungeprüft von außen übernommenen Maßstäben, es nicht zugelassen hat, die immer schon bestehende Deckung von gespürter Ortung und zugekommenem Ort festzustellen.

Noch war er nicht soweit, noch verfügte er nicht über das Rüstzeug, welches ihm im Verlaufe unserer Erzählung einmal erlauben wird – in einem hellen, blitzartigen Einschießen verfrühter Erfahrung und noch zu erreichender Erkenntnis –, die richtigen Worte zu finden, um seinem Bruder endlich zu antworten, um dem Prinzen Craillsperg das einzige argumentum ad hominem zu bieten, welches erlaubt ist: die Feststellung der Verpflichtung, die zwischen gleich und gleich immer besteht: Arcades ambo. Noch war er nicht soweit. Noch störte ihn jede nichtige Abweichung vom romantischen Ideal; Traum, der zugleich Maß war.

Big Business – die wirklich große Welt, heute würde er sie zum erstenmal sehen, wie sie war, im eigenen Element und nicht im fremden, wie sie belanglose Abendunterhaltungen, Cocktailstunde, Gesellschaft, toute la ciasse aisée bedeuten, wo es den zeitweilig Herabgestiegenen um nichts anderes ging als um billige Eitelkeiten – unwichtige, kreatürliche Rückfälle aus höheren Sphären: Alexanders Naivität war ehrlich und pathetisch zugleich. Die Enttäuschung war groß. Der leere Bankettsaal mit den wenigen Personen, die weinroten Seidentapeten, schmalgoldgerahmten Spiegel, Halbsäulen aus Gips mit Kapitälen, in deren Geschnörkel der Staub saß, das verwüstete Büfett mit seinen Speiseresten, regellos stehenden Gläsern und Platten, zerknitterten, weingefleckten Damasttüchern, dem müden, verstohlen gähnenden Serviermädchen, ein beschädigtes Brettchen im Parkettboden, das ungedämpfte, durch keine Seitenampel mehr gelockerte Licht des Kristallüsters, das erbarmungslos in alle Ecken drang, den Raum leer und kalt in die Höhe dehnend, den Eindruck der Kahlheit und Abgestandenheit noch verstärkend, den die Unordnung nach einem Massenaufbruch erzeugt, akzentuiert durch die verlorenen Grüppchen der Zurückgebliebenen, die besser auch schon hätten gegangen sein sollen, um das unpersönliche Chaos der einzigen Macht zu überlassen, die hier zuständig ist: dem grauen Heer der Aufwartefrauen mit klappernden Kübeln und feuchten Wischtüchern – all das bewirkte nach seiner hochgetriebenen Erwartung einen tiefen Absturz.

Zudem scheint das Big Business hier durch Männer vertreten, die physiognomisch, ihrem Gehaben und ihrer Sprechweise nach auch den bescheidensten Erwartungen nicht genügen können – dachte Alexander, der seine Ansprüche für sehr bescheiden hielt.

Er küßte seiner Tante die Hand, fand sich bald unbeachtet und setzte sich in eine Ecke, entschlossen, hier einige Minuten höflicherweise zu warten und sich sodann zu verabschieden; er würde seine Mutter bitten, ihn zu entschuldigen, und ein Taxi nehmen, ihr den Wagen zurücklassend.

Er betrachtete seine Mutter, die hilflos den unverständlichen Tiraden zuhörte, und Fürstin Valleghi, die den Doktor dann und wann mit einigen kurzen, bestimmten Worten unterbrach, und die übrigen Herren, die nach der Vorstellung in einem gelockerten Kreis die drei umstanden, sich halblaut unterhielten und nicht wußten, ob sie dazugehörten oder nicht, ob sie gehen sollten oder bleiben. Alexander fand plötzlich, daß er diesem Bilde nichts mehr abnehmen konnte, nicht den bescheidensten

Eindruck; die durch die kurze Welle der Erwartung zurückgestaute Müdigkeit fiel wieder tief in ihn ein.

Von der Gruppe um die Fürstin und seine Mutter – der letzten Gruppe im Raum – löste sich ein hochgewachsener, sonngebräunter Mann im Smoking mit Schalkragen und gefältelter Hemdbrust, Cummerbund: als wäre er einem Modejournal entstiegen.

Viktor Trubisch wußte bloß, daß seine Frau mit einem jungen Schelnhausen umging; wie der mit Vornamen hieß, war ihm unbekannt, daß der Kommerzialrat zwei Söhne hatte, auch, und was Gisela mit dem Bengel anstellte, war ihm egal – jetzt, als Peripheriezugehöriger der um die Ankömmlinge sich sammelnden letzten Reste dieses scheußlichen Empfangs, hatte er erfahren, wer der junge Mann im Sommeranzug war, und es fiel ihm plötzlich ein, daß er vielleicht doch darüber nachdenken könnte, was der Kerl da mit seiner Frau trieb.

Er ging geradenwegs auf Schelnhausen zu, blieb vor ihm stehen, blickte ihm scharf in die Augen und sagte mit Betonung: »Mein Name ist Trubisch; ich glaube, wir haben uns noch nicht kennengelernt.«

»Schelnhausen«, sagte Alexander und erhob sich.

»Herr Schelnhausen«, begann Trubisch nach kurzem Zögern und ostentativ seine Hände in die Taschen steckend, »ich bin gewohnt, freizügig zu denken, weiß, daß Sie das in bezug auf Gisela auch tun, und darf daher annehmen, daß Sie jetzt, in anderem Zusammenhang, ebenfalls Freizügigkeit beweisen werden.« Alexander verstand überhaupt nichts. Er hätte nun fragen können: Wer ist Gisela? und unterließ es. Trubisch sprach weiter. Seine ersten Worte hatten wenigstens einen blassen Schein der Höflichkeit bewahrt, den ließ er jetzt fallen; er schwang den gewohnten Hammer. Er wies darauf hin, daß Alexander über seine Mutter Einfluß auf die Italiener besaß, und forderte, daß er diesen geltend machen solle, um zu erwirken, daß wenigstens er, Trubisch, sein Lager nicht rückübertragen müsse, und drohte, daß er sonst das Verhältnis Schelnhausens zu seiner Frau publik machen würde. Alles das sagte er nicht mit wenigen Worten, sondern weitschweifig, ungenau, um Alexander zu gedachten Ergänzungen zu zwingen, die aus Angst, aus schlechtem Gewissen stammen sollten; aber seine Suada war in ganz anderer Weise wirksam als er vermutete. Peter, dachte Alexander und nicht mehr. Er wußte nichts von dem großen Transitgeschäft, auf welches der Mann im Smoking immer wieder mit unverständlichen Bemerkungen Bezug nahm, er hatte nichts von dem Verhältnis seines Bruders zu dieser Gisela Trubisch gewußt, begriff es aber sogleich, ohne es ganz zu verstehen; er wollte es gar nicht verstehen; und am wenigsten mochte er mit Derartigem zu tun haben, das ihm schon im Anstreifen spontan solchen Ekel machte, daß seine Reaktion unwillkürlich war und derart stark, daß er nicht einmal Bedenken oder Befürchtungen deswegen fühlte. Hier wäre alles Antwort gewesen, auch eine schroffe Ablehnung. Alexander aber, den jetzt, seltsam genug, seine Müdigkeit stärkte, sein Ekel verhärtete, ließ sich auf nichts ein. Durch einen halben Augenblick spürte er ein starkes déjà-vu, das aber sofort von einer bestimmten Erinnerung abgelöst wurde, und er erkannte Trubisch als nahen Verwandten des Portiers Vesely. Er ließ den Herrn im Smoking wortlos stehen und ging zu seiner Mutter, um sich zu verabschieden. Trubisch folgte ihm nicht.

4

Fritz Haber sprach viel, heilfroh darüber, daß außer Peter und Hubsi noch Poldi Hörndl da war; das war Vorwand genug, nicht mit dem anfangen zu müssen, was ihn kreuz und quer durch den Gewitterregen, durch die Gassen gejagt hatte, bis hier heraus nach Hietzing.

Er versuchte, sich verzweifelt einzureden, daß er sich wenigstens in einem getäuscht haben mußte: dem Winken Hubsis. Das durfte einfach nicht geschehen sein. Er mußte einer Bewegung Lerchs eine falsche Bedeutung gegeben, Hubsi durfte ihn nicht gesehen haben. Es ging nicht mehr weiter, alles, was ihm während seiner Flucht hierher aufgestiegen war, mit solchem Druck, daß er es manchmal wirklich hinausgeschrien hatte, schluchzend, keinem Zuhörer, höchstens dem Vorausbilde eines sympathisch lauschenden Peter Schelnhausen zu, alles, jeder Klageschrei war ihm an den Lippen abgeschnitten. Es ging nicht. Denn er war – gewarnt. Nicht, daß Peter unfreundlich gewesen wäre, im Gegenteil, aber er hatte denselben wachen, wartenden Ausdruck im Auge wie Hubsi, der neben ihm saß, nur nicht ganz so deutlich; an Peter allein wäre er nicht als das zu bestimmen gewesen, was er wirklich darstellte; Fritz erkannte ihn eigentlich nur, weil dieser Ausdruck ein gleicher war, ein Mitschwingen eines anderen Tons in fremder Materie: Hubsi vibrierte boshafterwartungsvoll, und Peter schwang mit: So ungefähr fühlte es

Fritz, aber er übersah es dennoch. Obwohl er es erkannte, gab er es sich nicht zu: Es wäre zu ungeheuerlich gewesen. Fritz Haber wußte eigentlich schon alles – aber in einer Schicht, wo er es sich noch nicht zugeben durfte oder mußte …

Wenn wir von seinen Einzelschichten oder Bestandteilen sprechen, tun wir das sehr ungern, weil es nämlich eigentlich nicht stimmt. Haber war ein durchaus homogener Mensch, aus einem einzigen Stoff gemacht, durch und durch, er war der Dkfm. Fritz Haber überall, hinten und vorn, und wenn er »ich« sagte, wußte er immer durchaus, was er damit meinte, und meinte immer dasselbe; was seinen Schuhriemen anging, ging den ganzen Haber an, genausogut wie das Glück, das Diplom erobert zu haben, den ganzen Haber anging. Dennoch hat auch eine homogene Natur wie Fritz seine Schichten aufzuweisen; freilich sind es nur Schichten zweiter Art, Pseudoschichten sozusagen, zwischen denen ebenfalls Spannungen und Spannungsabfälle möglich sind, in sehr geringem Ausmaß zwar, und sonst, gemeinhin, durchaus zu vernachlässigen, ohne damit dem Charakterbilde etwas zu nehmen. Aber wenn seine Materie auch eigentlich unspaltbar war, so gab es doch eine oder die andere weiche Stelle, und wenn da ein Beilhieb erfolgte, fiel der Klotz dennoch brav auseinander.

Zwei Klötze standen nun hintereinander, nach jenem Beilhieb: der eine, vordere, der seine konventionelle Automatik enthielt, der unaufhörlich redete, über nichts und alles, und hauptsächlich mit dem Poldi Hörndl, weil man dem gefahrlos in die Augen schauen konnte, und der andere, der zeitweise sogar denkende Teil, der gewarnte, geängstete, der über die Kluft hinüber den einen noch so weit zu stören vermochte, daß sich dieser sogar manchmal verhaspelte oder scheinbar unmotiviert »haha« machte.

Der unglückselige Hinterklotz war, obwohl er sich durchaus heimlich verhielt, entschieden schlimmer dran. Er hatte etwas erkannt, handelte danach und durfte es nicht wahrhaben. Peter von Schelnhausen, in seiner Art, hatte ganz recht, als er gemeint hatte, daß es noch eines zweiten Experimentes bedürfen werde, um den Schneck Haber aus seinem Häusl zu treiben oder, um schon bei unserem immer unglückseliger werdenden Bild zu bleiben, den Hinterklotz, auf den es ankam, noch weiter zu zertrümmern.

Poldi Hörndl war nicht eingeladen worden, er war einfach gekommen. Er gehörte zu denen, die in der Bodenkammer oben mit Peter und seinen athletischen Freunden Body-Building trieben, weiter nichts. Hubsi Lerch war dafür gewesen, ihn wieder hinauszuschmeißen, aber Peter hatte abgewinkt: auch die Reaktion eines Außenstehenden wäre interessant.

So gab es anfangs doch eine Party, obwohl es gar keine hätte geben sollen – alles Gerede davon, Louisa von Schelnhausen gegenüber, die Mitteilung an Haber, war nur Vorwand gewesen, die eine aus dem Haus, den anderen unauffällig ins Haus zu bekommen.

Man trank und plauderte. Dann, auf einen Wink Schelnhausens, entfernte sich Hubsi und blieb ziemlich lange aus. Als er zurückkam, brachte er eine mit einer Metallglocke verdeckte Bratenplatte mit und stellte sie vor Fritz nieder, Teller, Messer, Gabel und Serviette vor ihm gefällig anordnend. Fritz sah verständnislos auf. »A vous«, sagte Peter. Fritz verstand noch immer nicht. »Une bonne bouche, a pleasant mouthful, ein Appetithappen für dich«, erklärte Peter. Er betrachtete Haber gespannt. Hubsi zog sich einige Schritte vom Tisch zurück; sein Blick hüpfte von Fritz zu der Platte und wieder zu Fritz. Er lächelte nicht, er sah nicht ernst drein, er tat beides in schneller Aufeinanderfolge, verlegen, schamlos, neugierig, erwartungsvoll zugleich. Fritz hob die Glocke langsam empor, von Peter zu Hubsi, dann zu Poldi Hörndl sehend. Es war ganz still im Raum. Die Platte lag frei. Fritz starrte wortlos, sekundenlang. Dann senkte er die Glocke ebenso langsam, wie er sie angehoben hatte.

»Was – was ist das?« sagte er leise.

»Scheiße«, agnoszierte Poldi Hörndl, der Unbeteiligte. Aber seine Augen waren groß, rund und ungläubig.

Fritz Haber sah Peter an. Der schüttelte den Kopf

»Nicht seine, es ist meine«, sagte Hubsi und zog sich vorsichtig noch einige Schritte zurück.

Fritz Haber erhob sich. »Schweine«, flüsterte er, mindestens ebenso unbeteiligt wie Hörndl. »Ihr seid Schweine. Du auch, Peter, du auch, Hubsi, auch du, Poldi ...« Er wartete. »Ich muß speiben –«, stellte er dann tonlos fest. Er drehte sich langsam um, stand eine Ewigkeit, einen Herzschlag lang, unbeweglich, und rannte dann wie ein Irrer die Treppe empor. Peter rief: »Sitzen bleiben, Poldi! Räum das Zeug weg und setz dich dann auch nieder, Hubsi!«, sprang auf und lief Fritz nach, immer mehrere Stufen mit einem Sprung nehmend. Oben donnerte er gegen die Badezimmertür. Fritz schrie gellend: ein einziger, heller, zitternder Schrei. Dann krachte und splitterte Holz; Peter hatte die versperrte Tür aufgerissen. Wasser rauschte.

»Du, Hubsi ...«, sagte Poldi Hörndl. Lerch schüttelte den Kopf »Ruhe«, verlangte er. Er hob die Platte auf, trug sie aus dem Raum, kehrte schnell zurück und setzte sich nieder, vorsichtig, auf die Kante eines Fauteuils, horchte. Oben schrien Peter und Fritz, bald gleichzeitig, bald einzeln; man konnte kein Wort verstehen. Das Wasser wurde abgedreht. Dann war es eine lange, eine unheimlich lange Weile still. Später sprach jemand; sehr leise. Man hörte Weinen. Das Weinen riß ab. Wieder gab es für die Wartenden nichts zu hören, außer dem kalten Plätschern des Regens, das nun sehr deutlich ins Zimmer trat, und ihren eigenen Atemzügen, die schnell, flach und erregt gingen. Schließlich klappte oben die Tür, und Peter und Fritz kamen die Stufen herunter; Peter hatte den Arm um Habers Schultern gelegt. Haber war bleich, aber gefaßt, wie man zu sagen pflegt. Peter auch.

Poldi Hörndl war ein Mensch von geringer Phantasie. Er erzählte diese Episode später noch oft, und obwohl alle, die ihn kannten, wußten, daß er gar nicht imstande war, derartiges zu erfinden, glaubten sie ihm doch nicht. Denn er beschloß seine Erzählung regelmäßig mit der Feststellung, »daß erst seit diesem Abend der Schelle und der Fritz die besten Freunde gewesen sind«. Mit der Versicherung, daß es nach der Rückkehr der beiden aus dem Oberstock noch eine monumentale Sauferei gegeben habe, an der er noch Tage zu laborieren gehabt hätte, fand er schon eher Glauben.

Kapitel fünf Phase eins

1

Die Luft war grau, glanzlos – ich spür's, als wäre der späte, leere Nachmittag quälend irgendwo steckengeblieben.

Der Kaiserpark, der eigentlich Johann-Strauß-Park heißt, aber keiner nennt ihn so, liegt im siebenten Bezirk. Rundum stehen hohe Häuser, oben hängt ein verschmutztes Stück Himmel; auf den schwarzen Dächern rauchen die Schornsteine. Unten im tieferen Teil des Parks, der immer im Schatten liegt, laufen ein paar Kinder herum; ich höre das Scheppern der Tritons auf dem Asphaltweg. Eine kleine Halde steigt empor, staubiggrün das schütter stehende Gras, gesäumt von niedrigem Gebüsch. Der Platz hier oben ist gekiest, an seinen Längsseiten stehen braune Bänke. Der Sandkasten mit den verfallenen Erdbauten von gestern ist leer; blinkend stehen Lachen in den tieferen Gruben; heute früh hat es geregnet. Aber die Bänke sind schon trocken. Dennoch bin ich der einzige, der hier sitzt. Auch ich würde hier nicht sitzen, eingewickelt in meinen Mantel und ziemlich moros, müßte ich nicht auf Sylvie warten. Im März, auch wenn's ein warmer März ist, setzt man sich nicht in den Kaiserpark, weil man da nachdenken muß, Herr Doktor.

Der Mensch sollt immer ein Reservebein bei sich haben, hat der Chensky einmal gesagt, damit er, wenn sie ihm eins stellen, gleich ein anderes hat für seinen Standpunkt …

Ich habe aber keine Reservebeine, und der Leihmeister weiß das, und drum ist es ihm auch mühelos gelungen, mir sein Bein auf solche Weise zu stellen, daß ich glücklich wieder dort auf meine vier Buchstaben zu sitzen gekommen bin, wo ich nicht anders kann als nachzudenken. Nein sagen und wirklich eine Negation setzen sind nämlich zwei verschiedene Dinge. Wenn einer so schlecht negieren kann wie ich, gewährt ihm die gütige Natur wenigstens eine Kompensation dafür; ich weiß von diesem Umstand und Unglück. Und kann mich also danach richten.

Nein hab ich gesagt und werde dennoch auf das Jubiläum gehen. Denn zur Kompensation gehört auch noch ein ziemlich sicheres Vorausgefühl: Ich spüre, daß der Anruf vom Chensky mit dem von Sylvie irgendwie zusammenhängt, wahrscheinlich allerdings nur in seinem

Ergebnis, aber das genügt. Es tut nichts, daß ich gar keinen Beweis, ja nicht einmal einen Grund für diesen Verdacht besitze.

Ich warte also, rauch eine Zigarette nach der anderen, muß nachdenken, und schön langsam gehn mich wieder einmal die fremden Kümmernisse wie die eigenen an. Und dabei war ich schon so schön draußen gewesen aus dem ganzenFechtner-Schelle-Pallawatsch. Denn, man kann sagen, was man will, das letzte Semester vor dem Doktorat ist nicht unanstrengend, auch für mich nicht; das lenkt ab, und über den eigenen Schwierigkeiten werden einem fremde Kalamitäten natürlich ziemlich unbedeutend. Jetzt bin ich aber schon an die drei Monat im Ministerium, verdien zum erstenmal das, was ich zum Leben brauch, selber, und noch ein bißl weniger, hab geglaubt, daß ich den Chensky los bin, und muß heute draufkommen, daß das nicht stimmt. Ich bin den Chensky nicht los, ich bin den Schelle nicht los, und den Fechtner schon gar nicht – der hat in derselben Woche wie ich promoviert; ich war bei ihm auf der W. H. Hände schütteln und er bei mir in der Uni; zu den gegenseitigen Familienfeiern sind wir freilich nicht gegangen; aber schon das Händeschütteln war ein Einbruch in mein Nichtbeteiligtsein.

Der Chensky behauptet zwar auch, daß er immer unbeteiligt war und jetzt noch ist, aber er war stets dabei, auf beiden Seiten, einerseits als Beichtvater vom Fechtner und andrerseits als aufmerksamer Zuhörer vom Hubsi und Zuschauer von beiden.

Ich war in den letzten Monaten nie dabei und war nur auf beiläufige Mitteilungen von dem und dem angewiesen, die ich auf der Uni oder sonstwo getroffen hab, und war, infolge meiner Lernerei, so ganz woanders, daß diese Informationen damals gar nicht so richtig eingedrungen sind – ich hab das alles gewissermaßen einstweilen irgendwo unverwertet hinterlegt. Jetzt, im Park, muß ich mein Wissen sozusagen wieder hervorholen, hin und her drehen und betrachten, und nun wird die Geschichte peinlich, weil ich dabei bemerk, daß ich eigentlich ohnehin alles weiß. Und wenn man ohnehin alles weiß, müßt man eigentlich etwas tun, und das will ich nicht, spür aber, daß mir das nicht viel helfen wird. Ich weiß zum Beispiel, daß es der Chensky war, der den Hubsi mit der Münzer-Gesellschaft zusammengebracht hat, noch in derselben Nacht, als die Explosion der Party in der Party passiert ist, und zwar mit Hilfe der Einladung, die er mir gestohlen hat, aber wie das Ganze zustande gekommen ist, insbesondere wenn man bedenkt, daß die zwei vorher noch Patsy und Beulah abladen mußten, ist mir völlig schleierhaft.

Der Leihmeister war, wie gesagt, immer dabei. Ich nicht – denn er ist bald draufgekommen, daß ich nicht der Richtige für seine Double-dates bin. Und so ist er bald nach der Fechtner-Party, noch bevor ich mich ganz in meine Lernerei vergraben hab, wieder aus meinem Gesichtskreis verschwunden. Wenn ihn meine Spione irgendwo gesehen haben, war er meistens mit dem Hubsi Lerch zusammen. Manchmal auch mit dem Schelle – aber seltener. Denn der Schelle hat in der letzten Zeit noch ärger gestuckt als ich – hat sein Diplom übrigens mit Auszeichnung gemacht und steckt jetzt mitten in seiner Dissertation.

Ich überleg eigentlich bereits seit einem halben Jahr, wie ich mich vor der Jubiläumsfeier von unserer alten Schul drücken könnt, aber natürlich nur so zwischendurch. Jetzt, wo es unmittelbar bevorsteht, nämlich heute abend, und die Gefahr also akut wird, denk ich schon viel häufiger über eine Ausrede nach.

Da ruft mich der Chensky aus heiterem Himmel im Büro an und teilt mir mit, daß ich unbedingt kommen müßt. »Weißt, was das ist, ein Pufferstaat?« fragt er. »Ja? Siehst, so was müssen wir jetzt spielen, weil sonst gibt's eine Katastrophe, zwischen dem Schelle und dem Fechtner, so weit sind die schon.«

»Sag einmal, wie redest denn du daher?« frag ich erstaunt.

»Aufgeregt«, sagt er. »Also, jetzt paß auf. Nach der Party beim Fechtner hat der, trotz seiner gegenteiligen Brüllerei, noch immer ein Flugerl auf die Irmi gehabt; und nicht nur, weil die Lotte Luss endgültig papa war. Also hat er sich ein bißl an den Haber-Fritz gehalten, aber der war auf einmal überhaupt nicht mehr für ihn da; der sitzt nämlich jetzt endgültig beim Schelle, komplett mit Body-Building und so. Das war ein Tiefschlag für den Fechtner. Die Irmi ist zur Hauptnebenfrau vom Hubsi avanciert, da kann der Fechtner auch krabbeln, wie er will, es nützt ihm nichts. Dieser Schlag ist noch tiefer gegangen. Er ist aber nicht nur deswegen moralisch fast fallit, sondern eigentlich überhaupt, wenn du verstehst, was ich meine, weil –.«

»Moment«, unterbrech ich. »Weshalb gibst du mir grad jetzt und am Telefon solche Blitzinformationen?«

Der Chensky zischt aufgeregt und ungeduldig. »Weil ich dich brauch! Für was, hab ich dir eh gesagt! Und weil ich weiß, daß du nichts machst, außer lauter Blödheiten, wenn du dich nicht auskennst. Deine Jasagerei damals liegt mir jetzt noch im Magen, mein Lieber! Und gestern hab ich den Much getroffen, dem hast du erzählt, daß du nicht auf das Jubiläum kommen willst. Das geht nicht!«

»Warum?«

Der Leihmeister weiß einen schönen, ordinären Fluch. »Weil sich die zwei auf dem Jubiläum treffen werden! Jetzt, nach einem Dreivierteljahr dauernder Feindseligkeiten! Jedesmal, wenn sie sich auf der W. H. gesehen haben, haben sich sich en passant beschossen. Der Fechtner hat dauernd sein blödes Büchel verlangt, und der Schelle hat ihm als Antwort nur tröpferlweis sein Gift eingegeben, hat sich aber nie stellen lassen. Der Fechtner ist fertig, sag ich dir! Jetzt schon! Er hat gesagt, er geht auf das Jubiläum nur, weil der Schelle auch hingeht, und jetzt verlangt er endlich einmal Klarheit; auf dem Jubiläum kann mir der Schelle nicht mehr ausweichen, sagt er. Mit dem Schelle selbst kannst du aber überhaupt nicht mehr reden, der strebert seit neuestem wie ein Narr, werkt an seiner Diss. und so, ich weiß nicht warum, wenn nicht deshalb, damit er's dem Peter zeigt, daß er ihn auch auf diesem Gebiet schlagen kann, und was er sonst vorhat, da kann ich nur die finstersten Vermutungen hegen. Aber er hat was vor, das sag ich dir! Ich weiß das, weil der Hubsi schon seit vierzehn Tag die Pappulatur hält! Das ist ein unnatürlicher Zustand! Der Schelle hat was vor!«

»Ich hab auch was vor«, sag ich, »nämlich was anderes.«

»Du, Herr Doktor –.«

»Tut mir leid, servus, nein!« sag ich und häng auf.

Der Chensky hat ein schlechtes Gewissen, das hört man. Der Umgang mit Burschen wie dem Schelle und dem Hubsi steckt an, und einem angesteckten Leihmeister helfen, das freut mich nicht. Dabei hab ich den Chensky immer leiden mögen. Ich mag ihn sogar heute noch – aber jetzt trägt er Couleur. Und darum stört es mich, daß ich wieder mit ihm zu tun bekommen soll. Früher war's umgekehrt. Da hat er auf eine amüsante Art auf jede Gesellschaft abgefärbt, in der er sich befand. Jetzt hat er sich eingelassen und ist selbst Farbenträger geworden, und es ändert nichts an der Sache, daß er die Farben jeweils wechselt, je nachdem, ob er jetzt bei diesem oder bei jenem Peter seine Patzen fallen läßt respektive mit interessiert aufgespannten Augen und Ohren heuchelt, ganz d'accord zu sein.

Ja, es stimmt, er ist trotzdem unbeteiligt – aber nur, weil er keine Möglichkeit mehr hat, außer in Richtung der von ihm einmal eingeschlagenen Initiative, weiter, beschleunigend fortzuwirken. Bremsen, lenken kann er nicht mehr. Die durch ihn hergestellte indirekte Verbindung Schelle-Münzer (über den Mittelsmann Hubsi) existiert nun einmal, und er kann sie nicht mehr aus der Welt schaffen: weil er bereits Faktor geworden ist. Jede Situation, mit ihm multipliziert, wird zwar verändert, bleibt aber doch im Gleichgewicht, und zwar in dem Gleichgewicht, das der Schelle braucht. Kein Wunder, daß sich daher der Beichtvater Chensky seinem Beichtkind Fechtner gegenüber in einer sehr peinlichen Lage sieht. Weil er selber nicht mehr weiter kann, braucht er mich. Ich, weil ohne Affinität zum Fechtner-Schelle-Komplex, würde, in die Gleichung auf einer Seite eingesetzt, diese zu einer Ungleichung machen. Denn ich wäre ein Additiv und kein Faktor. Deshalb will mich der Chensky benutzen. Aber ich mag mich nicht benutzen lassen. Nur spüre ich gleichzeitig, daß mir mein Mögen oder Nichtmögen nicht viel helfen wird. Und tatsächlich, fünf Minuten vor Büroschluß klingelt das Telefon wieder, und es ist Sylvie, und sie sagt mir, ich soll gleich nach dem Büro zu ihr fahren, sie muß noch mit mir sprechen, es ist etwas Wichtiges, und sie will am Apparat nicht darüber reden; es ist wegen heute abend, und ich soll unten im Park auf sie warten.

»Aber, Sylvie –«, sag ich, doch sie hat schon aufgehängt.

Ich sitz im Park, denke, rauche und warte.

Wie in einem komplizierten Buch, das man vordem zur Hälfte gelesen und dann weggelegt hat, finde ich den Anschluß nicht mehr und muß zurückschlagen zu den ersten Seiten. Zu unserer Maturafeier. Denn damals hat es wirklich angefangen. Das weiß ich jetzt endgültig. Mit dem Schwarzen Peter.

2

Der Klassenvorstand hieß Euchar Thal. Er war groß, mit vollem schwarzem Haar und einem Mund, auf dessen Unterlippe stets sichtbar die Schneidezähne aufsaßen, selbst wenn er ihn geschlossen hielt

Er war kein Kollarenträger, sondern ein Weltlicher. Die souveräne Geste, die sein ohnedies glattes Haar glattstrich – mit abgespreiztem kleinem Finger –, der auf und zurechtrichtende Griff, mit dem der Stoff seines zweireihigen Anzuges in der Magengegend mit flacher Hand angehoben wurde, gehörten zu seinem Vortrag, der wieder, wie seine Aufzählungen des geschichtlichen Hintereinanders mit tönenden Namen statt Personen, mit Völkern statt bloßen Menschen und mit Kapitelüberschriften in Fettdruck statt Begriffen, zu einem anderen gehörte, zu seinem eigentlichen, nämlich: zum Vortrage seiner selbst im Klassenraum, der das Ordinäre seines Wesens überspielen sollte: im dauernden Versuch, sich besser zu machen, als er war. Dies aber nicht aus Sehnsucht nach oben, denn er fühlte sich unten recht wohl und gab es zu erkennen, sondern nur im Bestreben, sich einer Ordnung äußerlich einzufügen, die alles andere als sein Anliegen war, wohl aber in sehr wesentlichem Belange seine Sache ausmachte, weil sie nun einmal mit dem gelernten Broterwerb zusammenzugehen schien. So ergriff er das Große und überhob sich dabei immer. Aus dem Überheben – es ging ein solcher Griff ja weit über seine Kraft – wurde einem Geschichtsprofessor, der in Geschichte eigentlich dilettierte, stets Überheblichkeit.

Euchar Thal wandelte sich nach Betreten des Klassenraumes mangelhaft zu einem anderen; er sprach Hochdeutsch. Zwar als Fremdsprache, doch fließend.

Im Konferenzzimmer, über seinen Schinkensemmeln zum Beispiel, kehrte er wieder ganz zu sich selbst zurück. Hier wurde gefressen, mit gebleckten Zähnen, brünstig, pampfend, schmelzende Butter am Kinn, mit prall wogenden Backen und vorschnellender Zunge, welche die an Oberlippe und in den Mundwinkeln klebenden Brösel in den knirschenden Mahlgang des starken Gebisses holte, hochgezogener Schulter, mit vorquellenden wäßrigblauen Augen, in denen kein Denken mehr wohnte, nichts, das dem Beschauer die absolute Leere verhehlen mochte, abgestorbenen Blicks. Hier saß kein Mensch mehr. Hier fraß ein Vieh. Wiederkäuend, auf seine gastrischen Säfte beschränkt, reduziert zu einer Freßmaschine. Gegen allen Augenschein tritt nun die tiefere Wahrheit empor: Hier wurde ein Professor gänzlich von seinen Schinkensemmeln aufgefressen, nicht umgekehrt.

Der Fotograf der Klasse hieß Ferry Graf von Schorndorf. Der ihn dazu verführte, an einem der letzten Tage vor der Reifeprüfung die Lehrer für diejenigen Schüler auf lichtempfindlichem Materiale festzuhalten, welche sich von den acht Jahre hindurch täglich gesehenen Gesichtern auch nicht im weiteren Leben trennen, sondern diese wenigstens in effigie in ihren Fotoalben zur zeitweiligen Betrachtung handlich haben wollten, hieß Günther Vierl Edler von Vierlingshoffen. Günther Vierl bat einen der Herren nach dem anderen ins Klassenzimmer. Die Blitzlichter blafften. Auch der Pontifex minimus wurde bemüht. Euchar Thal stand wachsam im Hintergrund.

»Nun«, sprach der Abbas, milde lächelnd, freundlich scherzend, »für welche Zeitung ist denn dieses Bild bestimmt, lieber Schorndorf?«

Die Stimme wurde nie identifiziert, welche die Antwort gab: »Für die Witzkist'n.«

Ein sechsundsiebzigjähriges Pontifex minimus hat schon vieles überhört; er hätte es auch diesmal getan. Ein Euchar Thai, Klassenvorstand, kann das nicht. Er muß alles hören. Er muß brüllen.

Thal brüllte: »Wer hat das gesagt! Derjenige wird sich sofort meiden.«

Derjenige meldete sich nicht.

Thal knirschte. »Gut. Wenn sich bis zur Zehn-Uhr-Pause der Betreffende nicht meidet oder gemeldet wird, werde ich dafür sorgen – ich persönlich! –, daß kein Mitglied des Lehrkörpers, kein einziges Mitglied!, bei eurer Maturafeier an sein wird!« Die Klasse wurde Partikularistenklasse genannt. Mit Recht. Nur in seltenen Fallen, wie es dieser eine war, besann sie sich auf ihre höhere Einheit.

Es wurde niemand gemeldet. Es wurde niemand eingeladen. Es wurde keine Gesamtmaturafeier veranstaltet. Gefeiert wurde schon – partikularistisch.

Die Feier, auf welcher Schwarzer Peter gespielt wurde, fand in der Rechtsanwaltskanzlei des Doktor Friedrich Haber statt.

Daran nahmen teil: der Gastgeber Fritz Haber, Peter Graf Chensky, Hubert Lerch, Peter Fechtner, der Reichsfrei und Bannerherr Peter von der Schwengkh, Leopold Hörndl, Michael Heinberger, Reinhart Ritter von Schreven, Peter Freiherr von Schelnhausen, Günther Vierl Edler von Vierlingshoffen, den niemand eingeladen hatte, und Edmund Rauch, der gemeinhin der Koloß genannt wurde. Es war eine Feier ohne Damen.

Wir kennen die Personen alle nicht, welche in der Rechtsanwaltskanzlei in der Westbahnstraße die Sandwiches, von Irmi Haber bereitet, in kürzester Zeit verzehrt hatten, um sich nachher den reichlich mitgebrachten Spirituosen zuzuwenden. Wir kennen sie alle nicht – denn sie waren Vorformen der Menschen, mit denen wir uns sonst beschäftigen müssen, und haben Titel oder ausgeschriebene Vornamen schon deshalb nötig, damit wir sie, die noch Persönlichkeitslarven sind, wenigstens außen greifen können – an ihren sperrigen Prädikaten etwa. Mit ihren Anfängen müssen wir uns beschäftigen, mit einem Abschnitt ihres Vorlebens, und nur deshalb, weil sich die Larven in jener Nacht tiefer ineinander verbissen hatten, als sonst im Spiele, und durch den Kokon ihrer schützenden Dummheit drangen, so daß die ausgekrochenen Schmetterlinge später die Spuren dieser Bisse noch aufzuweisen hatten, etwa als wunde, offene Stellen der Haut, welche das Einsickern von Krankheitskeimen oder Giften gestatten. Und sehr genau müssen wir uns erinnern und das Gesetz Lügen zu strafen suchen, welches behauptet, daß auch die Erinnerung wächst und sich wandelt. Was der Staat bei Orwell im großen tut, tut jeder Mensch im kleinen: Er betreibt systematische Geschichtsfälschung durch Änderung der Quellen.

Das Erinnern ist an die Sprache gebunden, wie alles Denken. Aber die Schulsprache, die Klassensprache, ist uns heute zutiefst fremd, weil in ihr eine Haltung zum Ausdruck kommt, die uns fast unverständlich geworden ist, bei allem deutlichen Wissen um die absurdesten Einzelheiten von damals Geschehenem. Denn auch im Klassenzimmer wird der sprachliche Pegelstand, wie in jeder Societät, in der sich die Katastrophe der Demokratie nicht nur scheinbar, sondern tatsächlich durchgesetzt hat, sehr stark von denen eingefärbt, die in der numerischen Überlegenheit sind. Man kennt die Beschaffenheit derer, die sich in der Mehrzahl befinden.

Nach der Matura zerfällt die Schulsprache, einigendes Band durchaus verschiedener Individua, sehr schnell. Ihre ehemaligen Benützer retten in die Diaspora des Lebens von ihren Eigentümlichkeiten nur jeweils ein kleines Binkerl hinüber, und selbst dieser Rest, längst in ironischen Nuancen verschoben, ist weiter der persönlichen Metamorphose unterworfen.

Es gibt keine wiedererweckte Schulsprache. Auch auf den Treffen von ehemaligen Klassenkameraden wird nur eine synthetische Nachahmung von ihr gesprochen. Man ergeht sich dann bloß auf ähnlichen, nicht auf gleichen Wegen. Das ist eine Tatsache, von der unser lieber Freund Peter von der Schwengkh, auf seiner Parkbank sitzend, mit seiner Maturafeier beschäftigt, keine Ahnung hat. Also müssen wir die alten Wege schon selbst aufsuchen.

Die Kanzlei des Herrn Doktor Haber bestand aus drei Räumen – Wartezimmer, Büro, Allerheiligstes – und einem Abort mit Waschgelegenheit. Auf dem Abort saß seit geraumer Weile, laut vor sich hin singend, mit geschlossenen Augen, eine Zweiliterflasche fest umklammernd, Edi Rauch, der Koloß.

Im düster beleuchteten Wartezimmer mit Ledersofas, unbequemen Stühlen und einem Tischchen, auf welchem die braunen abgegriffenen Hefte des Lesezirkels lagen, ging Fritz Haber grimmig fluchend auf und ab, diese Tätigkeit nur dann unterbrechend, wenn er aus seiner Flasche trank, die er sonst an ihrem Hals zwischen Zeige- und Mittelfinger hängen hatte, oder wenn er ebenso wütend wie erfolglos mit Fußtritten gegen die Aborttür donnerte, den dahinter Sitzenden anzumahnen, wieder aus seiner Klausur hervorzutreten.

Im Büro betätigte sich Chensky als Disc-Jockey. Er saß, die Beine baumelnd, neben dem Plattenspieler auf einem Schreibtisch, in die Hände klatschend und rhythmisch »umpa-umpa« machend. Much Heinberger trank, ärgerte sich über das grelle Licht und gebrauchte gefühllos und ohne jede Modulation sein Zitat. Günther Vierl erzählte Hubert Lerch eine komplizierte, ernsthafte Geschichte. Hubsi wartete ihm dafür mit Witzen auf, deren zweifelhafte Pointen aber genausogut verlorengingen, wie die Erzählung Vierls verlorenging: Denn keiner hörte dem anderen zu. Außer Chensky saß niemand. Man taumelte umher und machte sich zahlreich. Der Lärm war beträchtlich. Die vier Schreibtische standen, auseinandergerückt, an den Wänden, neben den Aktenschränken; dazwischen hatte man die Schreibmaschinentischchen mit den zugedeckten Underwoods geschoben. Allenthalben gab es Flaschen, Gläser und volle Aschenbecher. Reinhart von Schreven tanzte mit Poldi Hörndl Jitterbug.

Fechtner, Schelnhausen und Schwengkh hielten sich im Allerheiligsten auf; sie lagen, jeder eine Flasche in der Hand, mit ausgestreckten

Beinen in Lederfauteuils rund um den großen Schreibtisch; über die grüne Stehlampe hatte jemand ein Taschentuch gehängt, es war ziemlich finster. Enggepackte Bücher, die selten jemand zur Hand nahm, atmeten ihren deutlichen Geruch im Hintergrunde aus; der offene Bücherschrank war in Kontur und mattem Schimmer der Lederrücken seiner Kompendien gerade noch wahrnehmbar.

Die drei Peter, denen der vierte zur Kartenpartie noch fehlte, philosophierten; oder eigentlich Schelnhausen und Fechtner taten das; Schwengkh hörte zu und mischte sich nur manchmal ein.

»Freiheit, weißt, Freiheit, das ist es!« stolperte Fechtner eilfertig. Er griff Schelnhausen, der mit einem langen, traurigen, nachdenklichen Gesicht dasaß und selbst das Zurückstreichen seiner Stirnlocke unterließ, an die Schulter, packte ihn an den Knien und knetete ihn aufmunternd.

»Jetzt, weißt, jetzt spür ich erst, daß ich frei bin, nach der Matura. Mulus, weißt. Zwischen Matura und W. H. Nach Italien werd ich fahren, das erste Mal ein freier Mensch –.«

»Wenn der Feigel so reden tät, könnt ich das verstehen«, murmelte Schelnhausen. »Aber du? Du hast dich in der Schul eh nur g'spielt! Welcher Professor hat dich je an der Entfaltung deiner Persönlichkeit gehindert?« Er zündete sich eine Zigarette an, obwohl er eine brennende zwischen den Fingern hielt, betrachtete erstaunt die zwei Glimmstengel und begann dann, indem er sie vorsichtig zielend an die Lippen führte, aus beiden zu rauchen. Zwischendurch legte er sie sorgfältig parallel nebeneinander auf die Tischkante und bückte sich, um mit nicht ganz zielsicherer Hand nach seiner Flasche Kontuszowska zu angeln, die er zwischen den Beinen stehen hatte. Er tat einen tüchtigen Schluck, stellte die Flasche wieder nieder, sicherte sie, indem er sie mit den links und rechts danebengestellten Füßen einklammerte, und fuhr fort, an seinen Zigaretten zu saugen.

Schwengkh fühlte sich einstweilen wortlos wohl. Fechtner schüttelte bekümmert den Kopf, weil er sich nicht richtig verständlich gemacht hatte. »Nein, weißt, ich mein so die richtige Freiheit, die ist jetzt da – so, so wie bei Sartre, weißt.«

Schelnhausen kniff ein Auge zu, holte tief Atem, wartete mit gedehntem Brustkorb einige Sekunden und sagte: »Sartre kommt ganz ohne den Begriff Freiheit aus.«

Schwengkh, der vorsichtig aus der Flasche getrunken hatte, ohne sich die Lippen naß zu machen, setzte sie ab. »Hoho!« rief er.

»Du bist ja deppert«, sagte Fechtner. Und als Schelnhausen gleichgültig die Achseln zuckte, begann er langwierig zu erklären, warum »deine Trarabehauptung, Schelle« ein Unsinn wäre. Gerade weil der Mensch bei Sartre ganz allein dastünde, ohne nächsthöhere Instanz, weil er höchstens Konvergenzen nachzulaufen vermöchte. Ziele gäbe es ja keine, weil er nur Verantwortung sich selber gegenüber können kennte – kennen könnte, Vive la Liberté!, kenne er die Freiheit.

»Die menschliche Freiheit ist das Sartresche Prinzip selber«, versicherte er Schelnhausen, »nur die Freiheit!«

»Was ist denn das überhaupt – Freiheit?« erkundigte sich Schelnhausen, mit einem boshaften Funken im Auge.

»No?« fragte Schwengkh höhnisch, als wüßte er es.

»Eine – eine Fähigkeit«, meinte Fechtner nach einer Sekunde überlegenden Glotzens. Er trank sein Glas aus und stellte es auf den Boden.

»Bon«, stimmte Schelnhausen zu. »Weiter.«

Fechtner bückte sich, legte das langstielige Glas um und stieß es mit dem Finger an. Der Kelch rollte unter den Bücherschrank. Fechtner richtete sich mit rotem Kopf, aber befriedigt, wieder auf. »Die Fähigkeit, unabhängige Entscheidungen treffen zu können.«

»Das Adjektiv ›unabhängig‹ impliziert bereits den Begriff Freiheit, ist also für eine Definition nicht zulässig«, sagte Schelnhausen spöttisch.

Fechtner polierte mit der Handfläche den Hals seiner Flasche, schloß ein Auge und visierte überlegend in ihre Öffnung. Setzte an, trank. Seufzte. »Gut, ich versuch's noch einmal: Freiheit ist die Fähigkeit, überhaupt Entscheidungen zu treffen.«

»Und das hast du vor der Matura nicht können?« erkundigte sich Schwengkh, sich aufrichtend, den das sehr interessierte.

»Lenk nicht ab, Euer Liebden«, sagte Schelnhausen verweisend. Er begann nun auch seinen Gesprächspartner äußerlich zu ernüchtern, und zwar, indem er ihm mit dem Zeigefinger von Zeit zu Zeit gegen die Brust stippte. »Wenn es stimmt, daß wir in unseren Handlungen determiniert, in unserer Art zu sein aber frei sind, so –.«

»Das ist nicht von dir«, rief Fechtner höhnisch. »Aber meine Definition war von mir!«

»Das ist von –«, begann Schwengkh.

»Kusch!« schrie Fechtner, »kusch, wir wissen's eh alle.«

Kurze Pause. Gleichzeitig hoben sie ihre Flaschen. Gleichzeitig setzten sie ab.

Dann Schelnhausen: »Es ist doch ganz wurscht, ob das von mir ist oder von Sch ...«

»Kusch«, flüsterte Schwengkh drohend und wackelte mit dem Zeigefinger.

»... es kommt darauf an, ob du seine Behauptung anerkennst oder nicht«, vollendete Schelnhausen unbeirrt.

»Ich erkenne sie an«, erklärte Schwengkh.

»Dich hat keiner gefragt, Euer Liebden«, meinte Schelnhausen liebenswürdig lächelnd. Er senkte den Blick und ordnete seine Zigaretten.

Fechtner antwortete nicht sofort; Schelnhausen hatte Zeit, wieder nach seiner Flasche zu tauchen und zwei korrigierende Züge aus der linken Zigarette zu tun, so daß diese nun dieselbe Länge aufwies wie die andere.

»No?« fragte er dann.

»Ich erkenne den Satz an«, murmelte Fechtner widerwillig. »Und?« –

»Darf ich, abstrakt, den Begriff Entscheidung schlechthin auf die Alternative zurückführen?« fragte Schelnhausen. »Auf: zuerst Wertung, und dann: ja oder nein?«

»Erst muß ich wissen, was du damit anfangen willst«, warf Schwengkh vorsichtig ein.

»Dich hat kein Mensch gefragt«, versetzte Fechtner.

»Darf ich das also?« beharrte Schelnhausen.

»Meinetwegen«, knurrte Fechtner.

»Dann nimm zum Beispiel die Alternative, dem Schwengkh eine Watschen zu geben oder nicht –.«

»Ja!« rief Fechtner begeistert.

»Und warum geb ich ihm keine Watschen?«

»Na weil –,« begann Fechtner grinsend.

»Ernst bleiben!« schrie Schelnhausen und richtete sich drohend auf, seine Flasche schwingend.

»Na, zum Beispiel, weil der Schwengkh dein Freund ist.«

»Gut.« Schelnhausen lehnte sich befriedigt wieder zurück. Schloß halb die Augen. »Weil wir Freunde *sind.* Des Freund-Seins wegen. Und warum gibst du ihm keine Watschen?«

»Weil ich Judo betreib und er nicht«, sagte Schwengkh böse.

»Kusch«, verlangte Fechtner, drehte sich zu Schelnhausen: »Ich weiß schon, was du willst. Ich handle so, wie ich bin, nicht so, wie ich möcht.«

Schelnhausen nickte bestätigend. »Also – du kannst nicht einmal die Entscheidung treffen, ob du dem Reichsbaron eine zünden sollst –.«

»Aber in meiner Art zu sein, bin ich frei!« schrie Fechtner triumphierend. »Sympathie und Antipathie entsteht nicht zwischen Aug und Hirn, das sitzt tief in mir selber, im Sein! Stimmt's? Das sitzt dort, wo ich frei bin! Da hast du meine freie Alternative! Da bin ich frei! Frei, frei nach Sartre! Haha! Und noch dazu mit deinem Abstraktum! Da hast du es, dein Abstraktum! Meine Sympathie – meine Antipathie! Ja oder nein zum Sein eines Menschen überhaupt, nicht zu seinen Handlungen!«

Schelnhausen seufzte langwierig, um währenddessen seinen Angriff neu ordnen zu können. Er schüttelte langsam den Kopf, streckte den Arm aus und stippte Fechtner wieder gegen die Brust. »Ich seh schon, systematisch kommen wir nicht weiter. Schaun wir's uns heuristisch an. Nimm einen Garten an, Fechtner, einen leeren unendlichen Garten ohne Zaun. Nur Gras, keine Bäume. Du kannst in ihm herumgehen, krumm und grad, links, rechts, wie du willst. Kein Baum steht da, von irgendeinem anderen über dir ...«

»... von Gott«, unterbrach Schwengkh verständnisinnig.

»... gepflanzt, kein Hindernis, das dich zu einem Weg, Umweg zwingen könnte, den du nicht gehen willst.«

»Jardin de Sartre«, nickte Schwengkh.

»So what?« fragte Fechtner.

»Jetzt nimm einen anderen Garten an, eng umzäunt, hinter dem Zaun liegt der Tod, kein Mensch weiß, was das ist, innerhalb ist das Leben, vollgerammelt mit Büschen, Bäumen und Hindernissen, lauter Sachen, die ein über dir Stehender, auf dessen Tun du keinen Einfluß hast, dir vor die Nase gesetzt hat.«

»Ganz klar«, sagte Schwengkh.

»In welchem Garten kannst du dich ungehindert bewegen?«

»Sag doch gleich, in welchem Garten bist du freier –«, antwortete Fechtner spöttisch.

»Nein. Mir geht's ja nicht darum, die Abstufungen freier und weniger frei herauszuarbeiten, sondern den Begriff Freiheit selbst. Leider hinkt mein Beispiel –.«

»Wie jedes«, nickte Fechtner. »Also vereinfachen wir's. Im ersten Garten, in Sartres Garten bin ich frei, im zweiten nicht.«

»So?« fragte Schelnhausen langsam, plötzlich grinsend.

»Wirklich?«

Er beugte sich vor, sah Fechtner zwinkernd in die Augen. »Woran kannst du denn dort deine Freiheit feststellen? Bist du frei in einem Garten ohne einen einzigen Baum, an dem du deine Größe oder Kleinheit abzumessen vermöchtest? Ohne Bach, darüber zu springen oder an seinem Ufer stehenzubleiben, um hineinzuschauen, dich selbst zu sehen, in seinem, in *fremdem* Spiegel? In einem Garten, wo du nicht einmal die Freiheit hast, einem Hindernis auszuweichen oder das Hindernis zu überwinden, weil's so was in deinem Garten ja gar nicht gibt! Hier ist doch jeder Schritt nach links, nach rechts ganz gleichwertig! Wo gibt's da eine Entscheidung, eine Alternative? An einem Ort, wo Ja und Nein den gleichen Wert haben?!«

»Freiheit ist die Fähigkeit, überhaupt Entscheidungen treffen zu können«, erinnerte Schwengkh genüßlich.

»Kusch«, murmelte Fechtner automatisch, abwehrend, »ich muß nachdenken.«

»Darf ich dir dabei helfen?« fragte Schelnhausen. »Oder genügt es, dir deine Erkenntnis von vorhin ins Gedächtnis zu rufen, die mit meiner und der von ...«

Schwengkh hob warnend den Finger.

»... also, die mit Arthurs übereinstimmt, nämlich daß du frei bist, wenigstens in deiner Art zu sein?«

»Im Garten Sartres kann man aber keine Entscheidung treffen, wie wir gerade festgestellt haben. Ergo: ist man dort nicht frei«, freute sich Schwengkh. Er stellte seine Flasche auf den Boden, um sich zufrieden die Hände reiben zu können.

Schelnhausen nickte Fechtner zu, in jedem Mundwinkel eine Zigarette. »Folglich hat der Begriff Freiheit bei Sartre einen anderen Inhalt als bei dir, bei uns. Also kommt Sartre – de facto – ohne den Begriff Freiheit aus. Und das hab ich vorhin behauptet. Sonst nichts.«

»Der Schelle hat recht«, seufzte Schwengkh, tief befriedigt, wiederholt mit dem Kopf nickend.

»Der Reichsbaron auch«, grinste Schelnhausen. Sie richteten sich auf, reichten einander feierlich die Hand und ließen sich wieder in ihre Fauteuils sinken.

Fechtner zuckte die Achsel. »Ihr könnts mich am Arsch lecken«, sagte er schlicht, unerschüttert, und stand auf. Er ärgerte sich nicht. Er wußte es besser.

»Das ganze Gerede jetzt hat ja gar keinen Wert, weil's zu nichts führt, zu nichts zu gebrauchen ist. Was zu nichts zu gebrauchen ist, ist Blödheit. Recht hab also ich, nicht ihr. Und wenn ich mich jetzt entschuldige, entschuldige ich mich nur dafür, daß ich mich überhaupt in eure Blödheit eingelassen hab. Meine Herren, Sie gestatten, daß ich mich jetzt zurückziehe.«

Er schob seinen Fauteuil zur Seite, hob die Flasche, tat einen tiefen Schluck und wischte sich mit dem Handrücken den Mund ab. Grinste plötzlich. »Ihr zwei Arschlöcher könnts mir nur leid tun.« Er schaukelte zur Tür, öffnete sie und ging hinaus.

Schwengkh lächelte Schelnhausen liebenswürdig an. »Servus, Arschloch«, sagte er.

Schelnhausen erhob sich. Er schwankte, aber nicht sehr. »Komm.«

»Was willst du tun?«

Schelnhausen zuckte die Achsel. Er war weiß vor Wut. »Irgend etwas. Ich muß diesem Menschen einmal eine wirkliche Watschen geben. Aber eine, die er spürt.«

3

Ich glaub, ich bin kein guter Warter. Ich warte nämlich nicht gleichmäßig, sondern wellenförmig, sozusagen; das macht mich langsam, aber sicher nervös. Ich bin meistens zu früh dran, und heute bin ich's auch. Ich weiß, daß ich vor einer Viertelstunde gar nicht damit rechnen kann, daß Sylvie kommt, und fang dennoch, kaum daß ich auf der Parkbank sitz, intensiv mit dem Warten an. Dann muß ich an unsere schöne Maturafeier denken, und da vergeht mir das Warten ein bisserl, und dann denk ich an Sylvie, denn bei der bin ich, nachdem ich den Vierlinger noch beinahe von oben bis unten angespieben hab vor lauter Grausen, schließlich gelandet, und dadurch fängt das Warten natürlich unterirdisch schon wieder an und wird ganz peinlich, wenn ich bedenk, daß ich keine Ahnung hab, sondern nur ein düsteres Richtungsgefühl, was Sylvie von mir will – wir wollten doch heute abend ins Theater gehen –, und unter dem übrigen Warten wart ich auch besorgt und fast mit Gewißheit darauf, daß das mit unserem Theaterbesuch sicher noch schiefgehen wird.

Ich kenne Sylvie schon lang, seit sie ein kleines Mäderl von fünf, sechs Jahren war; kennengelernt hab ich sie eigentlich aber erst wirklich damals nach der Maturafeier. Ich bin dann nachher die Westbahnstraße hinaufgerannt wie ein Narr, und mir war so schlecht, daß ich nicht gewußt hab, was ich alles bin, so viel war ich zu gleicher Zeit. Wenn man an und für sich so ein bissen schizoid veranlagt ist wie ich, ist es ohnehin bei gewissen, alkoholischen Gelegenheiten nicht ganz leicht, mit sich zu verkehren, ohne daß die anderen etwas davon bemerken, weil ich da manchmal durchaus imstand bin, anzufangen, mit mir selbst laut zu reden.

Ich renn die menschenleere, nächtliche Westbahnstraße hinauf, und die Stadt ist nach oben ganz schutzlos und ohne Deckel, weil der lauwarme Sommerhimmel so überaus deutlich ist, daß man die nächsten Sterne, die einem direkt vor der Nase hängen, wenn man hölzern trampelnd, breitbeinig, keineswegs gerade und schon so kraftlos läuft, daß einem der Kopf ins lockere Genick fliegt, am liebsten herunterkratzen möcht, weil sie zudringlich sind wie die Fliegen.

Was habe ich mir nur alles zu-, ein- und ausgeredet, als mir dann endlich die Luft ausgegangen ist, so daß ich gehen mußte, die Häuser entlang mit den verschlossenen, verdunkelten Fenstern, hinter denen gewiß vernünftige Leute schlafen, während ich wach bin und gleich doppelt und dreifach.

Was macht der Mensch, wenn er sich entkommen will, und sei es nur auf kurze Zeit? Er kann ins Theater gehen, ins Kino meinetwegen. Aber jetzt ist es drei Viertel vier Uhr früh und kein Geschäft hat mehr und kein Kino hat schon offen. Er kann sich besaufen, aber besoffen bin ich schon, und daß ich besoffen war, damit hat es eigentlich angefangen. Er kann imaginäre Verteidigungsreden halten – jeder weiß, wieviel das hilft, nämlich gar nichts. Er kann auch ein Taxi nehmen und nach Haus fahren, sich schlafen legen, wenn er schläfrig ist, aber ich bin nicht schläfrig. Ich bin so wach, daß es nicht mehr zum Aushalten ist.

Ich bleib bei einer Laterne stehen und krempel nochmals meine Taschen um, nur damit ich mir beweis – ich halte dazu eine sehr scharfsinnige Rede –, daß ich den Schwarzen Peter wirklich nicht hab. Meine Hüfttasche ist feucht, weil ich mich in eine Weinlache hineingesetzt hab, aber ich bild mir ein, daß das der Schweiß von den grauslichen Schweißhänden vom Vierlinger ist, und da wird mir gleich wieder so schlecht, daß ich beinahe zum zweiten Mal brechen muß.

»Weißt«, sag ich, nachdem ich meinen Magen geschwind wieder hinuntergeschluckt hab, und geh mühsam weiter, »weißt, das Kreuz mit dir ist, daß du nie weißt, ob du recht hast.« – »Überhaupt?« frage ich. »Überhaupt«, antworte ich. »Aber, wenn du die Karte nicht genommen hast, so bist du wenigstens das eine Mal im Recht gewesen, und wenn du das eine Mal recht gehabt hast, kannst du doch nicht sagen, du hast überhaupt nie recht gehabt!« Ich lache. Diese Witze kenne ich. »Sophist«, sag ich verächtlich. Aber ich bin nicht allein, zu zweit. Ich weiß noch etwas, als dritter: »Das ist alles ganz unwichtig. Wichtig ist, daß dich die Schreierei vom Haber-Fritz, seine ganzen Anschuldigungen, getroffen haben. Wieso haben sie dich aber getroffen? Wenn du doch gar nicht der Schwarze Peter bist? Warum? How come? Cur?« – »Du brauchst mich nicht gleich in drei Sprachen zu fragen, wenn ich ohnehin schwitz. Schau mich nur an, wie ich ausschau. Blöd schau ich aus.« – »Weich nicht aus!« sag ich und bin bei der Kaiserstraße angelangt und bieg rechts ein. »Denn«, sag ich als dritter von der anderen Seite, »der Schwarze Peter ist doch nicht nur eine Spielkarte, der ist mehr, der ist ärger als ein bloßer Pik-Bub, und der Schwarze Peter kann man sein, auch wenn man keine Karte gestohlen hat, der Fritz Haber hat's selber gesagt.« – »Der Fritz Haber ist ein blöder Hund, der überhaupt nicht mehr gewußt hat, was er schreit.« – »Stimmt, stimmt, stimmt. Aber –! Aber – hat wirklich *er* geschrien? Kassandra, weißt. Der haben s' auch nie die Wahrheit glauben wollen. Medizinmann, Teufelsdoktor, Besessener und so. Wer weiß, was da aus ihm geplärrt hat! Am End wirklich die Wahrheit! Schließlich weißt du ja, daß du nie recht gehabt hast, und das hat er gesagt!« – »Ich weiß gar nichts, du willst es mir nur einreden.« Und jetzt streiten alle drei oder vier gleichzeitig, und ich bin schon sehr vom Thema abgekommen, und in einer Auslage, die hell beleuchtet ist, sind – es ist wirklich zum Lachen – Männerunterhosen und Krawatten ausgestellt, und überall steht genau der Preis dabei und »sanforized« und »Kräuselnylon« bei den Sockets, und bei einer Hose ist ein Schild aus Pappendeckel angesteckt, an einer gewissen Stelle, und darauf steht: masculine support. Ja. Support könnt ich jetzt brauchen. Aber keinen maskulinen, sondern einen femininen. Sylvie.

Ich geh weiter und rauf weiter mit dem Schwarzen Peter, und erklär einem Hydranten, und geb ihm eine Ohrfeige, als er mir nicht gleich glaubt, daß das mit Recht und Unrecht ein Blödsinn ist, wenn einer statt einem einzigen Gewissen drei hat und immer auf alle hört, und du wirst schon sehn, es ist unerhört so was! – und schließlich werde ich ja ius studieren, oder eher iura, beide Rechte werde ich studieren, das kirchliche und das weltliche, und einen Pandektenkurs werde ich machen, und das Römische werde ich lernen und das Deutsche und das ganze ABGB, das übrigens in einem wirklichen Deutsch abgefaßt ist, nicht in so einer Sprache wie die Novellen – ich möcht nur wissen, wieviel Dichter sich schon im Grab umgedreht haben, Novellendichter mein ich, weil die Novellen von einem Gesetz Novellen heißen. Ich habe mich da schon ganz genau erkundigt. Mir wirst du nichts weismachen, Herr Hydrant, Herr Oberhydrant. Gußeiserner Wasserkopf.

Und schau – kein Schwarzer Peter mehr da! Nirgendwo – nirgends! Haha!

Ich krempel noch einmal meine Taschen um und beweis ihm das, dem Herrn von Hydranten. Und wie er schon ganz niedergeschlagen ist und überführt und ich auf die andere Straßenseite hinübergehe, ist da ein Geschäft: Ferd. Piatnik & Söhne, Spielkartenfabrik; die ganze Auslage voll Spielkarten, große, kleine – Gott sei Dank alle in Paketen und Gott sei Dank ist das Licht abgedreht, daß man die Schatullen und Kisteln nicht genau sieht. Das Geschäft ist im Eckhaus, im Eck von einem Eckhaus, untergebracht. Als ich an der Auslagscheibe entlang weitergeh und zu dem Eck komm, reißt's mich aber doch herum, und ich starre in die schmale Auslage neben der Tür, und das nagelt mich fest für eine Weile, und jemand spaziert mir mit fünfundzwanzig kalten Fingerspitzen den Rücken entlang. Denn da sind zwei Dutzend Pik-Buben nebeneinander aufgeklebt, große und kleine Spielkarten, im Licht der leise im Wind schaukelnden Straßenbeleuchtung deutlich zu sehen, stilisierte und naturalistische in den Kostümen aller Epochen. Ich gehe mit der Nase ganz nah an die Fensterscheibe. Und dort, der da, der Herr im Federhut, das ist der Chensky, und der dort, der Flache, Blonde, ganz im Profil, das ist der Fechtner, und der da mit dem Barett, nicht zu verkennen, ist der Schelle –.

Jetzt such ich mich. Und tatsächlich, ganz unten links find ich mich. Auf einer winzig kleinen Patiencekarte. Patience Patience! Wenn man sich selbst nur gründlich genug sucht, findet man sich schon. Auch wenn sich dann die traurige Tatsache herausstellt, daß man ein Zwerg ist. Ein Kartenzwerg. So klein, daß du ihn nur einmal in der Mitte auseinanderreißen mußt, und er ist nicht mehr da. Wer? Der Pik-Bub oder ich? Was ist, wenn's am End mich erwischt –? Ach was, wenn schon! Mich gibt es so häufig, daß es auf einen weniger davon auch nicht mehr ankommt, gelt? Ich möcht mir gern die Karte kaufen, aber einen einzelnen Pik-Buben kriegt man bestimmt nicht. Einen einzelnen Pik-Buben kann man höchstens stehlen. Außerdem ist zugesperrt.

Ich dreh mich um. Vis-à-vis ist ein Kaffeehaus, ein Nachtcafé. Das hat offen.

Ich muß unbedingt einen schwarzen Kaffee trinken, damit ich draufkomm, warum ich vom Fritz Haber weg in die falsche Richtung, nämlich die Westbahnstraße hinauf statt hinunter, die Kaiserstraße nach rechts statt nach links, nach Mariahilf zu, gelaufen bin, denn dort kriegst du am ehesten ein Taxi, Herr Maturant, du reifer Mensch, der's jetzt schwarz auf weiß hat, daß er ein reifer Mensch ist. Ein reifer Mensch hat immer recht. Na also.

Im Café sind nicht viele Leute. Aber die singen. Dazu spielt ein ganz Alter mit Glatze Klavier, und ein anderer mit einer Ziehharmonika steht vor der Loge mit dem dichtest bestückten Tisch, wo's viel Blondes gibt, und auch Schwarzes, Dauergewelltes und viele lachende, weiße Zähne und Nylons und lange Beine und verdrückte billige Kleidchen und schlecht lackierte Fingernägel und einen resonanzgewaltigen dicken Bauch inmitten all der Weiblichkeit, mit dröhnender Stimme, die im Keller anfängt und die Kellerstiege nicht weit hinaufkommt, nur ungefähr bis zum weinfeuchten, sandgelben Schnurrbart, und dann gleich wieder zu den tiefen Tonnen hinunterpoltert, um sich den Schlauch zu füllen.

Hopp heißa bei Regen und Wind.

Es gibt kaum etwas Peinlicheres als einen Sir John, der den letzten tiefen Ton nicht mehr erwischt

Ich setze mich an die Bar, weil ich gleich wieder gehen will, bestelle mir einen Mokka und schau mir die vielen eckigen und runden, die großen und die kleinen Flaschen vor der Glaswand an, vor der Spiegelwand mit indirekter Beleuchtung. Vorm Spiegel. Vorm Spiegel stehen sie. Und im Spiegel sehe ich – mich. Wenn ich das wirklich bin. Ich zwinkere. Ich bin es. Bartstoppel. Zart nilgrün das Gesicht. Schweißglänzend. Rote Augen. Aufgeweichter Hemdkragen. Beschmutztes Sakko. So schaut also der Auftakt von deinem Anfang als Mensch aus, pfui Teufel. Ja, und dann will ich meinen Mokka zahlen und bemerk, daß ich kein Geld hab. Ich muß den Zwanziger verloren haben, beim Nachschauen in meinen Taschen.

»Ich möcht telefonieren, Fräulein«, sag ich und zieh das weiße Telefon, das auf der Theke steht, zu mir herüber, fang an zu wählen.

»Zuerst müssen S' auf den Knopf drücken«, sagt sie, und mißtrauisch: »Wissen Sie überhaupt, wen Sie anrufen wollen?« Wenn einer so ausschaut wie ich momentan, ist es kein Wunder, wenn er mit einigem Zweifel betrachtet wird. »Natürlich«, sag ich, und der Schweiß bricht mir aus. Ich hab begonnen, die Nummer von Sylvia zu wählen, und will doch das Rechtsanwaltsbüro anrufen, damit einer von den Burschen kommt, mich auszulösen. Ich lege den Hörer langsam wieder auf. »Aber zur Sicherheit geben S' mir vielleicht doch das Telefonbuch.«

Die Kellnerin, Barfrau oder was weiß ich ist eine kleine, gestauchte Person. Schlecht gefärbte, mißtrauisch rote Haare. Engstehende, kleine, mißtrauische Vogelaugen. Mißtrauischer Mund mit schlechten Zähnen; der Mund rutscht ein bißl seitwärts, wenn sie lacht; aber jetzt lacht sie nicht. Jetzt schaut sie mich nur an. Ich kann unmöglich sagen: Ich hab mein Geld verloren, da, nehmen S' meine Uhr, meinen Siegelring, ich komm's noch heut wieder auslösen. Ich habe so was noch nie gemacht, mir ist so was noch nie passiert.

Wie sie mich nur anschaut. Glaubt sie vielleicht, ich will jemand telefonisch ermorden?

»Einen Moment, ich hol Ihnen das Buch«, sagt sie, zieht den Apparat aus meiner Reichweite und verschwindet durch den Vorhang im Hintergrund. Man hört dort jemand mit Papier rascheln und an seinen Zähnen saugen. Jetzt flüstert sie. Der Kellner befördert inzwischen den Sänger und seine Begleiterinnen hinaus; ein Taxichauffeur kommt herein und hilft ihm dabei; er reißt die Tür auf. Hinter ihm ist die Nacht und die Freiheit, und beides ist unerreichbar für mich. Ich bin auf meinem Barhocker wie angenagelt. Meine Zunge schmeckt nach totem Hund, und von irgendwo riecht es, unmöglich festzustellen woher, auf dünne, lästige und abgestandene Art sehr sauer durch die Schwaden von kaltem Zigarettenrauch hindurch.

Der Sänger gibt einen Zwanziger Trinkgeld. Und ich hab nicht einmal die sechs Schilling für meinen Mokka. Der Kellner dreht den Großteil der Beleuchtung ab. Ich sitz in einem sehr gelben Restlicht, das von zwei Seitenampeln links und rechts der Bar kommt. Die Illumination von Spiegelglas und Flaschen ist auch erloschen. Überall springt toter, kalter, zerkratzter, ungeputzter Nickel deutlich hervor. Die übrigen Gäste verschwinden auch langsam.

Ich lehn mich vor, zieh das Telefon wieder zu mir herüber und will abheben, da legt jemand die Hand auf meinen Arm und nimmt mir den Apparat weg; hinter ihm, den Vorhang ein bißl zur Seite schiebend, steht mißtrauisch das Barmädchen.

Er ist klein, dick, nimmt einen Zahnstocher aus dem Mund und lächelt unfreundlich.

»Moment, der Herr«, sagt er, »wen wollen S' denn anrufen?«

»Das geht Sie nichts an«, sage ich.

»Das geht mich schon was an. Wenn Sie telefonieren wollen, gehn S' bitte in die Telefonzelle. Dieser Apparat ist nicht für Gäste. Außerdem ist es schon vier vorbei, wir haben Sperrstund. Gestern hat jemand von hier aus die Feuerwehr angerufen – irrtümlich, hat er nachher gesagt, und ich hab die Scherereien gehabt. Also, sind S' so freundlich, zahlen S' jetzt Ihren Mokka und telefonieren S' draußen von der Zelle.«

»Ich hab kein Kleingeld«, sag ich verzweifelt.

»Ich kann Ihnen wechseln – also bitte«, sagt er. Er kommt hinter der Bar hervor und nimmt mich wieder beim Arm. »Schauen S', wir haben Sperrstund. Also bitte.«

Ich reiß mich los. »Ich muß aber telefonieren!«

»Machen S' keine Umständ!« meint der Kellner, der mittlerweile näher gekommen ist. Er ist zwar schon ziemlich alt, schaut aber noch immer recht muskulös aus. Ich habe noch nie so einen unfreundlichen, muskulösen Kellner gesehen.

»Es ist sehr wichtig«, sag ich. »Wirklich!«

Das Barmädchen erklärt dem Kellner halblaut: »Zuerst hat er telefonieren wollen, hat schon zum Wählen angefangen, und wie ich sag: weißer Knopf, will er auf einmal das Telefonbuch ...«

Auch dem Kellner kommt das verdächtig vor. Wahrscheinlich glaubt er ebenfalls, ich will die Feuerwehr anrufen. Sein Vorschlag beweist das. »Wie wär's, wenn Sie wählen täterten, Herr Chef, und dann dem Herrn den Hörer geberten?«

Der Herr Chef überlegt sich das, saugt an seinem Zahn und sieht mich forschend an. Ich versuche verzweifelt, recht vertrauenerweckend auszuschaun und wenigstens halb so nüchtern, wie ich mich jetzt fühle. Ich richte mir auch die Krawatte und streiche mir die Haare aus der Stirn. Ich würde mir sogar den Schweiß abwischen, das Taschentuch habe ich schon in der Hand, aber im letzten Augenblick fällt mir ein, daß eine solche Bewegung doch zu schuldbewußt wäre.

»Bitte«, sag ich, und dann krieg ich einen Zorn – denn nicht einmal während er mit mir spricht, hört dieser Mensch an seinem Zahn zu zuzeln auf. Und zu so was muß ich »Bitte« sagen! Ich bin plötzlich so wütend, daß ich weiß, wenn sie mich jetzt anrühren, mache ich das gleiche mit ihnen, was ich vorhin mit dem Fechtner, dem Schelle und dem Vierlinger gemacht habe, als die zum Raufen anfangen wollten – ich hab mich ziemlich eingehend mit Jiu-Jitsu beschäftigt.

Ich weiß nicht, ob der Herr Chef was merkt von dem, was in mir vorgeht, aber jedenfalls sagt er: »Also gut, wen wollen S' denn anrufen, mitten in der Nacht?« Und bevor ich denken kann, sage ich ihm die Nummer, und schon wieder ist es die von Sylvie.

»Wer ist das?« fragt er und holt das Telefonbuch.

»Ingelheim«, sag ich. »Ich möchte Sylvia Ingelheim sprechen.«

»Ingelheim«, sagt er und schlägt murmelnd das Buch auf, fährt mit seinem Finger über die Spalte. »Ah, da. Also, bitte, wählen S' selbst«, meint er generös. Aber er paßt genau auf, daß ich meinen Finger in die richtigen Löcher stecke.

Lange rührt sich nichts, und ich hege schon die gräßlichsten Befürchtungen. Sylvie hat zwar nur mehr ihre Mutter, und die ist halb taub, aber immerhin, wenn es der Teufel will, könnte doch gerade sie – aber nein, es ist Sylvie, die sich meldet.

»Peter«, sag ich, »du, Sylvie, mir ist was Unangenehmes passiert. Ich hab mein Geld verloren –.«

Während ich noch rede und ihr so schnell wie möglich alles erklär und sie auf eine erstaunliche Art und Weise vernünftig ist und gar nicht bös und überhaupt nichts darüber sagt, daß ich sie wegen sechs Schilling mitten in der Nacht aus den Federn hole, merke ich, daß der Kellner mit dem Chef zu tuscheln beginnt. Wie ich fertig bin, sind sie auf einmal alle ganz freundlich und der Lokalbesitzer hat vollkommen sein Loch im Zahn vergessen und meint, das mit den sechs Schilling sei ganz lächerlich, das zahlen S' mir einfach ein anderes Mal, und als dann in der Rekordzeit von zehn Minuten meine Sylvie mit dem Wagen kommt, wird sie ausgesprochen devot begrüßt – einen Augenblick lang hege ich geradezu den abwegigen Verdacht, sie und ihre Mutter wären in diesem Kaff vielleicht gar Stammgäste; aber dann erklärt uns der Kellner, daß der alte Rittmeister von Ingelheim, der Onkel von Sylvie, im ersten Weltkrieg sein Eskadronskommandant gewesen ist.

Draußen, als wir dann endlich im Wagen sitzen, dreht sich Sylvie um, schaut mich an und fragt ernsthaft: »Was ist also wirklich los, Peter?«

Sechzehn Jahre war sie damals alt, meine Sylvie, und ich habe mich bei ihr ausgeweint, wie sonst nur bei jener gewissen mütterlichen Freundin, welche Jünglinge in solchen Situationen aufzusuchen pflegen. Sagt man mir. Aus eigener Erfahrung kenne ich sie nicht. Ich habe nie eine andere Frau als Sylvie gekannt und werde auch nie das Bedürfnis danach haben.

Wir sind uns dann, wie es hell geworden ist, noch einmal die Schwarzen-Peter-Karten in der Auslage anschauen gegangen. Kein einziger von den Pik-Buben hat auch nur einem von uns vier Petern ähnlich gesehen.

4

So saßen sie denn einander gegenüber und spielten Karten. Im Büro war es still. Es leuchtete das Licht einer Stehlampe, schnitt ein helles Feld aus der Tischplatte, darein die gedoppelten Blätter schweigsam auf ein regelloses Häufchen geworfen wurden.

Manchmal zog ein leises Greinen, wie unterirdisch, gleichsam die Bodenritzen entlang, als sickerte es unten durch die Tür, welche ins Wartezimmer führte: Fritz Haber hielt noch immer monoton fluchend Wache vorm Abort, in welchem Edi Rauch, der Koloß, unerschüttert eigentümlich längliche Lieder und Balladen sang, doch war er, durch zwei Türen abgeschirmt, hier im Büro nicht zu hören.

In einem Tümpel noch dichterer Finsternis, als sonst im Raume herrschte, im schrägen Eck vorm persönlichen Büro des Dr. Haber, wo sich Maschinenschreibtische und Sessel auf besonders schirmende Weise schachtelten, saßen Schreven und Hörndl verborgen in Stirn an Stirn geneigtem Zwiegespräch am Boden, Rücken gegen die Wand. Ihre Stille war eine flüsternde und trotz des Alkohols, der ihnen mit winzigen, kitzelnden Beinchen durch die gedehnten Adern lief, kein stimmloses Stammeln, wie das von Günther Vierl, der schweißnassen Angesichts, wachsbleich, am Rücken auf zwei zusammengeschobenen Schreibtischen lag, in unregelmäßigen Abständen sich würgend zusammenkrampfend, um seitwärts über die Tischkante zu speien: Dort hatte man sorglich einen Kübel aufgestellt. Nein, Schreven und Hörndl flüsterten Dinge, die sie nur jetzt und sonst nie verstanden; sie waren sozusagen einen guten Seitwärtsschritt neben ihre gewöhnlichen Absichten und Anschauungen getreten.

Der in schlanker, geschmeidiger Hüfte steckende Körper Poldi Hörndls war nun ertastbare Möglichkeit geworden, sein Körper, der in der Turnstunde, im Bad – damals schon, in Schultagen – uneingestandene, aber gezielte Halbgefühle in manchen seiner Mitschüler gelinde provoziert hatte, so daß die Betreffenden, was sonst nicht üblich, den Arm um seine Schulter zu legen liebten, wenn sie sich etwa an ihm vorbei über das aufgeschlagene Heft beugten, oder ihm beim Geräteturnen gerne Hilfe gaben. Sie gaben ihm Hilfe, und einen Herzschlag lang fühlten sie seine reinliche, erhitzte Haut, fehlten absichtlichunabsichtlich im Griff; Helfer und Turner prallten gemeinsam auf die Ledermatte, lösten sich gleich voneinander, aber nicht sogleich.

Schreven flüsterte eindringlich, ständig unruhig bewegt; Hörndl regte kaum den Kopf. Sein Hemd stand offen; Schrevens Arm lag um seinen Hals, die Finger glitten warm über seine nackte Brust. Hubsi Lerch saß in seinem eigenen Raum von Stille, allein abgerückt, obwohl er den Karten Spielenden zusah, rittlings auf einem Stuhl, mit klammernden Armen und Beinen fixiert, Kinn schwer auf die Lehne gestützt, aus den verkleinerten und dennoch wachen Augen des Volltrunkenen, des geübten Alkoholikers starrend, der seinen Zustand in prekärer Balance zwischen noch Wohlbefinden und schon Brechreiz hält – ein einziger Schluck Schnaps, ein Zug aus seiner Zigarette hätte ihm den Rest gegeben.

So war der Raum größer geworden, weil auseinander in seine Regionen verschiedenen Schweigens gedehnt, und nichts schlug Brücken zwischen den Bewohnern seiner Stillekontinente.

Die Schwarze-Peter-Partie wurde eingeleitet durch eine gedankenlose Bewegung Schwengkhs, der die auf dem Tisch liegenden Karten kupierte und grad den Pik-Buben zog. – »Der Schwarze Peter!« sagte Chensky mit einer Bedeutsamkeit, die noch keine war, aber bald eine werden sollte. Schelnhausen, durch des Leihmeisters Wort aufmerksam geworden, aber gab den Anstoß. Er pries den Zufall als gerechtesten und unfehlbaren Richter, als einzige Instanz, die jenseits der Logik stünde und es dennoch nie versäumte, im höchst logischen Resultat immer nur den wahren Sieger zum Sieger zu krönen; der Zufall begünstigte einzig und allein den, welcher – »sozusagen ab ovo!« – recht hätte. Die Partie begann wie jede Beschäftigung vierer betrunkener Halbwüchsiger, die in Wettbewerb treten, nämlich gutartig und – mit Ausnahme Schelnhausens – noch durchaus ohne jene gewisse Unterkellerung, in welcher geheime Absichten gespeichert werden; sie setzten sich zu ihr zusammen mit leerem Gerede und mit schallend belachten Nichtwitzchen; ihre Runde zeichnete sich anfangs nur durch eine einzige Besonderheit aus: Es waren vier Peter, die Schwarzer Peter spielten.

Der zweite, welcher in wirklichen Wettbewerb trat – Schelnhausen hatte diesen eigentlich schon vor Beginn der Partie durch seine provokanten Äußerungen über den Zufall eröffnet –, war Peter Fechtner; es schoß in ihm plötzlich der absurde Verdacht einer Verschwörung besonderer Art empor, die nicht auf Abmachungen der Konspiranten beruhte, sondern auf einem Übereinstimmen höherer Art, gleichsam als wäre sie zustande gekommen durch die »Verwandtschaft« seiner drei »Gegner« – beide Begriffe standen groß, als lesbare Worte, Buchstabe nach Buchstabe deutlich vor ihm: drei einander »Verwandte«, einen »gegnerischen« Clan bildend, der sich abschloß, ihn nicht nur zurückstieß, sondern ihm geradezu feindlich war, und das die drei über ihm und gegen ihn Verbindende war ihm eine Kette, die schon im äußeren Ablauf von Zusammen und Zufällen deutlich wurde, hinter welchen plötzlich ein wütend zu bekämpfendes, nimmermehr anzuerkennendes Schicksal stand: Ich gehöre nicht dazu, ich kann nie dazugehören.

Schwengkh saß da, lang wie immer, schon ohne Babyspeck, jedoch noch schärfer gesetzter Persönlichkeitsmarken ermangelnd; er hing lose auf seinen Sessel, Hände, Kinn hingen herunter, wie die Ohren von einem jungen Rassehund; spitze Knie hoch – die Fersen auf der Querleiste des Stuhls –, aber seitwärts waren sie auseinander und abgefallen, magere Arme hoch, am Ellbogen draufgestützt, aber auch die Hände, welche die aufgefächerten Karten hielten, fielen im Gelenk einwärts und abwärts; er hatte sie eng ans geradegehaltene Gesicht gezogen, aus dem die lange Nase mager vor- und hinunterragte.

Schwengkh spielte anfangs wie er sonst alles trieb: Er spielte mit. Damit er dabei war. Ohne Begeisterung, damit er nicht zu sehr beteiligt wäre – sein großes Dilemma ritt ihn damals schon, nur nicht als ziehender, lastender Alp wie ein paar Jahre später; damals war es erst ein kleiner, boshafter Gnom.

Einen Schwengkh schließt man nicht aus. Ein Schwengkh wird selbstverständlich immer invitiert, worauf er sich, nicht selten und nicht häufig, sondern in wohlabgewogener, regelmäßiger Unregelmäßigkeit auch herablassen wird, einem Schwengkh hat man aber nicht zuzumuten, sich am Ende gar um dieses oder das anzunehmen, welches jene andere von schwererem, unbehilflicherem Stoffe, von kurzarmiger Bauart, sie duckend, bemühen mag.

Ein Schwengkh trat höchstens hinzu, und das freilich ganz gern, hinzu – aber nie bei.

Und wenn er hinzutritt, hat man ihn wahrzunehmen: als am Rande stehend, aber als bedeutsam am Rande stehend. Sieht er sich plötzlich völlig ignoriert – etwa weil man grad ein Duell auszufechten oder zu fechtnern hat –, wird er die Peripherie böse verlassen, zur Mitte schreiten, um zu beweisen, daß er auch im Zentrum zu bestehen vermag. Und gewinnen kann – wenn er will.

Als der Zweikampf Schelnhausen-Fechtner offensichtlich wurde – schon beschimpften sie einander wie homerische Helden vorm Waffengang –, beschloß Schwengkh grimmig zu wollen.

Chensky war ein Gewinner der »leichten Art«. Einer von denen, welchen die allerwege und allezeit strampeln Müssenden stets neiderfüllt zuschreiben, ihnen fiele alles ohne Bemühen und Bemühung und wie von selber zu. Das hieß in der Schule, daß er jedesmal nur das gefragt wurde, was er zufällig wußte – alles andere hatte er immer nie gelernt. Das hieß im Leben, daß sich ihm stets nur solche Probleme stellten, die er zu lösen vermochte. Einem, der sich so bewähren muß, um das Bild zu erfüllen, welches man von ihm hat, weil er eigentlich kein anderes, eigenes, geheimes besitzt, liegt natürlich eine noch viel schwerere Last auf als denen, welchen Vorbereitetsein und Nichtvorbereitetsein ein abwechselnder, zufälliger Zustand ist – weil ein Chensky seine Wege, Situationen und alle nur erdenkliche Pensa, deren Kenntnis und Beherrschung man ihm abverlangen könnte, noch viel gründlicher – außerdem geheim – präparieren muß. Und bis zur nonchalanten Perfektion, die sich nun einmal hier mitversteht. Ja, der perfekte, kugelnde Rundkopf nach überallhin und ohne – sichtbaren – Widerstand, hatte es von allen vieren vielleicht am allerschwersten. Er mußte gewinnen, weil's ihm ja nicht »drauf ankam«.

Schelnhausen spielte, um sich selbst als richtig zu beweisen. Dieser Beweis war dem Fechtner zu führen. Fechtner war der Anmaßung zu überführen. Fechtner verkörperte den einzigen, aber allgegenwärtigen Feind, konkret geworden im Einzelexemplar von Reinkultur: die Canaille von höchstem Pseudointelligenzstand. Noch war ein ganzer Mensch Schelnhausen nicht da, ein Fundamentalirrtum noch nicht geschehen. Es gab erst eine begonnene Form, die viele Variationen, wenn auch nur eines einzigen Themas zulassen konnte.

Und der Maturant, die Vorform des vierten Peters, dachte: Es gibt überhaupt nur einen Fehler für unsereinen: die Canaille aufkommen zu lassen. Der Verdacht, geweckt durch von ihr simulierte Intelligenz, sie wäre vielleicht doch keine, besäße am Ende doch wenigstens latente Möglichkeit, Mensch zu werden, ist immer falsch. Man hat's erfahren, als man ihr sträflicherweise Gelegenheit gab, Mensch zu sein. Sie blieb, auch artikuliert, Canaille, sie hat sich das Emporgelangen, das sie fordert, nicht verdient – weder durch ihr Bluten, durch ihr Leiden noch durch ehrliche Arbeit. Denn dem Begriff Verdienst ist der Begriff Gerechtigkeit vorgeordnet. Gnade aber schließt Gerechtigkeit aus. Und die Canaille ist unbegnadet. Dieser Mangel definiert sie ja erst. Gnade, weil allein dem Höherem gewährt, begreift, anerkennt sie daher niemals. Sie kann gar nicht: Erfahrungsloses Begreifen ist unmöglich.

Fechtner, die Canaille, überführen heißt also: ihn überfahren. *Ich* muß gewinnen, keiner von den anderen darf's. Nur dann verliert er.

Die Feier in der Rechtsanwaltskanzlei fand an einem äußeren Symbolpunkt statt: zwischen Ende des Schul-, des »Vorlebens«, und dem Anfang des wirklichen Lebens – so sahen es die Partizipanten damals, so sahen sie es später; alles, was sich assoziierend hinzufügte, wirkte verstärkend. Dieses Ansehen provozierte Bedeutung. Die Provokation war stark. Die Bedeutung trat ein.

Wir unterlegen nicht. Wir legen uns. Und klären, notgedrungen. Denn viel wurde damals gedacht, doch das meiste unterhalb der Wortbarkeitsgrenze: Dort ist es am wirksamsten. Viel wurde gesprochen. Zur Hälfte nur böse und dumm. Selbst die zweifelhafte Pseudosophistik des Dreiergesprächs am persönlichen Schreibtisch des Doktor Haber wurde nicht mehr erreicht. Sie dachten viel – fast stets in unartikulierten Gedanken. Und vier Persönlichkeitsmöglichkeiten, schon gerichtete, wenn auch noch nicht festgelegte Anfänge traten feindlich herauf und gegeneinander, in einer Weise, die nicht am produzierten Wort festzustellen war, nicht schlüssig wurde aus vorgetragener Haltung und auch nicht physiognomisch ablesbar, wenn später auch von den vier Beteiligten alles das immer wieder versucht wurde. Jedoch war die Gegnerschaft da, überaus deutlich da und als grundsätzliche, beispielhaft in der Situation, nicht zu verkennen. Am banalen Exempel einer Kartenpartie ward es auf eine Spitze getrieben, die sich, wenn voll ausgebildet, wahrscheinlich als ebenso banal wie die Umstände erwiesen hätte, die sie bewirkten.

Die Spitze aber wurde nicht erreicht. Nichts kulminierte. Kein Kollaps geschah, keine Fistel brach auf. So löste sich nichts und alles blieb. Sank ab mit der Zeit ein wenig, doch versank nicht.

Jeder der vier Spieler hielt dieselbe Anzahl Karten in der Hand, als Fritz Haber zur Tür hereinstürzte und die Kartenpartie unterbrach.

5

Meine Sylvie hat braune Augen und braune Haare und einen süßen, vollen Mund, der eigentlich schon ein Gesicht für sich ist – was man sonst nur einem ganzen Antlitz ablesen kann, liest man ihren Lippen ab, ohne daß sie ein Wort sagen muß.

Sie hat damals im Auto, vor dem kleinen Nachtcafé, wenig gesagt, jedoch das Richtige. Damals habe ich gar nicht gewußt, worum es eigentlich geht mit dem »immer unrecht haben«, und habe natürlich nicht die richtigen Worte dafür gefunden. Sylvie hat keine wirklichen Worte zu einer Antwort gehabt und hat mir doch die richtige Antwort gegeben.

Süß war sie, noch mit schlafwarmen Wangen, aber ganz wach, den Trainingsanzug über dem Pyjama, in Turnschuhen, Kopftuch und Mantel, aber doch dem grau aufkommenden Tag zugehörig, während ich in meinem derangierten Abendanzug, ungewaschen und mit Seeräuberstoppeln auf Wange und Kinn, noch bis zum Hals im Sumpf der Nacht gesteckt bin.

Sie hat es nicht ausgesprochen, aber richtig gemeint, damals, das, wofür ich heute auf meiner Parkbank bereits die richtigen Worte besitze: Du bist eben ein Onewomanman oder ein Onegirlguy, wie der Chensky sagen würde, und solche Eigenschaft ist nicht nur charakteristisch für dein Verhältnis zum anderen Geschlecht. Solche Eigenschaft kennzeichnet viel mehr und ist symptomatisch für alles. Du hast gar nicht die Verpflichtung – dir selbst und deinem Leben gegenüber –, ständig dort dazuzugehören, wo die anderen immer dazugehören müssen, weil sie ohne Bestätigungen nicht leben können. Schon deine Ahnen hatten es nicht nötig, sich überall einzulassen – nicht einmal mehr in einen Kreuzzug.

Denn, daß ich recht habe im Grunde, weiß ich, und das genügt. Damals hatte ich es nicht gewußt, vor den vierundzwanzig Pik-Buben in der Auslage.

Im Grunde, im allgemeinen, in meinem Verhältnis zu meinem Leben habe ich recht. Aber wie steht es mit dem Verhältnis Ich zu fremdem Du? Gibt es eine Pflicht zur Intervention? Wo beginnt sie? Alle diese Fragen wirft die Erinnerung an die nicht zu Ende gespielte Kartenpartie wieder auf.

Was nicht leben kann, weil es am Ende angelangt, und was nicht sterben kann, weil es noch nicht zu Ende ist, wie der Schwarze Peter damals, geht um und findet niemals Ruhe, wie ein Familiengespenst.

Der Schwarze Peter ist für uns vier anderen Peter zur Weißen Frau geworden, nur gibt es hier kein Zauberbuch, keine Familienchronik, in welchen das Wort der Erlösung vielleicht zu finden wäre. Was uns vom Schwarzen Peter erlösen könnte, sitzt in einem von uns vieren.

6

»Hörts!« schrie Fritz Haber, wütend hereinstürzend, und schlug die Tür krachend hinter sich zu.

Die vier Spieler sahen ärgerlich auf; im verborgenen Winkel polterte es; Schreven fluchte unterdrückt. Vierl auf seinem Tisch rülpste, ohne sich zu regen.

»Hörts!« schrie Fritz Haber und storchte wütend zu dem Schreibtisch, seine nunmehr leere Flasche fallen lassend. Sie zerbrach nicht, rollte polternd zur Seite. »Hörts!« schrie er und stemmte sich breit auf die Platte, starrte die vier Peter mit schwimmenden Augen an. »Ich kann euch nicht mehr aushalten. Ihr müßt's euch jetzt schleichen. Der Koloß kräult nicht aus dem Häusel heraus. Und ich muß morgen eure ganze Sauwirtschaft wegräumen. Ich haß euch.«

»Speibt er noch immer?« fragte Chensky, seine Karten zögernd zusammenschiebend; er legte sie auf den Tisch.

»Er speibt nicht mehr, er singt nicht mehr!« stöhnte Fritz verzweifelt. Es war nicht klar, was ihn zu seinem spontanen Einbruch ins Büro, zur Flucht aus seinem einsamen, fluchenden, trinkenden Wachehalten bewogen hatte. Er war plötzlich übergelaufen, wie ein Kochtopf. Welchen Siedepunkt welche Flüssigkeit bei ihm erreicht hatte, blieb ungewiß: Der Alkohol war es sicher nicht. Fest stand bloß, daß er seine eigene Party nun schon seit Stunden überhatte, wie einen üblen Geruch, den man nicht los wird, weil man in etwas hineingetreten ist und die emsige, verlegene, peinliche Reinigung des Schuhs nachher nur unvollkommen ausgefallen ist. Bloßfüßig entspringen kann man nicht, und wer hat schon Ersatzschuhe einstecken? Die Party lief ihm nach, unangenehm, auch draußen, wo er einsam wachte. Sie spielte drin auf unheimliche Weise Karten und saß, nicht loszuwerden, am Abort – sie bedrängte ihn von allen Seiten.

»Ich möcht schlafen gehn«, sagte Fritz weinerlich. »Die Schuh ausziehen, mich duschen. Ihr gehts mir so auf die Eier, ich kann's euch gar nicht sagen.«

Vierl rülpste.

»Ja, ja!« schrie Fritz. »Der Koloß singt nicht mehr!«

Schelnhausen legte seine Karten hin und erhob sich; er hielt sich an der Schulter Chenskys, der bereits stand; Fechtner vermerkte dies übel, mit schiefem Blick.

»Wer singt nicht mehr?« fragte Schelnhausen.

»Der Koloß singt nicht mehr.«

»Der Koloß singt nicht mehr am Häusel?«

»Der Koloß singt nicht mehr am Häu-... Oh, Hölle, warum schleichts ihr euch nicht endlich alle miteinander?«

»Wir müssen den Koloß trösten«, murmelte Schwengkh und schlingerte aus seinem Stuhl empor, auf dem er, gleichsam verteilt, gesessen hatte. Auch er ließ die Karten fallen. Fechtner blieb grimmig sitzen. »Spiel ma weiter!« Es kam ihm wirklich sehr darauf an.

»Wen müssen wir trösten?« fragte Schreven, der aus seinem Winkel hervorkam und nicht alles gehört hatte; Poldi Hörndl folgte; er blinzelte ins Licht der Lampe und knöpfte sich mit unsicheren Fingern das Hemd zu.

Schwengkh dachte unklar: Die Party zieht sich wie zum letzten Mal zusammen. Doch muß nachher noch Zeit sein, das Spiel zu Ende zu spielen.

»Wir müssen den Koloß trösten«, sagte Chensky. »Der Schwengkh hat recht. Kommt, Männer.«

Nun erhob sich auch Fechtner, seine Karten zornig auf den Tisch schlagend. Alle gingen in den Vorraum hinaus, selbst Vierl wälzte sich von seinem Tisch und folgte torkelnd. Draußen legte er sich gleich wieder, in der Pose eines Sterbenden, aufs Ledersofa, aber so, daß er die Aborttür sehen konnte. Die Tür ins Büro schloß Hubert Lerch, der letzte, der den Raum verlassen hatte. Er stand breitbeinig, bleich, vorsichtig gegen den Türstock gelehnt.

Edi Rauch, der Koloß, sang tatsächlich nicht mehr. Schelnhausen klopfte gegen die Aborttür, versuchte dann die Klinke. Es war geschlossen. Drin rührte sich niemand.

»Warum singst du nicht mehr, Koloß?« fragte Poldi Hörndl vorwurfsvoll.

Edi Rauch, der Verborgne, gab keine Antwort.

»Er ist in die Klosettmuschel gefallen«, mutmaßte Schreven.

»Er hat sich ein Leides getan«, vermutete Chensky.

»Warum schleichts ihr euch nicht?« fragte Fritz klagend.

»Lenk nicht ab!« verwies ihn Schelnhausen. »Die Situation erfordert Konzentration!«

»Attaboy«, sprach Chensky. Er bückte sich, holte eine beinahe volle Flasche Weines aus dem Papierkorb und wies aufwärts: Über der Aborttür gab es ein winziges Fensterchen, kaum eine Spanne im Quadrat.

Fritz setzte sich unvermittelt auf den Boden und schlug die Hände vors Gesicht. »Er singt nicht mehr!« schluchzte er undeutlich. »Ein Toter sitzt auf der Quelle!«

»Ich geh«, sagte Lerch plötzlich. Er kicherte. »Ich muß jetzt gehen, es ist besser so.«

»Auf alle Fälle ist das besser so«, sagte Fechtner, unbestimmt schwankend und sehr böse. »Schleich dich! Und ihr, laßts doch den Deppen am Häusel sitzen! – Spiel ma weiter!« schrie er.

Hubsi Lerch kroch fehlerhaft in seinen Mantel und entfernte sich, unbeachtet und in Mäandern. Er kicherte noch immer. Chensky holte einen Sessel, stellte ihn vor die Aborttür, stieg hinauf und öffnete mühselig das Fenster; die Flasche hatte er zwischen die Knie geklemmt. Der winzigen Glasscheibe im verzogenen Rahmen eignete die Neigung, wieder zuzufallen; er mußte sie mit einer Hand offenhalten. Chensky hob sich auf die Zehenspitzen, brachte eng den Mund an die Öffnung.

»Juhu, da unten!« rief er.

Im Abort war es finster. Der Koloß schwieg. Chensky angelte vorsichtig die Flasche mit der freien Hand empor, entkorkte sie mit den Zähnen, spuckte den Stoppel aus. Trank versuchsweise einen Schluck, schüttelte sich.

»Den hast du mitgebracht, Vierlinger, was?«

Vierl litt. »Ja«, flüsterte er.

Chensky beutelte den Kopf. »Grauslich, grauslich«, erklärte er stimmlos. »Dieser Sauerampfer haut den gelbsten Chineser von der Lößwand.«

»Macht den Totesten lebendig«, schlug Schreven vor. »You know what?« sagte Chensky. »I think, you've got something there.«

Er hob sich wieder auf die Zehenspitzen und schüttete aus der gluckernden Flasche Rotwein ins Abortinnere. Drin erscholl ein mächtiger Schrei. Fingernägel kratzten hektisch an der Türe, der Riegel quietschte, die Tür prallte auf, stieß den Stuhl um; Chensky stürzte, kam krachend auf das Tischchen, auf die braunen Lesezirkelmappen zu sitzen, fuhr mit dem zusammenbrechenden Tisch zu Boden, Holz splitterte, Staub flog auf. »Au«, sagte Chensky erstaunt und blieb sitzen, als die knirschenden Laute verstummten.

Edi Rauch, der mit Rotwein begoßne und erweckte Koloß, stand auf allen vieren im Zimmer und stieß unartikulierte Heultöne aus. Er war in einem unmöglichen Zustand.

»Er singt wieder!« rief Fritz Haber froh.

Schelnhausen zündete lächelnd eine Zigarette an und strich sich das Haar aus der Stirn.

»Spiel ma weiter!« verlangte Fechtner böse.

Schwengkh, bis zum Hervorbrechen des Kolosses interessiert, war es nun, nachdem er Rauch eingehend, aber par distance betrachtet hatte, nicht mehr. Er kehrte degoutiert ins Büro zurück und stellte sich wartend ans hastig geöffnete Fenster. Im Vorraum rumorte es noch langwierig. Edi Rauch, kaum besänftigt, grunzte lautstark und unentwegt. Es dauerte geraume Weile, bis man ihn notdürftig gereinigt, in seine Hosen zurückgesteckt und mit Schreven und Hörndl als Heimgeleiter abgefertigt hatte; zwischendurch war Haber ins Büro zurückgekommen, um nach einem Taxi zu telefonieren. Schwengkh drehte sich auch dabei nicht um.

Im Hof stand eine blausilberne Säule Mondlicht; die Sohle des hohen Gebäudes schwamm in dichter, körperloser Finsternis. Schwengkh, der zum Fenster hinaus und hinunterstarrte, hatte sekundenlang das groteske Gefühl, daß dem Hause der Unterbau abhanden gekommen sei, welchen der formlose, räumliche Schatten in der Tiefe wie eine fressende Säure aufgelöst hätte; das übrige Haus, die unversehrten Stockwerke darüber schwammen nun auf dem gespenstigen Brei. Hastig sah er empor. Das wolkenlose Firmament war weit entfernt; nebensächlich, aber intensiv gingen Sterne darüber hin und stürzten weiter hinaus und zurück in den tiefen Himmel. Ein geradezu unglaublicher Mond machte die Sache nicht wirklicher. Schwengkh kehrte sich schaudernd dem Raume wieder zu, das Fenster ab- und die laue Nachtluft ausschließend.

Der Rest der Party kam ins Büro zurück, voran Günther Vierl, dem die Kalamität des Kolosses auf wundersame Art wieder Standbeine verschafft hatte. Er erkundigte sich angewidert: »Wollts ihr wirklich weiterspielen?« und sah die anderen drei Peter an.

»Natürlich«, antwortete Fechtner und setzte sich nieder.

Chensky starrte einen Augenblick lang auf den Tisch mit den Karten. »Das schaut alles so desertiert aus«, sagte er unlustig. »Man sollt eine Partie nicht unterbrechen. Mich freut's nicht mehr. Hörn wir auf«

»Kommt gar nicht in Frage«, schüttelte Fechtner den Kopf, sein Blatt aufnehmend. »Setz dich.«

Chensky reagierte nicht sofort.

»Ich spiel statt dir, Leihmeister«, schlug Vierl vor.

»Warum schleichts ihr euch nicht endlich?« fragte Haber, der seitlich stand, monoton.

Schwengkh und Schelnhausen nahmen fast gleichzeitig Platz; als Vierl tatsächlich Anstalten traf, sich des letzten freien Stuhls zu bemächtigen, schob ihn Chensky ärgerlich beiseite und setzte sich ebenfalls. Nun ging das Ablegen der Karten Schlag auf Schlag; innerhalb kürzester Frist blieben jedem nur noch zwei. Chensky vervollständigte das gewinnende Doppel, indem er von Fechtners letzten beiden Karten die richtige zog; er warf Herz- und Karo-König ab, reichte Schwengkh die übriggebliebene Karte weiter: Pik-Zehn. Schwengkh hatte die Treff-Zehn dazu und konnte ebenfalls fertigmachen, gab an Schelnhausen Herz-Ass; Schelnhausen grinste und legte damit Karo-Ass auf den Tisch.

»Nun ja, mein lieber Fechtner«, murmelte er, langsam die Worte dehnend, den Angesprochenen anblickend, welcher ausdruckslos die letzte Karte, die er locker zwischen Daumen und Zeigefinger wippen ließ, ansah. »Nun, mich deucht, als hätte Fortuna auch jetzt wieder, wie schließlich immer, ihre Identität mit Justitia bewiesen. Servus, Schwarzer Peter, Peter. Schwarzer Peter zum Quadrat.« Endlich, mit Genuß: »Arschloch.«

Fechtner deckte wortlos seine Karte auf: Karo-Zehn. Schwengkh sagte nichts, Chensky sagte nichts, Fechtner sah Schelnhausen an.

Schelnhausen sagte: »Schwarzer Peter zum Kubus. Schummier«, und erhob sich.

»So.« Fechtner bleckte die Zähne. »So.« Plötzlich brüllte er mit wutweißen Lippen: »Du hast geschummelt! Den Karo-Zehner hab ich von *dir* in der letzten Runde gekriegt. *Du* hast ihn mit dem Pik-Buben vertauscht, nur damit *du* nicht verlierst!«

»Trottel«, sagte Schelnhausen verächtlich.

Und nun kam es zur Schlägerei; aber zu keiner ausgedehnten, denn als Fechtners Faust über den Tisch zuckte, fing sie Schwengkh am Handgelenk ab; ein blitzschneller Ruck, und Fechtner stürzte samt dem Sessel hintüber, sich halb überkugelnd. Schelnhausen, der ausweichend seitwärts und aufwärts gefahren war und sich mit beiden Fäusten nach vorne warf, wurde ein Bein gestellt; er wurde mit einem gezielten Handkantenschlag harmlos abgelenkt und auf Haber geschleudert. Dann unterzog Schwengkh, der gut im Schwung war, auch Vierl einer raschen Judokur, absichtlich dessen fuchtelndes, schlichtendes Schiedsrichtern mißverstehend; Vierl kam krachend, senkrecht auf seinen Hintern zu sitzen, so daß das Zimmer bebte.

»Orsch, orsch«, murmelte Chensky, nicht Heinberger – der war bereits längst, vor Stunden, gegangen. Aber wennschon nicht Much, so schien doch sein Wort hier überaus richtig am Platze. Chensky saß stocksteif, der einzige äußerlich unberührt Gebliebene, denn auch Haber, vom seitwärts geschleuderten Schelnhausen mitgerissen, hatte mit dem Boden Bekanntschaft gemacht. Schwengkhs wortloses Eingreifen erzeugte nicht ganz die erwünschte, ernüchternde Wirkung. Zwar kam es nach seiner Anwendung der »Sanften Kunst« nicht mehr zu Brachialitäten, wohl aber sofort aufs neue zu heftigen Wortgefechten der sich fluchend wieder Aufrichtenden. Vierl, dem nicht einmal die Schwengkhsche Behandlung den Schiedsrichter auszutreiben vermocht hatte, schlug eine Rekonstruktion des Spielverlaufs vor, um den Beschuldigungen aller gegen alle ein Ende zu setzen. Nun gut denn. Man rekonstruierte unter Zähneknirschen. Aber es kam nichts anderes dabei heraus als die unbezweifelbare Tatsache, daß einer der Spieler jedenfalls log: Keiner wollte unmittelbar vor der Unterbrechung des Spiels den Pik-Buben in seinem Blatt gehabt haben. Man beschuldigte und widersprach einander. Günther Vierl, von Chensky ständig mit »dubioser Juriskonsulto« tituliert und von den übrigen viel ordinärer beschimpft, wollte sich schon gekränkt zurückziehen, seine Hände in Unschuld waschend – er setzte tatsächlich zu einer illustrierenden, symbolischen Geste an –, als Fritz Haber, der als einziger noch am Boden saß und keine Anstalten traf, sich zu erheben, plötzlich wütend mit den Fingernägeln übers Parkett kratzte und einen lang rasselnden Wortschwall ausstieß, der sofort eine ungeheure Bedeutung gewann – alle spürten das.

Der einzige Nichtzeuge des eigentlichen Spiels, der Wachehaltende außerhalb, die Gastgeberrandfigur vorm Abort, Fritz Haber schrie: »Einer von euch ist also der Schwarze Peter! Der Trottel selbst! Der Verlierer! Die Sau! Der Untermensch überhaupt! Der Verlierer! Der, der nie recht hat! Der, den der Teufel holen wird! Der Lügner.« Und so ging das weiter, minutenlang. Fritz ließ nichts aus, und seine Litanei gewann nicht durch ein einzelnes, haarscharfes Zutreffen Bedeutung, sondern durch seine bloße Ausdehnung und Allumfassung des Negativen eine drückende Dimension, in welche jedem der Zuhörer sein persönlichstes, schrecklichstes Monstrum eingeschrieben erschien.

Sie mußten ihn ohrfeigen, ihn hinausschleppen zur Wasserleitung, ihn duschen, wie vorher Edi Rauch, bevor sie ihn zum Verstummen bringen konnten.

Es kam zwar zur mühsamen Wiederherstellung einer scheinbaren Normalität, von deren Echtheit allerdings nur Vierl überzeugt war; er machte sich wieder erbötig, den Unparteiischen zu spielen, als der Pik-Bub sich nicht auffinden ließ unter den rettungslos zu Boden und durcheinandergeworfenen Karten, er gedieh bis zur ausgeübten Funktion seiner Anmaßung und vermochte die äußerlich Normalisierten dazu, sich von ihm einer Leibesvisitation unterziehen zu lassen, aber gerade das bewirkte bald wieder den Einbruch des Irrationalen: Schwengkh, ohne sichtbaren äußeren Anlaß – Vierl hatte eben die Hand aus seiner Hüfttasche gezogen, aus der letzten Tasche, und leer –, mußte sich übergeben. Er stöhnte röhrend, rannte hinaus und davon.

Der Pik-Bube wurde selbstverständlich auch später nicht mehr gefunden.

7

Schon wie sie die Schräge des kleinen Wegs von unten heraufkommt, begrüßen wir uns mit den Augen, und sie lächelt, und ich lächle auch, stehe auf und gehe ihr entgegen. Sie trägt einen weißen Ballonseidenmantel und hat den Kopf unbedeckt; irgendwie, ihr zu Ehren, boxt sich die Sonne, einen lautlosen Augenblick lang, durch den dunkelgrauen, trostlosen Wolkenschmutz und reicht mit einem einzigen, hastig wandernden Lichtfinger in den vergessensten aller Parks, nur um ihr übers braune Haar zu streicheln. Beide Hände in den Manteltaschen, kommt sie auf mich zu.

»Aber ins Theater gehen wir heute schon«, sag ich prophylaktisch, nachdem wir uns ausführlich begrüßt haben; es ist hier oben noch immer kein Mensch zu sehen, und nur die geschlossenen Fenster der hohen Häuser, die den Park eng umstehen, sehen uns zu.

»Komm, setz dich«, sagt Sylvie und hängt sich bei mir ein. Sie hat eine Art, ihren Kopf, das Haar, andeutungsweise zurechtschüttelnd, ein wenig schief zu halten und mich dabei anzulächeln, die mich hilflos macht, so als würde sie mir begütigend die Hand drücken, ein wenig Distanz setzend.

»Also, was ist passiert?« frag ich. Als ich ihr eine Zigarette gebe und sie halb in meinen Mantel kriecht, weil der Wind geht und mein Feuerzeug nicht brennen will, gelingt es mir, das ärgerliche Stückchen Abstand vorübergehend zu beseitigen; sie hat eine ganz kalte Nasenspitze, ist aber sehr vernünftig und macht sich gleich wieder los.

»Du, Peter«, sagt sie, »leider, aber aus dem Theater heute wird nichts.«

Obwohl ich so was geahnt hab, und sehr ausführlich, und mit allerlei Hinter- und Vordergründen dazu, rutscht es mir doch eng in die unterste Magengrube.

»Wieso?« frag ich unglücklich. »Hast du keine Zeit? Warum?«

»Schau mich bitte nicht so beleidigt an«, sagt sie.

Ich mag das gar nicht, wenn sie plötzlich so eine feste Stimme kriegt, mit einem betonten »Bitte!« und dergleichen.

»Ich, ich hab schon Zeit, aber du wirst keine haben, weil du mir nämlich einen Gefallen tun mußt.«

»Hat dich am End der Chensky angerufen?« frag ich mißtrauisch.

»Wieso? Nein. Ich kenn den Chensky ja kaum. Warum hätt er mich denn anrufen sollen?«

»Weil dieser Mensch zu allem imstand ist«, sag ich verbittert. »Wenn jemand so plötzlich, aus heiterem Himmel, was von mir will, steckt immer der Chensky dahinter, da bin ich schon draufgekommen.«

Sylvie lacht. »Da kann ich dich diesmal beruhigen. Du sollst den Gefallen nicht ihm und nicht mir, sondern der Renate Erber erweisen; die kennst du doch?«

»Ich glaub, ich hab sie einmal bei dir oben gesehn«, sag ich vorsichtig. Dieses Mädchen Renate hat, schon das eine Mal, das ich sie gesehn hab, einen recht ernüchternden Eindruck auf mich gemacht; sie ist so eine sehnige, sportliche Type, die eigentlich am liebsten immer in Hosen herumläuft, und hat so ein vorherrschendes Gebaren, »bossy« nennt's der Chensky, und damit hat er ganz recht; ich halt sie für reichlich ellbogentüchtig und rücksichtslos. Außerdem hat sie beinahe einen Schnurrbart.

»Du kennst sie«, stellt Sylvie fest. »Hast du aber auch gewußt, daß sie und Fritz Haber, dein Freund –.«

»Nicht mein Freund!« unterbrech ich. Ich kann solche unangenehmen Ungenauigkeiten nicht leiden. »Ich kenn den Fritz ja kaum. Oder, kaum mehr, wenn du willst. Ich hab ihn seit der Matura grad ein paarmal zufällig gesehn.«

»Also gut, also gut!« sagt Sylvie. »Hast du gewußt, daß dein ehemaliger Schulfreund Haber einmal beinahe etwas mit der Renate gehabt hätte? Ja, daß sie schon fast ein Paar waren?«

»Ich kann mir nicht vorstellen, daß irgend jemand jemals etwas mit der Renate gehabt hat. Die ist doch ein verkleideter Mann!«

»Also bitte!« sagt Sylvie abwehrend. »Halt dich ein bißl zurück! Sie ist eine meiner besten Freundinnen! Ich weiß nicht, bei welcher Gelegenheit du sie gesehen hast, das muß aber auf jeden Fall ein paar Jahr her sein! Du irrst dich wirklich! Sie ist nicht nur hübsch, sondern der anständigste Kerl, den ich kenne, und man kann sich immer unbedingt auf sie verlassen; was sie verspricht, hält sie, zu spät kommt sie überhaupt nie –.«

»Ich hab ja gesagt, daß sie ein Mann ist«, sag ich spöttisch.

»Also gut, sie ist ein Mann«, lenkt Sylvie ein; ich bin so was gar nicht gewohnt von ihr. »Aber soviel die Renate ein Mann ist, soviel ist der Haber-Fritz eine Frau; die beiden passen gut zusammen, das wirst du doch zugeben.«

»Meinetwegen. Ich hab überhaupt nichts dagegen«, sag ich. »Insbesondere, wenn du die zwei in Ruhe läßt und statt dessen mit mir ins Theater gehst.«

Das mit dem Theater überhört Sylvie einfach, das andere mißversteht sie kühn. »Es freut mich«, sagt sie, »daß du auch der Meinung bist, daß die zwei zusammengehören. Gestern war die Renate bei mir und hat mir ihr Kreuz mit dem Fritz erzählt und hat mich gefragt, ob ich ihr helfen möcht, und weil ich kann, möcht ich auch. Sie hat von der Irmi Haber, mit der sie recht gut befreundet ist, gehört, daß heute, nach eurem Schuljubiläum ...«

Also doch das Jubiläum, denk ich mir, sag aber nichts.

»... ihr Fritz mit dem Peter Schelnhausen und noch ein paar hinaus nach Grinzing fährt ...«

»Na und?« frage ich.

»Schau, Peter«, sagt Sylvie, zieht mich am Ohr zu sich, gibt mir schnell einen Kuß und schiebt mich sorgfältig wieder zurück, »schau, die Renate hat den Fritz wirklich gern, und der Fritz sie sicher auch, aber er hat sie trotzdem nicht eingeladen mitzukommen. In der letzten Zeit hat er sich überhaupt kaum um sie gekümmert, und da ist der Peter Schelnhausen dran schuld, mit seinem Body-Building und so. Sie hat wirklich ein bißchen Angst um ihren Fritz, verstehst du das nicht?«

»Nein«, sag ich.

»Der Schelnhausen«, sagt Sylvie nach einer kleinen, unguten Pause, »soll ja oben in seiner Dachkammer regelrecht homosexuelle Orgien abhalten –.«

»Ich bitt dich Sylvie!«

»Noja, ob's wahr ist, weiß ich nicht. Aber jedenfalls reden die Leut schon. Und der Fritz kümmert sich wirklich nicht mehr um die Renate.« Sie schaut mich erwartungsvoll an.

»Vielleicht –«, beginn ich, aber Sylvie unterbricht mich sofort.

»Nein«, sagt sie. »Ich weiß, daß kein anderes Mädchen im Spiel ist.«

»Und was soll ich dabei tun?« frag ich.

»Gib mir einen Kuß«, sagt Sylvie.

Und dann erklärt sie es mir. Ich soll mit Renate heute nach Grinzing fahren und die Lokale abklappern, bis wir den Fritz und die anderen finden, und dann soll ich mich mit ihr dazusetzen. Schließlich soll ich Sylvie unbemerkt anrufen, damit sie mich später anrufen und ausrufen lassen kann. Worauf ich dringende Geschäfte vorschützen und abfahren soll, um dadurch Renate instand zu setzen, sich, durch mich, ihre Begleitung, nicht mehr behindert, wieder auf den Fritz zu stürzen.

»Schau«, sag ich, aber, wenn ich ehrlich bin, schon resigniert. »Schau«, sag ich, »weißt du eigentlich, was du da von mir verlangst? Was das heißt, wenn ich wirklich nach Grinzing fahr? Das heißt, daß ich vorher auf das Jubiläum auch gehn muß!«

»No, gehst halt auf das Jubiläum«, sagt Sylvie. »Mir zulieb.«

So einfach ist das. So kompliziert ist das. Der Chensky setzt doch alles durch. Der kriegt es durch seine geheimnisvollen Kräfte fertig, daß ihm auch noch meine Sylvie hilft, sogar ohne daß er sie darum bitten muß, geradezu auf magische Weise. Meine Ahnungen trügen nicht. Ich hab's ja gewußt.

»Die Renate hat dich also um Intervention gebeten«, sag ich nachdenklich. »Und du warst gleich bereit dazu, hast überhaupt nicht gezögert und mich gleich angerufen. Macht es dir wirklich gar nichts aus, dich in so was einzumischen?«

»Nein«, sagt Sylvie. »Wenn ich jemand helfen kann, helf ich immer.«

»Kupplerin«, sag ich.

Sie lacht. »Du, wenn du von Grinzing zurückkommst, gehn wir noch tanzen. Magst du?«

Das ist der Preis.

»Ja«, sag ich.

Der Park hat jetzt seine Funktion erfüllt, schließt sich ab und wird unleidlich. Er läßt einen feinen Regen beginnen, die Häuser feindlich, das Gebüsch naß und unduldsam werden. Die Straßenbahn draußen vor dem Gittertor kreischt auffordernd die Kaiserstraße hinunter; der kalte Park wirft uns hinaus – mit Sylvie, mit Leuten, für die Intervention selbstverständlich ist, sind immer alle Elemente verbunden.

Wir gehen. Ich muß mich umziehen, mich beeilen, wenn ich rechtzeitig zu der Jubiläumsfeier kommen will.

Kapitel sechs Phase fünf

1

Am selben Tage, da unser Freund Peter von der Schwengkh im Park saß, von Chensky wieder in dessen Kreise gezogen, rückfällig in eine absonderliche und peinliche Maturafeier und aufs neue bis zum Hals in Dingen steckend, die ihn sehr wohl was angingen – auch wenn er's nicht wahrhaben wollte –, am selben Tag, als Sylvie von Ingelheim ihren Peter dazu vermochte, das zu tun, was er nicht wollte, war auch Viktor Trubisch an einem Punkte seiner wild zackenden Geschäfts- und Lebenskurve angelangt, da er wider besseres Ahnen, bei Unterdrückung seines letzten Restes von Instinkt, endlich in die gähnende Leere brechen mußte, welche sich zwischen ihm und dem jungen Alexander von Schelnhausen, Monate vorher, auf dem Empfange der Fürstin Valleghi geöffnet hatte.

Es hatte für Herrn Trubisch schon immer eine Art von Menschen gegeben, denen er nicht wagte, mit seinem Hammer beizukommen. Sie gaben keinen richtigen Amboß ab, auch wenn es ihn gerade bei diesen ganz besonders juckte, seine Schläge anzubringen: einmal von unten hinauf-, statt von oben hinunterzuhämmern. Solchen Menschen, die einem Trubisch unüberwindlichen Widerstand entgegenzusetzen wußten, eignete physiognomisch ein Gemeinsames, das aber unheimlicherweise durchaus nicht immer gleich erkennbar war, aber sofort überaus deutlich wurde, wenn er es mit ihnen zu tun bekam, wenn er seinen Mund öffnete, wenn er einmal fünf Worte gesprochen hatte. Es trat dann eine Versteinerung ihres Gesichtes ein, bei gleichzeitigem Abrükken nach oben; Trubisch empfand das so, als würde der Betreffende eine Stufe, die der Schritt niemals verfehlte, hinter sich haben, auf die er dann mit der gleichen Sicherheit zurück- und emporstieg, mit welcher sonst nur ein alltäglicher, banaler Handgriff vollzogen wird, wie etwa das Anziehn eines Handschuhs, das Öffnen einer Zigarettenpackung. In dieser Selbstverständlichkeit, Sicherheit und Bedenkenlosigkeit, mit der solche Glaswände gegen ihn errichtet, ihm solche zuschlagende Türen gegen die Nase geprellt wurden, lag für ihn das wahrhaft Unheimliche. Er war es gewohnt, stets Vorschußwohlwollen vorzufinden, das er nie versäumte auszubeuten; es war ihm das so selbstverständlich geworden, daß er geradezu schon als sein gutes Recht betrachtete, was er sich hier unverschämt anmaßte; es gehörte zu seinem Protokoll, daß man ihm entgegenkam, daß man sich gewissermaßen gut und bereitwillig von ihm breitschlagen ließ. Darüber hinaus hatte er es sogar gelernt, mit Leuten zu kämpfen, die sich der gleichen Ellbogentechnik bedienten wie er, so gut, wie er auch diejenigen zu nehmen wußte, welche sich nur auf noblere, feinere Waffen verstanden: indem er sie einfach mit grobem Geschütz über den Haufen rannte oder ihr Florett unbekümmert mit einer überlegeneren Mistgabel kreuzte – es glückten ihm seine Anfangserfolge wirklich fast immer. Unfaßbar aber blieb es ihm, wenn seine kräftige Mistgabel plötzlich doch gegen die zarte Florettklinge versagte, wie es sich selten, aber dennoch, und dann immer sehr eindrucksvoll, ereignete. Nun ja, man mag das Adjektiv »nobel« und das Adjektiv »schwächlich« im täglichen Gebrauche lang genug und ungestraft für gleichbedeutend halten, man kann darauf sogar ein an Anfangserfolgen reiches Leben aufbauen, weil keine Form von Freibeuterexistenz jemals um Opfer verlegen sein muß und jeder Ablauf, auch der des Lebens Viktor Trubischs, nicht nur ein ganz gewißliches und in seiner Art voraussagbares Ende hat, und zwar eins mit Pauken, Trompeten und katastrophalem Knalleffekt, sondern auch Vor- und mittlere Epochen. Viktor, der Katastrophale, hielt also »nobel« und »schwächlich« für gleichbedeutend, und sein Irrtum bewährte sich fast immer. Dort, wo sich einem Gescheiteren der Unsinn solcher Gleichsetzung deutlich wie eine schallende Ohrfeige dartun würde, stellte er nur physiognomische Gleichartung fest, geriet in Ohnmacht und Wut und zog sich zurück, beschied sich notgedrungen mit der Unerklärbarkeit des Phämomens und suchte dessen Wiederholung zu vermeiden. Einen hervorragenden Platz in den diesbezüglichen Erinnerungen nahm seine Fünf-Minuten-Audienz bei dem Prinzen Craillsperg ein. Als einzigen Sieg über jene gewisse Gesichtsversteinerung hielt er an der äußeren legalen Form seiner Ehe mit Gisela fest, mit diesem Zwischenwesen, das Unvereinbares in der Regel bestätigenden Ausnahme vereinte, nicht erkennend, daß er ihr durch die ordinäre Wesenshälfte eingekrochen war, die steinerne Larve nur von innen zu zerschlagen vermocht hatte. Der letzte hierher gehörige Vorfall war aber der mit Alexander von Schelnhausen gewesen.

Und ganz entsetzlich war das ausgegangen. Denn hier gab es überhaupt keinen für Trubisch annehmbaren Vernunftgrund, welcher das Verhalten des jungen, also offensichtlich unerfahrenen, schwächlichwohlerzogenen Mannes beruhigend hinwegerklären konnte. So wich Trubisch zurück vor der unverständlichsten aller ihm gesetzten Grenzen, den Horror vacui vor der sich öffnenden Kluft in allen Knochen.

Vorerst gewährte ihm die kaum erhoffte Tatsache, daß die Italiener ihre Lager nur einzelweis rückführten, eine Galgenfrist, die sich überraschenderweise noch weiter ausdehnte, als es ihnen gelang, auf dem Kapitalmarkt wider alles Erwarten billigeres Geld aufzutreiben als es ein Warenkredit verschafft hätte. Trubisch nahm das als Omen und beschloß, mit seiner letzten Möglichkeit noch zu warten; erholte sich mittlerweile sogar allmählich: kaum geschäftlich, aber es gelang ihm wenigstens, seine Einstellungswelt wieder halbwegs zu reparieren, ja, so weit zu befestigen, daß seine Erfahrung mit Alexander einigermaßen verblaßte. Jedenfalls ermöglichte ihm das Schwächerwerden der Konturen, das Ausbleichen des Komplexes schließlich doch, seine Lähmung zu überwinden und den Sprung in die Leere zu wagen, ins Kriminelle, in die Erpressung direkt, nicht nur in die erpresserische Bitte, denn nach einem dreiviertel Jahr immer schmäler werdenden Weges war nun doch der Augenblick gekommen, den lang hinausgezögerten letzten Schritt zu tun. Am selben Tag also, als Peter von der Schwengkh einen doppelten telefonischen Eingriff erfuhr, im Parke saß, von seiner Sylvie einen dirigierenden Stoß erhielt und schließlich nach Überstehung des Jubiläums seiner Schule in Grinzing landete, wo es noch viel mehr zu überstehen galt, trat Viktor Trubisch seinen Gang zum Bankhaus Schelnhausen an, drang vor, brachte beim Kommerzialrat, der sich regungslosen, aber, wie Trubischs geübtes Auge wahrnahm, nicht versteinten Antlitzes alles anhörte, seine Erpressung an und gewährte in einem Augenblick physiologischer Hellsichtigkeit, die seinen brachialen Hinauswurf verhinderte, eine Bedenkzeit von zwei Monaten – denn in neunzig Tagen wurden die Wechsel fällig, die ihm das Genick brechen mußten, würde er bis dahin kein Geld auftreiben.

Der alte Kommerzialrat beherrschte, wie jeder vielbeschäftigte Erfolgreiche, die Kunst der zeitweisen vollkommenen Verdrängung. Trubischs Krediterpressungsversuch war am Vormittag erfolgt; erst am

Nachmittag, zwischen zwei Sitzungen, gelang es dem Baron, Unbedeutenderes zur Seite zu schieben; er ließ Alexander rufen.

Es war an diesem Tage hell im Büro Richard von Schelnhausens, von dem Lichte, das aus einem gleichförmig grauen Himmel stammte, als wäre die Sonne über die Wolkendecke ausgebreitet worden und dadurch sehr in ihrer Substanz verdünnt. Alle Schatten beschränkten sich auf Andeutungen und zogen die Körperlichkeit des Raumes zu einem Minimum ein. Der Baron zwang sich, sitzen zu bleiben, als in der Minute bis zum Eintreffen seines Sohnes der abwesende Trubisch in Drohung und überhaupt gefährlichen Möglichkeiten wieder intensiv wurde; Alexander, aus dem fensterlosen Tresorraum, aus kellergelber Arbeitsbefaßtheit gerufen, fröstelte in der flachen, grauhellen Atmosphäre, in die er da beinahe übergangslos geraten war. Er empfand es so, als ob der Raum unter einer dünnen Schicht Eiswasser stehen würde, das sich als dicker Reif auch auf die Sitzmöbel niedergeschlagen haben mußte; er war nicht bereit, sich zu setzen. Der Vater saß also widerwillig, gezwungenermaßen, und Alexander stand aus Nötigung, ging mit kleinen, zögernden Schritten in dem plötzlich so unwohnlichen, wie erfrorenen Büro hin und her, das durch solch unvermitteltes Fremdgewordensein auf sehr wirkungsvolle Weise die ganz besondere Zusammensetzung der Situation deutlich machte, so daß Kulisse und Hintergrund als überaus charakteristisch und bedeutungsvoll für alle spätere Erinnerung festgehalten wurden.

Richard von Schelnhausen erzählte mit dürren Worten vom Besuch Trubischs, teilte mit, daß Peter telefonisch nicht zu erreichen wäre, niemand wüßte, wo er sich befände, und stellte ohne jedes Beiwerk fest, daß der Besucher die Einräumung eines Kredits verlangt hätte, ohne andere »Sicherheiten« zu bieten als sein Versprechen, er würde dann die Ehestörungsklage gegen Peter Schelnhausen nicht einreichen.

»Du hast mit Trubisch auf diesem unglückseligen Empfang gesprochen – er hat's mir gesagt –, und jetzt erkläre mir bitte, warum du es nicht für nötig gehalten hast, mir von diesem Zusammentreffen auch nur mit einem Wörtchen zu berichten!«

»Ich habe nicht mit ihm gesprochen«, sagte Alexander.

Diese Feststellung warf den alten Herrn aus seiner künstlichen Ruhe. Nun setzte die skelettierte Redeweise des Vaters Fleisch an, ja mehr noch, der Kommerzialrat erfuhr eine erleichternde Wortexplosion.

»Was heißt das! Du hast nicht mit ihm gesprochen! Natürlich hast du mit ihm gesprochen! Wenn du wüßtest, wie mir dieser Empfang noch immer im Magen liegt! Der Wahnsinn deiner Mutter und deine Hirnlosigkeit, überhaupt hinzufahren, und wennschon, dann nicht sofort zu verschwinden! Glaubst du, es war leicht, nachher, nach so was, aus den Verhandlungen auszusteigen, ohne mir die Italiener vollends und zu unversöhnlichen Feinden zu machen? Insbesondere, als ich ihnen ja nicht erklären konnte, daß meine Familie plötzlich irrsinnig geworden ist! Glaubst du das? Und dann macht Peter noch solche Blödheiten! Immer muß ich eure Blödheiten wieder einrenken! Wie komm ich eigentlich dazu?« Er schwieg erschöpft einige Sekunden. Sein heftiges Atmen stand regungslos im Raum.

Alexander empfand peinlich die Unordnung der Diktion. Freilich wußte er nun alles, und er beeilte sich, Antwort zu geben, erzählte den Hergang seiner Begegnung mit Trubisch, fand aber für die Begründung seines Verhaltens Verständnislosigkeit. Hinter seinen Worten war ein Gefühl gegenwärtig, das nichts anderes war als Mitleid mit dem Vater. Mit einem Vater, der so sicher hinter seinem Schreibtisch saß, in gut funktionierender Imposanz – nicht einen Augenblick lang stieg ihm das als Paradoxon auf. Richard von Schelnhausen war firm in jedem Handgriff seiner Profession, und da er sein Leben ebenso wie die Bankbelange zu seinem Beruf gemacht hatte, nämlich, indem er jenes vollkommen in diese einbezog, spezielle Richtlinien unbekümmert in Allgemeine übertrug, glückten ihm auch stets seine Aktionen außerhalb; er würde gewiß auch eine Lösung für das gegenwärtige Problem finden, durch Bekämpfung der zutag liegenden Symptome; und das im Grunde ganz Verfehlte seiner Gegenaktion wurde direkt nur im ungenügenden Vokabular deutlich, das er hier gebrauchen mußte; hier war er nicht geübt, hier bewegte er sich höchstens im Analogen, nicht in der Sache selbst, hier paßte keine bankliche Nomenklatur, hier mußte man auf den spärlichen Privatschatz von Worten zurückgreifen, die einem simplen, getroffenen Menschen zur Verfügung stehen, hier ging's also daneben und erzeugte Mitleid: ein Großer, der im Kleinen – eigentlich – versagt.

Und doch irrte Alexander, so recht er hatte, in einem Punkt. Er übersah nämlich, daß sein Vater ein Generaldirektor war, kein gewöhnlicher Sterblicher also, welcher in vielem kompetent sein mag, in allem übrigen aber immer, mit besserem oder schlechterem Erfolg, zu pfuschen gezwungen ist. Das Wesen eines richtigen Generaldirektors besteht hingegen darin, daß er nie pfuscht: weil er stets und überall zur Kompetenz gelangt, auch dort, wo er selbst nicht kompetent ist, durch seine Fachleute also, in deren Findung, richtiger Einsetzung und Erhaltung er die eigene Funktion als bestmöglicher Koordinator erfüllt – wenn er dabei dennoch nie Mitglied des Kollektivs wird, sondern unangefochten dessen Kopf bleibt: Sonst wäre er ja bloß Gewerkschaftsboß. Im heutigen, speziellen Fall war er freilich noch nicht zur Kompetenz gelangt – er wird es aber am Abend sein, nach Beiziehung des hier beizuziehenden juristischen, nüchternen und persönlich unbeteiligten Fachmannes Schönbrod, und wird seinen objektiven Erfolg also schon noch erreichen, durchaus: Und hier ist es übrigens, wo für uns das Unheimliche des Phänomens Generaldirektor beginnt, nämlich, weil dieser die einzige Spezies Mensch darstellt, die imstande ist – für alle praktischen Belange wenigstens, aber um andere geht es ihr ja nicht –, eine Objektivierung tatsächlich zu erreichen, eben durch das Pseudodemokratische seines Wesens: Weil ihn selbst erst eine solche Vielzahl von Personen konstituiert, daß er mit dem, was er darstellt, eine repräsentative Gruppenziffer ausmacht, die, durch ihre Mitgliederzahl dividiert, den hypothetischen, aber in der Praxis brauchbaren, wenn auch eigentlich gar nicht vorhandenen normalen Sterblichen ergibt, dessen Urteile und Reaktionen gemeinhin durchaus als objektiv angenommen werden dürfen, und zu dem wir unseren Generaldirektor noch dazu gleich anfangs in Gegensatz bringen konnten, wodurch sich jetzt übrigens, als logisches Nebenprodukt, aber, wie uns vorkommen will, als recht wichtiges, der Beweis für unsere durch die Vorsilbe »Pseudo« aufgestellte Behauptung ergibt, daß Generaldirektoren und Demokratie einander ausschließen. Genug: Es reicht für unsere spezielleren Zwecke vollkommen aus, nochmals festzuhalten, daß Schelnhausen sen. keinem einzigen Mitglied seiner Familie gerecht wurde, wohl aber der Familie als Gesamtkörper durchaus, daß seine Auseinandersetzung mit Alexander ganz danebenging, aber weiter nichts schadete, daß seine Auseinandersetzung heute abend mit Peter subjektiv genauso vorbeitreffen, objektiv aber sofort einen Teilerfolg zeitigen und in der Folge sich überhaupt als genau ins Zentrum gelangt erweisen wird.

Alexander schloß: »Ich hielt Herrn Trubisch für ebenso belanglos wie unappetitlich. Hab das Ganze bald vergessen. Übrigens bin ich sicher, daß du das, was Peter falsch gemacht hat, einrenken kannst. Aber ich weiß nicht, ob das allein hilft. Nur wenn man Peter selbst einrenken könnte, würde das helfen. Kannst du das?«

»Ich will nicht schon wieder philosophieren!« schrie der Kommerzialrat. »Das hat aufzuhören! Gescheit sein kann jeder! Und dein Bruder zweifellos am besten! Aber gescheit handeln –!« Er lachte bitter, schüttelte den Kopf. »Da muß dann doch der Praktiker her, belanglos!!!« Er griff nach der Zigarrenkiste, hielt die Importe einen Augenblick vor die Lippen, zögernd, als warte er auf eine Antwort Alexanders, stieß die Zigarre, als die Antwort nicht erfolgte, energisch zwischen die Zähne, fand mit dieser Geste zurück ins vertraute Geleise der dispositionellen Sprache und gelangte sofort zur geläufigen Klarheit im Speziellen: Peters augenblicklicher Aufenthalt war festzustellen, sein genaues Verhältnis zu Gisela herauszufinden, diese mittels einer entsprechenden Summe zur Scheidung zu bewegen und zu einer Reise außer Landes ... Nicht einmal ging es darum, Peter zu verurteilen oder, besser, nach einer Remedur zu suchen, dem älteren Sohne wirklich zu helfen, ihn geradezurichten; alles drehte sich nur darum, seinen Fehler ungeschehen zu machen. Darauf verstand sich der Alte, hier hatte Alexander wirklich keine Sorgen; nur eine zweite Welle Mitleids stieg in ihm auf, als es nochmals deutlich wurde, wie unfähig sein Vater in wichtigster Wirklichkeit war.

Er hörte bald nicht mehr hin. Die Schlagworte zu Beginn: Philosophieren – gescheit sein – gescheit handeln – hatten plötzlich den Streitkomplex von damals – jetzt aber endlich wortbar! – heraufgerissen: Ja, er dachte oft noch an die Auseinandersetzung, die er, Vater und Peter in eben diesem Raume vordem gehabt hatten, neun Monate war das her, und der Anlaß war seine Mitteilung gewesen, er wolle in die Bank eintreten und nicht, dem Beispiele des Bruders folgend, die Hochschule beziehen. Oft hatte er daran gedacht, doch nie anders als: Er hat unrecht, ich habe recht und habe doch verloren, weil ich keine Antwort wußte, meine Antwort verschob. Aber worum es im Exempel gegangen war, das war ihm in Verlust geraten – hatte er gedacht. Nun wußte er es plötzlich besser. Nicht verloren war es. Nur beiseite geschoben.

»Peter kennt das Leben nicht, steht außerhalb, verstehst du«, sagte er, verblüfft über die plötzlich eingetretene Klarheit, mitten in einen Satz des Vaters hinein. »Woher soll er wissen, um was es geht, wie soll er richtig handeln, wenn er die natürlichsten Dinge der Welt als persönliche, nur gegen ihn gerichtete Malicen ansieht, wenn er verurteilt, was er gar nicht kennt?«

»Was meinst du?« fragte Richard von Schelnhausen verblüfft, augenblicks aus dem Konzept gebracht. Er durchlief das eben Gehörte nochmals, merkte, daß sein Sohn ihm überhaupt nicht zugehört hatte, und wurde rot im Gesicht. Aber bevor es noch zum Ausbruch kam, tat Alexander zwei Schritte auf den Schreibtisch seines Vaters zu, stützte sich auf die Platte und sagte eindringlich: »Natürlich, das ist's! Ich lebe, er nicht! Er spintisiert, ich arbeite!« Er suchte, den Kopf ungeduldig hin und her wendend, nach Worten, fand keine und schloß: »Das muß man ihm klarmachen, glaubst du nicht auch?«

Nun war es ganz aus. Der Kommerzialrat schlug mit beiden Fäusten auf den Tisch und brüllte: »Mir scheint, jetzt bist du auch noch obergescheit geworden! Willst du mir nicht sagen, was das jetzt mit diesem famosen Herrn Trubisch zu tun hat, mit seiner gräßlichen Hure von Frau? Und dem drohenden Skandal? Warum bin ich nur der Sache nicht gleich nachgegangen, als ich von Schönbrod erfuhr – ach was! Alexander!« schrie er.

Der Sohn nahm die Hände vom Tisch und richtete sich auf.

»Ja, Papa?«

»Du wirst jetzt den Peter suchen gehn, jetzt gleich, verstehst du! Und bringst ihn sofort nach Hause! – Frist hat er mir gegeben, dieser Zuhälter, dieser Trubisch, mir hat er zwei Monate Frist gegeben! Verdammt noch einmal! Also los, scher dich hinaus!«

Als Alexander gegangen war, drückte der Kommerzialrat auf den Knopf der Sprechanlage. »Ich möchte Dr. Schönbrod sprechen, aber sofort!«

2

Der Große Festsaal ist fast zu klein für all die von Schulsentimentalität infizierten Jahrgänge, von neunzehn ganzen Lenzen an bis zur titelgeschmückten Vergreisung. Um eine Vermengung der Zeitalter zu verhindern, hat man auf die Tische Taferln mit der Jahreszahl der jeweiligen

Matura aufgestellt, die ein ziemlich fixes Zentrum für die Gleichaltrigen darstellen; man tröpfelt dort immer wieder zusammen. Die Lehrer beweisen viel weniger Sitzfleisch als ihre ehemaligen Schüler und wandern fast so unermüdlich herum wie die Kellner und sind mit diesen im generalisierenden Totalblick, weil beide Arten fast durchwegs schwarz gekleidet sind, hie Kutte, hie Frack, leicht zu verwechseln. Den Generalblick hab ich mir sehr schnell angeeignet, aus Notwehr: um nicht immer wieder mit einem zufälligen, genauer gerichteten Hinschauen in ein erkennendes Grinsen zu geraten und dadurch in die Notwendigkeit aufzustehen, Hände schütteln zu müssen und immer das gleiche zu sagen: »Ja, Jus, voriges Jahr promoviert, jetzt im Ministerium, danke, ja zufrieden, und Sie, respektive du?«

Hier unten dampft Bier und Weingeruch durch dichte Schwaden Tabakrauchs – der offizielle Teil ist längst vorbei. Auch riecht es schon nach Würsteln und Gulyas. Die Tischtücher sind bereits wein und bierfeucht, mit gelegentlich dazwischen gestreuten Zigarettenascheornamenten.

Hoch über all dem Graus, in gewaltiger, ovaler Stuckkartusche, fliegt in satten Farben, rein und kaum in Mitleidenschaft gezogen, das herrliche barocke Deckenfresko über dem brodelnden Saal, schweigend blasen die goldenen Trompeten der sich ins Plastische reckenden Reliefengel hinunter ins Gebrause, sie blasen schweigend, statt daß sie Schweigen bliesen, was weitaus angenehmer wäre: So sieht niemand hinauf zu ihnen, zu dem, was dort oben schön, still und anders ist. Die Wände, die Pfeiler sind weiß; in regelmäßigen Abständen tritt es mit rotseidener Tapete in flache Nischen zurück; dort hängen die dunklen Gemälde, lebensgroß; ernste, bärtige Gesichter, Ornat, Abtwappen übereck, Bischofshut, Kronen – über allen Türen wiederholt sich die Muschel als Supraporte; aber das reicht nicht her, reicht nicht herab zu uns. – »Ich komm mir vor wie in einem Bahnhofsrestaurant«, sagt der Leihmeister, und recht hat er. Er ist überhaupt der Bemerkenswerteste hier: unsagbar elegant gewandet, in einem dunkelblauen Anzug mit hellblauer, glänzender Seidenweste, schmaler, schwarzer Krawatte und Perlennadel – das Ensemble paßt ihm ausgezeichnet, direkt, als tät es ihm gehören. Er ist schuld daran, daß der Vierlinger nicht kommt, weil er ihm einen Gefallen getan und dessen neuen Anzug vom Schneider geholt hat; Günther Vierl, erfahr ich, ist

Buchhalter geworden oder gar schon Oberbuchhalter; jedenfalls hat er bis um acht Uhr am Abend im Büro sein müssen, und da hat der Schneider schon zugesperrt – also hat ihm der Chensky aus- und sich zu einer festlichen Garderobe verholfen.

In die Verschiebungen am Tisch ist mit ausgedehnterem Würstl- und Gulyaskonsum nun Gott sei Dank doch endlich eine gewisse Statik eingedrungen. Vor der vollkommenen Erstarrung der Sitzordnung aber hat mich der, wie gesagt, beklemmend elegant gekleidete Chensky noch tatsächlich auf den Stuhl zwischen den kriegführenden Parteien praktizieren können: Er packt mich einfach gewaltsam und beidhändig an den Schultern und staucht mich auf den Sessel nieder, der neben dem Schelle frei geworden ist und auf den der Fechtner spitzt – der Fechtner lüpft schon den Hintern, um ein Stühlchen weiterzurücken, in den feindlichen Ellbogenbereich zu gelangen, aber der Chensky verhindert dies, indem er mich links einen Augenblick lang ausläßt – leider nicht lang genug, um es mir zu erlauben, mich seiner Einflußnahme zu entziehen; er hat mir so einen Deuter gegeben, daß ich dem Trägheitsmoment meines Sturzes, das mich entweder auf dem Sessel oder auf dem Boden, aber jedenfalls zu landen zwingt, nicht mehr entgegenwirken kann, und da land ich schon lieber auf dem von Fechtner begehrten und von mir nicht begehrten Sessel – er läßt mich also links einen Augenblick los, der Leihmeister, und unterdrückt den lüpfenden Fechtner; er greift sich dessen Rockkragen und reißt ihn brutal auf seine vier Buchstaben, auf seinen angestammten Platz zurück und begleitet seine Missetaten – ich, weil einen Augenblick nur einseitig gesteuert, flieg nämlich fast auf den Schelle drauf – mit humorvollen Reden.

Müller I und II sind da, auch der Koloß, der Seminarist geworden ist, und stumm, als wär er schon ein ausgelernter Trappist, der Hansi Bohusch, der Losert, der Rudi Feigel – überhaupt alle sind da und so ekelhaft, wie ich mir's vorgestellt hab und weshalb ich nicht hab kommen wollen, nur der Vierlinger und der Haber-Fritz sind nicht vorhanden; der Fritz geht dem Hubsi Lerch bereits ab. »Er hätt doch –,« sagt der Hubsi, aber der Schelle unterbricht ihn: »Nicht! Später!« und macht eine Kopfbewegung, auf uns, die unliebsamen Zuhörer einer Privatunterhaltung, hinweisend. Der Günther Vierl freilich geht niemandem ab; es wird nicht einmal gefragt, warum er nicht gekommen ist: Nur weil ihn der Leihmeister um sein neuestes Festkleid gebracht hat? Oder – aber, wie gesagt, dergleichen kommt gar nicht zur Sprache.

Der Chensky konzentriert sich auf den Fechtner, um ihn vom Schelle abzulenken, ich mach mich breit und red ununterbrochen und laut mit dem vis-à-vis-sitzenden Losert über Sachen, die mich überhaupt nicht interessieren, nur um, wie begehrt, einen möglichst wirksamen Pufferstaat abzugeben, aber alles nützt nichts, die zwei Kontrahenten kommen doch ins Gespräch, nachdem der Fechtncr lang genug den Schelle mit lauter blöden, boshaft gemeinten Bemerkungen gehäkerlt und der ihm dafür mit höflichen, glatten Gemeinheiten geantwortet hat – immer nur ein paar Worte mit einem wie ein Schwanzerl darangehängten spöttischen Kurzgelächter; das alles läßt er überdeutlich nebenbei fallen, während er sich mit dem Hubsi unterhält, der sich wieder über den Fechtner als rundherum frustierten Amanten ausläßt und ein langes und abfälliges in Betreffe sämtlicher Damen abzuhandeln weiß, mit denen er den Fechtner jemals gesehen hat. Der Schelle nickt anfangs beifällig, schneidet dann aber seinem Adjutanten das Wort ab.

»No, no, Hubsi«, sagt er, scheinheilig begütigend, »er kann doch nichts dafür, laß den armen Kerl in Ruh, er weiß es nicht besser, er kann ja nicht anders, selbst wenn er wollte.«

Aber statt daß sich der Fechtner jetzt über den Tisch beugt und dem Schelle eine zündet, wird er noch weißer im Gesicht, als er eh schon ist, und sagt: »Was ich will, weiß ich. Und was ich will, krieg ich. – Aber du, was – willst – du – eigentlich –?«

Er braucht das »von mir« gar nicht dazuzusetzen, jeder am Tisch kann und muß seine Frage so zu Ende denken. Es wird plötzlich still in unserer Runde.

Der Schelle genießt es einen Augenblick, seinen Gegner so weit gebracht zu haben, daß der ins Direkte hinuntergestiegen ist. »Ich?« Er wartet einen Moment, um es spannender zu machen, und ergänzt den Satz willkürlich anders: »Ich will dir nur helfen.« Er schüttelt bekümmert den Kopf. »Das geht aber gar nicht so leicht. Weil du so fest von dir überzeugt bist, leider. Ich muß dir also zuerst diese feste, aber falsche Überzeugung nehmen, vor einem Neuaufbau deiner Persönlichkeit – das ist das einzige, was dich noch retten kann. Da du aber keine Fehler siehst, wenn man sie dir auch noch so deutlich zeigt, muß ich sie dir wohl handgreiflich demonstrieren. Vielleicht schafft das die notwendige Tabula rasa –«, er stockt, wie überlegend.

»Du bist ja wahnsinnig geworden«, flüstert der Fechtner ungläubig.

»Ich denke doch nicht«, sagt der Schelle, jetzt aufwachend, lebhaft und gemütlich. »Keineswegs. Das kann ich dir sogar in deinen eigenen unsinnigen, materialistischen Kategorien beweisen. Erster Fechtner-Beweis: Ich bin ein Diplomkaufmann, wie du. Zweiter Fechtner-Beweis: Ich hab das Diplom zwar nicht suo anno gemacht, dafür aber mit Auszeichnung. Dritter Fechtner-Beweis: Ich werde demnächst sogar mit Auszeichnung doktorieren – kann das ein Wahnsinniger, Weltfremder, Unpraktiker, als welchen du mich so gern zu bezeichnen liebtest? Also –!«

Er schmunzelt: »Beim andern schlichthin Wahnsinn zu supponieren, wenn man selber nicht weiter weiß, ist zu einfach. Was zu einfach ist, ist schon a priori falsch. Nur Narren glauben, daß im Grunde alles simpel wäre. Im Grunde ist aber alles nicht simpel, sondern nur noch viel komplizierter. Wir wollen sehen, ob du seit unserer letzten ausgedehnteren Unterhaltung wenigstens da draufgekommen bist.« Er blickt einige Sekunden überlegend vor sich auf den Tisch, ohne sich zu sorgen, daß ihm der Fechtner einen Wortschwall entgegensprudeln oder davonlaufen könnte: So sicher ist er seiner Sache; ich begreife das nicht. Wieder einmal scheint der Situation der reale Boden herausgefallen zu sein. Und trotzdem funktioniert das Geschehen weiter.

Ich steige, ich weiß nicht wie, in eine immer tiefere Unheimlichkeit hinab. Den andern scheint es genauso zu ergehen. Trotzdem bleibt jeder sitzen, schweigsam, wie angenagelt, und rührt sich nicht – als ob wir alle hypnotisiert wären. Was der Fechtner jetzt treibt, innen, läßt sich nicht erkennen; ich kann es mir auch gar nicht vorstellen. Außen sitzt er da wie ein Stein und schwitzt: Sogar das Rauchen hat er vergessen. Der Fechtner ist trotz seiner Versteinerung weichgekocht. Das ist alles, was man merkt: Der Fechtner weiß jetzt, wozu der Schelle imstand ist, weiß, daß er in den letzten Monaten nicht nur mit Worten giftig und sonst müßig war, sondern daß er auch allerhand *getan* hat, sorgfältig geplante, fast lebensgefährliche Sachen, mehr, daß für ihn sogar alles immer erfolgreich verlaufen ist und noch dazu auf völlig unverständliche Weise; der Fechtner muß das alles wissen, wenn es sogar ich weiß, wenn sogar ich von dem sexuellen Vorturnen eines Hubert Lerch gehört hab und von dem eigentümlichen Gericht, das man dem Fritz Haber nachher vorsetzte, der Fechtner muß das alles sogar noch viel besser wissen, weil er doch dauernd mit dem Chensky zusammensteckt, seinem mehr als dubiosen Beichtvater, der überhaupt auf so vielen Schultern trägt, daß es schon fast eine anatomische Unmöglichkeit ist.

Jetzt greift der Schelle nach seinem Etui, nimmt eine Zigarette heraus, zündet sie an, zögert, greift dann nach einer zweiten und hält auch die über das Flämmchen des Feuerzeugs. Das Flämmchen zittert nicht. Seine Hand ist ganz ruhig. Und nun beginnt er aus beiden Zigaretten abwechselnd zu rauchen.

»Peter!« schreit der Chensky.

»Wer will, kann gehen«, sagt der Schelle leise und sieht den Chensky an. »Dann wissen wir wenigstens jetzt schon, wer der Schwarze Peter ist.« Er legt die beiden Glimmstengel sorgsam parallel auf die Tischkante und wartet. Alle bleiben sitzen.

»Du meinst also nicht das Partygespräch –«, sage ich blöde.

»– sondern das Hauptthema unserer Maturafeier«, nickt der Schelle. »Ist doch auch passender heute, schon von wegen Jubiläum und so. Glaubst du nicht auch?« Und wie der Losert, der damals ja nicht dabei war – der Leihmeister übrigens eigentlich auch nicht, wenigstens nicht drinnen im Allerheiligsten des Papas Haber, aber was hilft's, er weiß noch immer alles –, wie der Losert also sozusagen ganz besonders abgestochen die beiden Zigaretten anschaut und schon was sagen will, fährt der Schelle fort: »Das? Das ist nur ein mnemotechnisches Hilfsmittel. – Es geht nämlich wieder einmal um das Problem der Freiheit. Daß du nicht anders kannst, selbst wenn du wolltest. Die Freiheit ist also tatsächlich dein Grundproblem, Fechtner. Nur hast du deinen Sartre schlecht gelesen gehabt, damals. Und mir ist das hier Bezügliche auch erst später, viel später eingefallen.« Er wirft die eine Zigarette auf den Boden und tritt sie aus. »Die Sartresche Freiheit besteht nämlich darin, das willentlich zu tun, was man ohnedies tun muß. Ich wiederhole: willentlich. Und was tust du?«

»Er tut unwillkürlich, was er tun muß«, grinst der Hubsi. »Also –?« Aber der Schelle macht eine wegwerfende Handbewegung. »So tief sind wir noch nicht gesunken, daß wir Selbstverständlichkeiten noch extra betonen müssen«, meint er. »Nun, Fechtner, Subskribent der Sartreschen Freiheit?«

»Nein«, flüstert der Fechtner und schüttelt heftig den Kopf. »Nein!«

»Gut«, seufzt der Schelle resigniert. »Das war ja zu erwarten. Aber man hofft doch immer wieder auf ein Wunder. Ich werde es dir also tatsächlich, sozusagen handgreiflich, beweisen müssen. Und zwar durch eine Demonstration deiner Prädiktabilität. Betrachte dich also endgültig als zum Versuchsobjekt aufgerückt. Wisse deinen diesbezüglichen Verdacht als offiziell bestätigt. Es wird zwar ein bißchen weh tun, aber hoffentlich helfen.«

»Wem?« frag ich, so sarkastisch wie möglich, »dir oder dem Fechtner?«

Der Schelle steht auf, schaut mich mit amüsiert zwinkernden Augen an, streicht sich mit der Zigarettenhand die Locke aus der Stirn, gibt mir aber keine Antwort.

»Komm, Hubsi, wir müssen jetzt gehen. Servus die Herren – einstweilen.«

Und nach so was muß ich mit einer Renate Erber nach Grinzing fahren.

3

Fritz Haber besaß einen kleinen Schreibtisch mit wackligen, geschweiften Beinen; einen Sekretär nennt man das wohl, nur: Der Aufbau mit Laden und Lädchen war abgeschraubt worden, um auf der Schreibtischplatte mehr Raum zu schaffen. Vergebens. Stoßweise, unordentlich, lagen Hefte, lose Blätter, Papier, Zeitschriften, Briefe, Skripten darauf herum. In den verbliebenen Laden des Unterbaus war jahrealter Krimskrams über- und durcheinander gestopft. Selten fand man, was gesucht wurde. Fritz setzte sich kaum daran, um zu arbeiten. Es hätte zuvor einer Freilegung der Platte bedurft; es ekelte ihn aber, in all den staubigen Wust hineinzugreifen; und hätte er es getan, wohin dann mit dem Zeug? Aufgeräumt wurde nie: Dies hatte er seiner Mutter streng verboten. Wenn er zu lernen, zu arbeiten hatte, wanderte er ins Speisezimmer aus, wo er seine Sachen auf dem runden Tisch ausbreitete und alles liegenließ, wenn er fertig war oder es nicht mehr aushielt und um die Ecke ins Kino lief oder zur Straßenbahn, um hinaus zu Peter zu fahren. Dann packte seine Mutter alles zusammen, trug es ins Kabinett des

Sohnes und legte es obenauf auf alles andere, was den kleinen, mißhandelten Sekretär überstapelte und fast schon seine O-Beine weiterbauchen ließ, als es seine barocke Statur gestattete.

Fritz hatte sich eben umgezogen, als seine Mutter einen unerwarteten Besuch hereinführte. Die Frau Doktor Haber, welche die übrigen Teile der Wohnung stets in peinlichster Ordnung hielt, hatte den Kampf mit ihrem Sohn zwar längst schon verloren, kämpfte aber immer noch weiter, indem sie jedem Besucher sofort »Diese Schande!« zeigte, und bewirkte dadurch, daß Fritz, der all das Durcheinander natürlich schon über hatte, wie jeder, der von Natur aussichtslos schlampig ist, weiter an seinem Chaos festhielt, mit der Behauptung, daß er so wenigstens stets immer alles fände, was er suche, was eine offensichtliche Lüge war.

»Ja, servus, Alexander«, sagte Fritz erstaunt.

»Servus, Fritz.« Alexander von Schelnhausen warf einen flachen Blick in den unordentlichen Wohnschlauch, in welchem Fritz Haber hauste oder, besser gesagt, nur schlief, sich umzog, den er aber sonst, soweit nur immer angängig, peinlich mied, konnte der auffordernden Geste Fritzens aber nicht nachkommen, weil er keinen freien Sessel fand, und blieb neben der Tür stehen. Am Schreibtisch, bis zum Hals eingegraben, brannte gelb eine bronzene Stehlampe.

»Und was«, fragte Fritz den Bruder seines Freundes; er kannte Alexander grad vom Sehen, »kann ich für dich tun?«

»Ich muß dringend mit dem Peter sprechen und hab geglaubt, ihn hier zu treffen.«

»Komm, gehn wir hinaus«, sagte Fritz.

»Gern«, antwortete Alexander.

Im Speisezimmer aber wachte die Mutter und verbat sich einen Einbruch; sie deckte gerade den Tisch zum Abendessen und hatte auch sonst zu tun; außerdem wurde Besuch erwartet.

»Du hast dein Kabinett«, sagte sie, »*dein* Kabinett.« Sie wandte sich an Alexander. »Er hält sein Kabinett nämlich ganz in der Ordnung, in der er glücklich ist, wissen Sie. Sie haben's ja jetzt selbst gesehn. Ich –.«

»Danke, Mutter«, sagte Fritz und öffnete wieder die Tür. »Komm schon, Alexander. Es tut mir leid.«

»Entschuldigen Sie, Gnädigste.« Schelnhausen folgte ihm. »Scheiße«, erklärte Fritz und setzte sich auf sein ungemachtes Bett. »Also – wo Peter jetzt ist.« Er zuckte die Achseln. »Ich hab nicht die geringste Idee. Möglicherweise ist er mit dem Hubsi zusammen.«

»Beim Hubsi Lerch war ich schon. Der ist auch nicht zu Hause.«

»Dann hab ich keine Ahnung, wo er sein könnt.«

»Kannst du mir dann vielleicht sagen, was er heute vorhat?«

Fritz öffnete schon den Mund und wollte antworten: Ja, weißt du denn nicht, daß heute unser Schuljubiläum ist?, unterließ es jedoch, weil ihn ein Häkchen Ärger zupfte, dachte aber nicht daran, sein Wissen gänzlich zu verhehlen, wollte nur gebeten sein, als Ausgleich, fühlte sich zwar winzig, doch deutlich ärgerlich gezupft, denn Alexander hatte nach einigen Büchern gegriffen, die auf einem Sessel lagen, hatte sie aufgehoben, um diesen frei zu machen, sich niederzusetzen, gab es aber auf, als er nicht wußte, wohin mit den Bänden. Er legte die Bücher zurück und richtete sich wieder auf. Wenn er sie auf den Boden geschmissen hätte, hätt ich mit ihm reden können, dachte Fritz verächtlich und sagte nichts, zuckte nur die Achsel.

»Das ist unangenehm«, sagte Alexander, betrachtete seine Fingerspitzen, ob er sie nicht schmutzig gemacht hätte, und vertiefte dadurch die Feindschaft des Augenblicks.

So, wie er hier stand, leicht vorgebeugt, die Augenbrauen eine Andeutung gehoben, sah er seinem Bruder unglaublich ähnlich, und betonte dabei dennoch, auch einem schlechten Beobachter, wie es Fritz Haber war, den größten aller Gegensätze, den es zwischen ihm und Peter gab: Die Überheblichkeit des älteren Schelnhausen war militant und als Kampfmittel bewußt entworfen, war konsequent vorgetragener Angriff aus ständig notwendiger Vigilanz, war daher Verteidigung, deshalb eigentlich Schwäche, Alexander aber war gehoben, nicht verhoben wie Peter. Ihm war das, was sein Bruder eigentlich affektierte, schlichthin natürlich. Ihm hatte die Welt nicht den Krieg erklärt. Dem Peter freilich auch nicht: aber sozusagen nur, weil er ihr zuvorgekommen war und ohne vorhergegangenen Notenwechsel gleich drauflosschoß. Peter war gegen mancherlei Gifte mühsam immun geworden, Alexander hatte sie erst gar nicht versucht. Nicht, weil er auswich, sondern sie trugen sich ihm nicht an – schon, weil die Giftvermittler immer wissen, wer für ihre

Zwecke tauglich sein könnte und wer von allem Anfang an nicht. Dieser Vorteil hat mit Logik oder Verdienst nichts zu tun. Es gibt keine vergeblichen Versuchungen, die Sünde ist zu klug dazu – es gibt sie, oder es gibt sie eben nicht.

Fritz trug einen schwarzen Abendanzug mit silbergrauer Krawatte, wollte also offensichtlich nicht zu Hause bleiben; es war selbstverständlich, daß Alexander diesen Schluß vollzog. Fritz steckte in der letzten Zeit ständig mit Peter zusammen; es war anzunehmen, daß er ihn auch heute abend treffen würde: Alexander nahm auch das an. Trotzdem stellte er keine diesbezügliche Frage mehr. Alexander wollte listig und mußte missionarisch sein – um zu erfahren, wo Peter steckte? Das eigentlich schon längst nicht mehr. Und drum war seine List schwach, die provokatorisch Antwort zeugen sollte, oder eigentlich: schwächlich geworden, nämlich ausgelaugt durch zwar uneingestandene Unlust, von der er aber doch gern seine offiziellen Absichten durchkreuzen ließ. Er hatte es nämlich jetzt schon gründlich satt, seinem Bruder nachzulaufen, einen ganzen Nachmittag lang, wollte es gern auf morgen verschieben: Die Sache brannte ja schließlich noch nicht. Man hatte zwei Monate Zeit.

»Hör zu«, sagte er also. »Ich sag dir jetzt was. Mein Bruder ist schlecht für dich. Er reißt gern die Leut hinein. Heut hat er sich selbst in was hineingerissen. Wenn du ihn siehst, sag ihm das. Sag, er soll mich anrufen. Ich fahr jetzt gleich nach Haus, er kann mich die ganze Nacht erreichen. Ich weiß nicht, was er heute wieder vorhat; es wäre besser, er tät ein bißl aufpassen, in Zukunft. Dir könnt das übrigens auch nicht schaden. Der Peter ist nämlich nur ein Theoretiker, verstehst du das? Ohne Praxis, ohne eigentliche, mein ich. Daher ist das, was er tut, letzten Endes immer dilettantisch. Freilich hat er auch Ergebnisse, aber was für welche! Immer nur negative, denk einmal drüber nach! Sag jetzt nur nicht, das ist Absicht und meine Wertung verkehrt! Zuerst kommt die Praxis, dann die Theorie! Zuerst das Konkrete, dann das Abstrakte! Schau dir doch einmal seine schönen logischen Hypothesen an! Schließlich und endlich kriegt jeder einen Kübel mit kaltem Wasser über den Kopf, der sich mit dem Peter und seinen Theorien einläßt. Servus.«

Er gab Fritz die Hand, verschob nachher seine Finger andeutungsweise gegeneinander, als gälte es, sie abzuwischen, und ging. Fritz blieb sitzen. Er hatte die Geste Alexanders nicht übersehen; er merkte plötzlich deutlich, daß er feuchte Hände hatte. Die hatte er zwar vorher auch gehabt, von einem Feuchtwerden als Reaktion war also nicht die Rede, aber jetzt merkte er es. Er spürte auch, daß sein frisches Hemd sich nicht mehr frisch anfühlte, und wenn er übers Kinn fuhr, wurde es deutlich, daß seine Rasur nicht scharf war.

Hätte Alexander erklärt: Höre, es wär wirklich besser, wenn du heute zu Hause bliebst, dich nicht mit Peter träfst, wäre Fritz selbstverständlich doch gegangen. Alexander hatte es nicht gesagt.

Fritz begann, sich mit wütenden Handgriffen auszuziehen, die Teile des Anzugs, Hemd, Unterhose, Schuhe in eine Ecke schleudernd, und kroch ins Bett; fast hatte er Heimweh nach ein bißchen Fieber, das seine plötzliche, überraschend notwendig gewordene Betteinkapselung noch wollüstig wirken hätte lassen und diese gleichzeitig legitimiert hätte; denn mit der Rechtfertigung für Rückzug und Absage an einen außerhalb zu verbringenden Abend sah es ungut aus, hier störte noch manches, und beträchtlich. Das Buch, das er aufgeschlagen hatte, enthielt bald nur mehr sinnlose Buchstaben, sein Blick wurde abgelenkt auf den Wust des Schreibtisches. Ein Stück liniertes Papier lappte da aufreizend hervor, als hätte wieder einmal jemand versucht, in einer Unordnung, die ihn nichts anging, Ordnung zu schaffen, durch einen ersten Handgriff, dem keine weiteren folgten; es hing wie eine höhnende, spottende Zusage heraus. Fritz Haber wurde die Last, die ihm Alexander von Schelnhausen, ohne es zu wissen, aufs neue bewußt gemacht hatte, plötzlich unerträglich; metaphysischer Rucksack der Vergangenheit, aus dessen langsam wieder erträglich gewordener Rundung überraschend der Spieß eines aus der Schichtung geratenen Gegenstandes vortritt und zwischen die Schulterblätter schlägt.

Dem Anstoß: Ein Kübel kalten Wassers, von dem Alexander gesprochen hatte, ein Bild gebrauchend, das für Fritz einmal ganz buchstäblich seine Verwirklichung gefunden hatte, ließ sich nun mit keiner Assoziationsverweigerung mehr begegnen.

Hubsi mit Irmi im Bett, Scheiße auf dem Teller – das war alles nichts, im Vergleich zum dritten.

Ein halbes Jahr war es wohl jetzt schon her, daß ihm Peter erlaubt hatte, oben in der Bodenkammer mitzuturnen. Anfangs war es recht lustig gewesen, und auch komisch. Poldi Hörndl ernsthaft mit Maßband, die Zunahme des Muskelwuchses überprüfend, Hubsi Lerch, der Athlet mit Bauch, an den Hanteln. Fritz dachte anfangs keinen halben Gedanken, der sich auf die allgemeine Nacktheit bezog. Erst als Hörndl einen Kübel kalten Wassers heraufgeschleppt brachte und sich mit Hubsi den Schweiß vom Leibe spülte und Fritz dadurch sekundenlang von Peter abgelenkt wurde, verschob sich ein Kleines in ihm. Als er sich wieder umwandte, Peter aufs neue bei seinen Übungen zusah, hatte der eine andre Statur angenommen; die kurze Unterbrechung der sonst ununterbrochenen Betrachtung des Freundes hier oben setzte die gleiche Wirkung, als hätte er, in anderer Verfassung, der lächelnden Entkleidung einer Frau zugesehen, einer Entkleidung als Ouvertüre – Fritz glotzte, mit plötzlich trockenem Mund.

Peter merkte nicht sofort, was geschehen war. Er reckte gleichmäßig die Arme, ließ die Hanteln schwingen. Als sein Blick dann Fritz zufällig streifte, erschrak der und versuchte, sein Geschlecht mit den Händen zu verbergen. Peter ließ sofort die Hanteln fallen; sie schlugen dumpf auf den rotbraunen Ziegelboden; die Steine knirschten, da und dort splitternd. Er war mit einem Wutschrei bei Hubsi und Hörndl, stieß sie auseinander, packte den Kübel, schwang ihn und stürzte seinen kalten Inhalt Fritz auf den Leib und ins Zentrum.

4

Es gibt Leut, hat man mir erzählt, die haben ihre besten Gedanken beim Taxifahren. Ich gehöre nicht dazu. Ich bin nicht zur bescheidensten gedanklichen Klarheit gelangt, wie ich aus dem Wagen kriech, zahl und in die Garage geh, in der Renate auf mich wartet.

Wenn ein Hemd zu kurz ist, hilft alles nichts, ziehst du's vorn hinunter, geht es hinten in die Höh, bedeckst du dich hinten, bist du vorn nackt; was ich damit meine, ist, daß es mir mit dem Denken, oder besser, mit dem gedanklich Beschäftigtsein, wo die Rechtfertigung der eigenen Haltung, kurz die Moral zur persönlichen Nutzanwendung, eine ungemein wichtige Rolle spielt, genauso geht. Ich kann mich immer nur auf einen Zipfel konzentrieren. Gewöhnlich macht das nichts, bei einem Hemd von zureichender Länge, bei einer Situation von normalem Zuschnitt. Hast du die erste Falte versorgt, nimmst du die zweite in Angriff, und so fort, bis du dich, schön hintereinander, in einen wohlbekleideten, wohlgeordneten Menschen verwandelt hast, wodurch auch die Situation, in der du steckst, automatisch bereinigt erscheint. Beim Jubiläum war's aber nichts mit dem logischen Hintereinander. Da hab ich einfach keine Zeit dazu gehabt. Dennoch habe ich schon etwas von dem verstanden, was alles im Festsaal der alten Schule und nachher, in der Garderobe, passiert ist, aber leider hab ich nicht genug verstanden.

Der Haber-Fritz ist auch später nicht gekommen. Der Hubsi und der Schelle sind dann kaltblütig, unter unliebsamem Aufsehen, weil alle aufstehen haben müssen, abgefahren. Der Fechtner war fest und sicher, aber ein bißl zu sehr, als daß man ihm seine Festigkeit und Sicherheit hätte glauben können.

Das Verdächtigste an der Streiterei mit anschließender offizieller Kriegserklärung war für mich das ganz offenkundige non sequitur vom Schelle, mit dem er die »Freiheits«-Diskussion von damals aus der untersten Lad hervorgeholt und dem Fechtner an den Kopf geschmissen hat. Und dieser Verdacht ist später, durch den vernichtenden Monolog des Leihmeisters gleich in derselben Nacht, auch bestätigt worden. Aber soweit sind wir noch nicht

Ich bin also sehr geschwind in meinen Mantel gefahren und davongerannt, nachher, weil es schon recht spät war, wegen der Renate also, aber dennoch hab ich noch so mit einem halben Ohr aufgeschnappt, wie der Chensky auf den Haber-Fritz geschimpft hat; auf diesen Menschen kann man sich überhaupt nicht verlassen, jetzt steh ich allein da, mit den zwei Amerikanerinnen am Hals, und wer wird das bezahlen. Ich hab aber dennoch bemerkt, daß der Chensky angefangen hat, den Fechtner einzufädeln, welcher, nach der eben erhaltenen Watschen, selbstverständlich ein brauchbares Material für alle Verführungskünste abgegeben hat – ein Doktor Fechtner hegt natürlich, keineswegs und nie, weder das Bedürfnis, aus Gründen der Symmetrie oder aus solchen der Religion, nach einer Ohrfeige links auch für die rechte Seite nach einer zu suchen, noch, sich still in seine Höhle zurückzuziehen, um seine Wunden in einsamer Abgeschiedenheit zu lecken; auf dem Jubiläum war der Fechtner wirklich nicht soweit; später, in Grinzing, war er's schon, da ist er nämlich dann sehr ausgiebig am Abort gesessen, viel zu ausführlich, als daß man noch an eine widmungsgemäßige Benützung dieser Örtlichkeit hätte denken können; da hat er sich regelrecht in Klausur zurückgezogen, wie seinerzeit Edi Rauch, der Koloß.

Es gab daher eigentlich für mich schon während der Taxifahrt keinen Zweifel, daß der Chensky mit dem Fechtner nach Grinzing fahren wird, und zwar in Gesellschaft der beiden Amerikanerinnen, von denen ursprünglich eine für den Haber-Fritz bestimmt gewesen war.

So schaun also die vorderen Zipfel des zu kurzen Hemdes aus, und schon die sind für mich nicht leicht zu bewältigen. Auf die hinteren komme ich aber so richtig eigentlich erst später, und das dummerweise noch dazu gleichzeitig mit Renate, und daran ist wahrscheinlich der überraschende Initialeffekt bei unserer Begegnung schuld.

Ich geh sehr selten in eine Garage. Ich habe in Garagen nicht viel zu tun. Sie wirken eigentlich nur filmisch auf mich. Sie sind so romantisch: Tempel der weitestverbreiteten Religion unserer Tage, des Automobilismus: Hier wird er nicht nur spirituell, sondern auch recht faktisch zelebriert. Von der Straße geht ein grauer, fast blauweiß erhellter Betongang mit Ölspuren und hallender Geräuschkulisse schräg nach unten. Als ich die Renate zu Gesicht krieg – sie sitzt in ihrem Wagen, bei offener Tür, die wohlgeformten Beine nach außen, und unterhält sich mit einem Mechaniker –, setzt es also den oben angedeuteten Schock, und ich bekomm kaum ein mühsames »Guten Abend, Renate!« heraus.

»Guten Abend, Peter«, sagt sie, »ich freu mich wirklich, daß Sie gekommen sind. Ist alles okay?« – Diese fast besorgte Frage wird wohl hauptsächlich durch meine etwas entgleisten Gesichtszüge bewirkt.

Da sitzt sie, ist sozusagen hinter meinem Rücken tatsächlich eine Frau geworden, und eine sehr hübsche noch dazu! Ich hätt das ehemals knochig-maskuline Sportweib wirklich kaum wiedererkannt. Einen zarten Schnurrbart hat sie zwar immer noch, aber die Beine, gar nicht mehr in wirklichen noch in symbolischen Bluejeans steckend, sind schlank und lang und durchaus angenehm anzusehen. Auch in Thoraxhöhe ist sie jetzt, zwar nicht sehr, aber doch zweifelsfrei als weibliches Wesen erkennbar. Schwarze Haare, blaue Augen, an und für sich schon eine gefährliche Komposition, kommen durch ein großgemustertes Cocktailkleid in entsprechenden Farben zu vertieftem Kontrast und bedeutender Wirkung.

Wirkungsvoll ist sie, ohne Zweifel, grad weil ich sie jetzt unwillkürlich – zumindest bild ich mir das ein – mit den Augen vom Haber-Fritz anschau. Ihr Kleid wird zwar genausowenig wie mein schwarzer Anzug nach Grinzing passen, aber es wird dort wirkungsvoller nicht hinpassen.

»Haben Sie vielleicht herausgebracht, Peter, zu welchem Heurigen sie gegangen sind?« fragt sie.

»Nein«, sage ich bedauernd.

»Macht nichts. Wir werden sie schon finden. Hopp, an meine grüne Seite.«

Ich hoppe.

»Erzählen Sie«, sagt sie, während sie startet.

Wie ich von dem eben überstandenen Jubiläum erzähl und sie mich durch geschickte Querfragen sogar dazu bringt, ihr auch den Fechtner-Schelle-Gegensatz ausführlicher zu schildern, als ich ursprünglich beabsichtigt hab, gelang ich, durch die Methodik meines Referats, an die hintersten Zipfel des Hemdes, welche ich vorher nicht so richtig erwischt hab, und muß feststellen, daß sie nicht nur mir, sondern auch der Renate plötzlich handlich sind; beide kommen wir gleichzeitig zu gleichen Ergebnissen, und das ist ärgerlich, denn ich hab's nicht gern, wenn mich erst fremde Leute auf meine Toilettefehler aufmerksam machen, und noch viel weniger, wenn das gewissermaßen handgreiflich geschieht: »Ja, dann ist es ja ganz unwahrscheinlich, daß wir den Fritz in Grinzing treffen werden!« sagte Renate enttäuscht.

»Wenn er nicht aufs Jubiläum gekommen ist, heißt das noch lange nicht, daß er deswegen auch nicht hinaus zum Heurigen gehen will«, hol ich den eigentlich selbstverständlichen Schluß, von dem ich jetzt selber nicht mehr versteh, warum er mir nicht schon vorher als todsicher richtig vorgekommen ist, sondern eigentlich gar nicht vorgekommen ist, endlich hinter meiner blödsinnigen Vernagelung heraus und nach.

»Aber dieser Chensky hat doch, wie Sie grad g'sagt haben, Peter, den Doktor Fechtner statt den Fritz eingeladen?«

»Wahrscheinlich«, sag ich, »bestimmt weiß ich's nicht. Ich hab nicht so aufgepaßt. Jedenfalls bild ich mir's ein.«

»Na ja«, meint die Renate, ist eine Weile still und sagt dann noch was sehr Bemerkenswertes: »Dieser Chensky, ich weiß nicht, der kommt mir recht verdächtig vor.«

»Kennen Sie ihn?« frag ich.

»Kaum. Eigentlich nur vom Sehen. Einmal hab ich ihn auch bei der Sylvia getroffen. Sie waren ja dabei, Peter. Doch das ist schon lang her. Ich weiß aber, daß er mit der Gaby Münzer bekannt ist und schon ein paarmal bei ihr draußen war. Ich hab ihn auch einmal zusammen mit ihr und dem Peter Schelnhausen im Briex gesehn. Ich kann mir nicht denken, daß er um diesen Fechtner so besorgt ist, wie Sie glauben, Peter. Münzer, Chensky, Schelnhausen, ein hübsches Trio, meinen Sie nicht auch? Wissen Sie was, erzählen Sie mir jetzt einmal etwas über den Baron Schelnhausen, Peter.«

»Da gibt's nicht viel zu erzählen«, sag ich abwehrend. »Ich seh ihn ja fast nie, seitdem er, wie übrigens der Chensky auch, sich im Klub überhaupt nicht mehr anschauen läßt; eigentlich seh ich ihn also gar nicht mehr.«

»Es gehen so Gerüchte um«, meint Renate, »daß dieser Peter Schelnhausen mit – na, wie soll ich's nur sagen –, daß dieser Peter Schelnhausen mit Menschen spielt. Haben Sie das auch gehört?«

»Gehört?« frag ich grimmig. »Gehört? Ich weiß es! Ich hab's mehr als einmal selbst erlebt!« Ich erzähl ihr ein paar Sachen aus unserer Schulzeit, dann von unserer Maturafeier und auch von der Party beim Fechtner, über die sogar ziemlich ausführlich, denn sie stellt immer neue Fragen, grad, daß ich das von der mir gestohlenen Einladung verschweigen kann, ohne direkt lügen zu müssen; zusammen mit dem Bericht über das eben mühselig überlebte Jubiläum ergibt das einen ganz schönen Berg von Informationen. Schließlich werd ich aber doch stutzig, weil sie immer weiterfragt und immer mehr, und ausgerechnet über den Schelle, wissen will.

»Sagen Sie, Renate, wieso interessiert Sie der Peter Schelnhausen eigentlich so?«

»Warum interessiert er denn Sie? Sie sind über ihn so gut unterrichtet, daß Sie sich offensichtlich noch mehr für ihn interessieren müssen als ich!« sagt sie da, schaut mich dabei aber nicht an. Sie hat mich, bis jetzt, während der ganzen Fahrt nicht angeschaut. Sie schaut immer nur auf die Straße. Sie ist überhaupt eine vorbildliche Automobilistin; sie fährt sicher und ruhig.

»Schließlich ist er ein Schulkollege von mir«, sag ich, weil der wirkliche Grund viel zu kompliziert ist und weil ich ihn außerdem selber nicht genau weiß.

»Und weil er ein Standesgenosse von Ihnen ist, lieber Baron, nicht?«

Auf so was sag ich prinzipiell nichts. Ich zünd mir wortlos eine Zigarette an.

»Sehen Sie, Peter«, sagt sie, »ich hab so eine Theorie, daß es sich bei diesem Schelnhausen um einen Machtmenschen handelt.«

»Ich auch«, stimme ich bereitwillig zu. »Drum kann ich ihn ja nicht leiden.«

»Wissen Sie, daß ich Ihnen das eigentlich nicht glaub? Mir sind Ihre Berichte fast so vorgekommen, als ob er Ihnen irgendwie doch imponiert.«

»Imponiert er vielleicht Ihnen?« frag ich abweisend.

»Ich möcht ihn ganz gern kennenlernen«, weicht sie aus.

»Und der Fritz?«

»Das ist ganz was anderes. Den Fritz werde ich heiraten.« Und wie ich nicht weiterfrag, weil ich ein wohlerzogener junger Mann bin, fährt sie selbst fort: »Na, fragen Sie mich schon, warum!«

»Also gut. Warum werden Sie ihn heiraten?«

Mir gefällt ihr sicherer Indikativ Futuri so gut, daß ich ihn jetzt selbst auch benütze.

»Weil ich ihn liebe, natürlich.«

»Sie interessieren sich also für einen Machtmenschen und lieben das Gegenteil davon«, meine ich boshaft.

»Natürlich«, sagt sie. »Ich bin ja kein passiver Mensch wie Sie, Peter. Sie machen's umgekehrt.«

Solche Sachen muß ich eine Weile verdauen.

Diese Renate Erber ist noch immer ein Mann. Obwohl sie jetzt nicht mehr so ausschaut. Aber, wie man weiß, können sekundäre Geschlechtsmerkmale täuschen. Mir wird unheimlich; mir ist plötzlich an einem Heurigenbesuch in Grinzing noch weniger gelegen als je. Armer Haber-Fritz. »Ich hab mir noch einmal alles überlegt«, sag ich, aber erst, als ich mit meiner Zigarette fertig bin, so daß, wie ich hoffe, mein Gedankensprung nicht so auffällt. »Ich glaub wirklich, daß es eigentlich nicht mehr viel Sinn hat, wenn wir jetzt noch nach Grinzing fahren –.«

»Es ist aber doch möglich, daß Fritz doch noch hinauskommen, daß er nachkommen kann?«

»Das schon«, sag ich widerwillig. Wenn ich vorher nicht so blöd gewesen wär, diese ihre Frage als Behauptung auszusprechen, hätt ich jetzt glatt nein sagen können und vielleicht damit sogar Erfolg gehabt. Mit einem noch so widerwilligen »Das schon« hab ich natürlich keinen Erfolg.

»Also!« sagt sie. Sie sagt es mit fester Stimme. Einen Augenblick hab ich den unsinnigen Verdacht, daß sie sich, wenn ihr Schnurrbart nur ein bißl stärker gewesen wär, diesen jetzt gezwirbelt hätte. »Wir haben eine Chance. Ich laß nie eine Chance aus. Genausowenig wie Ihr Freund Schelnhausen eine Chance ausläßt.«

Das hat mich natürlich ein bißl alarmiert, und so muß ich auch ausgeschaut haben, eine Reaktion darauf merkt man aus den Augenwinkeln, selbst wenn man nicht direkt hinsieht, jedenfalls wird ihre sichere Haltung am Steuerrad plötzlich ein wenig lockerer; erst jetzt bemerk ich, erst durch das Aufgeben einer Pose, daß es eine gewesen ist und obendrein noch etwas anderes vorgestellt hat, als ich angenommen hatte: Ihre straffe Sicherheit war doch Anspannung gewesen, nicht ein sicher verankertes Überlegensein, das sich für mich in ihrer Haltung ausgedrückt hatte – sonst hätte sich diese jetzt nicht lockern können, einen Augenblick lang.

Oder aber: Diese Renate Erber ist eine sehr gute Schauspielerin, nicht nur eine gute. Dann wäre es umgekehrt: die vorherige Haltung natürlich, die Lockerung gespielt. Oder vielleicht waren gar Gründe, Wirkung und Reaktion doppelt umgekehrt, das heißt, war ihr Verhalten noch sorgfältiger schauspielerisch durchdacht. Dann wäre sie nicht nur eine sehr gute, sondern eine ausgezeichnete Aktrice gewesen.

Nun wird die Überlegung aber so kompliziert, daß ich es aufgebe, sie weiterzuverfolgen, noch eine Schraubendrehung lang und noch eine.

Renate nimmt die rechte Hand vom Steuer und drückt mir begütigend den Arm.

»Keine Sorge, Peter – hab ich Ihnen eigentlich schon gesagt, daß ich Sie wirklich gut leiden kann? –, ich mein's nicht so. Ich mein das alles ja nicht so. Ich interessier mich nur für den Peter Schelnhausen, weil er mein Feind ist; er hat mir den Fritz weggenommen.«

»Eben«, sage ich. Aber nicht sehr erleichtert.

Diese Renate Erber, Sportweib, eine solche Beziehung aber als Spondeus ausgesprochen, keineswegs als Jambus, eher noch als Trochäus – die Betonung liegt, wenn schon, auf »Sport«, nicht auf »Weib«, das hatte sich jetzt wohl zweifelsfrei erwiesen, trotz zugestandenermaßen höchst wirkungsvoller weiblicher Verkleidung – diese Renate Erber ist mir mehr als verdächtig.

Das Hemd ist schon wieder zu kurz geworden – es hat fünfundzwanzig Zipfel, und ich hab, wie immer, nur zwei Hände, zwei linke noch dazu, es ist zum Verzweifeln.

5

»Gut«, nickte Fechtner, »gut. Wirklich gut. Die zwei gefallen mir. Welche kannst du mir schenken?«

Er sah den beiden Amerikanerinnen nach, die gerade den Tisch verlassen hatten, um sich ein bißchen zu restaurieren.

»Beulah kannst du haben. Aber schenken kann ich sie dir nicht. Sie kostet einen Schilling.«

»Ich möcht aber Patsy.«

»Die kostet zwei Schilling.«

»Gut.« Fechtner angelte in seiner Rocktasche nach seiner Geldbörse, öffnete sie, entnahm ihr ein Zwei-Schilling-Stück, verschloß und versorgte das Täschchen wieder sorgfältig, legte die Münze auf den Tisch. Dann lachte er. »Bitte sehr, Shylock. Gott, fühl ich mich heute gut! Man müßt sich wirklich öfter ins Volk mischen, trinkenderweise.« Er versuchte den breiten Dialekt des Heurigenmusikers zu imitieren, der am anderen Ende des langen, niedrigen Saales sein Akkordeon malträtierte, singend behauptend, er habe Grinzing noch nie ›alser niachterner g'sehn‹: »A Hetz muaß sein, wos?« Die Imitation gelang ihm so gut, daß sie keine mehr war. Das mißfiel dem Grafen Chensky sehr. Es mißfiel ihm aus einem Grunde, den wir angeben können, über den Chensky selbst nicht nachdachte: Fechtner nahm Distanz in eine Richtung, die ihm nicht zukam, wie es der in jeder Nuance richtige Dialekt bewies, den er gebraucht hatte.

»Ja«, sagte Chensky feindselig. Doch vergaß er bald die winzige Feindschaft des Augenblicks: weil er keineswegs mit dessen Kausalitäten noch mit anderen, hinteren Ursachen kleinlicher Art beschäftigt war; er war es ganz und gar, war es überhaupt nicht in diesen Augenblicken; es drückte ihn Schwereres an jenem Abend, und dauerhaft, wie ein Kopfschmerz, den man vergessen kann, manchmal, der dennoch immer wirksam ist. Chensky war nicht betrunken wie Fechtner. Er hatte teil an einem Plan, das hielt ihn nüchtern: weil es nicht sein eigener Plan war. Doch mußte er da mitmachen, es ging nicht anders, und hätte es doch gern unterlassen, wenn irgend möglich. Peter Schelnhausen hatte ihn an dem einen Punkt angegriffen, an dem der Rundkopf ergreifbar war, der Leihmeister mit den blanken, gescheiten Augen und den vollen Lippen, die den sehr kleinen Mund – ein deutlicher Gegensatz – eigentlich dümmlich rundeten: Chensky kannte ihn gut, diesen Punkt, denn hier wurde immer wieder eingehakt; er kannte überhaupt die meisten seiner Fehler, er wußte sie sogar mit Namen – den einen Hebelpunkt aber benannte er nicht. Doch war das Nichtbenennen immer nutzlos gewesen. Es war auch jetzt nutzlos. Statt der Bezeichnung setzte die Erinnerung ein.

An seinem achten Geburtstag hatte ihm sein Vater ein Luftdruckgewehr geschenkt, zum Scheibenschießen. Im Schloßpark steckte ihm Jaro die Scheiben auf, Jaro, der Sohn des Gärtners, zwei Jahre älter als er und ihm in jenem vielfältigen Wissen, das keine Schule vermittelt, weit überlegen. Jaro hatte schon über manches festgefügte Meinungen und führte besonders die gern seinem Spielkameraden vor, welche dem blutigen, grausamen Ehrenkodex der Dorfjugend zuzuordnen waren – ach, sagen wir es ruhig, der Jugend überhaupt zuzuordnen sind, wenn das in behüteteren Stuben auch nicht so deutlich werden mag; alles das, was mit »Traust dich vielleicht nicht?« und: »Weißt, was sich der getraut hat, was ich mich getraut hab« beginnt, was Quelle und Produkt jener nicht ungestraft übertretbaren Regeln ausmacht, die sich im immer vorhandenen Heidentum jeder Jugend stets feststellen lassen und deren Hauptritus stets die »Mutbewährung« bildet: Denn damals hieß und heißt Mut immer noch unsinnige Waghalsigkeit, Quälerei und Roheit, wobei diejenigen, die es besser wissen, stets noch grausamer und roher sind als die Gedankenlosen, denn natürlich ist der Unmoralische intensiver betriebsam in jeder Art von Marter und Selbstmarter als der Amoralische in seiner Unbefangenheit, die kein Stachel eines gewußten Unrechts spornt. In allem, was einen »Kerl ausmacht«, war Jaro beschlagen, zum großen Teil freilich nur in der Theorie; die dazugehörige Praxis log er sich einfach zurecht. Er war jetzt schon beschlagen in allem, zu welchem ein abgeschlossen gehaltenes Herrenkind nur spät, wenn überhaupt, Zugang findet; Jaro steckte die Scheiben auf, zwickte sie in die rauhe Rinde des Ahornbaumes und spottete über das läppische Ziel, und so kam es, daß Chensky das Luftgewehr nun plötzlich statt gegen die elterlich gebilligte Scheibe nach einem anderen Ziel richtete und traf: sogleich hüpfte der Sperling, ein verzweifelter, schriller Federball, wie unsinnig im Kreise, eine winzige, gellende Todesangst, so laut, ach so laut und verräterisch, das ganze Schloß mußte seine winzigen aber überlauten Todesschreie hören; Jaro, der beschlagene Jaro, wurde bleich, weinte. »Tu doch was!« schrie er; jetzt zeigte es sich, daß seine Praxis, wenigstens, was das Töten anging, erlogen war, es erwies sich, daß Peter Chensky wohl der ihm von Jaro gelehrten Theorie durchaus glaubte, der hinzugelogenen Praxis aber nur so weit, als die Notwendigkeit reichte, nur so weit, um für seine eigenen Bubenlügen bei dem Gärtnerbuben ebensolchen Glauben zu finden, jetzt setzte Peter aus Angst und Notwendigkeit, dennoch aus Entschluß, blitzschnell, die ihn gelehrte Theorie in die eigene Praxis um, und das kreatürlich Entsetzte im Untergrund wurde nur durch die Ausführlichkeit deutlich, mit welcher er auf dem Opfer seiner Tat herumstampfte, als der piepsende Aufruhr längst unter den ersten Trampelschritten erstickt war.

Nun, das Zertrampeln des Opfers gehörte jetzt und hier, am Tisch der Heurigenstube, gar nicht mehr zu dem, was, statt einer Bezeichnung, stellvertretend emporgestiegen war, sein Unbehagen, sein Schuldbewußtsein durch ein Bild artikulierend, statt durchs Wort – hierher gehörte nur die Notwendigkeit des Schusses auf den Sperling, auf das bißchen Leben, das ihm nichts getan hatte, das ihm leid tat, das er gerade deswegen töten mußte. Im »gerade deswegen« saß der Punkt.

Und hier hatte auch Schelnhausen eingehakt. So konnte Chensky nicht anders.

Er verschob sich ein wenig auf seinem Sitz, nun rückte er die Ellbogen seitwärts, auf die er sich stützte, in der Haltung eines Betrunkenen, den er, als Abwehr, darstellte, der er aber nicht war, alterierte sozusagen gewaltsam seine Position um ein Kleines, um ungestört an hier offen und quer Liegendes denken zu können, um an Heurigenduliöh und derlei weiter zu partizipieren, wie vorhin mit Patsy und Beulah – es ging nicht. Und doch hatte er es halbwegs fertiggebracht, vorher, als die beiden Mädchen noch am Tisch gesessen waren, weil diese das tiefliegende Unbehagen ihrer Begleiter mit Geplapper zudeckten, die Oberfläche des Gesprächs unbefangen kräuselnd; sie lachten viel; alle sprachen englisch. Nun ist für jemanden, der eine Fremdsprache, bei aller Geläufigkeit, doch fremd spricht – und sowohl für Chensky wie für Fechtner war Englisch keine zweite Muttersprache –, das Mittel stärker als der Inhalt, der bewältigt werden sollte; die dominante Fremdsprache vermochte es tatsächlich, jenes unterschwellige Denken, das stets nach den Regeln der eigenen, gewöhnlichen und gewohnten Sprache stattfindet, durch die augenblickliche Abwesenheit des eignen Idioms, auch abwesend zu halten. Hat man sich aber einmal wieder ins widerstandslose Deutsch zurückbegeben, in bemüht fließende Rede, unter deren glattem Spiel sofort aufs Neue alles wahrnehmlich wird, was vordem der gekräuselte, fremde Wellenschlag verdeckte, ist alles wieder da, auch die unterirdischen Konvulsionen.

Chensky dachte weiter, in der alten Rinne. Schelnhausen und Hubsi würden ihn, würden sie doch finden; er spürte das. Denn: So war es abgemacht. So war der Plan, den man genausowenig meiden konnte wie den Schuß auf den Sperling. Das Lokal für die geplante Szene war nicht bestimmt worden; hier war er Schelnhausen entgegengetreten, hier konnte er es; das hatte er nicht zugelassen. Chensky, der Leihmeister, welcher sich nach den Wünschen des Geldgebers richten mußte, der also halb immer noch hoffte, durch geschicktes Steuern sich, Fechtner und Begleitung in einem Lokal landen zu lassen, das so weit aus dem Wurf war, daß es Schelnhausen und Lerch dann vielleicht doch nicht finden mochten – einzige Möglichkeit, die er sah, den Schuß auf den Sperling zu verhindern, ohne für den nicht abgegebenen Schuß so angesehen zu werden, wie er von Jaro angesehen worden wäre, hätte er auch weiterhin nur nach der Scheibe gezielt.

Nun war man also gelandet, am äußersten Weinberg links hinten, wie Schelnhausen es nennen wird, und das Szenarium fürs Kommende war so unpassend, daß es auf infernalische Weise doch schon wieder das einzig Richtige war.

Draußen schwamm der Vollmond, wellig verzerrt durch die geworfene Fensterscheibe, fiel ein verlassener Berghang in die Nacht hinab, die unten im Tal, in den blinzelnden Lichtern der Metropole, ihre große, ruhige Einsamkeit verlor, in winzige, hektische Einsamkeiten zerrissen wurde, wo sie sich über die Firstlinie in die Straßen hinunterwagte. Das nackte Erdreich hier oben, wo sie begann, war von leeren, spießigen Stöcken dunkelblau und kalkig überwandert, die noch kein Weingewächs umklammerte, ein Stück kahlen, verwahrlosten Hofes war in gefährliche Nähe gerückt, übereck stehende Autos, schwarz in schwarz, weiß das Licht über der Terrasse mit leeren Tischen und ausgebleichten Bänken, all das fröstelnd der Nacht ausgesetzt; noch war es zu kalt, um draußen zu trinken. In finsterster Finsternis, im übelriechenden Winkel, wartete eine trüb brennende Lampe unverläßlich vorm Abtritt.

Herinnen dampfte das warme Gebrodel der »Heurigenstimmung«, welche, wie immer, einen eiskalten Rand aufwies, von dem weg man zur sicheren Mitte strebte, die Rücken nach außen, weg von den dunkelbraunen, glänzenden Holzwänden, die man kalt wußte; grobe, staubige Bohlen, der Boden, tiefhängende Tram an der Decke, geschnitzter Holzlüster mit bemalten Figuren, hinten die Schank, aufgeblockte Fässer. Heurigenproviant in verfärbten, fettigen Papieren, Gesang, Gegröle, und darüber die beharrliche Musik, Ziehharmonika und Gitarre, jetzt an diesem, nun am nächsten Tisch, weiße, verschwitzte Hemden, professionelle, bezahlte Gemütlichkeit mit Salzmandeln und Anna-Tant, die das halberte Brathendl mitgebracht hat, ununterbrochen lacht, während der Karl-Onkel mit der Schwägerin Milli Brüderschaft trinkt, schwimmende Augen aufweist und blinkende Goldplomben, die Zigarette zwischen knorrigen Fingern; die Asche wächst unbeachtet; und jetzt packt der Karl-Onkel die kichernde Milli um den Hals und schmatzt sie unter dem Hallo der Tischrunde schallend ab. Fechtner hatte an dem improvisierten Handel um die beiden Mädchen nicht genug; er bestritt die Unterhaltung weiterhin, wofür ihm der zungenlahm gewordene Chensky dankbar war, er stopfte seine Pfeife, ließ sie ausgehen, zündete sie wieder an, übertrieb die vom Jubiläum mitgebrachte Trunkenheit, welche man freilich auf dem Weg, Patsy und Beulah abzuholen, noch mit einem großen Mokka gedämpft, hier aber wieder vermehrt hatte, trank aus den feuchten Gläsern, die in nassen Ringen auf dem blanken Holztisch standen, übertrieb seine Ausgelassenheit sehr – und darunter saß das Entsetzen.

»Die Patsy, weißt, Peter, die hat meine Blutgruppe. Die hat meine Handschuhgröße, die paßt. Glaubst, daß das geht?«

»Ja«, sagte Chensky. »Warum nicht? Was willst du eigentlich? Sie hat ohnehin deine ganzen Schmäh g'fressen. – Programmgemäß«, fügte er hinzu und fühlte, wie ihm kalt wurde. Schelnhausen hatte ihn eingeweiht. Es wäre nicht nötig gewesen. Fechtner hatte alles Gewünschte produziert, es hatte keinerlei Provokation bedurft. Ich bin also doch unbeteiligt geblieben, dachte Chensky und glaubte sich nicht.

Fechtner täuschte weiter gutgelaunte Unterhaltung vor, erzählte einen Witz ohne Pointe und brach plötzlich ab.

»Weißt, Peter«, sagte er, »der Schelle – ich versteh ihn nicht. Die G'schicht mit dem Hubsi und der Irmi – das hat mir der Hubsi selber erzählt, die Sau –, das war gegen mich. Aber das macht mir nichts. Auf die Irmi bin ich damals schon nicht mehr gestanden. Aber das mit der Scheiße, das war nicht gegen mich, sondern gegen den Fritz – warum hat er das gemacht, der Schelle, der Trottel?«

»Da nimmst du dich zu wichtig«, log Chensky. »Es ist ja schon monomanisch, was du da treibst. Wenn du wirklich alles, was der Schelle anstellt, auf dich beziehst, muß er ja sein Ziel erreichen.«

»Nein«, sagte Fechtner entschieden. »Ich glaub, das mit dem Fritz war Training. Vorübung. Alles ist Training und Absicht bei dem. Und gegen mich. Immer. Kannst du dich nicht erinnern? Die Thesi Ledenig? Die Klausur? – Aber da hab ich ihn überlauert. Da hat er nichts gerissen.«

Chensky wollte sagen: Aber später, auf der Party bei dir? Er sagte es nicht. Er sagte: »Das ist doch schon antiquarisch. Was hat er dir denn seitdem getan? Nichts. Also.«

»Aber auf der W. H. –.«

»Blöde Sticheleien. Redereien. Pflanz. Was hat er dir getan? Hat er dir vielleicht etwas *getan*? Wie dem Fritz zum Beispiel?«

»Red nicht so«, sagte Fechtner. »Lüg nicht so. Das darfst du nicht. Du weißt genausogut wie ich, daß diese Pause überlegt war, wie alles andre. Außerdem hat er strebern müssen. Nein. Diese Pause hätt mich mürb machen sollen. Und jetzt flingt er wieder an.«

»Nichts fangt er an. Und mürb! *Hat* er dich vielleicht mürb gemacht? – No, siehst es«, sagte Chensky falsch und herzlich. Fechtner starrte finster in sein Glas. »Er *hat* mich mürb gemacht«, entdeckte er plötzlich, aufblickend: schluckte zweimal, sagte: »Blödsinn, natürlich nicht!«, um es wegzuwischen. Die Worte blieben stehn. »Und jetzt, auf dem Jubiläum, hat man da vernünftig mit ihm reden können? Nein. Da hat er wieder angefangen. Er soll mich in Ruh lassen! Erklär mir doch, was der Kerl von mir will!«

»Du weißt es. Und ich soll dich nicht anlügen. *Du* hast ja hingehn müssen«, sagte Chensky, dem die ständig gleichbleibende Hämmerei desselben Hammers auf denselben Nagel wieder einmal zuviel wurde. Dieses Thema hatte man zu oft durchgenommen.

Was tu ich hier? dachte Chensky erbittert. Falsches und nicht Eigenes. Man müßte es machen wie Schwengkh. Aber der besitzt einen Beruf. Ich habe Ausreden und alle Hände voll zu tun, zu wenige Hände, nichts zu tun, keine Füße stehenzubleiben. Heiraten müßt ich und die blöde Giftfresserei aus Pose, aus Nonchalance endlich lassen. Herauskriechen aus allem und allen: Ich heiße Adam Müller und habe von nun an das Bedürfnis, Steine zu klopfen, unter freiem Himmel, das ist gesund, ernährt seinen Mann, frißt genug Zeit und gibt genug Zwang, um am Feierabend wirklich herauszufinden, was Freiheit ist, weil man es dann spürt, in den Knochen, die sich nun nicht mehr regen müssen. Zeitig aufstehen, täglich, um sonntags schlafen zu können. Gott, mir steht das alles bis zum Hals.

»A loaf of bread, a glass of wine and thou –«, seufzte Chensky. »Da kommen die beiden wieder, freshly powdered noses and all. Welcome back home.«

Er stand auf, Fechtner ebenfalls; sie hielten ihre Gläser den Wiederkehrenden ernsthaft entgegen: »Welcome back, beloved ones.«

Nun lachten sie wieder, alle vier.

Zehn Minuten später kamen Schelnhausen und Hubert Lerch grinsend an ihren Tisch.

»Am äußersten Weinberg links hinten versteckts ihr euch? Ich muß schon sagen, ihr liebts die Einsamkeit«, sagte Schelnhausen und sah Chensky, ohne zu zwinkern, starr an.

»Ah, ja«, sagte der Leihmeister. »Das schaut ein bißl nach Absicht aus, was?«

Doppelter Doppelsinn, dachte er. *Darüber* grinst niemand. Alles läuft, wie's läuft.

»Was willst du?« fragte Fechtner und stand auf.

»Willst du mich nicht vorstellen?«

»Nein.«

Hubsi Lerch räusperte sich. »No ja, ich glaub, wir können's auch im Stehen abmachen.«

»What's it all about?« fragte Patsy.

»A demonstration«, sagte Schelnhausen. »Hubsi, die Zettel.«

Lerch griff in die Tasche, gab sie ihm. »Nun denn.« Schelnhausen räusperte sich. »Es war ja selbstverständlich, daß du, Fechtner, mit dem Leihmeister gehen würdest, wie der Fritz nicht gekommen ist ...« Schelnhausen lächelte und fuhr fort. Auf englisch. Er las die Zettel vor und erklärte sie. Legte einen nach dem anderen auf den Tisch, damit sie Fechtner lesen könnte; der griff nicht danach. Die zwei Amerikanerinnen, die überhaupt nicht wußten, um was es ging, aber sehr bald merkten, was hier, ziemlich genau, wiederholt wurde, nahmen sie schließlich in die Hand. Die Blättchen waren mit Maschine englisch beschrieben, in Visitenkartengröße. Patsy und Beulah begannen endlich zu lachen. Hubsi grinste. Schelnhausen lächelte.

Es war sehr lustig. Fechtner war weiß, steinern, zitterte dennoch, regte sich sonst weiter nicht. Er sah aus, als wäre er plötzlich enger geworden, als hätte er sich näher an seine Knochen zurückgezogen im Krampf, sich nicht zu regen, dies lautlos zu überstehen, keinen einzelnen Blick von all den Blicken, die er in Büscheln spürte, durch- und einzulassen.

Der Sattel sonst kaum sichtbarer Sommersprossen stand deutlich im glänzenden Gesicht, braune, dunkelbraune Pigmentflecken nun, dazwischen wächsern weiß die angespannte Haut; der ganze Körper war auf seinen engsten Kern gedrängt; nur Sekunden noch konnte dies zusammenhalten.

»Auf Wiedersehen«, sagten Schelnhausen und Hubert Lerch. Sie verbeugten sich. Und gingen.

Fechtner hatte seinen Blick tief in eine Fuge des Tisches getrieben; nun schraubte er ihn mühsam los, riß ihn hoch, ohne anzustreifen, über die Köpfe der Sitzenden empor, holte damit eine geschnitzte bunte Figur von Holzlüster in übersteigerte, beziehungslose Deutlichkeit, lernte angestrengt jede Einzelheit dieses ausgewählten grotesken Schnitzwerks auswendig und sammelte mühsam die entschuldigende, ganz gewöhnlich und ein bißchen witzig, ein bißchen ordinär, ein bißchen gleichgültig sein sollende Phrase, timbrierte sie heimlich, vorsichtig, regulierte die verengte Kehle, brachte sie frei und warf die Worte heraus: »Entschuldigts, aber auf das muß ich ein Bein heben gehn«, doch saß jedes Wort einzeln und schief und war eine Katastrophe. Nun gab er es auf. Sein Krampf schüttelte auseinander.

»So schau doch schon, daß d' aufs Häusel kommst!« zischte Chensky.

Fechtner arbeitete sich rumpelnd aus der Bank, hinter dem Tisch hervor und fiel, laufender Schritt nach stolperndem Schritt, Kinn an der Brust, dem Ausgang entgegen.

Chensky blieb sitzen. »You«, knirschte er Patsy und Beulah an, »you better keep your traps shut, willya?« Er hob die Hand, und eine Kellnerin kam an den Tisch. Chensky ließ die Hand sinken, machte eine wedelnde Bewegung, hielt ein, zuckte dann groß die Achsel, brach ab, gab auf und versank in Resignation. »Noch einen Liter«, sagte er und hatte nun wieder eine erschreckend normale Stimme. »Ja, bringen S' noch einen Liter. Wir brauchen Treibstoff. Denn dies muß jetzt alles wieder stundenlang zerredet werden.« Er trank sein Glas leer, blickte hinein, seufzte. »Und ich hab gehofft, es würde endlich Ohrfeigen geben, eine Schreierei, eine Prügelei, ein Ende.«

6

Mit der Durchsuchung des achten Heurigenlokals bin ich zu früh fertig gewesen. Das heißt, ich bin diesmal nicht über Legionen von ausgestreckten Beinen gestolpert, hab einmal nicht mit schwitzenden Kellnern und dito Heurigenmusikern gekämpft, um in die hinterste Hinterstube einzudringen, wo die Gesuchten gewißlich auch nicht sitzen werden. Weil mir nämlich die Geschichte schon aussichtslos vorgekommen ist. Ich hab mich bloß in den Hausflur gestellt und eine halbe Erholungszigarette geraucht. Renate, die, wie immer, im Wagen gewartet hat, sagt nachher nur: »G'schwind sind S' wieder da, Peter« und: »Von jetzt an geh ich mit Ihnen nachschauen.« Der Nachsatz: »Dann geht's schneller« ist ein bißl zu spät gekommen, als daß sie damit die Vermutung hätte zudecken können, daß ich mich mit meiner schlampigen Nachschauerei eigentlich unerlaubt defätistisch aufführ. Und dementsprechend ist auch ihr Blick, den sie mir zuwirft, als wir dann in einem ganz entlegenen Heurigen, hoch oben, irgendwo in den Weinbergen, die Gesuchten doch tatsächlich finden, gleich das nächste Mal, gleich das erstemal, als sie mitgeht. Grad, daß sie nicht sagt: »Wieso geht's denn jetzt auf einmal? Sehen Sie, nur ordentlich suchen muß man! Hätten Sie früher ordentlich gesucht, hätten wir sie schon längst gefunden.«

»Da schau ich ja, und wie blöd auch noch«, sagt der Chensky, als wir auf den Tisch zukommen. Er reißt die Augen auf und starrt ungläubig. Er ist allein mit Patsy und Beulah. Die zwei wissen tatsächlich noch, wer ich bin. Wir begrüßen uns. Die Renate gibt dem Leihmeister die Hand, der Chensky sagt seinen Namen. Sie schüttelt lächelnd den Kopf. »Wir kennen uns schon, wissen Sie nicht mehr?«

Der Chensky behält ihre Hand in seiner und schaut mich flehend an: »Sag, daß sie lügt, Peter. I implore you! Das gibt's nicht. Ich bin berühmt für mein Personengedächtnis. Ich bewahre das Gesicht einer schönen Frau stets wie einen Schatz auf. Tu mir den einzigen Gefallen, lieber Peter, und sag, daß diese zauberhafte Person hier lügt.«

»Fräulein Renate Erber«, nenne ich ihren Namen noch einmal.

»Nein!« sagt der Chensky, läßt endlich ihre Hand los und setzt sich nieder. »Potztausend noch eins! Dies ist der Abend der Bodenhinwegziehungen.«

»Pardon?« frage ich, während ich mich niedersetze. »Der Abend von was?«

»Der Abend der Entfernung jeglicher Substrate, auf welche ich bisher meine Füße so sicher zu setzen wußte. Ein Peter Schwengkh ohne Sylvia Ingelheim. Dafür mit der besten Freundin derselben auf Lepschi. Auf Lepschi hierher an jenen historischen Ort geraten, wo ich den schwerwiegenden Entschluß faßte, meine amerikanischen Schwächen abzutun.

Die beiden Herzchen, die ich nunmehr endgültig von mir weise, sind tatsächlich noch blöder als die diesbezüglich im Vergleiche stets bemühten Haubenstöcke. Lachen einen Fechtner aus, Gänse, der sich in Todeskrämpfen windet. Ich habe mich entschlossen, sie heim nach Amerika zu schicken.«

»Fechtner?« frag ich, »ist der auch da?«

»Was heißt auch? *Nur* ist er da. Ein kläglicher Rest sozusagen, freilich. Fechtnerische Fragmente sind das. Gerade noch zu entziffern. Der Schelle war da, der Hubsi auch, hat ihm diese Zettel gebracht und uns damit einen neuen, zugegebenermaßen originellen, Beginn des alten Elends.«

»Der Fritz auch?« frage ich; die Renate kommt mit ihrem Tritt gegen mein Schienbein um einen Sekundenbruchteil zu spät.

»Der Fritz war nicht da und ist nicht da«, sagte der Chensky. »Er ist glücklich, dumm, beschäftigt und jedenfalls anderweit.« Die Renate läßt ihn nicht ausreden, er kommt nicht drauf, was ich gewollt hab, das Zwinkern eines beginnenden Verstehens bleibt ungezwinkert zwischen seinen alkoholschwer gesenkten Lidern, Renate fragt rasch: »Welche Zettel?« und nimmt die Kärtchen auf, die auf dem Tisch liegen.

»Die da«, sagt der Chensky und hebt einen zitternden, rundlichen Zeigefinger, auf die Papierln weisend, die sie in der Hand hält.

Patsy und Beulah sind bös; obwohl sie nicht Deutsch verstehen, weil sie nicht Deutsch verstehen. Fechtner scheint am Abort zu überwintern, wie der Leihmeister beiläufig feststellt, bevor er sich abrupt wieder der Gegenwart zuwendet.

»Die da! Diese Zettel und das!« lacht er. »Das, was draufsteht, das ist es! Das ist vielleicht so eine Sache! Und alles nur wegen der Prä- Prä- Prädi- zu schwer«, murmelt er und trinkt. Renate gibt mir eins von den Blättchen. Darauf steht: Traveling in Italy and Spain last summer …

»Prädiktabilität«, sage ich, ohne aufzublicken.

Der Chensky nickt und geht um zwanzig Zentimeter ein, sich auf der Tischplatte ausbreitend. »Voraussagbarkeit, gewiß. Die Voraussagbarkeit des Herrn Doktor Fechtner. Der unfreie, fatumsgebundene Herr Doktor Fechtner. Keine Freiheit für Doktor Fechtner. Hat an ihr nur gekratzt, der Doktor Fechtner, damals, beim Schwarzen Peter, auf der Maturafeier. Nun ist er er. Er: er. Er dieser – ich glaube fast, er ist er schon. Der Schwarze Peter, mein ich. Ich bin's nicht. Das schwör ich dir. Er ist's. Unfrei. Voraussagbar, prädiktabel. Ich kann die ewige Fremdwörtelei nicht leiden. Ein deutscher Terminus ist dem Fremdwort stets zu präferieren, haha. Bitte.«

»You're drunk«, sagt Patsy angewidert: Chensky liegt nun halb über dem Tisch, Hände flach auf der Platte, Kinn wiegend am Handrücken. Er spricht von unten hinauf.

»Ich bin's nicht. Leider. Heaven knows I'm not. Heaven knows I'd be glad to be drunk. Yet – I'm not. Sorry. Goshoboyoboy.«

»Peter, bestellen Sie ihm einen schwarzen Kaffee«, sagt Renate zu mir. »Ich möcht wissen, was da passiert ist.«

»Nicht nötig, gnädiges Fräulein. Die Luzidität der Gedanken ist vom Alkoholspiegel des Ihnen ergebenst Gegenübersitzenden keineswegs dependent. Gnädigste, wissen Sie, was das heißt, einen Schmäh rennen zu lassen? Fechtner ließ ihn. Rennen nämlich. Wie immer. Die Eröffnungszüge der Partie. Weiß gegen Schwarz. Mann gegen Frau. Komm den Frauen zart entgegen, du gewinnst sie, auf mein Wort. Eröffnungen halt. Jeder hat seine Eröffnungen. Eröffnungen, die sich bewährt haben. Sichinszenesetzungen. Beeindruckungen. Was Sie hier sehen, sind die Fechtnerischen Schmäh, säuberlich auf handlichen Zetteln verzeichnet: seine Reisen. Seine exzellenten Prüfungsergebnisse. Seine Englischkenntnisse. Seine Emporkommnis. Seine rationale und rationelle Weltanschauung. Seine Vernünftigkeit. Seine aktuellen Witze. Seine Schwächen, auf die er stolz ist. Seine Stärken, die er eindrucksvoll nebenbei erwähnt. Die extemporiert wirkenden Phrasen, mit welchen er seine Weltläufigkeit erweist. Kurz, alles, aber auch schon alles, was er ventiliert, traktiert, womit er Konversation getrieben, womit er diese zwei dummen Gänse hier zu beeindrucken sich unterwand, die er auch tatsächlich damit beeindruckt hat. Vorher, bevor der Schelle und der Hubsi aufgetaucht sind. Jetzt kommt aber das unerhört Komische der Sache. Diese Karten haben nicht den Herrn Doktor Fechtner zum Verfasser, sind nicht etwa Schwindelzettel, Souffleurbehelfe! Nein, diese Texte wurden vom Peter Schelnhausen zu Hause niedergeschrieben, vorher, und hier, nachher, dem durch sie designierten Schwarzen Peter, unter drittem Bezug auf die libertas non existens hominis inferioris nomine Fechtner, übergeben. Man bedenke – der Bogen! Matura – Jubiläum – Grinzing – und überall Nicht-Freiheit für Fechtner! Er überspannt das ganze eigenständige Leben des hier mit seiner eigenen Ausrechenbarkeit, Marionettenhaftigkeit konfrontierten Menschen Fechtner. Es ist infernalisch. Stellen Sie sich das doch einmal vor, Renate. Pardon. Gnädiges Fräulein. Gnädiges Fräulein Renate. Imaginieren Sie das einmal. Da sitzt einer, läßt seinen Schmäh rennen, und fühlt sich gut, und fühlt sich souverän und originell, und plötzlich kommt jemand an seinen

Tisch und beweist ihm, daß er das alles nicht ist, sondern das Gegenteil, daß er heute noch genauso ist, wie er früher war, nämlich banal, Schablone, absolut prädiktabel und dadurch absolut unfrei, und beweist ihm das schwarz auf weiß durch diese vorbereiteten Papierln, die jetzt alles enthalten, die zuerst alles enthalten haben, womit sich der Herr Doktor brüsten wird, dann tatsächlich gebrüstet hat, kommt an den Tisch, blamiert ihn vor diesen United Females of America bis auf die Knochen, bis ins Knochenmark, die natürlich sofort alles verstehen, die natürlich aber nichts begreifen und ihn nur auslachen. So.« Er macht es vor. Sein Meckern klingt so absonderlich, daß die Musikanten bestürzt zu spielen aufhören und alles zu uns herschaut. »Ja. Dum America ridet stultiter, Saguntum, i. e. Fechtner, pent. Und dann geschieht nichts. Geschieht nichts, außer einer zweimaligen Flucht auf den Lokus, muß nur alles noch zerredet werden und zerredet und weiterzerredet werden, und gesoffen und zum dritten Mal als entsetztes, unartikuliert gewordenes Zittergespenst mit stimmritzenstopfenden Wein- und Heultönen im Hals und infantilem Selbstmitleid im kaum mehr vorhandenen Hirn auf den Abort geflüchtet und nun nicht mehr zurückgekehrt werden, und jetzt kommts ihr zwei auch noch daher, und euch zwei muß ich wieder alles, alles, alles und noch einmal alles und noch einmal alles erklären. Es freut mich dieses nicht mehr. lt grows on me strongly. Liebe Renate, Sie sind eine schöne Frau, und ich möchte Sie bitten, mich zu lieben. Hier, dieser Schwengkh, ist ein Mann mit einem Beruf – der hat also schon aufgegeben, der braucht Sie nicht mehr. Ich brauche Sie. Habe ich Ihnen schon gesagt, daß ich Sie liebe? Ich liebe Sie. Der Herr Doktor Fechtner sitzt seit einer Stunde am Abort, wie weiland Edi Rauch, der Koloß, nur aus viel infernalischeren Gründen und auch nicht so leicht zu beleben wie jener, und wenn Sie Edi Rauch nicht kennen, meine liebe Gnädige, verzeihen Sie solche Abschweifung, aber die Parallele ist zu merkwürdig, um sie nicht doch festzuhalten; jetzt sitzt er also draußen, der Doktor Fechtner, weil er draufgekommen ist, daß er nicht einmal etwas zum Aufgeben hat. Nichts. Nihilum. Quia ille vir stolidissimus, nihilum ipse. – Laßt uns dennoch das Beste hoffen! Sei's auch wider alles besseres Wissen! Ihm perlt die Träne, ihm bricht das Herz. Aber ich, liebe Gnädige, ich, sehen Sie, ich bin nur besoffen und rede Unsinn. Alles, was ich jetzt gesagt habe, ist selbstverständlich falsch. Ich möchte fast sagen: nur blöd. Die Sache mit den Zetterin ist natürlich in Wirklichkeit bloß sehr lustig, sonst nichts. Deshalb lieben Sie mich bitte, Renate, und erlauben Sie diesem Schwengkh, dem Sie liebenswürdigerweise jetzt sofort befehlen wollen, er möge mich nicht so anschauen, erlauben Sie ihm, sagte ich, diese zwei Gänse hier, Patsy und Beulah heißen sie lächerlicherweise, nach Hause zu bringen, verbieten Sie ihn, wieder herzukommen, und bleiben Sie, bleiben Sie, Geliebteste, trösten Sie mich, und finden Sie auch für den Herrn Doktor Fechtner, sollte er jemals wieder vom Abort zurückkehren, ein oder das andere liebe Wort. Howgh, ich habe gesprochen. Und werde gleich weitersprechen. Fürchtet euch inzwischen.«

»I'd like to go, really«, sagt Patsy. »It's quite late«, sagt Beulah.

»Later than you think«, hohnlächelt Chensky.

»Peter, lassen Sie mich allein mit den zweien«, sagte Renate, die starke Mutter, die aufmerksam und unerschüttert alledem zugehört hat.

Ich stehe auf. Der Chensky schaut mich an. Tückisch. Neidisch. Verächtlich und voll Haß. »Abiit, excessit, evasit, crupit«, murmelt er mit von Hohn triefender Stimme.

Das tu ich jetzt alles. Schnell, rücksichtslos und gern. Sein Hohn ist mir wurscht. Außerdem hat er es selbst so gewollt. Daß ich jetzt hier wegkomme, dafür nehm ich sogar die zwei Amerikanerinnen in Kauf, bring sie nach Hause, fahr heim. Eine Stunde später liege ich im Bett, ohne mit Sylvie auch nur telefoniert zu haben.

Und könnt jetzt sogar schlafen – wenn ich schlafen könnt.

7

Peter von Schelnhausen fuhr den Wagen nicht in die Garage, sondern parkte ihn vor der Villa. Hinter einem winzigen Topolino, den er in dieser Gegend noch nie gesehen hatte. Die Nacht war still. Nur jede zweite Lampe der Straßenbeleuchtung brannte; es war spät nach Mitternacht. Schelnhausen stieg aus, schlug die Wagentür zu, sperrte ab, überzeugte sich sorgsam bei allen Türen und beim Kofferraum, ob sich auch tatsächlich nichts mehr öffnen ließ, und während er all das tat, wußte er, daß jeder dieser Handgriffe nur ein künstliches Aufschieben des Endes seiner Zettelaktion gegen Fechtner darstellte, ein sinnloses Hinauszögern des Anfangs eines neuen, will heißen, doch immer des alten, immer des gleichen Vakuums bedeutete: dazwischen nichts, nur denkende Leere, Denken im Kreis, in rasendem, tief aufgefahrenem Kreis, leeres Triebrad am irrsinnig rotierenden Anker des Motors, dem man die Kraft nicht abnahm, den nichts bremste, der rund und rund schleuderte in ausgeleierten Lagern, den die eigne Zentrifugalkraft aushob. Niemand wartete ihn. Niemand wartet auf mich.

Nun, das stimmte nicht.

Es schlug die Tür des Kleinwagens hinter ihm zu. Schritte gingen über den Gehsteig. Schelnhausen wandte den Kopf nicht, er schloß das Gittertor der Villa auf.

»Ein Momenterl, Herr Baron.« Die Stimme klang gemütlich, ein wenig heiser. Und fremd. Peter, der bereits den Fuß auf den Kiesweg der Auffahrt gesetzt hatte, stand nun unter dem Tor. Von hier aus fiel ihm sofort der befremdliche Umstand ins Auge, daß das Licht in seinem Zimmer brannte.

Es faßte ihn eine unklare, peinigende Ungeduld. Er drehte sich heftig um.

»Was wollen Sie! Haben Sie auf mich gewartet?«

»Ja.«

Der Mann war dick, hatte einen dunkelgrünen Lodenmantel an, trug einen schwarzen Ausseerhut mit grünem Band. Die Hände hielt er in den Taschen. Er lächelte mit der Unterlippe. Die Oberlippe deckte ein buschiger, feucht vorhängender Schnauzbart.

»Wer sind Sie?«

»Is' ja wurscht, Herr Baron, wer ich bin, net? Ich möcht genau so gern schlafen gehen wie Sie, glauben S' mir das.« Er räusperte sich und musterte ungeniert sein Gegenüber.

Schelnhausen stand regungslos.

»Also«, begann der Fremde wieder, »haben S' noch ein bißerl Geduld, es is' ja net viel, was ich Ihnen sagen muß. Nämlich nur, daß es viel g'scheiter wär, wenn Sie sich nicht mehr mit der Frau Trubisch treffen täten – das wär wirklich besser für sie und auch besser für Sie. Das können S' mir glauben. Es wär auch gar nicht dumm, wenn Sie sich überhaupt nimmer rühren würden, wenn sie sich vielleicht wieder gar aus eigenem bei Ihnen rühren tät, nachher, wirkli' net. Vergessen S' die G'schicht einfach. Einen besseren Rat hat Ihnen no' niemand 'geben.«

Schelnhausen beugte sich ein wenig vor. »Was wissen Sie von Frau Trubisch?«

»Alles, glaub ich«, sagte der andere gemütlich. »Ich paß schon lang g'nug auf sie auf, dazu. Also, das hab ich Ihnen sagen sollen, sonst nix. Ich glaub ja nicht, daß das g'nug sein wird, aber was wollen S'. Vielleicht überlegt er sich's noch anders. Dann werd ich Ihnen schon noch einen anderen Marsch blasen, Herr Baron, und gern.«

» Wer soll sich was anders überlegen?«

Der Fremde kaute an seinem Schnurrbart, ohne sein Lächeln aufzugeben. »Is' aa wurscht, net? Also.«

»Mein Vater?«

»Der?« Der Schnauzbart schüttelt verwundert den Kopf. »Aber naa. Der net. Da sollten S' Ihren Herrn Papa eigentlich schon besser kennen.«

»Hören Sie, Sie sagen mir jetzt sofort, wer Sie geschickt hat, oder –.« Peter schloß die behandschuhte Rechte über dem Schlüsselbund zur Faust, zog die andere Hand aus der Manteltasche. Die Geste war unmißverständlich.

»Oder was?« fragte der Schnauzbart herzlich und trat schnell einen Schritt näher. »Oder was? Gehn S', sagen S' as doch, Herr Baron. Tun S' as doch. Dann dürft ich's nämlich auch. Ich hätt Ihnen schon lang gern einmal den Orsch ausg'haut. Das wär mir ein ganz besonderes Vergnügen, wirklich. Ein paar saftige Watschen täten Ihnen aa net schad'n. Glauben S' ma das. Ich wüßt übrigens noch ein paar Sachen, die Ihnen gar nicht schaden täten. Zum Beispiel, wenn S' einmal vielleicht ein bisserl was arbeiten täten. Wissen S', so im Büro, oder noch g'scheiter, so mit die Händ, in einer Fabrik vielleicht. Einmal selber das Zigarettengeld verdienen, was? Rotzbua.«

Er wartete, behielt ruhig die Hände in den Manteltaschen. Peter von Schelnhausen trat zurück und schlug blitzschnell die Tür zu. Der Schnauzbart zuckte die Achseln und drehte sich um. Ging zu seinem kleinen Topolino, stieg hinein und fuhr weg.

Schelnhausen lief auf die Villa zu, mit tobendem Herzschlag, wütend, ohne etwas zu verstehen, außer, daß er gedemütigt worden war wie nie zuvor in seinem Leben, daß er es nicht gewagt hatte, diesem Neandertaler aufs Maul zu schlagen – er spuckte in blitzschnellen, fragmentarischen und stummen Monologen Gift und mußte es selber schlucken, weil niemand anderes da war ... Es war ein anderer da. Sein Vater wartete auf ihn. Er saß im Lehnstuhl am Fenster und schlief. Peter warf krachend die Tür ins Schloß. Der Kommerzialrat fuhr halb auf, doch war er ganz geweckt, er sank, ausgleitenden Fußes, in größter Unordnung und unbeholfen in den knarrend wegwippenden Lehnstuhl zurück, Lehnstuhl war das keiner, dies hatte einen kryptischen amerikanischen Namen, war eine »Entspannungsliege«, Marke Hollywood, gehörte zur modernistischen Ausrüstung des Raums, gehörte vielleicht einem Peter von Schelnhausen in anderer Verfassung, war aber kein Warteinstrument für einen konservativen Vater. Nun freilich stand er aber zum zweiten Male auf, diesmal endgültig, und mit sicheren, wachen Griffen, stand jetzt, war schon in seine Person getreten, gewann mit zwei Schritten Würde und Drohung, ließ das klappernde Holz achtlos zurück, hatte so seinen ersten Sieg erfochten, erblickte den Sohn, erkannte das gespannte, künstlich ruhige Gesicht, spürte, was dahinter in zeitweisen Verlust geraten war, nützte es sofort, ohne nach Gründen zu forschen, gewann Überhand durch ein unwillkürliches Zurückweichen Peters und sagte ruhig: »Setz dich.«

»Also kriegt die Köchin doch ein Kind«, antwortete Peter; es mißlang ganz und gar, er wußte es, wenn er auch weitersprach, es mißglückte immer tiefer. »Ich war's nicht. Ich hoffe, daß dich das beruhigt.« Schief. Noch schiefer. »Ich möchte mich jetzt duschen und schlafen gehen. Gute Nacht.« Und unsicher. Zur Ironie gehört Sicherheit. Ein halbwegs restauriertes Gesicht allein genügt nicht. Noch ist die Kehle zu eng. Das Hirn auch.

»Setz dich«, sagte der Kommerzialrat noch einmal, und ruhig.

Der Sohn setzte sich.

»Heute war ein Herr Trubisch bei mir«, sagte der Baron.

Ihr Mann, dachte Peter und hielt ein; er sagte nichts.

»Er hat versucht, mich zu erpressen. Er droht mit einer Ehestörungsklage.«

Gisela, dachte Peter. Warum ist Fritz heute nicht gekommen? Er hätte kommen sollen. Alle lassen mich allein. Er schwieg.

»Du wirst mit Gisela Trubisch brechen.«

Peter machte eine Bewegung. »Papa ...«

»Du wirst mit Gisela Trubisch brechen. Falls du die Angelegenheit nicht innerhalb eines Monats in Ordnung gebracht hast, wirst du dein Studium in Deutschland fortsetzen.«

Er weiß von Gisela, dachte Peter. Weiß er alles? Weiß ihr Mann alles, hat sie ihm alles gesagt? Sie darf ihm nichts gesagt haben. Sie darf nicht.

Schönbrod hat recht, dachte der Kommerzialrat. Er sah seinen Sohn aufmerksam an. So, wie ich heute mit Alexander gesprochen habe, war es falsch. Ob ich meine Söhne jemals gezüchtigt hätte, hat mich Schönbrod gefragt. Ich habe sie nie auch nur mit einem Finger angerührt.

»Ich warte auf deine Antwort«, sagte der Baron.

»Was du fürchtest, ist der Skandal. Nur der Skandal!« sagte Peter heftig. »Du bist ein Narr! Mein Gott, bist du ein Narr! Du weißt nichts, du begreifst nichts! Aber du wartest auf Antwort! Welche Antwort willst du denn haben? Auf welche Frage?«

»Schau mich einmal an«, sagte der Kommerzialrat unbewegt. Peter blickte auf. Der Baron beugte sich vor und versetzte dem Sohn eine genau bemessene Ohrfeige. Bei Peter setzte das Denken aus. Er warf unwillkürlich das Gesicht in die Armbeuge. »Und jetzt schau du dich einmal an«, meinte der Vater gelassen. Er drehte sich um, öffnete die Tür und trat auf den Gang. Er warf die Tür nicht zu, er schloß sie nicht leise, er schloß sie. Und ging.

Peter wartete regungslos erstarrt, bis er keinen Schritt mehr hörte. Dann riß er sich eilig aus eisiger Versteinerung hoch, stürzte schlürfend vor, brach in chaotische Aktion aus, warf sich blindlings gegen die Tür, rüttelte den Schlüssel rund und rund, bis das Metall nicht mehr nachgab, bis endlich verschlossen war, flüchtete ins Badezimmer, reckte sich flüsternd vor dem Spiegel, hielt sich mit der Rechten am Rande der Waschmuschel fest, stand breitbeinig vor dem Spiegel, vermied krampfhaft seinen eigenen Blick und begann, sich heftig die Wange zu reiben. Er rieb sie so lang, rieb sie verzweifelt, bis sie dieselbe gerötete Farbe aufwies wie die linke, die ihm ein wenig geschwollen schien. Nun holte er tief Atem und näherte sich eng dem Glas, schloß sekundenlang die Augen, öffnete sie langsam und prüfte sorgfältig ein entspanntes Antlitz, indem er es aufmerksam hin und her wandte. Sein Gesicht war nun ganz ruhig. Kein Muskel zuckte. Nun erzeugte er sorgfältig ein Lächeln, exerzierte es in verschiedenen Mundwinkelstellungen, hielt die beste Version fest und wandte sich vom Spiegel ab.

Er beschloß, sich zu duschen. Nahm dann einen neuen Pyjama, warf ihn nach einem Augenblick des Überlegens aber wieder zurück ins Fach und entschied sich, nackt zu schlafen: Das in ein schmerzendes Grinsen abgerutschte Lächeln hatte er noch immer im Gesicht.

Das Kissen war kühl und glaubte ihm alles. Fritz, warum ist Fritz heute nicht gekommen? dachte er und biß in den gutgläubigen Polster. Er preßte die Lider zu, bis sie schmerzten, bis die Farben im Auge grell zu schlieren begannen. Und legte das synthetische Lächeln endlich ab. Es war finster. Und er war nackt. Und niemand konnte ihn sehen.

Kapitel sieben Phase sechs

1

Es war nicht so, daß Peter von Schelnhausen schlief. Er war wach, schon seit einer Stunde. Ordnung, dachte er. Ich brauche Ordnung. Wenn ich aufwache, soll Ordnung sein. Ordnung im Zimmer. Dann hole ich diese Ordnung von außen nach innen – und alles ist geregelt, steht richtig nebeneinander. In mir. Wie immer. Wie *sonst* immer.

Aber nicht wie heute, nicht wie gestern.

Er roch die Unordnung des Zimmers. Er spürte, wo die halbvollen Flaschen offenstanden, der Wein lauwarm und schal geworden.

Es sollte Ordnung sein. Es war nicht Ordnung. Er grinste zornig. Ich kann aber auch mit geschlossenen Augen ins Badezimmer gehen, dachte er. Ich kann auch frische Wäsche finden, einen Anzug, ohne die Augen zu öffnen. Ich kann aufstehen und alles tun, was zu tun ist, ohne dabei sehen zu müssen, ohne mir die trostlose Unordnung, Verlassenheit außen durch die Augen ins Hirn zwingen zu lassen. Ich würde dies nicht mehr ertragen. Mich hat schon immer nur die äußerste Ordnung vom Chaos getrennt, nichts sonst. Ich werde auch diese Unordnung überlisten. Und ohne mir Finger und Augen schmutzig zu machen. Nun klingelte das Telefon.

Schelnhausen ließ sich nicht überraschen. Er tappte, das Gesicht noch immer im Polster vergraben, neben sich, fand den Hörer. »Ja.«

Es war Martha. Das Dienstmädchen war ängstlich. »Entschuldigen Sie, ich hab dem Herrn ohnehin gesagt, daß – aber …«

Fritz.

»Schick ihn herauf«, sagte Peter.

»Aber …«

»Schick ihn herauf.« schrie Peter.

Ich werde das Chaos neutralisieren, dachte er, als er eilig, noch immer geschlossenen Auges, aus dem Bette fuhr. Soll *ihm* der Dreck ins Gesicht fallen! Er ist das gewohnt. Und ich kann aufstehen. Es ist gut, es ist sehr gut, daß Fritz gekommen ist. Es geht wieder weiter, es geht alles wieder weiter. Wenn ich nichts verrate – und weshalb sollte ich etwas von gestern abend verraten –, ist nichts geschehen. Doch, es ist auch dann geschehen. Aber es ist nicht mehr bedeutend, was geschehen ist.

Groß – klein, bedeutend – unbedeutend sind Begriffe, die nur im Vergleich Sinn haben.

Als er in die Badewanne stieg – erst hier, zwischen den weißen, reinlichen Kacheln, wagte er es, die Lider zu heben –, hörte er draußen die Tür gehen. »Mach das Fenster auf!« schrie er. »Ich komm gleich!«

Er pfiff, plätscherte. Er rasierte sich. Es ging sehr schnell. Durch das schmale, offne Fenster sah der Garten kühl und grün herein. Auch ein Stück Himmel war da, blau, leichtgelockte Wölkchen, und ein tastender, aber deutlicher Anfang Sonne.

Nebenan frißt Fritz den Dreck auf. Ihm schadet er nicht.

Peter wagte es sogar, seinen nackten Körper vor dem Spiegel sorgsam anzusehen. Ballte prüfend die Fäuste, spannte den Bizeps.

Sie hat gelogen, gestern, dachte er, Gisela hat gelogen. Doch glaubte er es noch nicht ganz – aber draußen saß Fritz. So störte es ihn nicht mehr, daß er es noch nicht ganz glaubte. Noch nicht.

»Nur – *noch* nicht«, sagte er halblaut, reckte sich auf den Zehen, reckte sich in einem kleinen, vorwegnehmenden Triumph. Dann kämmte er sich sorgsam, schlüpfte in seinen Dressing gown, schlang die Kordel zur Schleife, holte tief Atem und trat ins Zimmer zurück.

Fritz hatte das Fenster nicht geöffnet. Die Luft war warm, roch süß nach Schweiß, roch nach verschüttetem Wein und Cognac. Peter fühlte als Triumph seine kühle, frisch gewaschene Reinheit. Fritz stand vom Lehnstuhl am Fenster auf. Er blickte Peter ängstlich an, Peter lächelte; nun wagte Fritz auch zu lächeln.

»Servus, Peter«, sagte er. »Ich hab dich gestern dreimal angerufen.«

»Ich war nicht zu Hause«, log Schelnhausen.

Fritz wußte, daß Peter log, wußte es von Chensky, bemühte sich, sein Wissen nicht zu zeigen. »Ich hab nur gedacht, vielleicht ist was mit eurem Telefon los, drum bin ich selber gekommen.«

»Warum warst du nicht auf dem Jubiläum vorgestern?« fragte Peter. Er warf sich rücklings aufs Bett und schnellte die Haussandalen von den Füßen.

Nun konnte er sich umsehen – denn nun gehörte die Unordnung Fritz, nicht ihm. Noch einmal war das Chaos überlistet.

»Vorgestern abend war dein Bruder Alexander bei mir«, sagte Fritz langsam.

Peter setzte sich auf. »Hat er dir abgeredet zu kommen?«

»Nicht direkt –«, meinte Fritz unsicher.

»Alex ist ein Trottel«, sagte Peter, plötzlich wütend. »Er wird es noch bereuen, wenn er sich in alles einmischt.«

»Hat – hat es trotzdem geklappt?« fragte Fritz.

Peter stand auf und begann, mit bloßen Füßen im Zimmer auf und ab zu gehen, stieg dabei über seinen verdrückten Anzug, der am Boden lag. Ich hab ihn hingeschmissen, dachte er, aber ich heb ihn nicht auf. Martha wird ihn aufheben und bügeln. Ich kann den Anzug, den ich hingeschmissen habe, ruhig ansehen – denn auch diese Unordnung gehört Fritz.

Peter sagte sehr schnell: »Es hat geklappt. Obwohl du nicht gekommen bist. Der Leihmeister hat den Fechtner allein mitgenommen. Es ist auch so gegangen. Fechtner hat auch so programmgemäß ausgepackt. Obwohl er nicht mit dir konkurrieren mußte, obwohl er also eine der beiden Amerikanerinnen gewissermaßen a priori für sich allein gehabt hat –.« Er erzählte kurz den Vorfall in Grinzing, auch das, was nachher gekommen war. Chensky hatte gestern ausführlich Bericht erstattet

»Und Hubsi? Hat der auch funktioniert?« fragte Fritz. Peter blieb stehen. »Warum?«

»Ich hab ihn gestern mit der Hilda Krimml im ›Glory‹ gesehen.«

»Und?«

Fritz war verwirrt. »Ich hab geglaubt, daß du dagegen bist, wenn er –.«

»Nein. Der Hubsi kann machen, was er will. Ich hab ihm nur einmal gesagt, daß diese Funz'n nichts für ihn ist. Und ich hab recht gehabt.« Peter grinste. »Sie ist schwanger. Ich hab den Hubsi gestern mittag getroffen. Er hat von mir eine Adresse wollen.«

»Hast du sie ihm gegeben?«

»Nein. Sie ist schon im fünften Monat.«

»Und da ...«

»Da ist es natürlich schon zu spät. Da ist es nämlich praktisch schon Mord.«

»Ich begreif den Hubsi nicht«, sagt Fritz. »Daß er nicht schon früher was gemerkt hat?«

»Sie war die letzten sechs Wochen nicht in Wien. Sie will das Kind haben und ihn heiraten«, sagte Peter. Er beugte sich nieder und faßte

Fritz an der Schulter. »Das bedeutet, daß ich dich nötiger habe als je«, sagte er leise. »Verstehst du das? Der Hubsi füllt natürlich jetzt aus – so ziemlich, wenigstens.«

»Ja«, sagte Fritz. Er wagte es nicht, aufzublicken, in der Angst, daß sein Blick die glückliche Befriedigung, die er fühlte, verraten würde.

»Du mußt mir nicht helfen, wenn du nicht willst«, sagte Peter sanft.

»Ich tu es gern!« sagte Fritz rasch.

Schelnhausen lachte. Fritz errötete.

Das Telefon klingelte. Fritz hob den Hörer ab und gab ihn dem Freund.

»Ich frühstücke unten, Martha«, sagte Peter. Dann, überrascht: »Ja.« Er drückte auf den weißen Knopf und sah Fritz an. Fritz hob fragend die Augenbrauen. Peter schüttelte den Kopf. »Wer?« fragte er. Dann, grinsend: »Ja. Sie haben es erraten.« Er legte die rechte Hand abdeckend auf die Muschel, flüsterte: »Gib mir eine Zigarette.« Fritz zog eilfertig eine angerissene Packung aus der Tasche, zündete eine Zigarette an und gab sie Schelnhausen. Schelnhausen tat einen Zug und nickte dankend. »Nein«, sagte er wieder genußvoll in die Muschel. »Nein, das tu ich nicht. Aber wir können, wenn Sie wollen, über diese Angelegenheit einmal miteinander sprechen. – Wie bitte? Aber, aber! – So versuchen Sie's doch! Ich hindere Sie nicht.« Peter spitzte spöttisch die Lippen, sagte leise: »Ich werde nämlich *ihn* hindern. Sie werden sehen, daß ich das kann. Sie können's ja auf einen Versuch ankommen lassen?« Pause. Dann scharf: »Also, wann kann ich Sie sehen? – Gut. Ich freue mich.« Peter legte auf.

»Wer war das?« fragte Fritz.

»Martha«, sagte Peter.

»Aber du hast doch extern gesprochen?«

»Und?«

»Entschuldige«, murmelte Fritz. Er strich verlegen, glättend über das Leintuch des Bettes; es half nichts; er hatte sich auf das Bett gesetzt, als er Peter die Zigarette gegeben hatte. Ohne es zu wissen, hatte er mit seiner Geste einen Reizpunkt geschaffen, welcher die glatte Decke, von Schelnhausen durch kunstvoll-sophistisch durchgeführte Verdrängungen mühsam genug gespannt, nun durchstieß und zum Einreißen brachte.

Peters Augen verengten sich. »Du warst schon lang nicht mehr oben, an den Hanteln –«, begann er und fuhr nicht sogleich fort – denn in dieser halben Sekunde war schon alles geschehen.

»Du warst schon lang nicht mehr oben, an den Hanteln«, wiederholte er sehr langsam. »Du hast gleich aufgegeben. Weißt du, was du dadurch versäumt hast?«

»Ich habe mir selbst Hanteln besorgt«, sagte Fritz, mit bleichem Gesicht.

»Und hast du damit die Übungen gemacht, regelmäßig?« fragte Peter.

Fritz hatte damit geturnt, freilich, sechs- oder zehnmal, hatte es zwischendurch immer wieder vergessen, hatte keine Zeit dazu gehabt, oder keine Lust, hatte es schließlich aufgegeben.

»Ja«, log er und wußte nicht warum.

Peter lächelte. »Ich werde dir zeigen, wie du aussehen könntest, wenn du regelmäßig geübt hättest.«

Er öffnete die Kordel seines Dressing gowns und schlüpfte aus dem Mantel. Hob die Arme, wölbte den Bizeps, zog den Bauch ein, setzte die Füße, posierte seine Muskeln – posierte sich.

»Hast du wirklich regelmäßig geübt?« fragte er noch einmal.

»Ja«, blökte Fritz.

Peter ging zu seinem Schreibtisch, öffnete eine Lade, nahm das Maßband heraus und das Buch, in welchem der Muskelzuwachs eingetragen wurde, sorgfältig mit dem jeweiligen Datum der Messung versehen.

»Dann zieh dich aus, ich möchte nachmessen«, sagte er, drehte sich wieder Fritz zu und setzte sich halb auf die Platte des Tisches, schlug die Beine übereinander.

Einige zerdrückte Falten, dachte Peter von Schelnhausen, eine glättende, streichelnde Handbewegung, die der Unordnung nicht abhilft. Und plötzlich wird es deutlich.

Fritz entkleidete sich zitternd, hatte Speichel zu schlucken, konnte kaum die Arme heben vor Kraftlosigkeit.

Peter fühlte, wie sein Herz stürmisch zu klopfen begann. Und ließ seine Erkenntnis, da er sie nun hatte, achtlos zurück: Gisela Trubisch herrschte in eng eingezogener Sauberkeit und Ordnung inmitten wüsten Chaos, und gern; Fritz mußte sich in stets aufs neu hinaus aus seinem Bereiche überquellender Unordnung und Staubigkeit aufhalten, inmitten einer von seiner Mutter reglementierten, reinlichen Ordnung, und ungern. Gisela war sicher in jeder Bewegung und eine grausame Herrscherin, Fritz war unterwürfig und unentschieden in allem, was er aus eigenem tat.

Es hatte ihn nicht erschreckt, Peter, als er erkannte, daß er beide liebte, daß die eine Frau, der andere Mann war, weil ihm ein Wort wie »Liebe« semantisch zu abgegriffen schien, als daß er sich damit befaßt hätte, er schlug den Begriff einfach mit dem erledigten Wort: Davor erschrak er nicht, er, der sein Begehren als Wichtigstes nahm, es mit Wollen gleichsetzte und es doch nicht zum Voluntaristen brachte, aber er hatte entdeckt, daß er seine Ergänzung in zwei Menschen suchte, die *einander* ergänzten, daher nicht ihn: Wenn Gisela minus darstellte, war Fritz plus (oder umgekehrt, gleichgültig) – welches Vorzeichen blieb aber da für ihn übrig? Wo stand er? Was, wo war er – angelangt? Schon immer gewesen?

Peter ging auf Fritz zu, der nun nackt war, sich mit gesenkten Lidern zitternd krümmte, sich selbst umarmend.

Schelnhausen ließ Maßband und Buch achtlos zu Boden fallen. Ich bin verloren, dachte er mit greller Nüchternheit, also noch ohne das tiefe Erschrecken, das sich erst im Wiederholungs-, niemals im Präzedenzfall einstellt. Ich bin verloren. Ich bin – nichts. Auf meinem Geburtsschein steht: Ich bin noch jung: So werde ich noch viele Jahre verloren sein. Nein, sie hinderte ihn nicht zu handeln, seine Erkenntnis.

Während er nach Fritz griff, während der schluchzend in die Knie brach, faßte ihn noch eine kurze, plötzliche Angst – aber es ging alles wie es gehen mußte: Gisela Trubisch hatte ihn nicht besiegt.

»Ich liebe dich, Fritz, ich liebe dich!« flüsterte Schelnhausen heiser. »Gisela hat gelogen! Sag, daß ich schön bin!«

»Du bist schön!« stammelte Fritz.

»Du wirst Renate nie wieder sehn, hörst du!« keuchte Schelnhausen.

»Ja, Peter, ja!«

2

Es wäre einfach zu sagen, daß das Verhältnis zwischen Renate Erber und ihrem Vater erst durch ein Erlebnis bestimmt worden war – und zwar ein für allemal –, das schon einige Jahre zurücklag. Es wäre eine solche Behauptung nicht einmal falsch – aber irreführend wäre sie gewiß.

Damals, als Renate ihren Vater in seinem Büro überraschte, und selbstverständlich mit seiner Sekretärin – vielbeschäftigte Geschäftsleute, wirkliche und nachgemachte, haben selten die Phantasie, bei ihren Seitensprüngen einmal ihre Schablone aufzugeben –, damals, als sie so unvermutet das Büro betrat, geriet Renate nicht einmal so sehr in Empörung als nur in die Notwendigkeit, ihren Vater endlich einmal richtig anzusehen, sei es auch mit niedergeschlagenen Augen, was nun wieder nicht unbedingt heißen will, daß das, was sie sah und zu erkennen glaubte, richtig war, denn richtig sah sie ihren Vater erst, als sie selbst im Geschäftsleben stand. Nur: Nun hatte der Herr Papa auf einmal Dimension, war nicht mehr einer, den man ebenso selbstverständlich hinnahm wie den Polizisten an der Ecke.

Herr Erber betrieb einen Eisenwarenhandel, war an einem branchengleichen Betrieb in Oberösterreich nicht nur finanziell beteiligt: Seine Frau war die Tochter des Mannes, welcher der Haupteigentümer der Linzer Firma war. Nun hätte man etwa denken können, daß die Schattenhaftigkeit, welche Herrn Erber in bezug auf seine Tochter bis zu jenem Spätnachmittag eignete, ihren Grund darin gehabt hätte, daß er im Geschäft aufging und dadurch seine Familie vernachlässigte. Dies war aber nun durchaus nicht der Fall. Herrn Erbers aktive Rolle in der Firmengeschichte hatte sich mit seiner Eheschließung bereits erschöpft. Denn zu Wien hatte er, noch von seinem Vater her, einen unerbittlichen Prokuristen sitzen, der ihm nicht nur bei jeder Gelegenheit deutlich zu verstehen gab, daß er alles besser wisse, sondern der auch tatsächlich alles besser wußte und in seiner höchst ertragreichen Wirksamkeit von Frau Erber, die eine gesunde Vorliebe für wachsenden Wohlstand hegte, noch tatkräftig unterstützt wurde, während in Linz ein greiser, aber scheinbar unsterblicher Schwiegervater autokratisch herrschte.

Herr Erber, einerseits viel zu gescheit, als daß er mit seinem eigenen Prokuristen in Konkurrenz getreten wäre, konnte sich andererseits mit der passiven Rolle, die ihm hier aufgenötigt wurde und die er sich, eben weil er nicht dumm war, auch selbst aufnötigte, doch nicht ganz abfinden, und die vielerlei Funktionen, die er nacheinander oder auch gleichzeitig in den verschiedenen Interessenvertretungen seiner Branche ausübte, trösteten ihn auch nicht über die Tatsache hinweg, daß er als Mensch und Geschäftsmann Erber eigentlich nirgends für voll genommen wurde, ja, er vermutete diese Einschätzung seiner Person sogar dort, wo sie gar nicht stattfand; da dieser Einschätzung durch Änderung ihrer Ursachen aber nicht abgeholfen werden konnte, ergab sich zwingend die Notwendigkeit der Kompensation. Auch die mißglückte ihm, nur merkte er's nicht: Erber posierte den Casanova, der er nicht war.

Herrn Erbers Frau, von rotunder Gemütsart und mit der Zeit zu ebensolcher Körperlichkeit gewachsen, wußte genau, was sie an ihrem Manne hatte, sie wußte auch, was sie nicht an ihm hatte, und da sie sonst durchaus gutmütig war und nur solche Ansprüche ans Leben stellte, die sich in ihrer Ausdehnung zu ihrem eigenen Umfang eigentlich geradezu umgekehrt proportional verhielten, war es ihr allmählich herzlich gleichgültig geworden, was ihr Ehemann trieb, solang er Herrn Wehofschitz, den Prokuristen, in seiner ertragreichen Tätigkeit nicht störte, solang es keinen Skandal und kein Gerede gab.

Herrn Erbers Frau wußte also alles. Und folgerichtig nahm er jahrelang an, daß seine Tochter ebenfalls alles wüßte. Dies aber war nicht der Fall. Seine Tochter hätte es wissen können, doch interessierte sie sich nicht dafür.

Sie interessierte, sich für die Geschäftsmännlichkeit ihres Vaters nicht, weil ihr dieser dafür keinen anderen Angriffspunkt bot als sein schattenhaftes Auftauchen hie und da – er hielt sich höchst ungern zu Hause auf. Herr Erber hatte also bei seiner Tochter mit seiner Politik vollen Erfolg. Und natürlich war ihm das, als er es endlich merkte, auch nicht recht, gerade, weil der Erfolg gar so durchschlagend war.

Dies alles wirkte nun zusammen, daß er sich ertappen ließ. Das soll aber nun wieder nicht heißen, daß die Ertappung beabsichtigt oder sogar geplant war, keineswegs, wir wollen Herrn Erber nicht einmal unterstellen, daß es ihm etwa nicht ernst gewesen wäre mit der Schleunigkeit, die ihn in seine Hosen fahren machte, als er die Schritte draußen hörte, oder mit den gezischten Befehlen, mit welchen er gleichzeitig seine Sekretärin zurück in den Zustand unverfänglicherer Gewandung jagte, aber immerhin war sein Büro abgeschlossen gewesen und Herr Erber wirklich nicht so dumm, als daß er nicht gewußt hätte, daß eine noch einige Sekunden verschlossene Tür unverdächtiger gewesen wäre als eine hastig geöffnete und der dadurch sofort mögliche Anblick einer noch nicht ganz beherrschten Lage dahinter, die höchstwahrscheinlich auch einem ganz unbefangenen Auge Anhaltspunkte für das hier Geschehene bieten würde, welche eine abgesperrte Tür und ein dadurch erwirktes Respiro ohne weiteres zu beseitigen gestattet hätte.

So aber trat Renate, die aus irgendeinem Schulgrund den Vater sprechen wollte und zu Hause erfahren hatte, der Papa wäre noch im Büro, in einen Raum, wo eine Frau noch nervös an ihrem Kleid zu zupfen hatte und ungeordnetes Haar aufwies, wo auf dem Schreibtisch zwar keine Flaschen mehr standen, aber ein übervoller Aschenbecher neben feuchten Alkoholringen sichtbar war und ein Sofa dadurch ins Auge sprang, weil seine Kopfrolle schief lag und eingedrückt war. Herr Erber räusperte sich und tat einen Schritt seiner Tochter entgegen. Er sagte, zu unserem Leidwesen, sogar verlegen »Äh –« und wies fernerhin, durch ein langgestrecktes weißes Aufblitzen, einen deutlichen Toilettefehler auf.

»Bitte, unterschreib mir das, Papa«, sagte Renate, nach kurzer Pause, eilig niedergeschlagenen Auges und mit hochrotem Gesicht.

»Selbstverständlich, mein Kind«, beeilte sich räuspernd der ertappte Vater.

Die Feder kratzte.

So durfte Renate auf Skiurlaub fahren, mit ihrer Klasse. Und Renate fuhr auf Skiurlaub; übrigens wurde es ein sehr schöner Skiurlaub.

Der Vater hegte nachher einige Zeit hindurch ernste Besorgnisse. Diese waren zwar unnötig, jedoch nicht ganz unangenehm. Es soll der Vollständigkeit halber noch hinzugefügt werden, daß Herr Erber sogar ein zweites Mal ertappt wurde, wieder mit derselben eintönigen Sekretärin, beim Verlassen eines Hotels, durch einen Geschäftsfreund, der sich ebenfalls in diskreter Begleitung befand. Diesmal empfand er die Ertappung, wie er sich sofort eingestand, sogar als ungetrübt angenehm: Er spürte förmlich, wie er am Pegel seiner Selbstachtung durch den überraschten Blick des Ertappenden eine Marke in die Höhe rückte.

Auch sein Verhalten der Tochter gegenüber, als sie wenige Monate später die Schule verließ und in den Betrieb eintrat, kann aus ähnlich gelagerten Gründen nur als stolzschuldbewußt, verstehenheischend und etwas zu betont zerknirscht bezeichnet werden. Renate ließ sich aber auf nichts ein. Einmal, als er nach ausführlichem Räuspern offensichtlich zu einer Erklärung ansetzen wollte, schnitt sie ihm sogar das Wort ab. Seitdem war das Vater-Tochter-Verhältnis zwar noch immer ein distanziertes, aber immerhin ein solches, bei welchem Herr Erber doch mehr als eine umrißlose Selbstverständlichkeit darstellte. Beide waren damit nach einiger Zeit sehr zufrieden. Es kam in der Praxis einem Stillhalteabkommen gleich, das es Renate ermöglichte, keine Erklärungen abgeben zu müssen, wenn sie nicht wollte – sie wollte öfter nicht –, das es Herrn Erber gestattete, sich der lästigen Pflichten zu entziehen, irgendwelche mühsamen Erziehungsprinzipe verwirklichen zu wollen: weil dies nun viel zu gefährlich gewesen wäre, nämlich; da die Tochter sonst vielleicht zu Repressalien gegriffen hätte.

Herr Erber hatte also weiterhin die Möglichkeit, das, was ihm sein eingeengtes Geschäftsleben versagte, vermittels ärmlicher Amouren stets gleichbleibenden Kalibers zu kompensieren, und Renate entwickelte sich, durch allenthalben gewährleistete Freiheit und familiäre Verlassenheit im Verein mit der ihr angeborenen Gescheitheit zu einer tüchtigen Mitarbeiterin im Betrieb und zu einer tüchtigen Person überhaupt.

Ihr Vater konnte sich auf sie verlassen. Und was mehr war: auch Herr Wehofschitz, der Prokurist.

Heute allerdings ging ihr alles verquer; zum erstenmal in ihrem Berufsleben lernte sie den Zustand kennen, an dem Herr Erber, freilich aus anderen Gründen, recht häufig litt: etwas zu tun zu haben, zeitweilig aber nicht zu wissen, was, und wenn schließlich doch, dann keineswegs Lust danach zu verspüren.

Fritz hatte sich gestern am Telefon verleugnen lassen, als sie sich endlich doch überwunden hatte, ihn anzurufen. Ihr Zorn darüber war sehr groß und eigentümlich fundamentiert: Jetzt erniedrigte ich mich tatsächlich – Gott weiß, daß mir das sehr schwergefallen ist – und ruf ihn zuerst an, und er sagt so laut seiner Mutter, daß ich es hören kann, er wär nicht zu Haus. Wenn ich ihn nach so was nicht aufgegeben habe, dachte sie wütend und irrte sich zum fünftenmal bei der Addition, die sie eben unter den Fingern hatte, dann nur, weil ich's diesem Schelnhausen zeigen wollte – will, verbesserte sie sich grimmig.

Aber er hat's mir gezeigt. Ich hätte diesen Schelnhausen, diesen eingebildeten Lackel, nicht auch noch anrufen dürfen, ich bin selber schuld dran, Fritz ist bei ihm, und dieser Schelnhausen gibt ihm nicht einmal den Hörer, obwohl ich ihn drum bitte. Aber das Ärgste kommt erst. Ich bin wirklich so blöd und ruf ein paar Stunden später ein zweites Mal den Fritz zu Hause an. Und diesmal kommt er tatsächlich an den Apparat. Und sagt, daß es zwischen uns aus ist. Und wie ich ihn frag: »Wegen diesem Schelnhausen?«, hängt er einfach auf. Ich möcht nur wissen, warum seine Stimme so komisch geklungen hat –. Ich muß das herausbringen, ich muß herausbringen, was hinter dieser zuerst schleichenden und jetzt plötzlichen Änderung seines Verhaltens steckt. Dazu muß ich mich aber mit dem Schelnhausen treffen.

Sie kam zu einem Entschluß.

Ich werde es doch tun, dachte sie. Denn zunächst war es ihre feste Absicht gewesen, keineswegs das zu tun, wozu sie Peter von Schelnhausen so spöttisch niederträchtig eingeladen hatte: ihn heute abend zu treffen.

Sie holte tief Atem und begann, die Ziffernkolonne aufs neu mit ihrer Bleistiftspitze zu verfolgen, diesmal von oben nach unten, statt von unten nach oben. Das Resultat stimmte. Sie hob den Kopf und merkte, daß ihr Vater sie seit geraumer Zeit aufmerksam betrachtet hatte.

»Du hast Sorgen«, sagte er vorsichtig, aber immerhin seine Frage als Behauptung aussprechend. Herr Erber saß in der anderen Ecke des quadratischen Raumes, am Schreibtisch von Herrn Wehofschitz, der augenblicklich außer Haus war. Er tat das gerne, weil es den Herrn Prokuristen ärgerte. Die Stenotypistin, Fräulein Kunesch, war in der Versandabteilung. Vater und Tochter waren allein.

»Herr Wehofschitz wird auch Sorgen haben«, sagte sie böse. »Und Ärger noch dazu, wenn du nämlich weiter in seiner Kalkulation herumstierlst und alles durcheinanderbringst.«

Herr Erber schob schuldbewußt die Blätter der Aufstellung zusammen.

»Kind, du kannst mir glauben, daß ich dich nicht aus bloßer Neugier gefragt habe. Ich bin älter als du.« Er zögerte. »Wir sind beide älter geworden. Glaubst du nicht auch, daß wir einmal versuchen sollten, vernünftig –.«

»Ja ja ja«, sagte Renate ungeduldig und stand auf. »Aber schließlich hast du dir immer selber geholfen, und ich werde mir auch selber helfen.«

Herr Erber, der im Augenblick seine Hände nicht benötigte, sie waren ihm sogar sichtlich hinderlich, benützte sie nun dazu, die Schreibtischlade aufzuziehen; er starrte hinein, angelte eine Büroklammer hervor und begann, sie auseinanderzubiegen.

»Kind, ich bin nicht neugierig, aber ich will dich trotzdem fragen: Ist es wegen Fritz?«

»Nein!« sagte Renate heftig.

»Weißt du, es ist vielleicht nicht richtig, daß du immer nur diesen Fritz Haber, nie einen anderen siehst.« Er hob hastig, abwehrend die Arme, als sie eine zornige Bewegung machte. »Versteh mich nicht falsch, ich hab ja gar nichts gegen deinen Fritz, aber ich hab es nur noch nie erlebt, daß sich ein Mädchen so hartnäckig auf einen Burschen kapriziert, und alle anderen – na, weißt, das ist einfach irgendwie nicht richtig, ich meine, vielleicht gerade, weil er keine Konkurrenz spürt, dein Fritz, hat er dich in letzter Zeit so vernachlässigt –.«

»Deine Besorgnis rührt mich tief«, sagte Renate sarkastisch. »Ich wußte gar nicht, daß du mein Liebesleben so genau verfolgst.«

»Ich bitt dich!« sagte Herr Erber und warf die Klammer in den Papierkorb. »Dazu muß man kein Detektiv sein. Früher hat dich der Fritz zehnmal am Tag angerufen –.«

»Also gut!« rief Renate. »Du hast recht, vollkommen recht. Ist dir jetzt leichter?«

Herr Erber wurde einer Antwort überhoben, weil das Telefon klingelte.

»Erber«, sagte er beleidigt in den Hörer, doch ging sein Tonfall nicht den am anderen Ende, sondern noch Renate an. »Wen wollen Sie sprechen? Ja, ja, meine Tochter ist hier. Mit wem habe ich das Vergnügen? Herr Doktor –?« Er hielt den Hörer zu. »Ein Doktor Peter Fechtner«, sagte er und hob fragend die Augenbrauen.

»Gib her«, sagte Renate und nahm ihm den Hörer aus der Hand. »Renate«, sagte sie. »Ja, Peter, grüß Sie. Wieso eigentlich – ach so.«

Ihr Vater stand auf und machte ihr Platz. Renate setzte sich auf den Sessel, ohne ihn eines dankenden Blickes zu würdigen. »Ja. Nein. Mhm? Leider. So, wirklich?« Sie lachte ein bißchen. »Ich weiß nicht –.« Sie lachte noch ein bißchen. »Ich weiß wirklich nicht – also gut. Ja, Morgen. Ja. Ja. Ja. Ja. Also, dann morgen. Mor-gen. Nein, ich werd's nicht vergessen, grüß Sie, Peter.«

Sie legte den Hörer nieder und sah den Apparat noch sekundenlang an. Plötzlich hatte sie das brennende Bedürfnis, ihrem Vater alles zu erzählen. »Papa –«, sagte sie und drehte sich um. Und sofort war die

Distanz wieder da. Denn da saß er nun. Erwartungsvoll und neugierig. Verständnisvoll zwinkernd.

»Ja, mein Kind?« Glatte, runde Scheibchenaugen. Rosig und schnurgerade der Scheitel im schütteren Haar. Die Krawatte kokett vorgewölbt, begütigend, verschwörerisch lächelnd, aufmunternd nickend, so, als ob: Na sag schon, ich versteh ja alles, schließlich hab ich ja auch meine kleinen Erfahrungen.

Wenn ich jetzt sagen würde: Ich krieg ein Kind, wär er direkt froh darüber, dachte Renate mit plötzlicher Wut.

»Nichts!« sagte sie, drehte sich um und rannte zu ihrem Schreibtisch. Und dann kam Fräulein Kunesch aus der Versandabteilung zurück.

Heute abend treff ich den Schelnhausen (soundso viel Mengenrabatt), und morgen treff ich den Fechtner (bei der Prüfung unserer Bücher mußten wir leider feststellen, daß ...), und der Fritz hat gesagt, daß alles aus ist, und ich muß heute bis Büroschluß dableiben, sonst sagt Papa sofort verständnisvoll: Aber natürlich kannst du gehen, mein Kind (Zollbegleitschein in duplo), ich hab Kopfweh, und morgen ist Steuertermin, und die Portokasse muß ich auch noch nachrechnen.

3

Es war, glaub ich, drei Tage nach dem Chensky-Monolog in Grinzing, und in meiner Vorstellung hätt der Fechtner eigentlich in einem Zustand sein müssen wie knapp vor seiner Beerdigung oder wie unmittelbar vor seiner Einlieferung ins Narrenhaus.

Das war so wie bei einem Trauerfall: Jeder weiß, daß es unmöglich ist, ununterbrochen daran zu denken, weshalb man die schwarze Krawatte trägt; schließlich steht man im Tag und im Leben und hat Erfordernissen zu genügen, bei denen es partout unmöglich ist, die Mundwinkel ununterbrochen nach unten gekrümmt zu halten, und daß man schon die Notwendigkeit dazu spürt, ist bereits ein Zeichen des schlechten Gewissens, denn wenn der Tod eines geliebten Menschen wirklich solch einen tiefen, verstörenden und umwandelnden Einfluß auf alle Schichten eines Menschen in Trauer ausübt, sollte man doch annehmen, daß man schon eo ipso nie Gefahr liefe, zwischendurch die dazu passenden Gesichtszüge und die entsprechenden Gesten verlieren zu können. Daß man es trotzdem kann und tut, weiß jeder. Daß das die

Echtheit des Schmerzes, den man fühlt, nicht in Frage stellt, könnte auch ein jeder wissen, weiß es auch, gibt es sich aber nicht zu, weil man ja doch jedenfalls immer ein schlechtes Gewissen hat: Umso schärfer verlangt man ein dauerhaftes, auch sichtbares Vorhandensein des Schmerzes beim anderen, der aber in genau derselben Lage ist wie man selbst, wenn einem zwar nichts schmecken will, wenn man später aber dann doch noch irgendwas Interessantes in der Zeitung findet, fünf Minuten lang, bis man sich mit einem Ruck ermannt und das Journal schuldbewußt zur Seite legt. So ähnlich also erwart auch ich ein bleiches Opfer mit eingefallenen Augen, dem der Zusammenbruch noch in den erstarrten Pupillen sitzt, als mich Sylvia nach der Begrüßung mit der beiläufigen Bemerkung verblüfft, daß die Renate kommen wird, und ausgerechnet mit dem Fechtner-Peter.

Von der an und für sich merkwürdigen Paarung ganz abgesehen, war's schon ganz ungewöhnlich, daß Sylvie die beiden überhaupt zu ihrem the musical eingeladen hat, während ich da war – Sylvie behauptet nämlich, daß ich in mancher Gesellschaft unerträglich »hochnasert« wäre; der Chensky, um eine ähnliche Attitude meiner Person zu illustrieren, pflegt hierbei ebenfalls meine Nase zu bemühen und formuliert das so: In die Präsenz Geringerer gezwungen, erfährt der Herr Reichsbaron eine sofort sichtbar werdende Nüsterndilation sowie eine bedeutende Versteifung des Rückgrats nach oben und hinten bei gleichzeitiger Produktion von eiskalter, impertinenter Höflichkeit. Ich weiß nicht, ob das wahr ist, ich glaub's auch nicht, ich halt das für eine wirkliche Verleumdung, aber Tatsache ist es, daß Sylvie eine ganze Menge von Menschen kennt, und gut kennt, mit denen sie mich nicht zusammenbringen will. Die Renate gehört auch dazu. Vom Fechtner hätt ich dasselbe sozusagen automatisch angenommen.

Sylvie sammelt Schallplatten. Sie hat bereits eine sehr umfangreiche Diskothek – von Charlie Parker bis Lenny Tristano, von der »Kunst der Fuge« bis zu serieller Musik, eine Hi-Fi-Anlage mit zwei listig im Raum verteilten Lautsprecheranlagen – und gibt regelmäßig so was wie Konzerte. Ich hab schon sehr oft und sehr viel gelitten, vor ihren Lautsprechern. Zumal Sylvie ihre Veranstaltungen obendrein noch durch Teeausschank zu verschärfen liebt. Und über diese Tatsache bin ich auch, nach dem ersten, doch ein bißl merkwürdigen Schweigen, mit dem

Fechtner ins Gespräch gekommen, während Sylvie noch bei der Auswahl des Programms war, wobei ihr Renate – die aber sicher noch viel unmusikalischer ist als ich es bin – geholfen hat.

»Der Tee ist wirklich gut«, sagt der Fechtner, unter genußvoller Lüpfung der Augenbrauen, wodurch er geradezu singulär blöd ausschaut. »Ich weiß das zu würdigen! Seitdem ich in England den Tee erst richtig kennengelernt habe. Ye Olde Englishe Tea-Shoppe, weißt.«

»Nein«, sag ich. »Das weiß ich nicht. Jeder Tee ist ein G'schlader. Das Gegenteil kannst du mir niemals einreden. Tee trinken ist eine Krankheit, läßt sich also nicht mit dem Angewöhnen von Zigaretten vergleichen, zum Beispiel. Ich weiß es, weil ich seit zartester Jugend damit gequält werde.«

»Das ist nur, weil du wahrscheinlich normalerweise keinen wirklich guten Tee bekommst und den hier nicht einmal versuchst«, sagt der Fechtner und nimmt noch einen Schluck. Er nimmt ihn sozusagen auf zierliche Weise. Mit krampfhaft durcheinandergeknödelten Fingern, den Kleinfinger nur ja nicht weggestreckt, das weiß er ganz genau, daß sich das nicht gehört, Untertasse und angebissenes Nußbeugel in der linken Hand so kompliziert equilibrierend, daß ich nicht hinschauen kann. »In England habens Teehäuser, fast so häufig wie bei uns das Café an der Ecke«, fährt er fort, »und es sitzen durchaus nicht nur lauter Frauen drin. In so einem Teehaus ist es mir übrigens auch das erste und einzige Mal passiert, daß ich ang'sprochen worden bin, hilfreich, weil ich nämlich grad mein englisches Kleingeld gezählt hab. Da hat so eine alte Lady, aber wirklich eine Dame, keine Serviererin, die Besitzerin war das, obwohl sie selber an der Kassa gesessen ist, da hat s' mir also helfen wollen, mir armem Toreignen, und hat mir erklärt, wie das ist, mit einer Half-Crown, Sixpence, Farthing und so. Wenn man bedenkt, wie zurückhaltend sonst die Engländer sind – ich war doch fast zwei Monat in England, weißt –.«

»Ja«, sag ich bedeutsam.

Er schaut mich einen Augenblick an, tut dann Tasse, Kipferl, Untertasse klappernd auf die Servante zurück und lehnt sich in seinen Sessel. »Ah so«, sagt er, hebt die Hände und läßt sie wieder auf die Lehne fallen.

Ich werf einen richtungsweisenden Blick auf Renate, die mit Sylvie vor dem Plattenschrank auf dem Teppich sitzt und Schallplatten anschaut.

Der Fechtner ist vollkommen ruhig. »Das mit den Zetteln meinst«, sagt er. »Na ja, du warst ja auch draußen in Grinzing. Ja, stimmt, da hab ich mich rollen lassen, aber nur, weil ich nicht vorbereitet gewesen bin. Diese Zettelg'schicht bedeutet gar nichts – du weißt schon, wofür. Und weißt, wer das sofort verstanden hat? Die Renate. Da schaust, was? Du hättest dir diesen Deuter jetzt ruhig sparen können.«

»Woher kennst du die Renate überhaupt?«

»Ich kenn sie erst seit Grinzing. Aber das ist bedeutungslos. Sie ist gesund – verstehst du. Grad. Kerzengrad in allem. Du kannst dir nicht vorstellen, was es für mich bedeutet hat, sie kennenzulernen. Ich will ja gar nicht sagen, daß ich mich etwa in sie verliebt hätt – nein. Aber sie steht so ganz richtig im Leben, ohne Spintisiererei – ich glaub, so ähnlich wie deine Sylvie. Ich freu mich wirklich, Schwengkh, daß ich heute deine Verlobte kennengelernt hab. Mir gefällt das da alles –«, er machte eine kreisende Handbewegung, »alles das wirklich sehr: solid, gediegen, vernünftig, nichts Überspitztes; wissen, was man ist, wer man ist, was man erreicht hat. So ist Renate auch. Dabei klug und das Gegenteil von dem, was ich hasse: nicht billig. Wirklich nicht. Selbstverständlich hab ich's probiert. Auf Wimmern, natürlich. Anders hätt ich's ja gar nicht können, nach so was. Aber sie hat das so elegant erledigt, daß es unserem Verhältnis – es gibt ja gar keins, aber du weißt schon, was ich meine – daß das also zwischen ihr und mir gar nichts ausgemacht hat. So was wie den Schelle durchschaut sie sofort. Ich hab ihr gar nicht viel zu erklären brauchen, sie hat gleich alles verstanden.«

Sieh da, denk ich mir, sag jedoch: »Ich hab aber das Gefühl gehabt, daß der Leihmeister sämtliche Augen auf sie geworfen hat. Wie bist du denn da zum Zug gekommen?«

»Ah, der Leihmeister«, sagt der Fechtner. »Du kennst doch seine Blödheiten. Bei dem ist doch alles nur blöde Herumrederei. Der hat bei einem ernsten Menschen wie Renate natürlich keinen Auftrag gehabt. Hat's auch weiter gar nicht versucht, wie er gesehen hat, daß wir uns, die Renate und ich, sofort verstanden haben. Ich bin dir übrigens sehr dankbar, Schwengkh, daß du die zwei Amerikanerinnen fort und nach Hause gebracht hast; das war eine gute Idee von dir. Denen hätt man freilich nichts mehr erklären können.«

Sieh da, denk ich mir zum zweitenmal, *meine* gute Idee also? »Sag einmal, Fechtner«, sag ich vorsichtig, denn dadurch ist mein Verdacht natürlich schon lebhaft geweckt, »wie war das eigentlich mit dem Haber-Fritz? Der hätt doch auch kommen sollen?«

»Ja, ich glaub«, sagt der Fechtner, ohne daß ihn das weiter rührt. »Warum?«

»Ich bin nämlich eigentlich nur deshalb hinaus nach Grinzing gefahren, weil ich geglaubt hab, der Fritz ist draußen.«

»Wozu brauchst du denn den Fritz?«

»Ich brauch ihn gar nicht. Man kann auch jemand treffen wollen, ohne ihn zu brauchen.«

»Leg doch nicht gleich jedes Wort auf die Waagschale! Warum hast du eigentlich die Renate mitgeschleppt? Sie hat nur irgendwas gesagt, daß deine Sylvie plötzlich irgendwie nicht mitkommen hätt können oder so was –.«

Jetzt hätt ich lügen müssen, aber das will ich auch nicht. »Na, so halt«, sag ich, und der Fechtner läßt es dabei.

Der Salon, in dem wir sitzen, ist ziemlich groß. Die ganze Wohnung ist ziemlich groß; Frau von Ingelheim hat sogar irgendwo einen Untermieter sitzen, den ich übrigens noch nie gesehen hab; es reiht sich Raum an Raum; alte, riesige Wohnungen in dieser Wohlgehaltenheit sind heutzutage schon sehr selten geworden, viel englische Möbel gibt es da, alte Bilder, daneben Aquarelle, das sind hauptsächlich Pferde und Pferdeköpfe, auch nette, kleine Sachen hängen an den Wänden, bei denen man eigentlich erst sieht, daß sie kitschig sind, wenn man genauer hinschaut, nur schaut man selten genauer hin – es fügt sich das alles zusammen, Vitrine und Wandteppich, Schreibtisch, darüber auf rotem Samt, hinter Glas, die Auszeichnungen des Berufsoffiziers in zwei Weltkriegen – im Zweiten ist er gefallen –, ein Silbertablett mit Monogramm und Jahreszahl, erster Preis irgendeines Jagdspringens, ein alter Bücherkasten, ein schlichtes, modernes Bücherbrett mit stilisierten Keramikelefanten als Bücherenden, darüber ein greulicher Wandarm, verschnörkelt, bronzene Miniaturkaryatiden aus finsterster Makartzeit – es gehen diese Dinge zusammen mit Stutzflügel, Tisch und kleinen Tischchen und sehr verschiedenen Sesseln auf eigentlich ungereimte, aber doch sehr sympathische Weise, und alles, was hier vorhanden ist, bietet sich selbstverständlich und nie aufdringlich an, ist zudem bewohnt – irgendwie gleichmäßig bewohnt, also gibt's diese gewissen betonten Museumsstückl genausowenig wie die bis zur Fadenscheinigkeit abgenützten Selbstverständlichkeiten des täglichen Gebrauchs. Ein wenig Biedermeier, Zimmerkredenz und Sitzecke, gehört auch dazu, aber alles steht sehr locker nebeneinander, nichts ist überladen, die Wohnung ist hell, man hat viel Platz und stößt nirgends an, die hohen Türen stehen meist offen, man bleibt nirgends hängen, eigentlich nicht einmal mit dem Blick.

Wir sitzen also an einem Ende des großen Salons, an akustisch vorteilhaften Stellen sind die Lautsprecher bereits aufgehängt, und hinten, neben der Tür, die in den nächsten Raum führt, sind die beiden Mädchen mit ihrer Auswahl fertig geworden. Der Plattenwechsler wird bestückt, und die zwei kommen zu uns und legen sich bäuchlings nebeneinander auf die Couch.

»Achtung, fertig, los«, sag ich.

»Wovon habts ihr zwei eigentlich geredet?« fragte Renate.

»Er hat Elogen geschwungen, auf Sie, vortreffliches Mädchen«, sag ich, »er hat mir den Eindruck vermittelt, daß er, sobald er einmal im Monat nur ein paar Knapperln mehr verdient – er hat sich das sicher schon durchgerechnet – und also an die Gründung eines eigenen Haushalts denken kann, Ihnen, beste Renate, stantepeh einen Heiratsantrag machen will, weil Sie ihn halt gar so gut verstehen.«

»Na, na«, sagt die Renate.

Sylvie schaut mich, rasch ihren Kopf hebend, forschend an.

»Er lügt!« erklärt der Fechtner humoristischkünstlich aufgebracht, aber hinter dieser Front ist er ganz echt verärgert – und, wie ich mit Befriedigung erkenne, sogar irgendwie ertappt.

Renate streckt einen Arm aus, zieht das fahrbare Tischen zu sich herüber und schenkt Sylvie und sich Tee ein. »Ihr heftiges Dementi ist nicht sehr schmeichelhaft für mich, Herr Doktor Fechtner«, sagt sie. »Und Sie sind reichlich geschmacklos, Herr Doktor Schwengkh, Sie wissen schon, warum.«

»Ich hab geglaubt, wir wollen uns den Kenton anhören«, meint Sylvie eisig, und für eine ziemliche Weile ist es still. Der Fechtner deutet fragend auf seinen Tabaksbeutel und darf rauchen, und wir anderen zünden uns auch Zigaretten an. So eine Langspielplatte heißt ganz zu Recht so, sie ist fast endlos, wenn man eigentlich nicht richtig zuhört, sondern nur nachdenkt. Anscheinend haben wir alle vier nur das getan, denn als der Plattenspieler leise knackt, bevor die nächste Platte auf den Teller gleitet, beginnen wir alle vier gleichzeitig zu reden.

Ich sag: »Du hast zuerst angefangen, mir zu erzählen, warum das mit den Zetteln nichts bedeutet –.«

Renate sagt: »Hochverehrter Baron, warum pecken Sie eigentlich auch auf dem Peter herum?«

Der Fechtner sagt: »Was ich dich eigentlich schon lange fragen wollte, Schwengkh –.«

Und Sylvie sagt schließlich: »Wenn ihr euch unbedingt gegenseitig sekkieren wollt, dann tut das bitte woanders, aber nicht bei mir.«

Tableau.

»Einer nach dem anderen«, sag ich, als das Durcheinander glücklich aufgehört hat.

»Dann kann ich mir ja den Kenton allein anhören«, sagt Sylvie.

»Ich bitt dich«, sag ich.

Sylvie steht schweigend auf, schaltet den Plattenspieler ab, kommt zurück und legt sich wieder auf die Couch.

»Also«, sag ich, »nur, um das zu klären, ich peck nicht auf dem Fechtner herum. Dazu hab ich keinen Grund. Aber ich erwarte, daß Sie dem Fechtner jetzt erzählen, warum Sie eigentlich nach Grinzing hinausgefahren sind, Renate.«

»Du bist unausstehlich«, sagt Sylvie.

»Das hat mit Herrn Doktor Fechtner nichts zu tun«, erklärt Renate. »Ich sehe auch gar nicht ein, warum ich ihm irgend etwas davon erzählen soll. Ich habe nicht die geringste Veranlassung dazu. Er hat mich gestern angerufen und hat mich gefragt, ob er mich treffen könnte, das ist alles.«

»Das ist nicht alles, Renate«, sagt der Fechtner leise, aber bestimmt. »Es ist richtig, daß es mich nichts angeht, weshalb Sie mit dem Schwengkh nach Grinzing gefahren sind, ich werde Sie auch nicht danach fragen, aber es ist nicht wahr, daß wir uns nichts angehen. Vielleicht gehe ich Sie nichts an, aber Sie, Renate, glauben Sie mir das bitte, Sie gehen mich sehr viel an. Sie haben mich, wie ich Sie abgeholt habe, nicht aussprechen lassen, aber ich sehe keinen Grund, warum ich es jetzt nicht soll – außerdem geb ich dadurch dem Schwengkh seine Antwort: Diese Zettelg'schicht, mit der mich der Schelle – ich geb's zu – wirklich ziemlich hart genommen hat, die beweist es. Sie haben alles, Sie haben mich sofort verstanden.«

»Beweist was?« frage ich.

»Daß Fräulein Renate mich angeht. Ich weiß nicht, warum Sie nach Grinzing gekommen sind, Renate, aber Sie sind gekommen. Und gerade in einem Augenblick, wo ich ziemlich down and out war. Und während mein lieber Schulfreund Schwengkh mit Patsy und Beulah abgefahren ist, und der Chensky schließlich auch, sind Sie geblieben. Ich hab Sie angeweint – ich geb's zu. Aber ich war, wie gesagt, ziemlich down and out, außerdem betrunken. Sie haben mich angehört. Sie haben mich nicht getröstet – das wär was anderes gewesen –, sondern Sie haben mir geholfen, auf Verschiedenes draufzukommen, was Sie klar gesehen haben, von Ihrer objektiven Warte aus, wozu ich unfähig war, in meinem damaligen Zustand. Sie haben mich vor mir selber und gegen Schelle gerechtfertigt. Weil Sie gesund sind. Und er krank.«

»Was alles hat sie denn klar gesehen?« frag ich, während sich ein Gefühl der Trostlosigkeit in mir ausbreitet. Aber darauf kann er mir keine Antwort geben – im Gegenteil, er erwartet plötzlich eine Antwort von mir, als die Renate ganz offensichtlich nichts sagen will.

Der Fechtner hat mir ja schon vorher erklärt gehabt, daß er's bei ihr mit der Winslermethode probiert hat, aber daß ihr williges Zuhören seine Rechtfertigung darstellen soll, das ist mir denn doch zu stark. Noch dazu ist das »Winseln« eine Form der Sympathie und Interessefängerei, die einen ganz anderen Menschentyp verlangt, als ihn der Fechtner darstellt; es ist für ihn wirklich etwas ganz Neues gewesen, auch die Art der Präsentation ist unfechtnerisch und gerade darum, weil er's jetzt noch einmal und coram publico vorführt. Das zeigt deutlich, wie sehr der sich hier zur Bemitleidung Anbietende schon angesteckt ist, und von seinem besten Feinde: Er ist zu einem gänzlich degenerierten, zum Seladon reduzierten und aufgeweichten Schelle geworden. Und er weiß es anscheinend nicht einmal.

Wenn ich damals schon gewußt hätte, was ich heute weiß, nämlich, daß die Renate sich am Vorabend mit dem Peter Schelnhausen getroffen hat, hätte ich vielleicht doch meinen Mund aufgemacht, hätte dem Fechtner etwas erzählt von dem merkwürdigen Interesse, das dieses Mädchen an dem Schelle genommen hat, und hätte ihrem armen Opfer auch nicht ihre Absicht verschwiegen, den Haber-Fritz zu heiraten – hoffentlich. Sicher weiß ich das nicht. Denn, wenn ich auch nichts gewußt habe, hätte ich mir's vielleicht dennoch wenigstens denken können – wenn ich nämlich darüber hätte nachdenken wollen. Ich habe darüber aber nicht nachdenken wollen. Das weiß ich heute sicher. Denn am nächsten Tag, nach dem verunglückten Stan-Kenton-Konzert, hat mich der Fechtner im Büro angerufen, und ich hab mich einen ganzen Abend lang mit ihm zusammengesetzt, und er hat ununterbrochen geredet und hat mir alles erklärt, und ich kann mich überhaupt nicht mehr erinnern, wie das eigentlich war, was er mir da so eindringlich vordoziert und erläutert hat, unten im Barnabitenkeller. Ich bin gewöhnlich mit einem sehr guten und verläßlichen Gedächtnis begabt, an die danebengelungene Plattenspielerei kann ich mich heute noch in allen Einzelheiten erinnern, weiß noch, wie jeder gesessen, gestanden, gelegen ist, gesprochen, gestritten hat, wie das eigentümliche, durch die Selbstverständlichkeit des langen Kennens schon längst nicht mehr beachtete Aroma der Ingelheim-Wohnung durch die fremde Beimengung von Fechtners Pfeifenrauch sekundenlang wieder fast schmerzhafte Deutlichkeit erlangte, als wir nachher die Fenster öffneten und hinaussahen in einen sehr warmen Abend mit weicher, schrecklich sentimentaler Luft, in das rote Schräglicht einer hinter Dach und Dächern unbeachtet eingesunkenen Sonne. Ein Pulk Tauben flatterte plötzlich vom grauverwitterten Söller des Hauses halb gegenüber auf, und die unverrückbaren Farbflecken der Reklameleuchtschriften kämpften giftig und noch vergeblich gegen den unmerklich entgleitenden, aber über dem Häusergeschachtel hartnäckig verharrenden, lautlosen Tag – das weiß ich alles noch und sehe es so deutlich, daß ich hinter jeder verschlossenen Tür die damaligen Stunden wieder aufrichten könnte.

Von der Rederei des Peter Fechtner, einen Tag später im Barnabitenkeller, ist mir überhaupt nichts geblieben außer dem Wissen, daß sie stattgefunden hat.

Ich aber konnte ihm nicht helfen, als er auf Antwort und Bestätigung wartete. Ich konnte ihm nicht einmal am nächsten Tag, als wir allein waren, Antwort geben und Bestätigung schon gar nicht, als er, mich sozusagen als Schiedsrichter anrufend, sich mit seinem Verhältnis zu Schelnhausen auseinandersetzte. Hätte er mir auf hebräisch die Kabbala erklärt, ich hätte ihm nicht verständnisloser gegenübersitzen können. Was wieder einmal beweist, wie unbrauchbar eine wenn auch gut im Gedächtnis bewahrte Formulierung aus fremdem Munde ist, wenn es noch keine einschlägigen persönlichen Erfahrungen dazu gibt – sie fällt einem dann ganz einfach im richtigen Augenblick nicht ein.

Denn viel früher schon, im Treppenhaus damals, nach der Explosion der Party des Peter Fechtner, hatte der Schelle den Punkt schon längst definiert gehabt seinem Trabanten, dem Hubsi Lerch, und ich hatte es mit angehört. Der Schelle hatte ihn deutlich gemacht, den Punkt, an dem der Hebel angesetzt wurde, wieder und immer wieder, um das Opfer auszuheben. Wär mir damals das Zitat präsent gewesen, das ich erst zwei Jahre später, nach der Hochzeit des Haber-Fritz, am Gehsteig, vor dem Zeitungsstand beim Loos-Haus am Michaelerplatz, in dem Augenblick verstanden habe, als es mir eingefallen ist – vielleicht hätte ich ihm damit helfen können: nur dadurch, daß ich's ihm erzählte. Aber am Tag vorher, in der Ingelheim-Wohnung, als mich der Fechtner nach seiner öffentlich wiederholten Winselei nur fragend anschaut und die Renate auch auf meine Antwort wartet und Sylvie nachdrücklich nickt, damit ich ihm recht geben soll, was sie anscheinend als christliche Pflicht empfindet, kann ich's nicht und weiß vor lauter Grausen nichts Besseres als aufzustehen, um sozusagen körperlich dem konzentrischen Verlangen nach meiner Zustimmung zu entgehen, verfüge mich fluchtartig zur Hausbar und nehm einen Schnaps.

»Ich muß jetzt nach Haus gehen«, sagt Renate plötzlich, nach einem Jahrhundert intensiven Schweigens meinerseits.

»Ich bring Sie nach Hause«, sagt der Fechtner.

»Danke, nein. Ich hab den Wagen unten stehen.«

»Aber ich darf Sie doch wieder anrufen?«

Ich trink noch einen Schnaps.

»Ja«, sagt Renate.

»Ihr habt doch nichts dagegen, wenn ich das Fenster aufmach«, sagt Sylvie. »Mir ist wahnsinnig heiß, und die Luft ist zum Schneiden.«

Kapitel acht Phase sieben

1

Der Tag, an welchem Peter von Schelnhausen sein akademisches Gelübde abgelegt hatte, lag nun schon lange zurück, und auch der Augenblick, als er vor dem Spiegel stand, sich betrachtet und festgestellt hatte, daß er als Doktor merc. genauso aussah wie vorher. Mit der Erreichung seines immer mehr nach außen gewanderten Zieles, dem Doktorgrad, hatte sich keinerlei Wandlung seiner Person vollzogen, nur die Verstärkung eines Zustandes war eingetreten aus einer Wandlung anderer Art: Die Feindschaft, welche ihn und Fechtner zusammenspannte, war nicht mehr von feinerem Stoffe wie früher, sie war breiter und gemeiner geworden, wie jede Haltung, die von theoretischer Höhe in die Niederungen lang dauernder, verfälschender Praxis abgesunken ist.

Seit jener Ohrfeige, faktischer Nachschlag zu dem moralischen Niederschlag, welchen er von dem gelassenen Schnauzbart hinnehmen hatte müssen, war zwischen ihm und seinem Vater kein Wort gefallen, das sich auf sein Verhältnis zu Gisela Trubisch bezogen hätte. Es wirkte sich diese ständige Drohung, weil sie durch kein klärendes oder auch verwirrendes Wort mehr gestreift, gesteigert oder vermindert wurde, niederdrückender aus als eine tatsächlich hereingebrochene Katastrophe, die doch in Wirkung und Dauer absehbar gewesen wäre, gegen die man ankämpfen hätte können. Aber gerade, weil der Kommerzialrat dem Sohne die Initiative zugeschoben hatte – in Wirklichkeit war längst und stillschweigend Schönbrod in Bewegung gesetzt –, fühlte sich Peter von Schelnhausen von seinem persönlichen Dämon gehalten, nichts zu tun. Er konnte es nicht mehr.

Er tat nichts, sein Verhältnis zu Gisela zu beenden. Er hatte aber auch die Trubisch seit jenem anderen, späteren Abend nicht mehr gesehen, als er die väterliche Ohrfeige schon längst eingesteckt hatte, als Gisela ihm das so unverständlich und furchtbar zunichte machte, was er geworden war, und wie er glaubte, zu einem Gutteil ihretwegen – das war nun schon ein Dreivierteljahr her.

Es war nichts zu Ende und währte nicht – und stellte so einen Zustand dar, der mit dem Spannungsverhältnis zwischen ihm und seinem

Vater, welches ja auch aus Unterlassung seine statische Elektrizität bezog, vollkommen übereinstimmte.

Der ihm von seinem Vater gesetzte Termin war erreicht – und überschritten worden. Nichts war geschehen.

Die hektische Betriebsamkeit der letzten Studienmonate war vorbei, nichts stemmte den Staudruck der eigenen, verfahrenen Lage mehr zurück – und noch immer geschah nichts.

Wer zu wissen glaubt, was er ist, kann leben. Wer nicht weiß, was er will, hat ununterbrochen zu tun. Wer es wissen könnte, wie Schelnhausen, aber es nicht wagt, trotz unausgesetzter Selbstbeobachtung, die aber gerade durch ihr ununterbrochenes Währen notwendige Aussparungen aufweist, bricht noch heftiger in Aktionen aus.

Schelnhausen band sich seine Scheuklappen um – und Fechtner stand wieder in den Agenden obenauf.

Nun sollte es aber freilich auf eine Weise gegen ihn gehen, die, wäre sie geglückt, genau wie geplant, dem Peter Schelnhausen zu guter oder schlechter Letzt doch ganz den Erfolg gekostet hätte. Denn die Wirkung, die Fechtner zerstörend zu spüren bekommen hatte, nun wieder zu spüren bekommen sollte, bis zur ersten wirklichen Bresche in seiner Rüstung, war nur deshalb so durchdringend und zersetzend, weil er im tiefsten Grunde glaubte – und ganz unrecht hatte er ja nicht damit –, daß er sie selber hervorbrachte, daß Schelnhausen sie gewissermaßen nur verstärkte und durch seine Reaktionen wieder zurück in ihn leitete, reflektierte; ganz insgeheim hoffte Fechtner doch, daß ihm Schelnhausen einmal zugestehen würde: Du hast meine Roßkur überstanden, jetzt bist du gerettet. Fechtner hätte es entrüstet abgestritten, hätte jemand dergleichen behauptet, aber er billigte Schelnhausen immer noch, und nach allem, was geschehen war – die bona fides zu.

Schelnhausens nächster Anschlag glückte jedoch nicht wie geplant, sondern anders. So ging auch diese Schlacht zu seinen Gunsten aus, denn wieder wurde der rein bösartige Charakter der Aktion verhüllt, und die bloße Niedertracht schlug durch die Regie des Zufalls in eine gezielte und treffende um.

2

Er hieß Sagmann. Er war klein und fleischig, aber nicht fett. Das Gesicht war dunkelrot. Wenn er sich schneuzte, was er häufig tat, bei vorgetriebenen, fast platzenden, blaßbraunen Augen, konnte man sich der absurden Erwartung kaum erwehren, das Blut müßte ihm nun aus allen Poren spritzen – eine Erwartung, die sich zum Leidwesen Viktor Trubischs nie erfüllte; der hätte wirklich gar nichts dagegen gehabt, wenn sein unbequemster Gläubiger verblutet wäre.

Herr Sagmann war nicht schmierig – diese Feststellung enttäuschte, doch bei genauerem Hinsehen war sie unvermeidbar –, seine Hände waren rosig, immer rein, faltenlos und dick. Trubisch war gezwungen, genauer hinzusehen, ja, noch mehr, er mußte sich mit ihm sogar abgeben und leider recht ausgiebig abgeben.

Viele Menschen gibt's, die nimmt man nur im Augenwinkel wahr, und dort gehören sie auch hin, und wenn sie einmal plötzlich doch im Zentrum des Blickfeldes auftauchen, stets gegen unseren Willen, erscheint es geradezu als eine unverschämte Zumutung, ihnen das ganze Volumen und die Wichtigkeit eines richtigen Menschen zubilligen zu müssen. Herr Sagmann aber war mehr als wichtig geworden: Er war lebensgefährlich. Unser Viktor konnte nicht anders. Sie saßen einander wortlos gegenüber.

Unten, vor dem alten Haus in der Kenyon-Gasse, parkte Dr. Schönbrod seinen Wagen, zog sich sorgfältig den hellgrauen Sommermantel zurecht, den er trotz der schwülen Wärme trug, klemmte die unvermeidliche, dekorative und inhaltsreiche Aktenmappe unter den Arm und warf einen kurzen Blick auf die Hausnummer, einen längeren, fast ungläubigen auf das bereits etwas schäbig gewordene Blechschild »Kolp & Co., Export-Import, 2. Stock«, als hätte er erwartet, ein anderes, nämlich das eines Nachfolgers dort zu finden; ich möcht nur wissen, wie er's fertig gebracht hat, doch noch Prolongationen durchzusetzen, der Trubisch, dachte Schönbrod und betrat eiligen Schritts den Hausflur.

Im zweiten Stock war inzwischen die Lage vollends unleidlich geworden. Herr Sagmann wartete sozusagen erbarmungslos, und Trubisch wußte endgültig nicht mehr weiter – es dehnte sich die zerrende Stille allmählich wie ein Gummifaden, dessen eines Ende dem immer weiter zurückgetriebenen Trubisch anhing, dessen anderes Sagmann in seinen glatten, rosigen Fingern hielt, und eigentlich war es gar kein Faden mehr, sondern ein dicker Strick, der sehr bald diesem Viktor an den Leib schnalzen mußte, die äußerste Dehnung schien längst erreicht: Kein Tag, an welchem Trubisch notgedrungen sein Büro aufsuchen mußte, verging mehr ohne ein immer peinlicher werdendes Erscheinen dieses Gläubigers.

Fünfzigtausend läppische Schilling, dachte Trubisch erbittert. Grad die Prolongationsspesen für die Wechselverlängerungen. Eine Bagatelle, mit der ich Schelnhausen aber nicht bemühen darf – jetzt. Aber bereits diese Einschränkung war eine Lüge – er wagte es eigentlich überhaupt nicht mehr, an seiner Erpressung festzuhalten, schon seit dem ersten Besuch Schönbrods. Nun war er nicht mehr schön, der schöne Viktor, dazu schwitzte er zu sehr, und wenn er sich auch noch immer belügen konnte, so glaubte er sich doch nicht mehr so ganz, und die Tatsache, daß er hier unzweifelhaft am letzten Ende einer wichtigen Geduld angelangt war, ließ sich durch nichts verhehlen.

Und Hilfe gab es keine dagegen, außer Geld. Die Fünfzigtausend, die Sagmann zurückwollte, die Trubisch nicht hatte.

Zudringliche Gläubiger waren für Trubisch nichts Neues. Ganz neu war für ihn aber ein Gläubiger vom Schlage dieses phlegmatischen Apoplektikers.

Es gibt eine gewisse Sorte von Geschäftsleuten, die hauptsächlich in Café-Häusern lebt und deren instante Liquidität erstaunlich ist: So eine schwarze Brieftasche, welche da im entscheidenden Moment zum Vorschein kommt – bei Trubisch hatte es leider keinen solchen entscheidenden Augenblick gegeben –, enthält manchmal Beträge, welche in die Hunderttausende gehen. Diese Männer sind meist Einzelgänger, aber bloß in dem Sinne, daß sie zu einem fast unvorstellbaren Maß nur in ihrer ständig ausgeübten Profession eingezogen leben: Niemand kennt sie als Privatmensch, vielleicht sie selber nicht einmal. Sie sind immer anzutreffen, stets zur richtigen Zeit, sie kennen wirklich alle, aber wirklich kennt sie niemand, und der Apparat von »Unterläufeln«, über den sie verfügen, ist oft erstaunlich groß, kann einem unerwünschten Außenseiter wie einem säumigen Schuldner sehr gefährlich werden, bis an Leib und Leben, und funktioniert prompt – so prompt, wie das stets parate bare Geld, das dahintersteckt.

Hatte Viktor Trubisch bei Prinz Craillsperg seine Grenze nach oben erreicht; so war er bei diesem letzten Gläubiger entschieden am untersten Extrempunkt seines Bereiches angelangt, war einem Geschäftsmann ausgeliefert, der wie Shylock auf seinem Schein bestand – das diesbezügliche Messer war bereits gezückt, das Fleisch, an welchem im Nichtzahlungsfalle gesäbelt werden würde, hieß unentrinnbar Trubisch, und Appellation an ein geistliches, weltliches oder Handelsgericht gab es hier keine. Herr Trubisch schwitzte stärker. Wenn Herr Sagmann schwitzte, so schwitzte er nicht sichtlich. Wenn er sich erleichtern wollte, schneuzte er sich bloß. Das im Gespräch entstandene Loch wurde reißend größer. Doch wurde die Katastrophe noch einmal aufgehalten: Die letzte verbliebene Bürokraft, ein achtzehnjähriges Mädchen, das draußen unbezahlt und fehlerhaft auf einer Schreibmaschine zu hämmern pflegte, brachte zwischen Zeigefinger und Daumen vag vorgestreckt die Besuchskarte Schönbrods herein und wußte nichts damit anzufangen. Trubisch sprang auf, riß ihr die Karte aus der Hand und starrte sekundenlang auf das Blättchen nieder; daß er Schönbrod ein zweites Mal sehen würde, hatte er fast schon nicht mehr zu hoffen gewagt; Trubisch sagte heiser: »Ich lasse den Herrn bitten – warten Sie!« Er drehte sich hastig um und hielt Sagmann die Visitenkarte hin: »Herr Sagmann, das ist Dr. Schönbrod vom Bankhaus Schelnhausen; ich muß den Herrn sofort empfangen; Sie wissen, der Kredit. Also haben Sie bitte noch einen Tag Geduld! Ich bin sicher, daß ich Ihnen morgen das Geld geben kann –.«

»I net«, sagte Sagmann ungerührt, nach einem tiefsinnigen Blick auf die Visitenkarte, kopfschüttelnd unterbrechend. »Naa«, sagte er, »net morgen, heut brauch i die Marie. Gelt? Des wolln ma net vergessen.«

»Aber –.«

»Naa, sag i. Aber wissen S' was? Vielleicht laßt der Herr Doktor wirklich a paar Fleck aus. Am End gar, glei. Heut auf d'Nacht, also. I kumm in Ihnere Wohnung. Morgen kumm i nimma. Do schick i Ihnen höchstens a paar Freund. Gelt?«

Herr Sagmann setzte sich den Hut auf, schneuzte und erhob sich. »I bin a lustiger Mensch, aber über fuffz'g Fetzn kann i net lach'n.«

Er betrachtete nachdenklich seinen Daumennagel. »Also«, sagte er abschließend und ging.

»Ich lasse den Herrn Doktor bitten«, sagte Trubisch erschöpft zu seiner intensiv verständnislos seitwärts stehenden Schreibkraft.

Schönbrod fuhr ins Zimmer. »Ach, Herr Trubisch«, sagte er, grüßte nicht, begann im Zimmer auf und ab zu marschieren, ohne Viktor anzusehen, seine Präambel mit flatternden, aber sparsamen Gesten begleitend. »Kommerzialrat Schelnhausen hat mich beauftragt, Ihnen seine endgültigen Entschlüsse mitzuteilen. Sie verstehen, daß es einige Zeit gedauert hat, zu einer Entscheidung zu gelangen, länger, als Sie vorgesehen haben, nach Ihren letzten Eröffnungen; wir wissen Ihre Geduld zu würdigen: Wir werden unter Umständen von einer Aktivklage sogar absehen. Vorher bleibt noch einiges festzustellen.« Trubisch bot wortlos Platz an. Schönbrod hielt zwar in seiner Wanderung ein, blieb aber stehen. Trubisch setzte sich. Schönbrod öffnete die Aktenmappe, zog einige Blätter hervor. »Der Erpressungsversuch wird Ihnen leider nicht nachzuweisen sein. Deshalb habe ich mich ein wenig mit Ihren sonstigen Geschäftspraktiken befaßt. Ich habe hier einige eidesstattliche Erklärungen Ihrer früheren Geschäftspartner zur gefälligen Einsichtnahme, weiters die Durchschrift einer Anzeige gegen Sie als Alleineigentümer der Firma Kolp & Co. wegen Wechselreiterei, Kreditbetrug und so weiter. Sie wird am selben Tag erstattet werden, an dem Sie die bewußte Ehestörungsklage einreichen.«

»Herr Doktor«, sagte Trubisch langsam. »Ich habe nichts mehr zu verlieren. Sie haben mich in die Enge getrieben. Ich kann jetzt nicht anders. Sie sind einen Schritt zu weit gegangen. Ich warne Sie. Wenn mir die Bank keinen Kredit einräumt, geh ich in Konkurs, so oder so. Was dann herauskommt – da kommt es mir auf Ihre Anzeige auch nicht mehr an. Krieg ich kein Geld, klag ich.«

Dr. Schönbrod nickte. Wartete zehn wortlose, wirksame Sekunden. Nahm dann mit sehr langsamen Handbewegungen, die zu seinem gewöhnlichen, fahrigen Verhalten in deutlichem Gegensatz standen, seine Tabatiére heraus, wählte eine Zigarette, drehte sie bedachtsam zwischen den Fingern, zündete sie endlich an. »Das können Sie halten, wie Sie wollen«, lächelte er. Er verschloß seine Aktentasche und wandte sich zum Gehen. Bevor er die Tür öffnete, drehte er noch einmal den

Kopf und sagte leise: »Der Kommerzialrat kann sich vielleicht einen Skandal leisten; eine geduldete Erpressung aber niemals.« Er verstärkte sein Lächeln. »Das ist keine Drohung, sondern nur eine Feststellung. Einem toten Mann droht man nicht. Ich habe die Ehre, Herr Trubisch.«

Er ging.

3

Das Espresso-Café war an dieser frühen Nachmittagsstunde fast menschenleer; da lagen keine Zeitungen auf; die Zeitungsleser und Pensionisten saßen anderswo, und wer hier eingekehrt war, saß nicht drinnen, sondern draußen, im Freien, an kleinen weißen Tischchen vor dem Lokal.

Bis auf Gaby und Peter war der pastellbunte Raum leer, im gebrochenen, sanft eingedunkelten Licht kühl und ein wenig dumpf, gerade unleidlich genug, um eine unerquickliche, aber unausweichliche Konferenz möglichst schnell hinter sich bringen zu wollen, die Erwartung obenauf, gleich wieder in den lauen Tag und seine Betriebsamkeit hinausfliehen zu dürfen; Gaby Münzer, von der Modistin kommend, auf dem Wege zu ihrer Schneiderin, war unruhig, zappelig, Fisch ohne Wasser; sie vertrug es nicht, allein zu sein, und dieser Peter Schelnhausen war keine Gesellschaft für sie; Menschen wie der sollten eigentlich verboten sein, dachte sie zornig.

Peter von Schelnhausen ließ sie ungerührt zappeln.

Die große Scheibe flutend von innen aufhellend, jedes Staubkörnchen darauf, jeden Kratzer darin illuminierend, tropfte Sonnengefleck ins Fenster, dahinter stand, Straßenzüge fern, aber gewußt, grün und freundlich offen der Burggarten, Gegenpol zum Verkehrsbrummkreisel des Michaelerplatzes vorm inneren Burgtor, Schönbrunnergelb unter blitzblauem Himmel, Touristenattraktion, steinerne Arbeiten des Herkules und die beiden rauschenden Brunnen.

Er sprach nicht gleich, und dann langsam, legte gemächlich dar, was er wollte – doch waren seine Wünsche, ohne ausdrücklich angegebenes Motiv dafür, natürlich zu wenig für eine Gaby Münzer, die selbst zwar selten Gründe hatte, solche von anderen aber gern verlangte, und wenn schon nicht das, dann wenigstens Ausführlichkeit, und dasselbe dreimal hintereinander – so war sie es gewohnt. Gaby, die sich zum Beispiel mit dem Grafen Chensky recht gut vertrug: Er ist zwar was Besseres, aber er tut wenigstens was dagegen, er macht mit, so ungefähr dachte sie, vertrug sich mit dem Peter Schelnhausen, welcher, selbst tot im Sarg, den Eindruck unerträglicher Impertinenz auf sie ausgeübt hätte, überhaupt nicht, obwohl er sich längst, zwar nicht gerade häufig, aber doch bekannt gemacht hatte, auf ihren Partys – allerdings fast immer auf unliebsame Weise: Er nahm nicht teil. Er sah nur zu. Er mokierte sich wahrnehmbar, auch wenn er nichts sagte. Und wenn er den Mund dann doch auftat, verstand man zwar nicht, was er dozierte, dafür jedoch um so besser, wie er es meinte; dergleichen war aber Gaby unerträglich.

»Wer ist denn das überhaupt, dieser Peter Fechtner«, fragte sie mißtrauisch, »den Sie mir da aufladen wollen?«

»Jemand, der mir einmal ein Buch geliehen hat und jetzt Ersatzgeld dafür haben will«, sagte Schelnhausen freundlich lächelnd. Darauf wußte sie keine Antwort; sie überging es und zupfte anderswo am Knäuel des ihr so plötzlich zugeschobenen, ungelösten und unsympathischen »Problems«.

»Und wieso glauben Sie, daß ihn dieser alte Witz wirklich blamieren wird?«

Schelnhausen seufzte. »Das ist doch ganz einfach. Er ist im Grunde – unter anderem natürlich – auch ein kleiner widerlicher Spießbürger, mit entsprechender, uneingestandener Moral, selbstverständlich. Weil er aber noch dazu überdurchschnittlich intelligent ist, gerade genug, um auch über eine genügende Prise Selbstanalyse zu verfügen, ist ihm diese Moral notwendig. Er kann, und das fundamental, die Moralität nicht entbehren, er kann nicht gegen sie handeln, die von einem normalen Menschen sonst immer negiert wird, käm's einmal wirklich darauf an, sich nach ihr zu richten. Weil er aber mit seinen oberen Teilen doch immerhin in aufgeklärtere, frivolintellektuelle Schichten reicht, posiert er natürlich großmäulig das Gegenteil und hat es wahrscheinlich sogar ein oder das andere Mal tatsächlich fertiggebracht, sich durch gelegentliche schweinische Schrittlein vom Wege ein bißchen genüßliches Schuldbewußtsein zu verschaffen und dadurch die Bestätigung, was er im Grunde doch für ein verfluchter Kerl sei: aber natürlich immer innerhalb ›vernünftiger‹ Grenzen. No ja. Ich möcht ihm also in Sachen angewandter Amoral – deren ohne Zweifel reizendste Priesterin Sie sind, liebe Gaby – seine Lächerlichkeit und Nichtbefähigung beweisen, und zwar durch einen solch hochgeschraubten Anspruch an seine Fähigkeit zu sündigen, daß er ihn nicht erfüllen kann – ich hab Ihnen ja eben erklärt, warum die Stränge, über die er gerade noch zu schlagen vermag, nicht allzu hoch sein dürften –, es kann daher mein Plan gar nicht schiefgehen. Ich habe zu den Geschwistern Seisinger das größte Zutrauen.«

Gaby Münzer, der Fisch ohne Wasser, verstand natürlich wieder nichts, außer: Dieser Doktor Fechtner, den sie gar nicht kannte, sollte durch jene öffentliche Lächerlichkeit, die tötet, vernichtet werden. Da sie aber Schelnhausen zu kennen vermeinte, war sie dagegen – und wirklich, wie wir zu unserem Bedauern feststellen müssen, aus gar keinem anderen Grund: Denn der Streich, der Fechtner gespielt werden sollte, war beileibe nicht neu; fast jeder ihrer Gäste hatte ihn, das erstemal bei ihr, überstehen müssen und hatte ihn überstanden mit mehr oder minder verlegenem Grinsen, manchmal mit heftig roten Ohren, aber immer mit heiler Haut, will heißen, eigentlich bei unverletzter Eitelkeit.

»Da mach ich nicht mit«, sagte sie störrisch. »Ist er am End impotent?«

Schelnhausen sah auf die Uhr, bot Gaby noch eine Zigarette an, gab ihr Feuer, und zwar mit einem für ihn typischen Feuerzeug: Das funktionierte – notorisch –, ohne je zu versagen, stets auf den ersten Druck.

»Nein. Hören Sie, Gaby«, sagte er. »Sie und die Hilda Krimml, ihr seid doch befreundet, nicht?«

»Ja –«, sagte Gaby zögernd.

»Hm?« machte Peter fragend.

»Ich hab sie nur jetzt schon sehr lang nicht mehr gesehen«, erklärte Gaby.

»Keine Angst, sie liebt Sie noch«, tröstete Schelnhausen, ohne sein Gesicht zu verziehen. »Sie war nur ein bißl sehr beschäftigt in der letzten Zeit, wissen Sie. Bei ihrer ersten Schwangerschaft –.«

»Bei ihrer ersten –?«

»Ja. Bei ihrer ersten Schwangerschaft hat sie's ein bißl zu lang anstehn lassen, da hat der Hubsi, der Depp, zur Selbsthilfe gegriffen, hat sie auf ein Motorrad aufgeladen, nach Ersetzung des hinteren Sitzes durch eine härtere Unterlage, und hat eine stoßreiche Geländefahrt mit ihr unternommen. Es hat auch gewirkt, aber gleich so ausführlich und unerwartet und grad bei einer solch diffizilen Geländewelle, in irgendeinem unmenschlichen Hohlweg – kurz und gut, sie hat ihn plötzlich in seiner Fahrtkonzentration gestört und beide haben mit dem Motorrad so ein oder zwei Salti gedreht. Der Hubsi war ziemlich unbeschädigt, nachher, sie nicht, und sonst – no ja. Im Spital haben's natürlich ein paar unbequeme Fragen gestellt, und der Hubsi ist angezeigt worden, die Hilda hat ihn aber irgendwie herauslügen können, hat gesagt, er hätte nichts von ihrem Zustand gewußt oder was weiß ich. Jedenfalls war die ausgewechselte Polsterbank aber doch ein bißl zu deutlich für mißtrauische Polizistenaugen, so haben sich die polizeilichen und gerichtlichen Scherereien nachher noch ziemlich hingezogen, und der Endeffekt war, daß er nicht nur seine nächste Generation und deren Mutter beinah losgeworden ist – die Hilda hat noch ziemlich lang im Spital und dann zu Haus zu laborieren gehabt –, sondern auch seinen Posten – er war bei einer Rationalisierungsfirma angestellt und dort mehr als gut bezahlt. Das haben ihm die Kriminaler mit ihrer indiskreten Herumfragerei verpatzt.«

Schelnhausen zündete sich eine Zigarette an, und während er sie zur Hälfte rauchte, war Gaby ausführlich entrüstet und interessiert. Peter wartete das geduldig ab und fuhr dann fort: »Nein, diesbezüglich brauchen Sie keine Angst zu haben. Sie ist ja schon wieder schwanger. Und Sie werden verstehen, daß sie sich nicht noch einmal überreden lassen wird – übrigens ist der Hubsi jetzt selbst begierig, sagt er, auch tatsächlich amtierender Vater und gesetzlicher Gatte zu werden –, nein, das ist's nicht. Er möcht nur noch auch gern dazu seinen Posten zurückhaben. Die Hilda und er sind schließlich finanziell ziemlich im Eck, wie Sie sich vorstellen können. Aber leider will der Wiener Firmenchef nicht mehr so recht mitspielen.« Er tat einen tiefen Zug aus seiner Zigarette, stieß den Rauch gemächlich aus. »Er stellt ihn nicht mehr an, sagt er. Der Hubsi penzt mich jetzt schon wochenlang, daß ich ihm helfen soll, deswegen. Leider hab ich bis jetzt noch nicht Zeit, Gelegenheit und – Veranlassung dazu gehabt. – Der Hubsi weiß nämlich, daß der Sohn seines ehemaligen Chefs ein guter Freund von mir ist.« »Sie sind ein Schwein, Schelnhausen«, sagte Gaby mit Überzeugung.

»Aber Sie sind ein guter Kerl und eine loyale Freundin, oder?«

»Sie sind wirklich ein Schwein.«

»Und da Sie die Hilda sicher besser leiden können als diesen Ihnen erstens unbekannten und zweitens sicher unsympathisch sein werdenden Fechtner-Peter«, fuhr Schelnhausen ungerührt fort, »da Sie überdies auch sonst einem kleinen Scherzchen nicht ablehnend gegenüberstehen, da Sie schließlich mit der Gewährung meines Wunsches endlich auch mir ein bißchen helfen könnten, so wie ich dem Hubsi und damit der Hilda helfen möcht, wenn – no also«, sagte er befriedigt, obwohl Gaby Münzer keinerlei Zeichen eines Einverständnisses gegeben hatte. Schelnhausen erhob sich halb und ließ sich wieder zurück in den Polstersessel fallen. »Ich kann Sie jetzt wirklich nicht länger Ihrer Schneiderin entziehen, liebe Gaby. Ich schick Ihnen den Fechtner heut abend.« Er lächelte. »Und den Hubsi auch, als Regisseur, wissen Sie. Ich möcht Sie doch mit der Inszene meines kleinen Plans nicht auch noch belasten.«

Gaby Münzer ärgerte sich so, daß sie nicht einmal wartete, bis Schelnhausen seinen Kontuszowska und ihr Frappé bezahlt hatte, um mit ihm zusammen das Espresso zu verlassen. Sie zischte nur kurz, raffte ihre Packen und Päckchen zusammen und stöckelte wortlos davon, noch während der Kellner seine Berechnungen anstellte. Schelnhausen schenkte ihrem Abgang keine Beachtung, auch nicht der gewaltigen Leistung, die sie damit vollbrachte, nichts zu sagen, obwohl er dies zu würdigen wußte. Doch war er seiner Gaby so sicher, daß ihn selbst dieses bedenkliche Symptom weiter nicht störte. Sie konnte ihre heutige Party nicht mehr absagen, dazu war es schon zu spät. Und einen Hubsi Lerch, erfolgreichsten »Gate-crasher« Wiens, der sich's in den Kopf gesetzt hatte, an einer Veranstaltung teilzunehmen, von einer solchen fernzuhalten, war schlechterdings unmöglich. Damit war das Entree Fechtners schon gesichert. Und auch dessen Niederlage. Denn Hubsi war ein ausgezeichneter Regisseur, wenn er ein gutes Stück zu inszenieren bekam. Und er wird ein gutes Stück zur Inszenierung bekommen.

Schelnhausen ließ sich auf den Groschen genau herausgeben, beugte sich erst dann im Stehen ein wenig vor, um mit zwei Fingern ein generöses Trinkgeld von dem klingenden Münzenhäufchen zu separieren, welches sich zögernd genug auf der Tischplatte angesammelt hatte. Den Rest streifte er achtlos in die Tasche.

»Meinen Hut«, murmelte er.

Der Kellner mußte erst halb um ihn herumgehen, weil der Gast zwischen ihm und dem Kleiderhaken stand. Peter nahm den Hut nicht gleich. Er zog sich zuvor gemächlich den Handschuh an und griff erst dann nach der ihm geduldig entgegengehaltenen Kopfbedeckung.

Im Café Herrenhof, fünf Minuten von hier, wartete Hubsi Lerch auf ihn.

Nein, dachte Schelnhausen triumphierend, ich bin noch lange nicht so weit, daß ich mir meine Schweinereien selber machen muß. Noch lange nicht.

4

Hubert Lerch tat, was er zu tun hatte. Gestern noch ein lockerer Vogel, dem Engagement und Dégagement stets glatt von der Hand gingen, seine zahlreichen »schlamperten« Verhältnisse mit dem anderen Geschlechte gewissermaßen sportlich-unbeteiligt absolvierend, saß er heute zufrieden im Käfig der Hilda Krimml, hielt es durchaus für richtig drinzusitzen, fühlte sich wohl dort und betrachtete, was er früher getrieben, als unsägliche Dummheit.

Bei Lerch war's nun nicht so, daß er ein langsam sich Wandelnder gewesen wäre. Es hatte bei ihm auch nicht den bewußten letzten Tropfen gegeben, der das Faß zum Überlaufen bringt, sondern es war die gängigste Variante solcher Metamorphosen gewesen, die hinter seinem Falle steckte: Bei Lerch genügte es, daß er einfach seine habituelle Garderobe wechselte: Hier wurde nichts in der Substanz verändert, hier war nur das alte, von jeher vorhandene Material anders zurechtgeknetet worden. Denn dieser plötzlich treusorgende Familienvater und Mustergatte, der stets seinen Ehering trug, wenn auch erst an der linken Hand, war polymorph, war polygam nur nebenbei. Auch seine wirksame Feschheit erzeugte ihm keine Charakterverhärtung, gerade dadurch, weil ihm in dem Punkt, wo alle Männer sich und den anderen etwas beweisen zu müssen glauben, ohnehin stets wirklich unbefangene und deshalb ihn in keiner Weise befangende Erfolge beschieden waren. Gerade dadurch verhärtete er nicht, weil er nie gezwungen war, angestrengt zu betreibende Eroberungskabalen zu spinnen, und weil ihm nie im Kriege mit dem schöneren Geschlecht eine schmerzliche Abfuhr erteilt worden war. Deshalb gab es hier keinerlei nötige und daher festgefahrene, bestimmende Haltung.

Für Lerch war früher der und das, war später Schelnhausen bestimmend gewesen, wie es jetzt Hilda Krimml geworden war, denn dieses Mädchen, das von der Sehnsucht nach respektablem Familienglück nicht nur bürgerlichnormal, sondern monomanisch besessen war, die war die bisher Stärkste. Und darum tat Hubsi, was er zu tun hatte, heute, bewußt ungern, sich ständig versichernd: Es geht nicht anders, Hilda muß das verstehn, und machte sich keinen Jux daraus. Es wird schließlich das letzte Mal sein, verteidigte er sich, und wenn ich meinen Job wieder hab, kann der Schelle, können uns alle gern haben.

Er konsultierte seine Uhr, fand, daß er noch warten müsse, wenn das von Schelnhausen angekündigte Telefongespräch zum richtigen Zeitpunkt stattfinden, wenn seine Unterredung mit Fechtner die von Schelnhausen berechneten Minuten wirklich in Anspruch nehmen würde, wenn alle von Schelnhausen einkalkulierten und vorausgesagten psychologischen Einzelheiten am richtigen Ort und im richtigen Moment gegeben sein sollten.

Die Armaturenfabrik Leopold Dominik bot der Straße nur die Front des ältesten Gebäudes ihres Komplexes, welcher sich dahinter, in die Simmeringer Heide weitläufig erstreckte. Sieben Uhr war es, das Haupttor längst verschlossen. Der Hauseingang war unbeleuchtet; im Fenster daneben brannte das Licht in der Portierloge.

Selbst Hubert Lerch, gewiß kein Mensch, der häufig aus dem Tunnel engbegrenzter, geradegerichteter Aufmerksamkeiten ausbricht, erlitt die Menschen und gottverlaßne Gegend, welcher er hier ausgesetzt war, sehr stark. Diese leere Straße ließ man gern hinter sich zurück; wer in ihren grauen, ungepflegten Häusern seiner Arbeit nachging, sparte sich sein Leben auf bis zum späten Nachmittag, bis die Sirene heulte oder die Zeiger der Bürouhr die einzig richtige Zeit wiesen. Ruinen sind spürbar, auch wenn sie von außen nicht unbedingt wie Ruinen aussehen, und welches Haus wäre keine Ruine, wäre es noch so sorgfältig wohlgehalten und ohne Verfall, wäre es noch so aufmerksam durchwandert von Nachtwächtern mit klingelnden Schlüsseln und Stechuhr, wenn täglich alles Leben freudig daraus flieht und frühmorgens nur gezwungen wiederkommt? Hier lebt niemand, und schon gar nicht nach Feierabend. Hier macht man höchstens Überstunden, wie Herr Doktor Fechtner. Hubsi Lerch öffnete die Tür, fand sie unverschlossen, trat in einen schwach beleuchteten, zugigkühlen Korridor, welcher mit einem empfindlichen Geruch von Bodenreinigungsmitteln an Anschlagtafeln vorbei ins Stiegenhaus lief, ließ sich, ans Fenster der Portierloge klopfend, von einem dahinter sitzenden dicklichen, grauhaarigen Mann in Hemdsärmeln und Schirmkappe anmelden, bedankte sich für die ihm nach vollzogenem Telefonat gewordenen Direktiven, mied den Aufzug und stieg durchs hauende Stiegenhaus zwei Stockwerke hinauf, an hohen Fenstern vorbei, in denen überm regungslosen Fabrikgebäude, über Schutthalden und Werkbahngeleisen, grau der endende Nachmittag stand.

Fechtner hielt ihm schon die Türe auf, eine von vielen weißlackierten in langer Reihe, den Gang entlang.

»Na, das ist eine Überraschung!« rief er.

»Servus, Peter«, sagte Hubsi ernst.

Fechtners Büro war klein, enthielt nur einen Schreibtisch, Aktenschrank und den Arbeitsplatz seiner Stenotypistin – die war nun freilich längst gegangen. »Setz dich doch«, sagte Fechtner.

Vorm Schreibtisch stand ein Stuhl; Hubsi stützte sich auf dessen Lehne und blieb stehn, denn Fechtner hatte sich nicht wieder auf seinen Drehsessel niedergelassen, sondern lehnte halb gegen den Tisch, saß halb auf dessen Kante und begann, sich seine Pfeife zu stopfen. Das einzige Fenster stand weit offen; ein schwacher, aber deutlicher Geruch, der schmeckte, wie ein frischgespitzter Bleistift riecht, zog herein.

Fechtner und Hubsi waren einander in den letzten Monaten ein wenig nähergekommen, aber nicht sehr; einerseits billigte der Exportleiter das allenthalben erstaunt diskutierte Solidgewordensein Lerchs, schon weil der verunglückte Jus-Student – in gewissem Sinne – eine ähnliche Laufbahn wie der graduierte Absolvent der Hochschule für Welthandel eingeschlagen hatte, ohne allerdings solche Höhen in seinem erwählten Berufe zu erreichen wie dieser, was für Fechtner natürlich gerade die wichtigste Polsterung seiner Zustimmung war, andererseits konnte er Hubsi doch nicht ganz seine Mitwirkung an den gegen ihn gerichteten Aktionen, kurz seine frühere Parteizugehörigkeit verzeihen, und der Hinauswurf Lerchs aus seiner Firma erfüllte ihn nicht nur mit einer gewissen nachsichtigen und bedauernden Herablassung, sondern auch mit schlecht verhehlter Befriedigung – er hat's verdient, der Depp, dachte er.

»Ich will dich nicht lang aufhalten; ich wollt dich nur was fragen«, begann Lerch zögernd, entzündete dann, sich unterbrechend, ein Streichholz und hielt es Fechtner hin, der die gestopfte Pfeife zwischen die Zähne geschoben hatte.

»Danke«, sagte Fechtner, »ich rauche jetzt nicht. Hab einen leeren Magen. Möcht ohnehin in ein paar Minuten essen gehn. – Also?« fragte er.

Hubsi schüttelte das Streichholz aus. »Wie du damals mit meinem Chef die Vorbesprechungen wegen der Untersuchung eures Betriebs geführt hast, hab ich den Eindruck gewonnen, daß du dich mit dem alten Deyton recht gut verstehst«, sagte er.

»Na ja«, meinte Fechtner, den Kopf wiegend. Aus jener Untersuchung war leider nichts geworden; Herr Dominik, dem die Sache zu teuer gekommen wäre, hatte sie gestoppt. Fechtner, der hoffte, aber nicht gewiß war, daß Hubsi dies nicht wüßte, weil Lerch noch bei währenden Verhandlungen geflogen war – Hubsi wußt' es aber von Schelnhausen –' wollte sich deshalb nicht gern festlegen.

»Weißt« erklärte Lerch, »der Deyton hat seit meinem, na, seit meinem Unfall, so irgendein Vorurteil gegen mich und will mich nicht wieder einstellen. So hab ich mir gedacht, wenn du vielleicht mit ihm redest ... schließlich hast du meiner, leider ehemaligen Firma immerhin einen recht lohnenden Auftrag verschafft –.«

Lerch schwieg erwartungsvoll.

Fechtner paffte nachdenklich aus seiner kalten Pfeife. »Na ja«, wiederholte er. »Du bist doch seinerzeit durch den Schelle in die Firma hineingekommen?«

»Ja«, sagte Lerch, der aus wachsender Empörung schön langsam seine entrüstete Grundhaltung zu dem ihm hier »Aufgezwungenen« vergaß und schon wieder recht gern mitmachte bei dem, was er da für Schelnhausen betrieb. »Ja, das stimmt, und es wär für den Schelle eine Kleinigkeit, mich wieder hineinzubringen. Er ist ein Freund von dem jungen

Deyton, ich will ganz ehrlich sein, ich hab ihn jetzt schon wochenlang gepenzt, den Schelle, aber er will nicht. Seit die Hilda und ich –.« Er zuckte die Achsel und schwieg.

»Seit die Hilda und du!« spottete Fechtner. »Wenn die nicht wär, würdest du wahrscheinlich noch immer mit dem Schelle – na also. Is ja Wurscht. Was sagt denn die Hilda dazu, wenn du trotzdem, wenn du trotz eurem Bruch, noch immer zu dem Schelle betteln gehst?«

»Sie ist dagegen«, sagte Lerch mit niedergeschlagenen Augen. Er verdient's, dieses Schwein, dachte er, er verdient's. Einmal noch, und es wird mir Spaß machen. Wenn ich der Hilda erzähl, wie dieses hypokritische Schwein versucht hat, mich am Faden zu halten, kann sie mir gar nicht bös sein deswegen. »Und, ehrlich, die Hilda war's auch, die mich auf den Gedanken gebracht hat, ob nicht du vielleicht –«, er hob die Hand, machte eine vollendende Geste, griff dann wieder nach der Sessellehne und begann, den Stuhl aufzukanten und spielerisch verlegen hin und her zu drehen.

»Weißt was, da reden wir noch drüber«, sagte Fechtner.

»Geh mit mir essen, ich lad dich ein.«

»Ich hab noch was vor«, sagte Lerch. »Tatsächlich, ich bin schon woanders eingeladen. Kost nix und ist eine Erholung; kleiner Rückfall, bißl eine Ablenkung vom grauen Alltag des Arbeitslosen.«

Fechtner nahm die Pfeife aus dem Mund. »Heißt das, du gehst allein fort?« erkundigte er sich.

»Die Hilda geht mir doch jetzt nirgends wohin mehr mit, bei ihrem Zustand«, erklärte Lerch. Er grinste. »Und zur Gaby Münzer schon gar nicht.«

»Zur Gaby –?«

»Ja. Kennst du sie?«

Fechtner stand vom Tisch auf, warf sich in seinen Drehstuhl und begann mit der Pfeife zu spielen. »Der Chensky hat mir von ihren Feten erzählt«, sagte er. Er schüttelte lächelnd, überlegen den Kopf, zeigend, daß er über bessere und vernünftigere Vergnügungsmöglichkeiten verfüge. »Weißt, da gingert ich viel lieber –.«

Und dann klingelte das Telefon.

Maßarbeit, dachte Hubsi Lerch. Er schaute betont uninteressiert anderswohin, als Fechtner den Hörer abhob.

»Grüß dich, Renate«, sagte Fechtner. Er strahlte auf. Er setzte sich bequem zurecht. Er legte die Pfeife beiseite. Er blinzelte Hubsi erklärend zu, ein wenig zu warten, es sei wichtig.

»Das ist aber lieb, daß du mich anrufst«, sagte er. »Ich hab's nicht vergessen, ich hol dich so um neun ab, ja?« Fechtner schlang nervös die Kordel des Telefons um den Zeigefinger. »Nein, neiein«, murmelte er enttäuscht, und seine Stirne furchte sich. »Wirklich nicht. Wir holen's halt nächste Woche nach – ja. Servus.« Er legte auf.

»Scheiße?« schlug Hubsi vor.

»Scheiße«, bestätigte Fechtner.

»Dann bist heute abend frei?«

»Nun – ja«, zögerte Fechtner.

»Gut«, sagte Hubsi. »Dann nehm ich dich einfach auf die Party mit und wir können dort zusammen überlegen, was du für mich tun könntest.«

»Kannst du mich da wirklich so einfach mitnehmen?« sagte Fechtner.

Lerch ließ die Sessellehne fahren und richtete sich auf.

»They used to call me Hubsi G. Lerch«, sagte er, »and ›Gate-crasher‹ is still my middlename. Try me.«

»I'll try you«, sagte Fechtner.

5

Hilda Krimml, die das große Geld, seine Akteure und Kulissen recht gut kennengelernt hatte, aber sozusagen immer nur von hinten, im Verlaufe ihrer Tänzerinnenkarriere, ihres Stripteaseberufs, ihrer Reisebegleiterinnentage, ihrer Zentralstellung bei den Münzerischen Festen und ihrer Freundschaft mit deren Veranstalterin, die sie nun auch längst hinter sich gebracht hatte, Hilda Krimml, wütend und bürgerlich vernünftig geworden, drang heute bewußt, entschlossen und zum letzten Male, wie sie sich versicherte, in die Welt des großen Geldes wieder ein, und diesmal gewissermaßen offiziell durch die Vordertür, im Direktangriff.

Hübsch war sie, dunkel und intensiv, der schmale Schädel zerbrechlich, eingewölbte Schläfen; bleich war sie und kaum geschminkt, der pikant ausgemagerte Kopf, in welchem ein großer, unruhiger Mund in ständiger, nervöser Bewegung war, die Augen zu rund, zu kurz das Lid – hier und da an den zu niedrig sitzenden Brauen mangelte der korrigierende Strich des Stiftes besonders deutlich –, all das, was mit kleiner, weitgeflügelter Nase und vorstehenden Backenknochen ein Gesicht ausmachte, und ein reizvolles dazu, war mit glattem, lockerem und reichem, sehr hoch gewölbtem Haar in modischer Coiffure überhoben und gerahmt. Kein überdimensionierter Modeschmuck klingelte an ihr herum, der Tweed ihres grauen Jackenkleids, das aus finanziell sorgloseren Tagen stammte, konnte sich noch immer sehen lassen, und auch die Schuhe waren neu, wiesen die korrekten Bleistiftabsätze auf, welche dieser enragierten, werdenden Mutter vielleicht nicht zuträglich sein mochten, aber ihren schlanken, gut geformten Beinen mit den kleinen Füßen doch sichtlich wohl anstanden.

Die große Handtasche schwingend im Armwinkel, stocherte sie den Kiesweg entlang, stieg, mit jedem Schritt die Fersen entschlossen und knackend niedersetzend, die drei Stufen empor. Martha hatte ihren Vor und Aufmarsch vom Gartentor her durchs Guckfenster aufmerksam beobachtet, seitdem sie den elektrischen Öffner betätigt hatte. Nun schob sie die Tür auf. Obwohl Hilda Krimml die Fäuste beidseitig nach vorn in die Taschen ihrer Jacke gestoßen hatte, war dem Dienstmädchen der Zustand, den diese Geste verbergen sollte, nicht entgangen. Auch sonst hatte sie nichts übersehen, oder etwa falsch gesehen – sie war zwar eine dumme Gans, diese Martha, der alte Kommerzialrat pflegte das verärgert von Zeit zu Zeit festzustellen, eine eingebildete dumme Gans noch dazu, wobei es durchaus offen bleibt, worauf sie sich etwas einbildete, unhübsch und ungeschickt, wie sie außerdem war, aber dennoch verstand sie es, die jeweiligen Besucher genau als das zu erkennen, was sie waren, weil sich in ihr, wie eben in jedem richtigen Dienstmädchen, ein ausgewachsener Detektiv versteckte.

Deshalb ersparte sich Martha den Griff nach dem Silbertablett: Eine Dame, unangekündigt, unbekannt, noch dazu allein, stattet keine Besuche ab.

Martha erlaubte sich verächtliche Mundwinkel und trat nicht zur Seite. »Ja?« sagte sie abweisend.

»Mein Name ist Hilda Krimml. Ich muß Herrn Doktor Peter Schelnhausen sprechen.«

»Ich werde nachsehen, ob der Herr Baron zu Hause ist«, sagte Martha und traf Anstalten, die Tür wieder zu schließen, doch hatte sich, noch während sie die Hand hob, noch während sie sprach, die Besucherin auf geheimnisvolle und energische Weise an ihr vorbeigeschoben, ohne deutliche Gewalt anzuwenden, ohne aber auch den Widerstand, der ihr hier entgegengebracht wurde, anzuerkennen. Martha wurde die Tür sozusagen aus der Hand gedreht, Martha wurde umschlüpft, und ganz mühelos-selbstverständlich. Sie war machtlos dagegen: Den beherrschteren, schnelleren Reflexen der Tänzerin hatte sie nichts entgegenzusetzen. Aber sie keifte nicht, Martha, noblesse oblige, sie strafte nur mit Verachtung. Blond, grobknochig, frisch gewaschen und dumm sagte sie: »Warten Sie also hier«, verkniff sich deutlich das »Bitte!« und ging, den Besuch anzumelden, ihr gerader Rücken ein anschauliches, vorweggenommenes Ausrufezeichen zu dem noch nicht gesprochenen Satze, den sie gleichwohl sicher war, in einer Minute aussprechen zu dürfen: »Der Herr Baron ist nicht zu Hause.«

Hilda Krimml, die das alles wußte, auch, daß dieses blöde Mensch sich keinesfalls umdrehen würde, ging ihr einfach nach, wartete, bis die Tür in die Diele vor ihrer Nase geschlossen wurde, öffnete sie kurzerhand und trat ein.

Peter von Schelnhausen saß in einem Fauteuil in der Sitzecke, neben der Glaswand der Veranda, den Telefonapparat am Ellbogen; schon war der erste Anruf Hubsis eingetroffen, daß er und Fechtner, wie geplant, auf dem Wege zur Münzerischen Villa wären. Schelnhausen hatte die Zeitung auf den Knien, die Zigarette in einer, das Cocktailglas in der anderen Hand, hörte stirnrunzelnd dem zu, was Martha ihm zu sagen hatte, wollte schon antworten, als er Hilda Krimml in der Tür stehen sah.

Peter behielt einen peinlichen Augenblick seinen prekären Balanceakt weiter bei, ja, verstärkte ihn noch, indem er unwillkürlich die Knie schloß, um das fortrutschende Papier festzuhalten, indem er Zigarette und Glas ein wenig anhob. Erst dann ordnete er sich, aber bereits bedächtig.

»Danke, ich brauch dich nicht mehr, Martha«, sagte er, stellte das Glas ab, schob die Zigarette mit einer schnellen Daumenbewegung in den innersten Fingerwinkel, faltete langsam die Zeitung und erhob sich.

Martha, sich umwendend, erkannte nun ebenfalls den Eindringling, schnaubte kurz und empört und stieg betont langsam die gelben Blöcke der Haustreppe empor. Oben, im Stock, blieb sie stehen, jedoch unsichtbar, hinter der Kante des Korridors. Man konnte von hier zwar nicht sehen, was unten vorging, aber alles hören.

»Quelle surprise«, murmelte Schelnhausen und ging seinem unliebsamen Besuch entgegen. »Ja, grüß Sie Gott, liebe Gnädige, und was kann ich für Sie tun?«

»Wo haben Sie den Hubsi heute abend hingeschickt?« fragte Hilda Krimml.

Schelnhausen hielt ihren Blick ruhig aus; sie schlug zuerst die Augen nieder, und es dauerte geraume Zeit, bis sie's tat. Diese Spanne genügte ihm, die Situation einschätzen zu können, und ganz richtig. Hier gab es keine wirkliche Antwort ohne unmittelbar folgenden Skandal, das sah er. Papa war zu Hause, aber nur so lange ungefährlich an seinem Schreibtisch, so lange es keinen Krach gab, Alexander war ebenfalls auf seinem Zimmer, und Martha lauschte sicher. Peter merkte deutlich, wie sehr sich diese Frau an ihren Taschen festhielt; sie zitterte bereits hysterisch.

»Sie erwarten doch darauf keine Antwort in fünf Worten?« fragte er endlich, bewußt das Gewicht ihrer Frage aufnehmend. »Bitte, Gnädigste, setzen Sie sich doch.« Er drehte sich zur Hausbar, früh genug, daß sie der Aufforderung nicht unter seinen Augen nachkommen mußte, was sie nicht getan hätte, wie er wußte; Hilda Krimml war gekommen, kategorisch »Nein!« zu sagen, zu schreien, wo immer nötig oder möglich.

»Manhattan?« fragte er, ohne den Kopf zu drehen, erhielt keine Antwort, seufzte und mixte den Cocktail. Das Glas in der Hand, wandte er sich um und konnte seinen ersten Erfolg verbuchen: Sie saß. Er stellte das Glas in ihre Reichweite, ohne es ihr aber deutlich hinzuschieben, und setzte sich, seine Stirnlocke mit der Zigarettenhand zurückstreichend.

»Hat Ihnen Hubsi nicht gesagt, daß es das letzte Mal ist, daß er mir hilft?« fragte er.

»Ja, aber –.«

Schelnhausen unterbrach: »Hat er Ihnen auch gesagt, wofür? – Bitte lassen Sie mich ausreden: Ich bin alles, wofür Sie mich halten, Gnädigste, und vielleicht noch mehr.« Er wußte um die jedenfalls dilatorische Wirkung von Ein- und Zugeständnissen, echten wie unechten. »Doch richtet sich meine Feindschaft, und das wissen Sie, nicht gegen den Hubsi. Auch nicht gegen Sie –.«

»Also wieder gegen Fechtner«, flüsterte Hilda Krimml. »Ich hab mir's gedacht – ich hab mir's gedacht –.«

Schelnhausen hob sein Glas, scheinbar, um dessen Inhalt sinnend zu besehen, in Wirklichkeit, um einen unbemerkten Blick nach seiner Uhr werfen zu können. Es war noch viel zu früh. Zeit gewinnen. Den Stoff zerfasern. Die Säure irgendwie verdünnen.

»Sie haben es gehofft«, verbesserte er, »Sie haben Ärgeres befürchtet.«

»Nein!« sagte die Krimml. »Nein! Sie sind Gift! Alles, was Sie sind, ist Gift, und wer damit zu tun bekommt, so oder so, geht zugrund, wenn er dabei bleibt! Oh, ich weiß das! Ich war selber lang genug dabei; jetzt bin ich draußen, der Hubsi ist auch draußen und muß draußen bleiben! Er ist mir heute davongelaufen, wie Sie ihn angerufen haben, aber das wird das letzte Mal sein! Sie werden mir jetzt sofort sagen, wo er ist –.«

»Ich werde Sie selber hinfahren, wenn die Zeit dafür gekommen sein wird«, sagte Peter.

»Diese Zeit wird nie kommen. Denn der Hubsi wird nichts gegen den Fechtner tun. Er wird nie mehr irgend etwas gegen irgend jemand tun, das schwör ich Ihnen. Nie mehr!«

»O doch, denn der Hubsi ist nicht dumm. Ich hab ihm einen Handel vorgeschlagen. Hilft er mir, kriegt er seinen Job zurück. Und ein persönliches Motiv gegen den Fechtner hab ich ihm auch besorgt.«

Hilda Krimml atmete zitternd auf, nicht aus Erleichterung; sie nahm die feuchten, heißen Hände aus den Taschen, nun stürzte sie ab; nun braucht's das letzte Zugeständnis, dachte Schelnhausen, sonst kracht's gleich, und ich hab Papa auf dem Hals; sie faßte das Glas, schob es beiseite, griff nach dem schweren, marmornen Aschenbecher. »Ich schmeiße Ihnen die Verandafenster ein«, sagte sie mit erstickter Stimme. »Ich mache Ihnen einen Skandal, wie Sie ihn noch nicht erlebt haben, wenn Sie mir nicht sofort sagen, wo Hubsi ist!«

»Der Hubsi ist mit dem Fechtner bei der Gaby Münzer«, sagte Peter leise.

Er wandte keinen Blick von ihren Händen; doch wird sie's jetzt nicht mehr tun, wußte er, ich hab's lang genug auseinandergezogen. Sie hat den Schwung ihres Anlaufs schon aufgebraucht.

»Bei der Gaby Münzer«, flüsterte Hilda Krimml tonlos.

»Er hat nie wieder – wollen ... er kann nicht ...«

»Es war gar nicht einfach«, erklärte Peter von Schelnhausen. »Er hätt's nie getan, wenn ich ihn nicht in einen persönlichen Gegensatz zum Fechtner gebracht hätte. Ich hab ihn zum Fechtner geschickt – no ja, dazu war er noch bereit hinzugehn, aber zu sonst nichts. Dagegen hätten Sie, liebe Gnädige, doch sicher auch nichts einzuwenden gehabt. Mehr hab ich also nicht verlangt – weil's mir nichts geholfen hätte –, sondern nur gewünscht. Hubsi würde, dessen bin ich sicher gewesen, nichts gegen Fechtner unternehmen ohne eigenes Motiv, also bloß mir zuliebe. Er liebt Sie nämlich und achtet Sie, gnädige Frau, und hält auf Ihr Urteil, wie er früher auf meines gehalten hat, ja, noch mehr, sonderbarerweise. Ich mußte also ein Motiv für ihn finden, nicht für mich, welches die Erfüllung meines Wunsches gewährleisten konnte, das stark genug war, um ihn seine Bedenken – oder eigentlich Ihre – vergessen zu lassen. Ich fand den Keim dazu in dem plausiblen Scheingrund, den Hubsi haben mußte, um seinen plötzlichen Besuch bei Fechtner unverdächtig zu erklären. Hubsi hat also Fechtner um Intervention beim Chef seiner ehemaligen Firma gebeten. Er und ich wissen aber, daß Fechtner gar nicht mehr in der Lage ist, bei dieser Firma wen zu protegieren, wenn er's überhaupt jemals vermocht hätte. Und ich hab gewußt, daß Fechtner dergleichen niemals zugeben wird. Er ist nicht so konstruiert. Wenn er's jedoch nicht zugeben kann, kann er Hubsi gegenüber aber nur wie ein Lump handeln. Voilà. Das darf sich Hubsi aber natürlich nicht gefallen lassen. Das verstehen Sie doch? Wenn Sie ihn wirklich lieben, so wie er Sie liebt, könnten Sie eigentlich nichts dagegen haben, wenn er sich wehrt, als Dummkopf verkauft zu werden, oder? Und was Ihre sonstigen, die Party betreffenden Besorgnisse anbelangt, so wird er schon nichts – no, wie soll ich sagen –, so wird er schon nichts anstellen bei der Gaby, Sie wissen schon, was ich meine und was Sie befürchten. Aber wenn Sie ihm nicht vertrauen – bitte. Ich halte mein Angebot aufrecht. Ich fahre Sie hinaus, nachher, da können Sie sich ihn dann abholen.« Er lächelte. »Und ganz unbeschädigt, ohne Zweifel.« Er beugte sich vor, sagte mit begütigend gesenkter Stimme: »Es wird ihm schon nichts passieren!«

Schelnhausen hatte viel zu lange geredet. Er war viel zu gescheit gewesen und hatte alles erklärt. Er hatte viel zu geschickt gelogen, überdies, als er den Widerstand Hubsis viel stärker gemacht hatte, als er tatsächlich gewesen war; es war ihm nur darum gegangen, Zeit zu gewinnen, er hatte Zeit gewonnen, aber nicht genug, er war zu aufreizend geworden, aus Eitelkeit, und durchkreuzte so selbst seine Absichten. Einer Hilda Krimml war aber infolge seiner eitlen Geständnisse und Erklärungen zwar der Wind sehr wirkungsvoll aus den Segeln genommen – aber der Druck des Nichtwissens und Allesbefürchtens ebenfalls. Nicht aber ihr Haß gegen den, welcher ihr hier gegenübersaß und ihr die Quintessenz dessen ausmachte, was ihr vergangenes Leben zu dem gemacht hatte, was es gewesen war. Sie haßte ihn jetzt fast stärker noch: das Infam-Geniale des selbstgefällig-eitel aufgedeckten Plandetails wirkte nicht dämpfend, zur Vorsicht mahnend, sich gegen seinen Originator zu stellen – sieh her, wie ich gefährlich bin, überleg dir's lieber –, es wirkte seine versteckte Drohung nicht mehr als Drohung, weil hier eine Mechanik durchschaubar geworden war, für eine Hilda Krimml, die nunmehr fast ganz ins Rationale zurückzukehren vermocht hatte; die Befürchtung um ihren Hubsi war zwar immer noch da, aber reduziert zu einer durchaus zu bewältigenden, simplen Eifersucht, ein praktisches Gegenmittel gegen diesen Zustand durch das Angebot Schelnhausens, welches sie sofort entschlossen war anzunehmen, auch schon gegeben, das Festhalten an den Krimmlschen Jackentaschen also nicht mehr nötig; nun hatte sie sozusagen ihre Hände wieder ganz frei, und sie gebrauchte sie. Wieder griff sie nach der Aschenschale, doch diesmal mit derselben Sicherheit im Bewußtsein, mit der sie, ohne einen gezielten Gedanken darauf verschwenden zu müssen, Martha zu überwinden gewußt hatte. Er erkannte ihre Geste sofort und seinen Fehler. Hilda war wieder zu Verstande gekommen. Und nun wahrscheinlich doppelt gefährlich.

»Wir fahren sofort, oder!« sagte sie, die Aschenschale drohend zum Wurfe hebend.

Schelnhausen sah nach der Uhr, ohne es zu verbergen, diesmal. Es war noch immer zu früh: Auch hatte Hubsi kein zweites Mal angerufen. Dadurch war sein Plan aller Voraussicht nach gescheitert.

»Gut«, sagte er mit langem Gesicht und erhob sich. In Wirklichkeit war mit diesem Entschluß sein Plan aber schon geglückt.

Hubsi rief nicht mehr an; als es soweit gewesen wäre, waren Schelnhausen und Hilda Krimml längst schon draußen bei ihm.

Als das Telefon doch klingelte, noch später, war es Gisela Trubisch, und der »Prinzessin« war's freilich ein leichtes, von Martha zu erfahren, wohin Peter von Schelnhausen mit seiner eigenartigen Begleiterin gefahren war.

6

Der Mond stand überm Swimmingpool. Im Wasser plätscherte niemand mehr; die roten, grünen, blauen Scheinwerfer waren abgeschaltet, leer hing die Hollywood-Schaukel, leer standen die weißen Gartenmöbel. Auf dem weiten, wohlgepflegten Rasen, der die beiden Häuser des Grundstücks trennte, lief keiner mehr herum; es war zu kühl geworden für all die Halb- und Ganzenthüllten, die sich nun, der gesammelten Geselligkeit entwichen, in kleinen Gruppen und Pärchen zurückgezogen hatten: Hinten, in der flach niedergeduckten Dependance, breite Fenster, Naturstein, Terrasse, brannte kein Licht. Vorn, in der Villa, schimmerte es gelb hinter den Vorhängen; dort saßen die Unentwegten am Kartentisch.

Den Bungalow hatte der Papa Münzer seinerzeit seinen beiden Kindern errichtet, auch gab's dort einige Zimmer für gelegentliche Gäste. Aber Robert Münzer, der Sohn, war nun schon seit Jahren im Ausland, war Chemiker in einem großen amerikanischen Konzern, und wenn sich in den Gästeräumen jetzt Gäste aufhielten, so wohnten sie doch nicht dort, noch waren sie Geschäftsfreunde des Fabrikbesitzers. Was hier einander genoß, heute und jedesmal, wenn die Eltern Münzer im Ausland weilten, und das war häufig genug der Fall, genoß die Gastfreundschaft Gaby Münzers.

Die saß im Augenblick mit dem aus Trägheit und unappetitlicheren Gründen zusammenhaltenden Rest der Party im Hauptraum des Bungalows. Um es noch genauer zu sagen: Sie saß unterm Klavier und saß schon geraume Zeit dort, halb eingeschlafen, halb wach, stumpfsinnig und doch bei krabbelnden Gedanken, und Rücken an Rücken mit Chensky.

Der Leihmeister war jetzt nicht mehr übel daran, doch hatte eben noch nicht viel gefehlt dazu. Er war nicht mehr betrunken, und auch das Sauer-Widerliche schien zurückgedrängt; er hatte mit größter Konzentration den toten Punkt dieser Party überstanden – aber nun, entschloß er sich, muß ein Ende des passiven Leidens sein. Er verlagerte, behutsam prüfend, seinen Schwerpunkt, von einer verkrampften Hinterbacke auf die andere wechselnd, entdeckte befriedigt, daß er es auch so aushielt, stellte fest, daß er sich nunmehr ungefährdet, doch freilich noch mit Vorsicht, wieder bewegen könnte, und sogleich wurde ihm das stumme Dasitzen und Nichtstun, bei aller bleiernen Müdigkeit, die er fühlte, bei allem körperlichem Widerwillen sich zu regen, juckend unleidlich: Seine tiefere Rastlosigkeit war wirksamer. Und folglich ärgerte ihn die schlaffe Gaby Münzer im Rücken, die er verdächtigte, es dort besser zu haben, sehr.

Er lief seinen emsig kreiselnden Gedanken nach, fand da noch nichts, daraus einen Angriff aufzubauen, fand nur krause Larmoyanzen, und beschied sich resigniert mit einer damit zu errichtenden, bescheideneren Anklage.

»Sie«, sagte er, einen zentnerschweren Daumen mühsam deutend über die Schulter hebend, »merk sie auf! Sie könnt sich doch wirklich einmal was Neues einfallen lassen! So wie die Inder an ihre Küh glauben, an ihre heiligen, glaubt sie, daß mit Alkohol und bloßer Gelegenheit zu dieser oder der Unzucht schon alles geschnapst wäre. O vanitas vanitatum vanitas! Nimm sie's doch an, von einem alten Manne, Geliebteste, dem ist nicht so. Keineswegs. Hier mangelt's allenthalben – woran, fragt sie mich?« Gaby Münzer hatte keinen Ton von sich gegeben. »Ja, woran! Wirf sie doch einen Blick auf die Kurve auch dieser Party. Sieht sie da nicht die traurige Gleichförmigkeit stets konformer Abstiege? Modice, male, peior, pessime! Jedesmal! Hier mangelt's an neuem Blut, neue Höhepunkte zu setzen! Einen Novus, eine Nova brauchen wir, wie einst, in besseren Tagen, Hilda Divina es war, Hilda Krimml, die Unvergeßliche. Der Mangel an Hilda Krimmls ist empfindlich geworden. Jetzt tanz ich schon seit Stunden leichtfertig geschürzt einher, trink mehr, als mir gesund ist, und fühl nichts weniger als bacchantische Elation.«

Chensky ordnete mit entkräfteter Hand das Handtuch, die einzige Hülle, die er trug, um die Lenden und rotierte mühsam und anklagend seine Schulterblätter. Gaby Münzer, die schlaff dagegen lehnte, rührte sich nicht. Chensky wartete vergeblich auf eine Reaktion. Dem Leihmeister wurde es dadurch sehr nötig, wenn's schon über seine Kräfte ging, sich selbst zu aktivieren, so doch wenigstens Gaby wieder in Betrieb zu setzen. Er überprüfte nochmals seine Fähigkeiten, fand seine unteren Extremitäten am lebendigsten und am wenigsten abgeneigt, eine Beschäftigung zu verrichten, äugte angestrengt in die Dunkelheit und grunzte befriedigt. Ein Bein vorstreckend, erreichte er mit der großen Zehe einen Fuß des fahrbaren Tischchens, auf dessen Platte allerlei Flaschen standen, fuhr die Kante entlang, bis er das Rad am Ende des Tischbeins fand, und begann es mit der Zehe mühevoll zu drehen. Das Tischchen rückte um ein winziges näher; nun konnte er den Rist des Fußes hinter die Rundung bringen und zog. Der »Stumme Diener« stieß knackend gegen das Klavier. Auf dem untersten Brett stand eine Sodawasserflasche. Chensky umklammerte sie mit den Füßen, hob sie herab, rückte sie an sich heran. All dies war nicht ohne gewaltige Schulterverrenkungen vor sich gegangen, sein Fleisch hatte er nun fast ganz zurück ins Leben gebeutelt, Gaby Münzer, die noch immer an seinem Rücken lagerte, die Bewegungen ihrer lebendigen Lehne willenlos mitmachend, aber scheinbar nicht; einmal mußte er sie sogar stützen, sonst wäre sie umgefallen.

»Welch eine Hausfrau!« beschwerte sich Chensky bei den Pedalstreben des Klaviers. »Sie achtet ihres Ehrengastes nicht und schläft, of all the places, ausgerechnet unter dem Bechstein-Flügel ein!«

»Ich schlaf nicht«, sagte Gaby Münzer träge, »ich ruh mich nur aus. Du bist so anstrengend, mein Liebling. Wenn du fad bist, bist du ungeheuer anstrengend. Ich warne dich; wenn du mich mit dem Siphon anspritzt, setz ich dir das Glas mit den Maraschinokirschen auf. Die picken.«

»Oh, wie hinterlistig sie ist!« sagte Chensky bitter. Er hatte sich umgedreht, über die Schulter schielend; Gaby wog tatsächlich den Tiegel mit den Cocktailkirschen in der Hand, stellte ihn nun griffbereit auf ihr nacktes Knie; ihr Fuß reichte aus dem Schatten des Klaviers in einen breiten Streifen Mondlicht, der seidig über den Teppich glitt und vor der Silhouette der überdimensionierten Couch abrupt endete. Der Lack ihrer Zehennägel sah in solch kalter Illumination tiefschwarz aus. Chensky erfüllte dieser Umstand mit Unlust.

»Oh, for the bygone better days of Hilda Krimml!« jammerte er.

Gaby Münzer gähnte. »Der arme Liebling wird den Hubsi Lerch heiraten.«

»Oh, for the bygone better days of Hubsi Lerch!«

»Sie kriegt nämlich ein Kind.«

»Wohlan!« versetzte Graf Chensky, des Jammers jählings durch eine Aufmerksamkeit enthoben, die sich nun auf Interessanteres richten konnte als auf zu Waffen abgesunkene Siphonflaschen und Maraschinokirschen. »Unterhalte sie mich weiter!« Gaby Münzer erzählte lustlos, was sie am Nachmittag von Schelnhausen erfahren hatte. »Apropos«, sagte der Leihmeister nach kurzer, aber tiefsinniger Pause, »das hat mich schon immer intrigiert, daß Hausfrauen zum Beispiel auch Butter mit Senf abtreiben, wie ich jüngst in einem Kochbuche las. Aber was, erklär sie mir das, hat sie heute mit diesem schäbigen Baron aus dem neunzehnten Jahrhundert, dem Peter Schelnhausen, zu schaffen gehabt?«

»Du hast zuerst um den Hubsi Lerch gejammert. Der kommt heut auch noch her. Sollt eigentlich schon längst da sein. Mit einem Doktor Fechtner.«

»Psia krew!« schrie Chensky, fuhr auf, schlug sich die Stirn schmerzhaft gegen das Klavier, achtete des Schmerzes nicht, sondern warf sich herum und packte Gaby an den Schultern.

»Psia krew?« fragte Fräulein Münzer interessiert. »Was heißt das?«

»Hundsblut. Es ist der einzige polnische Fluch, über den ich verfüge, und ich wende ihn nur an, wenn ich mich plötzlich, wie eben jetzt, und überraschend am Scheitelpunkt einer monströsen Krise finde! Hab ich dich recht verstanden? Hier soll heut der Peter Fechtner im Auftrage Schelnhausens zum Deppen gemacht werden?«

»Ja. Woher weißt du das?«

Gaby Münzer war nur mit einem Pyjamaoberteil bekleidet, das offenstand. Chensky begann, ihn fluchend zuzuknöpfeln!

»Frag mich nicht! Ich weiß es! Wir müssen das verhindern! Zieh dir was an! Sperr alle Tore und Türen ab!« Gaby ließ sich willig schütteln und setzte auch der Zuknöpfelung keinen Widerstand entgegen.

»Schau«, sagte sie mitleidig.

»Ich schau nicht!« erklärte Chensky wild und mit verstärktem Eifer weiterknöpfend.

Gaby kicherte und schloß die Knie. »So mein ich's nicht. Ich mein nur, wenn der Hubsi nicht durch die Tür herein kann, steigt er einfach über die Gartenmauer, das weißt du doch.«

Chensky hielt in seiner hektischen Betriebsamkeit inne.

»Du hast recht«, sagte er dumpf. »Oh, wie recht du hast!«

Er versuchte nachzudenken, fand als ersten, unabweisbaren Gedanken, daß er einfach keine Zeit dazu hätte, stieß einen wütenden Grunzton aus, kroch eilig hinterm Klavier hervor, noch immer knirschende Lahmheit in den Gliedern, die es schlenkernd zu überwinden galt, hüpfte über ein Pärchen, das regungslos auf dem Teppich lag, zum Lichtschalter und drehte die erbarmungslose Deckenbeleuchtung an, die grellweiß in alle Winkel stieß.

Von Couch und Polstermöbeln, in denen sich eng umschlungen allerlei Nacktes und Halbnacktes ringelte, das nun gezwungen war, mit lichtentwöhnten Augen zu blinzeln, wurden ärgerliche Rufe laut.

»Zieht euch an!« schrie Chensky. »Und g'schwind! Los, auf, auf!«

Da stand er nun, inmitten des Aufruhrs, das Geschrei der Empörung war beträchtlich, kopfüber und schief in eine Haltung gesprungen, zu der er eigentlich noch gar nicht aufgewacht war, überschrie seine Lethargie, keifte mit höchster Zungenfertigkeit. »Kinder, das ist todernst!« schrie er, schrie es ernsthaft, wußte, daß er über ernstes Pathos nicht verfügte, wußte, daß es danebengehen würde, ließ es danebengehen, tanzte mit rotem Gesicht an Ort und Stelle, tanzte sich in Zorn. »Gaby, komm sofort hinterm Klavier hervor!« kreischte er. »Koch einen Liter schwarzen Kaffee! Zieht euch an, alle, jeden Augenblick kann einer kommen, der euch nicht so sehen darf!«

Man lachte ihn aus; hinter der Lehne eines Doppelfauteuils erhob sich demonstrativ ein nackter Hintern.

Chensky, und das war sein Verhängnis, hatte sofort gewußt, auf welche Weise es hier gegen Fechtner gehen sollte; er hatte es sich nicht ausgerechnet, er hatte es nicht entdeckt, er wußte es. Es wurde ihm dieses jähe Wissen durch eine Beschaffenheit im Kerne bewirkt, durch einen nicht umzubringenden Rest aus Scham und schlichter Anständigkeit, in welchem er seinerzeit zentral getroffen worden war, als ihn Gaby, und das war nun schon fast ein Jahr her, im Privatesten, das ein Mensch außerhalb der eigenen Haut kennt, durch bösartige

Veröffentlichung blamiert hatte; es war diese Beschaffenheit, von deren ebenso gutem Vorhandensein, von deren ebenso echter Ausbildung bei Fechtner er wußte, welche ihn nun sofort bestimmte einzugreifen. Wäre Fechtner von der gleichen seichten, gedankenlosen Schamlosigkeit gewesen wie alle die anderen, denen man hier denselben Streich ohne nennenswerte Folgen schon gespielt hatte, die diese daher ohne weiteres überspielen konnten, ja, wäre er wie Chensky der Einstellung und Übung gewesen, daß man sich an Gift freiwillig gewöhnen müsse, um nicht vergiftet zu werden, dann hätte der Leihmeister Gaby Münzer nun nicht mit wilden Verwünschungen, furchtbarem Gesichtsausdruck und gezischten, sinnlosen Drohungen hinterm Klavier hervorgezogen und die eben noch stagnierende Sündhaftigkeit rundum durch den gewaltigen Lärm, den er dabei erzeugte, in verstärkten Aufruhr versetzt. Er wäre vielmehr ruhig unterm Klavier sitzen geblieben, hätte doch mit dem Siphon gespritzt, daraufhin unter den Maraschinokirschen zu leiden gehabt, kurz, hätte weiter seinen Blödsinn getrieben und hätte auf das Fechtner-Malheur nur dasselbe, sorgfältig unbeteiligte, zynische Interesse verwendet, welches er gerade vorher dem Lerch-Krimml-Debakel entgegengebracht hatte. Er kannte jedoch Fechtner gewissermaßen als einen Eskimo mit blütenreiner Lunge, den Schelnhausen nun in einem Tuberkulosenheim einquartieren wollte, und folglich war er unter keinerlei Umständen gewillt, da mitzutun. –

Nun aber brach das Chaos wirklich herein; es erforderte alle Tatkraft und viele Handgreiflichkeiten des auf seine Fair-play-Nerven getretenen Chensky sowie sämtliche in ähnlich gelagerten Situationen gesammelten reichen Erfahrungen Gabys, die Männlein und Weiblein zurück in Kleider und Anzüge zu bringen, ja, es bedurfte manchmal sogar der gellend geäußerten Drohung der Gastgeberin, den einen oder anderen Renitenten auf immer hinauszuschmeißen, falls er nicht tue wie geheißen. Viertelstundenlang herrschte im Badezimmer ein geradezu lebensgefährliches Gedränge; zu irgendwelchen verständlichen Erklärungen blieb keine Zeit; Chensky, der überall zu beschleunigen versucht hatte, hätte beinahe sich selbst vergessen; er war der letzte, der sein Handtuch mit einem Anzug vertauschte; so verwirrt war er aber nicht, daß er in seinen eigenen schlüpfte; er bemächtigte sich kundiger Hand einer hellen Hose und eines blauen Blazers Robert Münzers, des abwesenden Bruders seiner Gastgeberin.

Die Durchstöberung von fremden Kleiderschränken, wurde sie auch mit sehr geübten Griffen vorgenommen, nahm doch einige Zeit in Anspruch, außerdem mußte er noch ein Paar aus dem Badezimmer scheuchen, das sich dort gegenseitig den Rücken wusch, die Gästezimmer ließ er fast ungeschoren, brüllte nur hinein: »In der nächsten Stund ja nicht herauskommen!« sperrte die Türen, an denen Schlüssel steckten, von außen zu, polterte endlich die Holztreppe aus dem Oberstock hinunter, um im Wohnraum ebenfalls zu einer Tasse schwarzen Kaffees zu kommen; die Espressomaschine, von Gaby Münzer in Betrieb gesetzt, zischte beruhigend. Jemand hatte den klugen Gedanken gehabt, die großen Fenster zu öffnen; die meisten Paare saßen, nun ernüchtert, am Fensterbrett, die anderen umstanden die kaffeeausschenkende Gaby und wollten neugierig Näheres wissen.

Gaby ärgerte sich. Sie ärgerte sich nicht so sehr über die von Chensky vorgenommene Kleiderrequisition, derlei war sie von ihrem Hausfreunde schon gewohnt, als über die Tatsache, daß sie heute zum zweiten Male zu etwas vermocht worden war, und wieder geradewegs gegen ihren Willen; konnte sie sich bei ihrem ersten, stillschweigenden Zugeständnis noch mit dem Troste abfinden, sie helfe damit ihrer guten Freundin Hilda, wodurch die Schelnhausische Säure einigermaßen neutralisiert wurde, so hatte sie für das zweite, ihre von Chensky gewissermaßen durch Terror erzwungene Mithilfe gegen Schelnhausen, keine kleinste Ausrede ihrer Eitelkeit gegenüber. Sie gab Chensky die Kaffeetasse und sagte feindselig: »Ich glaub, jetzt mußt du uns was erklären.«

Der Leihmeister, der mit verkniffenem Gesicht auf der Armlehne eines Polsterstuhls hockte, war plötzlich verwirrt, wußte nicht, wo anfangen. Was ohne Denken zu tun gewesen war, war geschehen. Jetzt, als es um Erklärungen ging für Leute, welche unfähig waren, sie anders zu begreifen als mit dem unvermeidlichen Nebenresultat, ihn für einen Menschen mit zartfühlendem Herzen, in ihren Kategorien also für einen Scheißkerl zu halten, und leider konnte er in gewissen, unzugänglichen Winkeln seines Seelenlebens nicht umhin, diese Kategorien irgendwie doch anzuerkennen, jetzt wußte er nicht, was er sagen, geschweige denn, was und wie er planen sollte, um den jede Sekunde zu erwartenden Fechtner bei heller Haut zu erhalten. Er rührte eifrig in seinem Kaffee, als könnte er sich aus dem schwarzen, heißen und sehr starken Gebräu nicht nur Festigung seiner schreckgeborenen Nüchternheit, sondern auch Inspiration holen, fand aber dergleichen nicht auf seinem Löffel und erklärte verzweifelt, schon während er sprach, erkennend, daß keines seiner Worte treffen würde: »Der Peter Fechtner ist ein Schulfreund von mir. Ich mag ihn nicht besonders, bei aller Freundschaft, stimmt, aber der Schelle – ihr kennts ihn – will ihn psychologisch umbringen. Er hat ihn schon fast soweit, ich weiß es. Der Fechtner ist ein Spießer, kann sich das aber nicht zugeben. Wenn er hier mitmachen muß, ist er erledigt, weil er's nicht können wird, auch wenn er's glaubt.«

»Aber das ist doch fesch!« sagte eine Stimme aus dem Hintergrund.

»Das ist sogar erstklassig!« rief ein anderer; fragte spöttisch und langsam, als Chensky wütend den Kopf schüttelte: »Sag einmal, Leihmeister, was stört dich denn dabei?«

Da haben wir's, dachte der Leihmeister erbittert. Ein falsches Wort noch, und dann wissen alle, wie ich's meine. Und ich hab die ganze Bande gegen mich.

»Gaby –«, sagte er, aber die stand auf, ließ die Espressomaschine allein und ging nach hinten zum Telefon.

»Ich werd's euch nachher noch erklären«, knirschte Chensky ohnmächtig und mit gefletschten Zähnen. »So einfach ist das alles nicht. Ihr versteht das nicht.«

»Geh«, sagte ein rothaariges Mädchen, »das könnt doch eine Hetz werden!«

»Ihr verstehts das nicht«, zischte Chensky. »Ihr kennts den Fechtner nicht, ihr könnts ihn ja gar nicht kennen, ihr vertrottelten Affen und Afterintelligenzier!«

»Ihr werdets ihn gleich kennenlernen. Er kommt grad vom Haus herüber«, sagte Gaby Münzer, die vom Telefon zurückkehrte. »Er ist schon auf dem Weg. Mit dem Hubsi und den beiden Seisingerinnen. Vorn, im Haus haben's gepokert, sind dort pickengeblieben, schon seit zwei Stund. Daß ich nicht gleich dran gedacht hab, daß sie bei den anderen sitzen könnten! Der Herr Doktor hat die zwei gewonnen.«

Chensky starrte Gaby sekundenlang wortlos an. Die zwei, dachte er, auch noch ausgerechnet die zwei Nymphomaninnen. Nun hatte er das letzte Detail von Schelnhausens Plan begriffen. »Verflucht«, sagte er tonlos.

»Das wird eine Hetz!« freute sich die Rothaarige, und sie freute sich nicht zu früh; »Hetz!« war das Stichwort; als die Tür ging, wußte Chensky, wieviel es geschlagen hatte.

»Enter the hero«, sagte der Leihmeister bitter, machte eine weitausholende, wie vorstellende Geste, und rutschte von der Sessellehne in den Fauteuil, von wo er über spitz angezogenen Knien dem Eintretenden finster entgegenstarrte.

Fechtner, der den heutigen Abend wie hinter einer zwar durchsichtigen, aber merklich verdickten Haut verbracht hatte, welche ihn sehr deutlich von all den Unbegreiflichkeiten seiner Situation trennte, einfacher: von der Wirklichkeit schied, wie ein Schutzanzug, so daß er die ihm gestellten Aufgaben so gut bewältigen konnte, wie man ein glühendes Werkstück mit Asbesthandschuhen bewältigt, ebenso unverbrannt wie ungraziös, schob sich mit einem Fräulein Seisinger am linken und einem Fräulein Seisinger am rechten Arm durch die Tür, von seinem wohlgeformten, blonden und kichernden Anhang in seiner Bewegungsfreiheit sehr eingeschränkt, aber nicht bereit, die beiden loszulassen, ein wenig unbeholfen, rotglänzenden Gesichts, starr grinsend und von einem geschäftigen Hubsi Lerch gefolgt.

Immerhin war er alkoholisch so weit aufgeweicht, daß er durchaus bereit war, mitzuträumen, denn wie ein Traum kam ihm sein Hiersein fast vor, ohne ausbrechen zu müssen, sich eine vertrautere Wirklichkeit zu suchen; er war sogar erheitert, und seine Heiterkeit war eine merkwürdig aus alkoholischem Unverständnis und aus Siegesfreude zusammengesetzte; er konnte es wirklich nicht recht glauben, was er da trieb und getrieben hatte. Weil er's nicht glaubte, gab es aber auch keine Besorgnisse, etwa einer Überlegung entstammend, ob er es überhaupt vermöchte, ein erotisches Phantasiebild, zwei Frauen gleichzeitig im Bett zu haben, erfolgreich und souverän in Wirklichkeit umzusetzen. Er hatte beim Pokern sehr eindrucksvoll gewonnen, Hubsi Lerch war angenehm servil, es tat ihm wirklich fast leid, daß er ihm den Job gar nicht verschaffen konnte. Fechtner lachte und sah sich wohlwollend und überlegen, wenn auch mit enggezognen, blinzelnden Augen im Kreise um und unbefangen in all die fremden Gesichter hinein.

Gesichter sah er und nicht deutlich, der Raum selbst aber gliederte sich ihm gar nicht, als würde sein Blick nicht mehr hinreichen, ein Gesamtbild zu sehen; eine deutliche Musterung anstellen wollte er aber auch nicht, das ließ seine Abart von Nonchalance nicht zu, welche ihm unbedingt nötig war, als wesentlicher Bestandteil seiner trennenden Schutzschicht, welche nun sofort ihre Widerstandskraft beweisen mußte, als er in den finsteren Blick Chenskys hineinfiel, in zwei verkniffene, blutunterlaufene Augen, die in einem Gesichte saßen, welches ihm so vertraut war, daß ihm zwischen Atemzug und Atemzug fast die sorgsam posierte Einordnung in die Situation abhanden kommen wollte, vor solch erkennendem Blick.

»Ah, der Leihmeister«, sagte er mit flinker und kaum stolpernder Zunge, »du bist auch da? Servus! Das freut mich aber!«

»Mich nicht«, antwortete Chensky und blieb sitzen. »Genausowenig wie's mich freut, daß du da bist. Letzteres freut mich, wenn möglich, sogar noch weniger.«

Fechtner runzelte die Stirn. Dieses eine Gesicht sollte ihm nicht alles verderben. Nein. Er ist ja nur neidisch, dachte er. Fechtner merkte natürlich, daß er im Zentrum stand, daß ihn auch die anderen beobachteten, und aufmerksam, er hatte gewonnen, er hatte es mit allen aufgenommen, die »schreckliche Lasterhöhle« war harmloser als dieser Leihmeister es angedeutet hatte; vom genaueren Hinsehen, vom Erkennen dieser Aufmerksamkeit als ziemlich maliziös, hielt ihn seine Erklärung ab, die er sich dafür gab, wie die als Wurstigkeit gespielte eigentümliche Art von Nonchalance auch, der er sich auf unerquickliche Weise verstärkt befliß, als er nun seinen »Spielgewinn« auf der Couch deponierte und sich, Chensky mit gezielter Nichtachtung strafend, von Lerch Gaby Münzer vorstellen ließ. Sekundenlang hatte es den peinlichen Anschein, als würde er Hubsi nachahmen, der Gaby umarmte und küßte, Chensky schloß bereits die Augen und zog den Kopf ein, aber Fechtner stolperte schon wieder zurück, strebte würdevoll auf die Couch zu, hob dann hölzernbacchantisch die Arme und machte es sich schnaufend, knuffend und streichelnd zwischen Seisinger und Seisinger bequem.

»Und was wird hier gespielt?« fragte er unternehmungslustig.

»Nichts!« sagte Chensky und stützte sich auf, um sich zu erheben. »Gar nichts wird hier gespielt. Wir gehn grad alle.«

Hubsi versetzte ihm einen Stoß gegen die Brust, so daß der Leihmeister wieder in den Fauteuil zurückfiel. »Kusch!« zischte er.

»Depp«, sagte Chensky, versuchte nochmals aufzustehen und wurde von Lerch abermals daran gehindert.

»Das lügst du doch in deinen Hals hinein!« rief Fechtner.

»Der Chensky ist ja nur ein fader Zipf!« erklärte Marianne Seisinger und begann Fechtner zu kitzeln. Gertrude Seisinger drückte seinen Oberkörper zurück; Marianne half ihr dabei; nun warfen sich beide auf ihn; Fechtner, der bereitwillig in Kissen und Polstern unterging, grunzte begeistert. Er konnte es nicht sehen, daß Lerch mit Chensky, der sich wütend wehrte, nun handgemein wurde. »Laß ihn in Ruh, Leihmeister!« flüsterte Hubsi und stürzte mit Chensky und dem Fauteuil polternd um, Gaby Münzer vermochte gerade im letzten Augenblick den »Stummen Diener« aus der Reichweite ihrer schlagenden Arme zu rücken. »Ich brauch meinen Job!« keuchte Lerch, Fechtner konnte es nicht hören. »Du Schwein!« schrie Chensky.

Die Rothaarige, die mit hüpfenden Augen die Szene beobachtete, sprang auf, eilte zum Musikschrank, drückte die Taste.

»Swing, swing, swing everybody!« rief sie; der Jailhouse-Rock plärrte auf; sie tanzte zum Fenster, wo ihr grinsender Freund hockte, teilte auf dem Weg dorthin ermunternde Püffe aus, brachte das Auditorium tatsächlich in Bewegung, zog ihren Partner vom Fensterbrett und gleich in die erste Jitterbug-Schleuderbewegung hinein, schlüpfte aus den Schuhen – »The Rock is on!« schrie sie.

Hubsi und Chensky rollten raufend am Boden hin und her, schließlich gewann Lerch die Oberhand; er drückte den Leihmeister auf den Rücken nieder. »Halt dich still«, keuchte er. »Gaby, komm her!«

Nun tanzten schon die meisten; lachend sparten sie virtuos den Raum ihrer offenen Tanzfiguren so aus, daß der Kampfplatz als nicht betretener Mittelpunkt ihrer Rundruckungen einbezogen wurde, ausgestreckter, wippender Arm dirigierte die Partnerin par distance; unter den ineinandergreifenden, sich lösenden, in der Drehung sich rhythmisch wieder findenden Händen bäumte sich Chensky vergeblich gegen Lerch, bekam bei aller Meisterschaft der Tänzer doch manchen Fußtritt an, quittierte jeden Treffer mit immer unwahrscheinlicheren Flüchen.

Gaby Münzer wand sich, ernsten Gesichts, zwischen den wirbelnden Paaren durch, kniete nieder. »Ja?« fragte sie. Sie hielt einen Cognacschwenker in der Hand, trank einen Schluck und sah traurig und zerrauft aus. Chensky blickte wuterfüllt in ihr hübsches Puppengesicht auf. »Sag ihm, er soll mich loslassen!«

Hubsi Lerch knirschte beschwörend: »Er bringt's fertig und verpatzt mir alles! Wenn ich den Fechtner aber nicht auf den Ritt schicken kann – halt dich still, oder ich pantsch dir eine! –, hilft mir der Schelle nicht! Und ich brauch doch meinen Job! Außerdem, du, Gaby! Der Fechtner hat's verdient, die Sau hat mir versprochen, daß er mir hilft, obwohl er's gar nicht kann! Du, Gaby!«

»Fechtner!« brüllte Chensky plötzlich, »Schleich dich! Du wirst –«; sein Warnungsschrei erstickte gurgelnd; Lerch riß Gaby blitzschnell den Snifter aus der Hand und schüttete ihm den Inhalt des Glases in den aufgerissenen Mund.

»Killjoy!« japste Fechtner aus seiner Verstrickung. »I won't!«

Die Tanzenden lachten schallend. Der Jailhouse-Rock dröhnte. Chensky hustete und spuckte, beinah erstickend; er versuchte, Hubsi abzuwerfen, er brachte es nicht fertig; Lerch war stärker. Gaby streichelte sanft über des Leihmeisters wütend hin und her gedrehten Kopf: »Leider, Zuckerlamm, ich glaub, ich muß doch auch an meine arme Hilda denken! Süßes, versprich doch dem Hubsi, daß du nichts tust, und er läßt dich aus, gelt Hubsi, Goldschatz, ja?«

Chensky schloß die Augen und gab seine verzweifelten Widerstandsbewegungen auf. »Psia krew«, flüsterte er. »Psia krew!«

»Chensky?« fragte Lerch ernsthaft.

»Hurenscheiße«, erklärte der Leihmeister, wieder aufblickend, aber in überraschend mildem Tonfall. »Ich versprech's, ich werde ihn nicht warnen. Laß mich aus!«

Hubsi stand auf; der Leihmeister erhob sich mühsam; Gaby war ihm behilflich. »Komm, trink was, auf den Schreck!« sagte sie mütterlich. Chensky grinste kümmerlich, gequält genug, resigniert und halb aus dem Gewand gebeutelt. »Ich schäm mich rundherum. Verzeih's mir. Ich kann mich nur so schwer beherrschen, wenn der Chenskysche Gerechtigkeitssinn beleidigt wird.« Er fand seinen Atem wieder, sah sich mißtrauisch um, merkte, daß Fechtner und die Zwillinge verschwunden waren. »Ah, well«, sagte er, »what shall be, shall be. Soll sein. Hölle.« Er seufzte tief, nahm das Glas, das ihm Gaby entgegenhielt, mit beiden Händen und trank es aus, schüttelte sich. Gaby rückte ihm die Krawatte zurecht, küßte ihn auf die Nase, sagte: »Brav sein!« und ließ ihn stehen, weil das Telefon klingelte.

»Nix für ungut«, sagte Hubsi Lerch. Chensky gab ihm keine Antwort und drehte sich um.

Fechtner verschwunden – jeder wußte wohin und wozu – und die Rauferei beendet, hatte die verbleibende Szene für die tanzenden Statisten Zentrum und Interesse verloren. Wenn man weitertanzte, wenn man blieb, war es nur, um nachher noch die verlegenen roten Ohren Fechtners sehen zu können, den neuesten Aufguß eines alten Witzes zu erleben und mehr oder weniger dumme Bemerkungen zu machen.

Chensky setzte sich auf die Couch, langte mit einem schmerzenden Arm nach dem »Stummen Diener«, zog ihn zu sich heran, stellte halblaut, aber in entschiedenem Ton fest, und nur für sich, daß sich's als kontemplativer Lama am Dach der Welt, und sei's zwischen Yaks und anderen Grunzochsen, sicher besser und würdiger leben ließe als hier, bezeichnete murmelnd die Cognacflasche als »heilige Almosenschale«, die Espressomaschine als »verächtlichen Intelligenzbefeurer«, überlegend mit einem zitternden Zeigefinger bald auf diese, bald auf jene weisend, und entschloß sich endlich, in Erkenntnis seiner Ohnmacht, für Religion und gegen Weltlichkeit. »Alles ist eitel«, sagte er, griff zum Hennessy, setzte die Flasche an die Lippen, trank und streckte sich auf der Couch aus. Hubsi Lerch setzte sich neben ihn.

»Schleich dich«, murmelte Chensky.

»Ich will nicht, daß du mich mißverstehst«, erklärte Lerch, »das ist alles. Ich bin nicht freiwillig hier. Ich mach das nicht freiwillig. Glaubst du wirklich, daß mir so was noch Spaß macht?«

»Ja«, sagte Chensky. »Schleich dich. There's a good, naughty boy. Shove off.«

»Du solltest nicht so nachtragend sein«, sagte Gaby, die vom Telefonieren zurückkam, umarmte Hubsi und setzte sich auf seinen Schoß. »Weißt du, wer jetzt grad angekommen ist?«

»Ich könnte nicht uninteressierter sein«, sagte Chensky, ein wenig zur Seite rückend. »Nein, ich weiß es nicht. Doch wirst du's mir sicher dennoch gleich sagen. Hubsi, denk an deine Hilda.«

»Ich denk nur an die Hilda, drum bin ich ja da«, sagte Hubsi.

»Und sie denkt nur an dich«, sagte Gaby. »Sie hält's ohne dich überhaupt nicht mehr aus. Schau, sie ist schon da. – Hallo, Hilda!« rief sie und sprang auf.

Hilda Krimml, die mit Schelnhausen den Raum betreten hatte, war sofort orientiert. Sie ließ ihren Begleiter stehen, beachtete die grüßenden Zurufe, die ihr entgegenschallten, überhaupt nicht, vermied gewandt all die geöffneten Arme, die sich ihr entgegenstreckten, und schlüpfte zielbewußt auf die Couch zu.

»Hubsi«, sagte sie ebenso kurz wie energisch, »komm!«

Lerch erhob sich folgsam.

»Hilda, Liebling!« rief Gaby Münzer.

»Servus«, sagte Hilda abweisend. »Komm, Hubsi!«

»Aber du willst doch nicht schon wieder gehen!« sagte Gaby vorwurfsvoll.

»Ich fürchte schon«, sagte Schelnhausen, näher tretend. »Grüß euch, liebe Versammlung!« sagte er und gab niemand die Hand.

»Komm, Hubsi!« sagte Hilda nochmals.

»Moment«, sagte Schelnhausen, »ein Momenten nur.« Er hielt Hubsi am Arm fest, ließ seine Autoschlüssel in dessen Rocktasche gleiten und gab ihn dann frei. »Danke«, sagte er. »Na, geh schon. Den Rest werd ich halt selber besorgen. Stell mir den Wagen übermorgen vor die Bank und gib die Schlüssel dem Portier.«

»Okay«, sagte Lerch.

»Ich werde Tommy gleich morgen einen Brief schreiben«, sagte Schelnhausen. »Er ist zwar noch vierzehn Tag in Gmunden, aber ich glaub, du hast's ja eilig. Sag dem Tommy einfach, ich schick dich.«

»Danke», sagte Hubsi.

»Komm, Hubsi!« forderte Hilda mit erhobener Stimme und nahm Lerch bei der Hand. Sie gingen. Chensky setzte sich auf und sah ihnen düster nach. Dann stellte er, einen Entschluß fassend, die Cognacflasche fort, schenkte sich eine Tasse Kaffee ein, holte tief Atem und trank sie aus. »Wenn auch alles andre eitel ist, ich bin's nicht«, murmelte er. »Noch nicht.«

»Na, Schelle, du alte Sau«, sagte er dann laut, die Kampfhandlungen aufnehmend, noch ohne Schelnhausen anzusehen. »Willst du nicht auch abfahren? Gaby, geh, sei ein Engel und schmeiß ihn hinaus.«

»Mir scheint gar, ich bin dir unsympathisch geworden«, sagte Schelnhausen.

»Unsympathisch ist ein Hilfszeitwort«, sagte Chensky. »Gaby, schmeiß ihn hinaus. Ich will auch nie wieder mit dem Hubsi raufen.«

»Sei nicht kindisch«, sagte Gaby.

»Right ho«, sagte Chensky. Er blickte Schelnhausen an. »Du hast den Fechtner auf die Schaufel genommen – gut. Er ist dir drauf sitzen geblieben – auch gut. Aber das ist jetzt schon ein paar Jahre her. Ein bißl ein lang ausgewalkter Witz. Eigentlich schon ein bißl deppert, glaubst du nicht auch? Warum läßt du dir denn nicht einmal was Neues einfallen? Ich hab gar nichts gegen einen Witz, wenn er nur eine Pointe hat. Deiner hat aber keine, hast du das wirklich noch nicht bemerkt?«

»Die Pointe wird mir schon noch einfallen«, sagte Schelnhausen.

»Und bis dahin leihst du dir einfach fremde aus«, sagte Chensky. »Wie billig, o Hegesias. – Gaby, Darling«, fragte er, »von wem ist denn eigentlich die Idee mit dem Magnetophon?«

»Von mir, Liebling, das weißt du doch; dich hab ich ja auch belauscht, wie du das erste Mal bei mir warst, weißt du das nicht mehr? Gott, warst du süß! Ich hätt mir nie gedacht, daß jemand noch im Bett lateinisch und griechisch redet«

»Gelt, mein Lamperl?« sagte Chensky. »Ich bin halt ein rechter Humanist. Geh, mach mir noch einen Kaffee; keinen Zucker, ja? Mir ist grad was eingefallen, und ich muß scharf nachdenken, ob's auch was G'scheites ist. Schelle, hast du eine Zigarette für mich? Ich mein, wenn du schon da bist –.« Er zuckte die Achsel.

Schelnhausen hielt ihm seine Tabatière hin. Chensky bediente sich. »Friedenspfeife?« fragte Schelnhausen und gab ihm Feuer.

»Nein«, sagte Chensky. Er nahm die Tasse, die ihm Gaby hinhielt, und trank sie aus. »Grauslich und heilsam«, sagte er. »Ja, also, das Tonband.« Er grinste. »Was glauben wohl Euer Liebden, was unser Fechtner meinen wird, wenn er draufkommt, daß er nicht wieder einmal dem bösen, bösen Schelnhausen aufgesessen ist, sondern nur das Opfer eines kleinen, freundlichen Scherzchens geworden ist? – Ei potz, wie wird da der böse Schelnhausen aber blöd schauen und noch blöder dastehn!«

»War das dein guter Gedanke?« fragte Gaby.

»Ja«, sagte Chensky.

»Bravo«, sagte Schelnhausen.

»Danke«, sagte Chensky. »Also, Gaby, Liebling, wirst du, wenn der Fechtner kommt, die G'schicht mit dem Tonband auf dich nehmen?« Er starrte Schelnhausen an.

»Warum?« fragte Gaby.

»Sag's ihr doch«, forderte Chensky.

Schelnhausen gab keine Antwort.

»Siehst es«, sagte Chensky.

»So tun Sie ihm doch den Gefallen, liebe Gaby«, sagte Schelnhausen plötzlich. Er grinste. »Übrigens ist das wirklich eine glänzende Idee. Ich dank dir auch schön dafür, Leihmeister. Wenn du mich nicht erinnert hättest – tatsächlich – no ja. Gaby, Sie können dem Chensky ruhig helfen, wenn Sie wollen, unsere Abmachung gilt auch so. Nur das Band müssen S' noch vorspielen. Dann kriegt der Hubsi seinen Job, das verspreche ich ihnen. Und dem ehelichen Glück von Hilda Krimml steht nichts mehr im Wege.« Er machte eine fragende Handbewegung. »Kann ich jetzt was zu trinken haben? – Danke, danke, ich kenn mich schon aus.«

»Bitte, bitte«, sagte Gaby. »Und keine Angst, ich helf dem Leihmeister schon.«

»Dann hab ich auch Ihnen zu danken, liebe Freundin«, sagte Schelnhausen, machte eine kleine Verbeugung und wandte sich ab.

Das Dreieck schien sich nun aufzulösen; doch wenn auch Chensky böse »Bluffer!« sagte, sich zum zweitenmal auf die Couch legte, allen verachtungsvoll den Rücken kehrend, wenn auch Gaby sich wieder um ihre Gäste kümmerte, auch tanzte, zwischendurch mit der Rothaarigen flüsterte und Schelnhausen zum anderen Ende des Raumes ging, den Drink lose schlenkernd in der gesenkten Hand, sich schließlich an dem mit rohen, roten Ziegeln aufgemauerten Kamin in einen hochlehnigen Fauteuil fallen ließ, der ihn fast verdeckte, so blieben sie doch verbunden durch ihr gemeinsames Warten auf Fechtner, und als dieser aus dem Oberstock heruntergepoltert kam, rückte das Dreieck, oder besser

Viereck, denn der Rückkehrende wurde sogleich in die Konstellation einbezogen, bald wieder zusammen.

Fechtner war ganz aus seinem Schutzanzug gezogen worden; er war keiner, dem eine Illusion bleibt, wenn es einmal bis unter die Haut geht. Er wäre am liebsten ganz still die Stufen hinabgeschlichen, tastend, am besten mit geschlossenen Augen; finster sollte es unten sein und menschenleer; er wünschte sich eine unbewachte Tür, sehnte sich nach der kühlen Nachtluft dahinter, tief atmen können, Nacht, die alles deckte, in die man fortlaufen durfte – die Zwillinge ließen ihn nicht, ließen ihn keine Sekunde allein, er mußte sich anziehen, sie halfen ihm dabei, wenn er sich auch wehrte; das Licht über dem zerwühlten Bett brannte noch, sie verspotteten ihn nicht, aber lachten, faßten ihn links und rechts unter und lachten, sie liefen mit ihm polternd die Stufen hinunter und lachten – unten war es hell. Sie standen am Treppenabsatz, und Fechtner sah, daß Chensky, Gaby, die anderen gewartet hatten, sie hatten auf ihn gewartet, sie sahen ihn an. Fechtner schwankte, den Schwung des Treppabstürmens abfangend. Jetzt *mußte* er auch lachen, er zwang sich dazu, es ging sofort daneben. Und nun endlich gelang ihm ein Stückchen Wut, er riß sich von den beiden Mädchen los, schleuderte sie gegen das Geländer und ging den Wartenden entgegen. Über ihre Köpfe mußte er sehen, nicht in ihre Augen, der Raum ruckte in Wellen und deutlicher heran, dunkelbraun war der tiefe Teppich, die Wände gelbes Holz, die Fauteuils braunes Leder durch den Geruch von verschüttetem Schnaps, Zigarettenrauch und warmer Haut schlug herb der Lederduft, jede Lampe brannte hell hinter ihrem Messingornament – zu deutlich war es, nicht lang mehr würde er die Gesichter unterdrücken können; er stellte sich vor Chensky auf, sah ihn nicht an und sagte mit schriller Stimme: »Was schaust denn so blöd?« Und es ging nicht nur den Leihmeister, es ging alle an.

»Setz dich, Peter«, sagte Chensky, »trink was.« Er klopfte neben sich auf die Couch.

Die Rothaarige hatte den Plattenspieler abgeschaltet; niemand tanzte mehr; die Tänzer lungerten gegen das Fensterbrett, besetzten die Sessel im Kreise, formten erwartungsvoll die Arena, deren Mittelpunkt Chensky, der sich aufsetzte, und Fechtner bildeten. Die Rothaarige nickte Gaby zu und lief die Stiegen hinauf. Oben am Geländer lehnten kichernd Marianne und Gertrude Seisinger.

»Setz dich!« wiederholte Chensky. Er zog Fechtner neben sich nieder, gab ihm ein Ballonglas, schenkte ihm Cognac ein. Fechtner trank.

»Wir kommen nunmehr zu unserem Mitternachtskabarett«, sagte Gaby Münzer. Sie rückte einen Sessel in die Mitte des Raumes; die Rothaarige brachte ein Magnetophon aus dem Oberstock geschleppt, stellte den Apparat auf den Stuhl, rollte das Kabel aus; der Steckkontakt knackte. »Okay«, sagte sie. Gaby Münzer nickte. »Sie hören nun, zum erstenmal in einer Hauptrolle, Herrn Doktor Peter Fechtner und das Duett Gertrude und Marianne Seisinger. Wir bitten um Ihre geschätzte Aufmerksamkeit.«

»Trink was, Peter«, sagte Chensky.

Fechtner starrte verständnislos. Gaby drückte die Taste, und er hörte seine Stimme. Seisinger und Seisinger hatten genau gewußt, wo das Mikrophon versteckt war, was sie sagten, war nicht zu verstehen; die Kommentare des ahnungslosen Fechtner jedoch, zwar banal, aber ursprünglich und enthüllend, wurden, gerade weil das Band nur seine Hälfte der Bettkonversation wiedergab, überdeutlich – nichts, was er jappste, worum er bettelte, was er schließlich nicht fertigbrachte, blieb den feixenden Zuhörern verborgen.

Die Zwillinge Seisinger waren die ersten, die losplatzten – schließlich lachten alle schallend. Auch Gaby.

Fechtner, dem mit jedem Herzschlag, mit jedem Wort, das er gesprochen hatte, das er nun hören mußte, heißer das Blut ins Gesicht fuhr, der nicht mehr ruhig, der starr saß und es nicht wagte, auch nur die Augen zu schließen, gelang kein artikuliertes Wort vor der Aussage der eigenen Stimme; er stemmte sich zitternd hoch, tat einen ersten Schritt davonzulaufen und brachte den zweiten nicht fertig –.

Schelnhausen erhob sich schnell und schob den Sessel zurück, der ihn bis jetzt vor Fechtner verborgen hatte. »Abschalten!« rief er laut. Gaby Münzer bückte sich und drückte lachend auf die Taste; da wurde es still, erst jetzt konnte Fechtner schrein.

»Schelle!« schrie er und hatte einen Feind und konnte ihn akzeptieren und hatte nun die Möglichkeit zu schreien, durfte es. »Schelle!« schrie er, »Schelle – du!«

»Ich komm ja schon«, sagte Schelnhausen. Er schob sich durch den Ring der Zuschauer. »Gehts, laßts mich doch durch«, murmelte er freundlich.

»Schelle!« schrie Fechtner. »Du warst es! Du hast es getan!« Und verriet sich pathetisch: »Du hast mich verraten! Du hast mich belogen und betrogen!«

Chensky richtete sich halb empor und riß Fechtner am Kragen auf die Couch zurück. »Halt die Pappen!« schrie er. »Trink was!« Er fuhr Fechtner mit dem Ballonglas Cognac unter die Nase. Fechtner schlug es ihm aus der Hand, kniete wimmernd auf der Couch nieder, knickte zusammen, warf sich aufs Gesicht, kroch in seine Hände. »Laßts mich in Ruh!« schrie er. Und verstummte plötzlich, kauerte bewegungslos; Chensky, der ihm die Hand rüttelnd auf die Schulter gelegt hatte, spürte, wie Fechtner erstarrte. Fechtner hob langsam den Kopf und glotzte Chensky, der überstürzt und eindringlich auf ihn einredete, mit wahnsinniger Aufmerksamkeit an, hörte doch nicht, was der Leihmeister erklärte, was er schrie; ein Gedanke war Fechtner geglückt, und den hielt er fest, streichelte ihn, hätschelte ihn, schon setzte die Umdrehung ein, eisig und rein stürzte Erkenntnis in ihn, doch konnte er sie noch nicht fassen; noch hielten die Widerstände seiner lang und tief eingefahrenen Einstellung, in welcher Schelnhausen als so und nicht anders fixiert gewesen war. Aber: »Überführt! Überführt!« wollte er bereits schreien. »Dahinter steckt kein Beweis, nur wirklich, wirklich irrsinniger Haß; heut hat mir Schelnhausen nichts bewiesen, heut hat er sich endgültig als Narr, Verbrecher und Regisseur entlarvt!« – fast war er soweit, ein kleines fehlte nur, und wäre es die objektive Einsicht gewesen, das Arrangement nur als so bösartig und im Grunde kindisch zu erkennen wie es tatsächlich war, schon wollte Schelnhausen auch tief in ihm zur richtigen Form gerinnen, da machte ihm Chensky, die Fundamentalien des Zusammenbruchs profund mißverstehend, aufs neu alles zunichte, hatte nichts von der beginnenden Freiheit dessen bemerkt, den er tröstete, den er anschrie, hielt es für die Erstarrung des Entsetzens, was hinter Fechtners vom Gesichte abgefallnen Händen zum Vorschein kam, in die jener vorher schluchzend gebrochen war, sich versteckend, verkriechend aus furchtbarer Scham.

»Schelle!« flüsterte Fechtner und starrte Chensky an. »Er – er – Schelle –!«

»Nein!« schrie Chensky. »Nein! Der Schelle hat gar nichts damit zu tun! Gar nichts! Das war nur eine blöde Idee von der Gaby! – Sag's ihm, Gaby!« schrie er.

»Es war wirklich ganz allein meine Idee!« rief Gaby. »Mein Gott, wenn ich gewußt hätte, ich hätt's wirklich nicht«, sie schluckte und hatte runde Augen, »ich hätt's wirklich nicht getan! Das Ganze war nur ein Witz, wissen Sie!« sagte sie kläglich.

Fechtner drehte sich langsam um, setzte sich langsam auf, drehte langsam die Schulter, Chenskys Hand abzuschütteln..

»Chensky«, sagte er stockend. »Das – hat – nicht – der Schelle?«

»Nein!« schrie Chensky.

»Schelle«, sagte Fechtner und duckte aus dem Blick des Leihmeister, »Schelle –.«

»Ich finde, das geht jetzt doch ein bißl zu weit«, sagte Schelnhausen, gab Antwort der unausgesprochenen Frage, die er sofort verstand: Er sollte zugeben, Feind zu sein, Schurke zu sein, der zu sein, der er war, für den ihn – trotz allem! – Fechtner im tiefsten Grunde bisher nicht zu halten vermocht hatte, als den ihn Fechtner nun, sich beinahe von ihm befreiend, erkannt hätte, hätte dies Chensky nicht durch sein Eingreifen, durch seine Lüge verhindert. »Darum kannst du mich wirklich nicht bitten. Alles, was recht ist. Das kann ich nicht tun. Ich lüge nicht Auch nicht dir zuliebe. Grad dir zuliebe darf ich nicht lügen.«

»Schelle«, sagte Fechtner angstvoll. »Schelle«, bettelte er, »wieso bist du hier? Wieso, Schelle? Wenn nicht du und der Hubsi das Magnetophon – das Magnetophon –?«

»Tut mir leid«, sagte Schelnhausen. »Ich hab nur den Chauffeur für die Hilda Krimml gespielt. Die war heut bei mir, ihren Hubsi suchen, hat ihn von mir zurückhaben wollen, als ob ich ihn ihr gestohlen hätt – das hättst sehen sollen! Die hat mir beinah einen Skandal gemacht! Sie wär mir einfach nicht mehr vom Genick gestiegen, wenn ich ihr nicht bewiesen hätt, daß ihr Hubsi höchst privat auf Lepschi gegangen ist, daß ich gar nichts damit zu tun gehabt hab.« Er drehte sich zu Chensky: »Mach ich's so richtig?« fragte er.

»War die Hilda wirklich mit ihm da, hat sie wirklich den Hubsi abgeholt?« schrie Fechtner in die Gesichter der Umstehenden hinein, ruckweise drehte er den Kopf, schlug mit den Fäusten auf seine Knie: So tief saß sein Entsetzen, daß es nun alle Scham zur Seite drängte, daß sogar das Tonband mit seinen »Enthüllungen« wesenlos wurde vor der von tief unten heraufgezwungenen Notwendigkeit, sich rettungslos so sehen zu müssen wie ihn Schelnhausen darstellte.

»Ja!« riefen alle.

»Peter«, sagte Schelnhausen, und das Mitleid, das in seiner Stimme schwang, war so niederträchtig, daß es bei ihm, für alle, die ihn zu kennen glaubten, schon dadurch echt wirken mußte, »Peter, Chensky hat es dir bestätigt, alle können's dir bestätigen: Ich hab mit diesem dummen Streich, den dir unsre Gaby da gespielt hat, wirklich nichts zu tun. Siehst du, dein heutiges Erlebnis ist etwas, was du wirklich, ganz und gar, nur dir selbst zu verdanken hast. Hier hast du's einmal vollkommen rein dargestellt, was man von dir hält, was alle Welt – mit Recht – von dir hält. Schau sie dir nur an, die dich ausgelacht haben – so sieht die Intelligenzschicht der Praktiker aus, der du angehören willst. Das sind die Leut, die höchstens zu exzedieren, nie zu transzendieren vermögen; hier philosophiert, hier spintisiert garantiert keiner. Die da, nicht ich, haben dich verurteilt zum einzigen, worauf sie sich verstehen: zur Lächerlichkeit. Ich brauch kein Tonband und auch nicht die damit angestellten komplizierten Dummheiten, um festzustellen, wie impotent du bist«

Chensky sprang auf. »Er lügt!« schrie er, der lange genug gebraucht hatte, bis er drauf kam, wofür ihm Schelnhausen vorher schon »Danke!« gesagt hatte, der es jetzt aber wußte, spät genug, zu spät. »Er lügt! Glaubt ihm nicht!« überschrie er das abfällige Johlen der Zuschauer. »Kusch!« schrie er. »So halts doch die Pappen!«

»Ruhe!« schrie Gaby.

»Schelle, du wirst dem Fechtner jetzt sofort die Wahrheit sagen!« schrie Chensky. »Und wenn ich dich sonst ganz allein verprügeln muß!«

»Nicht allein!« schrillte die Rothaarige. »Keine Angst, wir helfen dir schon, Leihmeister!«

»Ihr seid stärker als ich«, sagte Schelnhausen demütig. »Wenn ihr mir sagt, was die Wahrheit ist, will ich sie gern wiederholen.«

Chensky packte Fechtner an der Schulter, dessen Gesicht eine blutleere, erstarrte Maske des Entsetzens war, der die Lippen bewegte, ohne einen Ton hervorbringen zu können. »Peter!« schrie Chensky.

»Hör mir zu! Hörst du mir zu? – Peter«, schrie er. »Glaub dem Schelle nicht, er dreht einem ja immer das Wort im Mund herum, du weißt es! Ja, wir haben dich zuerst angeschwindelt; es war nicht die Idee von Gaby, sie war nur vom Schelle, wir haben bloß das Gegenteil behauptet, damit du nicht – damit du nicht –.« Er verstummte.

Schelnhausen wartete mit vorgeneigtem Kopf einige Sekunden, bis es offensichtlich war, daß Chensky nicht weiterwußte.

»Um mir nicht den Triumph zu gönnen«, bedauerte er dann, die Achseln zuckend, das Wort »Triumph« ironisch betonend.

Chensky fuhr wild herum. »Ja!« schrie er. »Und jetzt sag ihm, daß du alles geplant hast, und nur du allein!«

Schelnhausen ließ eine wirksame Sekunde verstreichen und machte dann seine kleine Verbeugung. »Ich hab alles geplant, nur ich allein«, sagte er ernsthaft.

»Peter, du kannst ja morgen mit dem Hubsi reden, der wird es dir bestätigen!« schrie Chensky, als er sah, daß Fechtner Schelnhausen nicht glaubte.

»Schelle, warum bist du wirklich gekommen? Warum wirklich?« stammelte Fechtner.

»Warum ich wirklich gekommen bin?« sagte Schelnhausen. »Wart, es wird mir schon noch ein Grund einfallen, mit dem der Leihmeister einverstanden sein wird. Jaaa – also, wieviel Schilling bin ich dir eigentlich für das Büchel schuldig? Weißt du, ich hab das doch glatt vergessen, und so was läßt mir einfach keine Ruh, das verstehst du doch. – Das ist doch gut, Chensky, nicht? – Wieviel bin ich dir also schuldig, Fechtner?«

Fechtner gab ihm keine Antwort.

Schelnhausen zuckte die Achseln. »Darf ich jetzt gehen?« fragte er.

Als er sich wandte, klingelte das Telefon.

Gaby Münzer ging zu dem Apparat und hob den Hörer ab. »Ja«, sagte sie. Dann: »Wer?« Sie nickte. »Ja, der ist hier.« Sie drehte sich um. »Für Sie, Baron«, sagte sie ausdruckslos.

»Danke«, sagte Schelnhausen.

Am Apparat war Gisela Trubisch.

»Und du hast gejammert, daß meine Parties fad geworden sind«, sagte Gaby resigniert zu Chensky und zeigte auf Fechtner. »Da hast jetzt dein neues Blut, deinen Novus! Schau dir'n nur an!«

Die Tür ging auf, ein nacktes Mädchen kam herein, rieb sich die Augen und fragte gähnend:

»Wo ist denn der Kurt? – Ich wach auf, und der gemeine Kerl ist verschwunden!«

Sie blinzelte erstaunt.

»Ja, was ist denn da los?« fragte sie.

»Alles«, sagte Chensky.

7

Er stieg langsam die Stufen empor, er genoß seinen Triumph in wiederholten Vergegenwärtigungen, schliff den Dialog, der doch längst gesprochen war, erniedrigte Fechtner nochmals, ordnete ihm andere Gesichtsausdrücke zu, und hinter alledem wollte die zutreffende Befürchtung, die Unruhe, das Vorauswissen, Standpunkte finden zu müssen zum Problem Gisela Trubisch, und dies schon in den nächsten Minuten, wenn er ihr gegenüberstehen würde, nicht recht aufkommen, war nur vorhanden: als widriger Druck von unten.

Fünf Schilling in eine Hand, die sich merkwürdigerweise fast unwillig erhob – der infame Gesichtsausdruck des Hausmeisters blieb bedeutungslos neben solch heftiger, innerer Beschäftigung; sein Gesicht selber aber, weil es nämlich nicht mit dem Frau Nakladals zusammenfiel, die Schelnhausen bis heute in gedankenloser Einordnung als einzig mögliche hier zuständige Hausmeisterin verstanden hatte, setzte eigentlich den ersten situationsgemäßen Akzent; der zweite war Frau Nakladal höchstpersönlich, die diesmal ihre Tür nicht nur öffnete, sondern sogar heraustrat; sie murmelte unverständlich, blickte, was neu war, ihm gerade ins Gesicht, brachte den Geruch ihrer Wohnung mit sich, wehte ihm aus den Falten ihres Schlafrocks entgegen, die Arme hebend, als wollte sie ihn aufhalten. Schelnhausen beschrieb wortlos einen Bogen und stieg weiter, spürte eine Erregung hinter sich, die von jener dicken, unbegreiflichen Frau ausging, und war damit aus seiner überhöhten Bahn geworfen, die sich, bei solchen nach innen gerichteten Zuständen, durch verdunkelte Haltestellen auszeichnet, an denen der Zug unaufmerksam und geschwind vorbeidampft.

War es die unverständliche Frau Nakladal, war es gar der Vollmond, der in eilig wandernden Wolken stand und seine eisigen Lichtschächte schräg durch die Fenster ins atemlose Stiegenhaus stellte – war es die plötzlich um eine Augendistanz verschobene Perspektive des alten Hauses, welche Peter von Schelnhausen das ehedem so oft durchstiegene und immer selbstverständliche Gebäude anders, wartend, ja, auf einmal mit einer heimtückischen Bosheit ausgestattet vorkommen ließ, jedenfalls fühlte er sich jählings unsäglich fremd und stärker angegriffen als gerade vorher im Bungalow der Gaby Münzer. Schon stiegen nicht nur er, sondern auch seine Befürchtungen nach oben, hielten gleichen Schritt mit ihm, überholten ihn und standen in erkennbaren, wenn auch noch nicht zu deutenden Chiffren im Gesichte Gisela Trubischs, als sie ihn einließ – sie hatte nach seinem Klingeln sofort geöffnet, als wäre sie wartend hinter der Türe gestanden.

Schelnhausen wich noch einmal zurück; er machte eine kurze, verärgerte Bemerkung über Frau Nakladal, die den Sachverhalt nicht traf, noch treffen wollte, setzte durchs Unterlassen einer erkundigenden Begrüßung ihr so langes Nicht-mehr-Zusammensein, welches eigentlich schon fast eine De-facto-Lösung ihres merkwürdigen Verhältnisses dargestellt hatte, künstlich ins Bedeutungslose, dadurch vermeidend, ein durch Monate hindurch stattgefundenes, allmähliches Ende anzuerkennen, und das schon aus Gegenposition zu seinem Vater, aber auch vermeidend, die Beziehung zu Gisela dort wieder anzuknüpfen, wo sie abgerissen war; es gelang ihm tatsächlich, das diesbezügliche Kapitel ihres Romans (vorläufig) kurzerhand zu überschlagen, aber nur, weil ihm Gisela dabei half. Denn sie gab, während sie die unwirtlichen Vorkammern der Wohnung durchschritten, seiner platten Beschwerde eine ebenso platte Antwort, die, wie konnte es anders sein, detaillierte Information enthielt: Der Mann dieser Nakladal liege im Spital, er sei in der und der Klinik und leide an dem und dem, schon seit Monaten, doch ginge die Nakladal ihn nie besuchen, hätte ihm vielmehr sogar einen Brief geschrieben, in welchem sie von ihm die Scheidung forderte, der Nakladal hätte nicht eingewilligt, worauf sie ihm geantwortet habe, er würde ihre neue Ehe, eine bessere, reinere, eine »erfüllende für Leib und Seele« – das wären ihre tatsächlichen Worte gewesen – nicht verhindern können; ihr Bräutigam sei ihr schon ganz nah, müßte heut oder morgen kommen, sie fühle das, schrieb sie ihm in einem ausführlichen Brief, der eine solch rapide

Verschlechterung des Gesundheitszustandes ihres Gatten verursacht habe, daß die Ärzte jeden Briefwechsel mit seiner Frau unterbunden hätten; daraufhin hätte sich merkwürdigerweise der Nakladal spionierendes Wesen ins Unerträgliche gesteigert, sie geistere im ganzen Haus umher, sie, Gisela, habe sie schon einige Male wortlos vor der Wohnungstür stehend gefunden, wäre von ihr haßerfüllt betrachtet worden, hätte auf Anrede jedoch keine Antwort erhalten, die Nakladal wäre bloß einige Schritte zurückgewichen, um ihr später, immer einen Treppenabsatz Abstand haltend, durchs ganze Stiegenhaus nachzuschleichen, bis zur Haustür.

»Ja«, sagte Peter, den dies alles immer weniger interessierte, je mehr er davon erfuhr. Er war plötzlich sehr müde, wollte nichts wissen, und schon gar nicht, weshalb er Giselas Ruf überhaupt gefolgt war. Er setzte sich hinter das kleine, nierenförmige Tischchen, auf ein filigranes, angeblich bequemes Hartholzstühlchen, und begann, Wermut zu trinken; der Wermut war bitter. Gisela Trubisch setzte sich nicht. Sie blieb ständig unruhig bewegt; redete unausgesetzt, glitt von Tritsch zu Tratsch, sagte kein Wort, weshalb sie ihn hatte hier haben wollen, so wichtig hatte es geklungen am Telefon, so dringend; die flachen Hauspantoffel hatte sie von den Füßen geschnellt; nun lief sie bloßfüßig, in knappen schwarzen Hosen auf dem Teppich umher, die gelbe, unförmige Kulijacke war eng den Hals hinauf geschlossen, unter den weit vorfallenden Ärmeln zuckten die schmalen Hände hervor, die locker gestrickte Manschette immer wieder zurückstreifend; die drei dünnen Armringe klingelten golden.

Peter von Schelnhausen sank immer tiefer in Hilflosigkeit ab. Wie eine schwere Aufgabe bereitete er die einfache Frage vor: Was willst du eigentlich von mir? Denn auch hier oben, in der Wohnung wie vorher im Stiegenhaus, war die quälende Tatsache festzustellen, daß das aufbewahrte, gewußte Bild nicht mehr das war, welches er nun überdeutlich zu sehen bekam; es war ihm sehr schwierig geworden zu fragen: weil er die Antwort nicht mehr im voraus wußte, wie, im Grunde, sonst immer. Hier spielte etwas mit, was neu war, was er noch nicht kannte: Und er wollte es nicht kennenlernen. Es nützte ihm nichts.

Dort, wo Gisela stand, ging, lief, von einem gelenkigen Fuß auf den anderen wechselte, Glas in der Hand, es hinstellte auf die Platte des

Büfetts, wieder aufnahm, wo sie Zigaretten rauchte, mit gespreizten Fingern, und jetzt bis kaum zur Hälfte, wo sie wartete – worauf? dachte Peter von Schelnhausen abwesend, glitt weiter, wurde geschoben, konnte es nicht verhindern, glitt in die Erinnerung hinein, geradewegs ins Bild, in sein Bild nun, dreifach warf es der dreigeteilte Spiegel des Ankleidetisches zurück – dort, wo Gisela Unruhe, Position und keinen Auslauf hatte, war er gestanden, am Tage nach der Zettelaktion, nach Grinzing, mußte, durfte posieren und war in eine unverständliche, furchtbare Niederlage geraten.

»Na?« hatte er lächelnd gefragt.

Gisela stand starr und sagte nichts, mit offenen, ungläubigen Augen. »Was hast du getan?« flüsterte sie.

»Fleißiger geübt als vorher«, hatte er gelacht – nicht lange durfte er lachen.

»Du hast mich verraten!« schrie sie plötzlich, stampfte auf, mit zornrotem Gesicht. »Du hast alles verpatzt! Wie häßlich du geworden bist – du – du Muskelprotz!«

Nicht umsonst hatte er seine Hantel geschwungen, nicht umsonst die Füße mit den Bleisandalen beschwert, am Balancestock die Beine kreisen lassen. »Mißgeburt!« hatte sie geschrien, und so sehr hatte sie der Ekel geschüttelt, der Ekel vor seinem nun so starken, nicht mehr knabenhaften Körper, daß er, der sie nun packte und niederwarf, besinnungslos vor Wut und Scham, schon wußte, daß er versagen würde, als er in ihre aufgerissenen, hassenden Augen starrte, welche die seinen starr festhielten, Schelnhausen, der wirklich versagte, als sie »Viktor!« schrie und »Du Tier! Du hast kein Recht, ein Tier zu sein! Du nicht! Oh, du hast alles zerstört! Du Affe, du – du Nachahmer! Ehebrecher!« – –

»Ehebrecher«, murmelte Scheluhausen, in sein Glas starrend. »Drum ist alles anders.«

Gisela Trubisch unterbrach ihren Redeschwall, hielt ein im Hin-und-her-Laufen.

»Was hast du gesagt?« flüsterte sie. »Ehebrecher? Was ist anders?«

Peter stand auf.

Der dritte war im Haus, im Zimmer, in Gisela. Viktor Trubisch, der Gatte. Der war es, wußte er jäh mit solcher Sicherheit, daß kein Zweifel an dieser schlagartigen Erkenntnis aufkam, die möglich geworden war durch den Stoß, den die Szene seinem Erinnern versetzte, welches er vordem so sorgfaltig verhindert hatte, vor dem er geflohen war, zu Fritz Haber, den er gefunden hatte, auf seiner Flucht, der gut war und richtig, den er liebte, den er verlieren würde, weil er ihn aufgeben mußte. Viktor Trubisch – niemand anders verschob das Bild, änderte die Zustände, so daß sie ins Gegenteil umschlugen. Man muß nur wagen hinzusehen, dachte er. Natürlich. Ich war mit Blindheit geschlagen. Ich wollte nicht darüber nachdenken, und es wäre wichtig gewesen, hier nachzudenken. Es hätte mir die Möglichkeit gegeben, heute nicht hierherkommen zu müssen. Ich hätte Gisela damals schon aufgeben können, und damals mir, nicht Papa zuliebe.

»Ehebrecher«, wiederholte Peter ruhig. »Jetzt verstehe ich dich, Gisela. Du liebst deinen Mann. Du hast ihn immer geliebt, wenn das Wort ›Liebe‹ hier richtig ist. Ich weiß es nicht. Ich hab kein besseres. Vielleicht ist's doch richtig.« Er schwieg.

»Hör auf!« flüsterte Gisela. »Du zerstörst alles, du verstehst nichts, du zerstörst alles –.«

»Sei still!« verlangte Peter unwillig.

Sie schwieg, sie mußte Zeit gewinnen. Jede Minute, die er redete, bedeutete kostbare Zeit.

»Ja«, wiederholte er langsam, »du hast ihn geliebt. Du hast mich nur gebraucht, um ihn lieben zu können. Ich mußte sein Gegenteil sein, in allem. Ich kannte deinen Viktor nicht – jetzt kenne ich ihn. Er ist dumm – weil ich's nicht bin. Er kümmert sich nicht um dich – weil ich mich unausgesetzt um dich kümmern mußte. Er hat dich vergewaltigt – drum durfte ich dich nicht berühren. Er hat dich gequält – drum mußte ich mich quälen. Er ist ein Athlet ...«, und nun schrie Schelnhausen: »Drum durfte ich keiner werden!«

»Nein!« kreischte Gisela. »Nein! Das ist nicht wahr!«

Warum hört er denn nicht auf? dachte sie verzweifelt, warum muß er denn alles erklären, was er nicht versteht, was niemand verstehen muß, worüber niemand nachdenken darf, warum hört er nicht auf und lügt, lügt, lügt noch immer weiter?

»Weshalb mußte ich heute zu dir kommen?« schrie Schelnhausen. »Brauchst du mich wieder? Soll ich wieder deinen Narren spielen? Hat er dich wieder verlassen?«

Sagte seine Frage sogar die Wahrheit, war Trubisch auch schon auf dem besten Wege dazu, so konnte das Gisela doch nicht erkennen, nach Viktors Anruf, nach seinen verzweifelten Versprechungen, Viktor Trubisch selbst hätte es nicht als Wahrheit erkannt, wußte es selber noch nicht; Gisela erkannte die Wahrheit, die erst begonnen hatte, die noch nicht bestand, daher als Irrtum, und das genügte ihr; es war ein Irrtum Peters und erkennbar, er hatte ihn ausgesprochen, er konnte sich irren, das hieß: Er irrte sich überhaupt; das half ihr sofort, seine ganze Erkenntniskette in Unsinn zu verwandeln: Er wußte nichts! Was niemand weiß, gibt es nicht!

»Du liebst mich noch!« rief Gisela triumphierend. »Du bist ja nur eifersüchtig!«

»Nein«, sagte Peter, er sagte die Wahrheit. Wie dumm sie ist, dachte er.

Er ging zur Tür. Gisela lief ihm in den Weg, versperrte ihm mit gebreiteten Armen den Ausgang. »Du fürchtest dich ja?« sagte sie rasch, fast bedauerte sie die Notwendigkeit ihrer Geste, so sicher fühlte sie sich wieder, nicht lange sollte sie sich sicher fühlen. »Warum fürchtest du dich, mich zu lieben? Ja, du hast recht, alles ist anders; ich war dumm, Peter, Peterle, ich liebe dich, glaub mir doch!« Es ging ganz glatt von ihrem Mund.

»Was ist anders?« fragte er, blieb stehen. Weiß sie's? Sie wußte es nicht.

Gisela senkte die Arme, lächelte schmeichelnd, schnurrend, nahm ihn an den Rockaufschlägen, zog ihn daran hinunter, zu sich. Er senkte, neugierig, seiner Sache kalt gewiß, ein geschlechtloser Beobachter, willig den Kopf. Sie küßte ihn sanft und lange. Peter schloß die Augen: Ihr Kuß schmeckte nach nichts.

»Muß ich's dir wirklich sagen?« schnurrte sie. »Ich kann's dir nicht sagen. Ich kann nicht so gut sprechen wie du. Aber ich kann's dir zeigen. Ich kann's dir beweisen«, schnurrte sie.

Ja, dachte er. Ich will es mir auch beweisen. Und dann kann ich gehen.

»Komm, Peterle. Willst du mir zuschaun? Ja? Schau mir zu!«

Er setzte sich wieder auf die Couch. Sie zog sich aus. Mehr war es nicht. Sie war nackt, das war alles. Er zog sich aus. Er war nackt. Nichts sonst.

»Was machst du nur für ein Gesicht!« rief sie. »Es ist wahr! Glaub es doch!«

Sie standen nun einander gegenüber; sie umarmte ihn, sie küßte ihn.

»Was ist wahr?« fragte er sanft und schob ihre Hände von sich ab.

»Ich verstehe dich nicht«, stammelte sie.

»Schau doch«, sagte er und deutete. Er lächelte.

Nun fürchtete sie sich. Sie verstand ihn nicht: So kroch die Angst in ihr auf. »Du bist - du kannst –«, begann sie, brach ab.

»Ich weiß nicht, warum du's tun willst, jetzt, gerade jetzt«, sagte Peter, »ich weiß es wirklich nicht. Außer: um deinem Viktor zu helfen. Aber das ist doch Unsinn?« Er schüttelte den Kopf. Gisela wurde bleich.

»Es sieht nur so aus«, sagte er. »In Wirklichkeit bist du impotent geworden, nicht ich. Du erlaubst, daß ich mich wieder anziehe.« Er griff nach seinem Hemd.

»Nein!« rief Gisela.

Die Türe öffnete sich. Viktor Trubisch trat ein; hinter ihm Sagmann.

Trubisch lächelte. »Guten Abend. Darf ich vorstellen?« sagte er. »Herr Sagmann, Herr Doktor Schelnhausen, meine Frau.« Sagmann starrte kaum eine Zehntelsekunde, dann drehte er sich schnaufend und sehr eilig um. Gisela Trubisch stieß einen Schrei aus und lief durch die Seitentür ins unwirtliche Nebenzimmer. Peter von Schelnhausen hatte eine hastige Bewegung gemacht, sich mit dem Hemd zu bedecken, das er in der Hand hielt; nun hob er die Arme wieder, fühlte sich zittern, zwang sich dennoch, ins Hemd zu schlüpfen, tat es langsam, aus Vogel-Strauß-Gründen. Während der Stoff an seinen Augen vorüberglitt, suchte er sich zu fassen, zu denken gab es hier nichts, was Trubisch vorhatte, war klar, Papas Hinweis auf die angedrohte Ehestörungsklage war sofort präsent, für Angst blieb auch keine Zeit, man mußte sich fassen, nur eines finden, und ohne Überlegen; was er im Worte dachte, blitzschnell immer wieder hintereinander, hieß bloß: Wie komm ich hier nur heraus!?!

»Trottel!« sagte Sagmann, als Schelnhausen aus seinem Hemde auftauchte. Sagmann hatte seinen massigen Kopf halb gewendet: Er sah Trubisch an. »Des is also Eahnerer Schmäh? I hab ma scho' 'denkt, daß S' an Schmäh ham werd'n! I steh ma's aber nur auf meine fuffz'g Fleck', net auf Eahnern Exklusivklub!«

Schelnhausen zog sich weiter an, und mit beschleunigtem Tempo. Trubisch rief: »Sie haben mich mißverstanden, Herr Sagmann! Das Bürscherl da ist der Sohn vom Kommerzialrat Schelnhausen! Dieser Peter Schelnhausen ist meine Zahlungsgarantie!«

Sagmann schwieg verblüfft. Trubisch nickte triumphierend, ging mit funkelnden Augen auf Schelnhausen zu. »Sie werden mir jetzt eine Anweisung, auf Überbringer lautend, über fünfzigtausend Schilling schreiben, auf die Bank Ihres Herrn Papas, Herr Doktor. Ich werde sie morgen präsentieren. Wenn Sie vernünftig sind und Ihrem Vater erklären, daß ich, wenn er den Reicherbrief nicht honoriert, wegen Ehestörung klagen werde – darauf steht Gefängnis, mein Lieber, und ich habe hier einen Zeugen –, können wir alle drei ganz friedlich auseinandergehn.«

Schelnhausen sagte nichts. Sagmann hatte mittlerweile nicht nur seine Verblüffung, sondern auch die darauf folgenden, höchst vernünftigen Überlegungen abgeschlossen. Er fragte halb über die Schulter: »San S' an'zogen, Herr Dokter? Kann i mi' umdrahn, Herr Dokter?«

»Bitte«, sagte Schelnhausen automatisch.

Sagmann wandte sich, schnaufte. »Entschuldigen S' schon, Herr Dokter«, sagte er, »aber von dem do hab i wirkli' nix g'wußt. Der Trottel do is mir fuffz'gtausend Schülling schuldig, die hab i mar hol'n woll'n, weil er g'sagt hat, er hat s' z'haus. Sonst nix. Also Herr Dokter, i hab gar nix g'sehn, und Sie haben mi' net g'sehn, und nix is passiert – kommen S, gehn ma, Herr Dokter.«

Schelnhausen nickte schweigend, bei durchaus stillstehendem Verstande.

»Aber Herr Sagmann!« rief Trubisch verzweifelt, »Verstehen Sie denn nicht, daß –.«

»Naa, du Hirnkristel«, unterbrach Sagmann, der sich schon zum Gehen gewandt hatte, Schelnhausen höflich den Vortritt lassend. »Naa. So was Blöd's versteh' i net. I soll als Zeuge gehn? Du hast ja an Pecker! Bevur i für wem als Zeuge geh, haß i do Lutschger! Wann du so deppert bist, daß d' glaubst, du arms Würschtl kannst in alt'n Schelnhausen schnalzen, dann probier's nur. Owa ohne mir, du Zwetschgen.«

»Aber Herr Sagmann –!« schrie Trubisch.

»Schrei net aso! Da fall'n an ja direkt die Bröckerl aus die Ohr! Naa, di' laß i pfänden, bis aufs Baa', du Krot'!«

Deutlicher wurde er nicht, Schelnhausens wegen; Trubisch wußte auch so, wie die »Pfändung« ausfallen würde und welche »Beamte« dabei in Aktion treten würden. Er stand sekundenlang wie erstarrt, bis sich die Tür hinter Sagmann und Schelnhausen geschlossen hatte, dann rannte er ihnen nach, blieb aber, fast besinnungslos vor Angst, am Treppengeländer stehen, beugte sich zitternd vor, lauschte hinab.

»Viktor!« sagte eine bebende Stimme in seinem Rücken. Trubisch zuckte zusammen und fuhr herum. Josefine Nakladal breitete ihre Arme aus und wogte ihm entgegen.

Kapitel neun Phase neun

1

Jetzt, glaub ich, bin ich wieder so weit und muß dort anfangen, wo ich am Beginn aufgehört habe – beim Anfang vom Ende meiner Beteiligung also, in der Mitte meiner Unterhaltung mit dem Leihmeister in der »Hélène«, lang vor der Hochzeit der Renate Erber, kurz: am Abend nach dem Begräbnis des Hubsi Lerch.

Der Chensky, weil ihm heiß ist, lockert sich nachdenklich die schwarze Krawatte vom Hansi Bohusch, wir sind ganz allein, hinten im Stüberl, drum traut er sich das. Den Wein haben wir längst aufgegeben, sind russophil geworden, wie's der Leihmeister nennt, wenn man sich, von westlichen Weinen ostwärts schreitend und auf denselben Magen, dem Wodka widmet; dennoch sind wir nicht betrunken, sondern nur in eine schwebende Glätte des Verstandes eingetreten, und die einem solchen Zustand eigentümliche Sanftheit ermöglicht es, unseren Prozeß ganz ohne jeden seelenerhitzenden Zorn und Eifer abzuführen.

Des Leihmeisters Bericht über die Münzer-Party hat sich mir furchtbar auf den Magen geschlagen, ärger sogar, als ich mir's selber vorstellen, aber genauso schrecklich, wie ich's gerade noch spüren kann. So etwas dämpft noch zuzüglich. Auch einen wie mich, der's niemals zu echter Wurschtigkeit bringt; mir mangelt da die nötige Großzügigkeit mit der eigenen Substanz; wenn es letzten Endes doch um mich geht, geh ich sofort in Schutz- und Verteidigungsstellung, schäm mich natürlich dafür und vertusche es; manchmal vertusche ich's dann sogar schon so stark, daß als Endprodukt wieder fast so was wie Objektivität herausschaut. Ob es diesmal so war oder ob ich mich ganz schlicht gefürchtet hab, dem Schelle in die Quere zu kommen und dabei eine ähnliche Prozedur auf den Hals zu kriegen wie der Fechtner, weiß ich heute nicht mehr. Aber selbst in diesem Augenblick ist es jenseits meines Vorstellungsvermögens, was ich tun würde in einer ähnlichen Situation, wie sie der Peter Schelnhausen dem Fechtner arrangiert hat, und wenn ich auch infolge einer anderen Konstruktion kaum in dieselbe Magnetophonbandschlinge geraten könnte, in die der Fechtner damals geraten ist, so gäbe es doch andre Punkte, in denen ich von einem gegen mich taktisch gewordenen, ausdauernden Schelle getroffen werden könnte, genauso arg, wenn nicht ärger, als der Fechtner getroffen worden ist – weil ich nicht über dessen Robustheit verfüge. Ich hab also dem Chensky gegenüber die Magnetophonbelauschung kindisch genannt, weiß auch, beiseite tretend, daß sie es war, kann sie aber doch nicht als kindisch empfinden, weil ich eben in Wirklichkeit gar nicht beiseite treten kann. Ja, es ist mir gelungen, den Leihmeister zu überzeugen, ihn seine Antikabale aufgeben zu lassen – aber dabei hat mir wohl genau dieselbe Angst oder Feigheit geholfen, die mich bestimmte, sofort in Gegenposition zu gehen, die er schließlich selbst auch als Grund für sein Abstehen anführte, in seiner bewährten Taktik, peinlichste Wahrheiten unaufgefordert zuzugeben, weil man dann erstens nicht mehr gut etwas gegen ihn sagen kann, und zweitens, weil man sie selbst dann irgendwie nicht mehr richtig zu glauben vermag, selbst wenn man es besser weiß, selbst wenn man gerade diesen Mechanismus ausgezeichnet versteht.

»Auf dein Wohl!« sagt der Leihmeister und trinkt. »So, jetzt wissen wir wenigstens, was wir wissen, bis auf eines, das ich schon, du jedoch noch nicht weißt. Dieses eine sag ich dir aber erst, wenn du mir erklärt hast, warum du jetzt gar so abgestochen dreinschaust.«

Schon beginnen die Vertuschungen in mir zu funktionieren: »Du hast bereits früher ein paarmal versucht, mich in diese Geschichte hineinzuziehen, und jetzt tust du's schon wieder«, sag ich. »Weißt du denn überhaupt, in was du dich da einmischen willst? Nein, sag ich, schon weil du glaubst, daß es dafür, daß der Fechtner dem Schelle jetzt wie ein Lamperl folgt, nachdem er von ihm bei deiner Gaby so hergerichtet worden ist, nur die Erklärung gibt, daß er ihn gewissermaßen auf dem Magnetophon weichgekocht hätt. Das ist aber nicht wahr. Ich weiß, wie ein weichgekochter Fechtner ausschaut. Anders nämlich als der, den wir heute nach dem Begräbnis genießen durften. Keineswegs so glotzäugigstarrergeben. Denn ein weichgekochter Fechtner wehrt sich noch immer, und zwar, indem er sich mit allgemeinen Wahrheiten, die aber in seinem speziellen Fall nicht zutreffen, anlügt. Wie er damals mit der Renate Erber bei der Sylvie oben war, ist das ganz deutlich geworden. Und wie hat er sich heut im ›Riebel‹ aufgeführt? Na, siehst es. So einfach ist das alles nicht. Jetzt haben wir die zwei seit drei Stunden analysiert und sind so schlau wie vorher. Wie soll ich da nicht abgestochen dreinschauen, wenn du auf so einer dubiosen Basis gleich frischfröhlich Krieg führen willst?«

»Hat er denn überhaupt was mit der Renate?« fragt der Chensky, meine Einwände mit dem geschwungenen Glas ab- und zur Seite schüttelnd.

»Ich glaub nicht«, sag ich. »Ich hab die Renate seit damals nicht mehr gesehn: Sie war nie wieder bei Sylvie oben. Aber so was müßtest du doch eigentlich besser wissen als ich.«

»Nein«, sagt der Chensky, »denn über seine Weiber red't er nicht mehr mit mir. Da bin ich nur noch auf Vermutungen angewiesen. Er will nämlich ganz besonders in dieser Beziehung nichts mehr von mir hören. Ich hab aber das sichere Gefühl, daß die Renate ihn hat anrennen lassen. Es muß das, stell ich mir vor, so gewesen sein wie mit dem Froschkönig und der Prinzessin. Er hat sich das wahrscheinlich so ausgerechnet, der Herr Prokurist, daß er durch den Kuß einer Prinzessin auch ein Prinz werden wird. Und wie er dann doch ein Frosch geblieben ist, war er halt sehr enttäuscht –.«

»Die Renate Erber und der Haber-Fritz –«, unterbrech ich ihn und will ihm schon von dieser eigentümlichen Verbindung etwas erzählen, weil er das offenbar nicht weiß, aber er läßt mich nicht ausreden.

»Der Haber-Fritz«, sagt er plötzlich lebhaft werdend, »siehst, das war das Stichwort, der ist nämlich meine Waffe gegen den Schelle. Denn was den Fechtner umbringt, ist im Grund nur die Tatsache, daß er sich dem Schelle so in jeder Beziehung unterlegen fühlt. Auf dieser Tatsache aufbauend, müssen wir uns jetzt einen genauen Plan ausdenken. Du und ich, wir beide. Ich bin nämlich des Alleinseins müde, besonders, wenn es um gute Werke geht, denn darin hab ich keine Übung. Ohne Eiweiß kein Liebesleben, ohne Schwengkh keine Antikabale. Daß das Tonband zwar die Hauptsache war, aber nicht für lang, bei dem fechtnerischen Kollaps auf der Party, da bin ich ziemlich bald draufgekommen, und schmerzlich, weil ich gerade daran das Danebengegangene meiner Gegenaktion zu agnoszieren mich nicht mehr entbrechen konnte. Das Magnetophon hat ihn zweifellos nur weichgekocht. Den Kern angeknackt hat ihm aber der scheinbare Beweis dafür, daß der Schelle nicht sein Feind wäre, sondern ihm nur die ganze Zeit helfen wollte – also etwas, was er sich ohnehin die ganze Zeit eingebildet, aber nie zugegeben hat.

Wenn ich den Schelle machen hätt lassen, wie's ursprünglich seine Absicht gewesen war, wär der Fechtner wahrscheinlich heute dort, wo's drauf ankommt, wenigstens gesund, weil er nämlich dann das wüßt, was uns der Schelle selber gesagt hat: daß das Versuchsobjekt umgebracht werden soll, nichts sonst, und daß die Scheinhausischen Argumente keine Argumente sind, sondern nur Waffen gegen den Fechtner. Schön. Oder vielmehr nicht schön. Ich hab also bei der Gaby einen Fehler gemacht. Es wird mir nicht wieder passieren –.«

»Was gibt dir diese Zuversicht?« frage ich.

»Die Tatsache, daß ich die Möglichkeit hab, den Schelle mit seinen eigenen Waffen zu schlagen, ganz einfach. Er kämpft mit Argumenten, die sich gegen die Person richten – no, das können wir auch. Er hat bei der Party vom Fechtner-Peter seinerzeit gesagt, daß er den Schwarzen Peter zwar nicht verschwinden hat lassen, daß er das aber vielleicht noch tun wird, und hat damit den Fechtner gemeint. Also werden jetzt wir aus dem Schelle den Schwarzen Peter machen. Dann ist nämlich er es, der für den Fechtner ins Bedeutungslose verschwinden wird. Um das zu erreichen, werden wir den Haber-Fritz benützen.« Der Leihmeister nickt grimmig. »Also, jetzt hör schön zu. Du weißt doch, daß der Poldi Hörndl so ein halberter Warmer geworden ist, oder?«

»Wie?« frag ich entsetzt.

»Ja. Reg dich jetzt nur nicht moralisch auf. Der Poldi Hörndl kann uns ja, wie man in Germanien sagt, piepegal sein. Seine Person, mein ich, die totaliter. Nicht aber der Umstand, warum er nicht mehr beim Schelle Body-Building treibt. Diesen Umstand bildet seine Eifersucht. Nicht, daß er mit dem Schelle je etwas gehabt hätt –.«

»Hör auf!« sag ich.

»Du g'fallst mir«, sagt der Chensky mit mildem, aber verächtlichem Zorn. »Neugierig sein, gelt, das kannst, und alles wissen wollen. Aber wenn dann die zarte Blütenreinheit deines Seelenlebens gefährdet erscheint, spielst auf einmal den soliden Ministerialbeamten. So geht das nicht, Herr Doktor! Entweder – oder!«

»Ich hab nie gesagt – das hast mir immer nur du eingeredet –, daß ich mich in diese Geschichte einmischen will!«

»Aber getan hast es, mein Lieber, und auf das kommt's an! Jetzt hüll dich also gefälligst in ein vornehmes Schweigen und hör mir weiter zu.

Du wirst dich eben jetzt auch ein bißl dreckig machen, kannst ja deine schöne Seele nachher wieder waschen, oder was. Ich brauch dich nämlich, und jetzt gibt's kein Neinsagen mehr, schon weil der Fechtner *mir* nicht glaubt. Er mißtraut mir aber nicht vielleicht deshalb, weil ich am End unrecht hätt, sondern nur, weil ich kein Doktor geworden bin und kein Fixangestellter, kurz, kein solider Mensch. Du bist beides und auch das dritte. Du hast es schwarz auf weiß, daß du vernünftig bist. So wie's der Schelle schwarz auf weiß hat. Wenn ich eins vom Schelle gelernt hab, ist's, daß beim Fechtner nur argumenta ad hominem wirken, freilich aber nur dann, wenn sie geschickt als solche ad rem aufgeschirrt sind. Compris? – Verflucht«, sagt der Leihmeister überredend, »du bist sein Gegengewicht, laut Schelle und laut Fechtner, erinner dich nur, wie wir mit den beiden Amerikanerinnen bei ihm oben waren und du immer so blöd ja gesagt hast! Du bist sein Gegengewicht und mußt also auch so funktionieren. Das ist nur das primitivste G'hörtsich, das sich denken läßt. So was gehört doch schon gewissermaßen zum innerlichen Dehors.«

»Innerer Dehors ist eine der wunderschönsten contradictiones in adjectu, die ich jemals gehört hab.«

»Tu mich nicht verwirren«, sagt der Chensky, »du I-Tüpferl-Reiter, du akademischer. – Ich hab also einmal den Poldi Hörndl in der ›Monseigneur‹ 'troffen, und wie ich ihn g'fragt hab, warum man ihn beim Schelle gar nicht mehr sieht, hat er mir mit großer moralischer Entrüstung und unter dem Siegel der Verschwiegenheit, weil er sich nämlich auch vor dem Schelle fürchtet, erzählt, daß er die zwei, den Schelle und den Fritz, einmal beinah bei etwas erwischt hätt.« Der Chensky nickt bedeutungsvoll.

»Wobei?« frag ich verständnislos.

»No, bei so was, wo der Poldi eher zuständig wär.«

Ich glaub das nicht und sag ihm das.

»Ich schon«, sagt der Leihmeister. »Credo quia absurdum et probabile, mein Lieber. Absurd, wenn man den Schelle, höchst probabel, wenn man den Poldi anschaut Denn der lügt nicht, weil er zu blöd dazu ist. Aber so was sehen und als so was erkennen, das kann er schon. Grad weil er selber so einer ist, wenn auch vielleicht nicht bis zur letzten Konsequenz. Also, paß auf. Er kommt hinauf ins –.«

»Bitte, verschon mich mit Einzelheiten«, sag ich.

»Diese Geste«, sagt der Chensky bewundernd. »Wie lang hast du sie eigentlich geübt, zu Haus, vorm Spiegel? – No, also gut, lassen wir's. Das, was ich vom Poldi weiß, und zweitens die Tatsache, daß man den Schelle überhaupt nicht mehr mit seiner Gisela Trubisch zusammen sieht – die dürft ihm den Tritt gegeben haben –, sind also unsere Argumente, mit denen wir den Schelle für den Fechtner aufmascherln werden. Und wenn er einmal den Schelle für ein Seicherl hält – für den Fechtner ist natürlich ein jeder Warmer ein Seicherl –, dann ist er aus dem Wasser. Dann konstruiert er sich's nämlich so: Der Schelle ist ihm nur deshalb so militant neidig, weil er, der Fechtner, normal und er, der Schelle, es nicht ist«

»So was wird er dir grad glauben, der Fechtner«, sag ich. »Wenn nicht einmal ich dir das abkaufen kann.«

»Mir wird er's nicht glauben, stimmt, aber dir schon, auch wenn du's selber nicht glaubst! Darfst halt nur nicht patschert sein dabei, wenn du ihm einredst, was der Schelle für einer ist! Also? Wie wär's mit einem kleinen diesbezüglichen Plan?«

»Schau«, sag ich, »du hast heut den Vierlinger abfahren lassen, weil er sich in was hat mischen wollen, was ihn nichts angeht, und nun willst du selber das gleiche versuchen. Ich hab im ›Riebel‹ noch nicht gewußt, wie sie jetzt steht, die Fechtner-Schelle-Angelegenheit, sonst hätt ich mich mit dir überhaupt nicht mehr deswegen zusammengesetzt. Schau dir diese G'schicht doch einmal ganz objektiv an! Sie ist, von vorn bis hinten, im Grund doch nur kindisch. Glaubst du wirklich im Ernst, daß sich der Fechtner tatsächlich selber umbringen wird? Dazu g'hört mehr, mein Lieber, als ein paar Blamagen –.«

»Du bringst es fertig und treibst mich noch in den kreischenden Irrsinn«, sagt der Chensky und muß was trinken, damit er nicht zu zornig wird. »Ich hab gar nicht gewußt, daß du so schwach im Geiste bist, wirklich«, konstatiert er dann mit wiedererlangter Ruhe. »Wenn ich dich nicht unbedingt brauchen tät, keine Angst, ich tät mich mit so einem Degeneraten, wie du einer bist, sicher nicht zusammentun.«

»Prost. Du bist heut von berückender Liebenswürdigkeit.«

»Auf dein ganz Spezielles. Also, ob das, was der Schelle mit dem Fechtner treibt, objektiv gesehen, kindisch ist, bleibe vorerst dahingestellt. Von viel größerer Wichtigkeit ist es, daß es dem Fechtner und dem Schelle nicht kindisch erscheint, sondern todernst. So, jetzt kommen wir zum konzedierten, objektiv kindischen Sachverhalt. Was tun, um den Fechtner zu dessen Einsicht zu bringen? Durch Objektivierung für ihn, selbstverständlich. Dazu ist er in seiner gegenwärtigen Verfassung nicht imstande. Man muß ihm also Hilfestellung geben, und zwar, indem man seine Prämissen so ändert, daß er die nötige, befreiende Explosion selbst erzeugen kann.«

»Wer ist ›man‹?«

»Du und ich, wer sonst?«

»Peter«, sag ich, »was du da erzählst, ist sehr schön und sehr wahr. Aber aus deinem Mund ist es ein Blödsinn.«

»Et tu?«

»Nein. In diesem Fall ist ein argumentum ad hominem eins ad rem. Denn du bist beteiligt und alles andere als objektiv.«

»Aber du doch nicht!« schreit der Chensky, das erste und einzige Mal, heut in der »Hélène«. »Drum brauch ich dich doch! Grad, weil ich engagiert bin!«

»Jetzt hüll dich einmal du in vornehmes Schweigen«, sag ich, »sonst schmeißen sie uns hier noch hinaus. Und richt dir die Krawatte. Du schaust aus wie ein Aufg'hängter.«

»Cheerio.«

»A votre sante. Nun denn. Sei ehrlich. Engagiert sind wir alle vier. Ihr drei Peter, weil jeder von euch der Schwarze sein kann, sozusagen, und ich, weil zwei von euch dasselbe von mir glauben könnten. Siehst, das ist auch so etwas objektiv Kindisches, die verschwundene Spielkarte, bei unserer Maturafeier, und doch hat das keiner von uns vergessen, die ganzen Jahre lang, sogar der Schelle hat heut wieder angefangen damit. Und wir haben das gleich so ernst genommen, daß wir ihm sofort alle hoch und heilig geschworen haben, daß wir es nicht waren, statt daß wir ihn einen Deppen geheißen und gefragt hätten, was er sich eigentlich einbildet. Nein. Ich tu nichts. Nur, wenn du deine Finger aus dem Pallawatsch herausziehst, kannst du objektiv werden.«

»Du vergißt, daß es mit dem Fingerherausziehen nicht getan ist«, sagt der Chensky, »sondern dein schlechtes Gewissen, das müßtest du auch herausziehen, aber letzteres ist sozusagen ein vasomotorischer

Nerv, den du mit einem bloßen Entschluß nicht beeinflussen kannst. Deine Finger mögen draußen sein, das glaub ich dir gern. Dein schlechtes Gewissen aber, das sitzt noch drin in dem Pallawatsch, und dieses wird schon dadurch bewiesen, daß du zum Beispiel jetzt grad nur von dem Pik-Buben gesprochen hast und nicht von dem Fritz seiner Schreierei und unwiderleglich demonstriert durch dein eigenes Eingeständnis, auch engagiert zu sein und nicht vergessen zu können. Also ist nichts mit bloßem Nichtstun und Nichtbeteiligt-sein-Wollen getan. A vuestra salud.«

»Tschin-tschin. No ja«, sag ich, weil ich nicht gleich weiter weiß.

»Aha«, sagt der Chensky, erfreut die Hände vorm Bauch faltend.

»Nichts aha.«

»Schon aha. Ich bin ehrlicher als du. Ich geb offen zu, daß ich gar keine Rationale hab, für mein Bedürfnis, dem Fechtner kriegerisch zu helfen. Mich stört es nur, daß zwei aktive Strampler, wie der Schelle und der Fechtner, gegen zwei tiefe Denker, wie du und ich, gewinnen sollen. Denn der Schelle ist ein Strampler, weil er seine geschliffene Pappen zweckgebunden, also als Spezialwerkzeug verwendet, um den Fechtner auszuheben. Daß der Fechtner ein aktiver Strampler ist, muß ich dir wohl nicht erst beweisen.«

»Mir ist die Bezeichnung ›aktiver Strampler‹ zwar neu, aber sie ist so treffend, daß ich mir schon denken kann, was du damit meinst.«

»Küß die Hand, leg mich zu Füßen, danke schön. Denn wenn die zwei, die trotz ihrem gemeinsamen Grundtenor These und Antithese darstellen, zur Synthese verschmelzen, weil der Fechtner ja sagt und sich umbringt, bleiben wir übrig und können uns ausschnapsen, wer von uns beiden der Schwarze Peter ist.«

»Jetzt wird's mir leider zu gescheit«, sag ich. »Bei dieser Dialektik komm ich nicht mehr mit. To your health.«

»Nukwa bombu.«

»Wie bitte?«

»Trinkspruch des M'bongo M'banga. Eben erst erfunden. Mir sind nämlich die Trinksprüch ausgegangen.«

»Und mir alles andere«, sag ich und steh auf. »Aktive Strampler – tiefe Denker, das ist mir nämlich zu simpel. Jede Generalisation wie jede Idealisierung ist eine gleichmacherische Leichtmacherei –.«

»Das ist aber auch ganz schön«, sagt der Chensky, erhebt sich ebenfalls und seufzt. »'s ist also nix mit unserer Antikabale?«

»Nein, mein Lieber. Include me very much out, please.« »No dann«, sagt er, »dann werden wir halt noch eine stumme Gedenkminute für den Hubsi Lerch einlegen, das hätten wir beinah vergessen über unseren Geschäften, und dann gehen. Das heißt – weißt was? Ich halt lieber zwei, gleich auch eine für dich, und du gehst dafür einstweilen zahlen, das paßt besser zu dir, weil du ein Mensch ohne Pietät bist.«

»Das klingt ja fast so resigniert, als ob ich dich tatsächlich überzeugt hätt?« sag ich.

»No ja – ich hab das Kriegführen aufgegeben, wenn du das meinst.«

»Du willst jetzt wirklich nichts mehr tun in der Causa Fechtner versus Schelle?« frag ich. »Weißt du, daß das das erste Mal in meinem Leben wär, daß ich jemand von etwas hätte überzeugen können?«

»Schau«, sagt der Chensky, »du allein hast mich von nichts überzeugt. Aber jetzt sitzen wir da schon fünf Stunden herum und tun nix wie reden, statt daß wir was tun. Das hat mich überzeugt, nicht deine bloßfüßigen Argumentationen oder meine blitzgescheiten Repliken. Wir sind eben zwei kontemplative Kacker und sonst nix. G'scheit reden, das können wir, sonst haben wir anscheinend nix g'lernt. Du bist ein ernster Mensch und kannst daher gerade die wichtigsten Sachen nicht mehr ernst nehmen, und ich bin eine lustige Person und nehm daher sogar die unwichtigsten Sachen zu ernst. Du wirst deine Sylvie heiraten und zahlreich sein wie der Name Günther im Hause Schwarzburg, und ich werd mir ein süßes Popscherl suchen, das ich anpumpen kann wie der selige Marlborough. Den Schwarzen Peter, den teilen wir uns, und den Schelle, den lassen wir den Fechtner umbringen und waschen unsere diesbezüglichen objektiven Hände in Unschuld. Komm, gehen wir – jesses! Jetzt hätt ich beinah auf die hinderliche Beschaffenheit von dem Vierlinger seine Füß vergessen!«

»?«

»Ich hab dir doch draußen auf dem Friedhof gesagt, daß ich für morgen Lackschuh brauch und die vom Vierlinger nicht gehen, weil der doch so Schweißfüß hat!«

»Und ich hab dir gesagt, ich auch!«

»Das«, sagt der Leihmeister, »glaub ich dir leider nicht.«

Und dann hat er mich nach Hause gebracht und hat sich meine Lackschuh ausgeborgt.

»So ist eben das geschehende Leben«, sagt er, wie er sie einwickelt in einen Bogen Zeitungspapier, »nämlich inprädiktabel und profund undurchschaubar: Ich hab wirklich geglaubt, daß ich dich überreden könnt. Aber du bist halt leider genauso feig und am Handeln von deinem Verstand gehindert wie ich. Zwei passive Feiglinge zusammen geben eben keinen aktiven Helden. Jetzt weiß ich das. Vorher weiß man so was nie. Man muß eben alles ausprobieren. Vivat die schmerzliche Empirie! Das ist so wie das Wetter, weißt. Und wenn dann das Wetter kommt, schaust.«

Ich hab den Chensky erst wiedergesehen, als die Renate Erber und der Fritz Haber geheiratet haben.

2

Ein Leihmeister ohne Schulden war es, der seinen letzten Spaziergang durch Wien machte, unbehaglich erleichtert, dem der Brief seines Vaters, welcher ihn nach England rief, bereits in der Tasche knisterte, der, die gepackten Koffer schon am Bahnhof, den Reiseanzug bereits am Leibe trug.

War es Geistesgegenwart, war es alte Gewohnheit, welche ihm seine neueste Hülle verschafft hatte, unnötigerweise, denn vom Papa war der Sohn, trotz schlagartig und grausam zerstörter Illusionen, für die Reise reichlich dotiert worden, jedenfalls war auch das gegenwärtige Gewand, in welchem der wienflüchtige Leihmeister steckte, ein wenig vornübergeneigt, elegant, aber gefurchter Braue, einem anderen geschneidert worden; es entstammte der reichhaltigen Garderobe eines Grafen László B., der sich der unangenehmen Aufgabe hatte unterziehen müssen, dem Standesgenossen den Ausschluß aus dem gemeinsamen Klub mitzuteilen. Sehr erleichtert, daß der Verstoßne – was man doch nicht gut fordern, kaum nahelegen konnte – aus eigenem bereit war, die Stadt zu verlassen, hatte László gern und aus einem wirklichen Bedürfnis eine freundliche Geste gesetzt, de iure leihend, de facto schenkend, denn B. fühlte sich, was sich eigentlich von selbst versteht, mit dem Gefallenen trotz allem solidarisch, natürlicherweise, möchte man fast sagen, weil sich ein Solidaritätsgefühl nur bei solcher

Gelegenheit erweisen kann, anders nur bloße Redensart und angenehme Selbstgefälligkeiten im exklusiven Gemeinsamen bleibt; er hatte seine persönlich unveränderte freundschaftliche Einstellung sogar ausdrücklich festgestellt, wenn auch natürlich ohne mißtrauische Sortierung der eigenen Motive, kurz: offen, ehrlich und ganz ohne billiges »Kopf hoch« und dergleichen; denn das arme Opfer war schließlich weniger in die entrüstete Ungnade derer, auf die es im Grunde allein ankam, als nur ins öffentliche Auge gefallen – mal' occhio der misera plebs, sozusagen. Peinliche Schulden gab es auch keine mehr, denn der aufgescheuchte Papa hatte es gottlob eilig gehabt, sich um die finanzielle Seite der Familienschmach zu kümmern, um den Filius wenigstens diesbezüglich zu rangieren – mit der Presse aber konnte er es dem Sohn freilich nimmer richten.

»Servus, servus, und: Tut mir wirklich leid, lieber Freund! Und wenn ich noch irgendwas für dich tun kann – no, du weißt schon, net? Grauslich, so Sachen. Ich persönlich – aber – no ja. Also dann, alles Gute, Chensky, und – und – servus!«

»Mir tut's auch leid, mein Bester!« sagte der Leihmeister. »Und wie! Aber, was willst machen, Laci, nix kannst machen, Kismet, Schicksal ist das. Dank dir jedenfalls auch schön für alles, gelt?«

»No ja. Servus, servus.«

Der László hat ein bisserl zu schmale Schultern; Peter Chensky, der es aus langjähriger Übung gewohnt war, sich seinen Kleidern anzupassen, statt sich solche anpassen zu lassen, ging schon deshalb ein wenig gebückt, und weil er gebückt ging, schon deshalb ein wenig tiefsinnig, hatte freilich auch minder mechanische Gründe zu seiner Niedergedrücktheit – der Hinauswurf schmerzte, war man gleichwohl nun schon jahrelang nicht mehr im Klub gewesen, wo man immer wieder auf die diversen hergeliehenen Gelder zurückgekommen und auf impertinente Weise schon sehr lästig geworden war. Die Skandälchen wären ja noch hingegangen, solang man sich spärlich, später sogar vollends unsichtbar machte, ein wirklicher, in breiteste Öffentlichkeit gedrungener Skandal freilich, zum Beispiel ein solcher, bei dem man in den Gazetten eine Hauptrolle gespielt hatte, kurz, jener, der sich draußen in der Villa der Gaby Münzer ereignet hatte, konnte freilich weder über- noch nachgesehen werden.

Ich hätt die Mitgliedschaft selber aufgeben sollen, dachte Chensky, aber wer traut sich schon so was, ohne vorher Kommunist geworden zu sein?

Er merkte, daß er auf seinem einsamen Abendspaziergang in die Gasse geraten war, in welcher das Bankhaus Schelnhausen stand, und blieb stehen. Ein Gefühl der Trostlosigkeit und Verlassenheit wurde übermächtig und hatte nichts mit dem leeren Nachmittag zu tun, den er gewohnt war als tausendste Wiederholung, mit dem sich jeder Leihmeister herumschlagen muß, der zu wenig finanzielle Ellbogenfreiheit besitzt und zu anspruchsvollen Geistes ist, um sich öfter als gelegentlich unter diejenige Söhne- und Töchtergeneration zu mischen, welche unausgesetzt von hier nach dort und anderswo hinfährt, welche die dahingegangenen traditionellen drei Themen des hier im Vergleiche anzuziehenden Herrn von einst: Pferde, Weiber, Spiel, auf das alles andere erschlagende Generalthema »Auto« reduziert hat, welche ihre Weibergeschichten fortan nüchtern-sportlich und ihre Sportarten mit beruflichem Ernst betreibt.

Auto stand an Auto; manche Wagen waren halb auf den Gehsteig gefahren; ein Stückchen Sonne, blinkend dem nahen Kirchendach aufsitzend, war wehmütig im Spiel, mit Stäubchentanz und Lichtgefleck; das Huschen des warmen Großstadtwindes wurde überdeutlich durch die geschärfte Wahrnehmung, welche jeder entscheidende Abschied nun einmal mit sich bringt, die unvermeidlichen Tauben, flügelschlagend, trippelnd, mit gestreckterem Schritt unwillig flüchtend, gerieten unversehens symbolisch, wußte man auch nicht wofür. Leute gingen an Chensky vorbei, aber deutlich einer Beschäftigung nach; so war ihm die Straße dennoch menschenverlassen und das breite Bankgebäude wie ins Zentrum einer Pflicht gerückt, die man versäumt hatte, der man jetzt vielleicht gerade noch, wenn schon nicht genügend, so doch durch einen Anstoß wenigstens mangelhaft nachkommen konnte, denn siehe da: Alexander von Schelnhausen quert eben mit raschem Schritt die Straße, Aktentasche unterm Arm, und betritt das Portal.

Der Alexander hat ein Gangerl grad wie sein Bruder Peter. Und ist dabei ein geradezu unanständig anständiger Mensch. Und ganz ohne unsympathisch zu sein. Wie er das nur macht?

Schwengkh tut nichts. Ich kann auch nichts mehr selber tun, aber vielleicht hab ich noch eine Möglichkeit, vielleicht kann ich wenigstens einen anderen helfen lassen, wo ich's nicht fertigbring, vielleicht –.

Chensky hatte es jedoch beim Anblick des jüngeren und mit jedem Schritte pflicht- und zielbewußten Schelnhausen gewußt, und sofort mit Gewißheit, daß jedes einschränkende »Vielleicht« gelogen war: Alexander war kein Schwarzer Peter, sondern würde eine ganz sichere Karte abgeben, auf die man ruhig setzen konnte. Aber weil man es konnte, mußte man es auch. Der Leihmeister seufzte. Schließlich, wenn Alexander, meinem Hinweis folgend, zu handeln beginnt, bin ich längst aus der Gefahrenzone, ließ er sich von seiner Feigheit trösten, die er in solchen Momenten als seine echteste und autoritärste Instanz anerkannte. Ich fahr nach England. Armer Woiwod, was wird der jetzt tun? Und die Eiserne Mizzi? Was die macht, weiß ich, dachte Chensky kindisch. Die packt gerade meine restlichen Sachen und bringt sie auf die Post. Mit solchen Überlegungen, ärgerte er sich, ist nichts geschehen und getan.

Geschehen sind die Untersuchungen von Privatdetektiven einer mißtrauischen Mutter. Und einem gerissenen Berichterstatter ist es gelungen, die heulende, fünfzehnjährige Tochter eben jener mißtrauischen Mutter zu interviewen. Ein Chefredakteur hat es gewagt, das Interview zu bringen, hat dabei nicht nur Initialen, sondern auch Namen, hat dadurch schließlich auch eine polizeiliche Untersuchung gebracht. Freilich wurde ein Dr. Peter F. überhaupt nicht genannt, und auch der Name Dr. Peter Sch. ist nur einmal aufgeklungen, im Rauschen des Blätterwaldes, dann niemals wieder. Denn dem Dr. Peter Sch. hatten leider alle Teilnehmer an Gabys Festen »sittliche« Aufführungen bestätigen müssen; mit einer einzigen, einfachen Einvernahme war er davongekommen, der Schelle. Einem gewissen, voll ausgeschriebenen, auch abkonterfeiten Peter (Grafen) Chensky war es freilich nicht so wohl ergangen, für den hatte man sich schon eingehender und häufiger interessiert, bevor man ihn endlich laufenließ. Der Pallawatsch war fertig und wurde durch die eilige Heimkunft Papa Münzers und einen Schwall von unklugen Entgegnungen, zu deren Aufnahme der Fabrikbesitzer die Zeitungen durch seine Rechtsanwälte zwingen ließ, nur noch weiter aufgebauscht. Es war ein wunderschöner, vollausgewachsener Skandal und noch dazu ganz unpolitisch – die Presse war dankbar und ausführlich.

Peter Chensky, nicht einen Entschluß fassend, sondern von einem solchen gefaßt, schüttelte mit verzweifeltem Gesichtsausdruck den Kopf und rief sich, damit dieser Griff nicht zu schmerzhaft ausfiele, zur Straffung seiner moralischen Muskel, die Antwort Fechtners zurück, dem er heute vormittag am Telefon noch einmal klar und vernünftig alles dargelegt hatte; Peter Fechtner hatte gesagt: »Chensky, das hat doch keinen Sinn. Ich weiß, daß du's gut meinst, ja. Aber ich will nicht mehr darüber reden. Ich will mit dir über gar nichts mehr reden. Du verstehst ja nicht, worum es geht, sonst wüßtest du, daß mit Lügen nichts mehr getan ist. Ich muß selber fertig werden, selber zu einem Ende kommen. Ich kann keine Lügen mehr vertragen, solche und solche nicht. Ich kann deine gutgemeinte Lügerei einfach nicht mehr brauchen. Entschuldige, bitte. Also servus, Chensky. Und trotzdem: danke schön.«

Chensky ging über die Straße und betrat das Bankgebäude. Der Portier Vesely, der, die Hände am Rücken, mit kleinen Schritten in der Vorhalle seine Bahn beschrieb, sah einen jungen Mann der Drehtür entrinnen, der ihm bekannt vorkam, konnte den sich unschlüssig umsehenden Elegant jedoch im Augenblick nirgends hintun und ärgerte sich über dieses ungewohnte Versagen seines Erinnerungsvermögens. Ein Portier hat vieles zu wissen und weiß es auch, und das übrige vermutet er. Außerdem liest er die Zeitung. Er kommt mit der Zeit auf alles drauf, wenn es auch nicht immer ganz stimmt.

Vesely, nicht nur beamtet, potentielle Bankräuber zu erkennen oder durch unauffällige Avisi der offiziellen wie inoffiziellen Prominenz den rechten Empfang zu verschaffen, sondern auch Auskunft zu erteilen, an welchen Schalter oder in welches Büro zweckdienlich zu treten wäre, kurz, ob nun aufgefordert oder nicht, belehrend zu wirken, weil es nun einmal so ist, daß einem Großteil der Menschheit beim Betreten eines Amts- wie Bankgebäudes schlagartig der Verstand abhanden kommt, Vesely, der wußte, daß die verkörperte Hilflosigkeit am Schalter, die sich kaum auf ihren eigenen Namen besinnen kann, und wenn doch, ihn schließlich, nach gnädig oder ungnädig aufgenommenen Erläuterungen, unfehlbar ins falsche Eck eines ihr etwa entgegengeschobenen Formulars schreibt, Vesely, der die winzigsten Symptome einer solchen Verblödung einem lebenslangen Studium zufolge sofort zu erkennen wußte, nahm sie, wenn auch in souverän verdrängter Form, an dem Leihmeister ebenfalls wahr und folgte ihm, heftig nachdenkend, in den Schaltersaal. Doch hielt er noch Distanz; die vertraulich-helfende Annäherung war erst angezeigt, wenn dem Kommittenten nach mehrmaligem, vergeblichem Kopfdrehen der letzte Funke Hoffnung im Auge erstarb. Nun, Chensky war bald soweit. Freilich gar nicht aus den sonst hier üblichen und dem Portier allein verständlich gewesenen Gründen. Ihn trieb diesmal, wunderlich genug, keinerlei Finanzmechanik. Er durchwanderte trübsinnig den Kassensaal und wurde in seinen privaten und einsamen Angelegenheiten, die er hier einer sinnvoll durchdachten und kollektiv durchgeführten sicheren Objektsbewältigung stumm vorbeitrug, immer kleiner; es schien ihm plötzlich völlig unmöglich, als Laie und einzelner Mensch, als welcher er sich heute intensivst fühlte, sozusagen deutlicher denn je, mit seinen einsamen und ungewissen Peinlichkeiten, gewissermaßen nacktest privat, gegen diese lückenlos verriegelte Phalanx anzutreten, zu deren Schildträgern der junge Schelnhausen nun einmal gehörte, noch dazu auf so furchtbar fremdem und feindlichem Boden – so krümmten sich seine Schultern noch schmerzlicher als textilisch nötig, und Vesely konnte endlich eingreifen.

»Verzeihen, der Herr«, sagte er, hinter dem gebeugten Rücken Chenskys lautlos hervortretend, dienstbereite Hilfe und plötzlicher Schreck, »kann ich Ihnen vielleicht behilflich sein?«

Der Leihmeister zuckte sichtbar zusammen. »Das weiß ich noch nicht«, sagte er, merkte, daß solche Replik wohl zutreffend, aber nicht geeignet war, einen Chensky würdig zu repräsentieren, und mußte nun tun, was er zwar beabsichtigt, aber eigentlich gar nicht gewollt, was er nun insgeheim sogar für undurchführbar hielt. »Das heißt«, sagte der überrumpelte Leihmeister zu seinem eigenen Verdruß, »ich möcht eigentlich den Baron Alexander Schelnhausen sprechen, könnten S' mir vielleicht sagen, wo ich den find?«

»Ja, bitte, worum handelt es sich denn?«

»Gelt, das möchten S' halt gern wissen«, versetzte Chensky nach kurzer, musternder Pause, dem diese Unverschämtheit, welche fast weniger in der Wortwahl der Frage lag als in der eindringlichen Art, wie sie vorgebracht wurde, jäh die Sicherheit zurückgab. »Doch das sag ich ihm lieber selber, Verehrtester.«

»Verzeihen Sie, aber –«

»Ich heiß Peter Chensky und bin ein Freund von ihm. Also wo, wenn Sie die Liebenswürdigkeit hätten –?«

Nun wußte Vesely alles. »Direktionskanzlei, dritter Stock, bitte, Herr Graf«, sagte er und entfernte sich eilig: Elfriede Mehrsack war informiert, als Chensky eintrat.

Im Vorraum, in der Kanzlei des augenblicklich abwesenden Kommerzialrates, gab es vier Schreibtische, an einem saß Alexander, an dem anderen die Sekretärin. An den übrigen waren ein Prokurist und ein Direktor geschäftig.

Chensky grüßte und alle sahen auf. »Guten Tag«, sagte Fräulein Mehrsack, »bitte schön?«

»Pardon«, sagte Chensky, »ich möcht gern diesen Herrn dort sprechen.« Alexander erhob sich. Schlank, sicher in seiner Profession, zu Hause an einem großzügig bemessenen Schreibtisch, der seinen Besucher, wider dessen Willen, sogleich als Kommandobrücke beeindruckte.

»Der Peter Chensky«, sagte Schelnhausen erstaunt, »na so was!«

»Gelt«, sagte der Leihmeister, »da schaust. Servus, Herr Bankdirektor. Ich will dich nicht lang aufhalten, möcht mich nur verabschieden, weißt. Ich fahr heut weg, nach England, und laß euch alle in Wien sitzen, ätsch.« Er ging auf Alexander zu, gab ihm die Hand und setzte sich zögernd auf den angebotenen Stuhl.

Fräulein Mehrsack schaltete den Lautsprecher der Sprechanlage aus und stellte die Verbindung ins Allerheiligste auf ihr Tischtelefon um. Dann ging sie ins Büro des Kommerzialrats und kam gleich wieder heraus.

»Baron Schelnhausen«, sagte sie, »wenn Sie sich ungestört besprechen wollen: Ihr Herr Vater wird vor einer Stunde nicht zurück sein.« Sie deutete nach der Tür des Nebenraumes.

»Komm«, sagte Alexander.

Die Sekretärin wartete, bis sich die Polstertür hinter den beiden geschlossen hatte, setzte sich wieder nieder und nahm den Telefonhörer auf.

»Sagen S' einmal, Fräulein Mehrsack, war das vielleicht der Chensky, der –«, fragte Direktor Seizmann.

»Ja«, sagte Fräulein Mehrsack abweisend, die Hand vorsorglich auf der Sprechmuschel.

Prokurist und Direktor blickten einander vielsagend an und begannen eine geflüsterte Unterhaltung.

Alexander von Schelnhausen sah sofort nach seinem Eintritt, weshalb die Sekretärin vorhin im Büro gewesen war: Das Kästchen der Gegensprechanlage war aus der Schreibtischplatte aufgetaucht und eingeschaltet. Alexander zögerte einen Augenblick, lächelte dann und setzte sich auf die Tischkante. »Also«, sagte er.

Chensky blickte sich aufmerksam um, bevor er sich auf den hochlehnigen Stuhl vor dem Schreibtisch niederlassen wollte. »Gott sei Dank«, sagte er, »das schaut ja zufriedenstellend menschlich aus. Da kann man ja direkt reden, ohne von den Minderwertigkeitskomplexen des Laien gewürgt zu werden. Du siehst mich richtig erleichtert. War schon recht beklommen von der fachlichen Eindrucksfülle eurer Bank. Als armer, ehrlicher Nichtbankbeamter traust dir ja kaum den Mund aufzumachen, wennst nicht gleich mit einer Million dort und mit einer anderen dahin schmeißen kannst.«

»Setz dich auf den anderen Sessel«, sagte Alexander lächelnd, »der ist bequemer.«

»Gleich auf den Thron deines Vaters?« fragte Chensky erstaunt. »Na, wennst meinst –?« Er gehorchte zögernd.

Alexander wippte mit dem rechten Bein. »No, sag schon, was hast du also für unangenehme Sachen auf dem Herzen, hm?«

»Tu nicht gedankenlesen, junger Mann«, sagte Chensky ablehnend, »ich mag das nicht. Ich hab vor zwei Monat, nach dem Begräbnis vom Hubsi, mit dem Schwengkh gesprochen, der tut das auch immer. Seitdem schau ich ihn nimmer an. Sei also gewarnt. Ich wollt dich nur fragen, wie du jetzt eigentlich mit deinem Bruder stehst.«

»Schlecht«, sagte Alexander ruhig und blickte auf das Kästchen der Sprechanlage nieder. »Ich hab keine Ahnung, was er treibt.«

»Weißt du wirklich gar nichts? Von der Gisela Trubisch zum Beispiel?«

»Die Trubisch? Ich glaub nicht, daß er die noch sieht. Ich hab ihn aber nicht gefragt. Sie ruft zwar jede Woche fünfmal bei uns zu Haus an, aber der Peter geht nicht zum Apparat. Sie hat sogar schon ein paarmal da in der Bank angerufen. Sie schreibt ihm auch Briefe und rennt überall hin, wo sie glaubt, ihn treffen zu können.«

»Liest er diese billets doux?«

»Ich weiß nicht.«

»Liest wenigstens du sie?«

Alexander beschloß, sich über diese Frage nicht zu ärgern. »Natürlich nicht«, sagte er.

»Ich tät's schon«, sagte Chensky. »Und du solltest es auch tun. Ich werde dir erzählen, warum. Die Trubisch weiß doch immer alles. Die kannst du nicht durch das Allheilmittel Nichtbeachtung loswerden, an das der Schwengkh glaubt und anscheinend dein lieber Bruder auch. Die ist imstand und macht euch einen Skandal, sag ich dir, der sich gewaschen hat. Wenn das nämlich wahr ist, was du mir da erzählst! Denn dann hat nicht sie ihn, wie ich eigentlich vermutet hab, sondern er sie sitzengelassen! Schau nicht so verständnisvoll, als ob du wüßtest, was das ist, ein Skandal! Ein wirklicher Skandal ist noch um fünf Maturaalpträume gräßlicher, als du 's dir gerade noch vorstellen kannst, glaub mir das, ich weiß es; wenn er unter gewissen, seltsamen Umständen sozusagen auch Englandreisen einbringen kann. No ja. Was ich sagen wollte – was wollt ich eigentlich sagen?«

»Das mußt schon du wissen«, sagte Alexander.

»Kennst du den Fechtner-Peter?« fragte Chensky.

»Grad vom Sehen.«

»Den Poldi Hörndl?«

»Auch so viel.« Alexander schwieg eine Sekunde. »Dich kenn ich ja eigentlich auch nicht besser.«

»Also, das versteh ich nicht! Liest du denn gar keine Zeitungen?« fragte Chensky empört.

Schelnhausen nickte. »Ja«, sagte er, »die hab ich schon gelesen.«

»Na wenigstens etwas. Und wenn du jetzt noch belieben würdest, sehr scharf nachzudenken, könntest am End doch draufkommen, daß du sogar auch noch deinen Bruder kennst, nein? Du weißt vielleicht nicht, was er treibt, aber wie er's treibt, das, mein lieber Alexander, das müßtest du eigentlich schon wissen!«

Schelnhausen gab keine Antwort.

»Also«, sagte Chensky, »ich hab dich heute besucht, weil ich dich bitten möcht, daß du zum Fechtner gehst und ihm notfalls mit Faustschlägen beibringst, was dein Bruder für einer ist.«

»Warum?« fragte Alexander.

Chensky holte tief Atem und begann zu erzählen. Schon nach seinen ersten Worten beugte sich Alexander vor, schaltete die Sprechanlage ab und die unsichtbare Zuhörerin aus.

Alexander von Schelnhausen war in den drei Jahren, die zwischen seinem Eintritt in die Bank und dem Gespräch, das sein Vater, sein Bruder und er hier in diesem Raume geführt hatten, kein anderer, aber erwachsener geworden und erwachsener als sein Bruder, als Chensky, als Schwengkh. Es gibt Naturen, und wir stehen nicht an, sie glücklich zu nennen, die schon in ihrer ersten Anlage so prädisponiert sind, daß die großen und kleineren Erfahrungen, die andere zu ständigen, wachstumshindernden, aber nötigen Revisionen zwingen, seien die nun im seltenen Falle bewußt und schmerzlich, seien die nun im häufigsten Fall weniger bewulßt und weniger schmerzlich, nur Ergänzungen ihrer Grundstruktur werden und, einmal assimiliert, nur förderlich, nicht verändernd wirken.

Für Alexander hatte es keinen Zusammenbruch gegeben, nie eine tiefe, narbende Verzweiflung, keine Verkrüppelung an seelischem Glied und Organ – so waren ihm freilich auch die Mühsal der Überwindung, Siege und Niederlagen wie die lebensgemäßen Kompromisse des Auskommens mit solchen Mißbildungen erspart geblieben, die andere Charaktere gleich entstellen wie bestimmen. Wie es eintraf, fügte es sich. Die meisten müssen Religionen wechseln, Alexander nicht einmal ein Bekenntnis. Daraus kam ihm jene Sicherheit, die schließlich Erwachsensein heißt. Das gab ihm Erwachsensein vor seinem Bruder, vor Chensky, selbst vor Schwengkh, der sein altes Haus ja ständig flicken mußte, damit es ihm nicht überm Kopf zusammenfiele, das machte jene verliehene Sicherheit erst möglich, die jede erkämpfte, erworbene als Surrogat erweist. Saccharin mag süßer sein als Zucker. Doch schmeckt eine wirklich feine wie eine wirklich unverbildete Zunge es sofort heraus. Den Stein der Weisen in der Retorte zu suchen, fiel nur den Alchimisten bei. Sie fanden ihn nie. Die prima materia ist ein sehr seltenes, nur natürlich vorkommendes Gewächs und kann nicht synthetisiert werden. Sie schießt in keiner anorganischen Lösung, nur in homine, aber dort gleich von selber, zu Kristall, einmal langsamer, einmal geschwinder, und sitzt voll ausgebildet in jedem gescheiten und menschlichen Menschen, der nicht mühsam schicksalsgesundet ist, sondern von vornherein schicksalsgesund war. Und nur dort. Der Stein der Weisen wird, entgegen landläufiger Meinung, nicht gefunden. Sondern man hat ihn schon oder hat ihn nie gehabt. Drum sind ja die durch seinen Besitz Ausgezeichneten gar so selten: wie es eben das Gescheitsein, dies Wort hier im zuträglichen Sinne, auch ist. Genies dagegen sind nie gescheit, bloß genial – schon deshalb häufiger vorkommend. Und überdies ohnehin suspekt; wie man mit ihnen dran ist, weiß keiner – Herren sind sie niemals. Herr und Genie sind antinomisch. Wie man mit einem Alexander dran ist, weiß man immer; man ist sehr gut mit ihm dran.

Schelnhausen hatte sich mit der Sekretärin seines Vaters bisher stillschweigend verstanden; als er Chensky ohne Zusage, aber auch ohne Ablehnung verabschiedet hatte und wieder Platz nahm an seinem Schreibtisch, wußte er, daß nun auch ein ausgesprochenes Verständnis mit Elfriede Mehrsack notwendig geworden war.

Sie sah nicht her zu ihm; Direktor und Prokurist freilich auch nicht, doch zeigten diese beiden Zeitungsleser sichtlich, daß sie nicht hersahen; ihre Gleichgültigkeit war sozusagen nicht zu übersehen; Elfriede Mehrsack aber wartete ohne jeden Aufwand. Sie hatte Mitwissen und Hilfe angeboten, stillschweigend, doch deutlich mit jenem eigentümlichen Mehrsackschen Takt, der knapp an der Grenze der Impertinenz verlief, diese aber auf unsagbare Weise dennoch nicht überschritt: Die eingeschaltete Gegensprechanlage war nicht zu übersehen gewesen. So gab es keine schnüffelnde Heimlichkeit noch jene Anbiederung hinterrücks, wenn man nicht hinschaut; hier wurde etwas verlangt und gleichzeitig freigestellt, das Verlangte abzuschlagen.

Die Sekretärin hatte mitgehört, bis Alexander abschaltete, doch hatte er nicht gleich abgeschaltet, und nun wartete – mehr, nun erwartete sie sein Vertrauen wie sie das Vertrauen seines Vaters erwartet und erworben hatte.

»Fräulein Mehrsack«, sagte Alexander von Schelnhausen nach Büroschluß, als sie beide allein waren, »ich möchte gerne etwas mit Ihnen besprechen, allerdings eigentlich etwas Privates –.«

»Baron«, sagte die Sekretärin, »Ihr Bruder heißt Schelnhausen wie Sie und wie diese Bank. Seine Angelegenheiten können uns alle angehen.

Dr. Schönbrod hat schon zweimal einen Skandal verhindert, in den Ihr Bruder um ein Haar verwickelt worden wäre: Einmal hat er sich um Viktor Trubisch kümmern müssen, das andere Mal darum, daß in den Zeitungen und sonst der Name Schelnhausen im Zusammenhang mit dem Namen Münzer nicht mehr genannt würde.«

Alexander schwieg.

»Ich bitte Sie«, sagte Fräulein Mehrsack, »die Anregung Graf Chenskys, Frau Trubischs Briefe betreffend, nicht als die Zumutung aufzufassen, die sie zweifellos ist, sondern als einen praktischen Vorschlag.«

Kapitel zehn Phase elf

Ich weiß nicht, wann es angefangen hat, dieses mir doch ursprünglich eigentlich fremd gewesene Problem, das allmählich und anfangs unmerkbar, später absichtlich unbemerkt, mein eigenes geworden ist – drum haben meine Aufzeichnungen auch keinen sauber um einen Punkt versammelten Beginn, sondern gewissermaßen in Stellvertretung dafür nur zwei Hinweise, die mir während des Schreibens eingefallen sind, die ich nachgetragen und an den Beginn meiner Betrachtungen gesetzt hab. Aber das mag noch hingehen, baut sich doch im Leben, wie's ist, sieht man nur unbefangen zu, jeder Anfang immer aus unzählbar vielen winzigen Beginnen auf und wird dadurch als Komplex ungreifbar; man kann dann im allgemeinen dies oder das Beginnteilchen daraus hervorziehen, welches nun, auf solche oder solche Weise, das symbolische Unterfutter des Ganzen stellvertreten soll; es ist das aber ein ebenso praktisches Verfahren wie für meine Untersuchung im Grunde unzulässig, weil hier wieder einmal Einzelheiten fürs Ganze repräsentativ herhalten müßten, bevor ich noch weiß – am letzten Tag meines nur dafür genommenen Urlaubs –, wie und was das eigentlich ist, was hier präsentiert werden soll.

Vielleicht stammt die angenehme und praktische Fiktion der Möglichkeit des sozusagen punktförmigen Vorhandenseins eines Beginnes wie Endes bei einem verlaufenden Geschehen aus dem Umstand, daß jedes Buch notwendig seine Deckel hat, daß jedes Drama zwischen »Vorhang auf!« und »– zu!« eingezwängt ist und daher dieser evidenteste aller Irrtümer immer wieder praktiziert und nachvollzogen werden muß, bis der Zuschauer – und die längsten Strecken unseres Lebens sind wir alle nichts anderes – wider die eigne Erfahrung glaubt, daß in solchem Teil vom Ganzen wirklich das Ganze steckt.

Wann es angefangen hat, kann ich also nicht einmal in symbolischer Fiktion bestimmen, denn der Anführung jener beiden Pröbchen Schelnhausischer Säure aus fast schon unverständlich gewordner Schulzeit kommt der Charakter einer Hilfskonstruktion genauso zu, wie dem bald aufgegebnen Versuch, den »Wirklichen Anfang« des Anliegens zu fassen, den ich gleich am Morgen nach meiner Ankunft, hier, bei meinem Onkel, angestellt habe. Den »Wirklichen Anfang«, und darunter verstehe ich die erste Möglichkeit zu einer betrachtenden und folgernden Bewältigung, kann nämlich frühestens und im günstigsten Falle ein tatsächlicher Abschluß hergeben, der natürlich aber unter dem Aspekte desselben Verdachtes angesehen werden muß, wie eines jener symbolisch herausgegriffenen Beginnteilchen, welches man nun einmal notgedrungen, praktisch und unrichtig, den Charakter eines idealischen Beginns schlechthin zu unterlegen hat.

Folgerichtig war das allererste, womit ich mich hier befaßt habe, der Versuch, diesen letzten Tag zu begreifen, an dem für mich durch die Mitteilung des Leihmeisters und die Erklärung Sylvies, der Komplex faktisch zu seinem Ende und sohin der Prozeß einer Beurteilung, Folgerung und Feststellung – also das, worum es hier geht – zum Anfange seiner Möglichkeit gediehen war. Weil es aber daher auch hier galt, einen jener nicht vorhandenen punktförmigen Beginne zu finden, welche herbeizuschwindeln für jeden Romanschreiber so einfach ist, daß er von seiner Selektion gar nichts merkt, ist mir dieser Versuch natürlich gründlich mißglückt. Denn ich habe diesen Tag, an dem Fritz Haber und Renate Erber geheiratet haben, der mich so vielfältig banal und vielfältig bedeutsam aufs Land gejagt hat, nur an einer Komponente – an der Vierlingerei – angepackt, obwohl ich damals schon glaubte, ich hätte bereits alle Bestimmungsstücke beisammen, nicht nur für diesen Tag, der vielleicht wirklich ein Schlüsseltag ist, sondern sogar fürs Ganze.

Jetzt weiß ich, daß das alles nicht stimmt, oder wenigstens jenseits meiner analytischen Fähigkeiten liegt, und darf bestenfalls die ersten Seiten meines damaligen Versuches stehen lassen:

In der Früh, weil es Samstag ist und er da nicht ins Büro gehen muß, ist der Vierlinger schon wieder dagewesen. Das ist leicht daran zu merken, daß der Fernsehapparat zum fünftenmal woanders steht. Er geht aber trotzdem noch immer nicht so richtig, sagt die Tante Carla, aber es wird schon noch werden. Ich geh mich duschen und umziehen. Beim Mittagessen erzählt mir die Mama, daß der Vierlinger am Abend mit einer neuen Antenne und zum Bridgespielen kommt. Und die Heiratsanzeige, die mir der Haber-Fritz geschickt hat, hat er auch gelesen und wäre sehr verwundert gewesen, daß er keine gekriegt hätt. Das bedeutet, daß ich den Vierlinger auch in der Michaelerkirche heute nachmittag am Hals haben werde und am Abend womöglich auch – bei der Hartnäckigkeit des Herrn von Vierl ist alles möglich, der ist imstand und läßt meine greise Familie im Stich, nur um zu einer Hochzeitstafel zu gehen, zu der er nicht einmal eingeladen ist und an der ich auch werde sitzen müssen, weil Sylvie die beste Freundin von Renate ist und ohne organisatorische Hilfe von Sylvie die ganze Hochzeit noch im letzten Moment platzen würde und ich der Verlobte dieser unumgänglich nötigen Helferin und Trauzeugin bin. Aber ich bin nicht nur das, sondern auch schon so moralisch ausgelaugt, daß ich jetzt, wie ich höre, was passiert ist, die schrillen Notschreie, die mir, als die ganze Vierlingerei angefangen hat, so häufig unterlaufen sind, jetzt nicht einmal mehr zu bitteren Bemerkungen abgeschwächt über die Lippen bring. Ich halt den Mund. Wie ich den Mund hätte halten sollen, als ich den Vierlinger einmal zufällig auf der Straße getroffen hab und er mir gesagt hat, er könnte mir durch seine Firma einen Fernsehapparat billiger verschaffen; und weil ich glaub, daß das vielleicht etwas für Tante Carla und meine Großmama wär, die beide schon recht schlecht auf den Füßen sind, hab ich gemeint, anschauen könnten wir uns so ein Kistl schon einmal. Und passiert war's. Gleich am nächsten Tag, als ich nach Haus komm, find ich seine Visitenkarte im Vorzimmer. Und drinnen sitzt der Vierlinger noch immer, und mit einem Mordstrumm Fernsehapparat, der genausowenig geht wie er. Das heißt, der Apparat geht schon, aber nur auf eine Seekrankheit erzeugende Weise, mit davonrutschenden Schraffuren und Wellenlinien und gespenstischer, bengalischer Beleuchtung und ganz dünnen, schiefelliptischen Köpfen; schuld daran ist aber, sagt der Vierlinger, nur die noch nicht herausgefundene richtige Aufstellung und möglicherweise der Umstand, daß die mitgebrachte Zimmerantenne vielleicht eine falsche ist. Weil sich der Vierlinger mit seiner vergeblichen Aufstellerei und der Sucht, »durch Reflexion entstehende Überlagerungsbilder, sogenannte ›Geister‹« zu vermeiden, von denen er sicher genausowenig weiß, was sie sind, wie ich; weil er sich mit solchen mühseligen Sachen also schon so viele Füße ausgerissen hat und einen Dank dafür bescheidentlich ablehnt, muß er natürlich wenigstens zum Abendessen dableiben; nachher aber ist er noch abwegigerweise daran interessiert, Bridge zu spielen, und ausgerechnet mit meiner Familie – drei alte Damen und der Vierlinger spielen Bridge, und mich brauchen sie nicht dazu. Mich schränken sie nur in meiner Häuslichkeit ein.

Wie der Vierlinger das aushält – er ist seitdem fünfmal wiedergekommen – und warum er das tut, habe ich lange nicht begriffen – jetzt, nach vierzehn Tagen Chaos im Heim, glaub ich es zu wissen –, denn wirklich Bridgespielen kann nur meine Mama; meine Tante Carla hat es vielleicht einmal gekonnt, aber wenn meine Großmama jemals gewußt hat, was ein Rubber ist, so ist das schon mindestens fünfzig Jahre her; sie kommt immer wieder ins Pinokeln hinein, und es ist schrecklich anzusehen, wenn meine Mama sich dann beherrscht und alle wieder von vorn anfangen müssen. Der Vierlinger gewinnt im Lauf eines Abends so seine zehn, zwölf Schilling; aber das ist sehr wenig, gemessen an den Qualen, die ein normaler Mensch in seiner Lage ausstehen müßte. Dieser Günther Vierl ist jedoch erstens kein normaler Mensch, zweitens einsam und drittens schlau. Weil er nicht normal ist, freut es ihn, mit meiner Familie Bridge zu spielen; weil er einsam ist, hat er sich bei uns eingenistet wie eine Gewandlaus, und weil er schlau ist, verkauft er meiner Mama, die sich nicht mehr traut, nein zu sagen, nach der vielen »Mühe«, die er sich gegeben hat, hinter meinem Rücken auch noch den Apparat, der immer noch nicht richtig funktioniert. Er schleppt ihn jeden Abend pro forma in der ganzen Wohnung herum, und meine greisen Anverwandten müssen ihm tragen helfen; einmal, im Besenkammerl, soll der Alptraum sogar fünf Minuten lang gespielt haben, wenn die Kathi nicht lügt, die leider auch schon zu den Vierlinger-Fans zählt, weil er einmal eine Stund bei ihr in der Küche gesessen ist und sich begeistert von ihr Rezepte abgeschrieben hat. Aber heute abend bringt er endlich die richtige Antenne mit, weiß meine Großmama zu berichten, die das anscheinend wirklich glaubt.

So entsetzlich steht es bei mir zu Haus, und ich überleg mir schon ernstlich, ob ich wirklich, wie sie mir im Büro angetragen haben, jetzt schon auf Urlaub gehen soll, damit sie im Sommer, wenn alle anderen wegfahren, einen Deppen haben, der ihnen die Arbeit macht.

Ich fahr also ziemlich melancholisch, um nicht zu sagen, von einem ausgesprochenen Gefühl der Leere bedrängt, in die Innere Stadt, und muß allein fahren, weil meine Sylvie schon bei ihrer bräutlichen Renate und Freundin ist –.

Schluß. Denn was dann kommt, hatte ich wohl auch unter dem Aspekt niedergeschrieben, der mein tiefes Unbehagen überhaupt bestimmt, das nun einmal jenem Tage seinen durchgehaltenen Grundton gegeben hat, und nicht zuletzt des ständig latenten Fernseh-Vierlingers wegen, aber meine Darstellung war unwillkürlich zur Methode gelangt, die Spiele dieses Herrn nur so komisch zu sehen, wie der ganze Edle von Vierlingshoffen und seine Unverdrossenheiten eben – objektiv betrachtet – zweifellos waren. Und das geht nicht. Weil ich nämlich kein Außenstehender war und nicht einmal so weit zurückgenommen, daß ich mich, in der kleinsten Seelenfalte, über das subjektiv gar nicht komische Verhängnis, das sich da in meiner Familie als Schrecken ohne Ende fortwährend erneuert hat, amüsieren hätte können.

Und schließlich wäre es mir in einem solchen Kontext auch nicht möglich gewesen, diejenigen Tatsachen festzuhalten, die keinesfalls übersehen werden dürfen, die mitzuteilen weder in anderer proportiongebender Verflechtung noch in einer »Humoreske« unterzubringen sind, aber doch angeführt werden müssen. Also zunächst die Hauptsache, der Zeitraum von über einem Jahr, vergangen und angefüllt mit Dingen, Gedanken und Geschehnissen einer gänzlich anderen Sphäre, als diejenige es war, in welcher sich für mich vordem der Fechtner-Schelle-Konflikt dargestellt hatte. Weiters die fast völlige Leere jenes Zeitraums von über einem Jahr, was den nun wieder aufgetauchten Komplex angeht, wenn ich jetzt von meinem letzten Zusammentreffen mit dem Fechtner absehen will, welches so blaß in meiner Erinnerung steht, daß ihm nur der Umstand, daß es eben das letzte gewesen ist, zusammen mit den bestürzenden Eröffnungen des Hochzeitstages mühsam rückprojizierte Farben verschafft. Dann: die nie bedachte Tatsache, daß Sylvie und Renate während alledem Freundinnen geblieben sind, ohne daß ich diese unbeschreibliche Renate seit jenem mißglückten Schallplattenkonzert wiedergesehen hätte. Welch mangelnder Kontakt, wie ich wissen hätte können, nichts besagt, weil Sylvie vor mir viele Leute geheimhält, von denen sie weiß oder annimmt, ich würde mich nicht mit ihnen vertragen oder ich könnte sie oder sie könnten mich nicht leiden. Ferner: das selbstverständlich vorauszusetzende Mitwissen Sylvies, was Renates Bekanntschaft mit Fechtner anbelangt – schließlich sind ja die beiden Freundinnen –, von der ich bis zu jenem Moment am Michaelerplatz gar nichts erfahren hatte, hatten sich doch alle gleichgültigen Durchsickerungen im Laufe der Zeit darauf beschränkt, mir grad beiläufig zu dem nebulosen, nie geprüften Wissen zu verhelfen, daß Fechtner und Renate auseinander- und Fritz und Renate wieder zueinandergelangt wären. Schließlich, aber vermutlich nicht endlich, gehört auch das stillschweigende und ruhmlose Verschwinden Chenskys aus Wien, nach dem Münzer-Skandal, hierher – ich hab ihn, wie alle anderen, wenn man die eine Begegnung mit dem Fechtner ausnimmt, seit dem Begräbnis vom Hubsi bis zur Hochzeit des Fritz nicht wiedergesehen. Ja, und der Skandal selber darf auch nicht vergessen werden, weil er ein tagelanges, quälendes Generalthema an meinem häuslichen Herde abgegeben hat, daher unbedingt zu meinem familiären Lokalkolorit gehört und, bis zu meiner Abreise in die Steiermark immer noch wieder gelegentlich und schrecklich hervorgeholt, auf eine Art gegen mich verwendet wurde, als hätte ich selber alles das angestellt, was der Leihmeister angeblich angestellt haben soll.

Morgen fahre ich also nach Wien zurück. Mein Urlaub ist zu Ende. Meine Aufzeichnungen, oder wie ich das schon nennen soll, was ich hier bei meinem Onkel verfertigt hab, sind freilich noch nicht abgeschlossen und werden vermutlich auch nie ihren endgültigen Schlußpunkt erhalten; wenn ich heute auch noch versuchen will, durch eine neuerliche, bessere Darstellung der mir wichtig erscheinenden Geschehnisse des Hochzeitstages – mir fällt kein genug finsteres Adjektiv ein, das Wort »Hochzeitstag« näher zu bestimmen – die vielfach zerfaserten, kaum greifbaren Betrachtungsbeginne in eine halbwegs vernünftige Form zu bringen, so gut es von meinem jetzigen Standpunkt, dem Standpunkt eines recht unvollkommenen Endes also, eben gehen will, so muß ich das tun, ohne meiner Erzählung gleichzeitig meinen Zwecken unerlaubte Wertungen anzulegen. Was ich schreibe, soll nur Bericht sein: schlechthin Material, an Hand dessen, vielleicht aber auch erst später, beim Lesen, die Provokation des zündenden Funkens versucht werden kann. Freilich stammt im Augenblick der Schreibdruck, dem ich gehorche, kleinlicher Komplettierungssucht, fast als ginge es mir nur um eine schöne Abrundung, sei's drum – die Komplettierungssucht mag ein sozusagen gerade aktueller Anlaß sein –, der Grund für meine Niederschrift ist sie gewißlich nicht.

Ich bin wirklich nur deshalb so ausdauernd und Tag für Tag draußen im Salettl im Garten über meinem leeren Papier gesessen, um zu versuchen, mein persönlichstes Visitenkartenrätsel zu lösen, an Hand einer Tragödie, die, wie ich fürchte, möglicherweise auch meine eigene ist.

Also: Peter v. d. Schwengkh
Wien

Welchen Beruf hat dieser Herr? Jeder Mensch weiß, daß es zwei Möglichkeiten gibt, aus derlei Chiffren schlau zu werden. Die eine besteht darin, systematisch alle möglichen Reihungen der vorhandenen Buchstaben vorzunehmen, bis etwas Gescheites herauskommt – und dabei kann man alt und kleinwunzig werden. Die andere ist scheinbar einfacher. Man starrt den umzustellenden Text so lange an, bis es plötzlich irgendwo »Klick!« macht, und die Lösung sich auf einmal wie von selber darbietet. Weil ich jedoch für die erste Möglichkeit zuwenig methodisch, zuwenig mathematisch und zuwenig geduldig bin, für die zweite aber die nötige Naivität vermisse, die es einem Glücklicheren gestattet, Dinge zu tun, ohne sich fortwährend dabei zuzusehen, so habe ich mich zu einem Verfahren entschließen müssen, bei dem man sich, wenn man Glück hat, gewissermaßen selber überlisten kann. Ich bin darangegangen, unter gänzlicher Inanspruchnahme meiner ohnedies fast mehr als angängig strapazierten Fähigkeit für Systematik, alles Geschehene niederzuschreiben, das mir in irgendeiner Weise zum Problem zu gehören scheint, hoffend, daß ich an irgendeinem Punkt meiner Arbeit vergessen würde, mir selbst über die Schulter zu blicken, so daß es vielleicht dann zu dem bewußten Klicken kommen würde, zu jenem zündenden Funken, zu dem es aber leider bisher nicht gekommen ist.

Wenn ich also Bilanz mache, und dazu ist es wohl an der Zeit, merke ich, daß mir meine umfangreiche Einkreisung nur die Gewißheit über das Fehlen von mindestens zwei Posten, schon in meinem grundlegenden Zahlenmaterial, gebracht hat – somit die Kennzeichnung meiner letzten Stunden hier als recht unvollkommenes Ende –, das ist aber bereits auch alles.

Der erste, kleinere Posten ist wie der zweite, größere, einem System von Gleichungen mit mehreren Unbekannten – möglicherweise sogar einer Gleichung mit vier Unbekannten – ähnlich zu halten, von dem mir nur eine Einzelgleichung zur Verfügung steht: Wer von uns vieren ist der Schwarze Peter? und läßt sich noch ins primär Technische, aber für mich ebenso Unlösbare banalisieren: Wer von den anderen drei hat jetzt damals wirklich die verd– Spielkarte verschwinden lassen? Den zweiten, den umfangreichsten Posten, dessen Ausmaße überhaupt nicht zu bestimmen sind, bildet aber die Tatsache, daß der Peter Fechtner nun einmal verschwunden ist. Nun scheint es doch so, daß diese einzig nicht anzuzweifelnde Tatsache alle anderen, darum sich gruppierenden, bestimme, und sicher verhält es sich auch gar nicht anders, nur hilft mir dieser Umstand leider gar nicht weiter. Denn die bloße Tatsache von Fechtners Verschwinden, wenn man sie dennoch in mögliche Varianten unterteilt, schaut zum Beispiel so und zum Verzweifeln aus:

1 Fechtner hat Selbstmord begangen wie er oder wie Schelnhausen es wollte.
2 Fechtner ist, möglicherweise seinen Namen wechselnd, ins Ausland gegangen, ein neues Leben und/oder einen neuen Menschen anzufangen, zur Fremdenlegion oder in seinem Beruf bleibend oder diesen wechselnd, mit Wissen seiner Eltern (in diesem Falle sie verpflichtend, Ungewißheit über seinen Verbleib vorzutäuschen) oder ohne deren Wissen, gegen ihr oder mit ihrem Einverständnis.
3 Fechtner ist in Österreich selbst untergetaucht, wobei sich, ausgenommen die romantische Version: Fremdenlegion, die natürlich vom Vierlinger stammt, brieflich mitgeteilt von Sylvie, alle anderen elternbezüglichen Spekulationen aus Punkt 2 auch hier wiederholen.
4 Fechtner ist im Irrenhaus oder im Gefängnis gelandet, und seine Eltern halten es geheim.
5 Fechtner ist verunglückt oder von fremder Hand getötet worden, wobei aber noch immer die Frage nach dem Verbleib der Leiche offen wäre.
6 Fechtner ist auf eine noch ganz andere Weise verschwunden, die mir aber im Augenblick nicht einfällt.

Ich muß mir zugeben, daß diese Aufzählung die denkbar objektivste ist – wenn auch auf ungemein nichtbefriedigende Art –, die es gibt. Denn der überaus notwendige letzte Punkt 6, ohne den meine Aufzählung gewiß nicht vollständig wäre, enthält sogar die Möglichkeit, daß das Verschwinden Fechtners in keinerlei Zusammenhang mit Schelnhausen stünde. Wäre dies der Fall, hätten aber meine ganzen Überlegungen keinen Sinn, denn nur ein solches Ursache-Wirkung-Verhältnis voraussetzend, kann ich über ein richtiges oder nicht richtiges Verhalten meinerseits befinden, nur dann geht mich die zu unterstellende Fechtner-Katastrophe etwas an. So bin ich also dort wieder angelangt, wo ich angefangen habe: Der gewichtigste Posten meiner Aufstellung ist eine unbestimmte Größe, die ich nur berücksichtigen, aber nicht benützen darf. Schon dadurch erhalten meine Überlegungen den Charakter einer bloßen Hypothese. Diese unausweichliche Erkenntnis ermöglicht es, alles, was geschehen ist, nicht mehr als zum eigentlichen Verhältnis Fechtner-Schelnhausen zugehörig zu sehen – denn ob es dazugehört oder nicht, bleibt ungewiß –, sondern nur als einem solchen Verhältnis Fechtner-Schelnhausen zuzuordnen, wie es für meine Person Wirklichkeit und Bedeutung erlangt hat – alle etwa aufzuspürenden oder nur zu vermutenden Hintergründe sind nicht derart anzusetzen, daß sie dem gewiß vorhandenen, aber eben nicht zu erkennenden objektiven Sachverhalt möglichst nahekommen, sondern nur so, daß sie mein subjektives Bild, das einzige, das ich habe und das daher einzig für mich von Bedeutung ist, auf für mich wahrscheinliche Weise richtig ausstatten und richtig komplettieren, so daß ich etwas damit anfangen kann, will heißen, daß ich endlich draufkomme, ob mein Verhalten, in meinem eigenen System wenigstens, korrekt oder inkorrekt war. Dann wäre das Visitenkartenrätsel gelöst – ich würde wissen, wer und was ich bin. Dann könnte ich aufhören und müßte nicht mehr an durchaus Zweitrangigem, am technischen Fehlschlagen meiner Untersuchung, leiden, und es würde mich gar nicht aufregen, daß ich es nicht vermag, eine solche Lösung zu konstruieren wie sie für jeden Kriminalroman in seinen Schlußkapiteln selbstverständlich ist.

So wie bei vielen Anlässen hab ich natürlich auch zur Hochzeit der Renate Erber zu spät kommen müssen.

Ich bin da aus dem herrlichsten Ringstraßenwetter – offner Himmel, Abendsonne, Abendbummel – durch die kühlen Schatten der Burg auf den Michaelerplatz hinausgetreten, wo sich vor dem lange zögernden

Einbruch des endgültigen Abends die lasche Sommerlichkeit mit langbeinigen Stativen, sachkundig gehandhabten Belichtungsmessern und lächelnd vorbeischlendernden Wienern, mit dem Inneren Burgtor als Bezugspunkt, noch einmal auf ein gemächliches Stündchen zu Touristen- und Fotografierwetter intensiviert hat.

Traurig und unaufmerksam und wie immer, wenn etwas Wichtiges passieren wird, anfangs ziemlich gleichgültig und ahnungslos, mach ich den verkehrstechnisch nötigen Gang um den runden Platz und gelang durch den kleinen Vorraum mit erster Ahnung von Weihrauchduft, durch das Torgewölbe, das noch sehr weltlich mit geistlichen Belangen plakatiert ist auf zwei Anschlagbrettern links und rechts, zu den zerkratzten Schwingtüren, gelang durch diese Übergangsstelle, welche schon, und wär es nur zu einem vorbereitenden Atemzug, vonnöten, vom Trottoir der Gegenwart in diese alte Kirche, die, dem Heiligen Erzengel Michael geweiht, acht Jahrhunderte tief ist und Kaisern und Königen gehört hat, so gut, wie sie jetzt einer mittleren Hochzeit gehört. Dem Heute öffnet sich ihre steinerne Kühle zwar mit schmucklos gewordenen Fenstern, dafür mit starkem Lichte; fast weiß hebt sich das Grau des gotischen Kreuzgewölbes und darum nicht minder feierlich; nur in den Seitenkapellen tritt es in goldne und schwarze Dunkelheiten hinter eiserne Gitter zurück.

Selbst Eltern, Tanten, Anverwandte und Bekannte tun der weitgerückten, dem Altar durchs freie Mittelschiff zustrebenden Offenheit kaum Abbruch, so zahlreich sie anderswo wären, verschwinden sie hier beinah, so gerührt und schluchzend sie sind, so unbedeutend und kaum störend sind sie hier.

Die Tür seufzt in schadhafte Schlagpolster. In meinem Rücken, überm Orgelgestühl oben, beginnt die große flache Helligkeit, die das Herz der Kirche bestimmt, die blendend durchs Mittelschiff bis zum braunen Chorgestühl und zum Gold des Altars reicht. Ich trete ins rechte Seitenschiff und strebe an den drei Seitenkapellen vorbei nach vorn, wo man dichter sitzt und steht, um mich unauffällig zu machen.

Ich sehe den Leihmeister, von dem ich gar nicht gewußt hab, daß er wieder in Wien ist, neben einem sehr hübschen, sehr englisch und blond aussehenden Mädchen stehn, stell mich neben ihn und wechsle einen verstohlenen Händedruck und ein grüßendes Grinsen.

Eine Brautmesse ist eine überaus langwierige Angelegenheit, bietet selten Neues und wirkt daher von Hochzeit zu Hochzeit immer länger, auch wenn man zu spät kommt, wie ich heut. Man kommt da sozusagen auf jeden Fall immer noch zu früh.

Die weiße Braut und der befrackte Fritz sitzen auf roten, runden Dingern, die ausschauen wie überdimensionierte, samtüberzogene Hutschachteln. Der Parochus rogatus steht vor ihnen, ist bedeutsam, ausführlich und beruflich tätig. Er stört mich ungemein, weil er einen kleinen Sprachfehler hat. Überhaupt zerfällt jetzt, als ich so in meiner unübersichtlichen Verspätung in einer zweckgeeinten Menschenmenge steh, zu der ich mich nun leider auch zählen muß, wie ich so wart, nachdenk und gezwungen bin, kleinlich zu beobachten und zu genau, weil ich nämlich nicht viel Auswahl hab, bei meinem endlosen, angenagelten Zustand, und weil ich mit dem Chensky nicht reden kann, meine ungegliederte, drückende Traurigkeit in akzentuierte, ärgerliche Einzelüberraschungen: Der eine Trauzeuge ist Sylvie, das habe ich gewußt, aber der andere, der Herr im Frack mit dem Rücken zu mir, ist der Schelnhausen, und von dieser Rolle des Schelle hat mir Sylvie nichts erzählt! Er hat ein Pflaster im Genick, genau dort, wo der Vierlinger am liebsten seine Abszesse trägt, und das erniedrigt ihn mir mehr als seine unpassende Funktion und Anwesenheit. Und der Leihmeister ist fast dick geworden und riecht nach einem ungewohnten Eau de Cologne. Von dem hätt ich auch mehr Konservativismus erwartet. Auf der anderen Seite des Mittelschiffs sehe ich im Augenwinkel fast die ganze restliche Klasse – in diesem Augenblick fehlt er mir noch gar nicht, der Fechtner.

Der Fritz sitzt auf seinem rechten Frackschoß. Ein Fotograf huscht leise, sehr hörbar, interessiert beobachtend, herum, blitzt, schwitzt und ist emsig. Und der Vierlinger ist auf seiner Seite nach vorn gekommen und macht mir quer über das Mittelschiff diskrete Zeichen, die ich nicht verstehe und nicht bemerken will, so daß ich die rötliche, wappengezierte Marmortafel vor mir an der Säule, die auch vom Chensky, sichtlich gelangweilt, genau studiert wird, auswendig lernen muß:

Franc: Silvius des Heil: Röm: Reich Graff V: Pickler, Freÿ-Herr V: Groditz Erb-Herr Deren Herrschafften Mangschitz, Banckwitz, Schœnfeld, und Lippe, Ihro Röm: Kay: König. Maÿ: Wirckl. Cammer-Herr und Geheimer

Rath, Hat als der Ælteste aus der Luth: Famil: Sich zum ersten zur Röm: Cath: Kirch Bekehret den 28. Feb: 1754 ist gestorben den 14 Aug: 1754 Seines Alters 64 Iahr, Ruhet in der Pfaar-Kruffte ~

Und vorn heiratet das ehedem so sachliche Mannweib Renate Erber, sehr mädchenhaft und weiß, den Herrn Diplomkaufmann Friedrich Haber junior, mit Assistenz des Peter Schelnhausen, seines, wenn der Chensky nicht gelogen hat, mehr als zulässig intimen Freundes und Herrn, sowie unter der Mithilfe meiner Sylvie und ist wahrhaftig eine gerührte Braut. Das ist dasselbe Mädchen, das mich einmal so energisch und zielbewußt nach Grinzing kutschiert, dasselbe Mädchen, an das der Fechtner in meiner Gegenwart eine so selbstverstümmelnde Liebeserklärung gerichtet hat. Wie lang habe ich den Fechtner jetzt eigentlich nicht gesehn? Ob er endlich dem Schelle ein paar Ohrfeigen gegeben, sich damit befreit und also normalisiert hat? Erst jetzt geht er mir ab, der Fechtner. Aber nicht sehr; weil ich jetzt noch nicht weiß, daß es das letzte Mal, daß es das allerletzte Mal war, daß ich ihn damals gesehen hab, als er mich, das muß jetzt wohl fast ein Jahr her sein, plötzlich am Abend besucht hat, und derart offensichtlich ohne jedes Apropos – so ist es mir wenigstens in meiner Vernagelung vorgekommen –, daß ich ihm diesen Umstand genauso deutlich habe zeigen können wie er ihn in seiner verlegenen Reduktion nicht verleugnen konnte, und abgewimmelt habe ich ihn eigentlich nur, weil wir grad am Sprung waren aufzubrechen – aber jetzt ist die Heiraterei da vorne glücklich zu Ende, und alles strömt auch schon in die Sakristei zum Gratulieren, und der beiläufig eingefallne Fechtner entfällt mir wieder ebenso kaum bemerkt wie er aufgetaucht ist. In der Sakristei passiert mir noch nichts weiter Peinlicheres als der Dank der frisch gebackenen Frau Haber für die Blumen, die Sylvie ausgesucht, die sie allein besorgt und, fast ohne daß ich etwas davon gewußt hab, ihr mit meiner Karte ins Haus geschickt hat. Dann schaun wir, die wir unsere Gratulationen schon angebracht haben, daß wir das Tor gewinnen, um den Auszug der Brautleute abzuwarten. Auf dem schmalen Gehsteig vor dem vorgedrängten, klassizistischen Säulenvorbau von St. Michael wird es aber bald zu eng, die Vorstellerei zu fürchterlich, und mir fällt es wieder einmal peinlich auf, daß man immer mit viel zuviel Leuten per du ist. Endlich setzt sich eine kleine Gruppe in Bewegung – samt unvermeidlichem Vierlinger, der mich, wie erwartet, bittet, ihn heute abend bei mir daheim zu entschuldigen, weil er auch zu der Tafel kommt. Aber ich entschuldige ihn nicht, das muß er schon selbst machen, sag ich ihm, weil ich da jetzt nicht nach Haus fahr, meinen Smoking hätt ich schon an. Worauf er beleidigt telefonieren geht. Der Chensky und seine Begleiterin, die auch eingeladen sind, der Much Heinberger, der Losert, der Hansi Bohusch, sogar Herr und Frau Doktor Feigel sind da und Edi Rauch, der Koloß, der in seiner geistlichen Kutte geradezu monumental wirkt, wir alle begeben uns nun in dehnender, verkehrsstörender und ungeregelt durcheinanderlaufender Weise auf die andere Straßenseite zum Loos-Haus hinüber.

»Bist du nur auf Besuch oder auf längere Zeit wieder in Wien?« frag ich den Leihmeister und schau seine Begleiterin an.

»Nur auf ein paar Tag und auf ein paar Besuche«, sagt er und stellt mich dem hübschen, blonden Mädchen vor, das nicht Deutsch kann, das nicht nur englisch ausschaut, sondern auch ist und die zukünftige Gräfin Chensky obendrein.

»And do I love her, and does she love me, and are we in the uppermost heaven, seventh, if I have it right, or are we?« sagt der Chensky, sie liebevoll betrachtend, und nickt dann befriedigt. »We are! The most perfect match that ever happened we happen to be, if you and your beautiful fiancé and best woman of this woman pest won't mind. And our love-story – still going strong! – was the ultimate thing in romances, let me tell you. Well, for everyone happy a thousand others must suffer, that's true. And I've always known that. But the main thing, namely: What can one do about it, that it, what should one do about it, in short, the answer to the problem posed by that dreadful fact, hit me only recently: It's just a matter of taking sides, ho ho!« Er lacht auf eine ungemein kunstvoll-gönnerhafte Weise, die mir die Haare im Nacken aufstellt, und spricht auf deutsch weiter: »Geld hat's auch, einen Haufen sogar, und, ob du's glaubst oder nicht: Selbst dieser Umstand kann unsere Liebe nimmermehr trüben.«

»Sehr erfreulich«, sag ich, und das ist bis jetzt meine größte Lüge dieses Tages. Und sie schmeckt mir nicht, und anscheinend kann man das sehen.

»Sag einmal, Peter«, meint der Chensky plötzlich nachdenklich. »Bei dem blöden G'schau, das du da machst, fallt mir jählings ein: Schieden wir nicht in der Nacht des Begräbnisses Hubsi Lerchs in Gram und Groll? Sind wir nicht eigentlich noch immer bös aufeinander?«

»Wennst meinst«, sag ich, obwohl sich unser damaliger Abschied durchaus friedlich und unter Entlehnung von Lackschuhen abgespielt hat, deren Verlust mir mittlerweile zu verschmerzen gelungen ist. »Wennst meinst«, sag ich, »wird's schon stimmen.« Und es stimmt wirklich in diesem Augenblick; ich kann es nicht verleugnen, und es setzt sich mein Bössein, und nicht nur auf den Chensky, nun auf einigermaßen umständliche Art zusammen. Das Ausweichmanöver zum Loos-Haus, das Warten davor hat nur für den Leihmeister, seine Dame und mich einen praktischen Sinn, weil wir auf Sylvie warten, die den Wagen im Zentrum des Platzes geparkt hat; die anderen, die sich uns angeschlossen haben und nicht zur Tafel kommen, stehen nur herum, die Zeitungsfrau an der Säule in der Ausübung ihres Berufes hindernd, weil sie ein bissl tratschen wollen. Ich brauch aber den Chensky allein und die anderen gar nicht, wenn ich ihn schon brauch und gleichzeitig bös bin. Also steig ich die paar Stufen des Vorbaues hinauf und distanziere mich, unter dem unausgesprochenen Vorwand, von dort oben eine bessere Übersicht zu haben, was natürlich kindisch ist. Ich reck den Hals und könnt's so genausogut sehen, daß der Schelle sich von der Renate verabschiedet und bedauernd den Kopf schüttelt, dann eilig und ohne sich umzublicken Richtung Alte Hofapotheke fortgeht; er trägt, weil's so warm ist, über seinem Frack einen hellen Regenmantel und hat keinen Hut auf, und wie er sehen wir anderen festlich Gekleideten ungefähr auch aus: wie Kellner, die geschwind über die Gasse in die Trafik rennen, weil ihnen die Zigaretten ausgegangen sind; wir schaun so unpassend aus, weil es noch sehr hell ist, weil nur nach der Uhr der Abend schon begonnen hat und paspelierte Hosen und Reversspiegel im Sonnenschein eben lächerlich aussehen; auch die Braut, der man umständlich in den Wagen hilft, erfährt in diesen ungraziösen Bewegungen eine weitere Minderung ihrer Festlichkeit; ein Auto ist ein Auto und auch als Cadillac immer irgendwie ein Geschäftsfahrzeug, wenn es, wie man's bei einer Firmung gern hält, auch noch so aufgeputzt verwendet wird.

Da kommt mein Televisionär vom Telefonieren zurück, steht sofort wieder breit da und mischt sich auch schon belehrend und Irrtümer richtigstellend ein – mein persönlichstes Kreuz, das mir mit diesem

Menschen und seinem Tun aufgeladen ist, drückt mich in diesen Augenblicken akut. Der Vierlinger, leide ich vor mich hin, ist nicht loszuwerden. Denn der radikal befreiende Tritt, der hier nötig wäre, ist mir leider unmöglich – dazu ist dieser Finsterling zu schlau vorgegangen: Er hat sich, durch Infiltration meiner nächsten Nachbarschaft, also vermittels Durchsetzung meiner Familie, bereits zu fest im toten Schuß- oder besser: Tretwinkel meiner Möglichkeiten eingenistet; er ist mir schon so nahe getreten, daß ich – sozusagen aus Platzmangel – mein Bein zum Tritt einfach nicht mehr heben kann: Er spielt Bridge, ist nun einmal »gefällig« und steht in Gunst; so bleiben meine Enthüllungen wie meine Verleumdungen, an denen ich's daheim wahrlich nicht fehlen lasse, wirkungslos und ungeglaubt.

Der Chensky, mit dem ich also bös bin, welcher Zustand mir immer richtiger erscheint, verabschiedet jetzt die anderen; drüben vor der Kirche setzen sich die vorgefahrenen Wagen in Bewegung; die übrigen Hochzeitsgäste verlaufen sich; Sylvie winkt zu uns herüber und geht über die Straße zu ihrem im Zentrum des Platzes parkenden Wagen; ich begeb mich daher zurück in die handelnde Hochzeitsfeierwelt und gelang ungewollt nahe an einen Leihmeister heran, der sich grad umdreht, mir ein nachdenkliches und sehr fremdes Gesicht machend; dieses fremde, vielleicht durch die Zeitdistanz fremd gewordne Gesicht ist das frivolste an ihm, weil er aus einem so deutlich veränderten Mund, aus sichtbar gewordenen anderen Voraussetzungen, ebenso spricht wie früher, weil das Unterspielen um jeden Preis, und zwar durch sprachliche Outragen, von ihm noch immer auf dieselbe Weise praktiziert wird wie ehedem.

»Also ist's tatsächlich aus und ein Schluß«, sagt er. »Man ist doch füglich irgendwie erleichtert, net? So wie post amputationem eines Beins, bei aller Peinlichkeit solcher Hinwegsäbelung, streng physikalisch genommen, das Körpergewicht des Behandelten als eine Erleichterung erfahren habend bezeichnet werden muß.«

Da er in Verlängerung eines Gesprächs, dem ich nur körperlich, aber nicht zuhörend beigewohnt habe, dieses syntaktische Knödel von sich gibt, verstehe ich natürlich nichts.

»Bitte noch einmal, langsamer und, wenn möglich, um ein kleines vereinfacht«, verlange ich.

»Bon«, sagt er. »Jetzt müssen wir halt, nachdem sich der Hubsi Lerch selber durchgestrichen hat, schon den zweiten Namen im Klassenbuch als endgültig abgehakt betrachten. Sohin ist mein diesbezügliches, aus Mangel an Betätigung atrophiertes Gliedmaß, welches mich immerhin einigermaßen durch die Überzeugung, daß Finales noch nicht passiert sei, stützend erfreute, andererseits hingegen durch ein immer wieder auftretendes nervliches Zucken schmerzlich irritierte, hinderte und ärgerte, infolge der Zerstörung dieser Überzeugung als ein brutal, aber irgendwie doch glücklich abgehacktes anzusehen. Seinen Manen meinen ergebensten und deprimiert erleichterten Gruß.«

Selbstverständlich sind mir auch diese Erläuterungen noch nicht einsichtig. »Meinst du jetzt deinen undefinierten Körperteil oder den Fritz?« frag ich und zuck die Achseln. »No, ganz umbringen und auffressen wird's ihn schon nicht gleich, die Renate! Wennst ihr auch, wie ich zugeben muß, mit einigem Recht, aber immerhin mit starker Übertreibung, das Epitheton non ornans ›woman pest‹ verliehen hast!«

»Gut, was?« sagt er zufrieden. Dann schaut er plötzlich verwundert. »Aber wer spricht denn vom Fritz?« erkundigt er sich erstaunt. »Ich mein doch den Fechtner-Peter! Den hat doch der Gottstehmirbei, oder besser: die Renate geholt! Wenn ich sie vorhin in genialem Calembour ›woman pest‹ genannt hab, war das eine ganz, ganz schwächliche, danebengegangene Untertreibung! Was dieses Katastrophenweib und beste Freundin deiner dir Anverlobten zusammen mit ihrem Sponsus unter trefflicher Regie von einem der heutigen Trauzeugen und mit Wissen und Toleranz von dem anderen fertiggebracht hat, das hat mich doch, wie's mir der Fritz gestern in geistiger Dürre, aber alkoholischer Aufweichung anvertraut hat, jenes schöne Gliedmaß gekostet, welches deiner stumpfen Auffassungsgabe hiermit als einst sehr brauchbar gewesenes Standbein erläutert sei! Was die Abschaffung Fechtners dich gekostet hat, lieber Freund und Interventionsverhinderer, weiß ich freilich nicht. Den einen oder anderen nicht zu heftigen Schlag gegen die Brust vielleicht? Eine Sitzung im Beichtstuhl und ein Opferkerzlein? Oder ist dir diesbezüglich womöglich noch gar nichts eingefallen? Ah, stimmt, du bist ja ein Ketzer! – aber, weißt was? Mach's doch so, wie der Jodocus Pickier dort drüben ...«

Der Chensky hat doch nicht so fleißig auswendig gelernt wie ich. »Franciscus Pickler«, verbessere ich ihn automatisch.

»... Franciscus Silvius, meinetwegen, schäbiger Akribist! Wie's der halt g'macht hat, der dort drüben in seiner Gruffte liegt! Konvertier doch! Als Kathole könntest nämlich wenigstens ins Kloster gehn; tät dir gar nicht schaden, wennst so auf ein paar hundert Jahr außer Zirkulation kommen tät'st. Geh in ein Kloster, Ophelius! No, wär das nix?« Er macht eine fragende Pause, und ich weiß wirklich nicht, was ich sagen soll. Da ist er beleidigt. »Fühl dich doch wenigstens verhöhnt, gegen die Ohren geboxt und beknödelreitert! Oder weißt am End wirklich gar nicht, was der Schelle angestellt hat?«

Sylvie winkt noch einmal, nun schon ein bißl ungeduldig. Ich nicke und möchte bereits vom Gehsteig herunter, da winkt der Leihmeister ganz freundlich zur ihr hin und hält mich zurück.

»Chensky! Soll das heißen, daß du weißt, was aus dem Fechtner geworden ist?« fragt der Vierlinger, der sehr interessiert zugehört hat und jetzt mit einer seiner berüchtigten Entrüstungen anlangt. »Und vom Haber-Fritz? Und keiner von euch hat das der Polizei oder wenigstens den armen Eltern gemeldet?«

»Stell dir vor, nein!« nickt der Chensky und sieht ihn mit leuchtenden Augen an. »Ich will dir aber auch sagen, warum, wenn du mir versprichst, es niemand zu verraten. Ehrenwort?«

Der Vierlinger schaut zweifelnd drein.

»Ehrenwort?« wiederholt der Chensky.

»Ehrenwort«, gibt der Vierlinger mißtrauisch nach.

»Großes Ehrenwort?«

»Hörst, Leihmeister, wenn das ein Witz sein soll –!«

»Ist ein Großes Ehrenwort ein Witz für dich?«

»Nein, natürlich nicht, aber –.«

»Also, entweder oder!«

»Na, meinetwegen: Großes Ehrenwort.« Er hält dem Chensky die Hand hin. Der Leihmeister besieht sich die Innenfläche der Hand genau. Dann langt er in die Tasche, holt einen einzelnen Groschen heraus, legt den dem Vierlinger auf den Handteller und schließt ihm die Würstelfinger fest darum.

»So«, sagt er, »da hast. Kauf dir selber einen Schmäh dafür. Wegen dir drittklassigem Deppen werd ich mir nicht extra mein erstklassiges Ingenium anstrengen.«

Der Vierlinger wirft empört die Münze fort. »Chensky!« sagt er mit starkem Vorwurf, aber eigentlich ohne wild zu werden. »Aus dir wird aber auch im Leben nie ein ernster Mensch!«

»Weißt was«, sagt der Chensky liebenswürdig, »geh doch ein bißl buchhalten! Wenn's in deinem Hirn nicht so finster wär wie, mit Verlaub zu sagen, in einem Negerhintern, hättst schon lang draufkommen können, daß der Schwengkh und ich privat was zu tun haben. Ciao, unlieber Freund!«

Der Vierlinger, grad nur auf eine halbe Sekunde unsicher geworden, nicht länger, schaut mich an, ob ich dem zustimme, was der Chensky da gesagt hat. Ich zucke mit keinem Muskel. Auf den Vierlinger wirkt das nicht.

»Der Leihmeister und seine blöden Witz!« sagt er überlegen und nimmt alles ohne jede Schwierigkeit humoristisch. »Immer noch derselbe, haha, immer noch derselbe!«

Er stellt sich einfach so, als ob ich ihm verständnisinnig zugenickt hätte, zuckt tolerant die Achsel und geht zu Sylvie hinüber.

»Du, Peter«, frage ich, als er außer Hörweite ist, und damit ist die vorübergehende Störung meiner Verstörung schon wieder beseitigt, »hat das jetzt heißen sollen, daß der Fechtner tatsächlich –?«

»– Selbstmord begangen hat? Das ist anzunehmen. – Sag einmal, Herr Doktor, soll das am End jetzt wirklich heißen, daß du nicht weißt, was schon alle wissen, nämlich, daß der Fechtner spurlos verschwunden ist?«

»Ja!«

Der Chensky schaut mich fassungslos an. »Du g'fallst mir, Peter, wirklich!« Er schüttelt den Kopf, schaut mich nochmals scharf an, gibt plötzlich irgend etwas auf, was er grad noch hat tun wollen, und wird auf einmal nüchtern und ungeduldig. »Also, komm schon, geh weiter, steh nicht da wie angenagelt, kannst doch deine Braut nicht warten lassen! Schau, wie der Vierlinger schon wieder verdächtig wird!«

Der Vierlinger redet angelegentlich mit Sylvie. Sie schaut ihn zweifelnd an, schaut dann zu uns herüber und nickt zögernd. Ich bleib aber stehn, nehm den Chensky bei der Schulter, spüre, daß ich jetzt sehr aufgeregt werde und irgendwie mit vollem Recht, halte mich also nicht zurück, sondern versuche, ihn festzuhalten. Er duckt jedoch mit mäßigem, aber höhnischem Zorn aus meinem Zugriff.

»Wie, Peter, wie ist das passiert?«

»Womit der Schelle ihn gepackt hat, könnt ich dir schon erklären«, sagt er und hat's plötzlich und übergangslos wieder mit einer fast neutralen Nachdenklichkeit. »Die Renate, auch deine Sylvie wissen's freilich besser als ich! Wär also g'scheiter, wenn du die fragen tät'st. Aber auf welche Weise – nein. Das weiß ich nicht.« Er sieht auf seine Braut nieder, die ihn ebenso nichtverstehend wie gläubig, freundlich lächelnd und geduldig wartend anschaut, und nickt ihr mit einem raschen, leeren Grinsen zu. »Hier ist eine ganz spezielle Kompliziertheit so weit gesteigert worden, daß mir mein leider zu gewöhnliches, mit viel zu allgemeinen Erfahrungen gewaffnetes Hirn gar nichts mehr hilft. Ich find keine brauchbar erklärende Parallele mehr.«

Ich mache meinen ersten Schritt vom Straßenrand. Drüben steht Sylvie. Hier stehe ich. Ich weiß noch gar nichts und schon gar keine Einzelheiten – so weiß ich plötzlich alles zugleich und sehr stark, und bis in die Kniekehlen, und spüre auf einmal, ganz so, als würde es gar nicht hierher gehören, daß nun, von einer Sekunde auf die andere, viel mehr zwischen Sylvie und mir liegt als der halbe Michaelerplatz, und jetzt fällt mir, scheinbar oder auch wirklich ohne anderen Anlaß als das Ohnmachtsbekenntnis des Chensky, zuvörderst und grell, wortwörtlich das ein, was im Stiegenhaus nach der Triumphparty des Peter Fechtner der Schelle in der Finsternis zum Hubsi Lerch gesagt hat, wofür ich damals kein Verständnis und nur sofort gleichgültiges Vergessen aufgebracht hab:

»... das mit der Notwendigkeit zur Freiheit vom Ziel mag stimmen – ich weiß es nicht. Es interessiert mich auch nicht. Nur die reine, also unpraktische Logik verurteilt das argumentum ad hominem und darf nur jenes ad rem zulassen. Mir geht es jedoch nicht um Beweise, sondern immer nur um Wirkungen. Wirkungen kann man aber bei Existenzen, wie der Fechtner eine ist, nur erzielen, wenn man sich an den Menschen und seine Ansichten wendet und seinen Akzent dort setzt, wo beides klafft, niemals aber an seine Logik. Ich hab heut nur einmal unverschleiert meine Überzeugung und meine Motive ausgesprochen, nämlich, daß es mir allein um Wirkungen geht und daß ›Wirkungslosigkeit‹ und ›Sinnlosigkeit‹ begriffsgleich sind ...«

Und jetzt auf einmal versteh ich es. Eine lange, helle Sekunde hindurch. Und weiß, was der Chensky nicht weiß. Dann aber schlägt das übrige Erinnern über mir zusammen, das erste, angstvolle Nachforschen beginnt, und der Funke ist für immer verloschen. Ich weiß die paar Sätze heute noch auswendig – wörtlich genaues Merken von Zitaten lernt man als Jurist schon spätestens beim Auswendiglernen der römischen Klagformeln –, ich weiß die paar Sätze noch heute auswendig – aber die Interpretation, die intuitive, blitzartige Durchleuchtung und Erleuchtung, die ist dahin, und in allem, was ich bis jetzt geschrieben habe, finde ich sie nimmer. – Wir gehen zu dritt auf die wartende Sylvie und den unerschütterten Vierlinger zu. Und rundum weiß ich den Platz gleichgeblieben und sehe ihn doch nicht mehr als denselben, sondern nur als ein helles Gespenst davon; ich erblinde fast, so nach innen geworfen bin ich nach drei deutlich pumpenden Herzschlägen; ich erblinde bis auf einen kläglichen Rest, bis auf ein weißgraues, unbestimmtes Rondeau im Augenwinkel und den sehr deutlichen, aber eng begrenzten, wandernden Asphaltfleck vor meinen Füßen. Der Weg, den ich zurücklege, ist kurz – nichts kann zu einem Ende gedacht werden –, die fünfundzwanzig Schritte währen dennoch ewig lange, werden schweigend zurückgelegt in ungeduldigem Zögern, in fahrig ergrübeltem, tiefem, aber verkürztem Erinnern, in immer wieder löschenden Farben und neuen Versuchen, bei beziehungslos fremd und laut gewordenem Straßengeräusch, das plötzlich übermächtig herandrängt – doch bleibt der Übergang frei von kreuzenden Fahrzeugen und mein Schlafwandeln ungefährdet.

Ich darf nicht zeigen, wie betroffen ich bin, aus notwendiger Haltung und Vorsicht – Sylvie muß mir jetzt alles erzählen, und in meinem Gesicht darf kein vorweggenommenes Urteil stehn; das Rückgrat ist zu lockern und hat weich zu werden, der Blick unberührt verständnisvoll und meine Worte parteinehmend für Renate – anders erfahre ich nichts, wie ich bisher nichts erfahren habe, nichts erfahren konnte, weil Sylvie nie versucht hat und nie versuchen wird, gegen meine Verhärtungen und meine unbewegte Abwehr anzukämpfen, die wohl schon immer mit einer Verachtung gestreift waren, die mir jetzt billig vorkommt und mich schmerzt. Sylvie macht sich nicht schmutzig – so setzt sie sich nicht in scheinbares noch anscheinendes Unrecht, nie und nirgend;

auch nicht für und nicht gegen mich. Sie kann in vielem allein sein, wo ich es muß. Ich muß und sie kann; sie ist stärker als ich und liebt mich, und ich liebe sie, und es muß, es wird alles noch gut werden, und das glaube ich und weiß ich, und, lieber Gott, laß mich das jetzt bald überstanden haben, ohne solche Verachtung für mich selber, die mir die Fundamente zerschlägt, und laß mich Sylvie begreifen und lieben wie sie ist und wie sie gut für mich, für uns beide ist und nicht, wie sie mir meine eitel-zufriedne Selbstgefälligkeit vorgestellt hat, bis zur gefährlichen, starren Lüge, die das Leben zur blutleeren Pose absterben macht, hält man zu lange an ihr fest, und ich habe beinah zu lang an ihr festgehalten! –

Da sind wir drüben, Chensky, das Mädchen und ich, und das Jetzige tritt nüchtern, beherrschend vor, und obenauf schiebt sich alles ins Normale.

»No, daß ihr euch endlich entschlossen habt!« sagt Sylvie. Den Leihmeister kennt sie noch, und es ginge ihm halbwegs: »No ja, man prolongiert sich halt so weiter«, meint er grinsend und macht die künftige Gräfin Chensky mit ihr bekannt.

»How do you do«, sagt Sylvie.

»How-dee-doo«, sagt Miss Clementine Chidwick strahlend und läßt sich als erste in den Wagen helfen. Dann müssen wir uns mit dem Vierlinger befassen, denn der will auch mitfahren, und Sylvie hat unbegreiflicherweise nicht allzuviel dagegen gehabt.

»Kannst dir vielleicht keine Tramway mehr leisten?« frag ich höflich.

»Soll ich dich am End auf den Schoß nehmen?« fragt der Chensky eindringlich.

»Na, wenn du und Miss Chidwick vielleicht ein bißl zusammenrücken würdets?« meint der Vierlinger hoffnungsvoll.

»Sag einmal«, forsch ich, weil mir plötzlich ein Verdacht kommt, »wann war das eigentlich, daß dich der Fritz eingeladen hat?«

»Ich versteh dich nicht«, erklärt der Vierlinger, »ich hab ihn in der Sakristei gefragt, wo die Tafel ist, und er hat's mir halt gesagt!«

»Bumsti, da legst dich aber nieder!« staunt der Chensky.

»Herr von Vierl«, sagt Sylvie, die diesen Alpdruck samt seinem Fernsehapparat einmal im wahrsten Sinne des Wortes flüchtig bei mir zu Hause kennengelernt hat, denn er hat ihr gleich auch einen und

»mit Prozente!« verkaufen wollen, »Herr von Vierl«, sagt sie, rasch und mit Stirnrunzeln von mir zu Chensky und ihm blickend, denn jetzt weiß sie alles und zieht sofort die Konsequenzen, »ich fürcht, ich hab Sie vorhin nicht recht verstanden! Ich hab selbstverständlich glauben müssen, daß Renate Sie im letzten Augenblick noch eingeladen hat – das hat mich schon sehr gewundert, weil ich selber mit ihr die Tischordnung gemacht hab und von so einem Fall nichts weiß! Aber so wie Sie sich das vorgestellt haben, verzeihen Sie, so geht das nicht!« Sie schaut den Vierlinger an, ob er sich nicht wenigstens geniert, aber der geniert sich nicht im geringsten, sondern lacht nur blöd und zuckt die Achseln und tut so, als ob er sie eines Besseren belehren könnt, aber das nicht will, weil's ihm im Augenblick nicht darauf ankommt.

»Auf Wiedersehen also«, sagt Sylvie kopfschüttelnd, steigt in den Wagen und dreht den Zündschlüssel um.

»Das ist mir wirklich sehr peinlich! Daß der Fritz sich aber auch nicht richtig ausdrücken kann!« sagt der Vierlinger ärgerlich zu uns, nur seine Taktik wechselnd, aber ruhig stehenbleibend – er gibt die Hoffnung noch immer nicht auf; der Kerl ist wirklich durch nichts zu erschüttern. »Ich versteh das Ganze nicht! Könnt man nicht vielleicht doch wenigstens schauen, ob –.«

»Nein, das kann man nicht!« sagen der Chensky und ich gleichzeitig. Dann steigen wir ein und lassen den Vierlinger stehn: Den Vierlinger los zu sein, das war das Schönste, was ich an diesem Tag erlebt hab, aber selbst diese Freude war verfrüht.

Ich sitz vorn bei Sylvie und der Chensky hinten neben seiner Clementine.

»Was habt ihr eigentlich dort drüben so lange zu reden gehabt?« fragt Sylvie.

»The Vorpal blade went snicker-snack«, sagt der Leihmeister. »Ich hab Ihren lieben Verlobten nur ein bißl abgestochen.«

»Ja, das hat er«, sag ich, will es leichthin sagen, und es wird tonnenschwer und sofort zu der Anklage, die ich so unbedingt habe vermeiden wollen. »Ich hab nämlich wieder einmal draufkommen müssen, daß ich gar nichts weiß. Zum Beispiel, daß die Renate und der Fritz dem Fechtner – wie war das doch gleich?« frag ich den Chensky, mich halb umdrehend und im hohlen Tonfall eines unheilschwangeren Schloßgespenstes.

»Nie sollst du *mich* befragen«, sagt der Chensky und hebt abwehrend die Hände.

»Ach so«, sagt Sylvie und schaut mich einen Augenblick sehr aufmerksam an, schüttelt den Kopf und sieht wieder zurück auf die Straße, weil sie einen vor uns fahrenden Wagen überholen muß. »Nein«, sagt sie dann, »ich glaub, es ist besser, wir reden nicht darüber. Wozu auch? Bloß weil's jetzt einen Fechtner weniger gibt und du ihn zufällig gekannt hast? Bloß, weil das, was die Renate, der Fritz und der Schelnhausen getan haben, möglicherweise daran schuld ist? Dich hat schließlich die ganze G'schicht doch nie richtig interessiert, du hast nie was getan, weshalb solltest du dich für das interessieren, wodurch sie – vielleicht! – zu einem Ende getrieben worden ist, von dem vorher niemand hat wissen können?«

»Niemand, bis auf den Schelle«, sagt der Chensky leise. »Aber der hat's dem Peter und mir ziemlich deutlich prophezeit.«

»Hast du's ihm vielleicht geglaubt?« sag ich, und schon fällt es mir sehr schwer, es nur zu sagen und nicht zu schreien. »Hast du das? Du hast zuerst selber zugegeben, daß du es auch nicht geglaubt hast! – Sylvie«, sag ich, »du irrst dich, wirklich! Leider irrst du dich, möcht ich beinah schon sagen! – Wie kommst du nur auf diese Idee, Sylvie, wie kannst du nur so einfach behaupten, daß mir das egal wär, was aus dem Fechtner geworden ist?«

»Ich will nicht mit dir streiten«, sagt Sylvie, »das hat doch keinen Sinn. Ich weiß, wie du bist, und ich mag dich, wie du bist, also lassen wir's dabei. Ich hab keine Lust, so den Ankläger zu spielen wie du's jetzt tust.«

»Ich hab mich schon immer gefragt, warum er eigentlich nicht Staatsanwalt geworden ist, sondern nur ein schäbiger, grauer Ministerialbeamter«, meint der Chensky nachdenklich. »Wo er doch so gern jemand zum Tod verurteilt, gelt, Peter?«

»Der Staatsanwalt kann nur die Strafe beantragen, nicht –«, beginn ich wie ein Trottel.

»Außerdem ist die Todesstrafe in Österreich abgeschafft«, unterbricht mich Sylvie scharf. »Und Sie werd ich auch gleich abschaffen, lieber Chensky, nämlich, indem ich Sie aussteigen laß, wenn Sie weiter so daherreden!«

»Bitte, Sylvie«, sage ich, wenn ich das nicht schon schrei, »mach mich jetzt nicht wahnsinnig, sondern erkläre mir, warum du glaubst, daß es mir egal ist, ob der Fechtner vom Schelnhausen umgebracht worden ist oder nicht!«

»Also bitte!« sagt Sylvie, und jetzt ist sie zornig. »Du hast doch gewußt, daß die Renate den Schelnhausen gekannt hat?«

»Nein!« sage ich. Und dann hat sie mich. Sie braucht mich nicht einmal anzuschauen, sondern nur zu warten.

»No ja«, sage ich, jetzt schon viel leiser und ziemlich widerwillig, denn es fällt mir nicht leicht, das zuzugeben, »gewußt – gewußt! Denken hätt ich mir's halt können!«

»Eben«, sagt Sylvie, und jetzt ist sie gar nicht mehr zornig, sondern ich tu ihr nur noch leid. »Siehst, du *hast* es dir aber nicht gedacht. Weil's dich nicht interessiert hat. Du hast dem Fechtner nicht einmal gesagt, daß die Renate sich nur aus dem Fritz etwas macht und aus keinem andern. Weil du dich nicht einmischen willst. Weil's dich nichts angeht. Weil dir der Fechtner unsympathisch war. Jetzt auf einmal aber, wenn man ohnehin nichts mehr tun kann –? Nein. Ich kenn dich doch. Drum hab ich ja schon die ganze Zeit so was befürchtet. In mancher Beziehung bist du nämlich nicht imstand, real zu denken; deshalb hab ich dir das alles fernhalten wollen. Aber versteh mich richtig, Peter, ich mach dir jetzt wirklich keinen Vorwurf –.«

»Schad«, sagt der Chensky, »wirklich. Vorwürf wären wenigstens etwas gewesen, wenn auch nicht viel. Solang's keine Katastrophe gibt, kann man ja nichts sagen gegen die Schwengkhsche Neutralität und Zurückhaltung. Aber wenn dann doch was, und so was, passiert ist, sollt man sich doch ein bißl den Kopf zerbrechen, oder noch besser: seinen, ob das wirklich so richtig war, was getan, oder eher: nicht getan wurde –.«

»Sie haben es nötig, Chensky«, sagt Sylvie, nimmt die Rechte vom Steuerrad und legt sie einen Augenblick mit leichtem Druck auf meine Hand.

»Ja«, sagt der Chensky, überraschend demütig, »ich halt ja auch schon den Mund.«

»Der Leihmeister hat nicht gewußt, daß der Schelle die Renate gekannt hat«, sage ich. »Ich hab ihm von meiner Vermutung erzählen wollen, damals in der ›Hélène‹, nach dem Begräbnis, und dann hab ich's vergessen.«

»Ja«, sagt Sylvie ruhig, »wenn einer dem Fechtner hätte helfen können, wärst es du gewesen. Erwarte also jetzt nicht, daß ich die Renate vor dir verteidige.« Sie schweigt eine Sekunde. »Ich hab mir das alles schon vor einem Jahr gründlich überlegen müssen, wie mir's die Renate erzählt hat; ich hab sofort versucht, mich mit dem Fechtner in Verbindung zu setzen, hab ihm sogar einen Brief geschrieben. Aber er war nirgends mehr zu erreichen. Es war schon zu spät. Daß die Renate vorher beide, den Fechtner und den Schelnhausen, getroffen hat, ist mir freilich nie ein Geheimnis gewesen. Ich hab das auch nicht für so wichtig gehalten, damals; denn sie hat mir eigentlich nichts darüber erzählt, schon weil sie gewußt hat, daß ich die zwei nicht besonders mögen hab, daß mir der Fechtner höchstens leid getan hat und daß ich eigentlich gegen diese Rendezvous mit den beiden von Anfang an gewesen bin. Glaub mir, sie hat gar nicht anders können – sie hätt ihren Fritz einfach nicht anders zurückgekriegt. Aber du, Peter, du hättest ihm damals bei mir oben nur verraten müssen, daß eine Verbindung zwischen Renate und Schelnhausen besteht. Dann hätt der Schelnhausen sie bestimmt nicht mehr erpreßt – sie wäre nutzlos für ihn geworden, sobald einmal der Fechtner von ihrer wahren Rolle gewußt hätt. Sie aber hat nichts verraten dürfen, denn der Fritz ist gänzlich unter dem Einfluß vom Schelnhausen gestanden, und den Fritz da herauszubekommen, war für sie natürlich das wichtigste und wichtiger als alles andere. Sie hat ja zunächst versucht, ihn auf andere, auf normale Art zurückzugewinnen – es ist nicht gegangen, er war wie hypnotisiert von diesem Menschen. Aber du, Peter, noch im Barnabitenkeller hättest du Gelegenheit gehabt, den Fechtner über Renate aufzuklären. Ja, es hätt vielleicht genügt, ihm zu sagen, daß sie nicht ihn, sondern den Fritz liebt. Sogar, wie er dich besucht hat, zu einem Zeitpunkt also, wo er dem Chensky schon längst nicht mehr geglaubt haben würde, nach dem feschen Skandal bei dieser Gaby Münzer, hätt er *dir* vielleicht noch geglaubt – laß mich einmal nachrechnen. Wann ist er eigentlich zu dir gekommen? So zirka vor einem Jahr, nicht?«

»Ja.«

»Also ungefähr ein Vierteljahr nach dem Begräbnis vom Hubsi. Das dürfte stimmen. Wahrscheinlich hat er dich sogar am selben Tag besucht wie ihn die Renate und der Fritz sitzen haben lassen.«

»Sitzen haben's ihn lassen? Und das war alles?« frage ich.

»Ja«, sagt Sylvie. »Nein.« Und dann erzählt sie mir's. Sie braucht nicht lang dazu – höchstens fünf Minuten, und wir sind schon fast bei unserem Bestimmungsort angelangt, als sie fertig ist. Da habe ich sie gebeten, stehenzubleiben und mich aussteigen zu lassen, und sie hat mich nicht erst fragen müssen, warum.

»Peter«, sagt sie, »es tut mir leid – du hast es aber so wollen.«

»Ja«, sag ich und geb ihr einen Kuß.

Sylvie versteht, daß ich jetzt allein sein muß, und wird mich bei den Erbers schon irgendwie entschuldigen. Und der Chensky macht nicht einmal einen blöden Witz, sondern verabschiedet sich ganz vernünftig. »Wir sehen uns morgen, gelt?« sagt er. Seine englische Verlobte hat überhaupt nichts verstanden, aber das scheint sie gewohnt zu sein, und das ist sicher gut so. Als ich nach Haus komme, nach einer sehr ausgedehnten Wanderung, aber um nichts klarer, klüger oder ruhiger, ist der Vierlinger da und spielt Bridge. Ich habe nichts gesagt, kein Wort. Ich bin nur sofort zum Telefon gegangen, um Viertel elf in der Nacht, und hab meinen Hofrat angerufen und hab mich nicht einmal wegen der späten Störung entschuldigt und hab ihm gesagt, ich hätt mir's überlegt und ich möcht doch schon gern am Montag auf Urlaub fahrn. Dann bin ich ganz ruhig in mein Zimmer gegangen, hab Sylvie noch einen Brief geschrieben, sie soll sich keine Sorgen machen, und in vierzehn Tagen wär ich wieder zurück, hab ein Schlafpulver genommen und mich niedergelegt. Am nächsten Tag, am Sonntagvormittag, hab ich mich dann auf die Bahn gesetzt und bin hier heraus zu meinem Onkel Albert in die Steiermark gefahren.

Am Donnerstag darauf hab ich den ersten Brief von Sylvie gekriegt; darin ist unter anderem gestanden, daß der Vierlinger am Samstag um Mitternacht, »in meiner Vertretung«, doch noch zu den Erbers gekommen, daß er bis ganz zum Schluß an der Hochzeitstafel gesessen wär, und nicht einmal der Chensky hätt ihn vertreiben können. Aber ein wunderschönes PS hat sie mir auch geschrieben:

»Den Günther Vierl bist du los. Ich hab grad mit Deiner Mama telefoniert. Er hat heut, statt selbst mit der versprochenen Antenne anzutanzen, stillschweigend einen Monteur geschickt. Der Apparat geht jetzt. Was der Monteur aber alles zu richten gehabt, wie lang er dazu gebraucht und was das alles gekostet hat, weiß ich nicht – jedenfalls sehr, sehr viel, denn Eure Kathi, die zum Telefon gekommen ist, will ihn, sagt sie, wenn er es wagen sollte, noch einmal bei Euch aufzutauchen, von ihrem Přstal windelweich verprügeln lassen.

Es küßt Dich nochmals, mein lieber Bub, und wünscht Dir recht gute Erholung

Deine Sylvie.«

Kapitel elf Phase zwölf

1

Es führte das Haus, dem Gisela Trubisch entlief, mit einem sehr kühlen und dunklen Hausflur in die schwüle Helle eines unbrauchbar gewordenen Nachmittags, dessen Rest nun, wie eine ganz unverschämte Zumutung, in unerwarteter Ausdehnung und Leere herantrat und sie ohne jede Möglichkeit der Entgegnung überraschte. Eine eiserne Stirn, die als Front aus nie angezweifelter Selbstgewißheit gehalten wird und keine andere Sicherheit hat als die Überzeugung selbstverständlicher eigner Unantastbarkeit, zerscherbt sofort, kommt das Geringste auf, das den Status ihres Eigners, und wäre es im kleinsten, erschüttert, denn schon die winzigste Möglichkeit des Zweifels nimmt ihn ganz, und nicht einmal ein Schlag ist nötig, um den Einsturz seiner Fassade zu bewirken, es genügt das vorsichtigste, behutsamste Anklopfen. Ob Gnade, ob Schwarze Magie, sie ist dahin beim ersten Auftauchen des Zweifels.

Es tut nichts zur Sache, daß Gisela dies alles nicht wußte – sie hatte es zu spüren bekommen. Die Ungeheuerlichkeit war geschehen, daß Schelnhausen sich gegen sie erhob, und die weiteren Ungeheuerlichkeiten konnten nicht mehr ausbleiben, nach einem so unbegreiflichen Vorgang, der mit Schelnhausens Auflehnung und Rückzug begonnen, für sie durchaus den Charakter einer Krankheit hatte, von der die Welt plötzlich ergriffen worden war: Sie, Gisela, hatte von einer ganz kleinen Freundin, die nie gewagt hatte, gegen sie auch nur mit der winzigsten persönlichen Anspielung aufzumucken, im Verlaufe der üblichen, stundenlangen Tratschereien ein Widerhäkchen angesetzt bekommen, das sie sich – und dabei war der Name Schelnhausen nicht einmal genannt worden – in einem unwillkürlichen, konvulsiven Bemühen, es wieder auszureißen, nur weiter ins Fleisch treiben mußte, beging sie den Fehler, es einmal anzufassen. Doch blieb ihr keine Wahl. Ihre Macht war verlorengegangen, und die Freundin hatte davon erfahren.

Gisela riß am Widerhaken. Nun saß er unlösbar; das Bedauern der Freundin wurde honigsüß. Und als Gisela zurückhieb, wurden ihre Schläge nicht geduckt hingenommen, sondern erwidert.

Gisela, davongelaufen, stand unvorbereitet in der dichten Säule eines sonngelben Nachmittags, fühlte die plötzliche, ungewohnte Unleidlichkeit eines dünnen Films von Schweiß am ganzen Körper, hatte kein Links, Rechts oder Geradeaus in dieser fremden Straße, die Entscheidung auferlegte, ohne ihr zur Schrittrichtung durch eine bekannte Landmarke oder eingefahrne Gewöhnung zu verhelfen. Die Einladung aufs Landhaus der Freundin am Semmering zum Wochenende, die sie einzuholen gekommen war, hatte sie vertan. Diese Einladung, die Bridgepartie am Spätnachmittag – und mehr –, hatte ihr Schelnhausen zunichte gemacht. Gisela fühlte, was dieses verlorne »mehr« bedeutete, sie wußte, wie es, wußte sie auch nicht, was es war. Es war das Vordringlichste, und es hatte sie hilflos gemacht. Die verlorne Einladung aber war ein zu handgreiflicher Verlust, als daß nun, als ihr immer neue ungesagte Argumente einfielen und wirksame Gegenschläge, die nicht zur Hand gewesen, als sie ihrer bedurft hatte, ihr die Hilflosigkeit, die am Unbenennbaren dieselbe bleiben mußte, an der praktischen Einbuße jenes Wochenendes am Semmering nicht zur Wut umgeschlagen wäre.

Gisela Trubisch lief über die Straße, stand nun vor einer Tabaktrafik, und jetzt setzte die Ansicht der Auslage, voll von Bildpostkarten, aufreizende Forderung, eine Adresse zu wissen, die sie nicht wußte, Viktors Namen zu schreiben, zu dem es keine Anschrift gab, bereitwilliges, höhnisches Angebot, zu Schelnhausen gesandt zu werden, der keine Antwort für sie hatte, erst jetzt setzte dieser ungewollte Anblick ihrer Wut die endlich zum Handeln stachelnden Sporen ein. Sie rannte ins Geschäft, stöberte sehr lange und mit immer abfälliger werdenden Kommentaren in dem Sortiment Ansichtskarten herum, welche ihr der Trafikant in einigen dicken Bänden anfangs vorlegte, später knallend hinschmiß, und kaufte dann eine ganz gewöhnliche Korrespondenzkarte um siebzig Groschen.

Neben der Trafik hatte ein winziges Kaffeehaus einen Tisch für sie, darauf die Postkarte mit Fingern zu bearbeiten, in welchen der nicht beendete, nur durch ihr Weglaufen ausgesetzte Streit wild danach zuckte fortzudauern; sie begann auch sofort zu schreiben und schrieb; eingekrümmt zur Schmutzigkeit des anonymen Giftbriefstellers, setzte sie gleich ihren Namen unter den besinnungslosen Haß ihrer wild gekrakelten Drohungen, Enthüllungen und Beschuldigungen. Diese Karte würde er lesen, Schelnhausen, alle werden eine Karte lesen, die so aussieht, das Dienstmädchen muß sie lesen, seine Mutter, sein Vater, sein

Bruder auch; diese Karte konnte er ihr nicht zurücksenden, wie er ihre Briefe zurückgesandt hatte, mit dem Vermerk: nicht angenommen, und tatsächlich ungeöffnet wie es gewisse, vorsorglich angebrachte Zeichen bewiesen! Die Serviererin hatte Tee gebracht und eine Schüssel mit mehreren Stücken klebriger Mehlspeis. Der Tee war kalt geworden. Gisela biß in ein Nußbeugl, im voraus wissend, daß es bei einem einzigen Biß bleiben würde. Sie lehnte die Karte gegen den Zuckerportionierer und las ihren Text mehrmals durch, öffnete nochmals ihre Füllfeder und brachte einige weitere Unterstreichungen und Rufzeichen an. Die Serviererin, die abgelöst wurde, kam an ihren Tisch.

»Altbacken das Zeug! Eine Zumutung ist das!« sagte Gisela scharf. Sie gab kein Trinkgeld und zahlte auch für das angebissen weggelegte Gebäckstück nicht. Sie wartete böswillig und angespannt auf eine Einwendung des Mädchens, als sie weniger Geld gab als die Rechnung ausmachte, aber das Mädchen sagte erstaunlicherweise und leider gar nichts. Gisela stand auf, giftig enttäuscht, und wußte, daß ihre Nase glänzte, und vermochte doch nicht, das dunkle Winkelwerk eines Ganges aufzusuchen, der im Hintergrund des Lokals gewiß nur zu einem halbblinden Spiegel über einem tröpfelnden Wasserhahn und gleichermaßen unappetitlichen Telefonzellen und Toiletten führte; sie ging eilig vorbei und hinaus auf die Straße.

Draußen war der Nachmittag in ein noch tieferes Gelb gesunken; die stumpf stehende Hitze lastete nun vollends unerträglich. Der Postkasten an der Straßenecke war noch ein Anliegen, und nach dem blechernen Klappern des Einwurfschlitzes gab es ein leer um die Ecke kurvendes Taxi, aber vor der Tür ihres Daheims angelangt, gab es gar nichts mehr: Was weiß durch die kleinen Löcher des Briefkästchens schimmerte, war nur ein Reklamezettel, keine Nachricht von Viktor – war ärger als nichts: war eine neu erlittne, täglich wiederholte Niederlage. Im Badezimmer war es plötzlich sehr kalt; sie duschte sich; die Handtücher waren vom Vortag noch feucht; sie fühlte sich, als sie, in ihren Bademantel gehüllt, ins Zimmer ging, elend und unglücklich. Sie versuchte, sich das Eintreffen ihrer Karte vorzustellen; es ging nicht; Schelnhausen hatte nur mehr ein einziges Gesicht in ihrer Erinnerung, das Gesicht, als er von ihr gegangen war. Im Zimmer war es für den Bademantel wieder zu warm; sie zog ihn aus und setzte sich auf die Couch; ihre Füße waren noch immer ein wenig feucht und fühlten sich kalt an. Vom Balkon strömte zähflüssig durch die Öde des staubigen Kabinetts die verdickte, gelbe Schwüle, die, über den Dächern in feuchtes Rot dunkelnd, das steckengebliebene Gewitter ränderte, welches sich in quälend anwachsendem Druck erschöpfte, ohne sich zum Höhepunkt und zum läuternden Orgasmus von Blitz und Donnerschlag und kalt platzendem Regen erlösen zu können. Gisela nahm ihre kalten Zehen in die Hände, lange magere Zehen in lange magere Finger, begann sie zu massieren und fühlte, daß ihr unter den Achseln der Schweiß ausbrach. Zitternd, in ohnmächtiger Wut, versuchte sie das einzige ihr gebliebene Gesicht Schelnhausens zu zerschlagen, mit weißgeballter, kleiner, knochenkantiger Faust, aber seine letzte Maske war unzerbrechlich; sie wußte, daß dahinter noch andere Gesichter steckten, sie hatte sie alle gekannt, und alle waren so leicht verletzbar gewesen: Ein Riß mit fünf Fingern, fünf scharfen Nägeln darüber würde jetzt genügen, aber sie fand seine verletzlichen Gesichtshäute nicht, und als sie seinen Körper vor sich auf den Boden hinrecken wollte, um sich an seinen Beinen, seinen Lenden, seiner Brust zu dem ersehnten wehrlosen Gesicht vorzutasten, konnte sie seinen Leib nicht mehr auf den Teppich zwingen, den eine goldene, reine Sonne gefleckt hatte; das dumpfe Gelb, das nun dort, wie eine über die Teppichhärchen gewölbte Schmutzlache, stand, gab ihrer Bemühung keinen helfenden Hintergrund ab, erstickte ihre Beschwörung – nun hatte Gisela auch Schelnhausens ehedem in Schlankheit unterworfenen Körper verloren, er war ihr aus der Erinnerung geschlagen von der niemals unterworfenen Form des weißhäutigen Athleten, der er geworden war.

Vorn in der Hausbar stand eine Flasche Kirsch; der schadhafte Verschluß war mit kandiertem Zucker überkrustet und zerbrach ihr unter verzweifelt ungeduldigen Fingern; die Flüssigkeit war klebrig eingedickt; sie kostete davon, einen klebrig süßen Mund voll, lauwarm, heißer Schnitt des Alkohols, sie fühlte, wie ihr übel wurde, und lief hinaus, um auszuspucken und zu brechen.

2

Er hatte es nicht nötig, mit aufgestelltem Mantelkragen und glimmender Zigarette nächtelang erleuchtete Fenster zu beobachten und, den Revolver in der Faust, bei ziehendem Vollmond und gespenstig knackendem Unterholz keuchend über efeuüberwachsene, verfallene Gartenmauern zu voltigieren. Der schnauzbärtige Privatdetektiv hieß Reinhold Krakovitzer und übte einen Beruf und keinen Mythos aus. Internationale Spione gehörten nicht zu seinem Freundes- oder Feindeskreis, und die Interpol hatte ihn in einem besonders verzweifelten Fall noch nie bemüht. Aber er verstand sich auf den Umgang mit Hausmeistern, Kellnern und Dienstmädchen, und die ihm von Prinz Craillsperg übertragene Aufgabe, Gisela Trubisch zu überwachen, kostete ihn weniger Zeit und Aufwand als man, durch die Lektüre es ganz anders wissender Kriminalromane verführt, vermuten möchte. Und er war ihr durchaus gewachsen.

Seit Viktor Trubisch verschwunden war, begnügte er sich allein damit, als er festgestellt hatte, daß Gisela ihre Angewohnheiten und ihren Bekanntenkreis nicht wesentlich änderte, außer, daß sie Peter von Schelnhausen nicht mehr traf, die Post zu kontrollieren, die sie erhielt. Er wußte, daß Gisela nicht vor elf Uhr aufzustehen pflegte, betrat einige Minuten, nachdem der Briefträger ihr Haus verließ, den Eingang und sortierte, schon während er die Stufen aufwärts stieg, in gewohnter Weise die Schlüssel an seinem Schlüsselbund, bis er das kleinste Schlüsselchen zwischen den Fingern hielt, welches ihr Postkästchen aufschloß.

Gisela Trubisch schlief. Den Rest des Nachmittags, den Abend hatte sie mit weiteren Halbheiten mühsam aufgebraucht, Dilettantin der Einsamkeit, in eine ungewohnte Leere gestürzt, die sie nicht füllen konnte: Davongelaufen in das Kino an der Ecke, hielt sie es auf ihrem Sitz nicht aus und ging nach kaum einer Viertelstunde; davongelaufen in einen ziellosen Spaziergang, der sie doch immer an Ziele brachte, machte sie vor jedem Haus und Lokal kehrt, in das sie sich nicht wagte, weil drinnen Bekannte saßen oder sitzen mochten; in einer Spirituosenhandlung kaufte sie eine Flasche Wodka und lief von ihrem Zuhause davon, das sie haßte, das ihr nie ein Zuhause, nur Provisorium zwischen zwei Einladungen gewesen war, das sie jetzt wieder aufsuchen mußte, um trinken zu können, um warten zu müssen auf Viktor. Sie spürte peinigenden Hunger und konnte nichts essen, öffnete, noch in der Küche, die Flasche, trank mit krampfhaft geschlossenen Augen ein Glas, trank sehr viel Wasser nach und fühlte, daß ihr nach einem weiteren Schluck Schnaps wieder übel werden würde. Sie zog sich aus, kroch weinend ins Bett, konnte nicht liegenbleiben, stand wieder auf, begann in Laden und Lädchen herumzusuchen und fand endlich die flache Dose eines Schlafmittels. Sie schluckte vier Tabletten trocken hinunter und merkte, daß sie wieder am ganzen Körper schwitzte. Sie wollte nicht noch einmal in das feuchtkalte Badezimmer gehen, sie wollte nicht in ihr heißes Bett. Sie warf Kissen und Decken auf den Boden und legte sich nackt auf das bloße Leintuch; die Nachtkühle weckte sie um vier Uhr früh; sie war schlagartig so sehr wach und allein, daß sie wieder zu weinen begann. Sie raffte schluchzend Decken und Polster zurück auf ihr Bett, schluckte eine weitere Tablette und war sofort und tief eingeschlafen; das Klingeln des Briefträgers, der das Telegramm brachte, hörte sie nicht.

Reinhold Krakovitzer fand an die Tür geklebt das schmale Streifchen eines Telegrammavisos, schloß gemächlich das Postkästchen auf und entnahm ihm die zusammengefaltete und mit einem Papiersiegel verschlossene Eilnachricht. Mit Hilfe einer winzigen Klinge seines umfangreichen Taschenmessers, die er an seiner Zungenspitze anfeuchtete, und mit einem geschickten Griff öffnete er das Telegramm so weit, um es lesen zu können, verschloß es, wieder unter Zuhilfenahme seiner Zungenspitze, die er nun mit dem Papier in Berührung brachte, und steckte das Kabel in das Postkästchen zurück.

Unten, im Hausflur, klopfte er an die Portierloge, hatte für den Hausmeister hundert Schilling und eine Schachtel Zigaretten und fuhr in seinem kleinen Topolino nachdenklich ins Büro.

»Guten Morgen«, sagte Fräulein Zeilig.

»Ja«, sagte Krakovitzer und ließ sich schnaufend an seinem Schreibtisch nieder. »Was Neuchs?«

»An der Post nichts. Aber Herr Direktor Führich –.«

»Positiv. Jedesmal wenn's Tennisspielen geht. Der Tschusch, der angebliche Dr. Turiuk. Im Hotel Stadion. Der Parkplatzschani vom Tennisplatz hat's schon seit ein paar Monat gewußt. Fragen S' den Führich, wann er anruft, ob er a paar Foto will, aber sagen S' ihm sonst nix. Mir hat er g'sagt, er will sich auf kan Fall scheiden lassen, also wird er kane Fotos wolln, sondern selber hingehen. Sagen S' ihm, er soll sich Donnerstagnachmittag frei machen, ich ruf ihn noch an. Sonst was?«

»Nein.«

»Guat is. I fahr heut nachmittag nach Raunegg. Die Trubisch hat von ihrem Mann aus Rom ein Telegramm gekriegt. Sie soll zu ihm kommen. Vor der Jaus'n hat's kan Sinn, nach Raunegg zu fahrn, weil der Craillsperg den halberten Tag im Wald umhatscht. Steht deswegen jeden Tag um fünfe in der Früh auf. Is vierasechz'g Jahr, schaut wie achtasiebz'g aus mit seine weißn Haar, und halt sich wia a Zwanz'gjähriger. Kan Bauch. Gesunde Lebensweise. Mi tat des umbringen.«

»Ich hab den letzten Wochenbericht schon ins reine geschrieben –.«

»Den nimm i mit. Des Telegramm is so wichtig, daß i selber fahr, denn des bedeutet, daß der Trubisch die Nakladal, mit der er abg'fahrn is, schon wieder ang'lahnt hat. Weil s' ka Geld mehr hat, natürlich. Also hat er aa kans. Die Trubisch hat gestern ihre Monatsmarie kriegt. Des waß er. Also.«

»Glauben Sie, daß sie fahren wird?«

Krakovitzer seufzte. »Ja. Die fahrt. Die fahrt auf jeden Fall. Und wann's net fahrt, ruft der Hausmaster no an. Schreiben S' auf: hundert Schilling Spesen und a Packel Dreier für den Dworaèek. Rufen S' mi um vier in Raunegg beim Verwalter an; net im Schloß. I geh erst so was um fünfe hinüber. Aber rufen S' mi nur an, wann s' net fahrt, die Trubisch – aber die fahrt schon. Wann s' fahrt, brauchen S' mi gar net erst anrufen. Spar ma die Spesen.«

»Ja, Herr Krakovitzer.«

Krakovitzer nickte. Er schlug die Zeitung auf, die vor ihm auf dem Tisch lag; hinten, beim Anzeigenteil. Er zündete sich eine Zigarette an und begann, die Annoncen sorgfältig zu lesen.

3

Eine ganz gewöhnliche offene Postkarte – siebzig Groschen Ortsverkehr – und ein Brieftelegramm aus Rom hatten also eine Zusammenziehung lange gleich, wenn nicht auseinanderlaufender Handlungslinien auf einen einzigen Tag zur Folge, die, hätte er davon gewußt, dem Freiherrn Peter von der Schwengkh eine weitere Bestätigung seiner Theorie gewesen wäre, daß die althergebrachten Gesetze der Dramatik nicht aus dem Zwange der Bühnengemäßheit entstanden sind, sondern daß die Einheit von Ort und Zeit viel lebensgemäßer ist, als gemeinhin angenommen, daß dagegen die eher gleichmäßige Aufteilung von Geschehnissen auf gleichlange Zeitabschnitte und gleiche Örtlichkeiten, gewissermaßen auf die Stationen einer oder mehrerer miteinander verknüpfter Biographien, vielleicht einer größeren Wahrscheinlichkeit, aber oft nicht der Wahrheit entspricht. Kurz, es traf wieder einmal alles zusammen und an ein und demselben Tag; dennoch war, auch bei genauerem Hinsehen, diesmal nur ein einziger sogenannter Zufall bei sonst erklärlichen Abfolgen mit im Spiel: das annähernde zeitliche Zusammentreffen von Telegramm und Postkarte.

Peter von Schelnhausen fand sie am Frühstückstisch; sie lag zuoberst auf den vier oder fünf Briefen, die er erhalten hatte; er erkannte die krakelige, unregelmäßige Schrift Giselas sogleich. Als er rasch den Blick hob, sah er, daß seine Mutter die Karte gelesen hatte; sie schlug sofort die Augen nieder. Er köpfte mit einem raschen, knackenden Schlag des Messers, sauber und genau, sein Frühstücksei. Er rührte seine Post nicht an, zwang sich, nicht mehr hinzusehen, und begann langsam zu löffeln.

Spätnachts hatte es stark geregnet; die Reste des verunglückten Gewitters, von einem Sturm hinweggefegt, klebten staubig, in unsicheren weißen Streifen wie die Fingerspuren einer mehligen Hand, auf dem blankgeputzten, blauen Email des gereinigten Himmels.

Das Mädchen hatte den Tisch in der Veranda gedeckt; die breiten Fensterscheiben waren zur Seite geschoben, und ein warmer, trockener Luftzug schlug reinlich aus dem Garten herein, fuhr in die geschlossene Zeitung, verdickte sie, die Blätter bauschig anhebend, und schlug raschelnd eine Ecke um. Der Vormittag war hier frei und leer von aller Geschäftigkeit; die Uhr, rückwärts in der gründunklen Diele, zertickte Zeit und keine Termine.

Der Hausherr und sein jüngerer Sohn hatten längst das erste Viertel ihres Arbeitstages bewältigt. Ihre Weckeruhren, pflichteifrig, aber jetzt ganz und gar unnütz, haspelten nun auch andere Sekunden, zwar mit eingedrücktem Knopf, auf den Nachttischen im Oberstock, aber dennoch unbeirrt von der vollständigen Nichtbeachtung, die der unvermerkt rückgekehrte Feiertag ihnen erwies.

Aber heute war die reinste, noch von keiner Aktivität verdorbne Stunde dieses Tages den beiden Beruflosen des Schelnhausischen Haushalts, Peter und seiner Mutter, durch die stumme, mit ihrem fatalen Gesicht nach oben liegende Karte bereits verdorben worden. Peter schlug mit der

Hand auf die geblähte Zeitung. Seinem Schlag wurde ein Widerstand geleistet, ähnlich dem, welchen ein Luftkissen aufweist, das man leerpressen will. Schelnhausen strich die Zeitung sorgfältig glatt und dünn, faltete sie einmal zusammen und schob sie seiner Mutter hinüber.

»Die *Zeitung* hast du sicher noch nicht gelesen«, sagte er.

Die Baronin führte eine kleine, stockende und sehr komplizierte Kopfbewegung aus, die ihr gestattete, den Blick zu heben, ohne ihren Sohn ansehen zu müssen. Das Licht aus dem Garten stand warm und mit grün und golden geäderten sanften Rändern in die Dielen herein.

»Wenn ich sie nicht gelesen hätte, würde sie Papa gelesen haben«, sagte Louisa. »Martha hat heute wieder einmal vergessen, die Post zu sortieren.«

»Und warum hat Papa die Karte nicht lesen dürfen? Du bist doch sonst immer dafür, daß Papa alles weiß!« sagte Peter wütend.

»Das – das hier sollte er aber lieber doch nicht lesen«, sagte Louisa.

Kein Vorwurf, dachte Peter von Schelnhausen giftig. Sie macht mir keinen Vorwurf. Sie sagt nicht einmal: Wär dir das wirklich lieber gewesen? Nein. Sie schont mich, sie schont mich wie einen Nervenkranken. Merkt sie nicht, daß mich ihre Schonung wahnsinnig macht?

Peter von Schelnhausen hatte es aufgegeben, Gisela Trubischs Briefe zu lesen, als er merkte, daß ihre Beschuldigungen und Drohungen zu gefährlich zu werden begannen. Das Nein, welches er hier setzte, war blind und mußte blind bleiben; es gehörte keine große Willenskraft dazu, die Briefe ungelesen zu lassen, wie Gisela glaubte, sondern sie zu öffnen, hätte es eines großen Mutes, oder eher: einer Art Mut bedurft, über die Schelnhausen nicht verfügte. Schelnhausen gehörte zu den seelisch Weitsichtigen, denen ihr Übel kein organisches, sondern ein psychisch bedingtes ist; er sah und wollte nur alles deutlich sehen, was ihm nicht zu nah an die Haut rückte, und betrieb seine heftige Außenpolitik in nicht geringem Maße auch deshalb so nachdrücklich und ausdauernd, arrangierte nur deshalb Haupt- und Staatsaktionen und führte Krieg, weil er an seine hoffnungslos verfahrenen innenpolitischen Angelegenheiten nicht zu rühren wagte. So war es nicht Beherrschung, nicht einmal Trotz, sondern Feigheit, die ihn nun vermochte, als er, das Frühstück beendet, nach der Post greifen mußte, die Karte ungelesen zuunterst zu schieben und vorerst die Briefe umständlich aufzuschneiden; die Briefe waren belanglos. Schelnhausen fühlte, daß ihn seine Mutter, während er mit seiner Lektüre beschäftigt war, andauernd beobachtete; er blickte mehrmals auf, doch gelang es ihm nie, sie zu überraschen. Als er zu der Karte kam, sie drei-, viermal gelesen hatte und vor dem unbeherrschten, hysterischen Wutausbruch, den die Zeilen Giselas darstellten, sekundenlang die Sicherheit verlor, auch seine scheinbare Sicherheit, die er sonst so souverän zu bewahren wußte, daß sie echt erschien, sah er nur deshalb auf, weil er vergaß, seinen Blick festzuhalten; sein Hinsehen fiel von den Zeilen weg und hilflos nach oben, und nun sah ihn seine Mutter voll an, und er hatte sie nicht ertappt. Er erkannte, daß sie Angst hatte, aber sie hatte immer Angst, und er selbst konnte seine Angst nicht mehr verbergen, er hatte selten Angst; so trafen sie einander nicht wirklich, aber einen Augenblick lang schien es so, als hätte ihr kläglich Gemeinsames aus dem Schmerz ein einziges Mal eingestandner Verwandtschaft wirklich eine Brücke geschlagen, die Mutter und Sohn zueinander führte.

Ich muß zu Gisela, dachte Schelnhausen und flüchtete eilig in das erste auftauchende Detail eines noch ungeformten Planes: Jetzt würde mir Mama den Wagen leihen, wenn ich sie darum bitten könnte, obwohl es Papa ihr verboten hat. Jetzt würde sie nicht sagen: Seit dem tödlichen Unfall deines Freundes Lerch hast du nicht mehr mit Papa gesprochen. Wenn du ihn bittest, schenkt er dir einen neuen Wagen. Du mußt ihn nur darum bitten. Er wartet darauf, daß du das erste Wort sagst.

Sieht sie denn nicht, daß ich um nichts bitten darf? Daß ich niemals bitten darf, sondern nur fordern, nur nehmen muß? dachte er verzweifelt.

4

Elfriede Mehrsack legte den Telefonhörer nieder. »Der Wagen wartet schon, Herr Kommerzialrat«, sagte sie.

»Gut«, nickte Richard von Schelnhausen und erhob sich. »Brauch ich einen Regenschirm?« Er sah mit gerunzelten Brauen zum Fenster. »Nein«, beschied er dann. »Wo ist meine Tasche?«

Alexander reichte sie ihm.

»Laß mich das Cahier noch einmal anschauen«, sagte der alte Baron. »Hast du es gleich gefunden?«

»Ja. Es war dort, wo du gesagt hast.«

»Ist Mama zu Hause gewesen?« Richard von Schelnhausen blätterte den Schnellhefter kurz durch, nickte und steckte ihn in die Aktenmappe.

»Ja. Ich hab ihr gesagt, daß wir nicht zum Mittagessen kommen können.«

»Schön.« Der Baron verschloß die Mappe, klemmte sie unter den Arm und zog die Handschuhe an. »Mehlsäckchen, wir gehen. Rufen S' mich bitte im Werk nur an, wenn's unbedingt nötig ist, gelt? Sonst sagen S' lieber einfach, Sie wissen nicht, wo ich bin. Nachmittags sind wir wieder zurück; so um halb fünf. Kann auch ein bißl später werden.«

»Ja, Herr Kommerzialrat.«

»Gut. Komm, Alexander.«

Der Sohn verschob unbehaglich berührt die Schultern. »Entschuldige, Papa, aber wenn's dir nicht allzuviel ausmacht, möcht ich heute lieber doch nicht mitfahren –.«

»Was soll das jetzt wieder heißen?« fragte Richard von Schelnhausen ungeduldig. Er zog den rechten Handschuh wieder aus und steckte ihn in die Rocktasche. Fräulein Mehrsack reichte ihm den Hut.

»Mama hat mich gebeten –«, log Alexander und verstummte unsicher.

Sein Vater sah ihn forschend an. »Hat's irgendwas gegeben? Wegen dem Mittagessen?«

»Nein«, sagte Alexander wahrheitsgemäß. Aber dann stockte er. An eine Ausrede hatte er nicht gedacht. »Es ist nur – ich kann dir das jetzt nicht so schnell erklären, Papa –.«

»Bevor du mich anlügst, sag lieber gar nichts!« meinte der Kommerzialrat und blickte seinen Sohn scharf an. Dann wandte er den Blick, warf eilig die Aktenmappe, die er unter den rechten Arm geklemmt hatte, unter den linken Arm und zog dann den Handschuh straff. »Also gut«, nickte er ärgerlich, »fährst halt das nächste Mal mit. Und mach keinen Blödsinn, ja?«

»Danke, Papa«, sagte Alexander erleichtert.

»Auf Wiedersehen, Herr Kommerzialrat«, sagte Elfriede Mehrsack.

»Wiedersehen!« rief Richard von Schelnhausen, drehte sich auf der Ferse um und war auch schon zur Tür hinausgefahren.

Alexander wartete einige Sekunden, seufzte, und blickte dann die Sekretärin ungewiß an, die neben dem Schreibtisch seines Vaters stand und wortlos wußte, weshalb sie nicht ging.

»Hätten Sie vielleicht ein paar Minuten Zeit, Fräulein Mehrsack?« fragte er. »Setzen wir uns doch«, sagte Alexander, als sie stumm nickte.

Sie nahmen an dem kleinen Rauchtischchen in der Ecke Platz, aber er stand sofort wieder auf und begann, unruhig auf und ab zu gehen.

»Sie waren ziemlich lang aus, Herr von Schelnhausen«, sagte Elfriede Mehrsack unbewegt. »Der Herr Kommerzialrat hat sich schon gewundert, wo Sie geblieben sind. Ich habe bei Ihrer Frau Mama anrufen müssen, aber Sie waren schon fort«

»Ich hab einen Umweg gemacht, beim Nachhausefahren«, sagte Alexander ärgerlich. »Ich weiß eigentlich gar nicht, warum. Auf jeden Fall war's von mir ein Unsinn. Sie war übrigens gar nicht zu Hause.«

Elfriede Mehrsack wartete. Alexander drehte sich um und blieb stehen. »Entschuldigen Sie«, sagte er, »aber ich bin ein bißl durcheinander – also, jetzt wär's soweit, glaub ich.«

»Ihr Bruder?« fragte die Sekretärin.

»Ja«, sagte Alexander. »Vielleicht war's gut, daß Papa das Cahier zu Hause vergessen hat.« Er zögerte. »Ich hab dadurch nämlich Ihrem oder vielmehr dem Vorschlag vom Peter Chensky folgen können –.«

Fräulein Mehrsack nickte. Es war ihr keinerlei Erstaunen anzumerken. Sie kam sofort zur Sache. »Was verlangt Frau Trubisch in ihrem Brief?« fragte sie.

»Sie hat keinen Brief, sie hat eine offene Postkarte geschrieben«, sagte Alexander und wurde rot. »Peter hat sie am Frühstückstisch liegenlassen; Mama sagt, er ist, nachdem er sie gelesen hat, wortlos davongerannt. Das hab ich übrigens mehr oder weniger nachher auch getan. Ich bin zu der Trubisch gefahren, sie steht glücklicherweise im Telefonbuch, aber sie war nicht zu Haus. Den Peter hab ich auch nicht mehr getroffen.«

»Haben Sie die Karte mit?« fragte die Sekretärin.

»Nein«, antwortete Alexander verlegen. »Das – das ist nichts zum Herzeigen; das Zeug ist eine einzige Schweinerei. Wenn Peter nicht sofort zu ihr kommt, will sie einen ähnlichen Unsinn noch an andere Leut schreiben.« Alexander hob die Achseln und sah eher erstaunt als zornig drein. »Ich hab das Gefühl, daß dieses Weibsbild komplett narrisch geworden ist.«

»Sie haben die Karte liegenlassen?« fragte die Sekretärin nüchtern und mißbilligend.

»Mama hat sie mit Peters anderer Post in sein Zimmer getragen. Es ist möglich, daß ihm der Wisch plötzlich abgeht, daß er noch einmal nach Haus kommt, um sich ihn zu holen. Wie gesagt, das ist nichts, was man gern herumliegen läßt. Mama hat mir übrigens versprochen, mich sofort anzurufen, wenn Peter nach Haus kommt.«

»Und was wollen Sie dann tun?«

»Das weiß ich eben noch nicht«, sagte Alexander und nahm sein Hinundhergehen wieder auf. »Ich muß einmal mit ihm reden. Ich werd ihm sagen, ich hab zufällig die Karte gelesen.«

»Baron Schelnhausen, ich halte es für grundfalsch, wenn Sie sich vor Ihrem Bruder für irgend etwas entschuldigen«, sagte Elfriede Mehrsack ernst. »Verzeihen Sie mir, wenn ich Ihnen das sage, aber ...«

»Nein, nein, Fräulein Mehrsack!« wehrte Alexander ab.

»ich hab Sie ja gebeten –.«

»... aber das würde Sie sofort in eine ungünstige psychologische Ausgangsposition bringen«, setzte die Sekretärin unbeirrt fort.

Schelnhausen schwieg verblüfft

Elfriede Mehrsack erhob sich. »Und, bitte, nehmen Sie diese Angelegenheit nicht zu leicht«, sagte sie.

Alexander errötete zum zweitenmal.

»Frau Trubisch ist eine Hysterikerin, und Ihr Bruder –.« Sie brach ab und machte eine winzige Geste. »Nein. – Sie wissen, daß sie eine Tochter des Prinzen Ferdinand Craillsperg ist?«

»Ja.«

»Sie ist von ihm finanziell abhängig. Er ist außer ihrem Mann der einzige Mensch, der auf sie einigen Einfluß hat«

»Woher wissen Sie das alles?« fragte Alexander erstaunt.

»Von Dr. Schönbrod. Er hat versucht, den Prinzen zu sprechen, wurde aber nicht empfangen. Er hat ihm auch geschrieben. Aber seine Briefe sind unbeantwortet geblieben. – Prinz Craillsperg soll ein nicht sehr umgänglicher Mensch sein, also das, was man einen schwierigen Charakter nennt –.«

»Haben Sie seine Adresse?« unterbrach Alexander.

»Ja«, sagte Fräulein Mehrsack.

»Ich werde zu ihm fahren«, sagte Alexander von Schelnhausen entschlossen.

5

Aus dem Waggon stiegen eine Bäuerin in Kopftuch, schwarzem Rock, einen durchlöcherten Karton unter dem Arm, in welchem Küken piepsten, ein Gendarmeriebeamter und Peter von Schelnhausen.

Das kleine Stationsgebäude war gelb und nun, da der Stationsvorsteher hervorgetreten war, den Zug abzufertigen, vollends verlassen. Die Bäuerin humpelte eilig in den Warteraum. Als der kurze Train in einem eisernen Geruch von heißem Öl und mit bescheidenem Zischen wieder anruckte, sah man sie draußen, auf der staubigen Landstraße auf einem klapprigen Fahrrad davonradeln. Schelnhausen stand unschlüssig auf dem schmalen Perron, dessen Vordach keinen Schatten spendete; die Sonne knallte vom gläsern blauen Himmel schräg auf den Steinboden, dessen Hitze durch die Sohlen der leichten Schuhe zu spüren war; als er sich umdrehte, um den rückkehrenden Stationsvorstand anzusprechen, der die rote Mütze vom Kopf nahm und sich über die Stirn wischte, knirschte Sand unter seinen Fersen.

»Nach Schloß Raunegg?« fragte Schelnhausen.

»Vorm Dorfeingang links in die Allee«, sagte der Eisenbahner. »Sie können's nicht verfehlen.« Er sah den Fremden neugierig an.

»Danke«, sagte Peter. Er ging durch das Stationsgebäude und trat auf die Straße. Das Dorf war fünf Minuten entfernt. Links davon gab es ein verwittertes Gemäuer aus rohen Steinen, eine schiefstehende Bildsäule mit durchgerostetem Schutzdach, davor zwei Blechbüchsen mit vertrockneten Blumen. Die Pappelallee führte schnurgerade zum Schloß, das sich mit einem weißen Rundturm, in dem winzige, vergitterte Fenster saßen, mächtig über die weitläufigen Wirtschaftsgebäude erhob. Peter sah nach der Uhr. Es war wenige Minuten nach fünf. Er machte sich auf den Weg und trug seinen gänzlich unübersichtlich gewordenen Konflikt den schnurgeraden Fahrweg entlang, repetierte, was er Craillsperg sagen wollte, und doch gelang es ihm nicht, durch die längst auswendig gelernte Formel, die es nur noch aufzusagen galt, Beruhigung zu finden. Er kannte den Prinzen nicht. Er kannte Gisela nicht mehr. Und es gab keinen Sündenbock diesmal. Er war auf sich selber beschränkt und ohne Handlanger. Kein Hubsi Lerch nahm ihm heute die Arbeit ab, kein Fritz Haber.

Schelnhausen schien es plötzlich ganz unwirklich, was er hier trieb. Der Krieg gegen Fechtner war zu Ende gekämpft. Was konnte nachher noch wichtig sein? Fritz war verloren mit dem gewonnenen Sieg. Freilich, die Panik war echt gewesen, die ihn ergriffen hatte, als er Gisela nicht zu Hause antraf, doch hier, auf einem völlig unglaubwürdigen Weg begriffen, da es nun offen um eigenste, erbärmliche Belange gehen sollte, in einem Anliegen, das in neun Worten vorzubringen war: Schaff mir und halt mir deine Tochter vom Hals!, hatte er keine Waffen und keinen Anlaß außer Furcht, ungefilterter, ungenießbarer Furcht, die jetzt fast schmerzend heraufdrängte; durch kein kompliziertes System von Kabalen, Vorwänden, verfälschten Gründen und umständlichen Selbstbelügungen war sie gebrochen und also handzuhaben, aufschiebend und fortschiebend zu bewältigen. Sie wurde zum gleichbleibenden Grundton seines Hierseins und verschlechterte sich nun vollends zum drückenden Unbehagen bleierner Mutlosigkeit. Es gab keinen Umweg mehr – nicht einmal über andere Personen. Dies war so ungewohnt, daß er, gegen keinen sichtbaren Widerstand aufgelaufen, plötzlich nicht mehr handhaft spüren konnte, worum es ging, ohne scharfe Angst nun, aber auch ohne Mut: Er haßte nicht mehr. Er konnte auch Gisela nicht hassen. Und Gefühle, die in keiner Weise vom Haß geführt, bestimmt oder auch nur angerührt waren, hatte er fast verlernt. Fechtner, der Gegenpol, war vernichtet. Was aber ist ein Peter Schelnhausen ohne seinen Feind Fechtner?

Der Weg war gerade und führte doch sofort ins Unübersichtliche. Ein Haupttor gab es anscheinend nicht mehr auf Schloß Raunegg. Links neben der zerfahrenen Straße hörte die Mauer auf, rechts begann sie wieder und wölbte sich gefährlich nach außen, brach auf mit einem auch schon geborstenen roten Flickwerk von schlechtgefügten Ziegeln, wo der mächtige Stamm eines alten Baumes dagegengewachsen war. Dort begann der Park. Hier vorne stellten sich die Wirtschaftsgebäude quer; Schelnhausen, die Landmarke des Rundturms vor Augen, mußte einem Traktor ausweichen, der ihm entgegengerattert kam, und fand sich unversehens vor weitläufigen Seitentrakten des Schlosses. Hier, in einem großen, unverbauten Hof, auf dem einige Erntemaschinen standen, setzte sich die unterbrochene Pappelallee mit zwei Baumpaaren fast diagonal über seine Fläche fort, die, seltsam genug, eine Ordnung weiter exerzierten, welche den im Lauf der Jahrhunderte gewandelten baulichen Verhältnissen des Schlosses quer zuwiderlief.

Ein Torbogen, den das von Vögeln bekackte Craillspergsche Wappen, alliiert mit einem anderen, zierte – im plastisch ausgeführten Fürstenhut klebte ein Schwalbennest –, führte aus den ländlichen Vorwerken überraschend in einen quadratischen Renaissancehof: drei Stockwerke, Bogengänge rundum, eine wuchtige Freitreppe, die sich zu einem sehr klein diniensionierten Eingang absurd verjüngte.

Durchs eiserne Rankenwerk der geschmiedeten Brunnenkuppel in der Mitte des Hofes sah Schelnhausen einen Mann in grüner Joppe gemächlich die Stufen herunterkommen; schon wollte er sich nach der Seite wenden, die der Herabkommende einschlug, um sich zu erkundigen, als er den Mann erkannte und, einer ganz unwillkürlichen Regung folgend, den Brunnen so umging, daß ihn dieser vor dem anderen deckte. Es war der Schnauzbart im Lodenmantel, der damals, spätnachts, die Ohrfeige in Worten vorweggenommen hatte, die Peter einige Minuten später von seinem Vater tatsächlich erhalten sollte. Krakovitzer erkannte Schelnhausen dennoch, tat aber nichts dergleichen. Er dachte sich auch etwas, aber nicht viel mehr, als: Naja, jetzt kriegt er, was er verdient – und ging ruhig weiter und ohne den Kopf zu wenden.

Schelnhausen lief hastig die Stufen hinauf, fand jedoch die eisenbeschlagene Holztür, die der Detektiv hinter sich geschlossen hatte, versperrt.

Der leere Hof sah mit vielen Fenstern zu ihm her; der glatte blaue Himmel, den hier nicht einmal Schwalben furchten, die Räumlichkeit des Firmaments sichtbar zu machen, schien wie eine plane, leuchtende Fläche als direkter Abschluß des Hofes herabgezogen; es ging nicht der leiseste Windhauch; die heiße Luft stand wie spiegelnde Wasserlachen auf dem Steinboden.

Schelnhausen wollte warten und nachdenken; er durfte nicht warten; er fühlte sich von verborgenen Augen beobachtet und wagte es nicht, seine Unschlüssigkeit zu zeigen; er drückte auf den Klingelknopf. Lange Zeit geschah nichts, dann glaubte er im ersten Stock hinter den Kolonnaden eine Bewegung zu sehen, als ob dort jemand ginge, der sich im Schatten des Bogenganges verberge, aber als er genauer hinsah, war niemand dort. Oder der Kerl hat sich hinter eine Säule gestellt, dachte Schelnhausen und schüttelte unwillig den Kopf. Der Schnauzbart war also kein Spitzel von Papa, sondern stand im Dienste Craillspergs. Um so besser! Dann wußte der Prinz das meiste, und viele Erklärungen würden unnötig sein. Und: Wer Spione braucht, hat selbst meist kein sehr reines Gewissen. Das könnte ich andeuten –.

Schelnhausen spürte die winzige Möglichkeit einer Waffe; aber, und dies war er nicht gewohnt, es verschaffte ihm das nun keine Zuversicht, welche ihm sonst auch aus noch viel unsichereren Momenten erwachsen war.

In der Tür war ein kleines, vergittertes Fenster; das wurde jetzt aufgeschoben, und das blasse Gesicht eines alten Mannes erschien, der ihn mißtrauisch betrachtete.

»Grüß Gott«, sagte Schelnhausen nach kurzer Pause, als der Alte wortlos blieb.

»Grüß Gott«, wurde ihm murmelnd geantwortet.

»Ich möchte Prinz Craillsperg sprechen«, sagte Schelnhausen.

»Wie bitte?« Eine zitternde Greisenhand wurde ans Ohr gehoben.

»Ich möchte den Prinzen Ferdinand Craillsperg sprechen!« schrie Schelnhausen und steckte seine Visitenkarte durch das Gitter, dem Alten unter die Nase. Das Gesicht wich zurück, die Hand griff nach der Karte. Sehr lange geschah gar nichts; Schelnhausen hörte, wie sich langsame Schritte entfernten. Aus dem dunklen Loch des Fensterchens wehte es ihm kühl entgegen. Als der Greis wieder erschien, hatte er Brillengläser vor den Augen.

»Sind der Herr Baron angemeldet?«

»Nein!« rief Schelnhausen heftig, »Sie sollen mich ja anmelden!«

»Es tut mir leid, aber Durchlaucht empfangen nur nach vorheriger schriftlicher Anmeldung.«

Das Fensterchen wurde geschlossen. Schelnhausen drückte wütend gegen den Klingelknopf, hielt den Finger minutenlang daraufgepreßt, aber der Alte kam nicht mehr zurück. Wieder war es ihm so, als bewege sich etwas hinter den Kolonnaden im ersten Stock, und wieder konnte er, rasch den Kopf wendend, niemanden erkennen. Schelnhausen stieg langsam die Stufen herab und unterzog den Hof einer genaueren Musterung. Indem er den Säulengang entlangging, fand er einige verschlossene Türen, die mit dunklen Fenstern abwechselten. Durch ein Fenster aber schimmerte es hell: Jenseits des mit staubigen Flaschen und Holzstellagen vollgerümpelten, finsteren Raumes stand eine Pforte halb offen, die ins Grün eines Gartens führte. Schelnhausen bückte sich tief, konnte zwei Stufen einer Terrasse sehen, den Sockel und die Flanke einer steinernen Sphinx. Er stand rasch auf, verließ den Hof und untersuchte den Platz, auf dem die vier Pappeln standen. Aus einem Stallgebäude kam ein fünfjähriger strohblonder Bub gelaufen, blieb stehen und starrte ihn an.

»Kannst du mir sagen, wo ich den Verwalter finde?« fragte Schelnhausen.

»Na«, sagte der Knirps.

»Oder irgend jemand, der mir eine Auskunft geben könnte?«

»Na.«

»Wo sind denn die Leute alle? Auf dem Feld?«

»Jo«, sagte der Kleine und lief davon.

Schelnhausen wandte sich unschlüssig nach links. Es gab da ein unverschlossenes Holztor, das sich knarrend öffnete und in einen Schuppen führte; der Schuppen hatte rückwärts einen Ausgang, durch den Schelnhausen auf einen schmalen Fahrweg zwischen einer Mauer, über welche die Gipfel von Bäumen ragten, und einem niedrigen, langgestreckten, überdachten Stapelplatz gelangte, in dem Bauholz zu hohen Stößen geschichtet lag. Hinter der Mauer mußte sich der Garten mit der Terrasse befinden. In der Mauer war eine Gittertür, die durch einen dagegengeschobenen Handkarren offengehalten wurde. Schelnhausen trat ein und sah sich der weißen Terrasse gegenüber, die links und rechts von den steinernen Sphinxen flankiert war, welche zu der barocken Front des Haupttraktes führte; auf ihrer vorgeschobenen Fläche gab es einige leichte Gartenmöbel, einen Sonnenschirm; eine der hohen weißen Fenstertüren, die alle mit grünen Jalousien versehen waren, stand offen. Vor der Terrasse breitete sich ein sauber gehaltener französischer Park: Kieswege, verschnittener Buchs, alte Bäume die Grenzmauer entlang. Schelnhausen ging geradewegs auf die Terrasse zu, als er von einem Gärtner angerufen wurde, der, einen Ballen Torf auf hölzerner Schaufel, sich plötzlich hinter einem Boskett erhob, das ihn bis jetzt verborgen hatte.

»Halt! Wo wollen Sie hin!« rief er, bückte sich, um die Holzschaufel niederzulegen, und wischte, sich erhebend, die Hände an seiner angeschabten blauen Hose ab. Sein Deutsch war hart, aber nicht dialektgefärbt.

»Die Tür war offen«, sagte Schelnhausen und blieb stehen.

»Hier ist Privatbesitz«, sagte der Gärtner. »Der Zutritt ist verboten.« Er schien ebenso alt zu sein wie der Diener, der Schelnhausen nicht geöffnet hatte, und rückte jetzt den löchrigen Strohhut ins Genick. Sein bis zum letzten Kragenknopf geschlossenes Flanellhemd war an den Ellbogen aufgekrempelt; auf den dunkelbraunen hageren Unterarmen waren blauverwaschene Flecken von Tätowierungen.

»Ich möchte mit Prinz Craillsperg sprechen und scheine mich verlaufen zu haben«, sagte Schelnhausen.

»Durchlaucht empfangen nicht«, sagte der Gärtner. »Sie müssen zum Verwalter gehen –.«

»Ich bin aber bei dem Prinzen angemeldet«, log Schelnhausen sofort und automatisch. »Mein Name ist Schelnhausen, Baron Schelnhausen; ich komm direkt aus Wien und habe nicht viel Zeit.«

»Es tut mir leid, aber Sie müssen zum Verwalter gehen«, sagte der Gärtner freundlich. »Bitte, kommen Sie, ich führe Sie, sonst verlaufen Sie sich wieder, Herr Baron.«

Schelnhausen holte seine Brieftasche hervor. »Sind S' doch vernünftig, mein Lieber! Sie haben mich nicht gesehen, und ich erspar mir den Umweg, gelt?«

Der Gärtner schüttelte den Kopf. »Leider, Herr Baron, aber das geht nicht. Seine Durchlaucht sind sehr streng –.«

Schelnhausen zog einen Zwanzig-Schilling-Schein hervor, hielt ihn dem eifrig abwehrenden Alten hin und ließ ihn, wie ungeschickt, aus den Fingern gleiten. Der Gärtner bückte sich und hatte einige Schritte der davonflatternden Banknote nachzulaufen; währenddessen schritt Schelnhausen rasch zur Terrasse, hastete die Stufen empor und trat durch die Fenstertür.

»Herr Baron, bitte!« rief ihm der Gärtner bekümmert nach.

Der Raum, in welchem Schelnhausen nun stand, war halbdunkel; vor allen Fenstern waren die grünen Jalousien geschlossen; aus dem hellen Sonnenlicht kommend, konnte er anfangs überhaupt nichts ausnehmen. Über die Terrasse klapperten eilig die Holzpantoffeln des Gärtners. Schelnhausen wollte zur nächsten Tür eilen, deren Umrisse er vor sich gerade ausnehmen konnte, hielt aber ein, als sie sich plötzlich öffnete und jemand eintrat, der anfangs nur eine Silhouette war, aber in dem Maße, wie er sich Schelnhausen wortlos näherte, an ihm vorbei, ihn scheinbar nicht beachtend, zu der Terrassentür ging, aus der das Licht grell in den Raum stand, Gestalt wurde und sofort erkennbar war.

»Es ist gut, Anastas«, sagte Prinz Craillsperg freundlich zu dem heraneilenden Gärtner und drehte sich um. Der Gärtner machte eine kleine Verbeugung und entfernte sich.

»Ich bitte um Entschuldigung, Prinz Craillsperg, wenn ich hier so formlos eindringe –«, begann Schelnhausen.

»Sie sind unverschämt«, sagte Craillsperg, ohne die Stimme zu heben.

Schelnhausen, durch die Notwendigkeit von Rede und Antwort bei der voraufgegangenen Überrumpelung des Gärtners nun doch beweglicher und ein wenig lebendiger geworden, wurde nun durch diese unbewegte, wie beiläufige Feststellung vollends ins Leben zurückgerissen. Er fühlte, wie ihm das Blut ins Gesicht fuhr, und mußte an sich halten, nicht sofort scharf zu erwidern. »Ihr Diener wollte mich nicht anmelden, Prinz«, sagte er mühsam. »Er hat mir keine Gelegenheit gegeben –.«

»Er hatte Anweisung«, sagte Craillsperg ruhig. »Ich empfange keine Besuche. Gehen Sie.«

»Nicht bevor Sie diese Karte gelesen haben, die mir Ihre Tochter geschrieben hat!« schrie Schelnhausen, durch die dünne Basis seiner kaum gewonnenen Vernünftigkeit brechend; er riß mit einer ungeschickten und theatralischen Geste die Karte aus der Tasche und hielt sie dem Prinzen hin. Craillsperg beachtete die Karte überhaupt nicht und sah Schelnhausen mit erstaunter und gelassener Aufmerksamkeit an.

»Ich verlange, daß Sie Ihre Tochter zurechtweisen!« schrie Schelnhausen, der seinen Text vergaß. »Ein Skandal würde Sie, Prinz Craillsperg, genauso treffen wie mich, dafür werde ich sorgen! Vielleicht benützen Sie Ihren Spitzel einmal dazu, um *ihr* Vernunft beizubringen! Mich können Sie mit Ihrem Detektiv nicht einschüchtern, vielleicht aber Ihre Tochter!«

Das Ende seines Atems fiel mit dem Öffnen der Türe zusammen; der Diener hatte geklopft, aber das Geschrei Schelnhausens hatte das leise Geräusch übertönt. Der Alte, nun wieder ohne Nickelbrille, trat ein, sah Schelnhausen an, den diese prosaische Unterbrechung nun selbst um den zweifelhaften Mut und Schwung seiner hilflosen Wut brachte; der

Diener sagte nichts und reichte dem Prinzen auf silbernem Tablett eine Besuchskarte, Craillsperg warf einen Blick darauf und legte sie langsam zurück. »In fünf Minuten, Karl. In der Bibliothek«, sagte er. Der Diener verbeugte sich und warf einen fragenden Blick auf Schelnhausen. Der Prinz schüttelte ruhig den Kopf. Der Alte zog sich zurück. Craillsperg blickte Schelnhausen ausdruckslos an und wartete, bis das Türschloß schnappte. »Ich werde nichts tun. Gar nichts. – Sie werden jetzt gehen«, fügte er dann wie beiläufig hinzu und wandte sich.

»Sie werden nicht gehen, bevor Sie mir nicht Antwort gegeben haben!« schrie Schelnhausen, der nun vollends die Fassung verlor.

Prinz Craillsperg ging, ohne ihn zu beachten, an ihm vorüber zur Tür, öffnete sie und trat auf den Gang hinaus. Schelnhausen konnte hören, wie der Schlüssel zweimal gemächlich umgedreht wurde.

6

Der Diener Karl ging, wie immer, wenn es läutete, nicht gleich zur Tür. Prinz Craillsperg pflegte, wenn ihm fremder Besuch gemeldet wurde, zuerst zu fragen: »Wie schaut er aus, Karl?«, und darauf mußte Antwort gegeben werden. Herr Krakovitzer war zum Beispiel seinerzeit folgendermaßen beschrieben worden: »Durchlaucht, dieser Mann schaut aus wie der Bürgermeister, wenn er den Schnurrbart vom Förster, das G'schau vom Gemeindediener hätt und gleichzeitig ein halber Zwillingsbruder vom Baumgartner wär (das war ein Pächter); aber wie der noch zehn Jahre jünger gewesen ist.«

Man hatte sich stillschweigend auf zwei Dutzend Menschen beiderlei Geschlechts geeinigt – Durchlaucht und Karl –, die jedem Ortskundigen geläufig waren, die nun zu Archetypen erhoben, in geschickter Mischung zur Charakterisierung jedes beliebigen Besuchers herangezogen werden konnten. Gleichwohl blieb Karl mit der Einleitung »Durchlaucht, dieser *Herr* –« sehr sparsam, und um der Wahrheit die Ehre zu geben, war er, als Peter von Schelnhausen die Klingel in Bewegung setzte, nur deshalb ein zweites Mal auf seinen verborgenen Spähposten hinter die Kolonnaden gegangen, um sich zu vergewissern, ob er diesem Besucher nicht doch das Prädikat »Herr« absprechen könnte, was er in diesem Falle gern getan hätte; er konnte es aber leider nicht; als arbiter humanorum war Karl nämlich unbestechlich; auch sich selbst gegenüber, und wär ihm der zu Beurteilende noch so unsympathisch oder noch so sehr sympathisch gewesen. Durchlaucht empfingen übrigens meistens so und so nicht.

Karl trat auf den Bogengang hinaus und schob behutsam den Kopf vor; er war nur weitsichtig, in die Ferne sah er noch ausgezeichnet. Bei dem jungen Mann, der nun unten vor der Tür stand und nachdenklich seine blankgeputzten Schuhspitzen betrachtete, fiel die Charakteristik, noch bevor er richtig überlegte, so aus: »Durchlaucht, dieser Herr sehen wie der Herr Baron Schelnhausen von vorhin aus, wenn der Herr Baron etwas jünger und außerdem ein wirklicher Herr gewesen wären.«

Karl ärgerte sich. Der Herr von Schelnhausen von vorhin *waren* ein Herr, zwar nicht zweifellos, aber immerhin gewesen, gehörten außerdem nicht zu den Archetypen, waren überdies Seiner Durchlaucht nicht bekannt und durften daher zur Beschreibung schon deshalb nicht herangezogen werden. Er zog sich lautlos von seinem Spähposten zurück und öffnete, nach seinem gewohnten Umweg, das Fensterchen.

Der Herr Baron Schelnhausen, nur etwas jünger, aber mit den Augen unseres Herrn Sparkassendirektors, dachte er. Daß es sich bei dem zweiten Besucher um einen Bruder des ersten handelte, vermochte den Experten Karl, der sein Gutachten schon fertig gehabt hatte, bevor er noch die Bestätigung dafür in Gestalt einer weiteren Besuchskarte mit demselben Namen in Händen hielt, daher kaum in Erstaunen zu versetzen. Als er Prinz Craillsperg den neuen Besuch meldete, waren Seine Durchlaucht nicht allein; so kam es dieses eine Mal nicht zur gewohnten Frage und Antwort.

Alexander von Schelnhausen sah sich in der Bibliothek, in die er geführt worden war, ein wenig um; neugierig, und ohne seine Neugier ungehörig zu finden: Dafür sorgte schon das mild Museale seiner Umgebung, welches an die Gefahr der Verletzung einer Intimsphäre gar nicht denken ließ. Obwohl er an anderer Stelle in ähnlicher Situation gewiß nicht der Versuchung ausgesetzt gewesen wäre, in tiefer Kniebeuge den Inhalt einer Vitrine genauer zu studieren oder den Hals, bei im Rücken verschränkten Armen, über einen offenstehenden Musikschrank zu recken, um den Titel einer auf dem Teller ruhenden Platte entziffern zu können, trat er hier, freilich nur mit jenem Maß von Unbefangenheit, wie man es etwa in einer Ausstellung sakraler Kunst aus fünf Jahrhunderten aufbringt, aber doch mit unverhohlenem Interesse, an einen langgestreckten Refektoriumstisch heran, auf welchem ein einziges, ansehnliches Kompendium aufgeschlagen lag: des zweiten Friedrich von Hohenstaufen Ars venandi cum avibus, ein alter Wiener Neudruck des Edlen von Trattner. Daneben lagen Bleistift und Papier. Alexander las, was auf dem obersten Blatt handschriftlicher Notizen stand:

Sodann soll er den Kranich unterhalb der Brust aufbrechen, dort, wo der Bauch beginnt; und nun hole er, indem er mit der Hand bis zur Brustgabel in den Aufbruch fahrt, das Herz hervor, das Organ, welches sich durch sich selbst bewegt, das auch dann noch lange weiterschlägt, sich zusammenzieht und ausdehnt in seiner natürlichen Bewegung, und gebe es dem Falken. Daraufhin öffne er die Brust des Kranichs mit dem Messer und lasse den Falken auch davon kröpfen. Das Herz soll man deshalb zuerst herausnehmen, weil so der Kranich schneller verendet, als bei der Entfernung eines anderen Teiles des Gescheides. Denn solang der Kranich lebt, ist der Falke in Gefahr, von ihm verletzt zu werden. Auch könnte ihn sonst beim Kröpfen das aus der Brust hervor und aufspritzende Blut besudeln ...

Alexander legte das Blatt kopfschüttelnd zurück.

In einem weitausgekragten Erker mit rundlaufender Sitzbank stand ein kleines Tischchen, an welchem er schließlich Platz nahm. Unter dem Mittelfenster, das offenstand – es winkten da zwei lose Ranken wilden Weins herein –, gab es noch ein Bücherregal, das einige gebundene Jahrgänge einer Jagdzeitschrift enthielt, ferner das Gothaische Taschenbuch des Uradels in deutscher und der ehemals reichsständischen Häuser in französischer Sprache. Alexander war einen Augenblick lang versucht, sich über das Haus Craillsperg näher zu informieren, über Prinz Ferdinand selbst und insbesondere über den gegenwärtigen Fürsten, von dem er überhaupt nichts wußte; aber während er den Impuls unterdrückte, nach dem Gotha zu greifen, dies vorerst aus der praktischen Überlegung tat, daß der, den er hier besuchte, ihn mit dem aufgeschlagenen Buch in der Hand überraschen könnte, fiel ihm eine merkwürdige Verschiebung auf und vielleicht gerade durch die doch einigermaßen peinliche kaiserliche Mahnung, einem geschlagenen Kranich das Herz herauszureißen, damit sich der

Stoßvogel nicht etwa gar beschmutze – eine solche Überlegung schien Alexander nämlich ungemein verbergungswürdig und daher sehr privat – es war eine Verschiebung, die ganz allmählich mit seinen verschiedenen Befaßtheiten vorgegangen sein mußte, und deshalb unvermerkt – nun lag das eigentliche Wesen seiner Reise plötzlich ganz woanders und sicher nicht dort, wo es hingehörte – was ging es denn ihn an, der zu einem ganz bestimmten Vater gefahren war, nämlich zu dem der Gisela Trubisch, daß hier ein Ferdinand zu Craillsperg zufällig des Hohenstaufers »Kunst, mit Vögeln zu jagen« übersetzte? Alexander merkte schuldbewußt, daß die Affäre seines Bruders, welche ihm doch mindestens Anliegen sein sollte, unversehens bloß zum Anlaß und fast schon unbedeutenden Anlaß geworden war, und für nicht mehr als eine nette Ferienreise samt Museumsbesuch und dem Kennenlernen eines interessanten Mannes. Nun schien er glücklich doch dorthin gelangt zu sein, freilich wohl auf ganz anderen Wegen, als es Fräulein Mehrsack ahnen konnte, seine Aufgabe so leicht und zu leicht zu nehmen, wie es die Sekretärin befürchtet hatte. Es trugen an dieser Verschiebung ins sozusagen Angenehme seines Besuches weniger die Umstände seiner unerwarteten Autotour Schuld, welche seinen sonst doch recht grauen Werktag eigentlich sehr wohltuend unterbrochen hatten, als die starke Unanschaulichkeit des Konfliktes, den er hier bereinigen wollte, den er sich einfach nicht so weit zu eigen machen konnte, um ihn richtig zu begreifen: Er war ganz einfach zu vernünftig dazu. Prinz Craillsperg trat ein, und Alexander erhob sich. Der Prinz war groß und hielt sich sehr gerade. Er musterte seinen Besucher, ohne seine Untersuchung zu verbergen, und lächelte plötzlich.

»Meine Verehrung«, sagte Alexander und verbeugte sich.

»Servus, mein Lieber«, sagte Craillsperg freundlich und machte eine kleine, abwehrende Handbewegung, als ihm Schelnhausen entgegengehen wollte. »Komm, wir bleiben gleich da sitzen, nimmst den Tee mit mir, wennst magst; ich bin aufg'halten worden. – So schaut also ein junger Banquier aus«, sagte er und gab Alexander die Hand. »Deinen Vater hab ich ja einmal kenneng'lernt, ist aber schon ziemlich ein paar Jahr her, da war von dir noch lang nicht die Red; schaust ihm aber gar nicht ähnlich, gelt?«

»Eigentlich schon«, sagte Alexander verlegen.

»So?« sagte Craillsperg. »Das glaub ich nicht. Aber vielleicht erinner ich mich nur nicht mehr so genau. Das war schon vor dreißig Jahr, wie gesagt, glaub ich. Bei der Brautsoiree deiner Frau Mama, nämlich. Denn den Pietro Valleghi, deinen Onkel also, den hab ich einmal sehr gut gekannt, ja. Komm, setz dich.«

Der Prinz nahm Platz, und Schelnhausen folgte seinem Beispiel.

»So, und jetzt wollen wir's kurz machen; du bist zu mir gekommen, um mich um etwas zu bitten. Also, keine langen Einleitungen, daß wir's hinter uns bringen«, sagte der alte Herr ruhig.

Alexander geriet in Verwirrung. »Ja, ich möcht schon um etwas bitten, Prinz, aber nicht für mich, sondern für meinen Bruder – entschuldige, Durchlaucht, aber die G'schicht ist ein bißl peinlich –.«

Craillsperg half ihm nicht weiter, sondern sah ihn stumm und ernst geworden an. Sein hageres, tiefgefurchtes Gesicht war braungebrannt wie seine starken, aber schmalen Hände, deren Finger große, ovale und kurzgeschnittene Fingernägel hatten. Sein Haar, kurz, borstig und weiß, war links scharf gescheitelt. Unter spärlichen Brauen wirkten blaßblaue Augen übergroß und starr, weil die Augäpfel unter kurzen Lidern weißer als gewohnt vorsprangen; das etwas zu kleine Scheibchen der Iris war zweimal ganz zu sehen. Bei sehr kurzen Wimpern, die er selten senkte, gab dies seinem Blick etwas Vogelartiges, das zusammen mit einer ausgeprägten Bourbonennase für Alexander unwillkürlich eine engere Bindung zwischen seinem Gastgeber und den Beizvögeln Friedrichs des Zweiten herstellte als es die vorangegangene Textprobe vermocht hatte.

»Und dann geht's«, setzte Alexander nach einer kurzen, aber sehr peinlichen Pause fort, »auch noch um deine – ich meine, um Frau Gisela Trubisch. Mein Bruder – no – kennt sie, ich wollte sagen, er hat sie gekannt; glücklicherweise haben sie sich später wieder getrennt, aber jetzt möchte sie plötzlich wieder anfangen oder was, ich weiß nicht, wie ich's sagen soll – jedenfalls hat sie ihm eine Karte geschickt, ganz offen, so daß es jeder hat lesen können: Er muß zu ihr kommen, oder es gibt einen furchtbaren Skandal. Gott sei Dank hat Papa den Wisch nicht gesehen! Sie hat da Sachen geschrieben, die schon, entschuldige, bitte, Durchlaucht, die schon nicht mehr ganz normal sind – ganz, ganz intime, grausliche Details, weißt –.« Alexander verstummte hilflos.

»Und was hast du mit dieser Geschichte zu tun?« fragte Craillsperg und blickte seinen Besucher aufmerksam an.

»Ich?« meinte Alexander verlegen. »Ich? Nix, eigentlich. Aber der Peter ist doch mein Bruder. Das geht jetzt schon jahrelang so mit dieser Affäre – andere Sachen hat er auch noch, lauter so narrische, bösartige Angelegenheiten – und jetzt hat's endlich ausg'schaut, als ob er sich ein bißl – wie soll ich sagen – normalisiert hätt, und dann kommt diese Karte.«

»Hat dich dein Bruder um Intervention gebeten?«

»Der Peter? Aber nein! Niemand hat mich darum gebeten! Der Peter am wenigsten. Der läßt doch immer nur andere seine Schweinereien ausbaden – no ja. Er ist halt ein bißl – anders, weißt.« Alexander wandt sich vor Verlegenheit.

Craillsperg blieb unbewegt. »Und worum willst du mich jetzt bitten?«

»Daß du zu der Trubisch sagst, sie soll ihm eine Ruh geben!« platzte Schelnhausen heraus. »Du kennst Papa, Durchlaucht, dann weißt du, daß er einen Skandal wirklich nicht verdient –.«

»Ich hab deinen Vater gekannt, aber ich kenne keinen Doktor Schönbrod«, sagte der Prinz plötzlich scharf.

Darauf wußte Alexander allerdings keine Antwort. Aber glücklicherweise kam jetzt Karl mit dem Tee. Er trug einen gewöhnlichen, grauen Steireranzug mit grünen Aufschlagen und Paspeln, der sich von dem seines Herrn nicht viel unterschied, trug aber einen steifen Kragen mit weißer Binde und weiße Handschuhe.

Schelnhausen hatte nicht viel Appetit, aber sein Gastgeber, der nun wieder lächelte, griff unbefangen nach Butter und Honig. Karl schenkte den Tee und wurde entlassen. Alexander versuchte einen Schluck, ungezuckert, wie er es von Craillsperg sah, stellte aber die Tasse gleich wieder hin und trank ein Glas Wasser. Der Prinz aß gemächlich, und um nicht untätig zusehen zu müssen, verzehrte Schelnhausen schließlich doch eine Buttersemmel. Dann wurde abgetragen und Karl brachte Zigaretten und Sliwowitz.

»Ja, also«, sagte Craillsperg, sich zurücklehnend, als der Diener die Tür hinter sich geschlossen hatte, »jetzt werde ich dich mit derselben Antwort enttäuschen müssen, die ich auch deinem sauberen Bruder vorhin gegeben hab.«

»Peter war auch hier?« fragte Alexander überrascht.

»Ja.«

Und Ferdinand Prinz zu Craillsperg wartete. Alexander fühlte dieses Warten plötzlich sehr stark und erkannte es als Forderung und Probe, die ihm auferlegt wurde. Dies wurde so deutlich, daß es ihn wie ein Alarm traf. Von *seiner* Antwort hing jetzt alles ab.

Wenn wir sehr stark aus unmittelbarem Anlaß einen Wunsch, eine Verpflichtung empfinden, der wir jetzt und hier nachkommen müssen und wollen, und doch keine Möglichkeit sehen dazu, als wären wir plötzlich blind geworden für das, was nun bedeutsam ist, so laufen wir sonst grad eifriger in unserer eigenen Rille fort, statt einen gefährlichen Sprung zu wagen – und dann gelingt es uns nie. Wir kennen dieses Gefühl alle, bei dem man auf einmal selbst – und die ganze Umgebung auch! – die Schultern zusammenzunehmen scheint, da Sicht und Sicherheit wie ausgeschaltet sind und man unüberlegt und sehr gefährdet durch den Tunnel der eng herangetretenen Erfordernisse auf den ungewissen Lichtfleck in sehr weiter Distanz wie irrwitzig zuschießt, von dem man hofft, er wäre Ziel und Ausweg.

Alexander von Schelnhausen aber erging es jetzt ganz anders. Er hatte seine romantischen Hosen wirklich ausgewachsen, in diesem Prozeß gewiß seine Substanz vergröbert – aber nicht verdorben, und was ihm zu seinem Erwachsensein noch fehlte, dieses Fehlende, welches Craillsperg nach einer langen Sekunde Antwort, und die richtige, gab, wurde ihm für den heutigen Tag wie aus der Zukunft vorzeitig geliehen. Er war nicht aufnahmsverschlossen in sich zusammengerückt, um irgendwie hinauszufinden, sondern es schien ihm plötzlich, als hätte er im Gegenteil überall Augen und Sinne, die weit hinausgriffen, das ganz Besondere seiner Lage, seiner Gegenwart und seiner Umgebung in allen Beziehungen überdeutlich und tief in sich aufzunehmen. Die Fäden liefen von überall her, von dem Buche des Kaisers, der selbst in peinlichstem Belange an alles dachte, der den Anspruch auf Reinheit auch des geringsten Dienenden, und wäre der bloß ein Beizvogel, achtete, von dem Schloß, das einer ganz anderen Wirtschaft sich fügen mußte als der, für die es einst bestimmt gewesen, und das doch dasselbe geblieben war, von seiner damaligen Niederlage im Büro seines Vaters her, als er auf Peters Frage keine Antwort gewußt hatte, Antwort, die ihm nun nicht mehr fehlte, weil sie ihm nicht mehr nötig war, die er überdies längst dem Vater gegeben hatte, an dem Tage schon, als Trubisch gekommen war, ihn zu erpressen, von Prinz Craillsperg her schließlich, der ihm, dem vorher nicht Gekannten, dem Jüngeren und von viel bescheidenerem Adel, sofort und ohne alles Aufheben das Du-Wort gegeben hatte, der nun zuversichtlich wartete, und der doch keinen anderen Grund für seine Zuversicht haben konnte als die Versicherung eines Gemeinsamen, das Frager und Befragten, und ganz selbstverständlich, verband. Die Fäden liefen zusammen, alle hierher, hier schnitten sie sich und lagen plötzlich in seiner Hand.

»Mich wird die Antwort, die du Peter gegeben hast, nicht enttäuschen«, sagte Alexander. »Denn, wenn auch Peter nicht anständig gehandelt hat – für dich kann es doch keinen Grund geben, deswegen und überhaupt, nicht anständig zu handeln. – Für dich kann's keinen Grund geben, unanständig zu handeln, und für mich auch nicht. Ich weiß also schon jetzt, daß *mir* deine Antwort genügen wird, Durchlaucht.«

Prinz Craillsperg nickte. Arcades ambo. Alexander mußte es nicht aussprechen. Und Ferdinand zu Craillsperg mußte auf die Feststellung seines Besuchers nicht eingehen. Der hatte die Probe bestanden.

»Was hast du ihm denn gesagt?« fragte Schelnhausen.

Der Prinz erhob sich. »Daß ich nichts tun werde, gar nichts.«

Alexander wartete. Craillsperg ging zu dem langen Tisch, legte die Blätter seiner Übersetzung in das Buch und schlug es zu. Dann wandte er sich langsam und lächelte.

»Du bist noch jung, Baron Schelnhausen. Also gehörst du wahrscheinlich auch noch zu den Leuten, die glauben, daß man immer etwas durch irgendwelche großartige Unternehmungen zu einem Ende bringen müßte. Das ist ein Irrtum. In Wirklichkeit geht nichts mit einem sauberen Schnitt zu Ende, sondern dauert jahrelang, manchmal braucht's sogar ein ganzes Leben dazu. In der Wirklichkeit geht's immer weiter; und keine Katastrophe ist die letzte.«

»Aber –«, sagte Alexander.

»Du brauchst keine Angst zu haben«, sagte der Prinz. »Es ist nämlich gar nicht nötig, daß ich irgendwas tu; das habe ich freilich deinem Bruder nicht erzählt. Viktor Trubisch sitzt im Ausland, und Gisela ist heute zu ihm gereist. Er hat in Wien einige Verfahren gegen sich und seine

Firma laufen, oder was davon noch vorhanden ist, und kann sich in der näheren Zukunft gewiß nicht nach Österreich wagen. Und ich glaube nicht, daß Gisela in Italien viel Zeit und Gelegenheit finden wird, Skandalbriefe zu schreiben.«

Alexander erhob sich. »Ich danke dir, Durchlaucht«, sagte er.

»Erledigt ist also gar nichts«, sagte Craillsperg, »und wird es auch nie sein. Eine solche Wunde schwärt immer; auch wenn sich darüber bereits wieder gesunde Haut gebildet hat, geht drunter die Krankheit doch weiter. Wenn das Gewächs noch gutartig ist, muß man schon froh sein. Es gibt auch bösartige Lebensgeschwülste – und das sind die meisten –, die man nicht schneiden kann, sondern mit denen man leben muß wie's kommt, an die man möglichst wenig rühren darf. Trubisch wird zurückkommen und Gisela auch, und sie wird deinen Bruder kaum vergessen haben.«

»Aber es muß doch irgendeine wirkliche Lösung geben!« rief Schelnhausen.

»Sicher. Dann. Wieder irgendeine neue Interimslösung. Immer neue Zwischenlösungen, denn andere kennt das Leben nicht, mein Lieber. Es gibt keine Ideallösungen, es gibt höchstens Patentlösungen, und vor denen muß man sich am meisten hüten.«

»Und es gibt kein Ende?«

»Nein«, sagte Ferdinand zu Craillsperg. »Es gibt kein Ende.«

7

Er soll seinen Skandal haben, er soll seinen Skandal haben! Peter von Schelnhausen rannte die Stufen der Terrasse hinunter, in den Garten, quer über den Rasen; hinter dem Boskett schimmerte das Hemd des kauernden Gärtners; der Gärtner erhob sich und lächelte, er verbeugte sich höflich. Schelnhausen brachte es nicht fertig, ihm ins Gesicht zu sehen, er brachte es nicht fertig zu gehen; er fand nicht in ruhigeren Schritt; er lief weiter, zur Pforte; draußen lehnte er sich gegen die brennendheißen Steine der Mauer und stöhnte tief auf. Er soll, er wird seinen Skandal haben, verdammt noch einmal –.

Es war die Stille akzentuiert und doppelt eintönig durch das beharrliche Insektenschrillen und das siedende Glas der Luft; scharf wippten die Schwalben in eiligem Flug eng über dem Boden den Fahrweg entlang, und niemand kam vorbei, den in Hitze ausgestorbenen Sommer wirklicher zu machen.

Schelnhausen, durch Craillspergs Brüskierung abrupt und gewaltsam in den Stumpfsinn ums Engste kreisender blöder Fluchworte und Kaumgedanken gestürzt, in ihnen noch immer fiebernd eingeschlossen und durchaus unfähig, sich zu wirklichen Gedanken zu befreien, wartete in Ohnmacht und mit zusammengebissenen Zähnen wie auf ein Wunder darauf, aus unsinnigen, hirnlosen Reaktionen in vernünftige Aktionen zurückzufinden, zwang sich dazu, die feindliche Realität seines Hierseins, die, vorher unwahrscheinlich, nun schlechthin unglaublich war, ins Nichtabweisbare zu steigern, um sie glauben zu *müssen* – erst dann könnte er sie wirklich bekämpfen; er preßte seinen Rücken krampfhaft gegen die brennende Mauer, bis der dadurch hinzugekommene körperliche Schmerz ins Unerträgliche stieg, so daß die Tränen, die in seinen Augen aufsprangen, nicht mehr nur aus Wut und Scham gemischt sein mußten.

Als er sich endlich von der Mauer löste – es hatte ihn der wütende Schmerz, wenn schon nicht gänzlich in die Wirklichkeit, so doch genügend weit ins schlichte Dasein zurückgebracht –, suchte er ingrimmig nach einem Punkt, einem einzigen Argument, aus seinen fruchtlosen und stupiden, quälend wiederholten Stammelgedanken zu flüchten – er fand nichts.

Durch den Schuppen auf den Hof, durch den Hof auf den Vorhof gelangend, trat er hinaus auf die Allee. Und entdeckte das Kabriolett seines Bruders.

Diese Entdeckung registrierte nicht gleich durch Wertung, Empörung oder Erleichterung: daß hier offensichtlich versucht worden war oder immer noch versucht wurde, ihm zu helfen – wenn die plötzliche Wegnahme seines Krampfes schlicht als Erleichterung bezeichnet werden darf, so geriet sie ihm nur daraus, nun doch ein Korn gefunden zu haben für den leeren Mahlgang seiner Gedanken; andere würden gewißlich nachkommen.

Schelnhausen stieg in den Wagen, der im Schatten stand, setzte sich mit großer, ihn trennender Willensanstrengung zurecht. Er schied sich nun gewaltsam in einen praktischen, bereits denkenden Teil und in denjenigen, der furchtbar besiegt worden war; er brachte es jetzt aber tatsächlich fertig, diesen zu knebeln und halbwegs zu verhehlen. Sich zurechtsetzend, in irrwitziger Sammlung seines praktischen Menschen, tat er auch schon die erste neutrale Geste, indem er vorbeikommenden Erntearbeitern, die ihn grüßten, freundlich nickend dankte, und begann zu warten und hatte zu überlegen und konnte es wieder.

Wenn Alexanders Intervention fehlschlug, wenn er von Craillsperg ebenfalls nicht empfangen werden würde, mußte er bald zurück sein. Peter spürte ein dumpfes, schmerzhaftes Zusammenziehen des Zwerchfells bei der Überlegung, daß sein Bruder vielleicht doch angenommen werden könnte, während er selbst abgewiesen worden war, und der momentane Krampf vertiefte sich lähmend und länger, als er merkte, daß er eigentlich gar nicht mehr daran zweifelte, daß der Prinz mit Alexander sprechen würde –.

Was soll ich ihm nur sagen? Wie soll ich Alexander begegnen? Ich habe nicht die kleinste Waffe, und er ist jedenfalls in der stärkeren Position; ich kann ihn nicht überspielen. Aber ich kann ihn vielleicht verblüffen – ich muß ihn verblüffen – Peter bereitete sich aufs Duell vor, und die Vorbereitung schien zu gelingen: Denn diesmal kannte er seinen Opponenten wie er Fechtner gekannt und Craillsperg nicht gekannt hatte – glaubte er.

Alexander von Schelnhausen, als er den alten Herrn verließ, den Hof und die vorderen Höfe durchschritt, in denen es nun schon lebhafter herging mit hochbeladen heimkehrenden Erntewagen, knatternden Traktoren und dem Kettengeläute von engen Fensterchen her, aus denen der Stalldunst schlug, dumpfes Brummen der Kühe, das Rauschen frischen Futters in der Raufe, Alexander, der zwischen den gelben, unten verfärbten und abgeschlagenen Mauern der bäurischen Vorwerke des Schlosses ging, quer durch die runde, ruhende Hitze des späteren Nachmittags – Craillsperg hatte ihn lange nicht fortgelassen – dort hinging, wo die Mauer in breiter Lücke klaffte und der Blick der schnurgeraden Allee entlang zur glattgewölbten Rundung des Felderhorizontes fiel, welcher der hier weit sich dehnenden Ebene ein nur scheinbares Ende setzte, grünflaumige Grenze, an der nun eine tiefrote und ungeheure Sonne entlangrollte, Alexander von Schelnhausen gelangte nun, und mit reinem Gewissen, in seine Unbeschwertheit von früher zurück, in seine Urlaubsreise sogar, und genoß sie jetzt doppelt als nunmehr erlaubte. Auch als er, in die Allee hinaustretend, Peter in seinem Wagen sitzen sah, verdarb ihm dies, kam es doch kaum überraschend, nicht die Laune. Im Gegenteil: Er feierte seinen ersten und noch ganz privaten Sieg: über seinen Bruder und Fräulein Mehrsack: Denn er merkte plötzlich an seiner unvermindert fortlaufenden Gelassenheit, daß es ein Zuleichtnehmen, wie es die Sekretärin besorgt hatte, überhaupt nicht gibt; entweder nämlich *nimmt* man das, worum es geht, oder man nimmt es gar nicht; das Gewicht, das eine Sache hat, hat sie, und wenn man sie aufnimmt, nimmt man sie auf mit dem Gewicht, das sie hat, mit keinem leichteren oder schwereren; bewältigt man seine Aufgabe schwerer oder leichter, hat es immer nur an der eignen größeren oder kleineren Kraft und Gewandtheit gelegen, nicht am Gewicht, das ja doch stets dasselbe bleibt; und bewältigt man's nicht, so hat man seinen Zugriff entweder gar nicht gewagt oder man hat ihn versucht – und war zu schwach gewesen.

Alexander lächelte. »Servus, Peter«, sagte er. Peter rückte zur Seite, und der Bruder schwang sich gewandt auf seinen Sitz. Der Schlüsselbund klapperte, rot sprang das Startlicht auf, der Anlasser schnurrte. Ein Blick nach hinten und nach vorn, und der Wagen schaukelte in die Hauptspur des Fahrweges ein. Peter dehnte sich in künstlichem, aber genau gespieltem Behagen und fühlte doch nur eine sehr mindere Erleichterung, die ihn tief demütigte: Er hat ein nacktes Gesicht, ein geradezu lächerlich nacktes Gesicht, Alexander, man sieht's ihm so deutlich an, daß alles in Ordnung ist, daß er Ordnung geschaffen hat – daß es mich fast Mitleid kosten sollte, setzte er kindisch hinzu; vergeblicher, kläglicher Versuch, den Sieg des Bruders irgendwie zu entwerten, falsch gezielte Kleinlichkeit, die nicht traf, die ihm nicht half.

Peter von Schelnhausen, der nun zu sprechen anfing – längeres Schweigen schien ihm zu schuldbewußt –, geriet die erste Feststellung, die er machte, den Bruder zu verblüffen, ihm zu zeigen, er wisse alles, ein wenig zu ungenau und deshalb daneben.

»Also, mit dir hat er gesprochen, du sonniges Sonntagskind – das war ja zu erwarten«, sagte er.

»Ja«, nickte Alexander.

Die Antwort war zu doppelsinnig und zu überraschend; Peter verlor einen Augenblick seine angespannte Sicherheit. »Was heißt das?« fuhr es ihm heraus.

»Es war zu erwarten gewesen, daß er dich nicht, mich aber schon empfangen würde«, lächelte Alexander.

Peter zuckte mühsam die Schultern. »Du stellst nichts richtig, wenn du eine nebensächliche Selbstverständlichkeit ins Zentrum rückst. Er hat mit dir gesprochen, weil er sich auf deinesgleichen versteht – nur auf deinesgleichen, *das* ist doch wohl die Hauptsache! Gescheiteres, anderes, begreift er nicht und lehnt es, lehnt mich deshalb aus ›moralischen‹ Gründen ab. Aber Moral ist immer nur die vorfabrizierte Ausrede der Dummen, setzt Konvention, und die Konvention setzt wieder Masse voraus. Es ist die natürlichste Reaktion des Nichtverstehenden, mit Feindschaft zu antworten, wenn er sich einmal einem Menschen, nicht einem Massenmenschen gegenübersieht. No ja – Feindschaft gibt es eben nur in der Richtung von unten nach oben, nicht umgekehrt.«

»Sag einmal, was ist eigentlich aus dem Fechtner geworden?« fragte Alexander unschuldig. »Ich hab ihn einmal besuchen wollen, weil mir dein Freund Chensky etwas für ihn aufgetragen hat, hab ihn aber leider nicht erreichen können. Der Peter Chensky jedenfalls behauptet, du tätst den Fechtner mit deiner Feindschaft verfolgen – aber da muß er sich wohl geirrt haben –, oder steht der Fechtner wirklich so weit über dir, wie du über Prinz Craillsperg stehst?«

»Er steht gar nicht mehr«, sagte Peter nach einer kurzen Pause und ging auf den Verrat des Chensky, von dem er jetzt erst erfuhr, gar nicht ein. Auch Chensky war gleichgültig geworden. »Ich habe mit dem Fechtner nichts mehr zu tun. Er war das Objekt eines nunmehr abgeschlossenen Experimentes – weiter nichts. Ein Arzt, der ein Meerschweinchen impft, eine weiße Maus seziert, empfindet keine Feindschaft zu seinen Versuchsobjekten.«

»Aha«, sagte Alexander. »Aber das Versuchsobjekt wird doch wohl Feindschaft empfinden dürfen für den Experimentator, der ihm den Bauch aufschlitzt?«

»Mag sein«, lächelte Peter. An diesem Fall stimmt's übrigens nicht einmal. Doch sind solche Überlegungen jedenfalls uninteressant.«

»Aber nein – du hast doch gerade mit sehr interessiertem Nachdruck festgestellt, daß es Feindschaft nur von unten nach oben gibt?«

»Gewiß. Drum haßt mich ja auch dieser alte Kindskopf Craillsperg und dich nicht.«

Alexander begann zu lachen. »Ach, Peter«, sagte er, »du hast ja dein Gefühl für Nuancen verloren! So patzig und geschwollen warst du doch früher nie? Gleich so direkt! Wo bleiben denn heut deine kunstvoll versteckten Hinweise? Früher hat man bei dir doch immer nur deshalb ein schlechtes Gewissen gekriegt, weil man sich entweder für zu blöd gehalten hat, um dich überhaupt zu verstehen, oder du hast deine Wirkung dadurch erreicht, daß man irgendwie gezwungen war, sich deine im Grund doch nur allgemeinen Vorwürfe unwillkürlich mit seinem geheimsten Schuldbewußtsein, das doch jeder hat, zum persönlichen Gebrauch auszustaffieren, und nachher hat's dann so ausg'schaut, als ob du das alles immer im vorhinein gewußt hättest, was man selber kaum gewußt hat! Aber heut? Na, dieser tief unter dir stehende Prinz Craillsperg muß dich ja schön durcheinandergebracht haben! Es tut mir ja schrecklich leid, aber jetzt muß ich dich furchtbar enttäuschen: Du bist ihm nämlich gar nicht so wichtig, du Armer. Der Craillsperg haßt dich gar nicht so, wie du glaubst. Er haßt dich nämlich überhaupt nicht. Er ärgert sich vielleicht ein bißl über dich, wie man sich zum Beispiel über eine Fliege ärgern kann, die einen sekkiert, aber wirklich nicht mehr, glaub's oder glaub's nicht. Du bist ihm – entschuldige bitte, wenn dich das kränkt – eigentlich völlig Wurscht, oder: halt uninteressant, wie du vorhin gesagt hast, samt deinem ganzen Zorn und deinen kunstvollen Überlegungen also. Und er hat es dazu nicht einmal nötig, dir den Bauch aufzuschneiden, das besorgst du dir ja selber. Für Craillsperg bist du nicht einmal ein Versuchsobjekt, nicht einmal ein Meerschweinchen, lieber Peter. Ihm graust nur ein bißl vor dir, das ist alles.« Alexander blickte seinen Bruder an; der sah starr geradeaus. »Übrigens –«, sagte Alexander, »wenn wir schon dabei sind, weißt was, räumen wir doch gleich auch noch den persönlichen Mist auf, der zwischen uns besteht. Du hast mir einmal, und das ist schon lange her, eine sogenannte Frage gestellt; Papa war dabei; es war oben in seinem Büro, weißt du noch? Als ich mich entschieden habe, in die Bank einzutreten und zu arbeiten, und du mich deswegen für einen Trottel gehalten hast?«

Peter von Schelnhausen sagte nichts. Er erinnerte sich nur zu genau. Es war ein Sieg gewesen, damals.

»Willst du jetzt die Antwort hören?«

»Nun?« fragte Peter mühsam.

»Wenn man die Lösung eines Rätsels nicht findet, hat man versagt«, sagte Alexander, »stimmt schon. Aber ein Rätsel, auf das es keine Antwort gibt, ist kein Rätsel, sondern ein Blödsinn. Damals hat es das Leben, nach dem du mich ›gefragt‹ hast, noch gar nicht gegeben, mein sogenanntes unwürdiges ›Geschäftsleben‹ nämlich, mit dem sich ein so feiner, geistreicher Kopf wie du natürlich nicht abgibt, also war deine Frage ein Blödsinn. Jetzt könntest du mich erst, jetzt solltest du mich erst nach meiner Art zu leben fragen! Und da, lieber Bruder, müßte ich dir sagen, daß sie mir einen großen Spaß macht und *ich* mir heute wirklich nicht wie ein Depp vorkomm. Genügt dir diese Antwort?«

Peter von Schelnhausen zündete sich mit zitternden Fingern eine Zigarette an, um Zeit zu gewinnen.

»Jetzt werd *ich* dich einmal etwas fragen«, sagte Alexander. »Macht dir deine Art zu leben wirklich so einen Spaß? Kommst du dir *jetzt* wirklich so erhaben und schlau vor? – So, und *jetzt* zieh einmal einen Vergleich.«

Papa denkt genau wie Alexander, wußte Peter plötzlich. Er würde genauso sprechen, wenn er argumentieren könnte. Und nur weil er Alexanders Worte nicht hat, hat er mich damals mit seiner Ohrfeige nicht erschlagen, sondern – erschlägt mich erst jetzt.

Alexander lachte.

Kapitel zwölf Phase zehn

1

Peter Fechtner wartete. Die Uhr zeigte fünf Minuten nach Viertel acht und hing dunkel, fleckiges Zifferblatt, achteckiger, brauner Rahmen, im dunkelsten Winkel des dunkelbraunen Cafés überm Eingang in der Ecke; links und rechts davon schob sich das schmutzige Abendlicht staubiger Fensteroberteile vorbei und herein, und undeutlich stand dahinter, ein unverrückbares Detail, ein Element der grauen Häuserfront dieser engen Gasse, welche nirgends anders als hierher zu führen schien, wo jedes Handeln in Trübseligkeit und über zerknitterten Zeitungen endete: Sackgasse und anerkannte Bestätigung für alles, was einmal und endgültig steckengeblieben war, was nicht mehr um die Ecke und weiter fand, wo die Gasse in unrealer und unrichtiger Wirklichkeit doch schmalen Ausgang in die Hauptstraße hatte. Den Fluchtweg um das letzte, um das abschließende Eckhaus herum, mußte man geführt werden, sollte er Möglichkeit sein; ohne Renate gab es ihn nicht.

Fechtner saß nun sehr häufig hier, auch und gerade wenn alle Versuche, nicht allein zu sein, wieder einmal fehlgeschlagen waren und jeder klägliche Ersatz unmöglich geworden für die einzige Gemeinschaft, die noch Leben und die Renate hieß, denn auf dieses Mädchen, das ganz anders als die anderen war, weil sie ihn abwies, ohne ihn zurückzustoßen, übertrug er alles, was er aus seiner Moral vor Schelnhausen gerettet hatte: die Urmaße überhaupt, die Valeurs der Anständigkeit und Geradlinigkeit, das unkomplizierte Reine, die schuldlose, starke Naivität, alles, was man selbst verloren oder nie besessen und doch als Ideal erkannt hatte, wurde jetzt in einer auf Altar und Katheder erhobenen Jungfrau wieder Möglichkeit und, durch das Verhalten der Göttin, sogar bewiesne Wahrheit – das war die Rettung.

Der letzte mögliche Rückzug in den innersten Bergfried seiner Existenz war damit vollzogen.

Denn Fechtner glaubte nur, daß er Schelnhausen glaubte – in Wahrheit fehlte schon seiner Konstruktion jede Voraussetzung zu einem Glauben an Schelnhausen. Vielen, wertvollen Lebensbesitz hatte er Peter von Schelnhausen opfern müssen, aber den letzten, daraus er jetzt noch überleben konnte, hatte er in Renate hinübergerettet, die ihm dadurch zum unbesiegten und unwiderlegten Symbol dessen geworden war, wofür er früher eingestanden, wofür er nun nicht mehr stehen konnte. Zum Symbol wurde sie, aber als Symbol konnte sie nur wirken, weil er das Symbol nicht so begriff. Hätte er sie gesehn, wie er sie tief hinter seinen Worten verstand, hätte er seinen Trick erkennen müssen, mit dem er sich um Schelnhausens »Wahrheit« herumdrückte; wäre ihm schon dies sein Ende gewesen, wäre ihm kein letzter Versuch geblieben, das Verlorene zurückzuverlangen, unter dem Vorwand, Renate zu gewinnen.

Es war daher viel mehr als Liebe, mit der er verzweifelt nach ihr und damit zu sich selbst zurück verlangte; es war die weiße, tiefe Todesfurcht, die keine Artikulation mehr hat, weil sie der Grund selber ist, wie ihr Gegenpart, die schwarze Angst vor dem Lebenmüssen.

Peter Fechtner saß an seinem Fensterplatz neben den zugezogenen, tabakgelben Vorhängen, allein, und marterte sich mit einer sehr weit, aber nie ins vollkommen Unerträgliche zu steigernden Qual, fehlte ihm doch alles zur Überhöhung seiner Verzweiflung, zu Wollust am eigenen Elend, weil die Effektoren seiner Vernichtung ursprünglich gar nicht in ihm vorhanden gewesen, sondern ihm erst als Keime eingepflanzt worden waren, die er schließlich mühselig, der eigenen Natur entgegen, angenommen hatte, die jedoch nicht zu assimilieren gewesen, sondern nur furchtbar wirksam wurden durch ihre wiederholten »Betätigungen« von außen, durch den sich in einzelne Szenen gliedernden Mord an ihm, den er nun tatsächlich als seinen eigenen Selbstmord ansehen mußte und gleichzeitig als den unwiderleglichen Beweis dafür, vor dem ihn nur mehr Renate, bei unverletzten Attributen, retten konnte; wenn sie ihm einmal gehören würde, ganz und auf immer. Peter Fechtner, der seinen Mörder nicht als seinen Mörder erkannte, weil er dessen Lüge, daß die Voraussetzungen dieses Mordes in seinem Opfer selbst, und von Beginn, gelegen hätten, durch den Beweis der sich selbst beweisenden Einzelteile davon, glaubte, quälte sich daher nach fremdem, bösartigem Rezept. So war nicht einmal seine tiefste Qual seine eigene. Diese Qual war eine verzweifelte Hoffnung oder eine hoffende Verzweiflung, war fiktive Rückzugslinie und Produkt der sinnlosen Furcht, die dort noch Schutzwälle zu bauen sucht, wo das Bodenlose schon begonnen hat, die ihn in Abwesenheit Renates, im Alleinsein, immer befiel, und als ihre Spitze den grellen Verdacht hatte, Renate könnte sich, bei einem ihrer Abschiede, für immer von ihm verabschiedet haben. Fechtner hoffte, wenn er allein, zu selbstquälerischen Zwecken, immer wieder in diesem Wartecafé hockte, beinahe schon, daß ihm, zwischen diesen dunkelbraunen, trostlosen Wänden, da durch hundert Erinnerungen jedes Ding auf sein Zusammensein mit Renate bezogen war, die hier furchtbarer als anderswo wachsende Selbstmarter einmal bis zur unfaßbaren Dimension gewölbt und damit in eine hirnerlösende Krankheit umschlagen werde, daß er dann seine Situation nicht mehr immer wieder angreifen, durchdenken und in stets denselben, nur tiefer und tiefer schneidenden Linien zerdenken müsse. Aber zur Stagnation, zum denkerischen Tod, zur Impotenz und einem versteinerten Ende gedieh er nie. Denn dieser Lösung widersetzte sich allzuviel; dies verhinderte der ganze Fechtner gebliebene Rest Fechtners, und daraus bestand noch immer sein größter Teil.

Peter Fechtner wartete. Er wartete seit sieben – zwanzig Minuten also, und das war eine sehr lange Zeit. Er mußte Renate heute sehen wie ein Taucher zum Atemholen an die Oberfläche muß. Er konnte nicht mehr gegen die leere Wand denken. Renate hatte noch nie eine Verabredung gebrochen.

Fechtner wartete und sah der Zeit auf die Finger und verlangsamte sie, bis sein Herzschlag so rasend war, daß er den eilig springenden Sekundenzeiger überholte, der den regungslosen Minuten und Stundenfingern träge davonlief.

Als dann das Telefon klingelte, klingelte es so sicher für ihn, daß er fast aufgestanden wäre hinzugehen. Er tat es nicht, und es war ein winziger Sieg. Er beobachtete den alten Kellner, der die Kabine betreten hatte, durch das kleine Glasfenster in der Tür. Er starrte auf den gebückten schwarzen Rücken, der sich im gelben Schein der Zellenbeleuchtung unverständlich regte, und konnte einen Teil des vorgeneigten Kopfes sehen, dessen grauen Haarkranz ein auf das Glas geklebtes schmales Schild in halber Höhe seine Glatze verdeckte, ihn scheinbar völlig haarlos machte, ein langsames Nicken des grotesken Kopfes aber nur in zwei Teile schied und nicht verbarg.

Als der Alte die Zelle verließ und sich ihm zuwandte, dachte Fechtner: Sie kommt nicht und versteinte. Jedoch: »Der Herr Doktor möchte noch zehn Minuten warten, die gnädige Frau ist aufgehalten worden, kommt aber bestimmt«, lächelte der Gute, Brave.

»Danke, Herr Anton«, sagte Fechtner und wie gewaltsam erleichtert. Die Wartestoppuhr schnellte auf Null zurück; einen Augenblick war die Spannung aufgehoben, dann begann jener Teil seiner Marter von neuem, der sich zwischen der Zeitmarke des zweiten Wartebeginns und dem schleichenden Minutenzeiger spannte. Doch war's nun ein ganz anderes Warten. Sie würde kommen. Und wie immer, wenn es gewiß geworden war, merkte er, wie tief er an ihrem Kommen vorher gezweifelt hatte. Sekundenlang gewann eine wohltuende Erschöpfung Oberhand, und er dachte gar nichts, war leer und in einer winzigen Ohnmacht, bis die Türe klapperte und ihn aufschreckte; doch zeigten sich zwischen den Glastafeln männliche Silhouetten; Fechtner sank ein weniges ein und wurde erst emporgehoben, als er die Eintretenden erkannte; es waren Peter Schelnhausen und Fritz Haber.

Als Schelnhausen ihn erblickte, machte er eine verwirrte Geste, als wollte er das Café gleich wieder verlassen; Haber schüttelte eigensinnig den Kopf. Schelnhausen zog ihn am Arm.

»Nein«, sagte Haber. »Ich will's nicht, ich tu's nicht, ich bleib nicht da, ich geh nicht fort, ich tu überhaupt nichts mehr! Du bist ja so gemein zu mir!«

»Dann bleib halt stehen«, sagte Schelnhausen ärgerlich und ging auf Fechtner zu, der zwischen Triumph und Niederlage stürzte und emporgerissen wurde; Fechtner spürte seinen Herzschlag bis in den Hals, er fühlte sein Herz aussetzen, er hatte entsetzliche Angst und besaß plötzlich ein Stück schrecklichen Muts: Schelnhausen würde Renate sehen und würde zugeben müssen, daß nun alles anders war, daß das Wunder geschehen wäre, und er gerettet ... wenn aber Schelnhausen vielleicht Renate doch nicht als Rettung erkennen würde –? Wenn er sie womöglich verkannte –? Nein! Aber – Schelnhausen kannte Renate doch nicht wie er sie kannte, wie er sie kennengelernt hatte; Schelnhausen kannte sie doch überhaupt nicht! ... Nein, nein! Trotzdem – er *wird* es aussprechen – er muß es aussprechen ... er wird es sehen auf den ersten Blick ...

Fechtner hörte jede Hebung und Senkung der gefürchteten Stimme im Hirn, das dem anderen vorsorglich schon die Absolutionsformel zurechtlegte, als Schelnhausen, stumm und verlegen grüßend, auf ihn zuging; Schelnhausen würde sagen: Na, Gott sei Dank, jetzt hast du's geschafft! Und alles würde gut sein. Oder er würde es nicht sagen und die letzte Chance wäre verpaßt!

Ich bin aber kein Selbstmörder mehr! Durch sie! dachte Fechtner einen Schrei, den er nicht schreien konnte; er wird es sehen! Er muß es sehen! Er muß erkennen, daß Renate meine Rettung ist, und er wird es aussprechen müssen und wird es zurücknehmen müssen, was er damals gesagt hat!

Unterm Händedruck aber schlug ihm eine Gedankenvolte dazwischen und rückte ihn scharf ins Normale, hob ihn die überraschend deutlich zu spürende Körperlichkeit Schelnhausens, den er seit Wochen und Monaten nur als richtendes Gespenst in seinen Wiederholungen kannte, aus seiner verwirrten Exaltation, zu der er bloß Gedanken, doch plötzlich keine Worte und Gesten mehr hatte, vor einem durchaus fleischlichen und ein wenig überheblichen Lächeln, in eine vernünftigere Scham empor, aber doch nicht so weit in die Konvention des Alltags hinein, daß er es so merkwürdig gefunden hätte, Schelnhausen hier zu treffen, um sich auch tatsächlich entsprechend zu erkundigen; Schelnhausen hätte natürlich eine Erklärung gehabt, die auch noch dazu sofort die Dummheit von Habers Betrunkenheit, ganz unvorhergesehen in seinem Plan und den Erfolg der Aktion gefährlich in Frage stellend, eingeschlossen hätte; Gott sei Dank würde man sich aber wenigstens auf Renate verlassen können – die wußte, was sie wollte, beruhigte Schelnhausen eine winzige Besorgnis, die darin bestand, nicht besorgt zu sein.

»Ja, servus!« sagte Fechtner, und fast glückte ihm sein Staunen, obwohl es nur das automatische Zubehör des Grußes war.

»Eine dumme Geschichte!« sagte Schelnhausen ärgerlich.

»Der Fritz ist besoffen, braucht einen starken, schwarzen Kaffee; wir müssen nachher noch –.« Er unterbrach sich, behielt aber Fechtners Hand in der seinen, als der alte Kellner nickend herankam. »Geben S' dem Herrn dort einen großen Schwarzen, der will sich nicht setzen; ich glaub fast wirklich, er möcht ihn im Stehen trinken!«

Der Kellner machte eine hilflose Handbewegung. »Aber –«, sagte er.

Schelnhausen drückte Fechtner, dessen Hand als Hebel benützend, in seinen Sessel zurück und ließ sich ebenfalls nieder.

»Und mir bringen S' einen Cognac, bitte«, sagte er, ohne den Kopf zu wenden.

»Aber –«, sagte der Kellner nochmals.

»Ich tu's nicht!« sagte Fritz laut und trotzig von der Tür. »Du wirst es schon sehen!«

»Gehn S', Herr Ober«, sagte Schelnhausen, Fechtner lächelnd ansehend und sich zurechtsetzend, »wenn S' dem Herrn den Kaffee bringen, erinnern S' ihn bitte, daß er mir sein Ehrenwort gegeben hat, ja?«

Herr Anton wollte noch einmal »Aber –« sagen, hatte jedoch mittlerweile seine blauen Porzellanaugen wiederbekommen, die nichts mehr irritieren konnte; er legte den Kopf schief, tat eine neue Merkwürdigkeit zu den vielen anderen eines langen Kellnerlebens und schlurfte langsam zur Theke; die Espressomaschine begann zu zischen.

»Was machst denn eigentlich du da?« fragte Schelnhausen schamlos.

»Ich wart auf ein Mädchen«, sagte Fechtner und holte tief Atem.

»Auf ein Mädchen?« fragte Schelnhausen erstaunt, senkte zuckend die Augenbrauen. »No ja«, sagte er und tat auch schon die Handbewegung, die heute, das wußte Fechtner stark, heute besiegt werden würde.

»Nicht: naja!« sagte Fechtner heftig und sehr schnell, »du wirst sehen, daß du dich geirrt hast; wir lieben uns, ich ...«

Schelnhausen drehte sich um. »Fritz!« rief er scharf, »laß jetzt endlich den Unsinn und komm her!«

»Nein!« schrie Haber.

Der Kellner brachte den Kaffee und den Cognac; er stellte den Schwenker vor Schelnhausen auf den Tisch und ging mit dem Tablett zu Haber, der mit rotem Kopf und wirren Haaren neben der Tür stand, die Fäuste in die Taschen gestemmt. »Ich bring Ihnen schon den Kaffee, auch daher, wenn S' wirklich im Stehen trinken wollen«, sagte er und zuckte die Schultern.

Fritz sank in langsam vorfallende Achseln und sah ihn traurig an. »Sie können ja nix dafür«, sagte er leise und rückte zaghaft die Schultern enger.

»Na also«, sagte Herr Anton begütigend. »Trinken S' nur den Kaffee, 's wird Ihnen guttun.« Er faßte ihn am Arm, als wollte er ihn führen.

»Lassen S' das!« sagte Haber ärgerlich, schüttelte die Hand des Kellners ab, ging schnurgerade auf den Tisch Schelnhausens und Fechtners zu und setzte sich nieder.

Herr Anton kam ihm nachgegangen und stellte den Kaffee auf die Marmorplatte.

»Servus, Fechtner«, sagte Haber mürrisch.

»Servus, Fritz«, sagte Fechtner.

»Trink deinen Kaffee«, mahnte Schelnhausen.

»Weißt du, wieviel Cognac ich getrunken hab?« sagte Fritz sehr laut und warf sich gewaltsam auf seinem Sessel herum; er sah Fechtner an und konnte ihm nicht in die Augen schauen: Er wollte ihn warnen und wagte es nicht.

»Nein«, sagte Fechtner. »Du, Schelle«, sagte er und faßte Schelnhausen am Arm, »ich muß dir jetzt unbedingt erklären ...«

»Du kannst es auch gar nicht wissen«, sagte Haber. »Ich bin zu Hause gesessen und hab Cognac getrunken, in der Absicht, so besoffen zu werden, daß ich nicht mit dem Schelle mitgehen muß. Aber er ist zu früh gekommen. Er errät alles. – Du weißt doch, daß ich dieses Mensch nicht leiden kann«, sagte er kläglich und vorwurfsvoll zu Schelnhausen. »Ich liebe sie nicht«, sagte er weinerlich. »Du bist gemein, Peter. Warum tust du das? An mich denkst du überhaupt nicht mehr. Du bist gemein! Wie hast du ihr nur versprechen können, daß ich tatsächlich mit ihr ins –.«

»Es wird für euch beide das beste sein«, sagte Schelnhausen weich, und genau im letzten, richtigen und noch möglichen Moment unterbrechend – Fechtner merkte nichts. »Trink jetzt endlich deinen Kaffee!«

Haber nahm gehorsam einen Schluck und wurde grün im Gesicht. Er stand so hastig auf, daß sein Stuhl umfiel, und lief torkelnd auf die Toilette.

»Was hat er denn?« fragte Fechtner.

»Liebeskummer«, sagte Schelnhausen unbewegt. »Du weißt vielleicht, daß er sich ziemlich an mich gehängt hat; vielleicht zu sehr. Das ist nicht gut. Es hat sich mit seiner Verlobten zerstritten, und das Mädchen sagt, ich wäre schuld daran.«

»Der Fritz war verlobt?« fragte Fechtner.

»Ja«, sagte Schelnhausen. »Er ist es noch. Und ich werde dafür sorgen, daß die zwei wieder zusammenkommen.«

»Er will aber offensichtlich nicht«, sagte Fechtner.

»Aber ich will es«, sagte Schelnhausen. »Er und ich, wir könnten sonst leicht ins Gerede kommen; du weißt, wie die Leut sind.«

Fechtner murmelte seine Verlegenheit.

»No, no!« sagte Schelnhausen und lächelte plötzlich. »Du hast mir zuerst von deinem Mädchen erzählen wollen –.«

Fechtner, den die skurrile Situation in einem weiten Bogen aus seinem gemarterten Selbst in den Umkreis eines fremden und unverständlichen Geschehens getragen hatte, den er nun mit seinen ungeduldigen Fragen entlanglief, dem jede Antwort aber im Grunde sehr egal war, Fechtner fiel mit der Peinlichkeit seiner ungeformten Abwehr, die am Ende dieser nicht ganz geschlossenen Bahn lag, in welche er abgedrängt worden war, wieder in seine eigenen Belange zurück, aber unvollkommen, weil die störende Rückkunft Fritz Habers noch bevorstand und das gewaltige Problem, Renate, die er in allen Anstandsdingen als so empfindlich kennengelernt hatte, einen betrunkenen Freund vorstellen zu müssen.

»Schelle«, sagte er hastig, »ich muß dir erzählen, wer die Renate ist, und du wirst sehen, was sie für mich bedeutet; du wirst sie kennenlernen, du wirst sehen –.«

»Ich weiß nicht –«, sagte Schelnhausen zweifelnd, »weißt, ich hab auch gar keine Zeit; ich wart nur darauf, daß der Fritz zurückkommt, dann müssen wir leider sehr geschwind abfahren, weil wir nämlich schon ziemlich spät dran sind.«

Fechtner schloß die Augen. Er hat Mitleid mit mir. Ich darf jetzt nicht betteln. Er muß ehrlich sein. Er muß dableiben. Und er darf nicht aus Mitleid lügen. Er muß ehrlich sein. Fechtner zwang seine Augen auf und holte tief und zitternd Atem. »Schelle«, sagte er, »meine Renate ist ganz anders als die anderen Mädchen, wirklich. Stoß dich jetzt bitte nicht an meinen Worten; ich weiß nicht, wo ich anfangen soll – sie ist ein wirklicher Mensch, weißt du. Und sie ist – rein. Rein ist sie ... weißt du, was ich meine?« fragte er und verfluchte seine Ungeschicklichkeit.

»Ja«, sagte Schelnhausen mitleidig.

»Wissen tut er's, aber glauben tut er's nicht, der Schelle«, sagte Fritz Haber, der lautlos zurückgekommen war. »Und ich glaub es auch nicht.

Du hast immer nur billige Huren gehabt«, sagte er, »also wird deine jetzige Gabel auch eine billige Hur sein. Überhaupt sind alle Weiber Huren, die nix anderes wollen, als daß man sie aufs Kreuz legt. Nur dauert's bei der einen länger und bei –.«

»Du besoffenes Schwein!« begann Fechtner schrill, versuchte aufzuspringen und langte nach Haber, der grinsend zur Seite wich; Schelnhausen beugte sich schnell vor und drückte Fechtner auf die Polsterbank zurück. Fechtner verstummte. Haber setzte sich vorsichtig auf seinen Stuhl, den er ein wenig vom Tisch abrückte. Er war sehr bleich und atmete heftig. Schelnhausen sah ihn rasch an. Haber nickte und schlug sofort die Augen nieder.

»Kannst du jetzt deinen Kaffee trinken?« fragte Schelnhausen. Haber schüttelte angeekelt den Kopf. »Ich bin auch so wieder nüchtern. Verzeih bitte, Peter.«

»Ihr werdet es sehen«, sagte Fechtner, verzerrt nickend. »Sogar du wirst es sehen, Fritz, ich werd es dir beweisen, daß du – daß du ...«

»Daß ich mich geirrt hab?« fragte Fritz langsam.

»... daß du dich geirrt hast«, nickte Fechtner ungeduldig.

»Ich –.«

»Vielleicht habe ich mich wirklich geirrt«, lenkte Haber scheinbar ein, »aber beweisen mußt du mir gar nichts; ich glaub dir eh auch so, wenn dich das beruhigt. – Schelle«, sagte er zu Peter Schelnhausen, »ich bin soweit wieder beieinand; ich glaub, wir können gehen.«

»Kommt's euch tatsächlich auf zehn Minuten an?« fragte Fechtner hastig, böse und vorwurfsvoll.

»Nein, aber –«, sagte Schelnhausen.

Der Windfang vor der Tür fiel klingelnd zusammen; Renate Erber war gekommen. Programmgemäß. Auf die Minute genau. Und ihre Rolle konnte sie auswendig.

2

Als Peter von Schelnhausen an der Tür läutete, die das Schild trug: Dr. Friedrich Haber, wurde ihm von der Dame des Hauses geöffnet. »Ach, Herr Doktor«, sagte sie, »Herr Doktor ich weiß nicht – ich kann nicht ...«

Schelnhausen küßte ihre Hand und sah sie fragend an.

»Herr Doktor, Fritz ist krank; ich glaube nicht –.«

»Fritz ist krank?« fragte Schelnhausen. »Aber ich habe doch heute früh mit ihm telefoniert?«

»Ja, aber –«, sagte Frau Haber verlegen. Die Tür am Ende des Flurs wurde geöffnet, Dr. Haber streckte den Kopf ins Vorzimmer, nickte heftig und trat heraus.

»Lieber Baron«, sagte er näher kommend und hielt Schelnhausen ungenau die Hand entgegen, »kommen Sie doch weiter, ich habe auf Sie gewartet ... Melanie, sei doch so lieb und mach uns einen Kaffee – Sie mögen doch eine Tasse, Herr von Schelnhausen?«

»Gern«, sagte Schelnhausen. »Ich hab nur gerade gehört, daß Fritz –.«

Haber machte eine ablehnende Handbewegung. »Ja, ja«, sagte er. »Ich möchte bloß, bevor Sie zu ihm gehen, etwas mit Ihnen besprechen. Melanie – bitte –!«

Frau Haber verschwand stumm in der Küche.

Drin im Zimmer saßen sich Dr. Haber und Peter von Schelnhausen an einem Tisch gegenüber, der kein Schreibtisch und für den Rechtsanwalt, der nun sofort und gewaltsam in Verhandlung trat, nicht der richtige war; dennoch gelang ihm der Blick aus kurzem Augenwinkel sofort auf solche Weise, daß Schelnhausen, der aufmerksam vorgebeugt saß, die Lehnen des Stuhls nicht benützend und die Fingerspitzen aneinandergelehnt, gleich wußte, worum es gehen sollte.

»Sie sind ein Freund von Fritz«, sagte Haber und berücksichtigte zentral den korrekt geschlungenen Windsorknoten seines Gegenübers, »Und ich bin sein Vater; ich glaube also nicht, daß ich Gefahr laufen werde, von Ihnen mißverstanden zu werden. Fritz ist nicht krank. Er ist nach Ihrem Telefonat über die Cognacflasche geraten und hat sich in seinem Zimmer eingeschlossen.« Er zuckte die Achseln und sah Schelnhausen noch immer nicht in die Augen. Er machte es sich nicht leicht. Er sagte, was zu sagen war. Aber er beschränkte sich aufs Notwendigste. Denn was er zu sagen hatte, war peinlich. Und im Grunde glaubte er es gar nicht, was er von Erber gehört hatte. »Ich habe vor ein paar Tagen Herrn Erber in der Kammer getroffen, und er hat ein paar dumme Andeutungen gemacht – Fritz würde nur mehr in Ihrer Gesellschaft gesehen – Sie verstehen – der Bub war mit seiner Tochter so gut wie verlobt, aber jetzt kümmert er sich gar nicht mehr um sie – er hätt in seine Firma eintreten sollen, jetzt tut er aber überhaupt nichts; Herr Erber macht sich Gedanken, das ist nur zu verständlich – ich mache mir ja auch welche –.«

»Lieber Herr Doktor«, lächelte Schelnhausen, »es liegt wirklich nicht an irgendwelchen Bemühungen meinerseits, wenn Fritz sich von Renate zurückgezogen hat und obendrein seine beruflichen Pläne vernachlässigt. Sie können mir glauben, daß die Redereien Herrn Erbers, mit denen er nicht nur Ihnen lästig gefallen ist, mir genauso unangenehm sind wie Ihnen. Ich bin ganz Ihrer Meinung, daß da etwas geschehen muß, gerade weil Fritz und Renate wirklich gut zusammenpassen – ich kenne Fräulein Erber persönlich. Die Ausschließlichkeit, mit der mich Fritz in der letzten Zeit beansprucht hat, ist mir – so gern ich ihn habe – jetzt wirklich schon ein bißl zuviel geworden.«

»Das freut mich, das freut mich«, sagte Dr. Haber etwas verwirrt. »Ich meine natürlich, es tut mir leid – aber schließlich, in einer Krise – ich verstehe Fritz nicht, wissen Sie«, sagte er plötzlich hilflos. Er hatte eine kurze Erklärung erwartet, auf die man mit einer wegwerfenden Geste antworten könnte, und damit hätte er es gern bewenden lassen.

Schelnhausen war taktisch genug, auf Habers aus einer mißglückten Redefigur entstandenes Einverständnis nichts zu erwidern, so daß die Worte des Vaters, die zwar von sehr tief unten, doch in Wahrheit ohne allzuviel Gewicht, hervorgerutscht waren, eine sehr peinliche und gar nicht beabsichtigte Schwere erhielten.

Knapp bevor das Schweigen des Besuchers die Unleidlichkeitsgrenze erreichte, brachte Frau Haber den Kaffee. Der Doktor hantierte unsicher und umständlich mit Oberskännchen und Zuckerzange und äußerte zusammenhanglos Diesbezügliches. Dann kam er wieder auf Fritz zurück, geriet unversehens in eine Darstellung des Sohnes und damit und jetzt erst in eine echte Besorgnis. »Obwohl ich – hat er –«, fing es an und ging es weiter. Und plötzlich packte ihn sichtlich die Angst. Bevor er aber dahingelangte, noch den Schein der Höflichkeit wahrend, dem Besucher nahelegen zu können, seinen Umgang mit Fritz abzubrechen, denn soweit war er nun, innerhalb von Sekunden, vor Schelnhausens unbewegtem Gesicht schon gekommen, in plötzlicher, peinigender Befürchtung, an Erbers Rederei könnte doch »was dran« sein, unterbrach ihn sein Gast.

»Entschuldigen Sie meine Unhöflichkeit, Herr Doktor«, sagte er, »aber ich glaub, ich muß jetzt was für den Fritz und gegen den Cognac tun.« Er lächelte. »Ich bin irgendwie sehr erleichtert, daß ich heute mit Ihnen über dieses Thema sprechen kann – grad heute, da ich ohnedies vorhatte, in Ihrem Sinne zu verfahren: Es liegt ja auch in meinem Interesse, wenn hier ein Ende gemacht wird. Die Krise ist da; Sie haben das sehr richtig gespürt. Mir war auch schon einige Zeit nicht mehr ganz wohl in meiner Haut. Es kriecht einen so was an, hinterrücks, und läßt sich kaum ertappen. Keiner sagt es einem ins Gesicht, und niemand schaut mir in die Augen.«

Schelnhausen betrachtete Haber neugierig. Der Doktor erstarrte. Er glaubt mir nicht mehr, dachte Schelnhausen. Er glaubt mir das nicht mehr, was ich gar nicht gesagt habe. Einige beruhigende Worte hat er erwartet und dadurch die Möglichkeit, die Augen verschließen zu können. Er hat unverschämterweise damit gerechnet, daß ich ihn überzeugend genug anschwindle –.

Schelnhausen sah eine lange Zehntelsekunde auf den Streifen blanken Parkettbodens nieder, der zwischen dem etwas dünnen, nicht ganz echten Täbris und der unteren Schattenkante der Sitzbank im schraffierten Gegeneinander verlief. Es wölbte sich da ein wenig; ein feiner, goldwächserner Lichtreflex zeigte den fast unmerklichen Fehler des Bodens, auf dem er stand.

Schelnhausen prüfte sich. Er schämte sich nicht. Er war diesem Vater, der nun alles wußte, was er vorher nicht einmal befürchten wollte, sehr überlegen: Nicht einen Augenblick lang waren ihm Worte einer gegensätzlichen Beteuerung Möglichkeit gewesen, die Habers Stellung, der vorsichtig ein Verfahren einstellen wollte, bevor es noch begonnen hatte, intakt gelassen hätte.

Er versteht seinen Sohn nicht, weil er ihn nicht verstehen will. Und: Mich wird er nie verstehen, dachte Schelnhausen. Es gab ihm dieser Gedanke ein winziges, stechendes Glücksgefühl. Hinter der rasch breiter, undeutlich und flacher werdenden Empfindung, die sich bis in den Brustraum zog und dort wesenlos wurde, kurz, so kurz, daß es mit kleinstem Rütteln kaum angedeuteter Bestürzung auch schon abgetan war, ahnte er die Konsequenz des verkehrten Narziß: Ich weiß zuviel und wage genausowenig zu wissen wie dieser Spießbürger in meiner schamlosen Schande. Das ist mein Selbstmord – wie nebenbei ausgeübt, posiert und durchgeführt bis zum bitteren Ende: um nicht verständlich zu werden – weil ich mir sonst selber verständlich werden könnte ...

»Eigenartig«, sagte Schelnhausen nachdenklich, »gerade jetzt mußten Sie's aussprechen, an dem Tag, wo ich Schluß machen will. Ich hab's nämlich so eingerichtet, daß Fritz heut seine Renate scheinbar zufällig treffen wird; ich hab ihm das in der Früh auch gesagt. Und der Erfolg –? Er besäuft sich.« Dr. Haber zwang sich gewaltsam, Schelnhausen in die Augen zu sehen. Schelnhausens Augen waren weit aufgeschlagen, dunkel und ruhig. Cui bono, dachte der Jurist. Es ist alles ganz falsch.

Er sah sich, sah seine Hände an. Sie waren sehr alt und sehr hilflos. Er schämte sich ihrer und nahm sie vom Tisch. Er versuchte, den eben durchlaufnen Bogen nochmals zu verfolgen, und es gelang nicht. Es blieb dem Juristen nichts mehr als sein Hausrecht zu üben.

»Herr Doktor von Schelnhausen«, sagte er mühsam, »ich glaube, es ist besser, Sie gehen. – Fritz ist betrunken«, wiederholte er in schwächlichem Nachsatz, als ob dies Schelnhausen hätte vergessen können.

Der Gast erhob sich.

»Ihr Sohn hat mich heute einen Kuppler genannt«, sagte er mit genau dosierter Heftigkeit, »nur weil ich seine Verlobung wieder einrenken will. Ich lasse mich nicht erpressen, auch nicht von Ihrem Sohn. Und einen Skandal auf meine Kosten – nein. Ich werde heute mit Fritz zum letztenmal zusammen sein. Ich darf mich empfehlen, Herr Doktor.«

»Ich glaube Ihnen nicht«, sagte Dr. Haber. »Das mit Renate – das ist doch eine Lüge.«

»Rufen Sie Renate an!« rief Schelnhausen.

Der Vater blieb sitzen.

Schelnhausen ging zur Tür zum Nebenraum und klopfte mehrmals scharf mit dem Knöchel dagegen. »Fritz!« sagte er laut. »Mach auf, ich bin's!«

»Du bist ein Schuft!« erscholl es von innen.

»Aufmachen!« schrie Schelnhausen.

3

Sie saßen nebeneinander, Fritz Haber und Renate Erber, an der einen Ecke des quadratischen Marmortisches in der verschossenen Plüschloge des alten Cafés; Peter Schelnhausen und Peter Fechtner saßen an der anderen; so war Fritz Schelnhausens und Renate Fechtners Gegenüber geworden. Fechtner hatte nichts bemerkt; es hätte für Schelnhausens Zwecke der fahrigen Erregung gar nicht bedurft, die Fechtner an den Tag legte, als er die drei, die einander längst kannten, miteinander bekannt machte. Die Tischordnung hatte sich wie von selbst ergeben und war doch, einer früheren Überlegung des Regisseurs Schelnhausen folgend, im Zusammenwirken von ihm und Renate zustande gekommen. Fritz Haber spielte seinen Part sofort überzeugend, weil seine anfängliche Steifheit so natürlich war, daß sie auch natürlich wirkte; er fühlte Renate gegenüber, die er so lange nicht gesehen, die er vernachlässigt, schließlich sogar aufgegeben hatte, ein ziehend-unbehagliches Schuldbewußtsein; die plötzliche Konfrontation setzte ihn in starke Verlegenheit und machte die beiden einander anfänglich so fremd, daß die Inszenierung für Fechtner als Inszenierung nicht zu durchschauen noch durch den ungeübten und unwilligen Schauspieler Haber gefährdet gewesen wäre.

Fechtner hatte zum vierten Male Doppelcognacs bestellt, nur Renate war bei Tee geblieben. Sie ließ keinen Blick von Habers Gesicht. Fechtner redete viel und laut, Haber redete dagegen. Schelnhausen brachte Stichworte, und Renate sagte fast gar nichts. Was man sagte, war belanglos; wie es gesagt wurde, bedeutete es bereits Kampf; einen Kampf, den Fechtner immer verzweifelter führte, je deutlicher es wurde, daß Renate ihm ihre Aufmerksamkeit entzog und sich immer mehr Fritz Haber zuwandte.

Fritz, der Vielredner, war vordem sehr betrunken und nur mit seinem Unglück beschäftigt gewesen, Peter Schelnhausen zu verlieren; er war später weniger betrunken gewesen und sehr dagegen, Fechtner »umzubringen«, fühlte er sich doch selbst als Opfer und daher in wichtiger Hinsicht mit Fechtner gemein, dem er schon nach Hubsis Begräbnis die Begegnung mit Schelnhausen hatte ersparen wollen; Fritz Haber war später nüchtern geworden und sofort wieder in seine gewohnte Unterwerfung geraten, bei der alles Aufbegehren nur leeres Geräusch und nicht Ausdruck eines echten Widerstandes war; Fritz Haber gelangte nun in eine alkoholisch-ausfahrende Berauschung, in der er, Fechtners Schulter klopfend, diesen grausam bedauerte und Schelnhausen und sich dabei meinte. Denn Schelnhausen, nur ihn, wollte er quälen, nur für ihn empfand er dieselbe gekränkte, eigensüchtige Liebe, die er bei dem Freunde voraussetzte, welcher ihn verlassen wollte, und seine Liebe war ihm unversehens in Wut umgeschlagen. Habers kleinem Verstande war es zudem praktisch, daß er Schelnhausen zu quälen meinte, indem er dessen genau festgelegtem Plan durchaus folgen konnte, denn was Fechtners Eifersucht, Renates wegen, hervorrufen mochte, würde genausogut Schelnhausens Eifersucht, seinetwegen, erzeugen – glaubte er und hatte nicht einmal so sehr unrecht damit. Nur – Schelnhausen wußte es und hatte auch die Schwenkung von Fritzens Zielrichtung längst einkalkuliert gehabt. Schelnhausen quälte sich selber und ließ sich das von niemand anderem besorgen.

Fritz Haber legte seine Hand auf Renates Hand; sie ließ es sich gefallen. Fechtner redete lauter, sah nicht hin, sah es doch und überdeutlich und sofort als Hauptsache. Fritz Haber stand zentral in aller Aufmerksamkeit. Aller Augen waren nur auf ihn gerichtet. Und es störte ihn nicht mehr, daß er eine Szene agierte, die ihm ein anderer zurechtgelegt hatte – denn es war seine Szene geworden. »Herr Ober«, rief er, »noch vier Doppelte!«

»Für mich, bitte, nicht«, sagte Renate.

»O doch«, sagte Fritz, »das ist leider sehr notwendig. Denn jetzt muß ich Brüderschaft mit Ihnen trinken. Hab ich Ihnen eigentlich schon gesagt, daß ich Sie einfach süß finde?«

Renate lachte. »Also gut«, sagte sie.

Fechtner erbleichte.

4

Fritz Haber hatte endlich die Tür geöffnet. Er hatte sich sofort wieder auf sein ungemachtes Bett gesetzt und nach der Cognacflasche gelangt. Schelnhausen nahm ihm die Flasche weg, ging zur Tür zurück, drehte den Schlüssel um und blieb horchend stehen. Fritz sagte nichts. Schelnhausen konnte das Schnurren der Wählscheibe deutlich hören. Dr. Haber telefonierte. Schelnhausen grinste und wandte sich um.

»Also«, sagte er.

Fritz blickte nicht auf. Er war fertig zum Ausgehen angezogen; schon seit geraumer Weile, denn sein Hemd war zerknittert.

»Ich will nicht«, sagte er. »Ich liebe dich. Und du hast mir geschworen, daß du mich auch liebst. Wie hast du nur Renate versprechen können, daß ich zu ihr zurückgeh, wenn sie heute mitmacht?«

»Weil sie sonst nicht mitmachen würde, natürlich«, sagte Schelnhausen.

Fritz hob den Kopf. »Heißt das, daß du nachher wieder –?« begann er in ungewisser Hoffnung.

»Nein«, sagte Schelnhausen. »Ich werde unseren Pakt halten. Denn sonst würde sie morgen dem Fechtner ganz einfach alles verraten. Du wirst mit ihr nachher wirklich ins Hotel gehen müssen.«

»Ich kann das nicht«, sagte Fritz weinerlich.

»Woher weißt du das?« fragte Schelnhausen. »Du hast es nie versucht. Sie wird dir schon helfen. Sie ist ein tüchtiges Mannsbild.«

Fritz legte die Hände vors Gesicht und begann zu schluchzen. »Warum willst du das überhaupt machen? Warum willst du den Fechtner, diesen blöden Hund, diesen armen Teufel, eigentlich umbringen?«

»Ich hab dir schon hundertmal gesagt, daß dich das nichts angeht«, sagte Schelnhausen scharf. »Und jetzt hör sofort zu plärren auf und wasch dir das Gesicht.«

Fritz stand gehorsam auf und ging zu dem wackligen Waschtisch. Es gab da ein Lavoir und eine Wasserkanne; das Kabinett hatte einen separaten Ausgang ins Vorzimmer, den Fritz, wenn er, wie oft, spätnachts nach Hause kam, immer benutzte. Die Wasserkanne war stets gefüllt; er liebte es nicht, durch Rumoren im Badezimmer, welches dem Schlafraum seiner Eltern benachbart war, diese auf seine Heimkünfte nach Mitternacht aufmerksam zu machen.

»An mich denkst du gar nicht«, sagte er undeutlich, während er sich mit der hohlen Hand Wasser ins Gesicht warf, breitbeinig und schwankend stehend, »Und außerdem wird alles schiefgehen, auch wenn Renate tun wird, was du sagst. Der Fechtner ist ja nicht blöd; er wird bestimmt gleich alles merken.«

»Er wird nichts merken.«

»Schön, er wird nichts merken, aber auch, wenn er nichts merkt – es wird ihm gar nichts ausmachen. Den Fechtner haben schon ein paar Mädchen ang'lehnt, und es hat ihm nichts geschadet.«

Fritz trocknete sich mit unsicheren Händen das Gesicht und wandte sich um.

»Diesmal schon«, lächelte Schelnhausen. »Es wird ihm sogar sehr schaden. Denn jetzt habe ich ihn soweit. Nach dem, was mir Renate zu berichten hatte, gibt's gar keinen Zweifel daran.«

»Ich versteh immer noch nicht, wie du ihn überhaupt soweit bringen konntest«, sagte Haber.

»Das ist nicht schwer zu erklären. Dem Fuchs Fechtner hingen die Trauben zwar zu hoch, sie waren ihm aber nicht sauer genug.«

»Mir sind diese Trauben auch zu hoch«, sagte Haber.

Schelnhausen ging zu ihm, richtete ihm die Krawatte und nahm ihn zärtlich bei den Ohren. Fritz schloß die Augen. Schelnhausen schob ihn abrupt zurück. Wie er seinem Vater ähnlich sieht, dachte er. Es ist geradezu widerlich. Wenn ich nicht ohnehin hätte Schluß machen wollen, so hätte mir den Schluß der Affäre Haber die Viertelstunde, die ich seinem Vater gegenübergesessen bin, jedenfalls besorgt. Alles, was mir von jeher in Fritzens Gesicht mißfallen hat, habe ich im Gesicht des Herrn Rechtsanwaltes in scheußlicher und unverdeckter Urform sehen müssen. Es geht nicht mehr. Und es ist gut, daß es nicht mehr geht, weil's nicht mehr gehen darf. Ich habe Gisela verloren und muß Fritz auch verlieren. Ich muß Fechtner verlieren. Ich muß endlich allein sein.

»Der Fuchs und die sauren Trauben«, sagte Schelnhausen langsam. »Kennst du deinen Aesop nicht mehr?«

Habers Lippen zuckten. »Du – du –«, sagte er mühsam.

»Weißt du, mit dem Fechtner ist es fast ebenso«, erkärte Schelnhausen. »Aber eben nur fast. Und bloß deshalb konnte ich überhaupt etwas mit ihm anfangen. Wenn ihm die transzendentalen Trauben wirklich sauer genug gewesen wären, wär er für mich unverletzbar wie jeder x-beliebige Prokurist oder Wirtschaftstreuhänder, wie mein lieber Papa meinetwegen oder mein ebenso liebes Brüderlein, wie jeder wirkliche Praktiker, der alles Philosophieren gern den unpraktischen Hungerleidern überläßt, die sich da gegenseitig, aber niemals ihn dumm machen, der das Organ überhaupt nie besessen hat, welches sich unser teurer Fechtner mit Beihilfe seiner dem Dasein eifrig zugewandten Eltern, durch die langen Jahre seiner Erziehung hindurch, kastriert, aber glücklicherweise eben nicht vollständig kastriert hat.« Schelnhausen lächelte. »Glücklicherweise. Denn deshalb kann ich ihn heute – no, sagen wir einmal – endlich abschaffen. Und du«, sagte er leise, »du und Renate, ihr werdet das für mich besorgen.«

»Ich will aber nicht!« schrie Haber.

Schelnhausen nahm ihn am Hals und zog die Finger ein klein wenig zusammen, als wollte er ihn würgen.

»Du hast mir dein Ehrenwort gegeben, daß du mir immer gehorchen willst«, flüsterte er. »Heute ist es Zeit, es einzulösen.«

Er drückte ein wenig fester. Fritz stöhnte und wehrte sich nicht. Schelnhausen ließ ihn fahren.

»Komm jetzt«, sagte er befehlend.

»Ja«, sagte Fritz.

5

Herr Anton hatte die vier Doppelcognac gebracht. Renate und Fritz hatten Brüderschaft getrunken, und der Kuß war sehr ausführlich gewesen, ausführlicher als selbst Fritz beabsichtigt hatte. Mit einer besinnungslos stürmischen, andrängenden Bewegung verlängerte Renate den Kuß; ihre rechte Schulter hob sich, wie zum ersten Schütteln des Weinens.

Schelnhausen empfand eine winzige, fließende Besorgnis, als stünde Renate durch die lang entbehrte körperliche Berührung ihres Geliebten in Gefahr, jetzt ihre Selbstbeherrschung und damit die ihr aufgenötigte Pose zu verlieren, aber als sie sich, mit brennenden Wangen, aus der Umarmung löste, gelang es ihr vor dem zitternden Hinsehen Fechtners, der aus einem schlagartig verfallenen Gesicht glotzte, in dem der Schweiß und scharfe rote Flecken aufsprangen, ihre beginnende Hysterie wieder zu unterdrücken. Fechtner lachte, mit starr aufgerißnen Augen, seine Verzweiflung in krampfige Lustigkeit wendend, die ihm helfen sollte, nicht glauben zu müssen, was er nun schon schrecklich wußte; Renate hatte mit dem Opfer Fechtner jetzt kein Mitleid mehr; sie war unerbittlich und mit einer sich nunmehr eingestandenen, bebenden Grausamkeit ganz im Einverständnis.

Fechtner lachte schallend und winkte nach neuerlicher Füllung der Cognacgläser.

»Na, Schelle, trink doch auch Brüderschaft!« schrie er. »Renate, küß doch auch den Schelle! Das ist ein echter Baron! Du wirst doch nicht die Gelegenheit versäumen, einen echten Baron zu küssen!«

»Ich hoffe doch«, sagte Schelnhausen. »Denn ich habe diesbezüglich kein Bedürfnis.«

»Ich lassert ihn auch gar nicht«, sagte Haber und legte Renate besitzergreifend den Arm um die Schultern.

Renate lachte.

Der Kellner brachte neue Gläser.

»Dann tu ich's für den Schelle!« schrie Fechtner.

Er schob sich vor und beugte sich ungeschickt über den Tisch.

Schelnhausen erinnerte sich plötzlich an Thesi Ledenig. Im Gang vor den Hörsälen der Hochschule für Welthandel waren sie gestanden: Hubsi Lerch, Thesi Ledenig und Peter Fechtner. Fechtner, einen umfangreichen Packen Bücher im Arm, war ein dicker Wälzer entfallen; er hatte sich ungeschickt gebückt und ihn aufgehoben. Und hatte keinen roten Kopf bekommen und war nicht verlegen gewesen. Fechtner war ganz unbefangen geblieben und ganz sicher; er war nicht einen Augenblick in der Gefahr einer jener winzigen Blamagen gestanden, die bei solchen Gelegenheiten fast unvermeidbar sind: Fechtner war kompetent gewesen. Und Schelnhausen hatte sich ihm tief unterlegen gefühlt, damals.

Fechtner, über den Tisch gebeugt, löschte dies alles aus, Fechtner, einem Mädchen den Brüderschaftskuß für seinen Feind abverlangend, als Vorwand, selbst einen Kuß zu erlangen, mit einem schief über den Tisch gehobenen, grotesk gespitzten Mund, einen Haber nachäffend – das bedeutete jetzt, endlich, für Schelnhausen den Triumph, dies spürte er als tiefsten, sichtbaren und wie sättigenden Erfolg. Er saß da, fast breit, sekundenlang so, als wäre er in solch breiige Zufriedenheit auseinandergelaufen, die sonst nur bonzenhaft dicke Personen, tief in ihre Leiblichkeit einsinkend, auf ihr geheimes, inneres Widerlichstes gerichtet, genießen können. Schelnhausen saß da, durch einen langen Augenblick unbegreiflich träg und dick und so widerwärtig, daß, hätte ihn Renate angesehen, jetzt, hätte ihre Aufmerksamkeit nicht Fechtners Annäherung gegolten, seine Absicht nochmals in Frage gestellt gewesen wäre; aber Renate sah nicht her, und Fechtners letzte Möglichkeit war mit ihrem Nichthinsehen vergangen und vorbei. Sie wandte angeekelt den Kopf, und nach der anderen Seite. Fechtners Lippen glitten feucht und flüchtig nur über ihre Wange.

»Prost!« schrie Fechtner verzweifelt und fiel auf seinen Sitz zurück.

»Also, weißt, Peter«, sagte Schelnhausen, aufgetaucht aus seiner Qualligkeit, wieder in Sicherheit, und kopfschüttelnd, »ich versteh dich nicht!« Er blickte erläuternd von Renate zu Haber und sah dann Fechtner an.

»Wieso? Wieso?« schrie Fechtner. »Wir sind doch alle Freunde, nicht? Unter Freunden, nicht? Was ist da schon dabei? Was willst du eigentlich?«

»Gehn«, sagte Schelnhausen und gab Haber damit das Stichwort. »Ich unterhalte mich hier nicht mehr.« Man konnte es jetzt kurz machen. Fechtner war sichtlich nicht mehr imstande, einen vernünftigen Verdacht zu fassen.

»Du willst schon gehen?« schrie Fechtner. »Wo's doch gerade erst lustig wird?«

»Lustig?« fragte Haber, sah sich demonstrativ im leeren Lokale um und erklärte mit einer rundgeführten Geste die ihm widerwärtige Schäbigkeit des Cafés. »Lustig? In dem Pestloch? *Mir* wäre ohne dieses süße Mädchen hier direkt fad.« Er zog Renate enger an sich.

»Mir wäre ohne dich, Fritz, auch fad«, sagte Renate und lächelte. »Mußt du eigentlich immer so schreien, Peter?«

»Vielleicht sollt er uns lieber was vorsingen?« schlug Haber vor.

»Ja, Peter«, sagte Schelnhausen. »Warum bringst du den beiden nicht ein Ständchen?«

Fechtner schoß das Wasser in die Augen. »Ja, warum nicht?« krächzte er.

»Vielleicht: I'm walking behind you on your weddingday?« meinte Schelnhausen sanft.

Renate lachte. »No, sing schon, Peter!« sagte sie.

Schelnhausen erhob sich, traf Anstalten, als wolle er gehen.

»Bitte, Schelle, setz dich! Bitte, Schelle, bleib da«, flüsterte Fechtner, hob zuckende Hände vors Gesicht.

Schelnhausen setzte sich.

»Der langweilige Kerl will nicht singen«, sagte Haber enttäuscht. »Möchtest du wirklich dableiben, Schelle? Na, dann bleib da und tröst ihn. Aber ich möcht gehen. Ich halt's da nicht mehr aus. Mir war der Fechtner schon vorher fast zuviel. So hebt er mir den Magen aus. Gehst du mit, Renate?« fragte er.

»Wohin willst du denn gehen, Fritz?« fragte Renate.

Haber feixte. »Na, ins Hotel«, flüsterte er dramatisch.

Renate lachte.

»Also, gemma!« sagte Fritz befriedigt, erhob sich und zog, plump zugreifend, Renate ebenfalls in die Höhe.

Er patzt, dachte Schelnhausen, einen Augenblick alarmiert. Das war viel zu grob. Jetzt hat der Trottel doch tatsächlich seinen Text vergessen!

Haber hatte seinen Text vergessen. Aber was er sagte, war nicht zu grob und war nicht zu unwahrscheinlich.

»Sind das auch keine falschen Versprechungen?« fragte Renate und fragte es sehr ernst und fiel ebenfalls aus der Rolle. Und auch das machte jetzt nichts mehr aus.

Haber bekam's zwischen zwei Atemzügen mit der Angst zu tun. Er hielt ihrem Blick nicht stand und sah Schelnhausen an.

»Adieu«, sagte Schelnhausen wütend.

À dieu, dachte Fechtner, einzeln, vor einer schwarzen, konvulsiven Leere, à dieu, das heißt: mit Gott –.

»So gut wie der Fechtner kann ich's immer noch!« sagte Haber schrill. Er packte Renate am Ellbogen.

»Komm«, sagte Renate weich. Sie gingen.

»Zahlen!« rief Schelnhausen und erhob sich. Fechtner hatte den Kopf gesenkt und saß völlig bewegungslos. Am Winkel seines Scheitels, sah Schelnhausen, war sein Haar nicht mehr ganz so dicht; es gab da eine erbsgroße, nackte Stelle. Schelnhausen hatte einen Augenblick das Bedürfnis, seinen Zeigefinger drückend daraufzulegen; er sah rasch weg. Und zahlte die Zeche. Dann zählte er fünfzehn Schilling fünfzig in Münzen ab, genau die Summe, die er Fechtner nun jahrelang für das verlorne PocketBook geschuldet hatte, machte eine kleine Säule daraus und schob sie Fechtner unter die Nase.

»Der Schwarze Peter könnt am End eine ansteckende Krankheit sein, weißt.« Er schüttelte den Kopf. »Peter, wirklich, heut hab sogar ich Angst bekommen«, sagte er leise. »Ich trau mich nicht mehr. Ich wage es nicht, mit dir auch nur durch diese läppische Schuld verbunden zu sein. Ich will dich nicht mehr sehen.«

Fechtner bewegte sich nicht.

»Ich werde dich nicht mehr sehen«, verbesserte sich Schelnhausen und ging. Ohne Gruß.

Fechtners Knie kippte nach außen; sein Ellbogen rutschte ab; er schlug mit der Stirn gegen die Marmorplatte des Tisches. Er keuchte. Und stieß einen heulenden, gellenden Schrei aus.

»Um Gottes willen, Herr Doktor!« stammelte der Kellner.

Fechtner verstummte. Es war nun so still, daß man den Minutenzeiger der alten, achteckigen Uhr springen hörte.

6

Die Haustornische war tief, die Haustornummer unbeleuchtet. Das Haustor war verschlossen. Peter Fechtner ließ die Hand minutenlang auf der Klinke liegen, dann drehte er sich schwerfällig um und lehnte sich gegen die Wand des Eingangs. Neben seiner rechten Schulter befand sich der Klingelknopf. Er berührte ihn nicht.

Der Nachtwind ging in lauen, knappen Stößen. Hinter dem wuchtig vortretenden Amtshaus gegenüber kurvte unsichtbar und laut die Straßenbahn in eine andere Gegenwart.

Die Fenster der Waggons würden erleuchtet sein. Der Schaffner würde Karten markieren. Vielleicht redeten zwei Fahrgäste miteinander: eine Frau mit dem Einkaufsnetz auf den Knien, ein dicker Mann mit einer gefalteten Zeitung in der rechten Rocktasche.

Peter Fechtner verlagerte sein Gewicht vom rechten Schulterblatt aufs linke.

Am Gehsteig drüben, halbverdeckt, stand ein Telefonhäuschen; den Randstein entlang reihte sich die dunkle Kolonne der parkenden Autos; im Lack der Karosserien sprangen glitzernde Reflexe auf; die Straßenlaternen schaukelten heftig.

Aus der Schienenstraße bog mit leise tickendem Motor ein langsam fahrender Wagen und hielt vor dem Hauseingang. Im Fond wurde es hell. Fechtner sah den mattschimmernden Goldhelm einer Abendfrisur, das weichfließende Band eines Seidenschals, einen lachenden Mund. Daneben die schwarze Silhouette des Mannes, ein blasses Oval das Gesicht, der dunkle Strich eines Schnurrbarts über lautlos bewegten Lippen. Vorne, der dritte, glitt seitwärts, die Wagentür zu öffnen, sein Mantel klaffte locker; der weiße Schlitz der Hemdbrust wölbte sich, die Frackbinde zipfte schräg.

Fechtner schloß die Augen. Die Türen schlugen.

»Aber Ferry, ich war doch die ganze Zeit im Saal, und grad dort, wo ich's bestimmt hätt hören müssen, nämlich auf der Bühne, und g'hört hab ich gar nichts davon«, sagte eine Frauenstimme.

Schritte, Schlüsselklirren, das Knacken von Bleistiftabsätzen auf Asphalt.

Die Stimme des zweiten Mannes fiel an Fechtners Ohr.

»No, auf dem Leinwandboden tanzen –.«

»Segeltuch, glaub ich, haben's da aufg'spannt«, verbesserte Ferry. »Und wennst nicht grad Linkswalzer 'tanzt hast, ist's schon 'gangen.«

»Aber g'hört hab ich gar nichts«, wiederholte die Frauenstimme. »Wie sind denn die alle überhaupt hineingekommen? War denn da nicht zug'sperrt? Sonst sperren s' doch immer alles zu!«

»Aber geh, Ilka, es war doch die ganze Zeit offen, noch von vorher, von vor der Eröffnung; das Komitee muß ja eine Stund vor Ballbeginn schon da sein. Da kriegen s ihre Federkrönchen, die Blumen und so, weißt doch, wie das ist. Die Schönfeldt und der Fränzel haben noch einmal alles inspiziert – wie halt jedes Jahr. – Also, ich seh, wie der Chensky mit den zwei Aktentaschen vom Aladar, wo der Schampus drin ist, im Aufzug verschwindet –.«

»Ferry, wir sind um zehn Minuten zu früh dran; wenn wir net hier unten warten wollen, mußt jetzt telefonieren gehn«, sagte die andere Männerstimme.

»Ich?« fragte der Erzähler ärgerlich. »Ich hab kein Kleingeld, geh doch du telefonieren!«

»Ich weiß aber seine Telefonnummer nicht auswendig.«

»Erwin, Erwin, du dauerst mich. Schwengkh heißt er. Der Schwengkh heißt Schwengkh. Ist das so schwer? Mit ›Sch‹ Schaust halt im Büchel nach. Das ist alphabetisch, weißt. Fängt mit A an und hört mit Z auf. Kannst dich eigentlich gar nicht verirren. Kennst dich jetzt aus?«

»Ja. Ich dank dir auch recht schön und tausendmal.«

Fechtner öffnete die Augen.

»Bitte, bitte. Ich paß auch derweil auf deine Frau auf.«

»Ja, wenn ich dich nicht hätt!« sagte Erwin melancholisch, ging über die Straße und betrat die Telefonzelle.

»Das kost ihn jetzt einen Schilling, und das gift ihn, weißt«, sagte Ferry.

Er und das blonde Mädchen standen mit dem Rücken zu dem im Schatten des Hauseingangs verborgenen Fechtner.

»Also«, nahm Ferry nach einem amüsierten Kopfschütteln den Faden seines Berichtes wieder auf, »ich renn dem Chensky, diesem Räuber, sofort nach. Der Schwengkh und die Ingelheim sind am Gang gestanden, die nehm ich mit, weil sie sich in dem Labyrinth von der Oper mit den tausend Aufzügen, Gängen, Gangerln und Stiegenhäusern besser auskennen als ich; die zwei haben ja voriges Jahr noch selber eröffnet und können sich glücklicherweis gleich denken, wo der Chensky hin will. Der Schwengkh übernimmt die Führung und wir fahren mit den Aufzügen hinauf und hinunter, daß es eine Freud ist, aber irgendwie kommen wir doch hin, wo wir hin wollen und der Chensky schon ist. Also, was soll ich dir sagen, der Ballettsaal, oder eigentlich der Übungssaal vom Ballett, ist scheinbar gar kein Geheimtip mehr; da hat sich schon längst ein privater Opernball etabliert; vielleicht zwanzig Paare tanzen so, wie der Hermann unten blast: Die Lautsprecheranlage haben s nämlich eingeschaltet, du hörst die Musik aus dem Großen Saal – ganz praktisch, das. Da heroben hast wenigstens ein bißl mehr Ellbogenfreiheit als unten, wo alle aufeinanderpicken. Auf dem Podium vorn ist bereits das schönste Mitternachtspicknick mit belegten Broten und Thermosflaschen im Gang. Und neben dem Mikrophon sitzt der Chensky und noch einer, den ich nicht kenn, der aber genauso ein Räuber ist wie er, und ihre Räuberbräute haben's auch mit, und der Chensky packt gerade unseren Schampus aus; ich möcht nur wissen, wie er dem Aladar den Garderobezettel abgeluchst hat. Also, der Schwengkh und ich, wir haben schon ein bißl was aufg'habt, weißt, wir nehmen einen Kleiderständer, der an der Wand steht, packen ihn, wie die Sieben Schwaben ihren Spieß, und rennen quer übers Parkett auf den Chensky zu – du hättst die Leut auf die Seiten hupfen sehn sollen! Der Chensky springt auf –.«

»Und währenddessen, während der ganzen Zeit, war das Mikrophon eingeschaltet? Und das hat keiner im Saal unten bemerkt?«

»Nein; unten war selbstverständlich noch ein ärgerer Wirbel als da oben im Ballettsaal, der hat natürlich alles übertönt; und wenn der Chensky nicht direkt ins Mikrophon hineingeplärrt hätt, wer weiß – also, der Chensky springt auf und schreit und schreit mitten ins Mikrophon hinein: Einen Schritt näher und ich schieß! Und zückt die Schampusflasch'n, aber bevor er noch zielen kann, fliegt durch den Beutler der Stoppel heraus, und er spritzt sich selber von oben bis unten an, und ich muß so lachen, daß ich stolper und hinfall und den Schwengkh mitreiß; wir hätten mit dem Stangelwerk, dem Kleiderständer, beinah ein paar Leut erschlagen. Und der Chensky schreit: Feuerwehr! und schreit: Überfallkommando! und schreit: Salzamt! und es ist ein furchtbarer Krach –.«

»Das soll man alles unten g'hört haben? Unten im Saal?«

»Wenn ich dir schon sag! Der Soundso selber ist heraufgekommen, auf das G'schrei vom Chensky, weilst eben unten alles g'hört hast – geflucht hat er wie ein Cabskutscher, sag ich dir! Und dann hat er uns alle hinausgeschmissen –.«

Die beiden lachten.

»Ich hab aber wirklich nichts g'hört«, sagte Ilka, »und ich war direkt im Bühnenraum um die Zeit, ich weiß das bestimmt –.«

Erwin kam vom Telefonieren zurück. »Er hat recht g'schimpft, der Schwengkh«, berichtete er, »daß wir ihn so zeitlich abholen kommen, weil, sagt er, wenn wer drauf wartet, bringt er sein Frackmascherl nie zusammen.«

Ilka und Ferry lachten. Im Hausflur wurde es hell, Schritte näherten sich. Fechtner trat auf den Gehsteig hinaus. Die drei blickten ihn erstaunt an, sahen jedoch gleich wieder zur Seite. Schwengkh sperrte auf. Er trug Frack, wie die beiden Wartenden, hatte aber noch keinen Abendmantel an. Die weiße Binde hing lose um seinen Kragen.

»Ferry, an deiner Stell tät ich mir statt einer Sonnenuhr einmal einen anständigen Chronometer besorgen«, sagte er. »Bist narrisch g'worden, so zeitlich daherzukommen? Küß die Hand, Ilka, servus, Erwin –.«

»Wenn man z'spät kommt, bist bös, wenn man z'früh kommt, bist bös – wegen dir werd ich mir auf meine alten Tag auch nicht extra noch angewöhnen, pünktlich zu sein«, sagte Ferry.

Erwin und Ilka lachten. Schwengkh seufzte. »Na, kommts halt hinauf«, sagte er.

»Peter«, sagte Fechtner, der abseits stand; Schwengkh, seinen drei Freunden zugewandt, hatte ihn nicht bemerkt. Nun drehte er sich verblüfft um.

»Ja, was machst denn du da?« fragte er erstaunt und nicht eben erfreut.

»Servus, Peter«, sagte Fechtner.

»Servus«, sagte Schwengkh zögernd. Er sah von Fechtner auf Ilka, Ferry und Erwin und verstand nichts.

»Es war zugesperrt, ich hab gewartet«, sagte Fechtner.

»Auf mich?« fragte Schwengkh verwundert.

»Ja.«

Schwengkh schüttelte den Kopf, bemüht, eine kleine, peinliche Verwirrung zu verbergen. Er konnte es nicht verbergen, daß ihm die unerwartete Begegnung mit Fechtner unangenehm war; am liebsten hätte er den ungelegenen Schulfreund einfach stehenlassen – das ging nun aber nicht an, schon weil die anderen zu neugierig hersahen –; wenn der Fechtner nur nicht so ausschauen tät, als hätte er drei Nächte unter einer Donaubrücke geschlafen! dachte Schwengkh irritiert. Aber wohl oder übel und mit einer verlegenen Handbewegung: »Herr Doktor Fechtner«, brachte er, weil ihm nichts anderes einfiel, mit halbem Herzen eine hastige Vorstellung zuwege, »Graf Coveral, Herr und Frau von Vossenberg –.«

»Doktor Fechtner«, sagte Fechtner, griff nach Händen und sah doch nur Schwengkh an. »Peter«, sagte er, »ich möchte – ich muß fünf Minuten mit dir sprechen. – Bitte.«

»Ja, ja, natürlich«, sagte Schwengkh hastig. Er wandte sich um und schob die Türe auf. »Also, kommts jetzt schon, kommts, kommts, sonst glaubt die Kathi noch, ich wär, so wie ich bin, mit euch fortgefahren –.«

Der Aufzug war nur für vier Personen zugelassen. Es gab einiges schmerzhaftes Hinundherreden, dann sperrte Schwengkh die Gittertür auf und ließ die anderen eintreten. »Ich geh zu Fuß«, sagte er. »Ich hab die längsten Haxen.«

Als sich die Kabine in Bewegung setzte, feuerten Coveral, Vossenberg und Ilka den die Stiegen emporhastenden Schwengkh an; Fechtner schwieg. Oben stand Kathi unter der offenen Tür und schimpfte. »Stiegenrennen wie kleine Bub!« sagte sie, als der Aufzug empor- und

Schwengkh nicht viel später die Stufen heraufgesprungen kam. »Krawattl offen und Lärm machen, wie Kirtag, na, hab ich schon gern, mitten in der Nacht, nächste Mal wem S' in Bademantel aufmachen gehn, her' ich, Herr Baron! Kennen S' nicht warten, bis ich komm? Hab ich eh gesagt, geh ich aufmachn! Schamen muß man sich direkt – Kißtjand, gnä' Frau – gut' Abend, Herr Graf, gut' Abend, Herr von Vossenberg – na, hat man Ausdrick', da kommte, Krawattl offen, schwitzte als wie, rennte wie narrisch ganze Stiegn hinauf, ich bitt Sie, verkiehln wem sich, Herr Baron – schamen S' Ihnen! Also, wie kleine Bub.«

»Kathi, sei friedlich!« keuchte Schwengkh.

»Ja, friedlich wer' ich sein! Da rennte, schwitzte, Krawattl offen, rennte Tir aufspirrn, wenn ich sag, geh ich eh! Na, wenn ich dem Přistal erzähl, glaubte wieder nicht!« Kathi zog sich murrend zurück

Schwengkh schob Coveral und die Vossenbergs eilig in den Salon, winkte seiner Mutter, die sich lächelnd erhob, entschuldigend zu, schloß die Tür und drehte sich aufatmend um.

»Entschuldige, Peter«, sagte er zu Fechtner, »aber weißt, ich hab's eilig. Wir müssen noch – also, was gibt's?«

Schwengkh stellte sich vor den Vorzimmerspiegel und begann, mit verkniffener Miene, seine Frackbinde zu malträtieren.

»Setz dich doch«, sagte er über die Schulter.

Aus dem Salon ertönte gedämpftes Lachen.

Fechtner sah nach dem Sessel, der neben dem an der Wand hängenden Telefon stand, und setzte sich nicht.

»Ich hab heut den Schelle getroffen«, sagte Fechtner. »Und den Haber-Fritz. Und – ich war nicht allein –.«

»Ja?« sagte Schwengkh, machte eine wütende Grimasse und stampfte auf. »Wenn's nicht gar so genant wär, würd ich mir wirklich so ein fertiges Mascherl mit einem Gummibandl kaufen!« schimpfte er grimmig.

»Und dann –«, sagte Fechtner.

Eine weißlackierte Tür ging auf und Schwengkhs Großtante Carla trat ins Vorzimmer. »Peter!« sagte sie vorwurfsvoll. »Ich hätt mir jetzt beinah den Finger abgeschnitten! Mußt du eigentlich überall im Badezimmer deine Rasierklingen herumliegen –.«

Sie sah Fechtner und verstummte.

»Der Ferry und die Vossenbergs sind schon gekommen«, sagte Schwengkh, »Bitte, bitte, Tante Carla, sei lieb, schimpf jetzt nicht, mach mich nicht nervös und geh hinein; ich komm gleich nach!«

Tante Carla warf einen scharfen Blick auf Fechtner und ging in den Salon.

»Der Haber-Fritz –«, sagte Fechtner.

»Verzeih, Peter, aber könntest du jetzt vielleicht *eine* Minute lang still sein?« bat Schwengkh mit gewürgter Stimme. »Sonst bring ich dieses schreckliche Dings nie zur Raison! Ich bin schon fast wahnsinnig!«

Fechtner schwieg. Schwengkh, mit rotem Kopf, öffnete die Schlinge und begann von neuem. Kathi kam mit dem Tee aus der Küche, blieb mit dem Tablett neben dem Spiegel stehen und sah Schwengkhs Bemühungen mißbilligend zu.

»Kathi!« schrie Schwengkh.

»Ich sag ja eh nix!« sagte Kathi beleidigt, trug den Tee in den Salon, kam wieder heraus, schüttelte mit einem höhnischen Blick nach dem Spiegel den Kopf und kehrte in die Küche zurück.

Schwengkh drehte sich erschöpft um. »Es geht nicht«, sagte er. »Es geht nicht, wenn mir wer zuschaut. Weißt was, Peter, ruf mich morgen zu Mittag an, wenn du partout –.«

»Da ist es vielleicht schon zu spät«, sagte Fechtner leise.

Schwengkh ließ die Hand von der weißen Binde sinken und blickte, sich umdrehend, Fechtner an. »Was heißt das?« fragte er. »Wie du ausschaust – du solltest dich einmal ausschlafen –.«

Fechtner griff schwerfällig nach seinen Augen. »Aber –.«

»Nix: aber. Schlaf dich erst einmal aus. Was heißt das: zu spät? Es ist nie zu spät. Das ist ein Unsinn. Wofür soll's denn zu spät sein?«

»Der Schelle –.«

»Hör doch nicht immer auf den Schelle! Weißt was? Jetzt gehst nach Haus, trinkst einen Schnaps und legst dich schlafen. Und morgen schaut gleich wieder alles anders aus. Und wenn du dann durchaus willst, rufst mich halt zu Mittag an. Aber nicht vor zwölf, gelt?«

»Es geht zu Ende«, sagte Fechtner.

Schwengkh konnte Pathos oder was er darunter verstand durchaus nicht leiden. Er ließ Fechtner stehen und ging in die Küche, um zu Kreuze zu kriechen und sich die Frackschleife binden zu lassen; die Tür blieb halb offen.

»Aha!« ließ sich Kathi befriedigt vernehmen. »Ich hab ich's ja gleich gewußt! Aber nein, kommte jetzt erst, wo Krawattl endgiltig abg'nudlt is' wie –.«

»Bring mich nicht zur Verzweiflung!« schrie Schwengkh und warf die Tür zu.

Aus dem Salon tönte leises Gelächter, dann wurde es im Vorzimmer sehr still.

Als Schwengkh mit kunstvoll geschlungener Piquébinde zurückkam, nunmehr makellos vom glattgescheitelten Haar bis zu den spiegelnden Lackpumps, war Fechtner verschwunden.

Schwengkh nickte erleichtert, runzelte dann die Augenbrauen und fuhr prüfend den Schwung der goldenen Uhrkette entlang, deren Glieder sich manchmal sperrig gegeneinanderstellten und den sanften Bogen von der weißen Weste zur Hosentasche unschön eckten. Aber sein Finger fand keine Unebenheit, heute.

»Da war doch –«, murmelte er nachdenklich. Plötzlich klärten sich seine Züge. Er nahm die vergessene Armbanduhr vom Handgelenk. Er sah sich unschlüssig um, war aber doch zu faul, in sein Kabinett zu gehen, und legte die Armbanduhr klingend in die Silberschale des Vorzimmertisches. Und nach einem prüfenden Griff nach seiner Frackbinde betrat er zufrieden den Salon.

Coda

Ich bin ein begeisterter Kinderwagenschieber geworden. Seitdem wir unsere Wohnung haben und die Kathi nicht mehr aushelfen kommen kann und es eine solche Bedienerin, wie wir sie brauchen würden, sagt Sylvie, vielleicht vor fünfzig Jahren gerade noch gegeben hat, aber heute gewißlich nicht mehr, seitdem also bei der Kathi die Füß nimmer so recht wollen und man es ihr wirklich nicht mehr zumuten kann, daß sie sich außer bei meiner Mama auch noch bei uns zweimal in der Woche abrackern soll, wird meine geliebte Gattin von Zeit zu Zeit fürchterlich, bindet sich ein Kopftuch um, wie ein Todesfahrer seinen Sturzhelm, und jagt Familienvorstand und Sohn mit geschwungenem Besen unbarmherzig und auf Stunden hinaus – nicht, daß ich ungern geh oder daß es mir etwas ausmachen würde, mit dem Sportwagerl im Belvedere um den Teich zu fahren, dort gibt's außer mir jeden Samstagvormittag noch einige Väter, die dasselbe tun, und wir grüßen uns bereits ganz freundlich als Kollegen, aber mit der Zeit wird das ein bißl eintönig, daß Sylvie ihrem Sauberkeitsdrang fast immer ausgerechnet am Samstag nachgeben muß, weil am Sonntag die Besuche kommen, nämlich, und sie meistens während der ganzen Woche keine Zeit zum Gründlichmachen hat. Ich bin also vorgestern mit dem Buben wieder ins Belvedere gefahren, diesmal in den unteren Park, obwohl der stark bergab geht und deshalb von erfahrenen Kinderwagerlschiebern eher gemieden wird, und eigentlich nur, weil mir der Teich vorn, im oberen Park, schon zum Hals heraushängt. Dieser Umstand ist wichtig. Denn, wenn jenes nicht der Fall wäre, tät ich jetzt gar nicht über meinen unvollständigen Aufzeichnungen einer Affäre dasitzen, in der sehr begründeten Hoffnung, nun tatsächlich einen vernünftigen Schluß für eine Geschichte gefunden zu haben, die jetzt fast schon vier Jahre zurückliegt, hätt ich die hundertachtzig verzweifelten engbeschriebenen Seiten bestimmt nie wieder vorgenommen, deren Verzweiflung ich eigentlich längst nicht mehr versteh, von denen ich aber damals, durcheinandergebracht wie ich war, wirklich nicht geglaubt hätte, ich würde sie noch jemals mit einem raisonablen Schluß versehen können. Aber der Bub, der ununterbrochen seine Händ wo hat, wo er sie nicht haben soll, hat im unteren Park einem kleinen Mäderl, das vielleicht ein Jahr älter ist als er, kurzerhand, en passant und blitzschnell den Schnuller aus dem Mund fortgenommen. Bloß deshalb, so merkwürdig es klingt, besitze ich nun die sozusagen offizielle und unumstößliche Bestätigung dafür, daß ich damals in der Rechtsanwaltskanzlei des alten Doktor Haber wirklich nicht der Schwarze Peter geworden bin: Eine Spielkarte beweist es mir. Denn das damit getriebene Kartenspiel *war* nun einmal die Wurzel, aus der auf sehr komplizierte und undurchsichtige Weise schließlich alles geworden ist – davon bin ich heute noch überzeugt. Diese Karte ist meine Absolution. Denn sie belegt, und wie ich hoffe eindeutig, daß ursprünglich überhaupt keiner der Schwarze Peter war, und wenn es einer von uns vier Petern schließlich geworden und daran zugrund gegangen ist, wie der, der den tatsächlichen Pik-Buben gestohlen hat, dann muß er schon selbst daran schuld gewesen sein. Das Mäderl, so unerwartet um seinen Schnuller gebracht, fängt also sofort zu plärren an, was ich gut verstehen kann, und ich will mich bereits furchtbar entschuldigen, da schau ich die diesbezügliche fremde Mutter genauer an und seh, daß es – die Renate Erber, will heißen: die Frau Renate Haber ist.

»Ja, küß die Hand, Renate«, sag ich überrascht, »na so was!«

»Grüß Sie, Peter«, sagt sie und muß über mein dummes Gesicht lachen, und dann setzen wir uns auf eine Bank, und mein Sohn händigt ihrer Tochter ganz von selber das abstrahierte Instrument wieder ein, wahrscheinlich, weil ihm die Plärrerei der Beraubten auf die Nerven geht oder, wie ich lieber hoffe, weil er sich schämt, eine fremde Dame so ungalant behandelt zu haben.

»Wissen Sie«, sagt Renate nach ein paar Minuten, als wir mit den bei einer solchen Gelegenheit üblichen Umständlichkeiten einschließlich Bewunderung der beiderseitigen Nachkommenschaft zu Ende sind und für mich hoffnungslos Überrumpelten jede Möglichkeit dahin ist, mich richtig, nämlich so abweisend zu benehmen wie ich eigentlich sollt, wenn ich an den Fechtner denk, aber an den Fechtner denk ich natürlich nicht im ersten Augenblick, wenn der Schnuller einer unerwarteten Tochter im Zentrum einer gleichfalls unerwarteten Begegnung mit deren ebenso unerwarteten Mutter steht, die ich jahrelang, seit ihrer Hochzeit nämlich, nicht gesehen hab, und dann war's, wie gesagt, schon zu spät dazu. »Wissen Sie eigentlich, Peter«, sagt also diese gänzlich unverhoffte und unglaubliche Renate, die noch hübscher ausschaut als früher und überhaupt nicht mehr männlich, nicht einmal der zarte Flaum auf ihrer Oberlippe wirkt jetzt störend, und ich hab ihr schon eine Zigarette aufgewartet, und wir rauchen und schauen Sohn und Tochter zu, die sich, hörbar und sichtbar, herrlich in ihrer eigenen Geheimsprache unterhalten und nahe daran sind, handgemein zu werden. »Wissen Sie, daß ich seit einem halben Jahr einen Brief in der Tasche mit mir herumtrag, den ich Ihnen schon längst geschickt hätt, hätt ich nur Ihre neue Adresse gewußt oder nicht immer wieder darauf vergessen, mich zu erkundigen –? Aber es ist mir einfach immer wieder etwas dazwischengekommen, und ich hab wieder darauf vergessen, und wieder – und wissen Sie, was in dem Brief steckt?«

»Nein«, sag ich.

Da zieht sie einen ziemlich abgegriffenen Briefumschlag heraus und gibt ihn mir. Darauf steht tatsächlich: Hochwohlgeboren Peter Freiherr v. d. Schwengkh. Adresse ist freilich keine angeführt. Hinten der Absender lautet: Renate Haber, Wien IV., Weyringergasse 8.

»Der Fritz hat mir von eurer Maturafeier damals nämlich sehr viel und ausführlich erzählt, und der Peter Fechtner ...« Ich schau rasch auf, aber ihre Stimme bleibt ganz unbefangen. »... der Peter Fechtner auch. Ich hab also gleich gewußt, *was* für eine Karte das ist, auch ohne das Datum.«

Ich mach das Kuvert auf, und was ich jetzt in der Hand halte, ist ein Brief und eine Spielkarte: ein Pik-Bub.

Der Pik-Bub. Denn auf dem Rand ist mit Tintenstift das Datum des letzten Maturatages und unserer Maturafeier vermerkt: 18. Juni 1952.

»Der Fritz?« stammle ich. »Der Fritz als Prestidigitateur? Aber das ist doch ganz unmöglich!«

»Es war auch nicht der Fritz«, sagte Renate, »Lesen S' nur, Peter!«

Lieber Baron Schwengkh, wie Sie vielleicht wissen werden, haben wir ...

Ich überfliege zwei Seiten üblichen Trallalas, der Sylvie mehr interessieren wird als mich, außer der Tatsache, daß der Schelle jetzt sein zweites Doktorat macht, aber dann kommt's:

Fritz kümmerte sich damals, als Hubsi Lerch verunglückte, ein bißl um die Hilda Krimml; er hat sie nach dem Begräbnis nach Hause gefahren und sich außerdem von ihr für die Mutter Hubsis die restlichen Dokumente geben lassen, die noch dort waren; Frau Lerch wollte sie sich nicht selber holen, weil sie mit der Braut ihres Sohnes damals noch überkreuz war. Seitdem aber das Kind da ist, soll sich das Verhältnis zwischen den beiden sehr gebessert haben; die Großmama hat das Mäderl und die Hilda sogar bei sich aufgenommen. In diesen Papieren fand Fritz den beiliegenden Pik-Buben, den daher keiner von Euch vier Petern, sondern der Hubsi Lerch an sich genommen hat. Mir ist die Karte unlängst zufällig in die Hände gefallen, wie ich in den Dokumenten meines Mannes etwas suchte. Weshalb er sie sich aufgehoben hat, weiß er entweder wirklich nicht oder will es mir nicht sagen; er hat auch keine Ahnung, warum der Hubsi die Karte nicht wegwarf oder die Sache am nächsten Tag aufklärte ...

»Er hat sich natürlich vorm Schelle gefürchtet, und der Fritz auch«, murmle ich; »und ich hätte diesen Pik-Buben wahrscheinlich auch nicht weggeworfen.«

... als ich ihm die Karte unter die Nase hielt, hat er sie mir jedenfalls geschenkt und erklärt, ich könne damit machen, was ich wolle. Fragen Sie mich also nicht, warum ich sie gerade Ihnen schicke und nicht diesem Peter von Schelnhausen – ich tu's vielleicht aus demselben Grund nicht, aus dem Fritz dem Schelnhausen nie etwas von seiner Entdeckung gesagt hat und deshalb auch keinem von Euch andern etwas sagen durfte. Der »Leihmeister« braucht die Bestätigung gewiß nicht mehr, daß er nicht der Schwarze Peter ist, der hat sicher schon längst alles vergessen – bleiben also nur Sie, lieber Peter. Tun Sie, was Sie wollen damit, klären Sie die Sache auf, teilen Sie es den zwei anderen mit, was am 18. Juni 1952 wirklich passiert ist, wenn Ihnen die damalige Kartenpartie jetzt noch so bedeutungsvoll erscheint, oder zerreißen Sie den Pik-Buben und lassen die Sache auf sich beruhen, wenn nämlich die Geschichte, wie ich hoffe, für Sie erledigt sein sollte.

Wie Sie sich aber entscheiden, so oder so – vielleicht habe ich Ihnen doch eine kleine Erleichterung mit diesem Brief verschafft –, mein Mann jedenfalls redet heute noch manchmal von Eurer merkwürdigen Kartenpartie, obwohl er doch damals gar nicht mitspielte.

Mit herzlichen Grüßen an Sie und Sylvie – und so weiter.

Ich schaue auf. Renate lächelt und sieht mich fragend an. Früher einmal habe ich die ganze Fechtner-Affäre und meine Rolle dabei wie ein Visitenkartenrätsel behandelt, habe auf den bewußten Declic gewartet und bin mir irgendwie recht schlau vorgekommen dabei. Jetzt komme ich mir nicht sehr schlau vor, und plötzlich aufgegangen ist mir leider auch nichts, und ich mir selber am wenigsten, wenn ich so sagen darf. Aber ...

»Wirklich - ein bißl bin ich schon erleichtert«, sage ich. Und diese Antwort ist sehr wahr gewesen.

Nachwort

Peter von Tramin, als Peter Richard Oswald Tschugguel 1932 in Wien geboren, ist einer der bekannten Außenseiter im österreichischen Literaturbetrieb der Nachkriegszeit. Dem Autor von »Die Herren Söhne« wird in Kritiken und Literaturgeschichten unisono großes Talent attestiert, die folgenden Bücher – »Die Tür im Fenster«, 1967, und »Taschen voller Geld und andere Erzählungen«, 1970 – werden hingegen entweder gar nicht erwähnt oder, vielleicht noch schlimmer, als Unterhaltungsliteratur abgetan.

Eine Information fehlt in keinem dieser Texte: Tramin sei, so heißt es, ein »Schüler« Heimito von Doderers gewesen. Und auch wenn diese Kategorisierung wie eine Art Schutz wirkt, die den Autor vor dem Vergessen bewahrt, stellt sie andererseits ein veritables Problem dar: der Verweis auf die übermächtige literarische Vaterfigur und stilistisch-poetologische Zuordnungsgröße Doderer verdeckt Peter von Tramins schriftstellerische Eigenart. Mit dem Lehrer-Schüler-Mythos wurde ein Maßstab definiert, dem zu genügen nicht nur ihm, sondern allen Schriftstellern der jüngeren Generation viele Voraussetzungen fehlten, während er andere, originäre Qualitäten dieser Autoren verdeckte.

Die Anzahl der »Schüler« Doderers war überschaubar; neben Tramin könnte man am ehesten noch Herbert Eisenreich dazu zählen – und vergleicht man beider Karrieren, kommt man nicht umhin, die Vorbildwirkung des gleichermaßen großen Stilisten, grenzenlosen Egozentrikers und besessenen Arbeiters Doderer als fatal zu beurteilen. Beide waren nicht in der Lage, die zeitweilig herausragende Position des »Lehrers« innerhalb der deutschsprachigen Literatur für das eigene Schaffen langfristig gewinnbringend zu nutzen. Zudem begannen sie mit dem Eintritt in diese »Schule«, der eigenen Arbeit Doderers Regeln aufzuerlegen – Vorgaben ebenso wie Einschränkungen, die für die wesentlich jüngeren Autoren letztlich nicht dauerhaft und glaubwürdig einzuhalten waren.

Auch die Versuche Doderers, Tramin als Förderer zur Seite zu stehen, zeugen von seiner Unsicherheit gegenüber dessen anderem Zugang zur Literatur. Abzulesen ist dies unter anderem an seiner Rezension von »Die Herren Söhne«, die vordergründig von der Lehrer-Schüler-Hierarchie durchtränkt ist: Doderer lobt darin die »gewaltige Begabung« Tramins und einige »herrliche Passagen« im Buch. Dem steht jedoch eine recht offene Kritik an Tramins »Ringen« mit der eigenen Biografie und der jener zu nahestehenden Figurensprache gegenüber. Dieser Tadel an der Darstellung der Protagonisten erscheint, gemessen an Doderers Romankonzept, folgerichtig, da diese dessen zentraler Forderung, Wirklichkeit ausschließlich, auch im Hinblick auf die Sprache, »indirekt« abzubilden, widerspricht. Allerdings ist gerade die kompromisslose, lebensechte Figurendarstellung eine zentrale Qualität von Tramins Roman: Die genaue Abbildung einer bestimmten Generation innerhalb einer bestimmten Gesellschaftsschicht im Wien der 50er-Jahre, gewonnen aus einer profunden Analyse seiner Umgebung, geht letztlich weit über den sehr engen Rahmen aus Handlungszeit und Personal hinaus und liefert ein Sittenbild nicht nur der 50er-Jahre, sondern auch der ersten Hälfte des 20. Jahrhunderts. Doderer maß Tramin an sich selbst und seinen eigenen Ansprüchen; dieser hingegen entwarf in »Die Herren Söhne« zunächst und vor allem eine eigene, stimmige literarische Welt, die derjenigen Doderers zwar in manchen, jedoch sicher nicht in allen Punkten ähnlich war.

Über allem steht das Wissen, einer nicht mehr existenten Zeit anzugehören: »[...] ich hänge, wie so viele Freunde von mir, mit meiner Weltanschauung eigentlich in der Luft. Einerseits merke ich natürlich an allen Ecken und Enden, daß die Ansichten und Regeln, nach denen Mama lebt und denkt und nach denen ich auch leben und denken soll, einfach nicht mehr praktikabel sind, und mache deshalb stillschweigend meine Abstriche, aber andererseits darf ich dergleichen natürlich weder Mama noch mir gegenüber zugeben, weil es dann letzten Endes auf ein Desaveu von allem, was sie, ich, was wir sind, hinauslaufen würde. [...] Mama ist sechsunddreißig Jahre älter als ich. Ihre Welt ist klein geworden, aber auch noch nach zwei Weltkriegen intakt. Meine hat es in Wirklichkeit nie gegeben.«

Die Welt, von der hier die Rede ist, ist längst Geschichte und gibt dennoch die Verhaltensregeln vor. Die beiden Weltkriege werden zwar erwähnt, ihre Auswirkungen kommen jedoch nur indirekt zum Ausdruck: »Klein geworden« sei die Welt der Mutter, meint der Erzähler, aber trotz allem intakt. Dass dem in Wirklichkeit natürlich nicht so ist, wird bei der Lektüre von »Die Herren Söhne« schnell klar. Intakt ist bestenfalls die

Inszenierung, an der alle mitwirken, die der Mutter und ihresgleichen wohlwollend gesinnt sind. Den anderen, und eben auch dem Erzähler, fällt schon diese Inszenierung äußerst schwer. Diese Diskrepanz zwischen einem Leben mit »modernen« Annehmlichkeiten und Verpflichtungen und einer alten, selbstverständlichen Ordnung ist das Grundproblem nahezu aller Figuren des Romans. Chenskys vielsagendes Stöhnen gilt nicht für ihn allein: »Gott, mir steht das alles bis zum Hals«.

Die Protagonisten Chensky, Fechtner, Schelnhausen und Schwengkh verkörpern allesamt charakteristische Existenzformen der »alten« Welt. Darin reüssiert man durch Herkunft, Eloquenz und intakten Schein, nicht durch Leistung: Fechtner, der diese Grundregel durchbricht, muss zwangsläufig scheitern. Das Urteil wird von Schelnhausen gesprochen und exekutiert, einem redegewandten Snob, der seine Umgebung zu manipulieren versteht und von der selbstauferlegten Verpflichtung getrieben ist, »Ordnung« zu schaffen. Die anderen sind außerstande, einzugreifen; nicht, weil sie die moralische Verpflichtung dazu nicht verspürten, sondern weil sie zu keiner angemessenen Reaktion fähig sind. Chensky redet und denkt viel, ohne letztlich zur Tat zu schreiten, Schwengkh, der auch als Erzähler fungiert, hält sich – zunächst – aus Überzeugung heraus. Als Kommentator und Ruhepol auf offener Szene ist er die vielschichtigste Figur des Romans. Seine Untätigkeit, die extreme Folge einer absolut gesetzten Diskretion, ist der zentrale Aspekt seines Handelns. Sie verschafft ihm innerhalb des Kreises der ehemaligen Schulkollegen die Sonderstellung des noblen, besonnenen, unbeirrbaren, fest verankerten Beobachters.

Peter von Tramins Betonung dieser vordergründig positiven Eigenschaft lenkt den Blick auf ein zentrales Motiv des Romans: Nicht nur Schwengkh bleibt stets zurückhaltend, er folgt darin einem Verhaltensmuster, das im Buch von einem großartigen Modell nobler Diskretion und Zurückhaltung verkörpert wird – dem Prinzen Craillsperg, einem idealtypischen Vertreter einer jahrhundertealten Tradition europäischen Adels. Dieser, der sinnigerweise an einer Übersetzung von Friedrichs II. Buch über die Falkenjagd arbeitet, hat die Weigerung, in Handlungen anderer einzugreifen, zum Stilprinzip erhoben und verachtet Menschen, »die glauben, daß man immer etwas durch irgendwelche großartigen Unternehmungen zu einem Ende bringen müßte. Das ist ein Irrtum. In Wirklichkeit geht nichts mit einem sauberen Schnitt zu Ende, sondern dauert jahrelang, manchmal braucht's sogar ein ganzes Leben dazu. In der Wirklichkeit geht's immer weiter; und keine Katastrophe ist die letzte.«

Doch auch seine Form der Noblesse, seine Ordnung ist eine der neuen Zeit beinahe schon verzweifelt abgetrotzte, wie selbst die Anlage seines Schlosses zeigt: »Hier, in einem großen, unverbauten Hof, auf dem einige Erntemaschinen standen, setzte sich die unterbrochene Pappelallee mit zwei Baumpaaren fast diagonal über seine Fläche fort, die, seltsam genug, eine Ordnung weiter exerzierten, welche den im Lauf der Jahrhunderte gewandelten baulichen Verhältnissen des Schlosses quer zuwiderlief.«

Was schon bei Craillsberg oder Schwengkhs Mutter anachronistisch erscheint, hat für den Erzähler jede Gültigkeit verloren. Wie Parzifal versäumt es Schwengkh, zur rechten Zeit zu handeln und überlässt Fechtner Schelnhausens Sadismus. Er schreitet nicht einmal ein, als er sich der Folgen seines Nicht-Handelns längst im Klaren ist. Das Resultat ist eine (im Buch nicht näher ausgeführte) Katastrophe, die bei rechtzeitigem Einschreiten wohl zu verhindern gewesen wäre. Diskret im Hintergrund zu bleiben, zuzusehen und sich dabei auf seine Traditionen und deren Regeln zu berufen, ist, darin ist der Roman sehr deutlich, fatal. Letztlich führt Nicht-Handeln, aus welchem Grund auch immer, zu Mitschuld.

Vergleicht man »Die Herren Söhne« mit anderen Texten der österreichischen Nachkriegsliteratur, wird die Bedeutung des Motivs der »noblen Zurückhaltung« oder, anders gesagt, des Nicht-Eingreifens angesichts der Verbrechen anderer, neu gewichtet: Auch in Heimito von Doderers Erzählung »Unter schwarzen Sternen« oder in Alexander Lernet-Holenias »Der Graf Luna«, um nur zwei Texte zu nennen, wird es im Zusammenhang der Untätigkeit angesichts der Verfolgung der Juden im Dritten Reich verwendet – die daraus resultierende quälende Schuld prägt das weitere Leben der Protagonisten.

In »Die Herren Söhne« ist all dies nicht explizit ausgesprochen und doch macht es klar, was sich hinter den beschriebenen Generationen aus mehreren Jahrzehnten österreichischer Zeitgeschichte, hinter der Darstellung von einigen wenigen jungen Menschen aus dem Wien der 50er-Jahre verbirgt: ein Kommentar zum politischen und gesellschaftlichen Alltag in einer gezeichneten Stadt und, versteckt in der Analyse des Kleinen, eine Warnung im Großen.

Manfred Müller

Mit freundlicher Unterstützung der Kulturabteilung der Stadt Wien, Literaturreferat

Verlagsbüro W. GmbH

Gesamtherstellung: Druckerei Theiss GmbH, St. Stefan i. Lavanttal
Printed in the EU
ISBN 978-3-99300-062-2